JOHN CONNOLLY

John Connolly est né à Dublin en 1968. Il a été journaliste à l'*Irish Times* avant de se consacrer à plein temps à l'écriture. *Tout ce qui meurt* (Presses de la Cité, 2001), son premier roman, a été un best-seller aux États-Unis et en Grande-Bretagne.

Depuis, cinq autres titres ont paru, mettant à nouveau en scène le détective Charlie « Bird » Parker : *... Laissez toute espérance*, *Le baiser de Caïn*, *Le pouvoir des ténèbres*, *L'ange noir* et *La proie des ombres* – et plusieurs de ses romans ou nouvelles sont en cours d'adaptation pour le cinéma.

Aujourd'hui, cet Irlandais de naissance est considéré par les Américains comme l'un des maîtres du roman noir... à l'américaine.

D0868914

L'ANGE NOIR

DU MÊME AUTEUR
CHEZ POCKET

Dans la série Charlie Parker :

TOUT CE QUI MEURT
... LAISSEZ TOUTE ESPÉRANCE
LE POUVOIR DES TÉNÈBRES
LE BAISER DE CAÏN

JOHN CONNOLLY

L'ANGE NOIR

Traduit de l'anglais
par Jacques Martinache

PRESSE DE LA CITÉ

Titre original :
THE BLACK ANGEL

© John Connolly, 2005
© Presses de la Cité, un département de Place des éditeurs, 2006,
pour la traduction française
ISBN : 978-2-266-17484-8

À Sue Fletcher, avec toute ma reconnaissance
et mon affection

I

« Nul ne connaît l'origine du mal
s'il n'a saisi la vérité de ce
qu'on appelle le diable et ses anges. »

Origène (186-255)

Prologue

Les anges rebelles tombaient, festonnés de feu.

Ils dégringolaient dans le vide, aussi maudits que l'est un aveugle de fraîche date car, de même que l'obscurité est plus terrible pour ceux qui ont connu la lumière, l'absence de grâce est ressentie plus intensément par ceux qui ont autrefois vécu dans sa chaleur. Ils hurlaient dans leurs tourments, et les flammes qui les dévoraient éclairaient pour la première fois les ténèbres. Ceux d'entre eux qui churent le plus bas se tapirent dans les profondeurs et s'y créèrent un monde où habiter.

Dans sa chute, le dernier ange regarda le ciel et vit tout ce qui lui serait refusé pour l'éternité, image si terrible qu'elle se consumait sous ses yeux. Au moment où les cieux se refermaient au-dessus de lui, il lui fut donné de voir le visage de Dieu disparaître dans les nuages sombres, et la beauté, la tristesse de cette image se gravèrent pour toujours dans sa mémoire et dans sa vision. Il fut condamné à errer à jamais en paria, rejeté même par les siens, car que pouvait-il y avoir de plus angoissant pour eux que de voir, chaque fois qu'ils le regardaient dans les yeux, le fantôme de Dieu tremblotant dans le noir de ses pupilles ?

Il se sentait si seul qu'il se scinda pour avoir de la compagnie dans sa solitude et, ensemble, les deux parties jumelles de ce même être parcoururent la terre encore en formation. Elles furent rejointes par une poignée d'autres proscrits las de se terrer dans le lugubre royaume qu'ils avaient créé. Qu'est-ce que l'enfer, après tout, si ce n'est l'absence éternelle de Dieu ? Connaître l'enfer, c'est être privé à jamais de la promesse de l'espoir, de la rédemption, de l'amour. Pour ceux qui ont été abandonnés, l'enfer n'a pas de géographie.

Ces anges finirent par se lasser aussi de parcourir un monde désolé sans un exutoire pour leur rage et leur désespoir. Ils trouvèrent un lieu profond et sombre où dormir et s'y cachèrent en attendant la venue des hommes. Au bout de nombreuses années, on creusa des mines, on éclaira des galeries, et la plus profonde de ces mines, riche en argent, se trouvait en Bohême, à Kutná Hora, et s'appelait Kank.

On dit que, lorsque les mineurs parvinrent au plus profond de Kutná Hora, les flammes de leurs lampes vacillèrent, comme agitées par le vent là où il ne pouvait y en avoir, et l'on entendit s'exhaler un grand soupir, semblable à celui d'âmes libérées de leurs fers. Une puanteur de brûlé s'éleva et les galeries s'effondrèrent. Une tempête de saletés et de poussière balaya la mine, étouffant et aveuglant tout sur son passage. Ceux qui survécurent parlèrent de voix dans l'abîme, de battements d'ailes au sein des nuages noirs. La tempête monta par le puits principal, éclata dans le ciel de nuit, et tous ceux qui la virent aperçurent en son cœur un foyer rouge, comme si elle était en flammes.

Les anges rebelles adoptèrent l'apparence humaine et entreprirent d'instaurer un royaume invisible où ils régneraient par la ruse et la corruption. Ils avaient à leur tête les démons jumeaux, les plus puissants d'entre eux, les Anges Noirs. Le premier, répondant au nom d'Ashmaël, se plongea dans le feu des batailles et murmura de vaines promesses de gloire à l'oreille de chefs ambitieux. L'autre, appelé Immaël, mena sa propre guerre contre l'Église, contre les représentants sur la terre de Celui qui avait banni son frère. Il se glorifia des incendies et des viols, et son ombre tomba sur les monastères mis à sac et les chapelles ravagées par le feu. Chaque moitié de cet être portait la marque de Dieu telle une paille blanche dans l'œil, Ashmaël dans le droit, Immaël dans le gauche.

Or, dans son arrogance et sa colère, Immaël laissa un homme l'entrevoir un instant sous sa forme véritable. Il se retrouva face à un moine cistercien du monastère de Sedlec nommé Erdric et ils s'affrontèrent au-dessus de cuves d'argent liquide dans la grande fonderie proche de Sedlec. Immaël, surpris au moment où d'homme il se changeait en Autre, fut projeté dans le minerai brûlant. Erdric demanda qu'on fasse lentement refroidir le métal et Immaël se retrouva pris dans l'argent, incapable de s'échapper de la plus pure des prisons.

Ashmaël ressentit la peine de son jumeau et entreprit de le libérer, mais les moines le cachèrent soigneusement et le tinrent hors de portée de ceux qui voulaient le délivrer. Ashmaël ne cessa cependant de chercher son frère et fut rejoint dans sa quête par ceux qui partageaient sa nature ainsi que par des hommes corrompus par ses promesses. Afin de pouvoir se reconnaître, ils gravèrent sur eux-mêmes une marque : une fourche à deux dents, car, dans les vieilles légendes, telle était la première arme des anges déchus.

Et ils se donnèrent le nom de Croyants.

1

La femme descendit avec précaution de l'autocar Greyhound, la main droite tenant fermement la barre verticale. Un soupir de soulagement s'échappa de ses lèvres quand ses deux pieds reposèrent sur le sol, ce même soulagement qu'elle éprouvait chaque fois qu'elle avait mené à bien une tâche simple. Elle n'était pas vieille, à peine la cinquantaine, mais paraissait – et se sentait – bien plus âgée. Elle avait beaucoup souffert, et les chagrins accumulés avaient aggravé les ravages des ans. Ses cheveux étaient argentés et elle avait renoncé depuis longtemps à la visite mensuelle au salon de coiffure pour en changer la couleur. Des rides horizontales partaient du coin de ses yeux, telles des blessures refermées, trouvant un écho dans les rides similaires de son front. Elle savait comment elles s'étaient formées car, de temps à autre, elle se surprenait à grimacer comme sous l'effet d'une douleur quand elle se regardait dans un miroir ou qu'elle voyait son image dans la vitrine d'un magasin, et la profondeur de ces rides s'accentuait lorsque son expression changeait. C'étaient toujours les mêmes pensées, les mêmes souvenirs qui causaient cette transformation, toujours les mêmes visages dont elle se souvenait : le garçon, maintenant devenu un homme ; sa fille, telle qu'elle était autrefois et telle qu'elle était peut-être devenue ; et celui qui, allongé sur elle, lui avait fait cette enfant, le visage parfois tordu comme au moment de la conception de sa fille, parfois saccagé comme lorsqu'on avait refermé sur lui le couvercle du cercueil, effaçant enfin sa présence physique du monde.

Rien ne vieillit plus vite une femme qu'un enfant perturbé, avait-elle fini par comprendre. Ces dernières années, elle était sujette au genre d'accidents qui affligent les femmes de vingt ou trente ans plus âgées qu'elle et il lui fallait plus longtemps pour s'en remettre qu'avant. C'étaient les petites choses auxquelles elle devait prendre garde : les bordures de trottoir, les crevasses dans le macadam, la secousse inattendue d'un autobus au moment où elle se levait de son siège, l'eau répandue oubliée sur le carrelage de la cuisine. Elle les craignait plus qu'elle ne craignait les jeunes qui se réunissaient dans le parking du centre commercial proche de chez elle, guettant les personnes vulnérables, les proies faciles. Elle savait qu'elle ne serait jamais au nombre de leurs victimes puisqu'elle leur inspirait une peur plus grande que la police, ou même que leurs pairs plus violents, car ils connaissaient l'homme qui attendait dans l'ombre de sa vie. Une infime partie d'elle détestait cette peur tandis que tout le reste de son être se réjouissait de la protection qu'elle lui assurait. Une protection durement gagnée, pensait-elle, au prix de la perte d'une âme.

Elle priait pour lui, quelquefois. Tandis que les autres lançaient au prédicateur des alléluias plaintifs, se frappaient la poitrine et branlaient du chef, elle demeurait silencieuse, le menton baissé, et implorait doucement le Seigneur. Autrefois, des années plus tôt, elle demandait qu'il se tourne de nouveau vers Sa lumière radieuse et qu'il embrasse le salut qui ne se trouve que dans le renoncement à la violence. À présent, elle ne souhaitait plus de miracle. Quand elle pensait à lui, elle priait Dieu d'être indulgent lorsque cette brebis égarée se présenterait enfin devant Lui au Jugement dernier, de lui pardonner ses fautes, d'examiner avec soin la vie qu'il avait menée afin d'y trouver les petites actions honorables qui Lui permettraient d'accorder miséricorde à ce pécheur.

Mais peut-être y avait-il des vies qu'on ne pouvait racheter et des péchés si terribles qu'ils étaient au-delà du pardon. Le prédicateur disait que le Seigneur pardonne tout mais uniquement si le pécheur reconnaît sincèrement ses fautes et cherche un autre chemin. Si c'était vrai, elle craignait que ses prières ne servent à rien et qu'il ne soit damné pour l'éternité.

Elle fit voir son billet à l'homme déchargeant les bagages du car. Il se montra renfrogné et inamical avec elle, mais il traitait apparemment tout le monde de cette façon. Des jeunes gens rôdaient à la lisière de la lumière projetée par les fenêtres de l'autocar, tels des animaux sauvages redoutant le feu et cependant avides de la chair de ceux qui se trouvaient dans le cercle de sa chaleur. Son sac à main contre sa poitrine, elle prit sa valise par la poignée et la fit rouler vers l'escalator. Écoutant les conseils que ses voisins lui avaient donnés, elle surveillait ceux qui l'entouraient.

N'accepter aucune offre d'aide. Ne parler à aucun homme qui semble vouloir simplement aider une dame à porter ses bagages, si bien habillé soit-il, si douce que soit sa chanson...

Mais personne ne se proposa et elle monta sans problème vers les rues animées de cette ville inconnue, aussi étrangère pour elle que Le Caire ou Rome, sale, populeuse et implacable. Elle avait griffonné une adresse sur un morceau de papier, ainsi que les indications que lui avait fournies l'homme de l'hôtel pendant la conversation au téléphone, et perçu de l'agacement dans sa voix quand il avait dû répéter l'adresse, presque incompréhensible pour elle à cause de son fort accent d'immigré.

Elle marchait en tirant sa valise derrière elle, relevant les numéros des rues, essayant de tourner le moins possible, jusqu'à ce qu'elle arrive au bâtiment de la police. Là, elle attendit une heure qu'un policier s'occupe d'elle. Il tenait un mince dossier devant lui mais elle ne put rien ajouter à ce qu'elle lui avait déjà dit au téléphone et il ne put que lui répondre qu'ils faisaient de leur mieux. Elle remplit néanmoins d'autres formulaires dans l'espoir qu'un détail les conduirait à sa fille, puis elle repartit et héla un taxi dans la rue. Elle passa au chauffeur, par un trou dans la paroi de Plexiglas, le morceau de papier sur lequel figurait l'adresse de l'hôtel et lui demanda combien lui coûterait la course. Il haussa les épaules. C'était un Asiatique et il n'avait pas paru enchanté par l'adresse griffonnée.

— Avec la circulation, allez savoir.

De la main, il indiqua les lentes files de voitures, de camions et d'autobus. Des Klaxon beuglaient, des automobilistes échangeaient des cris furieux. Tout n'était qu'impatience et frustration, au pied de tours trop hautes, hors de proportion avec les gens qui étaient censés y vivre et y travailler. Elle ne comprenait pas qu'on puisse choisir d'habiter dans un tel endroit.

— Vingt dollars, quelque chose comme ça, marmonna le chauffeur.

Elle espérait que ce serait moins. Vingt dollars, c'était beaucoup, et elle ne savait pas combien de temps elle devrait rester. Elle avait réservé une chambre pour trois jours et avait de quoi payer trois jours de plus à condition de manger pour pas cher et de maîtriser les subtilités du métro. Elle avait lu des articles dessus mais elle ne l'avait jamais vu en réalité et ignorait complètement comment il fonctionnait. Elle savait seulement qu'elle n'aimait pas l'idée de descendre sous terre, dans l'obscurité, mais elle ne pourrait pas prendre des taxis tout le temps. Les bus, ce serait peut-être mieux. Au moins, ils restaient en surface, même s'ils semblaient rouler avec une lenteur désespérante dans cette ville.

Il lui proposerait de l'argent, bien sûr, une fois qu'elle l'aurait trouvé, mais elle refuserait, comme elle l'avait toujours fait, renvoyant ses chèques à la seule adresse qu'elle avait pour le contacter. Son argent était souillé, comme lui, mais elle avait maintenant besoin de son aide : pas de son argent mais de ses connaissances. Il était arrivé une chose terrible à sa fille, elle en était certaine, bien qu'elle fût incapable d'expliquer comment elle le savait.

Alice, oh, Alice, pourquoi es-tu venue dans cet endroit ?

Sa propre mère, chance ou malchance, avait eu le don. Elle savait quand quelqu'un souffrait, elle sentait quand il était arrivé malheur à un être cher. Les morts lui parlaient. Ils lui disaient des choses. Ils emplissaient sa vie de murmures. Elle-même n'avait pas hérité du don et s'en réjouissait, mais elle se demandait parfois si un fragment, une étincelle du pouvoir qui avait habité sa mère ne s'était pas glissée en elle. Ou peut-être que toutes les mères avaient le malheur de pouvoir sentir les souffrances les plus profondes de leurs enfants, même lorsqu'ils étaient très loin d'elles. Tout ce qu'elle pouvait dire avec certitude, c'était qu'elle n'avait pas connu un instant de paix ces derniers temps et qu'elle entendait sa fille l'appeler quand elle sombrait brièvement dans le sommeil.

Elle le lui dirait quand elle le rencontrerait, dans l'espoir qu'il comprendrait. Même s'il ne comprenait pas, il l'aiderait, car la fille était du même sang.

Et s'il y avait une chose qu'il comprenait, c'était le sang.

Je me garai dans une ruelle à une quinzaine de mètres de la maison et fis le reste du chemin à pied. Je pouvais voir Jackie Garner accroupi derrière le mur entourant le jardin. Il portait un bonnet de laine noire, un blouson et un jean noirs. Ses mains étaient nues et son haleine formait des fantômes dans l'air. Sous le blouson, je distinguai le nom « Sylvia » écrit sur son tee-shirt.

— Une nouvelle copine ? demandai-je.

Il ouvrit complètement le blouson pour me montrer l'inscription en entier : « Sylvia le Maine-iac », référence à un gars du coin qui avait réussi, au-dessous d'une médiocre caricature du grand homme lui-même. En septembre 2002, Tim Sylvia, deux mètres trois, cent dix-huit kilos, était devenu le premier habitant du Maine à disputer le championnat et à décrocher finalement le titre des lourds à Las Vegas en 2003, en expédiant au tapis Ricco Rodriguez, jusque-là invaincu, d'une droite croisée à la première reprise. « J'l'ai saalement coogné », déclara Sylvia à un journaliste après le match, ce qui fit aussitôt la fierté de tous les gars de l'Est aplatissant les voyelles. Malheureusement, Sylvia fut contrôlé positif aux stéroïdes anabolisants après le combat suivant, contre Gan McGee le Géant, deux mètres huit, et renonça volontairement à sa ceinture et à son titre. Je me souvins que Jackie m'avait dit un jour qu'il avait assisté au match. Un peu du sang de McGee avait giclé sur son jean, qu'il ne portait plus maintenant que dans les grandes occasions.

— Sympa, fis-je.

— J'ai un pote qui les floque. Je peux t'en avoir pour pas cher.

— Je n'en voudrais pas si c'était cher. En fait, je n'en voudrais pas dans un cas comme dans l'autre.

Jackie se vexa. Pour un type qui aurait pu passer pour le frère aîné pas très en forme de Tim Sylvia, il était plutôt sensible.

— Ils sont combien dans la maison ? dis-je.

Mais son attention avait déjà dérivé sur un autre objet.

— Hé, on est habillés pareil, remarqua-t-il.

— Quoi ?

— On est habillés pareil : bonnet, blouson, jean. À part que t'as des gants et que j'ai ce tee-shirt, on pourrait être jumeaux.

Jackie Garner était un bon gars mais peut-être un peu fêlé. Quelqu'un m'avait raconté un jour qu'un obus avait explosé accidentellement près de lui alors qu'il servait dans l'armée américaine à Berlin juste avant la chute du mur. Il était resté dans le potage une semaine et, les six premiers mois après avoir repris conscience, il ne se rappelait rien de ce qui s'était passé avant 1983. Bien qu'il eût à peu près récupéré, il avait encore des trous béants dans sa mémoire et, de temps en temps, il déconcertait les vendeurs du Bull Moose Music en leur demandant des CD « nouveaux » qui étaient en fait sortis quinze ans auparavant. L'armée l'avait rendu à la vie civile avec une pension et, depuis, il était un corps à louer. Il s'y connaissait en armes et en surveillance ; il était costaud. Je l'avais vu un jour estourbir trois mecs dans une bagarre de bar, mais cet obus avait assurément déglingué quelque chose dans sa tête. Parfois, il était presque puéril.

Comme maintenant.

— Jackie, on n'est pas au bal. On s'en fout qu'on soit habillés pareil.

Il haussa les épaules et détourna les yeux. Je sentis qu'il était de nouveau vexé.

— Je trouvais ça drôle, c'est tout, dit-il en feignant l'indifférence.

— La prochaine fois, je t'appellerai pour que tu m'aides à choisir dans ma garde-robe. Allez, Jackie, ça caille, on se presse de finir.

— C'est toi le patron, répliqua-t-il.

Et c'était vrai.

D'habitude, je ne m'occupais pas de bonshommes disparaissant dans la nature après une libération sous caution. Les plus intelligents quittaient généralement l'État pour gagner le Canada ou descendre dans le Sud. Comme la plupart des privés, j'avais des contacts dans les banques et les compagnies de téléphone, mais je n'étais pas très emballé par l'idée de pourchasser un malfrat à l'autre bout du pays contre cinq pour cent de sa caution en attendant qu'il se trahisse en retirant de l'argent à un distributeur ou en utilisant sa carte de crédit dans un motel.

Celui-là était différent. Il s'appelait David Torrans et il avait essayé de voler ma voiture pour s'enfuir après avoir tenté de braquer une station-service de Congress. Ma Mustang était garée sur le parking jouxtant la station, et Torrans en avait bousillé le contact dans un vain effort pour la faire démarrer après que quelqu'un eut bloqué sa propre Chevrolet. Les flics l'avaient coincé deux rues plus bas alors qu'il fuyait à pied. Torrans avait déjà une kyrielle de menus délits sur son casier mais, grâce à un avocat bonimenteur et à un juge somnolent, il avait été libéré sous caution, quoique le juge, rendons-lui cette justice, eût fixé ladite caution à quarante mille dollars pour s'assurer que Torrans se présente au procès et lui eût ordonné de pointer quotidiennement au central de la police de Portland. Un prêteur de cautions nommé Lester Peets avait avancé la somme nécessaire, puis Torrans avait joué la fille de l'air. Parce qu'une femme que Torrans avait frappée à la tête pendant le braquage était depuis tombée dans le coma, à la suite du contrecoup, et qu'il risquait maintenant de lourdes charges, peut-être même la prison à vie si cette femme mourait. Peets pourrait faire une croix sur ses quarante mille si Torrans ne revenait pas, outre le fait que cela entacherait sa réputation et contrarierait sérieusement les autorités locales.

J'avais accepté l'affaire parce que je savais sur Torrans quelque chose que tout le monde ignorait, apparemment : il sortait avec une certaine Olivia Morales, qui travaillait dans un restaurant mexicain du centre et avait un ex-mari jaloux et si prompt à péter un câble qu'à côté de lui les volcans semblaient paisibles. Je les avais vus se peloter après la fin de son service, deux ou trois jours avant le braquage. Torrans était une « célébrité » à la façon dont le sont quelquefois les hommes de son espèce dans une petite ville comme Portland. Il passait pour violent mais, avant l'affaire de la station-service, il n'avait jamais été inculpé d'un crime grave, plus par chance que par intelligence. C'était le genre de type à qui d'autres voyous s'en remettaient parce qu'il avait de la jugeote, mais personnellement je n'avais jamais souscrit à la théorie de l'intelligence relative dans le cas des petits truands, et le fait que les collègues de Torrans le considéraient comme une fine lame ne m'impressionnait pas beaucoup. La plupart des criminels sont idiots, c'est la raison pour laquelle ce sont des criminels. S'ils ne l'étaient pas, ils feraient autre chose pour pourrir la vie des gens, comme organiser des élections en Floride. Que Torrans ait essayé de braquer une station-service armé uniquement d'une boule de billard dans une socquette indiquait qu'il n'était pas encore sur le point de s'élever au niveau des grosses têtes. J'avais entendu des rumeurs selon lesquelles il avait pris goût à la poudre et à l'Oxycontine ces derniers mois, et rien ne torpille l'intelligence plus vite que la bonne vieille héro.

Je présumais qu'il prendrait contact avec sa copine quand il aurait des ennuis. Les hommes en cavale ont tendance à se tourner vers les femmes qui les aiment, mères, épouses ou petites amies. S'ils ont de l'argent, ils s'efforcent de mettre des kilomètres entre eux et ceux qui les cherchent. Malheureusement, les types qui s'adressaient à Lester Peets pour leur caution étaient en général dans la mouise, et Torrans avait sans doute grillé tous ses fonds disponibles simplement pour réunir sa part de la somme. Pour le moment, il était obligé de rester dans le coin et de garder un profil bas jusqu'à ce qu'une autre option se présente. Olivia Morales semblait être l'hypothèse la plus plausible.

Jackie Garner connaissait bien le secteur et je l'avais engagé pour coller au train de la fille pendant que je m'occupais d'autres affaires. Quand elle avait acheté la bouffe de la semaine, il avait remarqué qu'elle avait ajouté à ses courses une cartouche de Lucky alors qu'apparemment elle ne fumait pas. Il l'avait suivie jusqu'à la maison qu'elle louait à Deering et avait vu deux hommes débarquer un peu plus tard dans une camionnette Dodge rouge. D'après la description qu'il m'en avait faite au téléphone, j'avais reconnu en l'un d'eux le demi-frère de Torrans, Garry, et voilà pourquoi, moins de quarante-huit heures après que David Torrans avait disparu des écrans radars, nous étions planqués derrière un mur de jardin en train de discuter de la façon de l'agrafer.

— On pourrait appeler les flics, suggéra Jackie plus pour la forme que pour autre chose.

Je songeai à Lester Peets. C'était le genre de type qui trichait en jouant avec ses copains quand il était gosse. S'il pouvait s'arranger pour ne pas me verser ma part de la caution, il n'hésiterait pas, ce qui voulait dire que je paierais finalement Jackie de ma poche. Appeler les flics fournirait à Lester l'excuse dont il avait besoin. De toute façon, je voulais me faire Torrans. Franchement, il ne me revenait pas et il avait bousillé ma voiture, mais je devais aussi reconnaître que j'attendais avec impatience la poussée d'adrénaline que m'apporterait le fait de le coincer. J'avais mené une vie tranquille ces dernières semaines, il était temps de s'exciter un peu.

— Non, on fait ça nous-mêmes, répondis-je.

— Tu crois qu'ils ont des flingues ?

— Je ne sais pas. Torrans n'en a jamais utilisé jusqu'ici. Il fait dans le bas de gamme. Son frère n'a pas de casier, on ne peut pas savoir. Quant à l'autre, ça pourrait être Mitraillette Kelly, on n'aura pas de certitude avant d'avoir franchi la porte.

Jackie considéra un moment la situation.

— Attends, dit-il avant de s'éloigner.

J'entendis le coffre de sa voiture s'ouvrir quelque part dans l'obscurité. Il revint avec quatre tubes d'une trentaine de centimètres de long auxquels étaient fixés des crochets de cintre.

— Qu'est-ce que c'est ? m'enquis-je.

Il me montra les deux cylindres qu'il tenait dans sa main droite – « Fumigènes » – puis ceux dans sa main gauche – « Lacrymo ».

— Cinq doses de glycérine pour une de bisulfate de sodium, précisa-t-il. Les fumigènes ont de l'ammoniaque en plus. Ça pue, je te dis pas. Fabrication maison.

Je regardai les crochets de cintre, les tubes éraflés.

— Ouah, et elles ont l'air drôlement bien faites.

Jackie plissa le front, examina les grenades, leva la main droite.

— Ou alors, c'est celles-là les lacrymo. C'est le bordel dans le coffre, elles ont roulé.

Je le regardai.

— Ta mère doit être fière de toi.

— Eh, elle a jamais manqué de rien.

— Et surtout pas de munitions.

— Bon, on choisit lesquelles ?

Faire appel à Jackie Garner semblait de moins en moins être une bonne idée, mais la perspective de ne pas avoir à attendre dans le noir que Torrans se montre, d'essayer de pénétrer dans la maison et de se retrouver face à trois hommes et une femme, peut-être armés, avait quelque chose d'attrayant.

— Les fumigènes, décidai-je. Les gazer serait peut-être illégal.

— Les enfumer aussi, fit observer Jackie.

— Probablement moins que les gazer. Passe-moi un de ces trucs.

Il me tendit une grenade.

— Tu es sûr que c'est une fumigène ?

— Ouais, elles ont pas le même poids, répondit-il. Je te faisais marcher. Dégoupille et jette-la le plus vite que tu peux. Et la remue pas trop, elle pourrait te péter dans la main.

Loin de Portland, tandis que sa mère cherchait son chemin dans les rues d'une ville inconnue, Alice émergea d'un profond sommeil. Elle se sentait fiévreuse, prise de nausées ; elle avait les articulations et les membres douloureux. Elle les avait suppliés de lui donner juste un peu de dope pour la calmer, mais ils lui avaient injecté à la place quelque chose qui avait déclenché en elle des hallucinations effrayantes dans lesquelles des créatures inhumaines la cernaient et tentaient de l'entraîner dans le noir. Elles ne duraient pas longtemps mais elles la vidaient de ses forces et, après la troisième ou la quatrième piqûre, les hallucinations se poursuivirent après que la drogue eut dû perdre de son effet, de sorte que la frontière entre cauchemar et réalité devenait floue. Finalement, elle les supplia d'arrêter et leur dit en échange tout ce qu'elle savait. Après quoi, ils changèrent de drogue et elle dormit sans faire de rêves. Depuis, les heures passaient dans un brouillard de seringues, de doses et de sommeil intermittent. Elle avait les mains attachées au cadre du lit et les yeux bandés depuis qu'on l'avait amenée dans cet endroit, quel qu'il puisse être. Elle savait qu'ils étaient plusieurs à la garder prisonnière, car différentes voix l'avaient interrogée depuis qu'on l'avait enlevée.

Une porte s'ouvrit, des pas approchèrent du lit.

— Comment tu te sens ? demanda une voix d'homme.

C'était l'une de celles qu'elle avait déjà entendues. Avec des inflexions presque tendres. À son accent, elle devinait qu'il devait être mexicain.

Elle voulut parler mais elle avait la gorge sèche. Le visiteur pressa un gobelet contre les lèvres d'Alice, fit couler de l'eau dans sa bouche en lui soutenant la nuque pour qu'elle n'en renverse pas sur elle. La main de l'homme semblait glacée sur l'arrière de son crâne.

— Je suis malade, gémit-elle.

Les piqûres avaient un peu atténué son manque, mais son addiction était trop forte pour se satisfaire de doses aussi faibles.

— Bientôt, tu ne le seras plus, répondit-il.

— Pourquoi vous me faites ça ? Il vous a payés ?

— Qu'est-ce que tu veux dire ?

Alice le sentit perplexe, peut-être même inquiet.

— Mon cousin. Il vous a payés pour m'enfermer, me désintoxiquer ?

Un soupir puis :

— Non.

— Alors, pourquoi je suis ici ? Qu'est-ce que vous me voulez ?

Elle se souvint qu'on l'avait interrogée, mais eut du mal à se rappeler les questions et les réponses qu'elle avait faites. Elle craignait cependant d'avoir dit quelque chose de terrible, quelque chose qui mettrait une amie en danger, mais elle ne se souvenait plus du nom de cette amie ni même de son visage. Elle était épuisée, complètement perdue ; elle avait soif, elle avait faim.

La main froide passa sur son front, releva les cheveux humides, et Alice pleura presque de reconnaissance pour ce moment de sollicitude. Puis les doigts touchèrent sa joue, explorèrent les arêtes des orbites de ses yeux, palpèrent ses mâchoires en pressant l'os. Alice songea aux gestes d'un chirurgien examinant un patient avant de l'ouvrir et elle eut peur.

— Vous n'avez plus rien à faire, dit-il. C'est presque terminé maintenant.

Lorsque le taxi approcha de sa destination, la femme comprit pourquoi le chauffeur était mécontent. Ils étaient remontés vers le nord de la ville, traversant une zone de moins en moins hospitalière jusqu'à ce qu'enfin même la lumière des réverbères disparaisse : ampoules brisées, éclats de verre éparpillés sur le trottoir. Les visages noirs étaient à présent plus nombreux, mais aucun n'avait une expression amicale. Quelques immeubles donnaient l'impression d'avoir été beaux autrefois et cela la peinait de les voir réduits à cet état sordide, presque autant que cela lui faisait mal de voir des jeunes gens réduits à vivre dans de telles conditions, rôdant dans les rues et s'en prenant à leurs propres frères.

La voiture s'arrêta devant une entrée étroite portant le nom d'un hôtel et la femme donna vingt-deux dollars au chauffeur. S'il attendait un pourboire, il devait être déçu. Elle n'avait pas assez d'argent pour distribuer des pourboires à des gens qui faisaient seulement ce qu'ils étaient censés faire, mais elle le remercia. Il ne l'aida pas à prendre sa valise dans le coffre. Il l'ouvrit en pressant un bouton et la laissa se débrouiller, sans cesser de regarder avec appréhension les jeunes qui l'observaient du coin de la rue.

L'enseigne de l'hôtel promettait TV, Asc. et S. de b. À l'intérieur, un employé noir portant un tee-shirt D12 lisait un manuel universitaire derrière une paroi de Plexiglas. Il lui tendit une carte d'enregistrement, encaissa l'argent liquide qu'elle lui donna pour trois nuits et lui remit une clef attachée à une demi-brique par une lourde chaîne.

— Il faut me laisser la clef quand vous sortez, prévint-il.

Elle considéra la brique.

— Bien sûr. J'essaierai de m'en souvenir.

— Vous êtes au troisième étage. L'ascenseur est sur la gauche.

La cabine empestait la friture et les excréments. Dans sa chambre, l'odeur était à peine moins infecte. Il y avait des marques de brûlures sur la moquette mince, de grands cercles noirs qui ne pouvaient avoir été faits par une cigarette. Un lit en fer d'une personne occupait l'un des murs et l'espace qui le séparait de l'autre mur permettait juste de passer. Un radiateur boudait froidement sous une fenêtre encrassée, près d'une chaise branlante. Un petit miroir était accroché au-dessus du lavabo fixé au mur. Un téléviseur était vissé au coin supérieur droit de la chambre. Elle ouvrit ce qui semblait être un placard et découvrit des toilettes exiguës, avec un trou au milieu du sol pour laisser s'écouler l'eau d'une pomme de douche. Au total, la « salle de bains » devait faire un mètre carré. Autant qu'elle pût en juger, on ne pouvait se doucher qu'en s'asseyant sur la cuvette.

Elle posa sa brosse à dents et ses affaires de toilette près du lavabo, jeta un coup d'œil à sa montre. Il était un peu tôt. Tout ce qu'elle savait de l'endroit où elle se rendrait, elle l'avait appris par une émission d'une chaîne câblée, mais elle supposait que le coin ne s'animait pas avant la nuit.

Elle alluma la télé, s'étendit sur le lit et regarda les jeux et les séries jusqu'à ce que le soir tombe. Puis elle enfila son manteau, mit un peu d'argent dans sa poche et descendit dans la rue.

Deux hommes firent à Alice une nouvelle injection. En quelques minutes, son esprit s'obscurcit. Ses membres s'alourdirent, sa tête roula sur le côté. Quand on lui ôta son bandeau, elle sut que la fin approchait. Une fois que ses yeux eurent accommodé, elle vit que l'un des hommes était petit, sec et nerveux, avec une barbe grise en pointe et des cheveux clairsemés. À son teint basané, elle reconnut en lui le Mexicain qui lui avait parlé dans le passé. L'autre était un obèse dont le ventre énorme pendouillait sur ses cuisses, masquant son entrejambe. Ses yeux verts se perdaient dans les plis de la chair, et de la saleté s'était logée dans ses pores. Son cou était gonflé, violacé, et quand il la toucha, elle sentit sur sa peau un picotement et une brûlure.

Ils la soulevèrent du lit, l'assirent dans un fauteuil à roulettes, la poussèrent dans un couloir décrépit jusqu'à une pièce carrelée de blanc au sol percé d'une grille d'évacuation. Ils l'installèrent sur une chaise en bois munie de lanières en cuir pour lui attacher bras et jambes, et la laissèrent là, devant son reflet dans le long miroir mural. Elle se reconnut à peine. Une pâleur grisâtre flottait derrière sa peau sombre, comme si ses traits recouvraient d'une couche mince ceux d'une Blanche. Ses yeux étaient injectés de sang et il y avait du sang séché aux coins de sa bouche et sur son menton. Elle portait une blouse chirurgicale blanche sous laquelle elle était nue.

La pièce était d'une clarté et d'une propreté étonnantes. Les tubes fluorescents allumés au-dessus d'elle éclairaient impitoyablement son visage, usé par des années de drogue et les exigences des hommes. Pendant une seconde, elle crut qu'elle voyait sa mère dans la glace, et la ressemblance lui fit monter les larmes aux yeux.

— Pardon, m'man, murmura-t-elle. Je voulais pas te faire de mal.

Les drogues qui palpitaient dans son corps aiguisaient son ouïe. Devant elle, ses traits se mirent à onduler, à se transformer. Des voix chuchotaient autour d'elle. Elle tenta de tourner la tête pour les suivre mais n'y parvint pas. Sa paranoïa s'accrut.

Puis la lumière s'éteignit et elle se retrouva dans le noir total.

La femme fit signe à un taxi, annonça au chauffeur où elle voulait aller. Elle avait brièvement envisagé de prendre les transports en commun mais avait décidé de ne les utiliser que pendant la journée. La nuit, elle se déplacerait en taxi, malgré la dépense. Après tout, s'il lui arrivait quelque chose dans le métro ou pendant qu'elle attendait le bus avant qu'elle puisse lui parler, qui alors chercherait sa fille ?

Le chauffeur était jeune, et blanc. La plupart de ses collègues n'étaient pas blancs, d'après ce qu'elle avait vu plus tôt dans la soirée. Peu d'entre eux étaient noirs. Les races qui conduisaient les taxis ici, on ne les trouvait que dans les grandes villes, ou à l'étranger.

— Madame, dit le jeune homme, vous êtes sûre que c'est là que vous voulez aller ?

— Oui, répondit-elle. Emmenez-moi au Point.

— C'est un quartier chaud. Vous resterez long-temps ? Si vous restez pas trop longtemps, je peux vous attendre et vous ramener ici.

Elle ne ressemblait à aucune des radeuses qu'il avait vues, mais il savait que le Point en offrait pour tous les goûts. Non que le coin dans lequel elle se trouvait maintenant fût à se pâmer, mais il n'aimait pas trop penser à ce qui pourrait arriver à une gentille dame aux cheveux gris se baladant parmi la racaille du Point.

— Je resterai un moment, dit-elle. Je ne sais pas quand je reviendrai, mais merci quand même.

Concluant qu'il ne pouvait rien faire de plus, le chauffeur s'engagea dans la circulation et prit la direction de Hunts Point.

Il se faisait appeler G-Mack et il était proxo. Il s'habillait comme un proxo parce que ça faisait partie du métier. Il avait les chaînes en or et le manteau de cuir, sous lequel il portait un gilet noir sur son torse nu. Son pantalon, ample aux cuisses, se rétrécissait dans le bas au point qu'il avait du mal à y passer les pieds. Les rangées de nattes de sa coiffure étaient dissimulées sous un chapeau de cuir à large bord et il avait une paire de téléphones cellulaires accrochés à la ceinture. Il ne portait pas d'arme, mais il y avait des flingues pas loin. C'était son territoire, c'étaient ses femmes.

Il les regardait, les fesses à peine couvertes par leur minijupe noire en faux cuir, les nichons jaillissant de leur bustier blanc bon marché. Il aimait qu'elles aient la même tenue, il y voyait une sorte de marque de fabrique. Tout ce qui avait de la valeur dans ce pays avait son propre look aisément reconnaissable, qu'on l'achète à Gèle-les-Miches dans le Montana ou à Torche-Cul, dans l'Arkansas. G-mack n'avait pas autant de filles que certains, mais il débutait. Il avait de grands projets.

Il vit Chantal – une grande gagneuse noire aux jambes si fines qu'il se demandait comment elles pouvaient soutenir son corps – se diriger vers lui en vacillant sur ses talons aiguilles.

— T'as combien, *baby* ? lui demanda-t-il.
— Cent.
— Cent ? Tu te fous de moi ?
— C'est calme, chéri. J'ai eu que des turluttes, plus un négro qui a essayé de m'arnaquer, genre je te paie dès que t'as fini, il m'a fait perdre mon temps. C'est pas facile, en ce moment.

G-Mack tendit le bras pour prendre le bas du visage de la fille dans sa main et le tenir serré.

— Qu'est-ce que je vais trouver si je t'emmène derrière pour te fouiller ? Des biffetons cachés dans tous les coins sombres, hein ? Tu crois que je serai gentil avec toi quand j'aurai regardé à l'intérieur ? Tu veux que je le fasse ?

Elle secoua la tête malgré la pression des doigts. Il la lâcha et la regarda passer une main sous sa jupe. Quelques secondes plus tard, la main reparut avec un sachet en plastique contenant des billets.

— C'est bon pour cette fois, t'entends ? dit-il.

Il prit le sachet en le tenant par les ongles pour ne pas se souiller les mains avec l'odeur de la fille, qui lui donna aussi les cent dollars de son sac. Il leva la main comme pour la frapper, la laissa lentement retomber et eut un sourire rassurant.

— C'est bien parce que t'es nouvelle. Mais t'essaies de m'enfler encore une fois et je te défonce le cul que t'en saigneras pendant une semaine. Maintenant, dégage.

Chantal hocha la tête et renifla. Elle caressa de sa main droite le revers du manteau de G-Mack.

— Désolée, trésor. Je…

— Terminé, la coupa-t-il. On est au clair.

Elle hocha de nouveau la tête, se retourna et repartit vers la rue. Il la regarda s'éloigner. Elle avait environ cinq heures devant elle avant que les affaires deviennent calmes. Il la ramènerait alors à la piaule et lui montrerait ce qui arrive aux salopes qui déconnent avec le Mack. Il ne pouvait pas la dresser dans la rue, ça la foutrait mal. Non, il s'occuperait d'elle en privé.

C'est le problème avec ces filles. T'en laisses une s'en tirer et elles se mettent toutes à garder de la thune pour elles, et finalement tu vaux pas mieux qu'une pute toi-même. Il faut leur donner une leçon dès le début, sinon pas la peine de les faire bosser. Le plus drôle, c'est qu'elles restent avec toi, même quand tu les corriges. Si tu t'y prends bien, elles ont l'impression qu'on a besoin d'elles, comme si elles faisaient partie de la famille qu'elles ont jamais eue. Comme un bon père, tu les dresses parce que tu les aimes. Tu peux tromper celles qui te kiffent, elles mouftent pas parce qu'au moins elles connaissent les autres putes que tu tringles. Là-dessus, vaut cent fois mieux être mac qu'honnête citoyen. Pas de problème tant que ça reste dans la famille. C'est tes femmes, tu peux en faire ce que tu veux tant que tu leur donnes l'impression qu'elles ont une place à elles, qu'elles sont utiles. Faut être psychologue, avec ces femelles, faut savoir comment jouer le coup.

— Excusez-moi, fit une voix à sa droite.

Baissant les yeux, il vit une petite Noire vêtue d'un manteau, une main dans son sac. Elle avait des cheveux gris et se casserait sûrement en deux si le vent soufflait un peu fort.

— Qu'est-ce que tu veux, mamie ? T'es un peu vioque pour la retape.

Si la femme comprit l'insulte, elle ne le montra pas.

— Je cherche quelqu'un, dit-elle en tirant une photographie de son sac.

Et G-Mack eut l'impression que son cœur s'arrêtait.

La porte située à la gauche d'Alice s'ouvrit puis se referma, mais la lumière du couloir avait été éteinte elle aussi et elle ne put voir qui était entré. Une odeur nauséabonde assaillit ses narines, lui donna des haut-le-cœur. Elle n'entendait pas de bruit de pas mais avait conscience qu'une forme tournait autour d'elle, l'évaluait.

— S'il vous plaît, geignit-elle, devant faire appel à toutes ses forces rien que pour parler. S'il vous plaît.

Je sais pas ce que j'ai fait mais je le regrette. Je dirai à personne ce qui s'est passé. Je ne sais même pas où je suis. Laissez-moi partir et je me tiendrai tranquille, je vous le promets.

Le murmure se fit plus fort, un rire se mêla aux voix. Quelque chose toucha le visage d'Alice, dont l'esprit fut bombardé d'images. Elle eut l'impression qu'on pillait sa mémoire, qu'on tenait brièvement à la lumière les détails de sa vie avant de les jeter. Elle vit sa mère, sa tante, sa grand-mère…

Une maison pleine de femmes sur un lopin de terre au bord d'une forêt ; un homme gisant dans un cercueil, les femmes debout autour de lui, aucune ne pleurant. L'une d'elles tend le bras vers le drap de coton qui le recouvre et révèle, en le rabattant, qu'il n'a presque plus de visage, que ses traits ont été détruits par quelque terrible vengeance. Dans un coin se tient un jeune garçon, grand pour son âge, vêtu d'un costume de mauvaise qualité loué pour l'occasion, et Alice connaît son nom.

Louis.

— Louis, chuchota-t-elle, sa voix semblant résonner dans la pièce carrelée.

La présence qu'elle sentait près d'elle s'écarta, mais Alice continuait de l'entendre respirer. Son haleine avait une odeur de terre.

De terre et de brûlé.

— Louis, répéta-t-elle.

Plus proche qu'un frère, pour moi. Du même sang.

Aide-moi.

On lui prit une main et la souleva, la posa sur une chair ravagée. Alice traça des doigts les contours de ce qui avait été un visage : les orbites, maintenant vides ; les fragments de cartilage là où il y avait eu un nez ; un trou sans lèvres en guise de bouche. Cette bouche s'ouvrit, aspira ses doigts et se referma doucement sur eux. Elle vit de nouveau la forme allongée dans le cercueil, l'homme sans visage, les traits déchirés par...

— Louis.

Elle pleurait, à présent. Pour eux deux. La bouche n'était plus douce sur ses doigts. Des dents sortaient des gencives, pointues comme des aiguilles, et s'enfonçaient dans sa main.

Ce n'est pas réel. Ce n'est pas réel.

Mais la douleur était réelle, et la présence auprès d'elle aussi.

Elle l'appela de nouveau dans sa tête – Louis – tandis que son agonie commençait.

G-Mack détourna les yeux de la femme et regarda ses filles, les voitures, la rue, n'importe quoi pour ne plus la voir et la forcer à décarrer.

— Je peux pas t'aider, dit-il. Appelle le 50, ils s'occupent des personnes disparues.

— Elle travaillait ici, insista la femme. La jeune fille que je cherche. Elle travaillait pour vous.

— Je te le répète, je peux pas t'aider. Casse-toi, maintenant, si tu veux pas avoir d'ennuis. Personne veut répondre à tes questions. Ici, on fait du fric. C'est un business. Comme Mickey D. Y a que la thune qui compte.

— Je peux vous payer, dit la vieille femme.

Elle lui tendit une poignée pathétique de billets froissés.

— Je veux pas de ton argent. Dégage.

— S'il vous plaît, plaida-t-elle. Regardez juste la photo.

Elle tint devant lui la photo d'une jeune Noire.

G-Mack y jeta un coup d'œil et regarda aussitôt ailleurs, l'air le plus détaché qu'il put.

— Je la connais pas.

— Peut-être que…

— Je l'ai jamais vue.

— Mais vous n'avez même pas bien reg…

Dans sa peur, G-Mack commit la plus grande erreur de sa vie.

Il décocha une gifle à la femme, l'atteignant à la joue gauche. Elle bascula en arrière, heurta le mur, une tache pâle sur la peau là où la main ouverte l'avait frappée.

— Fous le camp, dit-il. Remets plus les pieds ici.

Il vit des larmes se former dans les yeux de la femme, mais elle s'efforça de les retenir. Elle avait des couilles, cette vieille peau, il devait le reconnaître. Elle rangea la photo dans son sac et s'éloigna. De l'autre côté de la rue, Chantal le fixait.

— Qu'est-ce tu regardes, toi ? lui cria-t-il.

Il fit un pas vers elle et elle recula, disparut finalement derrière une Taurus verte s'arrêtant à son niveau. L'homme d'affaires d'âge mûr qui était au volant baissa sa vitre pour négocier le prix avec elle. Quand ils furent d'accord, Chantal monta dans la voiture, qui repartit en direction d'un des parkings situés en bordure de l'avenue. Encore une chose dont il devrait lui parler, à cette conne : la curiosité.

Jackie Garner se tenait d'un côté de la fenêtre, moi de l'autre. À l'aide d'un petit miroir de dentiste, j'avais vu deux hommes regarder la télé dans le séjour. L'un d'eux était Garry, le frère de Torrans. À côté, les doubles rideaux de ce qui devait être une chambre étaient fermés, et je crus entendre un homme et une femme parler à l'intérieur. Je fis signe à Jackie de rester où il était et m'approchai de la fenêtre de la chambre. Avec les doigts tendus de ma main droite, j'égrenai le compte à rebours, trois, deux, un, puis balançai la grenade fumigène par la fenêtre. Jackie lança la sienne dans les carreaux du living, la fit suivre d'une autre. Des vapeurs vertes s'élevèrent aussitôt. Je reculai et pris position dans l'obscurité, devant la porte de derrière de la maison, Jackie faisant de même pour celle de devant. J'entendis tousser et crier à l'intérieur, mais on ne voyait rien : la fumée avait déjà envahi tout le séjour. La puanteur était incroyable et même de loin j'avais les yeux qui piquaient.

Ce n'était pas seulement de la fumée. Il y avait du gaz aussi.

La porte de devant s'ouvrit, deux hommes se ruèrent dans le jardin. L'un d'eux, qui avait une arme à la main, tomba à genoux dans l'herbe, secoué de nausées. Jackie surgit de nulle part, posa un pied massif sur la main qui tenait le flingue, expédia l'autre dans le menton du type. Son copain, Garry Torrans, était allongé par terre, les mains plaquées sur les yeux.

Quelques secondes plus tard, Olivia Morales sortit en titubant par la porte de derrière. David Torrans la suivait de près, sans chemise, pressant contre son visage une serviette humide. Une fois dehors, il la jeta et se précipita vers le jardin d'à côté. Il avait les yeux rouges mais ne semblait pas souffrir autant que les autres. Il était presque parvenu au mur quand j'émergeai de l'obscurité et lui fauchai les jambes. Il atterrit sur le dos, le souffle coupé par le choc. Immobile, il leva les yeux vers moi, des larmes roulant sur ses joues.

— T'es qui, toi ? fit-il, haletant.

— Je m'appelle Parker.

— Tu nous as gazés, accusa-t-il, vomissant les mots.

— Tu as essayé de voler ma voiture, repartis-je.

— Ouais, mais… Quel genre de salaud il faut être pour gazer quelqu'un ?

Jackie Garner traversa la pelouse d'un pas traînant. Derrière lui, Garry et l'autre étaient étendus par terre, les mains et les pieds attachés par des liens de plastique.

— Ce genre, répondis-je en désignant Jackie.

— Désolé, dit-il à Torrans. Maintenant, au moins, je sais que ça marche.

G-Mack alluma une cigarette et remarqua que ses mains tremblaient. Il ne voulait pas penser à la fille de la photo. Elle n'était plus là et il ne voulait plus jamais revoir les mecs qui l'avaient récupérée. S'ils découvraient que quelqu'un la cherchait, un autre proxo reprendrait l'équipe du Mack parce que le Mack serait mort.

G-Mack l'ignorait, mais il n'avait plus que quelques jours à vivre.

Il n'aurait jamais dû frapper cette femme.

Dans la pièce carrelée, Alice, à présent brisée et anéantie, s'apprêtait à rendre son dernier soupir. Une bouche toucha ses lèvres, attendit. Il le sentait venir, il en savourait d'avance la douceur. La femme frissonna puis son corps s'amollit. Il laissa l'esprit d'Alice pénétrer en lui et une nouvelle voix s'ajouta au chœur qui résonnait à l'intérieur.

2

Les jours sont comme des feuilles qui attendent de tomber.

Le passé est tapi dans l'ombre de nos vies. Il a une patience infinie, certain qu'il est que tout ce que nous avons accompli, tout ce que nous n'avons pas réussi à faire reviendra finalement nous hanter. Lorsque j'étais jeune, je jetais chaque jour derrière moi sans y penser, comme des graines de pissenlit abandonnées au vent, s'échappant des mains d'un garçon et disparaissant par-dessus son épaule tandis qu'il marchait vers le couchant et sa maison. Il n'y avait rien à regretter car d'autres jours viendraient. Les affronts et les injures seraient oubliés, les blessures pardonnées. Il y avait assez de lumière dans le monde pour éclairer les jours qui suivraient.

Aujourd'hui, quand je regarde par-dessus mon épaule le chemin que j'ai pris, je vois qu'il est envahi par des broussailles là où les graines des actes passés et des péchés à demi oubliés ont germé et pris racine. Quelqu'un me suit sur ce sentier. Elle n'a pas de nom mais elle ressemble à Susan, ma femme morte, et Jennifer, ma première fille, tuée avec elle dans notre petite maison de New York, marche auprès d'elle.

Longtemps j'ai regretté de ne pas être mort avec elles. Ce regret revient quelquefois.

J'avance maintenant plus lentement sur le chemin de la vie et les broussailles me rattrapent. Des bruyères entourent mes chevilles, de hautes herbes effleurent l'extrémité de mes doigts et sous mes pieds craquent les feuilles des jours à demi morts.

Le passé m'attend, monstre que j'ai créé.

Le passé nous attend tous.

Je me réveillai dans le noir, un peu avant l'aube. Près de moi, Rachel dormait. Dans une petite chambre voisine de la nôtre, notre bébé reposait. Nous avions bâti cet endroit ensemble, il devait être un havre sûr, mais ce que je voyais autour de moi n'était plus notre foyer. C'était un mélange, un collage de lieux remémorés. Le lit que Rachel et moi avions choisi n'était plus dans une chambre donnant sur les marais de Scarborough mais dans un paysage urbain. J'entendais des voix monter de la rue, des sirènes mugir au loin. Sur la coiffeuse de la chambre de mes parents, il y avait les produits de beauté de ma femme morte. Sur le coffre, à gauche, je voyais une brosse par-dessus la tête endormie de Rachel. Elle est rousse. Les cheveux pris dans la brosse étaient blonds.

Je me levai. Pris le couloir dans le Maine et descendis l'escalier à New York. Dans la salle de séjour, elle m'attendait. De l'autre côté de la fenêtre, les marais étincelaient d'argent au clair de lune. Des ombres glissaient sur l'eau, bien que le ciel fût sans nuages. Les formes dérivèrent vers l'est jusqu'à ce qu'enfin l'océan les avale. Il n'y avait pas de circulation et aucun bruit de la ville ne brisait le silence fragile de la nuit. Tout était immobile, excepté les ombres du marais.

Assise près de la fenêtre, Susan me tournait le dos, les cheveux retenus par un ruban aigue-marine. Elle regardait à travers les carreaux une petite fille qui gambadait sur la pelouse. Elle avait les mêmes cheveux que sa mère. La tête baissée, elle comptait ses pas.

Puis ma femme morte se mit à parler.

Tu nous as oubliées.

Non, je n'ai pas oublié.

Alors, qui dort maintenant près de toi, là où je dormais autrefois ? Qui te tient dans ses bras la nuit ? Qui t'a donné un enfant ? Comment peux-tu dire que tu n'as pas oublié quand tu es imprégné de son odeur ?

Je suis ici. Tu es ici. Je ne peux pas oublier.

Tu ne peux pas aimer deux femmes de tout ton cœur. L'une de nous doit être perdue pour toi. N'est-il pas vrai que tu ne penses plus à moi dans les silences qui séparent les battements de ton cœur ? Ne suis-je pas absente de tes pensées quand tu te tords dans ses bras ?

Elle avait craché les mots, et la violence de sa colère éclaboussa la vitre de sang. Dehors, l'enfant cessa de sautiller, me fixa à travers les carreaux. L'obscurité cachait son visage et j'en étais reconnaissant.

Elle était ton enfant.

Elle sera toujours mon enfant. Dans ce monde ou dans l'autre, elle le sera toujours.

Nous ne partirons pas. Nous ne disparaîtrons pas. Nous refusons de te quitter. Tu te souviendras de nous. Tu n'oublieras pas.

Elle se retourna et je vis une fois de plus son visage ravagé, les orbites vides de ses yeux, et le souvenir des souffrances qu'elle avait endurées à cause de moi me revint avec une telle force que j'eus un spasme, les bras raidis, le dos arqué au point que j'entendis mes vertèbres craquer. Je me réveillai soudain, des bras autour de ma poitrine, des mains sur ma peau et mes cheveux, la bouche béante de douleur. Rachel me serrait contre elle en murmurant « là, là », et ma nouvelle fille pleurait avec la voix de l'ancienne. Le monde était un lieu où les morts choisissaient de ne pas partir, car partir, c'est être oublié et ils ne voulaient pas qu'on les oublie.

Rachel me caressa les cheveux pour me rassurer puis alla s'occuper de notre enfant. Je l'entendis parler d'une voix apaisante au bébé, marcher en le tenant dans ses bras jusqu'à ce que ses pleurs s'arrêtent. Elle pleurait si rarement, cette petite fille, notre Samantha. Elle était si calme. Elle ne ressemblait pas à celle que j'avais perdue, et cependant je voyais quelquefois un peu de Jennifer dans son visage, même les premiers mois. Parfois aussi, je croyais déceler le fantôme de Susan dans ses traits, mais c'était impossible.

Je fermai les yeux. Je n'oublierai pas. Leurs noms étaient écrits sur mon cœur, avec ceux de beaucoup d'autres : ceux que j'avais perdus et ceux que je n'avais pas réussi à trouver ; ceux qui m'avaient fait confiance et ceux qui s'étaient dressés contre moi ; ceux qui étaient morts de ma main et ceux qui étaient morts de la main d'un autre. Leurs noms étaient inscrits au couteau dans ma chair, mêlés les uns aux autres et cependant parfaitement lisibles, gravés délicatement sur le palimpseste de mon cœur.

Je n'oublierai pas.

Ils ne me laisseraient pas oublier.

Ils ne me laisseraient pas en paix.

Le prêtre en visite à l'église catholique Saint-Maximilien-Kolbe peinait à exprimer sa consternation devant ce qu'il voyait.

— Qu'est-ce... qu'est-ce qu'il porte ?

L'objet de sa perplexité était un ancien cambrioleur poids plume vêtu d'un costume qui semblait taillé dans un matériau synthétique approuvé par la NASA. Dire qu'il chatoyait à chaque mouvement de son propriétaire aurait été sous-estimer sa capacité à réfracter la lumière. Ce costume rutilait comme une nouvelle étoile, embrassant toutes les couleurs du spectre, et une ou deux de plus que le Créateur avait probablement omises par bon goût. Si le bûcheron en fer-blanc du *Magicien d'Oz* avait décidé de se déguiser en voiturier, cela aurait donné quelque chose d'approchant.

— On dirait qu'il est en métal, dit le prêtre, les yeux légèrement plissés.

— Un métal réfléchissant, ajoutai-je.

— En effet, reprit l'ecclésiastique, à la fois dérouté et presque impressionné. Je ne crois pas avoir déjà vu quelque chose de ce genre. C'est, euh, un de vos amis ?

Je m'efforçai de chasser de ma voix un vague sentiment de gêne :

— C'est l'un des parrains.

Il y eut un silence. Le prêtre était un missionnaire rentré d'Asie du Sud-Est pour passer quelque temps au pays et il avait sans doute vu beaucoup de choses dans sa carrière. C'était flatteur, en un sens, qu'il ait fallu un baptême dans le sud du Maine pour le laisser sans voix.

— Il vaudrait peut-être mieux qu'il ne s'approche pas d'une flamme, estima-t-il après réflexion.

— Ce serait sage.

— Il devra tenir un cierge, naturellement, mais je lui recommanderai de garder le bras tendu. Ça devrait aller. Et la marraine ?

À mon tour, je marquai une pause avant d'expliquer :

— C'est ici que ça se complique. Vous voyez l'homme qui se tient près de lui ?

À côté d'Angel, et le dominant d'une bonne tête, il y avait Louis, son compagnon. On aurait pu le décrire comme un républicain austère de l'époque des pionniers, sauf que tout républicain austère digne de ce nom aurait verrouillé les portes, fermé les volets de sa cabane en rondins et attendu la cavalerie plutôt que d'admettre cet individu dans son foyer. Il portait un costume bleu foncé et des lunettes de soleil, mais, même avec ses lunettes, il semblait faire de gros efforts pour ne pas regarder directement son ami. En fait, il parvenait assez bien à donner le sentiment de ne pas avoir de compagnon et d'être embarrassé par ce type qui s'obstinait à le suivre et à lui parler.

— Le grand monsieur ? Il a l'air un peu déplacé.

Observation judicieuse. Louis était élégamment vêtu, comme toujours, et, hormis sa haute taille et la couleur de sa peau, il n'y avait pas grand-chose dans son apparence physique qui parût justifier une telle remarque ; cependant, il émanait de lui une impression de différence, et de vague menace potentielle.

— Il est parrain, lui aussi.

— Deux parrains ?

— Et une marraine : la sœur de ma compagne. Elle est dehors, quelque part.

Le prêtre remua les pieds pour souligner son embarras.

— C'est très inhabituel.

— Je sais, dis-je. Mais ces gens sortent de l'ordinaire, eux aussi.

C'était la fin janvier et il y avait encore de la neige dans les endroits abrités. Deux jours plus tôt, j'étais descendu en voiture dans le New Hampshire pour acheter de l'alcool bon marché en prévision des festivités qui suivraient le baptême. Après avoir fait mes emplettes, je marchai un moment le long de l'Androscoggin, dont la glace était encore épaisse d'un pied près de la berge mais étoilée par des fissures. Le centre de son lit était cependant libre de toute entrave et l'eau coulait lentement et régulièrement vers la mer. Je marchai à contre-courant en suivant une berme plantée de sapins que le fleuve avait créée avec le temps, isolant une tourbière où des myrtilles et des ronces précoces, du houx verticillé gris-noir cohabitaient avec l'épicéa et le mélèze. Je parvins enfin à la partie flottante de la tourbière, verte et violette là où la sphaigne se mêlait aux canneberges. Je cueillis une baie adoucie par le gel, la plaçai entre mes dents. Quand je mordis, le goût du jus emplit ma bouche. Je trouvai un tronc d'arbre tombé depuis longtemps, à présent gris et pourri, m'assis dessus. Le printemps arrivait et avec lui le long et lent dégel. Il y aurait des feuilles nouvelles, une nouvelle vie.

J'avais toujours été de l'hiver. Maintenant plus que jamais, je désirais rester pris, immuable, dans un cocon de neige et de glace. Je songeai à Rachel et à Sam, ma fille, à ceux qui avaient disparu avant elles. La vie ralentit en hiver, mais je voulais à présent qu'elle interrompe totalement sa marche en avant pour nous trois. Si je pouvais nous garder ici, enveloppés de blanc, tout irait bien. Si les jours ne s'écoulaient que pour les autres, il n'arriverait rien de mal. Aucun étranger ne se présenterait à notre porte ; aucune autre exigence ne nous serait imposée que ces choses fondamentales que nous nous demandions l'un à l'autre et que nous accordions volontiers en retour.

Pourtant, même ici, dans le silence des bois et de l'eau couverte de mousse, la vie continuait, grouillante, cachée sous la neige et la glace. Son immobilité était une ruse, une illusion qui n'abusait que ceux qui ne voulaient pas ou étaient incapables de regarder plus attentivement et de voir ce qui gisait dessous. Le temps et la vie allaient inexorablement de l'avant. Déjà, le soir tombait autour de moi. Bientôt il ferait nuit et elles reviendraient.

Elles me rendaient visite plus souvent, l'enfant qui était presque ma fille, et sa mère, qui n'était pas tout à fait ma femme. Leurs voix se faisaient plus insistantes, le souvenir que j'en gardais dans cette vie était de plus en plus altéré par les formes qu'elles avaient prises dans l'autre. Au début, lorsqu'elles venaient, je n'aurais pas pu dire ce qu'elles étaient. Je croyais à des fantasmes de chagrin engendrés par mon esprit perturbé, coupable, mais peu à peu, elles avaient pris une sorte de réalité. Je ne m'étais pas habitué à leur présence mais j'avais appris à l'accepter. Réelles ou imaginaires, elles symbolisaient encore un amour que j'avais autrefois éprouvé et que j'éprouvais toujours. Mais elles devenaient maintenant quelque chose de différent et murmuraient leur amour entre des dents dénudées.

Nous ne nous laisserons pas oublier.

Tout s'effondrait autour de moi et je ne savais pas quoi faire. Alors, je demeurais assis sur un tronc d'arbre pourri en souhaitant que les horloges s'arrêtent.

Le temps était plus doux qu'il ne l'avait été depuis de nombreux jours. Rachel se tenait devant l'église, Sam dans ses bras, sa mère, Joan, à côté d'elle. Notre fille, enveloppée de blanc, plissait les yeux en dormant comme si on la dérangeait dans son sommeil. Le ciel était clair et bleu, le soleil d'hiver brillait froidement sur Black Point. Nos amis et voisins, disséminés autour de nous, bavardaient et fumaient. La plupart d'entre eux s'étaient habillés pour l'occasion, heureux d'avoir un prétexte pour montrer des vêtements de couleur en hiver. Je saluai de la tête quelques personnes avant de rejoindre Rachel et Joan.

Au moment où je m'approchai, Sam s'éveilla et remua les bras. Elle bâilla, regarda autour d'elle avec des yeux troubles et ne vit rien d'assez important pour l'empêcher d'entamer un autre somme. Joan glissa le châle blanc sous le menton de Sam pour la protéger du froid. C'était une petite femme robuste qui se maquillait très peu et portait courts ses cheveux argent. L'ayant rencontrée ce matin-là pour la première fois, Louis avait suggéré qu'elle tâchait d'établir le contact avec la lesbienne qui était en elle. Je lui conseillai de garder cette opinion pour lui s'il ne voulait pas que Joan Wolfe entre en contact avec l'homo qui était en lui en lui ouvrant la poitrine pour lui arracher le cœur. Elle et moi nous entendions bien la plupart du temps, mais je savais qu'elle se faisait du souci pour la sécurité de sa fille et de sa petite-fille, ce qui se traduisait par une distance entre nous. Pour moi, c'était comme apercevoir un endroit chaleureux et amical que je ne pouvais atteindre qu'en traversant un lac gelé. J'admettais que Joan avait des raisons de s'inquiéter vu les événements survenus dans le passé, mais cela ne rendait pas sa désapprobation implicite à mon égard plus facile à supporter. Toutefois, en comparaison de mes relations avec le père de Rachel, nous étions de grands potes, Joan et moi. Quand il avait bu quelques verres, Frank Wolfe se croyait obligé de terminer la plupart de nos rencontres par ces mots : « S'il arrive quoi que ce soit à ma fille… »

Rachel portait une robe bleu clair toute simple, avec des faux plis dans le dos et un fil qui pendait d'une couture. Elle avait l'air fatiguée, distraite.

— Je peux la prendre, si tu veux, proposai-je.

— Non, elle est bien.

Les mots avaient jailli trop vite et j'eus l'impression qu'on m'avait poussé durement au niveau de la poitrine pour me faire reculer. Je regardai Joan. Au bout d'un moment, elle nous laissa pour rejoindre Pam, la sœur cadette de Rachel, qui fumait une cigarette et flirtait avec un groupe d'admirateurs locaux.

— Je sais qu'elle est bien, fis-je à voix basse. C'est de toi que je me soucie.

Rachel s'appuya un moment contre moi puis, presque comme si elle avait compté les secondes jusqu'à ce qu'elle puisse remettre une distance entre nous, elle s'écarta.

— Je voudrais que ce soit fini, soupira-t-elle. Je voudrais que tous ces gens soient partis.

Nous n'avions pas invité beaucoup de monde. Il y avait Angel et Louis, bien sûr, et Walter et Lee Cole étaient venus de New York. Eux mis à part, le gros des invités se composait de la famille de Rachel et de quelques-uns de nos amis de Portland et de Scarborough. Au total, vingt-cinq à trente personnes, pas plus, dont la plupart viendraient chez nous après la cérémonie. Normalement, Rachel se serait fait une fête de leur présence, mais, depuis la naissance de Sam, elle devenait de plus en plus solitaire, évitant même ma compagnie. Je tentai de me rappeler les premiers jours de la vie de Jennifer, avant qu'elle et sa mère ne me soient enlevées, et, bien que Jennifer eût été aussi braillarde que Sam était calme, je ne me rappelais pas avoir connu les difficultés qui nous perturbaient à présent, Rachel et moi. Certes, il était naturel que Sam accapare l'énergie et l'attention de Rachel. Je m'efforçais de l'aider du mieux que je pouvais et j'avais réduit mes activités professionnelles pour prendre ma part du fardeau et permettre à Rachel de souffler un peu, si elle le souhaitait. Mais, au contraire, elle semblait presque mal supporter ma présence et, avec l'arrivée d'Angel et de Louis, ce matin-là, la tension entre nous s'était considérablement accrue.

— Je peux leur dire que tu ne te sens pas bien, proposai-je. Tu monteras dans notre chambre avec Sam un peu plus tard. Ils comprendront.

Elle secoua la tête.

— Ce n'est pas ça. Je veux qu'ils partent. Tu ne comprends pas ?

À vrai dire, non, je ne comprenais pas. Pas encore.

La femme arriva au garage tôt dans la matinée. Il se trouvait à la lisière d'un quartier qui, s'il ne s'était pas embourgeoisé, avait au moins cessé d'estourbir le bourgeois. Elle avait pris le métro pour le Queens et avait dû changer deux fois de rame parce qu'elle s'était trompée de ligne. Les rues étaient plus calmes aujourd'hui, mais elle ne voyait toujours pas de beauté dans cette ville. Elle avait le visage tuméfié et son œil gauche lui faisait mal chaque fois qu'elle cillait.

Après que le proxénète l'eut frappée, il lui avait fallu un moment pour se ressaisir contre le mur d'une ruelle. Ce n'était pas la première fois qu'un homme levait la main sur elle, mais jamais auparavant elle n'avait reçu un coup d'un étranger, et deux fois plus jeune qu'elle. Cette mésaventure la laissa humiliée et furieuse, et, pendant les minutes qui suivirent, elle souhaita, pour la première fois peut-être, que Louis soit près d'elle, qu'elle puisse lui raconter ce qui était arrivé et qu'elle le voie humilier le maquereau à son tour. Dans l'obscurité de la ruelle, elle posa ses mains sur ses genoux et baissa la tête. Elle se sentait sur le point de vomir. Ses mains tremblaient, une pellicule de sueur couvrait son visage. Elle ferma les yeux et pria jusqu'à ce que sa rage retombe.

Elle entendit une femme gémir à proximité et un homme lui parler durement. Se tournant vers la droite, elle découvrit deux silhouettes qui se mouvaient en cadence, près de vieux sacs abandonnés. Des voitures passaient lentement, vitres baissées, les phares et les réverbères donnant une expression cruelle et avide aux visages des conducteurs. Une grande fille blanche titubait sur des talons roses, le corps à peine caché par de la lingerie blanche. À côté d'elle, une Noire s'appuyait au capot d'une voiture, les mains plaquées sur le métal, les fesses relevées pour attirer l'attention des hommes. Dans la ruelle, le rythme des mouvements s'accéléra, les gémissements de la fille montèrent, faux et vides, avant de cesser totalement. Quelques secondes plus tard, la femme entendit un bruit de pas. L'homme sortit de l'ombre le premier, jeune, blanc, bien habillé. Sa cravate était de côté et il passait une main dans sa chevelure pour y remettre de l'ordre après ses efforts. Elle sentit une odeur d'alcool, une trace de parfum bon marché. Il lui jeta à peine un coup d'œil en tournant dans la rue.

Il fut suivi au bout d'un moment par une gamine blanche. Elle semblait à peine assez âgée pour conduire une voiture et cependant elle était là, vêtue d'une mini-jupe noire et d'un haut raccourci. Des talons ajoutaient cinq centimètres à sa stature menue. Ses cheveux bruns coupés au carré encadraient des traits délicats masqués par un maquillage grossièrement appliqué.

Elle marchait avec difficulté, comme si elle avait mal, et était presque passée devant la femme quand une main se tendit, sans la toucher, la suppliant seulement de s'arrêter.

« S'il vous plaît, mademoiselle. »

L'adolescente fit halte. Elle avait de grands yeux bleus, mais la femme voyait déjà la lumière y mourir.

« Je peux pas te filer de fric.

— Je ne veux pas d'argent. J'ai une photo. Si vous y jetiez un coup d'œil, vous pourriez me dire si vous connaissez cette jeune fille. »

La femme tira d'une poche la photographie de sa fille. Après un temps d'hésitation, la jeune Blanche la prit, l'examina, la rendit.

« Elle est partie. »

La femme s'avança, lentement, pour ne pas effrayer l'adolescente.

« Vous la connaissez ?

— Pas vraiment. Je l'ai vue dans le coin, mais elle est partie un jour ou deux après mon arrivée. J'ai entendu dire qu'on l'appelait LaShan, mais je crois pas que c'était son vrai nom.

— Non, elle s'appelait Alice.

— T'es sa mère ?

— Oui.

— Elle avait l'air gentille.

— Elle l'est.

— Elle était copine avec une autre fille, Sereta.

— Vous savez où je peux trouver cette amie ? »

La jeune prostituée secoua la tête.

« Elle est partie elle aussi. Je voudrais pouvoir t'en dire plus mais je peux pas. Faut que j'y aille. »

Avant que la femme puisse la retenir, l'adolescente tourna dans la rue et fut emportée par le flot. La mère d'Alice la vit traverser, donner des billets au maquereau noir qui l'avait frappée, puis reprendre sa place parmi les autres filles arpentant la rue.

Où est la police ? se demanda la femme. Comment peut-elle laisser des choses pareilles se dérouler sous ses yeux ? Cette exploitation, cette souffrance. Comment peut-on laisser une gamine être ainsi souillée, tuée lentement de l'intérieur ? Et si les policiers laissent une Blanche subir ce sort, que peut bien leur faire celui d'une fille noire de plus tombée dans ce fleuve de misère humaine et emportée par son courant ?

Elle avait été stupide de croire qu'elle pouvait venir dans cette ville inconnue et y trouver seule sa fille. Bien sûr, avant de décider de monter dans le nord, elle s'était adressée à la police et lui avait communiqué au téléphone tout ce qu'elle savait. On lui avait conseillé de remplir un formulaire une fois qu'elle serait en ville et c'est ce qu'elle avait fait la veille. Elle avait vu l'expression du policier changer légèrement quand elle lui avait donné des détails. Pour lui, sa fille n'était qu'une droguée de plus à la dérive. Peut-être avait-il été sincère en promettant de faire tout son possible, mais elle savait que la disparition de sa petite fille n'était pas aussi importante que celle d'une Blanche qui aurait des parents riches et influents, ou tout simplement pas de trace de piqûre dans la peau entre les doigts et les orteils. Elle avait envisagé de retourner voir la police ce matin-là, de décrire l'homme qui l'avait frappée et la jeune prostituée à qui elle avait parlé, mais elle savait que cela ne changerait pas grand-chose. Le moment de faire appel à la police était passé. Elle avait maintenant besoin de quelqu'un pour qui sa fille serait une priorité, pas seulement un nom supplémentaire sur une liste toujours plus longue de personnes disparues.

Bien que ce fût dimanche, le rideau de fer de l'entrée principale du garage était à demi levé et on entendait de la musique. La femme s'accroupit et se glissa à l'intérieur. Un homme mince en salopette était penché sur le moteur d'une grosse voiture étrangère. Il s'appelait Arno. Près de lui, la voix de Tony Bennett sortait des haut-parleurs jumeaux d'un poste de radio cabossé.

— Il y a quelqu'un ? appela la femme.

Arno tourna la tête tout en gardant les mains dans les entrailles de l'Audi.

— Désolé, madame, c'est fermé.

Il savait qu'il aurait dû baisser complètement le rideau de fer, mais il aimait laisser entrer un peu d'air et de toute façon il n'en avait pas pour longtemps. Dans une heure ou deux, il aurait terminé et le client pourrait venir prendre sa voiture lundi à l'ouverture.

— Je cherche quelqu'un.

— Le patron est pas là.

Lorsque la femme s'approcha, il remarqua qu'elle avait le visage enflé. Il s'essuya les mains à un chiffon, abandonna l'Audi pour le moment.

— Ça va ? Qu'est-ce qui vous est arrivé ? demanda-t-il.

La femme était toute proche maintenant. Elle dissimulait sa détresse, mais le mécanicien la voyait dans ses yeux d'enfant effrayé.

— Je cherche quelqu'un, répéta-t-elle. Il m'a donné ça.

Elle prit un portefeuille dans son sac, en tira avec précaution une carte aux bords légèrement jaunis mais en parfait état, ce vieillissement naturel mis à part. Arno pensa qu'elle l'avait gardée longtemps dans un endroit sûr, au cas où elle en aurait besoin un jour.

Il prit la carte. Il n'y avait aucun nom dessus, rien que le dessin d'un serpent foulé aux pieds par un ange en armure. L'ange tenait à la main droite une lance dont la pointe avait transpercé le reptile. Un sang sombre coulait de la blessure. Au verso, le numéro d'une permanence téléphonique et à côté la lettre L, tracée à l'encre noire, suivie de l'adresse manuscrite du garage.

Peu de gens avaient une telle carte en leur possession et le mécanicien n'en avait jamais vu une seule avec l'adresse du garage ajoutée à la main. Le L fut l'argument décisif. C'était l'équivalent d'un « accès autorisé à tous les secteurs », la recommandation – non, l'ordre – de fournir toute l'aide possible à la personne qui la détenait.

— Vous avez appelé le numéro ?

— Je ne veux pas lui parler par l'intermédiaire d'une messagerie, déclara la femme. Je veux le voir.

— Il est pas là. Il est en déplacement.

— Où ?

Le mécano hésita avant de répondre :

— Dans le Maine.

— Vous seriez bien aimable de me dire où il est.

Arno alla dans le bureau encombré situé à droite des établis, feuilleta le carnet d'adresses jusqu'à ce qu'il trouve celle dont il avait besoin, prit une feuille de papier et nota le renseignement, plia la feuille et la tendit à la femme.

— Vous voulez que je lui téléphone pour le prévenir que vous arrivez ?

— Non, merci.

— Vous avez une voiture ?

Elle secoua la tête.

— J'ai pris le métro pour venir ici.

— Vous savez comment vous irez dans le Maine ?

— Pas encore. En autocar, je suppose.

Arno enfila son blouson, tira de sa poche un trousseau de clefs.

— Je vous conduis à Port Authority et je vous mets dans le car.

Pour la première fois, elle sourit.

— Merci, je vous en serais très reconnaissante.

Il la regarda, toucha doucement son visage, examina l'hématome.

— J'ai quelque chose pour ça, si vous avez mal.

— Ça ira, assura-t-elle.

Il hocha la tête.

Celui qui t'a fait ça a de gros ennuis. Celui qui t'a fait ça ne vivra pas jusqu'à la fin de la semaine.

— Allons-y. Si on a le temps, je vous offrirai une tasse de café et un muffin pour la route.

Un homme mort. C'est un homme mort.

Nous formions un petit groupe autour des fonts baptismaux tandis que les invités se tenaient à distance parmi les bancs. Le prêtre avait dit quelques mots d'introduction et nous approchions du moment essentiel de la cérémonie.

— Renoncez-vous à Satan, à ses pompes et à ses œuvres ? demanda-t-il.

Il attendit. Pas de réponse. Rachel toussota discrètement. Angel semblait avoir trouvé quelque chose d'intéressant à contempler dans le sol. Louis demeurait impassible. Il avait ôté ses lunettes de soleil et fixait un point situé juste au-dessus de mon épaule gauche.

— Tu parles pour Sam, murmurai-je à Angel. Ce n'est pas à toi qu'il pose la question.

Un éclair de compréhension passa sur son visage telle la lumière de l'aube sur un désert aride.

— Ah bon, d'accord, dit Angel avec enthousiasme. Bien sûr. Absolument.

— Amen, approuva Louis.

Le prêtre parut déconcerté.

— Prenez ça pour un « oui », lui glissai-je.

— Bien, fit-il comme pour se rassurer. Très bien.

Les yeux de Rachel lancèrent des dagues sur Angel.

— Quoi ? s'insurgea-t-il.

Il ouvrit les bras comme pour dire « Qu'est-ce que j'ai encore fait ? » et de la cire fondue coula du cierge sur la manche de sa veste. Une odeur légèrement âcre s'éleva.

— Ahhhh ! pesta-t-il. La première fois que je la mets, en plus.

Rachel passa des dagues aux épées.

— Tu l'ouvres encore une fois et on t'enterre dans ce costume, menaça-t-elle.

Il se tut. Tout bien considéré, c'était la décision la plus intelligente.

La femme était assise près d'une fenêtre dans la partie droite de l'autocar. En un jour, elle traversait plus d'États qu'elle n'en avait visité de toute sa vie. Le car s'arrêta à la gare de South Station à Boston. Ayant trente minutes à tuer, elle descendit en flânant jusqu'au hall de l'Amtrak, s'acheta une tasse de café et une pâtisserie fourrée. C'était cher et elle regarda avec consternation sa petite liasse de billets flanquée de quelques pièces de monnaie, mais elle avait faim, même après le muffin que l'homme du garage lui avait si gentiment offert. Elle prit un siège, regarda les gens passer : les hommes d'affaires en costume, les mères débordées avec leurs enfants. Elle regarda défiler les arrivées et les départs, les noms qui cliquetaient sur le grand tableau au-dessus de sa tête. Le long du quai, les trains étaient argentés et profilés. Une jeune femme noire s'installa à côté d'elle et ouvrit un journal. Son tailleur était élégant, ses cheveux coupés très court. Une mallette de cuir marron était posée à ses pieds et elle portait à l'épaule un petit sac assorti. Le diamant d'une bague de fiançailles étincelait à sa main gauche.

J'ai une fille de ton âge mais elle ne sera jamais comme toi, pensa la femme. Elle ne portera jamais un tailleur sur mesure et aucun homme ne lui offrira jamais une bague comme la tienne. C'est une âme perdue, une âme tourmentée, mais je l'aime et elle est ma fille. L'homme qui l'a engendrée n'est plus. Il est mort et ce n'est pas une perte pour le monde. On pourrait dire qu'il m'a violée, je suppose, parce que je lui ai cédé par peur. Nous avions tous peur de lui et de ce qu'il pouvait nous faire. Nous pensions qu'il avait tué ma sœur parce qu'elle était partie avec lui et qu'il ne l'avait pas ramenée. Quand il était revenu chez nous, il m'avait prise à sa place.

Mais il est mort pour ce qu'il a fait, une mort horrible. On nous a demandé si nous voulions qu'on reconstitue son visage, si nous voulions qu'on laisse le cercueil ouvert. Nous avons répondu de le laisser comme il était et de l'enterrer dans une boîte en sapin avec des cordes pour poignées. On a marqué sa tombe d'une croix de bois, mais, la nuit de son enterrement, je suis allée à l'endroit où il gisait et j'ai enlevé la croix. Je l'ai brûlée dans l'espoir qu'il serait oublié. Mais j'ai donné le jour à son enfant et je l'ai aimée bien qu'il y eût en elle quelque chose de lui. Peut-être n'a-t-elle jamais eu une chance, avec un père comme ça. Il l'a souillée dès l'instant où elle est née, le germe de sa destruction était contenu dans la semence de cet homme. Elle a toujours été une enfant triste et coléreuse, mais comment a-t-elle pu nous quitter pour cette autre vie ? Comment a-t-elle pu trouver la paix dans cette ville, parmi des hommes qui abusaient d'elle pour de l'argent, qui la bourraient de drogue et d'alcool pour la rendre docile ? Comment a-t-elle pu laisser de telles choses lui arriver ?

Le garçon – non, c'est un homme, maintenant – a tenté de s'occuper d'elle, mais il a fini par renoncer et elle est partie. Ma fille est partie et, à part moi, personne ne s'en soucie assez pour la chercher. Mais je la retrouverai. Il m'aidera, parce qu'il est du même sang qu'elle et qu'il a une dette de sang envers elle.

Il a tué son père. Maintenant, il va la ramener à cette vie et à moi.

Les invités étaient dispersés dans le living et la cuisine. Quelques-uns avaient trouvé la porte de derrière et étaient assis sous les arbres dénudés de notre jardin, emmitouflés dans leurs manteaux et savourant le grand air en buvant de la bière ou du vin, en mangeant des plats chauds dans des assiettes en carton. Angel et Louis se tenaient comme toujours un peu à part et occupaient un banc de pierre tourné vers les marais. Notre labrador Walter était couché à leurs pieds, les doigts d'Angel lui caressant doucement le crâne. J'allai les rejoindre, vérifiai au passage que tout le monde avait à boire et à manger.

— Tu veux que je te raconte une blague ? demanda Angel.

Je n'étais pas sûr d'être d'humeur à rire, mais je lui fis signe d'y aller.

— C'est un canard dans une mare, il est furax parce qu'un autre canard tourne autour de sa julie et il décide d'engager un canard tueur pour le descendre.

Louis expira par le nez avec un bruit de gaz sous pression. Angel l'ignora.

— Le tueur arrive, le canard le retrouve dans les roseaux. Le tueur annonce que ça lui coûtera cinq morceaux de pain, la moitié d'avance, le reste après l'exécution du contrat. « D'accord », répond le canard et le tueur lui demande : « Vous voulez que je vous envoie le corps ? – Non, dit le canard, juste la facture[1]. »

Il y eut un silence.

— La facture, répéta Angel. Tu comprends, il…

— J'ai une blague, dit Louis.

Nous le regardâmes avec surprise.

— Tu connais celle du type agaçant dans son costume flashy à deux balles ?

Nous attendîmes.

— C'est tout, dit-il.

— Elle est pas marrante, grogna Angel.

— Moi, elle me fait rire, déclara Louis.

Quelqu'un me toucha le bras et je découvris Walter Cole près de moi. Il était maintenant à la retraite, mais il m'avait appris une bonne partie de ce que je savais quand j'étais flic. Nos moments de bisbille étaient derrière nous et il avait fini par accepter ce que j'étais et ce que j'étais capable de faire. Je laissai Angel et Louis se chamailler pour retourner vers la maison avec Walter.

— Ton chien, là… commença-t-il.

— Une bonne bête. Pas très futée mais fidèle.

— Je ne cherche pas à lui trouver un boulot. Tu l'as appelé Walter.

— J'aime bien ce nom.

— Tu l'as fait exprès ?

— J'ai pensé que tu serais flatté. De toute façon, personne ne le sait. C'est pas comme s'il te ressemblait. Il a plus de poils, pour commencer.

---

1. En anglais, *the bill*, qui veut également dire « le bec ». *(N.d.T.)*

— Oh, très drôle ! Même ce chien est plus drôle que toi.

Nous entrâmes dans la cuisine et Walter pêcha une bouteille de bière dans le réfrigérateur. Je ne lui donnai pas de verre. Je savais qu'il préférait boire au goulot quand il le pouvait, c'est-à-dire chaque fois qu'il se trouvait hors de portée de sa femme. Dehors, Rachel bavardait avec Pam. Sa sœur était plus petite qu'elle, et plus prompte à lancer des piques, ce qui n'était pas peu dire. Chaque fois que je la prenais dans mes bras, je m'attendais à être transpercé par des épines. Sam dormait dans une pièce du haut, la mère de Rachel gardait un œil sur elle.

Walter me vit suivre des yeux la progression de Rachel dans le jardin.

— Ça va, vous deux ?

— Nous trois, lui rappelai-je. On se débrouille, je dirais.

— C'est dur quand un bébé débarque dans une maison.

— Je sais. Je me souviens.

Walter tendit le bras et parut sur le point de me toucher l'épaule, puis sa main retomba lentement.

— Désolé, dit-il. Je ne les ai pas oubliées mais… Je ne sais pas, quelquefois, j'ai l'impression que c'était une autre vie, une autre époque. Tu comprends ?

— Oui. Je sais ce que tu veux dire.

Le vent faisait osciller la balançoire accrochée au chêne en un arc lent, comme si un enfant invisible jouait dessus. Au-delà, dans les marais, les chenaux brillaient et se croisaient par endroits en se frayant un chemin entre les roselières, les eaux de l'un se mêlant à celles d'un autre, chacun d'eux irrévocablement changé par cette rencontre. Nos vies sont comme cela : quand leurs chemins se croisent, elles émergent transformées à jamais, parfois de façon anodine, presque imperceptible, parfois si profondément que rien n'est plus jamais pareil. Les vestiges d'autres vies nous contaminent et nous les passons à notre tour à ceux que nous rencontrons plus tard.

— Je crois qu'elle se fait du souci, repris-je.

— Pour qui ?

— Pour nous. Pour moi. Elle a couru d'énormes risques, elle a souffert. Elle ne veut plus avoir peur mais elle a peur. Pour nous. Pour Sam.

— Vous en avez parlé ?

— Non, pas vraiment.

— C'est peut-être le moment, avant que ça empire.

À cet instant, j'avais peine à imaginer que les choses puissent encore s'aggraver. Je détestais me sentir ainsi coupé de Rachel. Je l'aimais, j'avais besoin d'elle, mais j'étais furieux, aussi. Ces temps-ci, le poids du blâme retombait trop souvent sur mes épaules, j'en avais assez de le porter.

— Tu bosses beaucoup ? demanda Walter, changeant de sujet.

— Pas mal, oui.

— Quelque chose d'intéressant ?

— De tordu, tu veux dire ?

— Plus ou moins.

— Non, je ne crois pas. On ne sait jamais, mais j'ai essayé d'être sélectif. On m'a proposé des choses plus... compliquées, j'ai refusé. Je ne veux pas qu'il arrive quoi que ce soit à Rachel et Sam mais...

Je m'interrompis. Walter attendit.

— Mais ?

Je secouai la tête. Lee, sa femme, entra dans la cuisine et se rembrunit en le voyant boire à la bouteille.

— Je tourne le dos cinq minutes, tu renonces à tout comportement civilisé, dit-elle tout en souriant. Tu finiras par boire dans la cuvette des W-C si ça continue.

Il l'attira contre lui.

— Ils ont donné ton nom à leur chien, c'est peut-être pour ça, poursuivit-elle. Du coup, des tas de gens veulent faire ta connaissance. Le chien aussi.

Walter prit une mine renfrognée quand elle lui saisit la main et l'entraîna vers le jardin.

— Tu viens dehors ? me demanda-t-elle.

— Dans un moment, dis-je.

Je les regardai traverser la pelouse. Rachel leur fit signe et ils la rejoignirent. Quand ses yeux croisèrent les miens, elle me fit un petit sourire. Je levai une main, la pressai contre le carreau, mes doigts faisant paraître son visage tout petit.

Je ne veux pas qu'il vous arrive quoi que ce soit, à toi et à notre fille, pas à cause de moi, et pourtant le malheur est en route. C'est de ça que j'ai peur. Il m'a déjà trouvé, il me trouvera encore. Je suis un danger pour toi, pour notre enfant, et je pense que tu le sais.

Nous nous éloignons l'un de l'autre.

Nous nous aimons, mais nous nous éloignons l'un de l'autre.

La journée s'écoulait. Des invités partaient ; d'autres, qui n'avaient pas pu assister à la cérémonie, les remplaçaient. Quand le jour s'assombrit, Angel et Louis ne parlaient plus et se tenaient plus nettement à distance de tout ce qui se passait autour d'eux. Ils gardaient les yeux fixés sur la route qui serpentait de la 1 à la côte. Un téléphone portable était posé entre eux. Arno les avait appelés quelques heures plus tôt, après avoir mis la femme dans un autocar pour Boston.

« Elle a pas laissé de nom, avait-il dit à Louis, la voix craquetant légèrement dans l'appareil.

— Je sais qui c'est, avait répondu Louis. T'as bien fait d'appeler. »

Il y avait maintenant des phares sur la route. Je rejoignis Angel et Louis là où ils étaient assis, légèrement penchés en arrière contre le dossier du banc. Ensemble, nous vîmes le taxi traverser le pont. Le soleil bas faisait miroiter les eaux du marais dans lesquelles la progression de la voiture se reflétait. Je sentis mon estomac se nouer et j'eus l'impression que des mains puissantes pressaient mes tempes. Rachel se tenait immobile parmi les invités. Elle aussi regardait la voiture approcher. Louis se leva quand le véhicule tourna dans l'allée de la maison.

— Ça te concerne pas, me dit-il. Aucune raison de t'inquiéter.

Je me demandai ce qu'il avait conduit chez moi.

Je suivis Louis et Angel quand ils franchirent la grille ouverte au bout du jardin. Angel resta en arrière, Louis alla à la voiture et ouvrit la portière. Une femme sortit, un grand sac multicolore dans les mains. Elle mesurait une cinquantaine de centimètres de moins que lui, n'avait probablement qu'une dizaine d'années de plus, bien que son visage gardât les traces d'une vie difficile et qu'elle portât ses soucis comme un voile sur ses traits. J'imaginai qu'elle avait dû être belle dans sa jeunesse. Il ne restait pas grand-chose de cette beauté physique, mais elle avait une force intérieure qui rayonnait de ses yeux. Je remarquai sur sa joue un bleu qui semblait récent.

Elle s'approcha de Louis et leva les yeux vers lui avec une expression qui ressemblait à de l'amour, puis le gifla soudain de sa main droite.

— Elle est partie, dit-elle. Tu devais veiller sur elle et maintenant elle est partie.

Elle fondit en larmes tandis qu'il la prenait dans ses bras, et la force de ses sanglots secoua le corps de Louis.

C'est l'histoire d'Alice, qui est tombée dans un terrier de lapin et n'est jamais revenue.

Martha était la tante de Louis. Un homme nommé Deeber, mort maintenant, lui avait fait un enfant, une fille. Elle l'appela Alice et elle l'aima, mais ce ne fut jamais une enfant heureuse. Elle se rebella contre la compagnie des femmes, à qui elle préféra celle des hommes. Ils lui dirent qu'elle était belle, ce qui était vrai, mais elle était aussi jeune et en colère. Quelque chose en elle la rongeait, avec une faim exacerbée par la gentillesse des femmes qui l'avaient aimée et s'étaient occupées d'elle. Elles lui avaient dit que son père était mort, mais ce fut par d'autres qu'elle apprit quelle sorte d'homme il avait été et comment il avait quitté ce monde. Personne ne savait qui était responsable de sa mort, mais le bruit courait que les femmes noires proprement habillées de la maison au joli jardin s'étaient unies pour le tuer, avec l'aide du cousin d'Alice, le garçon appelé Louis.

Elle se révolta contre elles et contre tout ce qu'elles représentaient : amour, sécurité, liens familiaux. Elle fréquenta une sale engeance et quitta la maison de sa mère. Elle buvait, fumait du hasch ; elle se mit à prendre de temps en temps des drogues plus dures et devint accro. Elle s'éloigna des endroits qu'elle connaissait et alla vivre dans une cabane au toit de tôle à la lisière d'une forêt où des hommes payaient pour user d'elle l'un après l'autre. Son mac la payait en stupéfiants, bien moins que ce que les clients déboursaient pour coucher avec elle, et les liens autour d'elle se resserraient. Lentement, elle commença à se perdre, le sexe et la drogue conjugués agissant comme un cancer, dévorant tout ce qu'elle était vraiment, de sorte qu'elle devint finalement leur créature, même si elle essayait de se convaincre que ce n'était qu'une aberration passagère, le temps d'affronter le sentiment de blessure et de trahison qu'elle éprouvait.

Il était tôt, un dimanche matin, et elle était étendue sur un lit de camp, complètement nue à l'exception d'une paire de sandales en plastique. Elle avait mal à la tête, aux bras et aux jambes. Deux autres femmes dormaient à côté, leurs « chambres » séparées de la sienne par des couvertures pendues à une corde. La lumière du jour pénétrait dans la pièce par une lucarne aux carreaux obscurcis par la poussière et les toiles d'araignée accrochées à leurs coins, parsemées de feuilles et d'insectes morts. Elle écarta la couverture, vit que la porte de la cabane était ouverte. Lowe se tenait sur le seuil, ses épaules massives effleurant presque le chambranle de chaque côté. Il avait le torse et les pieds nus ; la sueur luisait sur son crâne rasé et coulait lentement entre ses omoplates. Son dos était pâle et velu. Une cigarette à la main droite, il parlait à un autre homme qui se tenait sur le côté. Alice présuma que ce devait être Wallace, le type « marron clair » qui gérait le commerce de femmes et de dope à la petite semaine de cette cabane, avec un peu de whisky de contrebande pour ceux qui avaient des goûts plus classiques. Un rire résonna puis elle vit Wallace passer devant la grande fenêtre de devant, refermer sa braguette et s'essuyer les mains à son jean. Sa chemise déboutonnée pendouillait sur sa poitrine de pigeon et sa bedaine. Il était petit et laid et se baignait rarement. Il lui demandait parfois une gâterie et elle avait bien du mal à ne pas hoqueter tant le goût de sa peau était écœurant. Mais elle avait besoin de lui en ce moment. De ce qu'il avait, même si cela impliquait d'alourdir sa dette, une dette qui ne serait jamais payée.

Elle passa un tee-shirt et une jupe pour couvrir sa nudité, alluma une cigarette et s'apprêtait à pousser totalement la couverture sur le côté. Le dimanche, c'était calme. Quelques-uns des hommes qui fréquentaient l'endroit se préparaient sans doute déjà pour la messe. Assis sur un banc, ils feindraient d'écouter le sermon en pensant à elle. D'autres n'avaient pas franchi la porte d'une église depuis des années, mais même pour eux le dimanche était un jour différent. Si elle en avait le courage, elle irait au centre commercial acheter des fringues avec le peu d'argent qu'elle avait, peut-être aussi du maquillage. Elle avait l'intention de le faire depuis deux semaines, mais il y avait d'autres distractions à la cabane. Pourtant, Wallace lui-même lui avait récemment fait des remarques sur l'état de ses robes et de ses sous-vêtements, bien que la clientèle ne fût pas très regardante sur ce point. Certains hommes aimaient même ce côté sordide, car il pimentait leur sentiment de transgression, mais Wallace préférait généralement prétendre que ses femmes étaient propres si leur environnement ne l'était pas. En partant de bonne heure, elle ferait rapidement ses courses et reviendrait se détendre tout l'après-midi. Il y aurait peut-être du boulot pour elle dans la soirée, mais ce ne serait pas aussi épuisant que la veille. Le vendredi et le samedi étaient les pires journées, avec la menace toujours présente d'une violence attisée par l'alcool. Lowe et Wallace protégeaient les femmes, mais ils ne pouvaient pas rester avec elles derrière le rideau pendant qu'elles prodiguaient leurs services, et une fraction de seconde suffisait pour qu'un poing d'homme atteigne un visage féminin.

Elle entendit une voiture approcher et l'aperçut par la porte quand elle tourna. À la différence de la plupart des véhicules qui venaient à la cabane, celui-ci était neuf. Ce devait être une de ces voitures allemandes et le chrome de ses roues était immaculé. Le moteur gronda brièvement quand elle fit halte. Alice vit les portières s'ouvrir, à l'avant et à l'arrière. Wallace dit quelque chose qu'elle ne saisit pas et Lowe jeta sa cigarette, son autre main se portant déjà derrière son dos, là où la crosse du gros Colt émergeait de son jean. Avant qu'il pût l'empoigner, ses épaules explosèrent dans un nuage rouge qui se gonfla une fraction de seconde au soleil puis retomba en nappe humide vers le sol. Curieusement, Lowe restait debout, les mains agrippées à l'encadrement de la porte. Des pas crissèrent sur le gravier ; le second coup de feu retentit et une partie de la tête de Lowe se volatilisa. Ses mains relâchèrent leur étreinte, il tomba.

Alice demeura immobile, clouée sur place. Dehors, Wallace implorait qu'on le laisse en vie. Il reculait vers la cabane et son corps semblait devenir plus gros à mesure qu'il approchait de la fenêtre. Il y eut d'autres coups de feu, qui fracassèrent la vitre, laissant dans les coins des éclats bordés de sang. Elle entendit les autres filles réagir. À sa droite, Rowlene poussait des cris. Elle était grande et forte et Alice l'imaginait sur son lit, le drap pressé contre sa poitrine, les yeux troubles et injectés de sang, essayant de se faire toute petite. À gauche, Pria, une Indienne, frappait le mur en cherchant frénétiquement ses vêtements. La veille, elle avait fait la teuf avec deux michetons qui avaient partagé avec elle une partie de ce qu'ils avaient acheté. Elle était probablement encore défoncée.

La silhouette d'un homme apparut dans l'embrasure de la porte. Alice entrevit sa figure quand il entra, et cette image lui donna l'impulsion dont elle avait besoin. Elle laissa la couverture retomber doucement, grimpa sur son lit de camp et poussa la fenêtre. Celle-ci refusa d'abord de s'ouvrir, alors qu'Alice entendait l'homme se déplacer dans la cabane, s'approcher des « chambres » des putains. Elle frappa le châssis de la paume, le battant pivota presque sans bruit. Elle se hissa à hauteur de la fenêtre, se glissa dans l'ouverture au moment où le coup de feu suivant claquait dans la stalle voisine de la sienne, arrachant des échardes au mur. Rowlene était morte. Alice serait la suivante. Derrière elle, une main attrapa la couverture et la tira vers le sol à l'instant où, la gravité prenant le dessus, Alice tombait gauchement. Elle courut vers les arbres. Des branches mortes craquaient sous ses pieds tandis qu'elle se faufilait dans la forêt. Le fusil de chasse tonna de nouveau et un jeune aulne explosa à quelques centimètres de son pied droit.

Elle continua à courir, malgré ses pieds entaillés par les cailloux, ses vêtements lacérés par les ronces. Elle ne s'arrêta que lorsque la douleur dans son flanc devint si forte qu'elle avait l'impression d'être coupée en deux. Appuyée à un arbre, elle crut entendre, au loin, le bruit des hommes. Elle connaissait le visage de celui de la porte : c'était un des clients qui avaient choisi Pria la veille. Alice ne savait pas pourquoi il était revenu, ni ce qui l'avait amené à faire ce qu'il avait fait. Tout ce qu'elle savait, c'était qu'elle devait fuir, car ils la connaissaient. Ils l'avaient vue, ils la retrouveraient. Elle appela sa mère de la cabine d'une station-service encore fermée, si tôt le dimanche matin. Sa mère lui apporta des vêtements et le peu d'argent qu'elle avait. Alice partit dans l'après-midi et ne revint jamais dans l'État où elle était née. Dans les années qui suivirent, elle téléphona, la plupart du temps pour demander de l'argent, au moins une fois par semaine et quelquefois plus souvent. Ce fut la seule concession d'Alice à sa mère et, même quand elle fut au plus bas, elle ne manqua jamais de maintenir un contact, si ténu fût-il, avec elle. Sa mère lui en était reconnaissante : au moins elle savait que sa fille était en vie.

Puis les appels cessèrent.

Martha était assise sur le canapé de mon bureau, Louis se tenait debout près d'elle tandis qu'Angel, silencieux, occupait mon fauteuil. J'étais adossé à la cheminée. Rachel nous avait jeté un bref coup d'œil avant de nous laisser.

— Tu aurais dû veiller sur elle, reprocha de nouveau Martha à Louis.

— J'ai essayé, plaida-t-il, l'air vieux et fatigué. Elle ne voulait pas de l'aide que je pouvais lui offrir.

Les yeux de Martha s'embrasèrent.

— Comment peux-tu dire ça ? C'était une âme égarée, elle avait besoin de quelqu'un pour la ramener. Ç'aurait dû être toi.

Cette fois, il garda le silence.

— Vous êtes allée à Hunts Point ? demandai-je.

— La dernière fois qu'on s'est parlé, elle a dit que c'était là qu'elle était, alors j'y suis allée.

— C'est au Point que vous avez été blessée ?

Elle baissa la tête.

— Un homme m'a frappée.

Louis réagit aussitôt :

— Comment il s'appelle ?

— Pourquoi ? Tu veux lui faire ce que tu as fait aux autres ? Tu crois que ça ramènera ta cousine ? Tu veux jouer à l'homme fort maintenant qu'il est trop tard pour faire ce qu'un homme bon aurait fait. Ça ne prend pas avec moi.

J'intervins : les récriminations ne nous mèneraient à rien.

— Pourquoi êtes-vous allée trouver cet homme ?

— Parce que Alice m'avait dit qu'elle travaillait pour lui. L'autre, celui avec qui elle était avant, il était mort. Elle disait que le nouveau s'occuperait bien d'elle, qu'il lui ferait rencontrer des hommes riches. Des hommes riches ! Quel homme aurait voulu d'elle après ce qu'elle avait fait ? Quel homme…

Elle se remit à pleurer. Je m'approchai d'elle, lui tendis un mouchoir en papier et m'agenouillai lentement devant elle.

— Il nous faut son nom pour commencer à chercher votre fille, dis-je à voix basse.

— G-Mack. C'est le nom qu'il se donne. Il y avait aussi une jeune Blanche. Elle disait qu'elle se souvenait d'Alice, qui se faisait appeler LaShan dans la rue.

— G-Mack, répéta Louis.

— Ça te dit quelque chose ?

— Non. La dernière fois que j'ai entendu parler d'elle, son mac était un nommé Free Billy.

— Apparemment, il y a eu changement de propriétaire.

Louis aida Martha à se lever et lui dit :

— Il faut que tu manges quelque chose et que tu te reposes.

Elle lui prit la main, la serra fortement.

— Trouve-la. Elle a des ennuis, je le sens. Tu dois la trouver et me la ramener.

Le gros homme se tenait au bord de la baignoire. Il s'appelait Brightwell et il était très vieux, bien plus vieux qu'il ne le paraissait. Parfois il se conduisait comme s'il venait de s'éveiller d'un profond sommeil, mais le Mexicain, dont le nom était Garcia, se gardait bien de l'interroger sur ses origines. Il savait uniquement que Brightwell était un homme à craindre, et à qui il fallait obéir. Il avait vu ce qu'il avait fait à la femme, il regardait à travers la vitre quand Brightwell avait refermé sa bouche sur la sienne. Il lui avait semblé que les yeux de la femme s'étaient éclairés d'une lueur de compréhension à cet instant, tandis qu'elle perdait ses forces et mourait, comme si elle se rendait enfin compte de ce qui allait arriver au moment où son corps la trahissait. Combien d'autres Brightwell avait-il prises ainsi ? Et même si ce que Garcia soupçonnait n'était pas vrai, quelle sorte d'homme fallait-il être pour s'en croire capable ?

Une puanteur terrible montait du cadavre attaqué par les produits chimiques, mais Brightwell ne faisait rien pour se couvrir le visage. Le Mexicain se tenait à présent derrière lui, la partie inférieure de la figure dissimulée par un masque blanc.

— Qu'est-ce que vous allez faire maintenant ? demanda Garcia.

Brightwell cracha dans la baignoire, tourna le dos au corps en voie de décomposition.

— Je vais retrouver l'autre et la tuer.

— Avant de mourir, celle-ci a parlé d'un homme. Qui viendrait la chercher.

— Je sais. Je l'ai entendue l'appeler par son nom.

— Elle était censée ne plus avoir personne. Personne, en principe, pour se soucier d'elle.

— Nous avons été mal informés, mais peut-être que personne ne s'en souciera de toute façon.

Brightwell passa devant lui, le laissant avec le corps de la fille. Garcia ne le suivit pas. Brightwell se trompait, mais il n'avait pas le courage de le démentir. Aucune femme, au seuil de la mort, n'aurait crié encore et encore un nom qui ne signifiait rien pour elle.

Quelqu'un se souciait d'elle.

Et ce quelqu'un viendrait.

II

« Qui a femme et enfants
a donné des otages au sort. »

Francis Bacon, *Essais* (1625)

3

La célébration du baptême de Sam se poursuivait autour de nous. J'entendais des rires, le sifflement surpris de cannettes qu'on ouvre. Quelque part, une voix entonna une chanson. Je crus reconnaître celle du père de Rachel, qui avait tendance à chanter quand il avait bu. Frank était avocat, un de ces types d'une familiarité joviale qui aiment être au centre de l'attention où qu'ils se trouvent, le genre qui pense illuminer la vie des gens en étant braillard et involontairement intimidant. Je l'avais vu à l'œuvre dans un mariage, forçant des femmes effarouchées à danser sous prétexte de les faire sortir de leur coquille. Elles traversaient la piste en tremblant, maladroites comme des girafeaux, jetant des regards d'envie vers leur chaise. Je suppose qu'on pouvait dire de lui qu'il avait bon cœur, mais il était malheureusement dépourvu de sensibilité envers les autres. Mis à part ses inquiétudes pour sa fille, Frank considérait ma présence dans ces réunions conviviales comme un affront personnel, comme si j'allais d'un moment à l'autre fondre en larmes ou taper sur quelqu'un, gâcher d'une façon ou d'une autre la fête qu'il tâchait de lancer. Nous faisions de notre mieux pour ne jamais nous retrouver en tête à tête. Pour être franc, ce n'était pas très difficile, car nous y mettions tous deux beaucoup d'énergie.

Joan était l'élément fort du couple et un mot calme d'elle suffisait d'ordinaire à le faire redescendre d'un cran. Institutrice en maternelle, c'était une démocrate de gauche à l'ancienne qui prenait à cœur la façon dont le pays avait changé ces dernières années, à la fois sous les démocrates et les républicains. À la différence de Frank, elle exprimait rarement à voix haute ses inquiétudes au sujet de sa fille, du moins pas à moi. De temps à autre, généralement lorsque nous les quittions à l'issue d'une visite, parfois embarrassée, parfois moyennement agréable, elle me prenait par la main et me murmurait : « Vous veillez sur elle, n'est-ce pas ? »

Je lui assurais que je prendrais soin de sa fille alors même que, la regardant dans les yeux, je voyais son désir de me croire entrer en collision avec la peur que je ne sois pas capable de tenir cette promesse. Je me demandai si, comme cette Alice disparue, je n'avais pas sur moi une souillure, une plaie laissée par le passé qui trouvait toujours le moyen d'infecter le présent et l'avenir. J'avais tenté ces derniers mois de neutraliser cette menace en déclinant toute offre de travail paraissant comporter des risques sérieux, ma récente soirée avec Jackie Garner constituant une honorable exception. Le problème, c'était que tout boulot intéressant impliquait de prendre des risques et je passais mon temps sur des affaires qui sapaient peu à peu mon désir de vivre. J'avais déjà essayé de suivre cette voie alors que je ne vivais pas encore avec Rachel et je n'avais pas tardé à découvrir que j'étais incapable de résister à l'attrait des bois sombres.

Une femme s'était présentée ce jour-là à ma porte, apportant sa douleur et la souffrance d'une autre. Il se pouvait qu'on trouve une explication simple à la disparition de sa fille. Il aurait été peu avisé d'ignorer les réalités de l'existence d'Alice : elle menait au Point une vie dangereuse à l'extrême et sa toxicomanie la rendait plus vulnérable encore. Les femmes qui bossaient dans ces rues disparaissaient régulièrement. Quelques-unes fuyaient leur mac ou d'autres hommes violents ; d'autres tentaient de quitter cette vie avant qu'elle ne les dévore complètement, mais peu y parvenaient et la plupart revenaient d'un pas lent dans ces ruelles et ces parkings, tout espoir d'en sortir anéanti. Ces femmes essayaient de s'entraider et les macs surveillaient aussi leurs mouvements, ne serait-ce que pour protéger leurs investissements, mais si quelqu'un était déterminé à leur faire du mal, il y parvenait.

Je conduisis la tante de Louis à la cuisine et la confiai aux soins d'un des parents de Rachel. Bientôt, elle mangeait du poulet et des pâtes dans un fauteuil confortable du salon. Un peu plus tard, quand Louis alla voir comment elle allait, il la trouva endormie, exténuée par tout ce qu'elle avait essayé de faire pour sa fille.

Walter Cole nous rejoignit. Il connaissait en partie le passé de Louis et soupçonnait le reste. Il avait plus de détails sur Angel, dont le casier judiciaire constituait à lui seul un dossier de bonne taille, quoique portant sur des faits relativement lointains. J'avais demandé à Louis si nous pouvions mettre Walter dans le coup et il avait acquiescé, avec réticence. Louis n'était pas du genre confiant et n'aimait pas mêler la police à ses affaires. Cependant Walter, bien que retraité, gardait avec le NYPD des relations que je n'avais plus et était en meilleurs termes que moi avec des flics encore actifs. Il faut reconnaître que ce n'était pas difficile. Il y avait dans le service des types convaincus que j'avais du sang sur les mains et qui auraient aimé me faire rendre des comptes. Les flics de la rue me posaient moins de problèmes, mais Walter avait encore l'estime de gars haut placés qui pourraient nous aider en cas de besoin.

— Tu retournes en ville ce soir ? demandai-je à Louis. Il acquiesça.

— Je veux mettre la main sur ce G-Mack. J'hésitai avant de répondre :

— Je crois que tu devrais attendre.

Il inclina légèrement la tête et sa main droite frappa doucement l'accoudoir de son fauteuil. Louis n'était pas démonstratif et cela équivalait pour lui à une débauche d'émotion.

— Qu'est-ce qui te fait penser ça ? dit-il d'un ton neutre.

— C'est mon boulot, lui rappelai-je. Si tu débarques tout excité avec tes flingues crachant des éclairs, ceux qui se soucient un tant soit peu de leur sécurité personnelle disparaîtront, qu'ils te connaissent ou non. Si ce mec t'échappe, on devra retourner toute la ville pour le retrouver et on perdra un temps précieux. Nous ne savons rien de ce G-Mack. Nous devons nous rencarder avant. Toi, tu penses à te venger de ce qu'il a fait à ta tante. Ça peut attendre. Ce qui nous préoccupe, c'est sa fille. Je te demande de temporiser.

Ma suggestion présentait un risque. G-Mack savait maintenant que quelqu'un posait des questions sur Alice. À supposer que Martha ait raison et qu'il soit arrivé quelque chose à sa fille, le proxo avait deux solutions : ne pas bouger, plaider l'ignorance et dire à ses femmes de l'imiter ; ou décamper. J'espérais seulement que ses nerfs tiendraient jusqu'à ce qu'on le chope. J'avais tendance à croire que ce serait le cas : il était nouveau, puisque Louis ne savait rien de lui, et jeune, ce qui signifiait qu'il était probablement assez arrogant pour se voir en cador. Il avait réussi à installer un business au Point, il n'y renoncerait que lorsqu'il y serait contraint.

Il y eut un long silence pendant lequel Louis pesa ses options.

— Combien de temps ?

Je me tournai vers Walter.

— Vingt-quatre heures, estima-t-il. D'ici là, je devrais avoir ce qu'il vous faut.

— Alors, nous lui tomberons dessus demain soir, décidai-je.

— Nous ? fit Louis.

— Nous.

Il planta son regard dans le mien.

— C'est une affaire personnelle.

— Je le sais.

— Que ce soit clair, dit-il. Tu as ta façon de faire les choses et je la respecte, mais ta conscience doit pas intervenir là-dedans. Si t'as des doutes, tu décroches. Ça vaut pour tout le monde.

Ses yeux se portèrent sur Walter. Voyant que celui-ci était sur le point de réagir, je lui posai une main sur le bras et il se détendit un peu. Walter ne tremperait jamais dans quoi que ce soit qui enfreindrait son code moral particulièrement strict. Même sans sa plaque, c'était encore un flic, et un bon. Il n'avait pas besoin de se justifier devant Louis.

Personne n'ajouta quoi que ce soit, nous avions terminé. Je dis à Walter qu'il pouvait utiliser le téléphone du bureau et il donna quelques coups de fil. Louis alla réveiller Martha pour la ramener à New York, Angel me rejoignit à la porte de devant.

— Elle est au courant, pour vous deux ? lui demandai-je.

81

— C'est la première fois que je la vois. Pour tout te dire, j'étais même pas sûr qu'il avait une famille. Je pensais qu'on l'avait élevé dans une cage avant de le lâcher dans la nature. Mais elle est futée, j'ai l'impression. Elle tardera pas à comprendre. On verra à ce moment-là.

Nous regardâmes Rachel raccompagner deux de ses amis à leur voiture. Elle était belle. J'aimais la façon dont elle se mouvait, son maintien, sa grâce. Je sentis quelque chose se déchirer en moi, comme une faille dans un mur qui s'élargit lentement, menaçant la stabilité de l'ensemble.

— Ça lui plaira pas, prédit Angel.

— Je dois bien ça à Louis.

— Tu lui dois rien, repartit-il, riant presque. Ni à lui ni à moi. T'as peut-être cette impression, mais nous, on voit pas ça comme ça. T'as une famille, maintenant. Une femme qui t'aime et un bébé qui dépend de toi. Fous pas tout en l'air.

— Je n'en ai pas l'intention.

— Alors, pourquoi tu fais ça ?

Que pouvais-je lui répondre ? Que j'avais envie de le faire ? Besoin de le faire ? C'était en partie l'explication, je le savais. Peut-être aussi voulais-je, dans un repli obscur et caché de moi-même, hâter une fin que je pressentais inéluctable.

Mais il y avait un autre élément que je n'aurais pu expliquer ni à Angel, ni à Rachel ni à moi-même. Je l'avais senti dès que j'avais vu le taxi rouler sur la route, s'approcher lentement de la maison. Je l'avais senti en voyant la femme poser le pied sur le gravier de notre allée. Je l'avais senti lorsqu'elle avait raconté son histoire en s'efforçant de refouler ses larmes pour ne pas montrer sa faiblesse devant trois hommes.

Alice était partie. Où qu'elle pût se trouver maintenant, elle ne foulerait plus jamais cette terre comme elle l'avait fait avant. J'aurais été incapable de dire comment je le savais, pas plus que Martha ne pouvait expliquer son pressentiment que sa fille était en danger. Il y avait un lien, on ne pouvait le nier. Une amère expérience m'avait appris que les ennuis d'autrui qui trouvaient le chemin de ma maison réclamaient mon intervention et ne pouvaient être ignorés.

— Je ne sais pas, dis-je. Je sais seulement qu'il faut le faire.

Peu à peu, la plupart des invités s'éclipsèrent. Ils semblaient emmener avec eux la gaieté qu'ils avaient apportée, sans en laisser une miette. Les parents de Rachel et sa sœur passaient la nuit chez nous. Walter et Lee auraient dû eux aussi rester un ou deux jours, mais la venue de Martha avait contrarié ce projet et ils étaient déjà sur le chemin du retour afin que Walter puisse prendre contact personnellement avec d'anciens collègues si besoin était.

Je rangeais dehors quand Frank Wolfe me coinça. Il était plus grand que moi, plus lourd aussi. Il avait pratiqué le football au lycée et des universités avaient été suffisamment impressionnées par ses qualités pour lui offrir une bourse, mais le Vietnam était intervenu. Frank n'avait pas attendu la conscription. C'était un homme qui croyait au devoir et aux responsabilités. Joan était déjà enceinte lorsqu'il était parti, bien qu'aucun d'eux ne l'ait su alors. Son fils Curtis était né alors qu'il était « au baroud » et une fille avait suivi deux ans plus tard. Frank avait gagné quelques médailles mais ne parlait jamais de la façon dont il les avait obtenues. Lorsque Curtis, devenu adjoint dans les services du shérif du comté, fut abattu pendant un braquage de banque, Frank ne s'effondra pas et ne sombra pas non plus dans l'apitoiement sur soi comme l'auraient fait certains hommes, mais maintint solidement sa famille autour de lui et permit à chacun de ses membres de s'appuyer sur lui pour ne pas tomber. Il y avait beaucoup de choses admirables chez Frank Wolfe, mais nous étions trop dissemblables pour jamais parvenir à échanger plus que quelques mots polis.

Il avait une bière à la main mais n'était pas ivre. Je l'avais entendu parler à sa femme un peu plus tôt : ils avaient assisté à l'arrivée de Martha et à la réunion qui avait suivi. Je supposai qu'il avait freiné sur l'alcool, soit de son propre chef, soit à l'instigation de Joan.

Je ramassai des assiettes en carton et les jetai dans le sac-poubelle. Le Walter canin me collait aux basques dans l'espoir d'attraper les restes qui tomberaient devant lui. Frank m'observait sans faire un geste pour m'aider.

— Tout va bien ? lui demandai-je.

— J'allais te poser la question.

Il n'aurait servi à rien de l'envoyer balader. Il n'était pas devenu un bon avocat en manquant d'opiniâtreté. Je finis de débarrasser la table à tréteaux de ses assiettes, ficelai le sac et en pris un autre pour m'attaquer aux bouteilles vides. Elles émettaient un claquement agréable en touchant le fond.

— Je fais de mon mieux, répondis-je d'un ton contenu.

Je ne voulais pas avoir cette discussion avec lui, ni maintenant ni jamais, mais elle planait au-dessus de nos têtes.

— Avec tout le respect que je te dois, je n'ai pas cette impression. Tu as des devoirs, maintenant, des responsabilités.

Je souris malgré moi : à nouveau ces deux mots. Ils définissaient Frank Wolfe, il les ferait probablement graver sur sa pierre tombale.

— Je le sais.

— Alors, montre-toi à la hauteur.

Il tenta de donner plus de force à son injonction en agitant sa cannette dans ma direction. Cela le rapetissa, le fit apparaître moins comme un père préoccupé que comme un soûlard querelleur.

— Ton boulot inquiète Rachel. Il l'a toujours inquiétée et il l'a mise en danger. On ne fait pas courir de risques aux gens qu'on aime. Un homme ne fait pas ça.

Il s'efforçait de me parler d'un ton raisonnable, mais il commençait déjà à m'irriter, peut-être parce que tout ce qu'il disait était vrai.

— Écoute, il y a d'autres façons d'utiliser tes qualités, poursuivit-il. Je ne te demande pas de laisser tomber complètement. J'ai des relations. Je travaille beaucoup pour des compagnies d'assurances, elles ont toujours besoin de bons enquêteurs. Ça paie bien, plus que ce que tu gagnes maintenant. Je peux donner quelques coups de téléphone…

Je jetais les bouteilles dans le sac avec violence, maintenant. Je pris une longue inspiration pour me calmer et m'efforçai de laisser tomber la suivante le plus doucement possible.

— J'apprécie votre offre, Frank, mais je ne veux pas devenir enquêteur pour une compagnie d'assurances.

À court de « raisonnable », il dut déboucher quelque chose d'un peu plus corsé. Son ton monta :

— En tout cas, tu ne peux pas continuer comme ça. Qu'est-ce qui ne va pas, dans ta tête ? Tu ne vois pas ce qui se passe ? Tu veux qu'il arrive la même ch…

Il s'interrompit brusquement, mais c'était trop tard. Les mots étaient sortis ; ils gisaient, noirs et sanglants, sur la pelouse entre nous. Je me sentis soudain épuisé. Vidé de mon énergie, je laissai le sac de bouteilles choir par terre. Je m'appuyai à la table en baissant la tête. Une écharde de bois piqua la paume de ma main droite. Je pressai fortement, sentis la peau et la chair céder.

Le père de Rachel secoua la tête, ouvrit la bouche, la referma sans prononcer un mot. Il n'était pas porté sur les excuses. De toute façon, pourquoi s'excuser d'avoir dit la vérité ? Il avait raison. Tout ce qu'il avait dit était vrai.

Le plus terrible, c'était que nous étions plus proches par l'esprit qu'il ne l'imaginait : nous avions tous deux enterré un enfant et nous craignions tous deux plus que tout que cela ne se reproduise. Si je l'avais choisi, j'aurais pu parler à ce moment-là. J'aurais pu lui parler de Jennifer, du petit cercueil blanc disparaissant sous les premières mottes de terre, de ses vêtements et de ses chaussures que nous triâmes pour les remettre à des enfants encore en vie, du sentiment d'absence atterrant qui suivit, des trous béants dans mon être qui ne pourraient jamais être comblés, de mon incapacité à marcher dans une rue sans que chaque enfant croisé me la rappelle. Et Frank aurait compris, parce que dans chaque homme jeune accomplissant son devoir il voyait son fils, et que dans cette courte trêve un peu de la tension qui existait entre nous aurait été effacé à jamais.

Mais je ne dis rien. Je me coupai de tous et mes vieux ressentiments refirent surface. Confronté au pharisaïsme des autres, un homme coupable plaidera amèrement l'innocence ou trouvera un moyen de rejeter sa culpabilité sur ses accusateurs.

— Allez retrouver votre famille, Frank, lui dis-je. Nous avons terminé.

J'emportai les sacs, le laissant dans l'obscurité du soir.

En entrant dans la maison, je trouvai Rachel dans la cuisine, où elle faisait du café pour ses parents et s'attaquait au chantier laissé sur la table. Je lui donnai un coup de main. C'était la première fois que nous étions seuls depuis le retour de l'église. Joan vint proposer son aide, mais Rachel lui répondit que nous pouvions nous débrouiller. Sa mère insista.

— Maman, on s'en occupe, dit Rachel.

Devant le ton irrité de sa fille, Joan battit en retraite et ne marqua une pause que pour m'adresser un regard composé à parts égales de sympathie et de reproche.

Rachel utilisait un couteau pour décoller des restes de nourriture d'une assiette et les faire tomber dans la poubelle. L'assiette était bordée d'un liseré bleu, mais ne le garderait plus très longtemps si Rachel continuait à la gratter avec autant de vigueur.

— Alors, qu'est-ce qui se passe ? s'enquit-elle sans me regarder.

— Je pourrais te demander la même chose.

— Ce qui veut dire ?

— Tu ne t'es pas montrée très aimable avec Angel et Louis, aujourd'hui. Tu leur as à peine adressé la parole. À moi aussi, d'ailleurs.

— Nous aurions peut-être trouvé un moment pour parler si vous n'aviez pas passé l'après-midi enfermés dans ton bureau.

La remarque était fondée, même si nous y étions restés moins d'une heure.

— Désolé. Il est arrivé quelque chose.

Rachel choqua l'assiette contre le bord de l'évier. Un petit éclat de faïence bleue se détacha du bord et se perdit par terre.

— Comment ça, il est arrivé quelque chose ? C'était le baptême de ta fille, nom de Dieu !

Dans le salon, les voix se turent. Lorsque la conversation reprit, ce fut sur un ton retenu et nerveux.

Je fis un pas vers elle.

— Rach... commençai-je.

Elle tendit un bras et recula.

— Non. S'il te plaît.

J'étais incapable de bouger. Mes mains étaient maladroites, inutiles. Je ne savais qu'en faire. Je choisis de les croiser derrière mon dos et m'appuyai au mur. C'était le plus que je pouvais faire en signe de reddition sans lever les bras et offrir mon cou à la lame du couteau. Je ne voulais pas me battre avec Rachel, tout était trop fragile. Le moindre faux pas et nous nous retrouverions cernés par les débris de notre couple. Je sentis ma main droite coller au mur. Baissant les yeux, j'y vis du sang laissé par la blessure de l'écharde.

— Qu'est-ce qu'elle voulait, cette femme ? dit Rachel.

Elle avait la tête baissée et des mèches de cheveux tombaient sur ses joues et ses yeux. J'eus envie de les relever pour voir son visage et le caresser. Ses traits ainsi cachés, elle me rappelait trop une autre femme.

— C'est la tante de Louis. Sa fille a disparu à New York. Je crois qu'elle s'est adressée à lui en dernier ressort.

— Il a demandé ton aide ?

— Non, je la lui ai proposée.

— Elle fait quoi, cette fille ?

— C'était une prostituée et une toxico. Sa disparition ne sera pas une priorité pour les flics, il faut que quelqu'un d'autre la cherche.

Dans un geste de frustration, Rachel passa ses mains dans ses cheveux. Cette fois, quand je m'avançai pour la prendre dans mes bras, elle n'essaya pas de m'en empêcher et me laissa au contraire presser doucement sa tête contre ma poitrine.

— Ça prendra juste deux ou trois jours, assurai-je. Walter a déjà donné quelques coups de fil. On a une piste pour son mac. Finalement, elle est peut-être saine et sauve quelque part. Il arrive à ces filles de disparaître quelque temps, tu le sais.

Lentement, Rachel passa les bras autour de moi et me serra.

— C'était, murmura-t-elle.

— Quoi ?

— Tu as dit « c'était ». C'était une prostituée.

— Façon de parler.

Sa tête heurta doucement ma poitrine pour rejeter le mensonge.

— Non. Tu le sais, n'est-ce pas ? Je ne comprends pas comment tu fais, mais tu sais toujours quand il n'y a plus d'espoir. Comment peux-tu porter un poids pareil ? Comment peux-tu endurer une telle pression ?

Je ne répondis pas.

— J'ai peur, continua-t-elle. C'est pour ça que je n'ai pas parlé à Angel et à Louis après le baptême. J'ai peur de ce qu'ils représentent. Quand nous avons envisagé qu'ils soient les parrains de Sam, avant sa naissance, c'était… c'était comme une plaisanterie. Non pas que je ne voulais pas qu'ils le soient, ni que je n'étais pas sincère quand j'ai accepté : ça ne me semblait pas dangereux, à ce moment-là. Mais aujourd'hui, quand je les ai vus dans l'église, je ne voulais plus qu'ils aient quoi que ce soit à faire avec Sam, pas comme ça, en tout cas. En même temps, je savais que chacun d'eux, sans une seconde d'hésitation, donnerait sa vie pour la sauver. Qu'ils feraient la même chose pour toi, ou pour moi. Simplement… je sens qu'ils apportent…

— Des ennuis ?

— Oui, fit-elle à voix basse. Ils ne le font pas exprès, ça leur colle à la peau.

Je lâchai la question que j'avais eu peur de poser jusqu'ici :

— Tu crois que ça me colle à la peau aussi ?

Je l'aimais pour la réponse qu'elle me fit, même si une autre fissure apparut dans ce que nous avions bâti.

— Oui. Je pense que ceux qui ont besoin d'aide te trouvent, mais qu'avec eux viennent ceux qui causent chagrin et souffrance.

Ses bras m'agrippèrent plus fort, ses ongles s'enfoncèrent dans mon dos.

— Je t'aime parce que cela te coûte de les renvoyer, dit-elle. Je t'aime parce que tu veux les aider et j'ai vu dans quel état tu étais ces dernières semaines. J'ai vu comment tu étais après avoir éconduit quelqu'un que tu pensais pouvoir aider.

Rachel parlait d'Ellis Chambers, de Camden, qui s'était adressé à moi pour son fils une semaine plus tôt. Neil Chambers avait des problèmes avec des types du Kansas qui avaient solidement enfoncé leurs crocs en lui. Ellis n'avait pas assez d'argent pour le tirer d'affaire, il fallait que quelqu'un intervienne. C'était un simple boulot de gros bras, mais l'accepter m'aurait séparé quelque temps de Sam et de Rachel et aurait en outre présenté un certain risque. Les créanciers de Neil Chambers n'étaient pas le genre d'individus qui acceptaient gentiment qu'on leur dise comment gérer leurs affaires, et ne se montraient pas très sophistiqués dans leurs méthodes d'intimidation et de châtiment. De plus, Kansas City se trouvait loin de mon territoire et j'avais répondu à Ellis que les lascars impliqués accepteraient peut-être mieux une intervention locale que le parachutage d'un étranger. Je m'étais renseigné, je lui avais donné quelques noms, mais j'avais senti qu'Ellis était déçu. Pour le meilleur ou pour le pire, je m'étais taillé une réputation de battant. Ellis attendait de moi plus qu'une recommandation et, quelque part au fond de moi, je pensais qu'il méritait mieux.

— Tu l'as fait pour moi et pour Sam, poursuivit Rachel, et j'ai vu l'effort que ça t'a demandé. C'est tout le problème : de quelque côté que tu te tournes, tu souffriras. J'ignorais combien de temps tu pourrais continuer à rejeter ceux qui t'appellent à leur secours. Je crois le savoir, maintenant. Ça s'est terminé aujourd'hui.

— Martha est la tante de Louis, arguai-je. Qu'est-ce que je pouvais faire ?

Elle sourit presque.

— Si cela n'avait pas été cette femme, ç'aurait été quelqu'un d'autre. Tu le sais.

Je lui embrassai le dessus du crâne. Elle avait l'odeur de notre enfant.

— Ton père a tenté de me convaincre de laisser tomber.

— Je parie que tu as aimé ça.

— C'était formidable. Nous envisageons de partir en vacances ensemble.

Je l'embrassai de nouveau avant de demander :

— Et nous ? Ça va ?

— Je ne sais pas, répondit-elle. Je t'aime, mais je ne sais pas.

Là-dessus, elle me lâcha et me laissa seul dans la cuisine. Je l'entendis monter l'escalier, puis la porte de notre chambre, où dormait Sam, émit un grincement. Je savais que Rachel se penchait vers elle, écoutait sa respiration, veillait sur elle pour qu'il ne lui arrive rien.

Cette nuit-là, j'entendis la voix de l'autre m'appeler sous notre fenêtre, mais je n'y allai pas. Derrière ses mots, je perçus un chœur de voix qui murmuraient et pleuraient. Je plaquai les mains sur mes oreilles, je gardai les yeux hermétiquement clos. Le sommeil finit par venir et je rêvai d'un arbre gris sans feuilles, aux branches pointues recourbées vers l'intérieur, hérissées d'épines. Dans la prison qu'elles formaient, des colombes brunes affligées voletaient et criaient, un bruissement montant de leurs ailes tandis qu'elles se débattaient, les plumes tachées de sang là où les épines avaient percé leur chair. Et je dormis pendant qu'un nouveau nom se gravait sur mon cœur.

4

Le motel de l'Œilleton était une oasis improbable, un lieu de repos pour le voyageur désespérant de connaître quelque répit avant la frontière mexicaine. Las des lumières et des gens, désireux de contempler les étoiles du désert dans toute leur gloire, il avait peut-être évité Yuma et s'était retrouvé avalant des kilomètres et des kilomètres de pierres, de sable et de cactus, bordés par de hautes montagnes dont il ignorait le nom. Faire halte, fût-ce brièvement, sur le bas-côté de la route, c'était attirer la soif et l'inconfort, voire l'attention de la patrouille frontalière, car les coyotes faisaient passer leurs clandestins par cet itinéraire et les flics de la Migra étaient toujours à l'affût de types prêts à leur graisser la patte. Non, il valait mieux ne pas s'arrêter dans le coin et poursuivre dans l'espoir de trouver un peu de confort ailleurs, et c'était ce que l'Œilleton promettait.

Sur la grand-route, une pancarte pointant vers le sud avisait le voyageur fatigué de la proximité d'un lit moelleux, de sodas frais et d'une climatisation en état de marche. Le motel était simple, sans ornements mis à part une antique enseigne lumineuse qui bourdonnait dans la nuit tel un gros insecte de néon. L'Œilleton se composait de quinze chambres disposées en « n », avec le bureau en bas du jambage de gauche. Les murs étaient jaune clair, quoique, sans y regarder de plus près, il fût difficile de dire si c'était leur couleur d'origine ou si une exposition constante au sable n'avait pas fini par leur donner cette nuance, comme si le désert ne tolérait la présence du motel que s'il pouvait le revendiquer en l'absorbant dans le paysage. Il était niché dans une alcôve naturelle, une brèche entre des hauteurs portant le nom d'Œilleton du diable. Ces montagnes fournissaient au motel un peu d'ombre, bien qu'à quelques pas seulement de la réception, la chaleur des vents du désert fît penser au souffle de la gueule ouverte d'un incinérateur. Au-dessus de la réception, un panneau recommandait aux clients de ne pas s'éloigner du périmètre de l'établissement. Le conseil était illustré par des dessins de serpents, de scorpions et d'araignées, ainsi que d'un nuage projetant de l'air surchauffé vers la silhouette noire d'un homme. Illustration qui aurait pu être comique si l'on ne retrouvait pas régulièrement de ces formes noircies dans le sable à proximité du motel : des clandestins, pour la plupart, attirés par la promesse trompeuse de faire fortune.

La clientèle de l'Œilleton provenait autant de gens qu'on lui envoyait que d'automobilistes remarquant la pancarte sur la grand-route. Il y avait un relais routier à une quinzaine de kilomètres à l'ouest, le Bon Repos de Harry, avec un restaurant ouvert toute la nuit, une supérette, des douches et des toilettes et de la place pour cinquante semi-remorques. Il y avait aussi une *cantina* bruyante fréquentée par des spécimens humains à peine plus haut dans l'échelle du vivant que les prédateurs du désert environnant. Le relais, avec ses lumières, ses promesses de nourriture et de compagnie, attirait parfois des gens qui n'avaient rien à y faire, des voyageurs épuisés qui cherchaient seulement un endroit où dormir. Le Bon Repos n'était pas pour eux et le personnel avait appris qu'il valait mieux les renvoyer en leur suggérant qu'ils trouveraient plus de confort à l'Œilleton. Le Bon Repos appartenait à un nommé Harry Dean, qui jouait un rôle comparable à celui de ses prédécesseurs sur la frontière un siècle plus tôt. Harry faisait de la corde raide, collaborant un minimum pour satisfaire la police et tenir les gars de la Migra loin de sa porte, ce qui lui permettait en retour d'entretenir de bons rapports avec les individus, frottés de criminalité, qui fréquentaient les coins les plus obscurs de son établissement. Harry versait quelques pots-de-vin et se faisait en échange graisser la patte. Il fermait les yeux sur les putains qui offraient leurs services aux routiers dans leurs camions ou dans de petites cabanes installées derrière, et sur les dealers qui fournissaient aux chauffeurs des amphés et autres stupéfiants pour les maintenir au top ou les endormir, selon les besoins, tant qu'ils gardaient leur camelote hors des locaux, planquée dans le bric-à-brac encombrant l'arrière de leurs pick-up et autres voitures, petits véhicules intercalés entre les gros-culs comme des parasites accompagnant les grands prédateurs.

Il était deux heures du matin, un lundi, et l'atmosphère s'était un peu calmée au Bon Repos tandis que Harry aidait Miguel, son chef de bar, à nettoyer derrière le comptoir et à refaire le plein en bière et en alcools. En principe, la *cantina* était fermée, mais tous ceux qui voulaient boire à cette heure de la nuit pouvaient encore se faire servir au restaurant adjacent. Des clients restaient néanmoins assis dans la pénombre à siroter leur verre, certains en groupes, d'autres seuls. Ce n'était pas le genre d'hommes à qui on pouvait demander de partir. Ils disparaîtraient dans la nuit à leur heure, quand ils l'auraient décidé. Jusque-là, Harry ne les importunerait pas.

Côté restaurant, une pancarte indiquait que le bar était fermé, mais la porte principale de la *cantina* n'était pas verrouillée. Harry l'entendit s'ouvrir et, levant les yeux, vit deux hommes entrer. Blancs, tous les deux. Le premier, âgé d'une quarantaine d'années, était grand, avec des cheveux grisonnants et une cicatrice à l'œil droit. Il portait une chemise bleue, un blouson bleu et un jean un peu trop long.

L'autre était presque aussi grand que son compagnon mais d'une grosseur obscène, son ventre énorme pendant entre ses cuisses telle une langue sortant d'une bouche ouverte. Son torse paraissait disproportionné par rapport à ses jambes, qui étaient courtes et légèrement arquées, comme si elles avaient longtemps lutté pour soutenir la charge qui leur était imposée et ployaient maintenant sous l'effort. Il avait un visage parfaitement rond et pâle aux traits délicats : des yeux verts bordés de longs cils bruns, un nez mince et droit, une bouche large aux lèvres pleines, presque féminines. Mais toute notion traditionnelle de beauté faciale était gâchée par son menton et le cou distendu dans lequel il se perdait. Il roulait sur le col de la chemise, violacé et rouge, comme le présage du ventre qui saillait dessous. Harry songea à un vieux morse qu'il avait vu autrefois au zoo, un monstre de graisse et de chair enflée sur le point de s'écrouler. Cet homme semblait au contraire fort loin de la tombe. En dépit de sa masse, il se déplaçait avec une étrange agilité et paraissait glisser sur le sol jonché de coquilles de cacahuètes. Malgré la climatisation, la chemise de Harry était tachée de sueur, mais le visage de l'obèse demeurait parfaitement sec et sa chemise blanche, sa veste grise ne montraient aucune trace de transpiration. Il avait le crâne dégarni et les cheveux qui lui restaient étaient noirs et coupés ras. Harry fut un instant fasciné par ce mélange de laideur et de quasi-beauté, de lourdeur et de grâce, puis le charme fut rompu et il lança :

— C'est fermé.

L'homme s'immobilisa, la semelle de son pied droit suspendue à quelques centimètres du sol, juste au-dessus d'une cacahuète encore dans sa coquille.

Le pied entama sa descente ; la coquille commença à s'aplatir sous le poids.

Et Harry se retrouva soudain face au visage de l'obèse qui le fixait, à quelques centimètres du sien. Puis, avant qu'il se soit totalement rendu compte de cette présence, l'homme passa à sa gauche, à sa droite, sans cesser de murmurer, dans une langue que Harry ne comprenait pas, des mots sortis d'une masse sibilante inintelligible ponctuée çà et là de consonnes dures, dont le sens exact lui échappait mais dont l'injonction était claire.

Fiche-moi la paix. Fiche-moi la paix ou tu le regretteras.

Le visage de l'homme était flou, son corps passait d'un côté à l'autre, sa voix palpitait, insistante, à l'intérieur de la tête de Harry. Le patron du Bon Repos avait la nausée, il voulait que ça s'arrête. Pourquoi personne ne venait à son secours ? Où était passé Miguel ?

Le mouvement autour de lui cessa brusquement.

Il entendit la coquille craquer. L'obèse était de nouveau à cinq ou six mètres du comptoir, devant son compagnon. Tous deux regardaient Harry, et le gros type souriait, comme s'il connaissait un secret que seuls Harry et lui partageaient désormais.

Fiche-moi la paix.

Dans un coin, Harry vit une main se lever : Octavio, qui s'occupait des putes, prélevait une part de leurs revenus en échange de sa protection et donnait un peu de ce pourcentage à Harry, faisait signe aux nouveaux venus.

Cela ne regardait pas Harry. Il hocha la tête, essuya le comptoir sous les pompes à bière, puis passa discrètement dans les toilettes situées derrière le bar et demeura un long moment assis sur la cuvette, les mains tremblantes, avant de vomir dans le lavabo. Lorsqu'il retourna dans la salle, l'obèse et son compagnon étaient partis. Octavio l'attendait et ne semblait pas beaucoup plus fringant que lui. Harry sentait encore dans sa bouche un goût de bile. Il déglutit.

— Vaut mieux oublier, t'as compris ? dit Octavio.

— Ouais, j'ai pigé.

Le mac montra du doigt la bouteille de cognac sur l'étagère du haut. Harry remplit à moitié un grand verre : Octavio avait sûrement besoin de ça. Le Mexicain posa un billet de vingt sur le comptoir.

— Toi aussi, t'as besoin d'un remontant.

Harry se servit et eut encore la main lourde.

— La fille, là, reprit Octavio, la Mexicaine noire…

— Je vois qui tu veux dire. Une nouvelle, hein ? Elle est passée ce soir.

— Elle reviendra pas.

Harry porta le verre à ses lèvres mais n'arriva pas à boire. Le goût de bile était revenu. Vera, c'était le nom de la fille, du moins celui qu'elle avait donné quand Harry le lui avait demandé. Peu de ces filles utilisaient leur vrai nom pour le boulot. Il lui avait parlé une ou deux fois, en passant. Il l'avait peut-être vue quatre ou cinq fois en tout, pas plus. Elle avait l'air plutôt sympa, pour une pute.

Il n'y avait que trois chambres occupées à l'Œille-ton. Dans la première, un jeune couple se rendant au Mexique se chamaillait, d'humeur encore querelleuse malgré la fatigue d'un long voyage inconfortable. Bientôt, il s'installerait dans un silence hostile dont il sortirait seulement après que l'homme aurait fait le premier pas vers la réconciliation en allant chercher des sodas au distributeur automatique. Il presserait l'une des cannettes au creux des reins de la femme, qui frissonnerait. Il l'embrasserait et lui demanderait pardon. Elle lui rendrait son baiser. Ils boiraient, oublieraient la chaleur et leur dispute.

Dans la pièce voisine, un homme en maillot de corps assis sur un lit regardait une émission de jeu à la télévision mexicaine. Il avait payé sa chambre en liquide. Il aurait pu dormir à Yuma, où il avait à faire le lendemain matin, mais son visage était connu et il ne voulait pas rester en ville plus longtemps que ce n'était nécessaire. Voilà pourquoi, dans ce motel isolé, il regardait des couples s'enlacer quand ils gagnaient un prix valant moins que les billets qu'il avait dans son portefeuille.

La dernière chambre de la rangée était elle aussi occupée par une cliente solitaire. Elle était jeune, à peine vingt ans, et en cavale. Au Bon Repos, on l'appelait Vera, mais ceux qui la cherchaient la connaissaient sous le nom de Sereta. Aucun de ces noms n'était vrai, mais cela n'avait pas d'importance. Elle n'avait plus de famille, plus personne qui se souciât d'elle. Au début, elle avait envoyé de l'argent à sa mère, à Ciudad Juárez, pour arrondir le maigre salaire que celle-ci gagnait dans l'une des grandes *maquiladoras* de l'Avenida Tecnológico. Sereta et sa sœur aînée Josefina y avaient travaillé aussi jusqu'à ce jour de novembre où tout avait changé pour elles.

Lorsqu'elle téléphonait à la maison, Sereta racontait à Lilia, sa mère, qu'elle était serveuse à New York. Lilia ne lui posait pas de questions, bien qu'elle sût que sa fille, avant de partir pour le nord, avait souvent été vue alors qu'elle sortait des résidences sécurisées de Campestre Juárez, où vivaient de riches Américains et où les seules femmes locales admises étaient des domestiques ou des prostituées. En novembre 2001, on avait retrouvé le corps de Josefina, la sœur de Sereta, parmi les huit cadavres jetés dans un champ de coton à l'abandon près du centre commercial de Sitio Colosio Valle. Ils étaient affreusement mutilés et les protestations des pauvres s'étaient faites plus fortes, car ce n'étaient pas les premières jeunes femmes qu'on retrouvait mortes dans le coin. Des rumeurs couraient sur des hommes fortunés vivant derrière des grilles, qui auraient ajouté le meurtre pour le plaisir à la liste de leurs divertissements. La mère de Sereta avait conseillé à sa fille de partir et de ne jamais revenir. Elle n'avait pas dit un mot de Campestre Juárez ni des hommes en grosses voitures noires, mais elle savait.

Un an plus tard, Lilia était morte. À New York, Sereta avait trouvé une âme sœur en la personne d'Alice, mais cette amitié aussi avait été brisée. Alice aurait dû l'accompagner, mais, droguée comme elle l'était, elle avait fait le choix de rester à New York. Sereta, elle, avait pris le chemin du sud. Elle voulait faire croire à ceux qui la poursuivaient qu'elle était passée au Mexique. En fait, elle avait l'intention de longer la frontière et de gagner la côte Ouest, où elle disparaîtrait un moment avant de prendre une décision. Ce qu'elle avait emporté avait de la valeur : un homme était mort pour ça.

Sereta regardait elle aussi la télévision, sans le son. La lueur de l'écran la réconfortait, mais elle ne voulait pas qu'un bavardage insipide trouble ses pensées. L'argent, c'était le problème. Comme toujours. Elle avait dû s'enfuir si soudainement qu'elle n'avait pas eu le temps de dresser un plan. Elle avait demandé à une amie de lui apporter sa voiture et elle avait roulé, mettant le plus de distance possible entre elle et la ville.

Elle avait entendu parler autrefois du Bon Repos. C'était un endroit où personne ne posait de questions, où une fille pouvait se faire rapidement un peu d'argent puis repartir sans obligation, du moment qu'elle versait un pourcentage à qui il fallait. Elle avait pris une chambre à l'Œilleton et mis de côté près de deux mille dollars en quelques jours, en particulier grâce à un pourboire particulièrement généreux d'un routier dont elle avait satisfait la veille les goûts sexuels, écœurants mais sans danger. Bientôt, elle pourrait repartir. Encore une nuit ou deux, pensait-elle, sans savoir que son sort était déjà lié à ceux qui avaient tué sa sœur.

Car, loin au nord, le Mexicain nommé Garcia aurait souri en entendant le nom de Josefina et se serait rappelé les derniers instants de la jeune fille en s'occupant du cadavre d'une autre…

Derrière le comptoir de la réception du motel, un jeune homme svelte d'origine mexicaine lisait un livre. Intitulé *La Route du diable*, l'ouvrage parlait de la mort de quatorze Mexicains qui avaient tenté de franchir la frontière illégalement à quelques kilomètres de l'établissement. Cette histoire provoquait la colère du jeune homme, qui se sentait en même temps soulagé que ses parents lui aient offert une bonne vie dans ce pays et qu'une telle fin lui soit épargnée.

Il était près de trois heures du matin et il s'apprêtait à fermer la porte à clef pour aller dormir quelques heures dans la pièce de derrière, quand il vit les deux Blancs se diriger vers le bureau. Il n'avait pas entendu leur voiture et présumait qu'ils s'étaient délibérément garés à quelque distance. Il fut aussitôt sur ses gardes car ce n'était pas normal. Il y avait un pistolet sous le comptoir, mais il n'avait jamais eu besoin de le montrer : maintenant que la plupart des gens payaient avec une carte de crédit, les motels offraient de maigres butins aux braqueurs.

L'un des hommes était de haute taille et vêtu de bleu. Les talons de ses bottes de cow-boy claquèrent sur les dalles lorsqu'il entra dans le bureau. Son compagnon était d'une corpulence incroyable. L'employé, qui s'appelait Ruiz, se dit qu'il n'avait jamais vu d'homme aussi gros, et il avait pourtant croisé quantité d'Américains obèses dans sa jeune vie. Son ventre pendait si bas sur ses cuisses qu'il devait probablement le soulever pour uriner. Il tenait à la main un chapeau de paille jaune à ruban blanc et portait une veste légère sur une chemise blanche et un pantalon beige. Un long astiquage avait donné un lustre éclatant à ses chaussures marron.

— Bonsoir, comment allez-vous ? s'enquit Ruiz.

Ce fut le compagnon de l'obèse qui répondit :

— Nous allons bien. Il vous reste des chambres ?

— Bien sûr. Quand il n'y en a plus, j'allume le panneau « Complet » sur la route pour éviter aux gens de faire un détour.

— Vous pouvez faire ça d'ici ? fit l'homme mince, qui semblait sincèrement intéressé.

Ruiz tendit le bras vers un tableau où s'alignaient des interrupteurs. Chacun d'eux était surmonté d'une étiquette soigneusement écrite à la main.

— Suffit d'appuyer.

— Étonnant, dit l'homme en bleu.

— Fascinant, renchérit son compagnon.

À la différence du premier, il ne semblait pas vraiment captivé. Il avait une voix douce, un peu haut perchée pour un homme.

— Vous voulez une chambre, donc, résuma Ruiz.

Fatigué, il souhaitait que les deux hommes remplissent rapidement leurs cartes pour lui permettre de rattraper son retard de sommeil. Il voulait aussi, il s'en rendit compte, qu'ils quittent le bureau. L'obèse avait une odeur bizarre. Il sentait la terre et Ruiz imagina malgré lui des vers roses émergeant de mottes humides, des insectes noirs se réfugiant derrière des pierres.

— Il nous en faut plus d'une, fit observer Bleu.

— Deux ?

— Combien vous en avez en tout ?

— Quinze mais trois seulement sont occupées.

— Trois clients ?

— Quatre.

Ruiz s'arrêta de parler. Il se passait quelque chose d'anormal. Bleu ne l'écoutait plus, il avait pris le livre et déchiffrait la couverture.

— Luis Urrea, lut-il. *La Route du diable*.

Il se tourna vers son compagnon, lui montra le livre.

— On devrait peut-être en acheter un.

Le gros homme jeta un coup d'œil au titre.

— Je la connais, la route, répliqua-t-il sèchement. Si tu le veux vraiment, prends celui-là, tu feras des économies.

Ruiz allait protester, quand l'obèse le frappa à la gorge, le projetant contre le mur. Il eut une sensation de douleur et d'étouffement lorsque le coup écrasa de délicates parties de son cou. Il tenta de former des mots, mais aucun ne sortit de sa bouche. Un second coup suivit et il glissa lentement par terre. La trachée obstruée, Ruiz suffoquait et son visage s'assombrissait.

Il se mit à griffer sa bouche et son cou. Il entendait un cliquetis, comme le tic-tac d'une horloge comptant ses dernières secondes. Les deux hommes ne lui prêtaient même plus attention. L'obèse passa derrière le bureau, enjamba le mourant qui sentit de nouveau son odeur quand il appuya sur le bouton « Complet » du tableau. Pendant ce temps, son compagnon parcourait les cartes d'enregistrement des clients.

— Un couple dans la 2, énonça-t-il. Un homme seul dans la 3. Le nom a l'air mexicain. Une femme dans la 12, enregistrée sous le nom de Vera Gooding.

Le gros homme ne lui répondit même pas d'un signe de tête. Debout près de Ruiz, il regardait le filet de sang et de salive couler d'un coin de la bouche.

— Je m'occupe du couple, dit-il enfin. Tu prends le Mexicain.

Il s'accroupit près de Ruiz en un mouvement étonnamment gracieux, comme un cygne inclinant la tête. De sa main droite, il releva les cheveux tombés sur le front du jeune employé. Une marque, sous l'avant-bras du gros homme, avait la forme d'une fourche et semblait avoir été récemment imprimée dans la chair.

— Tu penses que nous devrions le rapporter à notre ami mexicain ? demanda Bleu. Il travaille bien avec les os.

— Trop compliqué, répondit l'obèse d'un ton dédaigneux.

Il agrippa Ruiz par les cheveux, lui tourna légèrement la tête sur le côté et se pencha vers lui. Sa bouche s'ouvrit et Ruiz vit une langue rose, des dents dont les bords paraissaient tranchants. Le visage violet, les yeux exorbités, l'employé cracha un liquide rouge au moment où les lèvres de l'obèse touchaient les siennes. Sa bouche se referma sur celle de Ruiz ; sa main, serrant le menton du jeune homme, maintenait les mâchoires ouvertes. Ruiz se débattit mais ne fut pas de taille contre l'obèse et la fin qui approchait. Un mot éclata dans sa tête et il pensa :

Brightwell. C'est quoi, Brightwell ?

Son étreinte sur l'épaule du gros homme se relâcha, ses jambes se détendirent. L'obèse s'écarta de lui et se releva.

— Tu as du sang sur ta chemise, fit observer Bleu à Brightwell.

Il avait l'air de s'ennuyer.

Danny Quinn regardait sa copine passer avec soin le petit pinceau sur les ongles de ses orteils. Le vernis était un mélange de violet et de rouge qui donnait l'impression qu'elle avait les pieds contusionnés, mais il garda son opinion pour lui. Il prenait plaisir à se prélasser un moment dans la sensation de bien-être qui suivait l'amour en observant le calme et la concentration de Melanie. Il l'avait trompée, il la tromperait probablement encore, bien qu'il priât chaque nuit pour avoir la force de rester fidèle. Il se demandait quelquefois ce qui se passerait si elle découvrait son autre vie. Danny aimait les femmes, mais faisait la distinction entre avoir des rapports sexuels et faire l'amour. Le sexe signifiait peu de choses pour lui à part la satisfaction d'une pulsion. C'était comme gratter une démangeaison : s'il avait une fracture à la main droite et si son dos le démangeait, il se servait de sa main gauche pour se gratter. Il aurait préféré utiliser sa main droite, mais quand ça démange, ça démange, hein ? Si Melanie n'était pas à proximité – son travail à la banque l'amenait parfois à quitter la maison pendant deux ou trois jours –, Danny s'adressait ailleurs pour son plaisir. La plupart du temps, il disait aux autres femmes qu'il vivait seul. Certaines d'entre elles ne posaient même pas la question. Une ou deux s'étaient entichées de lui, ce qui avait posé des problèmes, mais il les avait réglés. Danny avait même à l'occasion eu recours à des prostituées. Avec elles, le sexe était différent, mais il ne considérait pas que baiser une pute, c'était tromper Melanie. Ces rapports étaient totalement dépourvus de sentiments, et pas de sentiments, pas de vraie infidélité, raisonnait-il. C'était purement clinique et il prenait toujours des précautions, même avec celles qui offraient un petit extra.

Au fond de lui, Danny voulait être l'homme que Melanie pensait qu'il était. Chaque fois qu'il s'écartait du droit chemin, il se disait que c'était la dernière. Il lui arrivait de rester des semaines, voire des mois, sans faire l'amour avec une autre femme, mais il finissait toujours par se retrouver seul un moment, ou dans une ville inconnue, et le besoin de draguer le reprenait.

Pourtant, il aimait Melanie et, s'il pouvait revenir en arrière et faire d'autres choix – sa première prostituée et la honte qu'il avait ressentie après ; la première fois qu'il avait trompé une fille et le sentiment de culpabilité qu'il avait éprouvé –, il mènerait une vie différente, il serait un homme meilleur et plus heureux.

Je vais prendre un nouveau départ, se racontait-il. C'était comme l'alcoolisme ou une autre toxicomanie. Il fallait progresser un jour à la fois et, si vous faisiez une rechute, vous deviez vous remettre aussitôt en selle et recommencer à compter.

Il tendait la main pour caresser le dos de Melanie quand il entendit cogner à la porte.

Melanie Gardner avait peur que Danny ne la trompe. Elle ne savait pas pourquoi elle pensait ça, car aucune de ses amies ne l'avait jamais vu avec une autre femme et elle n'avait jamais trouvé d'indices révélateurs sur ses vêtements ou dans ses poches. Une nuit, pendant qu'il dormait, elle avait essayé de lire ses courriels, mais il prenait soin d'effacer les e-mails qu'il envoyait et qu'il recevait, sauf ceux qui avaient un rapport avec son travail. Il y avait beaucoup de femmes dans son carnet d'adresses, mais elle ne reconnaissait aucun nom. De toute façon, Danny passait pour l'un des meilleurs électriciens de la ville et, selon l'expérience de Melanie, c'étaient les femmes qui constituaient le gros des appels professionnels de Danny, probablement parce que les maris avaient honte d'admettre qu'il y avait dans la maison quelque chose qu'ils n'étaient pas capables de réparer eux-mêmes.

Assise sur le lit, la chaleur de Danny s'estompant peu à peu, elle sentit le besoin impérieux de le confronter. De lui demander s'il y avait quelqu'un d'autre, s'il avait couché avec une autre femme depuis qu'ils étaient ensemble. Elle le regarderait dans les yeux quand il répondrait, parce qu'elle pensait pouvoir deviner s'il mentait. Elle l'aimait. Elle l'aimait tant qu'elle avait peur de l'interroger, car s'il mentait, elle le saurait et elle en aurait le cœur brisé. Et s'il lui disait que ses craintes étaient fondées, cela lui briserait aussi le cœur. La tension qu'elle ressentait avait enfin explosé dans une dispute stupide à propos de musique plus tôt dans la soirée, puis ils avaient fait l'amour alors qu'elle n'en avait pas vraiment envie. Cela lui avait permis de retarder la confrontation, rien de plus, comme si vernir ses ongles de pied était soudain devenu urgent.

Melanie recouvrit avec soin le dernier coin d'ongle sans vernis de son petit orteil, remit le pinceau dans le flacon en tournant légèrement la tête. Elle vit Danny tendre le bras vers elle.

Ouvrant la bouche pour parler enfin, elle entendit frapper à la porte.

Edgar Certaz jouait nonchalamment avec la télécommande, passait d'une chaîne à l'autre. Elles étaient si nombreuses que lorsqu'il eut fini d'en faire le tour, il ne se souvenait pas s'il y en avait une parmi les premières qui méritât son attention. Il se décida finalement pour un western, qu'il trouva très lent. Trois hommes attendaient un train. Le train arrivait. Un homme avec un harmonica en descendait. Il tuait les trois hommes. Un Espagnol jouait un Irlandais et un acteur américain dont le visage lui était familier tenait le rôle du méchant, ce qui le déconcertait un peu, car, dans les films qu'il avait vus, les Américains jouaient toujours les bons. Il y avait peu de Mexicains, heureusement. Il était fatigué de voir des paysans en blanc tripoter leur sombrero en demandant de l'aide contre des bandits à des cow-boys en noir, comme si tous les Mexicains étaient des victimes ou des cannibales se repaissant de leur propre espèce.

Certaz était un intermédiaire. Comme la femme de la chambre voisine, il avait des liens avec Ciudad Juárez, où lui et ses collègues narcotrafiquants étaient responsables de la mort de nombreuses personnes. C'était un boulot dangereux, mais il était bien payé pour sa peine. Demain, il rencontrerait deux types pour arranger la livraison de deux millions de dollars de cocaïne sur lesquels ses associés et lui toucheraient une commission de quarante pour cent. Si tout se passait sans incident, la livraison suivante serait considérablement plus importante, et la commission aussi. Certaz réglerait tous les détails, mais à aucun moment, la drogue ni l'argent ne seraient en sa possession. Il avait appris à éviter les risques.

Les Colombiens contrôlaient encore la fabrication de la coke, mais les Mexicains étaient à présent les plus gros trafiquants de cette drogue au monde. Les Colombiens les avaient involontairement lancés dans le métier en payant des passeurs mexicains avec de la cocaïne plutôt qu'avec de l'argent. Parfois, la moitié d'une cargaison à destination des États-Unis allait aux Mexicains. Certaz avait, à l'origine, fait partie des « mules » puis avait rapidement gravi les échelons du cartel de Juárez, dirigé par Amado Carrillo Fuentes, surnommé « le Seigneur des Cieux » après avoir été le premier à utiliser des jumbo-jets pour transporter d'énormes quantités de drogue d'un pays à un autre.

En novembre 1999, un raid conjoint des forces de police mexicaines et américaines avait conduit à la découverte d'une fosse commune à La Campana, un ranch du désert des environs de Ciudad Juárez. La propriété avait appartenu à Fuentes et à son lieutenant, Alfonso Corral Olaguez. Fuentes était mort en juillet 1997 parce qu'on lui avait administré une dose trop forte d'anesthésiant avant une opération de chirurgie esthétique destinée à changer son apparence. Selon les rumeurs, ses fournisseurs colombiens, jaloux de son influence, auraient payé les médecins. Deux mois plus tard, Olaguez avait été abattu dans le restaurant Maxfim de Ciudad Juárez, ce qui avait déclenché une sanglante guerre de territoire conduite par le frère de Fuentes, Vicente. Les cadavres de La Campana, entassés dans les caches à drogue creusées dans le sol, étaient ceux d'hommes qui avaient contrarié Fuentes, notamment des membres du cartel rival de Tijuana mais aussi des paysans malchanceux qui s'étaient trouvés au mauvais endroit au mauvais moment. Certaz le savait parce qu'il avait contribué à y en envoyer quelques-uns. La découverte des corps avait accru la pression sur les trafiquants mexicains, les contraignant à mener leurs opérations avec plus de précautions encore, et le besoin d'hommes aussi expérimentés que Certaz avait grandement augmenté. Il avait survécu aux investigations et aux représailles, en était sorti plus fort que jamais.

Dans le film, une femme arrivait par le train. Elle s'attendait à ce que quelqu'un soit là pour l'accueillir, mais il n'y avait personne. Elle se faisait conduire à une ferme où l'Irlandais interprété par l'Espagnol gisait mort sur une table de pique-nique près de ses enfants.

Bâillant d'ennui, Certaz pressa du pouce un bouton de la télécommande pour faire disparaître l'image, et entendit frapper à la porte.

Danny Quinn noua une serviette autour de sa taille et alla à la porte.

— Qui est-ce ? fit-il.

— Police.

C'était une erreur mais Brightwell était distrait. Le voyage avait été long. La chaleur de la journée l'avait épuisé et la fraîcheur relative de la nuit dans le désert l'avait surpris.

Danny lança un regard à Melanie, qui prit son sac et s'enferma dans la salle de bains. Ils avaient un peu d'herbe dans un sachet à congélation, elle le jetterait dans la cuvette et tirerait la chasse. C'était dommage de la perdre, mais Danny pouvait toujours s'en procurer un autre sachet.

— Vous avez une carte ? demanda-t-il.

Il n'avait pas encore ouvert la porte. Par l'œilleton, il vit un gros type au visage rond et au cou bizarre tenir un insigne et une carte plastifiée.

— Ouvrez, dit l'homme. Simple routine, on cherche des clandestins. Je jette un coup d'œil dans la chambre, je vous pose quelques questions et terminé.

Danny jura mais se détendit un peu, se demanda si Melanie avait déjà balancé la beu. Il espérait que non. Lorsqu'il ouvrit la porte, il sentit une odeur désagréable. Il tenta de dissimuler sa surprise devant l'apparence du flic, mais n'y parvint pas. Il savait qu'il venait de commettre une bourde : ce n'était pas un flic.

— Vous êtes seul ? demanda l'obèse.

— Ma copine est dans la salle de bains.

— Dites-lui de sortir.

Ce n'est pas normal, pensa Danny, pas normal du tout.

— Je pourrais revoir votre plaque ?

L'homme glissa une main dans la poche de sa veste. Lorsque cette main ressortit, elle ne tenait pas un portefeuille. Danny Quinn entrevit un éclair d'argent puis sentit la lame pénétrer dans sa poitrine. L'homme lui empoigna les cheveux et enfonça le couteau, entendit la fille appeler de la salle de bains :

— Danny ? Ça va ?

Brightwell lâcha les cheveux, retira la lame. Le corps du jeune type s'effondra, eut un spasme sur le sol. L'obèse posa un pied sur son ventre pour l'immobiliser. S'il avait eu plus de temps, il l'aurait embrassé comme il avait embrassé Ruiz, mais il avait des affaires plus urgentes à régler.

Un bruit de chasse d'eau s'éleva dans la salle de bains, mais il ne servait qu'à masquer un autre bruit. Une fenêtre grinça, une moustiquaire fut arrachée du mur. Brightwell s'approcha de la porte, leva le pied droit et fracassa la serrure.

Edgar Certaz entendit frapper à la porte de la chambre voisine quelques secondes après qu'on eut cogné à la sienne. Puis un homme se présentant comme un flic prétendit être à la recherche de clandestins.

Certaz n'était pas idiot. Il savait que lorsque les flics cherchent quelque chose, ils ne le font pas aussi poliment. Ils débarquent brusquement et en force. Il savait aussi que ce motel ne figurait pas sur leur liste noire parce qu'il était relativement cher et bien tenu. Les draps étaient propres, les serviettes de la salle de bains changées chaque jour. De plus, il se trouvait à l'écart des principales routes empruntées par les immigrés clandestins. Un Mexicain parvenu aussi loin ne descendrait pas à l'Œilleton pour prendre un bain et regarder un film porno. Il se cacherait plutôt à l'arrière d'une camionnette roulant vers le nord ou vers l'ouest en se félicitant d'avoir réussi à traverser le désert avec ses potes.

On frappa de nouveau.

— Ouvrez. Police.

Certaz portait sur lui un Smith & Wesson Mountain Gun à canon court de dix centimètres pour lequel il ne possédait pas de permis. Bien qu'il n'eût pas de casier judiciaire, il savait que si on l'arrêtait et si on lui prenait ses empreintes, des sonnettes d'alarme se déclencheraient dans plusieurs agences locales et fédérales et qu'il serait très vieux quand on le relâcherait, à supposer qu'on ne trouve pas une excuse pour l'exécuter tout de suite. Deux pensées lui traversèrent l'esprit. Premièrement, si c'était bien une descente de police, il avait des ennuis. Deuxièmement, si ces types n'étaient pas de la police, ils apportaient quand même des ennuis, mais des ennuis qu'on pouvait régler.

Vous voulez que j'ouvre, j'ouvre, décida-t-il.

Il dégaina le Smith & Wesson et se mit à tirer en s'approchant de la porte.

Bleu sursauta quand la première des balles le toucha à la poitrine, sa force d'impact légèrement réduite par la traversée de la porte. La seconde l'atteignit à l'épaule droite au moment où il pivotait et il grogna en heurtant le sable. Le silence ne servait plus à rien, maintenant. Il saisit son Double Eagle et fit feu du sol au moment où la porte de la chambre s'ouvrait.

Il n'y avait personne dans l'entrebâillement. Puis le pistolet de Certaz apparut, en bas, à gauche, le Mexicain étant accroupi sous la fenêtre. Bleu vit le doigt sombre se raidir sur la détente et se prépara à la fin.

Des coups claquèrent mais ils ne provenaient pas du Mexicain. Debout près de la fenêtre, Brightwell tirait vers le bas à travers la vitre. Blessé à la tête, Edgar Certaz bascula en avant au moment où deux autres balles lui perçaient le dos.

Bleu se releva. La chemise tachée de sang, il vacillait un peu.

De l'arrière du motel leur parvint un bruit de pas précipités. La porte de la dernière chambre demeurait fermée, mais ils savaient que leur proie ne s'y trouvait plus.

— Fonce, fit Bleu.

Brightwell s'élança. Il courait avec moins de grâce qu'il ne marchait, le torse se balançant d'un côté à l'autre sur ses jambes courtaudes, mais il était quand même rapide. Il entendit un moteur démarrer. Quelques secondes plus tard, une Buick jaune tourna le coin du motel à vive allure, une jeune femme au volant. Brightwell tira en visant à droite de la tête de la conductrice. Le pare-brise explosa mais la voiture continua à rouler, le força à se jeter sur le côté pour ne pas être renversé. Ses balles suivantes crevèrent les pneus et brisèrent la vitre arrière. Avec satisfaction, il vit la Buick emboutir le camion de feu Edgar Certaz et s'immobiliser.

Brightwell se releva, s'approcha de la voiture déglinguée. La jeune femme gisait inconsciente sur son siège. Elle avait du sang sur le visage mais ne paraissait pas grièvement blessée.

Bien, pensa-t-il.

Il ouvrit la portière, extirpa la jeune femme de la Buick.

— Non, murmura-t-elle. Je vous en prie.

— Où est-elle, Sereta ?

— Je sais pas de quoi…

Il lui expédia son poing dans le nez, qui se cassa sous l'impact.

— Je répète : où est-elle ?

Sereta tomba à genoux, porta les mains à son visage. Il comprit à peine quand elle lui dit que la chose était dans son sac à main.

L'obèse passa un bras dans la voiture pour prendre le sac, en vida le contenu sur le sol jusqu'à ce qu'il eût trouvé la petite boîte en argent. Avec précaution, il l'ouvrit, examina le morceau de vélin jauni qui était à l'intérieur. Satisfait, il referma la boîte.

— Pourquoi tu l'as prise ? demanda-t-il, sincèrement curieux.

Sereta pleurait. Elle dit quelques mots, mais ils furent étouffés par ses larmes et ses mains qu'elle tenait en coupe au-dessus de son nez cassé. Brightwell se pencha.

— Je ne t'entends pas.

— Elle était jolie, dit-elle. Et je n'avais rien de joli.

Il lui toucha les cheveux presque tendrement.

Bleu approcha. Il titubait mais parvenait à rester debout. Sereta s'adossa à la voiture, tenta d'étancher le sang qui coulait de son nez. Elle regarda Bleu, qui semblait miroiter. Un instant, elle vit un corps noir émacié, des ailes en lambeaux pendant de nodosités sur son dos et de longs doigts griffus qui tentaient faiblement d'agripper l'air. Les yeux étaient jaunes et brillaient dans un visage presque dépourvu de traits, excepté une bouche pleine de petites dents aiguës. Puis la forme redevint un homme mourant.

— Jésus, aide-moi, dit Sereta. Jésus, Seigneur Dieu, aidez-moi.

Brightwell lui décocha un coup de pied dans la tempe et elle se tut. Il traîna le corps inerte jusqu'au coffre de la Buick, l'ouvrit, le fourra dedans avant d'aller à sa Mercedes et de revenir avec deux bidons d'essence en plastique.

Appuyé à la Buick, Bleu regarda son compagnon approcher. Ses yeux se posèrent un instant sur les bidons puis se détournèrent.

— Tu ne la veux pas ?

— J'aurais le goût de ses mots dans la bouche, répondit Brightwell. Curieux, quand même.

— Quoi ?

— Qu'elle ait cru en Dieu et pas en nous.

— C'est peut-être plus facile de croire en Dieu, suggéra Bleu. Il promet tant de choses…

— … mais en tient peu. Nous, nous faisons moins de promesses, mais nous les tenons toutes.

Si Sereta avait pu le voir, Bleu aurait de nouveau miroité devant ses yeux. Brightwell ne remarqua rien, il voyait Bleu comme il l'avait toujours vu.

— Je m'éteins, dit Bleu.

— Je sais. Nous avons été imprudents. J'ai été imprudent.

— Peu importe. J'errerai peut-être un moment.

— Peut-être, dit Brightwell. Nous finirons par te retrouver.

Il répandit de l'essence sur son compagnon, aspergeant ses vêtements, ses cheveux, sa peau, puis versa le reste à l'intérieur de la Buick. Il jeta les récipients vides sur la banquette arrière, se tourna de nouveau vers Bleu.

— Adieu.

— Adieu, répondit Bleu.

Presque aveuglé par l'essence, il trouva cependant la portière ouverte de la Buick et se glissa sur le siège du conducteur. Brightwell le regarda faire, puis tira un briquet Zippo de sa poche, l'alluma, le jeta dans la voiture et s'éloigna. Il ne tourna pas la tête, pas même quand le réservoir explosa et que l'obscurité s'embrasa derrière lui au moment où Bleu quittait ce monde, transformé.

5

Chacun de nous a deux vies : la vie réelle et la vie secrète.

Dans notre vraie vie, nous sommes ce que nous semblons être. Nous aimons notre mari ou notre femme. Nous chérissons nos enfants. Chaque matin, nous prenons un sac ou un porte-documents et nous partons faire ce que nous devons faire pour huiler les rouages de notre existence. Nous vendons des titres, nous nettoyons des chambres d'hôtel, nous servons de la bière à des types avec qui nous refuserions de partager notre air si nous avions le choix. Nous déjeunons dans un restaurant ou sur un banc, dans un parc où des gens promènent leur chien, où des enfants jouent au soleil. Nous éprouvons un besoin sentimental de sourire aux animaux à cause de la joie qu'ils prennent à la simplicité d'une balade dans l'herbe verte, ou aux enfants qui barbotent dans les piscines et courent sous les jets d'eau. Pourtant, nous retournons à nos bureaux ou à nos serpillières moins heureux que nous ne l'étions avant, incapables de nous défaire du sentiment insinuant qu'il nous manque quelque chose, qu'il devrait y avoir autre chose dans notre vie.

Notre vie réelle, ancrée par des poids jumeaux (les revoilà, nos amis accablés de soucis, « devoirs et responsabilités », les bords incurvés pour mieux s'adapter à nos épaules), nous permet nos petits plaisirs, pour lesquels nous sommes infiniment reconnaissants. Venez vous promener à la campagne, la terre spongieuse et chaude sous vos pieds, mais gardez conscience du temps qui s'écoule et vous rappelle aux obligations de la ville. Regardez, votre mari a préparé le dîner, il a allumé la bougie que sa mère vous a offerte pour Noël, celle qui parfume à présent la salle à manger d'une odeur de vin chaud, bien qu'on soit déjà à la mi-juillet. Voyez, votre femme a encore lu *Cosmo* et, dans un effort pour ajouter un peu d'épices à votre vie sexuelle déclinante, elle est, pour une fois, allée plus loin que JCPenney pour le choix de sa lingerie et a appris un nouveau truc dans les pages du magazine. Elle a dû le lire deux fois rien que pour comprendre certains termes et a dû s'en remettre à un vieux souvenir pour faire apparaître l'image de l'organe triste, à demi tumescent, qu'elle se propose maintenant de gâter de cette manière, tant il s'est écoulé de temps depuis que de telles choses se sont passées entre vous sans le couvert d'un drap et d'une lumière tamisée pour mieux fantasmer sur J. Lo ou Brad, peut-être sur la fille qui prend votre commande à la sandwicherie, ou sur le gamin de Liza, la voisine, qui vient de rentrer de faculté et, de gosse mièvre à appareil dentaire qu'il était, s'est transformé en un véritable adonis aux dents blanches et régulières, aux jambes musclées et bronzées.

Et dans l'obscurité, l'un sur l'autre, la vraie vie se brouille à ses extrémités et la vie secrète fait intrusion en trombe avec les gémissements et la langue agile du désir.

Car, dans notre vie secrète, nous sommes vraiment nous-mêmes. Nous lorgnons la jolie plante du service marketing, la nouvelle, celle dont la jupe s'ouvre quand elle croise les jambes, révélant une bande de cuisse pâle, et dans notre vie secrète nous ne voyons pas les veines sur le point de se rompre sous la peau, ni la tache de naissance en forme de vieil hématome qui flétrit sa blancheur. Elle est sans défaut, à la différence de celle que nous avons laissée à la maison ce matin, toute pensée de son nouveau truc de chambre à coucher déjà oubliée, car il sera remisé aussi sûrement que la bougie de Noël et il n'y aura plus ni truc ni lumière tamisée avant des mois. Alors, nous prenons la main de la fille du marketing, nouveau fantasme que la réalité n'a pas terni, et nous l'emmenons et elle nous voit comme nous sommes vraiment en nous emportant en elle, et l'espace d'un instant nous vivons et nous mourons en elle car elle n'a pas besoin de magazine pour nous enseigner ses arcanes.

Dans notre vie secrète, nous sommes courageux et forts, nous ne connaissons pas la solitude car d'autres remplacent les compagnes jadis aimées (et désirées). Dans notre vie secrète, nous prenons l'autre chemin, celui qui s'est offert à nous un jour mais devant lequel nous avons reculé. Nous menons l'existence que nous étions destinés à vivre, celle qui nous est déniée par nos maris et femmes, par les demandes des enfants, les exigences de tyranneaux de bureau. Nous devenons tout ce que nous étions destinés à être.

Dans notre vie secrète, nous rêvons de rendre coup pour coup. Nous braquons un pistolet, nous pressons la détente et cela ne nous coûte pas. Nous n'éprouvons aucun regret devant la blessure infligée, le corps qui s'affale en arrière et se recroqueville déjà tandis que l'esprit le quitte (peut-être y a-t-il quelqu'un d'autre qui le guette à cet instant, celui qui nous a tentés, celui qui nous a assuré que c'est bien comme cela que les choses doivent être, que c'est notre destin, et il ne demande en échange qu'une toute petite faveur : qu'il puisse placer ses lèvres contre celles du mourant, de l'agonisante, et goûter la douceur de ce qui s'exhale d'eux et volette brièvement tel un papillon dans sa bouche avant qu'il ne l'avale, l'emprisonnant au plus profond de lui. C'est tout ce qu'il demande, et qui sommes-nous pour le lui refuser ?).

Dans notre vie secrète, nos poings martèlent, et le visage que le sang brouille sous nos coups est celui de tous ceux qui nous ont contrariés un jour, de chaque individu qui nous a empêchés de devenir tout ce que nous aurions pu être. Et l'autre est près de nous tandis que nous châtions la chair, sa laideur oubliée en échange du merveilleux cadeau qu'il nous a fait, de la liberté qu'il nous a offerte. Il est si convaincant, cet homme affligé d'un cou distendu, avec son gros ventre pendouillant, ses jambes trop courtes et ses bras trop longs, ses traits délicats presque perdus sur sa peau blême, ridée, que le regarder de loin, c'est comme contempler la pleine lune, enfant, et croire qu'on peut presque y voir le visage de l'homme qui y habite.

Il est Brightwell et, avec ses mots sucrés, il nous a narré l'histoire de notre passé, il nous a raconté comment il a erré longtemps, cherchant ceux qui étaient perdus. D'abord, nous ne l'avons pas cru, mais il a l'art de nous convaincre, oh oui. Ces mots se dissolvent en nous, leur essence coule dans notre corps et les éléments qui les constituent deviennent une partie de nous. Nous commençons à nous souvenir. Nous plongeons le regard dans ces yeux verts et la vérité nous est enfin révélée.

Dans notre vie secrète, nous étions jadis des anges. Nous adorions et étions adorés. Lorsque nous sommes tombés, cette dernière grande punition devait nous marquer à jamais de tout ce qui nous avait appartenu. Car nous ne sommes pas comme les autres. Tout nous a été révélé et dans cette révélation se trouve la liberté.

Maintenant, nous menons notre vie secrète.

Je découvris en m'éveillant que j'étais seul dans notre lit. Le berceau de Sam était vide et silencieux, le matelas froid au toucher, comme si aucun enfant n'y avait jamais dormi. J'allai à la porte, entendis du bruit en bas dans la cuisine. J'enfilai un pantalon de survêtement et descendis.

Des ombres se déplaçaient dans la cuisine, visibles par la porte à demi ouverte, et je perçus le bruit de placards qu'on ouvrait et qu'on fermait. Puis une voix de femme. Rachel, pensai-je : elle a descendu Sam pour lui donner le biberon et elle lui parle comme elle le fait toujours, partageant avec elle ses pensées et ses espoirs tandis qu'elle fait ce qu'elle a à faire. Je vis ma main se tendre, pousser la porte, et la cuisine me fut révélée.

Une petite fille était assise à la table, la tête légèrement inclinée, ses longs cheveux blonds effleurant le bois et l'assiette vide posée devant elle, au liseré bleu maintenant ébréché. Elle ne bougeait pas. Quelque chose coula de son visage et tomba sur l'assiette, s'y étala en une tache rouge.

Qui cherches-tu ?

La voix n'était pas celle de la fillette mais semblait me parvenir d'un endroit lointain, sombre, et en même temps de tout près, murmurant froidement à mon oreille.

Elles sont revenues. Je veux qu'elles partent. Je veux qu'elles me laissent tranquille.

Réponds-moi.

Pas toi. Je t'ai aimée, je t'aimerai toujours, mais tu n'es plus là.

Si. Nous sommes là. Où que tu sois, nous serons là aussi.

Je t'en prie, j'ai besoin de vous porter enfin en terre. Tout s'écroule. Vous me déchirez.

Elle ne restera pas. Elle te quittera.

Je l'aime. Je l'aime comme je t'ai aimée autrefois.

Non ! Ne dis pas cela. Bientôt elle sera partie et nous serons toujours là. Nous resterons près de toi et nous nous étendrons près de toi dans l'obscurité.

Une fissure apparut dans le mur à ma droite, une autre s'ouvrit dans le sol. La fenêtre se brisa, des éclats de verre volèrent à l'intérieur, chacun d'eux reflétant les bois, les étoiles et le clair de lune, comme si le monde entier se désintégrait autour de moi.

J'entendis ma fille en haut et je courus, montai l'escalier quatre à quatre. J'ouvris la porte de la chambre et Rachel se tenait près du berceau, Sam dans ses bras.

— Où étais-tu ? Je me suis réveillé, tu n'étais plus là.

Elle me regarda. Elle avait l'air fatiguée et sa chemise de nuit était tachée.

— J'ai dû la changer. Je l'ai emmenée dans la salle de bains pour ne pas te réveiller.

Rachel mit Sam dans son berceau. Une fois sûre que notre fille était bien installée, elle se prépara à retourner au lit. Je me penchai vers Sam et l'embrassai doucement sur le front.

Une gouttelette de sang tomba sur son visage. Je l'essuyai de mon pouce, allai au miroir. Il y avait une petite coupure sous mon œil gauche. Quand je la touchai, je sentis une piqûre. Je passai le doigt dessus jusqu'à déloger le minuscule fragment de verre qui s'y trouvait. Une larme de sang roula sur ma joue.

— Ça va ? me demanda Rachel.

— Je me suis coupé.

— C'est grave ?

Je me frottai le visage de l'avant-bras, étalant le sang.

— Non, mentis-je. Ce n'est rien.

Je partis pour New York le lendemain de bonne heure. Rachel était installée à la table de la cuisine, là où une petite fille était assise la veille, du sang coulant doucement dans l'assiette posée devant elle. Sam, réveillée depuis deux heures, pleurait obstinément. D'habitude, une fois qu'elle avait mangé, elle se contentait d'observer le monde autour d'elle. Walter était pour elle une source constante de fascination. Son visage s'éclairait chaque fois qu'il apparaissait et Walter, en retour, demeurait toujours près d'elle. Je savais que les chiens sont parfois déconcertés par la présence d'un nouvel enfant dans une maison, qui bouleverse la hiérarchie familiale. Certains deviennent hostiles mais pas Walter. Quoique jeune, il semblait s'être assigné pour tâche de protéger le petit être qui était entré dans son territoire. La veille encore, pendant le remue-ménage qui avait suivi la cérémonie, il lui avait fallu du temps pour se séparer de Sam. Ce n'est qu'après s'être assuré de la présence de la mère de Rachel auprès du bébé qu'il s'était détendu et s'était attaché aux pas de Louis et d'Angel.

Joan n'était pas encore réveillée et Frank était parti pour son bureau en se débrouillant pour m'éviter. Joan avait proposé de rester avec sa fille pendant mon absence. Rachel avait accepté l'offre sans discuter et je lui en étais reconnaissant. La maison était bien protégée : des événements récents nous avaient conduits à faire installer un système de détecteurs de mouvement qui nous prévenait de la présence dans notre propriété de toute créature plus lourde qu'un renard, et des caméras exerçaient leur vigilance sur la grille principale, le jardin et les marais au-delà, alimentant en images deux moniteurs jumeaux dans mon bureau. L'investissement était considérable mais nous apportait une tranquillité d'esprit qui en valait la peine.

Je dis au revoir à Rachel en l'embrassant.

— Ce n'est que pour deux jours, dis-je.

— Je sais. Je comprends.

— Je t'appelle.

— D'accord.

Elle tenait Sam contre son épaule et tâchait de la calmer, mais en vain. J'embrassai aussi ma fille, sentis la chaleur de Rachel, son sein contre mon bras. Nous n'avions pas fait l'amour depuis la naissance de Sam, ce qui semblait avoir accru la distance entre nous.

Puis je les quittai et roulai en silence jusqu'à l'aéroport.

Le proxo nommé G-Mack était assis dans l'appartement sombre de Coney Island Avenue qu'il partageait avec quelques-unes de ses femmes. Il avait un autre logement dans le Bronx, plus près du Point, mais il l'utilisait de moins en moins dernièrement, depuis que ces hommes étaient venus chercher ses deux filles. L'arrivée de la vieille Noire l'avait effrayé encore davantage et il s'était retranché dans son appartement, ne se risquant au Point que la nuit et évitant les rues principales autant que possible.

G-Mack n'était pas sûr que ce soit une bonne idée de vivre dans Coney Island Avenue. C'était autrefois une portion de route dangereuse, même au XIXᵉ siècle, quand des bandes s'en prenaient aux touristes revenant des plages. Dans les années 1980, les putes et les dealers avaient colonisé la zone entourant Foster Avenue, les lumières vives de la station-service proche rendant leur présence plus manifeste. Il y en avait encore aujourd'hui, mais on les voyait un peu moins et ils disputaient le trottoir aux juifs et aux Pakistanais, aux Russes et à des types venus de pays que G-Mack ne connaissait même pas. Les Pakis avaient la vie dure depuis le 11 Septembre et G-Mack avait entendu dire que beaucoup avaient été arrêtés par les Feds, tandis que d'autres étaient partis pour le Canada ou retournés carrément chez eux. Certains avaient changé de nom et G-Mack avait parfois l'impression qu'il y avait eu dans son monde un soudain arrivage de Pakistanais prénommés Eddie ou Steve, comme le plombier qu'il avait dû appeler une ou deux semaines plus tôt après qu'une de ces salopes eut réussi à boucher la cuvette en y jetant quelque chose dont il ne voulait même pas savoir ce que c'était. Avant, le plombier s'appelait Amir. C'était ce que disait son ancienne carte, celle que G-mack avait fixée sur la porte du réfrigérateur avec un aimant Sinbad, mais sur la nouvelle il s'appelait Frank. Frank Shah, comme si ça pouvait tromper quelqu'un. Même les trois chiffres, le 786 dont Amir lui avait expliqué un jour qu'il signifiait « Au nom d'Allah », avaient disparu de sous son adresse. G-Mack s'en foutait. Amir était un bon plombier, pour autant qu'il pût en juger, et il n'allait pas en vouloir à un homme qui faisait bien son métier, sans compter qu'il pouvait un jour avoir de nouveau besoin de ses services, mais G-Mack n'aimait pas l'odeur des boutiques des Pakistanais, ni la nourriture qu'on servait dans leurs restaurants, ni la façon dont ils s'habillaient, soit trop nette, soit trop décontractée. Il se méfiait de leur ambition, de leur insistance maniaque pour que leurs gosses réussissent. G-Mack soupçonnait Frank-qui-s'appelait-en-réalité-Amir de gonfler ses enfants avec ses sermons sur le rêve américain, de leur montrer peut-être des Noirs tels que lui comme exemple négatif, alors que G-Mack était meilleur homme d'affaires qu'Amir ne le serait jamais et que ce n'étaient pas les amis de G-Mack qui avaient jeté deux avions contre les plus hautes tours de New York. G-Mack n'avait rien de personnel contre les Pakistanais qui vivaient autour de lui, cuisine et vêtements mis à part, mais un bazar comme le 11 Septembre, ça concernait tout le monde, et Frankie-Amir et ses potes devaient dire clairement dans quel camp ils étaient.

L'appartement de G-Mack se trouvait au dernier des trois étages d'une maison de grès brun aux corniches peintes d'une couleur vive entre les avenues R et S, près du centre islamique Thayba. Le Thayba était séparé du centre d'animation et d'aide sociale juif Keshet par un terrain de jeux pour enfants, ce que d'aucuns considéraient peut-être comme un progrès, mais ça énervait salement G-Mack, la proximité de ces deux extrêmes, quoique peut-être pas autant que ces foutus hassidim du bout de l'avenue avec leurs vestes noires élimées, leurs gosses tout pâles avec leurs bouclettes de pédé. Ça ne l'étonnait pas qu'ils soient toujours en groupe parce qu'il n'y avait pas un seul de ces juifs bizarres qui était capable de se débrouiller si on en venait à se battre.

G-Mack écoutait deux de ses filles qui babillaient dans la salle de bains. Il en comptait neuf dans son écurie, maintenant, et trois d'entre elles dormaient dans des lits de camp qu'il leur louait dans le cadre de leur « arrangement ». Deux autres vivaient encore chez

126

leur maman parce qu'elles avaient des enfants et qu'il fallait quelqu'un pour s'occuper des gosses pendant qu'elles faisaient la retape, et il louait des pieux aux autres dans l'appartement proche du Point.

Il se roula un joint et regarda la plus jeune des trois, la petite Blanche qui se faisait appeler Ellen, traverser la cuisine les pieds nus, mangeant un toast mal tartiné de beurre de cacahuète. Elle prétendait qu'elle avait dix-neuf ans, mais il ne la croyait pas. Il s'en battait l'œil, d'ailleurs. Beaucoup de clients les aimaient jeunes et elle gagnait des tas de dollars dans la rue. G-Mack avait même envisagé de l'installer quelque part, de passer une annonce dans le *Voice* ou le *Press* et de demander quatre ou cinq cents dollars de l'heure pour ses services. Il s'apprêtait à le faire quand toutes ces emmerdes lui étaient tombées dessus et il avait été forcé de surveiller ses arrières. N'empêche, il aimait taper de temps en temps dans son pot de miel et c'était bien de l'avoir sous la main.

Avec ses vingt-trois ans, il était plus jeune que la plupart de ses femmes. Il avait débuté en vendant de l'herbe aux lycéens, mais il était ambitieux et se voyait déjà étendre sa clientèle aux agents de change et aux avocats, aux jeunes Blancs avides qui fréquentaient les bars et les boîtes le week-end, en quête d'un stimulant pour les longues nuits à venir. G-Mack s'imaginait avec des fringues classe, au volant d'une voiture au moteur gonflé. Depuis longtemps il rêvait d'avoir une Cutlass Supreme 71, avec intérieur de cuir crème et rayons chromés – bien que la Cutlass de série soit équipée de roues de 18 pouces, et il savait qu'une caisse ne valait rien si elle ne roulait pas au moins sur des roues de 22 –, jantes en alliage Lexani, peut-être même des Jordan s'il voulait mettre le nez des frangins dans le caca. Mais un homme qui projetait de conduire une Cutlass Supreme 71 avec des roues de 22 devait faire plus que dealer des joints à des boutonneux de quinze ans. G-Mack avait donc investi dans l'ecstasy, avec un peu de coke, et la thune s'était mise à rentrer gentiment.

Le problème, c'était qu'il n'avait pas le cran nécessaire pour entrer dans la cour des grands. Il ne voulait pas retourner en prison. Il avait purgé six mois à Otisville pour voies de fait quand il avait à peine dix-neuf ans et il se réveillait encore la nuit en hurlant à ce souvenir. G-Mack était un jeune Noir beau gosse et des taulards avaient profité de lui pendant les premiers jours jusqu'à ce qu'il ait rejoint la Nation de l'islam, qui comptait dans ses rangs quelques durs de première grandeur ne voyant pas d'un bon œil ceux qui tentaient de débaucher un de leurs convertis en puissance. G-Mack avait passé le reste de ses six mois agrippé à la Nation comme à un morceau de bois flotté après un naufrage, mais à sa sortie il avait laissé tomber toutes ces conneries comme si c'était de la marchandise avariée. Ils étaient venus le voir, ils lui avaient posé des questions, mais G-Mack ne voulait plus entendre parler d'eux. Il y avait eu des menaces, naturellement, mais il était plus courageux dehors et finalement la Nation, estimant qu'elle avait fait une mauvaise affaire avec lui, avait jeté l'éponge. De temps à autre, il encensait encore le mouvement quand le besoin se présentait et il fréquentait des types qui ne se rendaient compte de rien, mais pour l'essentiel il appréciait que le révérend Farrakhan refuse de se laisser marcher dessus par les Blancs et que la présence de ses partisans, costumes élégants et lunettes noires, fasse flipper tous les petits soldats des classes moyennes.

Mais si G-Mack voulait gagner l'argent nécessaire au mode de vie qu'il désirait si ardemment, il devait essayer de faire le trafic en gros et il n'aimait pas trop l'idée d'avoir des stocks importants. S'il se faisait prendre, il risquait d'être inculpé d'un crime de classe A, passible d'une peine pouvant aller de quinze ans à la perpétuité. Même s'il avait de la chance, si le procureur n'avait pas de problèmes à la maison et ne souffrait pas de la prostate, même s'il ramenait l'inculpation à un crime de classe B, G-Mack resterait au trou jusqu'à trente ans, et merde à ceux qui viendraient lui dire qu'on est encore jeune à cet âge-là, parce que six mois en zonzon l'avaient vieilli plus qu'il ne voulait y penser et il ne croyait pas pouvoir survivre à cinq ou dix ans de cabane, pour un crime de classe B, C ou Z.

Ce qui le confirma dans sa conviction qu'il n'était pas fait pour la vie de dealer, ce fut la descente que deux flics des Stups vraiment vicelards firent dans sa piaule. Apparemment, ils avaient agrafé quelqu'un qui avait encore plus la trouille de la prison que G-Mack, et son nom était venu dans la conversation. Les flics n'avaient rien trouvé, cependant. G-Mack prenait toujours le même raccourci pour rentrer chez lui, passait par la carcasse brûlée d'un autre immeuble de trois étages situé derrière le sien, lui-même adossé à un terrain vague. Il y avait dans cet immeuble une vieille cheminée dans laquelle il planquait sa dope, derrière une brique détachée. Les keufs l'avaient emballé, même si leur perquise n'avait donné que du vent. Sachant qu'ils n'avaient rien sur lui, il s'était tu et avait attendu qu'on le libère. Il lui avait fallu trois jours pour avoir le courage de retourner à sa planque et il avait bradé la marchandise cinq minutes plus tard pour la moitié de sa valeur dans la rue. Depuis, il se tenait à distance de la dope et avait trouvé une autre source de revenus, car s'il ne connaissait rien au trafic de drogue, il était un expert en chatoune. Il en avait eu largement sa part, sans jamais payer, du moins pas d'avance et en liquide, mais il savait qu'il y avait des hommes disposés à le faire. Il connaissait même deux ou trois salopes qui faisaient déjà le tapin, sans avoir quelqu'un pour veiller sur elles, et ces femmes se trouvaient dans une position vulnérable. Elles avaient besoin d'un homme pour s'occuper d'elles et il ne lui avait pas fallu longtemps pour les convaincre qu'il était cet homme. Il devait seulement en tabasser une à l'occasion – et encore, pas très fort – et les autres s'alignaient sagement derrière elle. Puis ce vieux mac de Free Billy était mort et plusieurs de ses femmes étaient passées chez G-Mack, augmentant encore son écurie.

S'il regardait en arrière, il ne se rappelait plus pourquoi il avait pris cette camée d'Alice. La plupart des autres filles de Free Billy fumaient juste de l'herbe, prenaient un peu de coke si un client leur en offrait ou si, avec un coup de pot, elles réussissaient à garder un billet pour elles, G-Mack les fouillant régulièrement pour maintenir au minimum ce genre de « vol ».

Les toxicos étaient imprévisibles et leur seule vue pouvait faire fuir les clients. Mais celle-là, elle avait quelque chose, on ne pouvait pas le nier. Elle était limite : la dope l'avait amaigrie, lui laissant un corps à peu près parfait et le visage de ces garces éthiopiennes que les agences de mannequins apprécient tellement parce qu'elles n'ont pas l'air vraiment noires avec leur nez fin et leur peau café au lait. En plus, elle était copine avec Sereta, la Mexicaine métissée, et elle, c'était un canon. Sereta et Alice étaient des filles de Free Billy et elles lui avaient fait comprendre qu'elles faisaient la paire. G-Mack, ça l'arrangeait plutôt.

Alice, ou LaShan, comme elle se faisait appeler sur le trottoir, avait au moins l'intelligence de se rendre compte que les clients n'aimaient pas les traces de piqûre. Elle gardait dans son sac des capsules de vitamine E liquide qu'elle pressait sur son bras après s'être shootée. G-Mack supposait qu'elle se piquait aussi dans d'autres parties du corps moins visibles, mais c'était son affaire. Tout ce qu'il demandait, c'était qu'on ne voie pas les traces et qu'elle sache se tenir pendant le turf. Les accros à l'héroïne avaient cet avantage : elles restaient dans les vapes un quart d'heure, vingt minutes une fois que la drogue se mettait à agir, mais une demi-heure plus tard, elles étaient prêtes à bosser et avaient un comportement normal jusqu'au moment où l'effet de la dope commençait à s'atténuer et qu'elles avaient des nausées, des démangeaisons. En gros, Alice avait sur sa dépendance ce genre de contrôle, mais G-Mack savait, quand il l'avait prise dans son écurie, que cette camée n'en avait que pour deux ou trois mois. Il le voyait dans ses yeux, dans la façon dont le manque se faisait sentir plus durement ; mais avec le look qu'elle avait, il pouvait en tirer pas mal de blé pendant un moment.

C'était ce qui c'était passé pendant deux semaines, mais ensuite Alice avait commencé à garder de la thune pour elle et son allure s'était dégradée plus rapidement qu'il ne l'avait prévu. Les junkies oubliaient parfois que la drogue vendue à New York était plus forte que partout ailleurs : même l'héro y était pure à dix pour cent, contre trois à cinq pour cent dans des villes comme Chicago. G-Mack avait entendu parler d'un toxico qui avait débarqué de la cambrousse, acheté de la poudre une heure plus tard et fait une overdose une heure après. Alice avait gardé une ossature splendide, mais, sans le rembourrage de chair qu'il fallait dessus, on la voyait un peu trop et sa peau virait au jaune. Elle était prête à faire à peu près n'importe quoi pour avoir sa dose et G-Mack l'envoyait aux clients les plus épouvantables. Elle y allait avec le sourire, ne leur demandait même pas de mettre une capote avant de s'agenouiller. À court de vitamine E parce que la dope bouffait tout son fric, elle se piquait alors entre les doigts et les orteils. Bientôt G-Mack devrait se séparer d'elle, il s'en rendait compte, et elle finirait par vivre dans la rue, édentée, se tuant pour des doses à dix dollars sur le marché de Hunts Point.

Puis le vieux s'était pointé en voiture, avec son chauffeur prétentieux qui appelait les filles en roulant lentement. Il avait remarqué Sereta, elle lui avait proposé de prendre aussi Alice, et les deux putes étaient montées à l'arrière avec le vieux micheton après que G-Mack avait discuté le prix avec le chauffeur pour que les filles ne puissent pas lui mentir sur la recette. Il les avait ramenées trois heures plus tard avec le blé. G-Mack avait fouillé leurs sacs et trouvé cent dollars en plus dans chaque. Il leur en avait laissé la moitié. Apparemment, le vieux avait aimé ce qu'elles lui avaient montré, parce qu'il était revenu une semaine plus tard : mêmes filles, même tarif. Sereta et Alice aimaient ça parce que ça les changeait de la rue et que le vieux les traitait bien. Il les bourrait d'alcool et de chocolats dans sa maison du Queens, les laissait s'amuser dans sa grande baignoire à l'ancienne, leur donnait un pourboire (que G-Mack leur permettait quelquefois de garder : après tout, c'était pas un monstre…).

Tout avait roulé tranquillement jusqu'au jour où les filles avaient disparu. Elles n'étaient pas revenues comme prévu de leur passe avec le vieux. G-Mack n'avait commencé à s'en faire qu'une fois rentré chez lui et, deux heures plus tard, il avait reçu un coup de fil de Sereta. Elle pleurait. Il avait eu du mal à la calmer suffisamment pour comprendre ce qui s'était passé, mais peu à peu elle avait réussi à lui dire que des types avaient déboulé dans la maison et s'étaient embrouillés avec le vieux. Les filles se trouvaient dans la salle de bains du haut, elles se repeignaient et se remettaient du maquillage avant de retourner au Point. Les types s'étaient mis à gueuler, à réclamer au vieux une boîte en argent : ils ne repartiraient pas sans elle. Luke, le chauffeur, s'était pointé, il y avait eu de nouveau des cris, suivis d'un bruit ressemblant au son d'un sac en papier qui explose, sauf que Sereta et Alice fréquentaient la rue depuis assez longtemps pour reconnaître un coup de feu.

Après quoi, les types avaient tabassé le vieux pour le faire parler et il leur avait claqué dans les mains. Ils s'étaient mis à fouiller la baraque, en commençant par le rez-de-chaussée. Les filles les avaient entendus ouvrir des tiroirs, casser des poteries et des vases. Ils n'allaient pas tarder à monter, elles le savaient, et ce serait foutu pour elle. Mais une voiture s'était arrêtée devant la maison. Risquant un œil par la fenêtre, Sereta avait murmuré à Alice :

« Gardiennage. Les mecs ont dû déclencher un système d'alarme. »

Il n'y avait qu'un vigile. Il avait braqué une torche sur la façade de la maison, appuyé sur la sonnette. Puis il était remonté dans sa voiture, avait parlé dans sa radio. Quelque part dans la maison, un téléphone avait sonné. En bas, tout était silencieux. Quelques secondes plus tard, les filles avaient entendu la porte de derrière s'ouvrir quand les types s'étaient débinés. Elles avaient suivi. Alice avait bousillé ses bas en escaladant un mur, Sereta s'était éraflé le flanc, mais elles s'en étaient tirées.

Maintenant, elles avaient peur que les flics ne les recherchent, mais G-Mack leur avait dit de rester cool.

Elles ne s'étaient jamais fait arrêter, alors, même si on relevait leurs empreintes chez le vieux, elles ne risquaient rien. Il leur avait ordonné de rentrer, mais Sereta avait refusé. Quand il s'était mis à gueuler, elle lui avait raccroché au nez, cette salope. Depuis, plus de nouvelles. Il supposait qu'elle était retournée dans le Sud, comme elle menaçait toujours de le faire une fois qu'elle aurait assez d'argent pour ça, même s'il pensait que c'était le genre de pipeau que la plupart de ces putes se racontaient à un moment ou à un autre.

La mort du vieux – il s'appelait Winston – et de son chauffeur avait fait la une. Il n'était pas bourré de fric, pas comme Trump ou des gars de ce genre, mais c'était un collectionneur et un antiquaire connu. Les flics pensèrent à un cambriolage qui avait mal tourné jusqu'à ce qu'ils trouvent dans la salle de bains des produits de beauté laissés par les filles paniquées. Ils annoncèrent alors qu'ils cherchaient une femme, peut-être deux, dont le témoignage pouvait les aider dans leur enquête. Ils vinrent fouiner du côté du Point après avoir découvert que le vieux Winston aimaient ramasser des filles dans la rue. Ils interrogèrent G-Mack, qui répondit qu'il n'était au courant de rien. Quand ils lui dirent que quelqu'un l'avait vu discuter avec le chauffeur de Winston, il expliqua qu'il parlait à des tas de gens, et quelquefois à leurs chauffeurs, mais que ça ne voulait pas dire qu'il faisait affaire avec eux. Il ne chercha même pas à cacher qu'il était mac. Il valait mieux leur refiler un peu de vérité pour cacher le goût du mensonge. Il avait prévenu les autres filles qu'elles avaient intérêt à la fermer, ce qu'elles firent, à la fois parce qu'elles avaient peur de lui et pour protéger leurs copines : d'après G-Mack, Alice et Sereta ne seraient en sécurité que si les tueurs n'apprenaient rien sur elles.

Mais ce n'était pas un casse qui avait mal tourné et les types retrouvèrent G-Mack comme les flics avant eux, sauf qu'ils ne gobèrent pas ses protestations d'innocence. Il n'aimait pas se rappeler ces deux mecs, le gros au cou gonflé qui sentait la terre fraîchement remuée, et son copain en bleu, qui ne disait rien et avait l'air de s'ennuyer. Il n'aimait pas se rappeler la façon dont ils l'avaient plaqué contre un mur, le gros fourrant ses doigts dans la bouche de G-Mack, lui saisissant la langue au moment où il leur servait son premier mensonge. Il avait failli vomir tant la peau de ce mec avait un goût dégueulasse, mais le pire restait à venir : les voix qu'il avait entendues dans sa tête, la nausée qui les accompagnait, l'impression que plus il laissait cet homme le toucher, plus il serait souillé et contaminé, jusqu'à ce que ses entrailles commencent à pourrir. Il avoua que les filles recherchées étaient les siennes mais qu'elles avaient disparu depuis et qu'elles n'avaient rien vu ce soir-là. Elles étaient restées en haut tout le temps, elles ne savaient rien qui puisse aider la police.

Ce que le gros répondit alors lui fit maudire le jour où il avait pris Sereta et sa copine camée dans son écurie : ce n'était pas ce qu'elles savaient qui les préoccupait.

C'était ce qu'elles avaient pris.

Winston avait montré le coffret à Sereta le deuxième soir, satisfait des heures de léger plaisir qu'il avait pris, tandis qu'Alice se lavait. Il aimait faire les honneurs de sa collection à la Mexicaine, plus intelligente et plus vive que son amie, lui expliquer l'origine des objets et insister sur tel ou tel détail. Sereta devinait que, baise mise à part, il avait simplement envie de parler à quelqu'un. Ça ne la dérangeait pas. Il était généreux et inoffensif. Ce n'était peut-être pas très malin de montrer ses trésors à deux femmes qu'il connaissait à peine, mais il pouvait au moins faire confiance à Sereta et elle tenait Alice à l'œil, au cas où l'idée lui viendrait de piquer quelque chose pour le fourguer plus tard.

La boîte qu'il tenait dans ses mains intéressait moins Sereta que d'autres pièces qu'il possédait : bijoux, tableaux, statuettes d'ivoire. Elle était d'un argent sans éclat, d'apparence quelconque. Winston lui expliqua qu'elle était très ancienne et d'une grande valeur pour ceux qui comprenaient ce qu'elle représentait. Il l'ouvrit avec précaution. Dedans, il y avait un morceau de papier.

— Pas du papier, corrigea Winston. Du vélin.

Les doigts entourés d'un mouchoir, il le prit et le déplia pour elle. Elle vit des mots, des symboles, des lettres, le dessin de bâtiments et, au milieu, le bord de ce qui ressemblait à une aile.

— Qu'est-ce que c'est ? demanda-t-elle.

— Une carte. Du moins, une partie.

— Et le reste ?

Winston haussa les épaules.

— Qui sait ? Perdu, peut-être. J'ai longtemps espéré trouver les autres pièces, dispersées depuis très longtemps, mais je doute maintenant que j'y parviendrai. Depuis quelque temps, j'envisage de le vendre, j'ai déjà pris quelques contacts. Nous verrons…

Il remit le fragment dans la boîte, la referma et la reposa à sa place, sur une étagère.

— Il vaudrait pas mieux la garder dans un coffre ? suggéra Sereta.

— Pour quoi faire ? Si tu étais un cambrioleur, tu la volerais ?

Elle regarda l'étagère. La boîte était perdue parmi les bibelots et les curiosités qui occupaient le moindre recoin de la maison.

— Si j'étais un cambrioleur, je la remarquerais même pas, répondit-elle.

Winston hocha la tête avec satisfaction, défit son peignoir.

— On peut recommencer, je crois, annonça-t-il.

Le Viagra, pensa Sereta. Quelle plaie, des fois, cette foutue pilule bleue !

Quand les deux hommes lui offrirent de l'argent pour toute information pouvant conduire aux deux filles, il ne fallut pas plus de quelques secondes à G-Mack pour réfléchir et accepter. Il n'avait pas vraiment le choix puisque le gros l'avait prévenu que s'il essayait de les doubler, il serait puni et qu'un autre s'occuperait de ses filles à sa place. Il se rencarda, mais personne n'avait de nouvelles de Sereta ni d'Alice. Sereta était maligne, il le savait. Si Alice restait avec elle et faisait ce qu'elle lui disait, elles pouvaient rester planquées un moment.

Et puis Alice revint. Elle pressa le bouton de l'Interphone de l'appartement de Coney Island, demanda si elle pouvait monter. Il était tard dans la nuit, il n'y avait que Letitia, une nouvelle, une Portoricaine, mais G-Mack lui avait expliqué ce qu'elle devait faire si Sereta ou Alice se montraient. Elle laissa Alice monter, l'installa sur un des lits de camp puis appela G-Mack sur son portable. Il lui dit de garder Alice, de l'empêcher de repartir, mais, le temps que Letitia retourne à la chambre, Alice avait disparu, ainsi que le sac de Letitia, avec deux cents dollars dedans.

À son retour, G-Mack piqua une crise, cogna Letitia, la traita de tous les noms, redescendit à sa voiture et fit le tour des rues de Brooklyn dans l'espoir de repérer Alice. Supposant qu'elle essaierait de se ravitailler avec l'argent de Letitia, il interrogea les dealers, dont il connaissait quelques-uns par leur nom. Il était presque à Kings Highway quand il l'aperçut enfin. Menottes aux poignets, elle montait à l'arrière d'une voiture de flics.

Il suivit les keufs jusqu'au poste. Il pouvait la faire libérer sous caution, mais si quelqu'un faisait le rapport entre Alice et ce qui était arrivé à Winston, il était mal. Il préféra appeler le numéro que le gros lui avait donné et il annonça au type qui décrocha qu'il savait où était Alice. Le type répondit qu'ils s'en occupaient. Le lendemain, le mec en bleu passa payer : pas autant que promis mais, ajouté à la menace implicite de gros problèmes s'il se plaignait, suffisamment pour qu'il s'abstienne de toute objection et plus qu'assez pour faire un premier versement conséquent en vue d'une voiture. Ils lui demandèrent de la fermer et il le fit. Il leur assura qu'Alice n'avait pas de famille, que personne ne la chercherait. Il raconta qu'il la connaissait depuis longtemps, que sa mère était morte d'un virus, que le père, une crapule, s'était fait tuer dans une bagarre pour une autre femme, deux ans après la naissance de sa fille, une fille qu'il n'avait même jamais vue, une parmi beaucoup d'autres, d'ailleurs. Il avait tout inventé – frôlant par hasard la vérité en ce qui concernait le papa – mais c'était sans importance. Il mit l'argent qu'ils lui donnèrent pour Alice dans une Cutlass Supreme, et elle était maintenant montée sur des Jordan chromées de 22 pouces, dans un garage, en toute sécurité. G-Mack était lancé, à présent, il devait avoir le look de l'emploi s'il voulait agrandir son écurie, même s'il n'avait conduit la Cutlass qu'une poignée de fois, préférant la laisser en sûreté au garage et lui rendant visite de temps en temps comme à une favorite. D'accord, les flics reviendraient peut-être l'interroger une fois qu'ils auraient découvert qu'Alice avait profité de sa libération sous caution pour filer, mais bon, ils avaient suffisamment de quoi s'occuper dans cette grande méchante ville sans se décarcasser pour une pute junkie qui tentait d'échapper au turf.

Puis la femme noire était venue poser des questions et G-Mack n'avait pas du tout aimé sa tête. Il avait grandi entouré de femmes de ce genre et, si vous ne leur montriez pas tout de suite que vous parliez sérieusement, elles ne vous lâchaient plus, ces chiennes. G-Mack l'avait cognée parce qu'il traitait toujours comme ça les femmes qui lui manquaient de respect.

Elle laisserait peut-être tomber, finalement.

En tout cas, il l'espérait, parce que si elle continuait à poser des questions, si elle persuadait d'autres personnes d'en poser aussi, les types qui l'avaient payé l'apprendraient peut-être et G-Mack ne doutait pas une seconde que, pour se protéger, ils l'attacheraient, le flingueraient et l'enterreraient dans le coffre de sa caisse, à 22 pouces du sol.

Étrange situation dans laquelle nous étions, Louis et moi. Je ne travaillais pas pour lui mais je travaillais avec lui. Pour une fois, ce n'était pas moi le patron et l'affaire le concernait lui, pas moi. Pour ménager un peu sa conscience – à supposer qu'il en eût une, comme Angel l'avait fait remarquer –, Louis réglait la note chaque fois que des dépenses se présentaient. Il m'avait installé au Parker Meridien, un hôtel beaucoup plus agréable que ceux que je fréquentais habituellement. De vieux dessins animés passaient sur de petits écrans dans les cabines d'ascenseur et le téléviseur de ma chambre était plus grand que certains lits d'hôtel new-yorkais que j'avais connus. La chambre était un peu minimaliste, mais je n'en fis pas la remarque. J'aurais eu l'air de me plaindre tout le temps. L'hôtel avait une salle de gym formidable et un bon restaurant thaï deux portes plus loin. Il y avait aussi une piscine sur le toit en terrasse et une vue à couper le souffle sur Central Park.

Je retrouvai Walter Cole dans une cafétéria de la Deuxième Avenue. Des élèves de l'école de police passaient et repassaient devant notre baie vitrée, traînant leur paquetage et ressemblant plus à des soldats qu'à des flics. J'essayai de me rappeler l'époque où j'étais comme eux et découvris que je n'y arrivais pas. C'était comme si des parties de mon passé m'étaient fermées tandis que d'autres continuaient à s'infiltrer dans le présent, trop-plein toxique contaminant un sol autrefois fertile. La ville avait terriblement changé depuis les attentats, et les élèves de l'école de police, avec leur apparence militaire, semblaient plus à leur place que moi dans les rues. Les événements avaient rappelé aux New-Yorkais qu'ils étaient mortels, vulnérables à des éléments extérieurs, avec pour conséquence qu'eux-mêmes et ces rues qu'ils adoraient avaient irrémédiablement changé. Je songeai à ces femmes, croisées dans mon travail, que leur mari avait frappées une fois et frapperait probablement encore. Elles semblaient toujours s'attendre à recevoir un autre coup, même si elles espéraient que ce coup ne viendrait pas, que celui qui les avait battues s'était acheté une conduite.

Mon père avait frappé une fois ma mère. J'étais jeune, pas plus de sept ou huit ans, et elle avait allumé le réchaud dans la cuisine pour faire frire les côtes de porc du dîner. Le téléphone avait sonné et elle était allée répondre. Le fils d'une amie avait décroché une bourse pour une grande université, et l'occasion était d'autant plus à célébrer que le mari de cette amie était mort subitement quelques années plus tôt et qu'elle avait dû lutter pour élever seule ses trois enfants. Ma mère resta au téléphone un peu trop longtemps. L'huile se mit à grésiller et à fumer dans la poêle, les flammes du brûleur s'élevèrent. Un torchon prit feu et de la fumée sortit soudain de la cuisine. Mon père arriva juste à temps pour empêcher les rideaux de s'embraser et éteignit l'huile de la poêle avec un chiffon humide, se brûlant légèrement au cours de l'opération. Ma mère avait alors raccroché le téléphone et je la suivis dans la cuisine, où mon père faisait couler de l'eau froide sur sa main.

« Oh non ! dit-elle. J'étais... »

Mon père la gifla. Il était effrayé, furieux. Il ne frappa pas fort et tenta de retenir le coup dès qu'il prit conscience de ce qu'il faisait, mais il était trop tard. Ma mère vacilla légèrement, porta une main à sa joue comme pour s'assurer qu'il l'avait frappée. Je me tournai vers mon père, dont le visage se vidait déjà de son sang. Je crus qu'il allait tomber, car il chancelait sur ses jambes.

« Seigneur, je suis désolé », fit-il.

Il voulut s'approcher d'elle, mais elle le repoussa. Elle n'arrivait pas à le regarder. Pendant toutes les années qu'ils avaient passées ensemble, pas une fois il n'avait levé la main sur elle. Il élevait même rarement la voix. L'homme qu'elle connaissait avait disparu, remplacé par un inconnu. À cet instant, le monde n'était plus ce qu'elle avait cru. Il était un lieu étranger, dangereux, et ma mère avait pris conscience de sa propre vulnérabilité.

Aujourd'hui, je ne sais toujours pas si elle lui a un jour pardonné. Je ne crois pas, car je ne pense pas qu'une femme puisse vraiment pardonner à un homme qui lève la main sur elle, en particulier si elle l'aime et lui fait confiance. L'amour en pâtit un peu, la confiance beaucoup plus et, quelque part au fond d'elle, cette femme craindra toujours un autre coup. La prochaine fois, je le quitterai, se dit-elle. Je ne le laisserai plus jamais me frapper. Le plus souvent, elles restent, pourtant. Dans le cas de mon père, il ne devait pas y avoir d'autre fois, mais ma mère ne pouvait pas le savoir et rien de ce qu'il fit dans les années qui suivirent ne la convainquit jamais du contraire.

Et tandis que des inconnus passaient, écrasés par l'immensité des bâtiments alentour, je pensais : Qu'a-t-on fait de cette ville ?

Walter tapota du doigt le plateau de la table.

— Oh, toujours là ? demanda-t-il.

— J'étais perdu dans mes souvenirs.

— Tu deviens nostalgique ?

— Juste de notre commande. Le temps qu'elle arrive, l'inflation aura frappé.

Quelque part au loin, notre serveuse taillait paresseusement une bavette par-dessus le comptoir.

— On aurait dû se mettre d'accord sur le prix avant qu'elle parte, dit Walter.

— Attention, les voilà.

Deux hommes se dirigeaient vers nous en se faufilant entre les tables. Tous deux portaient des vestes décontractées, l'un avec une cravate, l'autre sans. Le plus grand des deux frôlait probablement le mètre quatre-vingt-dix, le plus petit faisait à peu près ma taille. À moins d'avoir un gyrophare sur le crâne et des Crown Vic aux pieds, ils n'auraient pas pu crier « Flics ! » plus fort. Ça n'avait d'ailleurs pas d'importance dans cet endroit : quelques années plus tôt, deux gars débarquant d'un bateau de Porto Rico – littéralement, puisqu'ils n'étaient dans cette ville que depuis un jour ou deux – avaient tenté de braquer les lieux, havre de flics depuis des temps immémoriaux, autour de minuit, armés d'un marteau et d'un couteau à découper. Ils avaient eu le temps de dire « C'est un ho... », avant de se retrouver face aux canons d'une trentaine de flingues divers. Un article du *Post* encadré était maintenant accroché au mur derrière la caisse. Il montrait la photo des deux génies sous le titre : *Dumb and dumber*[1].

Walter se leva pour serrer la main des deux inspecteurs et je fis de même quand il me présenta. Le grand s'appelait Mackey, l'autre Dunne. Quiconque aurait voulu y voir la preuve que les Irlandais régnaient toujours sur le NYPD aurait sans doute été troublé par le fait que Dunne était noir et que Mackey avait des traits asiatiques. En fait, s'ils prouvaient quelque chose, c'était que les Celtes étaient capables de séduire des femmes de n'importe quelle race.

— Ça va ? me demanda Dunne en s'asseyant.

Je sentis qu'il prenait ma mesure. Je ne l'avais jamais rencontré, mais, comme la plupart de ses collègues ayant plus de quelques années de maison, il connaissait mon histoire. Il avait probablement aussi entendu les rumeurs. Je me fichais qu'il les crût ou non du moment que ça ne faisait pas obstacle à nos plans.

Mackey semblait plus intéressé par la serveuse que par moi.

Je lui souhaitais bonne chance. Si elle traitait ses soupirants comme ses clients, il serait vieux et frustré avant d'arriver à quelque chose avec cette femme.

---

1. Titre d'une comédie américaine produite en 1994. Littéralement, « Une paire d'abrutis ». *(N.d.T.)*

— Jolies cannes, dit-il d'un ton admiratif. Elle est comment, vue de face ?

— Me souviens pas, répondit Walter. Ça fait trop longtemps qu'on n'a pas vu sa tête.

Mackey et Dunne appartenaient à la brigade des mœurs depuis cinq ans. Chaque année, la ville dépensait vingt-trois millions de dollars pour limiter la prostitution et « limiter » était le mot adéquat. La prostitution ne disparaîtrait pas, quelle que soit la somme que la municipalité consacrerait au problème, et tout était donc affaire de priorités. Mackey et Dunne faisaient partie de la division Exploitation sexuelle des enfants, qui s'attaquait à la pornographie, à la prostitution et aux réseaux pédophiles dans les cinq communes new-yorkaises. Ils ne manquaient pas de boulot. Chaque année, trois cent vingt-cinq mille enfants étaient victimes d'exploitation sexuelle, dont une moitié de fugueuses ou de gosses jetés à la rue par leurs parents ou leurs tuteurs. New York agissait sur eux comme un aimant. À tout instant, cinq mille enfants se prostituaient dans cette ville et il n'y avait pas pénurie de clients. La brigade utilisait de jeunes femmes flics – dont certaines, fait incroyable, étaient capables de se faire passer pour des gamines de treize ou quatorze ans – afin d'appâter les « faucons », comme les pédophiles aimaient eux-mêmes s'appeler. Pris sur le fait, la plupart d'entre eux évitaient la prison s'ils n'avaient pas d'antécédents, mais étaient au moins fichés comme délinquants sexuels et surveillés pendant le reste de leur vie.

Les macs étaient plus difficiles à choper et leurs méthodes devenaient plus sophistiquées. Certains d'entre eux étaient membres de bandes, ce qui les rendait plus dangereux à la fois pour les filles et pour les flics. Il y avait aussi ceux qui participaient activement au trafic de mineures d'un État à un autre. En janvier 2000, une adolescente du Vermont âgée de seize ans, Christal Jones, avait été retrouvée étouffée dans un appartement de Zerega Avenue, à Hunts Point. Elle faisait partie de filles du Vermont attirées à New York par un réseau Burlington-le Bronx apparemment bien organisé. Face à la mort de jeunes filles comme Christal, vingt-trois millions de dollars semblaient tout à coup insuffisants.

Mackey et Dunne étaient venus dans l'East Side pour parler de leur boulot aux élèves de l'école de police, mais la rencontre n'avait pas contribué à renforcer leur confiance dans l'avenir du service.

— Tout ce qu'ils veulent, ces jeunes, c'est pincer des terroristes, dit Dunne. Si ça ne tenait qu'à eux, on pourrait acheter et vendre cette ville dix fois pendant qu'ils interrogeraient des musulmans sur leur régime alimentaire.

Notre serveuse revint de lieux lointains avec du café et des petits pains.

— Désolée, les gars, marmonna-t-elle. J'étais prise ailleurs.

Mackey vit une ouverture et se précipita pour l'exploiter :

— Je parie que c'est en vous voyant dans une glace que vous vous êtes arrêtée, beauté.

La serveuse, prénommée Mylene, lui jeta le regard qu'elle aurait accordé à un moustique qui aurait eu la témérité de se poser sur elle au plus fort d'une vague de paludisme.

— Non, je vous ai vu et j'ai dû attendre que mon cœur affolé se calme, répliqua-t-elle. J'ai cru mourir tellement vous êtes mignon. Les menus sont sur la table, je reviens avec du café.

— N'y comptez pas trop, murmura Walter quand elle s'éloigna.

— J'ai l'impression qu'elle s'est foutue de toi, dit Dunne à son coéquipier.

— Ouais, ça pique encore. N'empêche que cette fille est belle comme un million de dollars.

J'échangeai un regard avec Walter : un million de dollars en billets usagés, alors.

Les plaisanteries terminées, Walter nous ramena aux choses sérieuses.

— Vous avez quelque chose pour nous ? s'enquit-il.

— G-Mack. De son vrai blaze Tyrone Baylee, répondit Dunne, expectorant quasiment le nom. Ce mec était fait pour être proxo, si vous voyez ce que je veux dire.

Je voyais. Les types qui maquent des femmes sont généralement plus malins que le criminel moyen. Ils se comportent plutôt bien en société, ce qui leur permet d'avoir en main les prostituées qu'ils exploitent. Ils évitent le plus souvent de recourir à des violences extrêmes, même si la plupart d'entre eux considèrent comme un droit et un devoir de maintenir les filles à leur place par une baffe bien sentie lorsque les circonstances le requièrent. Bref, ce sont des lâches, mais des lâches dotés d'une certaine ruse, d'un talent pour la manipulation psychologique et sentimentale, et ils entretiennent parfois l'illusion que leurs activités ne font pas de victimes puisqu'ils rendent service à la fois aux putes et à leurs clients.

— Condamné pour voies de fait. Il n'a tiré que six mois, mais c'était à Otisville et ça n'a pas été spécialement drôle pour lui. Son nom est apparu dans une enquête des Stups il y a de ça un an ou deux, mais il était tout en bas de la chaîne alimentaire et une perquise dans sa piaule n'a rien donné. Apparemment, l'incident l'a encouragé à chercher un autre débouché à ses talents. Il s'est fait une petite écurie de filles qu'il a essayé d'agrandir ces deux derniers mois. Un mac du nom de Free Billy est mort il y a quelques semaines – on l'appelait comme ça parce qu'il disait que ses tarifs étaient si bas qu'il filait quasiment ses filles pour rien[1] – et les autres requins du Point se sont partagé l'héritage. G-Mack a dû attendre son tour et, d'après tous les témoignages, il ne restait pas grand-chose une fois que les caïds avaient fait leur choix.

Mackey prit le relais :

— La fille que vous recherchez, Alice Temple, nom de rue LaShan, faisait partie de l'équipe de Free Billy. Selon les collègues du Point, ç'avait été un canon, mais elle se camait, elle se camait dur. Elle n'en avait plus pour très longtemps, même au Point. G-Mack racontait qu'il la laissait partir parce qu'elle ne lui rapportait plus rien. Personne n'a envie de payer pour une fille qui a l'air sur le point de crever. Apparemment, elle copinait avec une nommée Sereta. Une Mexicaine noire. Elles travaillaient en duo. Sereta a disparu de la carte presque en même temps que votre fille, à cette différence près qu'elle n'a jamais refait surface.

Je me penchai en avant.

— Ce qui veut dire ?

— Alice s'est fait agrafer près de Kings Highway il y a une semaine. Pour détention de drogues contrôlées. Elle venait juste de se ravitailler. Les flics du coin l'ont chopée l'aiguille dans le bras, elle n'a même pas eu le temps de s'injecter sa dose.

— Ils l'ont arrêtée ?

---

1. *Free* : gratuit. *(N.d.T.)*

— Comme c'était une nuit tranquille, on a fixé sa caution avant le matin. Elle est sortie une heure plus tard.

— Qui a payé ?

— Un prêteur nommé Eddie Tager. Elle doit passer au tribunal le 19, il lui reste encore deux jours.

— Eddie Tager est le prêteur de G-Mack ?

Dunne haussa les épaules.

— C'est possible, Eddie est un gagne-petit. Mais la plupart des proxos versent eux-mêmes la caution de leurs filles. Généralement, elle n'est pas très élevée et ça leur permet de les tenir encore mieux. À Manhattan, celles qui se font prendre pour la première fois sont simplement condamnées à un stage obligatoire sur les précautions à prendre pour protéger les rapports sexuels, parfois à une peine d'intérêt général si le juge est de mauvais poil. Mais les autres communes n'ont pas de programme d'aide aux prostituées lié au système judiciaire et c'est plus dur pour elles. Les collègues de la Criminelle qui ont vu G-Mack disent qu'il a tout nié à part sa date de naissance.

— La Criminelle ?

— Ils l'ont interrogé dans le cadre du meurtre d'un antiquaire nommé Winston Allen. Allen était porté sur les putes et les gars de la Crime pensaient que deux filles de G-Mack l'avaient peut-être eu pour client la nuit de sa mort. G-Mack a déclaré qu'ils avaient tout faux, mais la date collerait avec la disparition d'Alice et de sa copine. Depuis, l'enquête est au point mort.

— Quelqu'un a vu Tager ?

— Il n'est pas facile à trouver et personne n'a le temps de le chercher vraiment. Soyons clairs : si Walter et vous ne vous intéressiez pas à cette Alice Temple, personne ne s'occuperait d'elle, même avec le meurtre de Winston Allen. Des filles disparaissent du Point. Ça arrive.

Je sentis quelque chose passer entre Dunne et Mackey, mais ni l'un ni l'autre ne semblaient prêts à le formuler en mots, pas sans un petit coup d'aiguillon.

— Plus que d'habitude, ces derniers temps ?

C'était un coup tiré au hasard, mais il atteignit la cible.

— Peut-être. Ce ne sont que des rumeurs, des indications provenant de programmes comme GEMS et ECPAT, mais il n'y a pas de tendance nette, ce qui pose un problème. Les disparus sont pour la plupart SDF ou n'ont personne pour signaler leur disparition, et il ne s'agit pas seulement de femmes. En gros, on a une augmentation des chiffres dans le Bronx ces six derniers mois. Ça ne veut peut-être rien dire, ça veut peut-être dire quelque chose, mais à moins qu'on ne commence à retrouver des corps, ça restera un point sur une courbe.

Cela ne nous avançait pas beaucoup, mais c'était bon à savoir.

— Retour aux choses sérieuses, suggéra Mackey. On a pensé que si on vous filait ces informations, vous nous aideriez en prenant une part de la pression et en trouvant peut-être un truc que nous pourrions utiliser sur G-Mack.

— Par exemple ?

— Il a une fille très jeune qui bosse pour lui. Elle s'appelle Ellen, il la surveille de près. On a essayé de lui parler, mais on n'a rien sur elle qui permettrait de l'emballer et G-Mack a fait la leçon à ses putes sur les provocations policières. La brigade des mineurs n'a pas réussi à la pincer non plus. Si vous trouvez quelque chose sur elle...

— On a entendu dire que G-Mack a traité votre Alice de cageot, de cageot drogué, fit Mackey. On a pensé que vous aimeriez peut-être le savoir, si vous avez l'intention de lui parler.

— Je m'en souviendrai, répondis-je. C'est quoi, son territoire ?

— Ses putes font la partie basse de Lafayette. Comme il aime les tenir à l'œil, il se gare dans la rue, pas loin. Il paraît qu'il a maintenant une Cutlass Supreme avec des roues de frimeur, comme un rappeur millionnaire.

— Il l'a depuis quand ?

— Pas longtemps.

— Les affaires doivent marcher pour qu'il puisse se payer une caisse comme ça.

— On dirait. Je n'ai pas vu sa feuille d'impôts, je peux pas m'avancer, mais apparemment, il aurait eu de grosses rentrées ces temps-ci.

Mackey gardait les yeux fixés sur moi en me parlant. Je hochai la tête pour lui faire savoir que j'avais compris ce qu'il sous-entendait : quelqu'un l'avait payé pour qu'il la ferme sur les deux filles.

— On sait où il crèche ?

— Il a un appart dans Quimby qu'il occupe avec deux ou trois de ses gagneuses. Il semblerait qu'il en ait un autre à Brooklyn, dans Coney Island Avenue. Il fait la navette entre les deux.

— Des armes ?

— Aucun de ces types n'est assez con pour porter un flingue. Les mieux établis ont peut-être un ou deux gros bras à qui ils peuvent faire appel en cas de problème, mais G-Mack n'est pas encore à ce niveau.

La serveuse revint, l'air encore moins heureuse que la première fois, et elle n'avait pas paru alors transportée de joie.

Dunne commanda du thon sur pain de seigle et Mackey un club-sandwich à la dinde. Dunne réclama un « rayon de soleil » pour accompagner le thon. On ne pouvait qu'admirer sa persévérance.

— C'est salade ou frites, rétorqua la serveuse. Le rayon de soleil, c'est avec supplément et faut le manger dehors.

— Alors des frites avec un sourire ? insista Dunne.

— Si vous aviez un accident, ça me ferait peut-être sourire.

Elle s'éloigna et le monde respira mieux.

— T'es pas un peu suicidaire ? lança Mackey à son collègue.

— Je pourrais mourir dans ses bras, soupira Dunne.

— Tu meurs déjà le cul sur la banquette et t'es pas près d'être dans ses bras.

Avec un autre soupir, Dunne versa tellement de sucre dans son café que sa petite cuillère se tenait quasiment droite.

— Vous pensez que G-Mack sait où est cette femme ? demanda Mackey.

Je haussai les épaules.

— On lui posera la question.

— Vous croyez qu'il répondra ?

Je pensai à Louis, et à ce qu'il ferait à G-Mack pour avoir frappé Martha.

— Il finira par répondre, assurai-je.

6

Jacky O faisait partie des proxénètes à l'ancienne, le genre qui croit que l'habit fait le mac. Comme à son habitude, il portait pour le boulot une veste jaune canari mise en valeur par une chemise blanche et une cravate rose, des chaussures en cuir jaune et blanc. Un long manteau de cuir blanc à garnitures jaunes pendait sur ses épaules par temps froid et l'ensemble était complété par un feutre blanc piqué d'une plume rose. Il tenait à la main une canne ancienne noire surmontée d'une tête de cheval en argent. On pouvait dévisser le pommeau d'un coup de poignet pour libérer la lame de quarante-cinq centimètres cachée à l'intérieur. Les flics savaient que Jacky O se baladait avec une canne-épée, mais Jacky n'était jamais interrogé ni fouillé. Il était pour eux, de temps à autre, une excellente source d'informations et, comme il faisait partie du gratin du Point, il avait droit à un peu de respect. Il surveillait avec soin les femmes qui travaillaient pour lui et s'efforçait de les traiter correctement. Par exemple, il payait les capotes qu'elles utilisaient – ce que la plupart des macs ne faisaient pas – et veillait à ce que chacune d'elles soit équipée d'un stylo à poivre avant de partir arpenter les rues. Jacky O était en outre assez intelligent pour savoir que porter de jolies fringues et conduire une belle voiture ne signifiait pas qu'il avait de la classe, mais c'était la seule chose qu'il savait faire. Avec ses revenus, il achetait des œuvres d'art moderne, mais pensait parfois que les plus magnifiques de ses toiles et de ses sculptures étaient souillées par la façon dont il finançait leur achat. C'est la raison pour laquelle il cherchait toujours à revendre et à acheter mieux, dans l'espoir d'effacer lentement la tache marquant sa collection.

Jacky ne recevait pas beaucoup de visiteurs dans son appartement de TriBeCa, acquis des années plus tôt sur les conseils de son comptable et devenu maintenant le plus précieux de ses biens. Car il passait son temps entouré de putes et de macs : pas le genre de personnes capables d'apprécier les œuvres accrochées à ses murs. Les vrais amateurs d'art ne fréquentaient pas les proxénètes. Ils profitaient à l'occasion des services qu'ils offraient mais n'accepteraient certainement pas de venir prendre un xérès chez eux. C'est pourquoi Jacky eut un moment de joie passager quand, regardant par l'œilleton de sa porte d'acier, il découvrit Louis sur le seuil. Voilà quelqu'un qui pourrait apprécier ma collection, se dit-il, juste avant de comprendre la raison probable de la visite. Il avait deux solutions : ou refuser de faire entrer Louis, ce qui ne manquerait pas d'aggraver la situation ; ou lui ouvrir la porte en espérant que la situation n'était pas déjà tellement grave qu'elle ne pouvait plus empirer. Aucun de ces choix ne le séduisait particulièrement, mais plus il tergiversait, plus il risquait de lasser la patience de son visiteur.

Avant d'ouvrir, il remit le cran de sûreté du H&K qu'il tenait à la main droite et le replaça dans l'étui fixé sous la console de l'entrée. Il donna à ses traits

153

une expression aussi proche de la joie et de la surprise que sa peur le permettait, défit le verrou, ouvrit la porte et parvint même à s'exclamer « Ce vieux pote ! Entre ! Entre ! » avant que la main de Louis se referme sur sa gorge. Le canon d'un Glock s'enfonça dans le creux situé dans la joue gauche de Jacky, creux d'autant plus profond que celui-ci avait la bouche bée. Louis referma la porte du pied, força le souteneur à reculer dans l'appartement avant de le projeter sur le canapé. Il était deux heures de l'après-midi, Jacky O portait encore sa robe de chambre japonaise en soie rouge et un pyjama lilas. Il avait peine à garder sa dignité dans cette tenue, mais il essaya.

— Hé, mec, qu'est-ce tu fous ? protesta-t-il. Je t'invite chez moi et c'est comme ça que tu me traites ? Regarde…

Il porta une main au col du peignoir pour montrer une déchirure de quinze centimètres dans le tissu.

— Tu l'as bousillé, et c'est de la soie, ce truc.

— Ferme-la, ordonna Louis. Tu sais pourquoi je suis là.

— Comment je le saurais ?

— C'était pas une question. Tu le sais.

Jacky cessa son numéro. Louis n'était pas le genre d'homme avec qui on pouvait déconner. Il se rappelait la première fois qu'il avait posé les yeux sur lui, près de dix ans plus tôt. Même alors des rumeurs circulaient, mais Jacky n'avait pas encore rencontré l'homme qui en faisait l'objet. Louis était différent, à cette époque. Un feu brûlait froidement en lui et tous le sentaient, même si sa fureur commençait déjà à décroître, les flammes dansant confusément sous des vents contraires. Jacky supposait qu'un homme ne pouvait continuer à tuer et à faire souffrir sans finir par en payer le prix. Les pires – les sociopathes, les psychopathes – ne se rendaient pas compte de ce qui se passait, ou bien ils étaient déjà trop déjantés au départ pour qu'il y ait de la place pour une nouvelle détérioration. Louis n'était pas comme ça et, quand Jacky l'avait connu, les conséquences de ses actes commençaient à le marquer.

Une souricière avait été tendue à un homme qui s'en prenait à de jeunes femmes, après qu'une fille eut été tuée dans un pays éloigné. Des gens puissants avaient décrété que cet homme devait mourir et on l'avait retrouvé noyé dans la baignoire d'une chambre d'hôtel où il avait été attiré par la promesse d'une fille et la garantie qu'on ne poserait pas de questions si elle souffrait un peu, car cet homme avait de l'argent pour satisfaire ses penchants. Ce n'était pas un hôtel cher et l'homme n'avait aucun objet de valeur sur lui à part son portefeuille et sa montre. Il portait encore cette montre lorsqu'il avait expiré. En fait, il était habillé quand on l'avait découvert, parce que ceux qui avaient ordonné sa mort ne voulaient pas qu'il y ait la moindre possibilité qu'on la prenne pour un suicide. Son exécution servirait d'avertissement aux autres de la même espèce.

Jacky O avait eu la malchance de sortir d'une chambre située au même étage – où il avait installé pour la journée l'une de ses femmes au tarif légèrement plus élevé – quand le tueur était apparu dans le couloir. Il ne savait pas que c'était un tueur, pas à ce moment-là, ou du moins il n'en était pas sûr, bien qu'il sentît quelque chose tourner en rond sous la surface apparemment calme, telle la forme pâle d'un requin aperçue dans les profondeurs bleues de la mer. Leurs yeux s'étaient croisés, mais Jacky avait continué à marcher, pressant le pas vers la sécurité de la foule. Il ne s'était pas retourné avant d'arriver au coin du couloir et l'homme avait alors disparu. Mais Jacky lisait les journaux et il ne fallait pas être mathématicien pour additionner deux et deux. Il avait alors maudit sa singularité parmi ses collègues et son goût pour les beaux vêtements qui, pensait-il, le rendaient facile à retrouver. Il ne se trompait pas.

Ce n'était donc pas la première fois que Louis le tueur faisait intrusion chez lui, ni la première fois qu'il enfonçait le canon de son arme dans sa chair. La première fois, Jacky avait bien cru mourir, mais il y avait de la fermeté dans sa voix quand il avait plaidé :

« T'as rien à craindre de moi, fils. Si j'étais plus jeune et si j'avais le cran qu'il faut, je l'aurais peut-être fait moi-même. »

Louis avait lentement relâché la pression de l'arme et était parti sans dire un mot, mais Jacky savait qu'il avait une dette envers lui. Par la suite, il en avait appris davantage sur lui, et les histoires qu'il avait entendues commençaient à former un tout cohérent. Au bout de quelques années, Louis était revenu le trouver et lui avait révélé son nom. Il avait changé, il lui avait demandé de s'occuper d'une jeune femme qui avait un léger accent du Sud et un goût croissant pour la seringue.

Jacky avait fait de son mieux pour elle. Il l'avait encouragée à changer de vie alors qu'elle passait d'un mac à un autre. Il avait aidé Louis à la retrouver les fois où celui-ci avait résolu de la contraindre à s'en tirer. Il était intervenu auprès d'autres quand c'était nécessaire, rappelant à ceux qui la faisaient travailler qu'elle était différente, qu'on poserait des questions s'il lui arrivait quelque chose. C'était cependant un arrangement insatisfaisant et Jacky avait vu de la souffrance sur le visage de Louis tandis que cette jeune femme qui était de son sang tombait d'un homme à l'autre, se rapprochant un peu plus chaque fois de la mort. Lentement, Jacky s'était désintéressé d'elle à mesure qu'elle se désintéressait d'elle-même. À présent, elle était morte et celui qui avait vainement cherché à la protéger demandait des comptes.

— Elle était avec G-Mack, dit Jacky. J'ai essayé de lui parler, mais il écoute pas les vieux. J'ai mes propres filles à m'occuper, je pouvais pas être derrière elle tout le temps.

Louis s'assit sur une chaise en face du canapé. Le Glock demeurait braqué sur Jacky, ce qui le rendait nerveux. Louis, lui, était calme. Sa colère avait disparu aussi soudainement qu'elle s'était manifestée, ce qui effrayait Jacky encore plus. Au moins, la colère et la rage étaient des sentiments humains. Ce qu'il avait sous les yeux maintenant, c'était un homme libéré de tout sentiment de cette sorte.

— J'ai un problème avec ce que tu viens de me dire, Jacky. D'abord, le mot « était », comme dans « elle était avec G-Mack ». C'est au temps passé et ça a quelque chose de définitif qui me plaît pas. Ensuite, aux dernières nouvelles, elle était avec Free Billy. Tu étais censé me prévenir s'il y avait du changement.

— T'étais pas dans le coin, se défendit Jacky. Free Billy est mort, les autres se sont partagé ses filles.

— Tu en as pris ?

— Une seule. Une Asiatique. Je savais qu'elle me rapporterait.

— Mais pas Alice.

Jacky se rendit compte de son erreur.

— J'avais déjà trop de filles.

— Mais t'as quand même trouvé de la place pour cette Asiatique.

— Elle était spéciale, *man*.

Louis se pencha légèrement en avant.

— Alice aussi était spéciale. Pour moi.

— Tu crois que je le sais pas ? Mais je te l'ai dit, y a longtemps : pas question que je la prenne. Je tenais pas à ce que tu me regardes dans les yeux et que tu voies l'homme qui la vendait à d'autres. J'ai été clair là-dessus.

Le regard de Louis vacilla.

— C'est vrai, reconnut-il.

— Je croyais qu'elle serait bien avec G-Mack, je te le jure. Il débute, il veut se faire une réputation. J'ai rien entendu de mal sur lui, j'avais aucune raison de m'en faire pour elle. Il voulait pas m'écouter, mais ça le rendait pas différent des autres jeunes du métier.

Lentement, Jacky commençait à reprendre courage. Ce qui lui arrivait n'était pas juste. Il était chez lui et on lui manquait de respect, pour une histoire qui ne le regardait pas. Il faisait ce boulot depuis trop longtemps pour se laisser emmerder, même par quelqu'un comme Louis.

— De toute façon, pourquoi tu me fais des reproches ? Cette fille, c'était pas mon affaire, c'était la tienne. Si tu voulais quelqu'un qui la surveille tout le temps, t'avais qu'à t'en occuper toi-même.

Les mots avaient jailli avec une telle force qu'une fois lancé Jacky n'avait pas pu s'arrêter. L'accusation demeurait suspendue entre les deux hommes et Jacky ne savait pas si elle allait disparaître ou lui éclater à la figure. Finalement, ce ne fut ni l'un ni l'autre. Louis tressaillit et Jacky vit un sentiment de culpabilité passer sur son visage.

— J'ai essayé, murmura-t-il.

Jacky hocha la tête, regarda le sol. Il avait vu cette fille retourner sur le trottoir après que l'homme qu'il avait devant lui était intervenu de nombreuses fois pour l'aider. Elle avait quitté l'hôpital, elle s'était quasiment échappée de cliniques privées. Lors de la dernière tentative de Louis pour la ramener, elle l'avait menacé d'un couteau. Après quoi, il avait demandé à Jacky de continuer à faire ce qu'il pourrait pour elle, sauf que Jacky ne pouvait pas faire grand-chose, parce que cette fille dégringolait, et vite. Il y aurait peut-être eu de meilleurs macs pour elle que Free Billy, mais le Billy n'était pas du genre à céder facilement ce qui lui appartenait. Jacky l'avait prévenu de ce qui lui arriverait s'il traitait mal Alice, mais ce n'était pas comme s'ils étaient mari et femme et que Louis était le père de la mariée. Là, on parlait d'un mac et d'une de ses putes. Même avec la meilleure volonté du monde – et de la bonne volonté, Free Billy était loin d'en avoir –, il y avait une limite à ce qu'un proxo pouvait ou voulait faire pour une femme qui avait décidé de son plein gré de faire la retape. Puis Free Billy était mort et Alice s'était retrouvée avec G-Mack. Jacky savait qu'il aurait dû la prendre dans sa propre écurie, mais il ne voulait pas d'elle, indépendamment de tous les arguments qu'il avait donnés à Louis. Cette fille était une source d'ennuis et, à la lumière du jour, elle aurait bientôt l'air d'une morte ambulante à cause de toute cette merde qu'elle s'injectait dans le corps. Jacky ne voulait pas de camées dans son écurie. Elles étaient imprévisibles, elles refilaient la maladie. Jacky veillait à ce que ses filles se protègent, même si le micheton proposait beaucoup de blé pour un extra. Une fille comme Alice, ben, on pouvait pas savoir ce qu'elle ferait si elle était en manque. D'autres macs n'étaient pas aussi exigeants que Jackie. Ils n'avaient pas de conscience. Comme il disait, il avait cru qu'elle serait bien avec G-Mack, mais finalement G-Mack n'avait pas eu l'intelligence de faire ce qu'il fallait.

Jacky O avait longtemps survécu dans le métier qu'il s'était choisi. Il avait grandi dans ces rues, c'était un jeune dingue à l'époque. Il volait, il vendait de l'herbe, il piquait des voitures. Il faisait à peu près n'importe quoi pour gagner de la thune, tout en s'imposant cependant cette limite : pas de violences sur ses victimes. Il portait un flingue en ce temps-là, mais il n'avait jamais eu de raisons de s'en servir. La plupart du temps, ceux qu'il dépouillait ne voyaient même pas son visage, parce qu'il réduisait le contact au minimum. Aujourd'hui, des toxicos pénétraient chez les gens pendant qu'ils dormaient et, quand ils se réveillaient, ils n'étaient généralement pas ravis de voir un mec défoncé essayer d'embarquer leur lecteur de DVD, et il s'ensuivait souvent une confrontation. Il y avait des blessés et Jacky n'approuvait pas ce genre de conduite.

Il était devenu maquereau par hasard, pour ainsi dire. Il l'était devenu sans le savoir, en fait, à cause de la première femme pour qui il avait été vraiment mordu. Quand il l'avait rencontrée, Jacky traversait une période de mouise à cause de bons à rien de négros qui l'avaient taxé au moment où il achetait assez d'herbe pour dealer jusqu'à la fin de l'année. Ça lui avait posé des problèmes de liquidités assez sérieux et il s'était retrouvé à la rue après avoir tiré les sonnettes de tous ceux à qui il pouvait demander un service. À la fin, il n'y avait pas un seul canapé du quartier dont il n'avait pas fait son lit à un moment ou à un autre. Il avait alors croisé une femme dans un bar en sous-sol et une chose en avait entraîné une autre, comme ça se passe quelquefois entre un homme et une femme. Elle avait cinq ans de plus que lui, elle lui avait offert un lit un soir, puis un autre, puis un troisième. Elle lui avait expliqué qu'elle travaillait la nuit, mais c'est seulement le quatrième soir qu'il l'avait vue se préparer et qu'il avait compris quel genre de boulot c'était. Il était resté avec elle en attendant que sa situation s'améliore, et parfois il l'accompagnait dans le dédale de rues où elle exerçait son métier, la suivant discrètement quand elle emmenait un client dans un terrain vague pour s'assurer qu'il ne lui arriverait rien, en échange de quoi elle lui refilait dix dollars. Un soir de pluie, il l'avait entendue crier de la cabine d'un camion et il était accouru pour découvrir que le type l'avait giflée sous prétexte d'un manque de respect imaginaire. Jacky O s'était occupé de lui : le prenant par surprise, il l'avait estourbi avec la matraque qu'il gardait dans la poche de sa veste pour ce genre d'éventualité. Après quoi, il était devenu le protecteur de cette femme, et bientôt d'un tas d'autres.

Jacky ne regardait jamais en arrière.

Il s'efforçait de ne pas trop penser à ce qu'il avait fait. Il craignait Dieu et se montrait généreux envers l'église locale, considérant ses dons comme un investissement à défaut d'autre chose. Il savait qu'il agissait mal aux yeux du Seigneur, mais s'il ne le faisait pas, quelqu'un d'autre s'en chargerait à sa place, et ce quelqu'un ne se préoccuperait peut-être pas des filles comme il le faisait. Ce serait son argument si le bon Dieu en venait à avoir des doutes sur le salut éternel à lui accorder.

Jacky O surveillait donc ses femmes et ses rues et encourageait ses collègues à agir de même. C'était du simple bon sens commercial : en même temps que les filles, ils surveillaient les flics. Jacky n'aimait pas voir ses gagneuses, à demi nues et perchées sur des talons aiguilles, essayer d'échapper à une descente des Mœurs sur le Point. Elles risquaient de tomber et de se blesser. Si elles étaient prévenues à temps, elles pouvaient se planquer dans un coin sombre et attendre que ça se tasse.

C'était comme ça que les rumeurs lui étaient revenues, peu après qu'Alice et sa copine avaient disparu. Les filles s'étaient mises à parler d'une camionnette noire, avec des plaques cabossées et sales. Dans la rue, c'était connu qu'il fallait de toute façon éviter les camionnettes et les 4 × 4 : ils étaient faits sur mesure pour les rapts et les viols. Pour ne rien arranger, ses filles étaient déjà un peu paranos à cause des bruits qui couraient sur des disparitions récentes, des gamines et de jeunes garçons, en gros, pour la plupart des SDF ou des junkies. Jacky avait sérieusement envisagé de mettre quelques-unes de ses femmes sous sédatifs pour les calmer, parce que, au départ, cette histoire de camionnette le laissait sceptique. Comme les types qui se trouvaient à l'intérieur ne s'adressaient jamais aux filles, il avait suggéré que c'étaient peut-être simplement des flics en planque, mais Lula, une de ses meilleures putes, était venue le trouver juste avant d'aller au turbin.

« Faut que tu surveilles cette Transit noire, lui avait-elle dit. Paraît que les mecs cherchent des filles qui auraient eu pour client un vieux type du Queens. »

Jacky écoutait toujours Lula. C'était la plus ancienne de ses tapineuses, elle connaissait la rue et les autres femmes. Elle était comme leur cheftaine et il avait appris à se fier à l'instinct de cette fille.

« Des condés, tu crois ?

— C'est pas des condés. Les plaques de la caisse sont déglinguées et ça a l'air d'être des mauvais, les mecs.

— À quoi ils ressemblent ?

— C'est des Blancs. Y a un gros, vraiment gros. L'autre, je l'ai pas bien vu.

« — Bon, tu dis aux autres de s'éloigner si elles voient cette camionnette. Tu leur dis de venir me trouver, compris ? »

Lula acquiesça et alla prendre sa place au coin de rue le plus proche. Cette nuit-là, Jacky fit marcher ses jambes et sa langue pour prévenir les autres souteneurs, mais ce ne fut pas facile avec certains d'entre eux qui avaient peu d'éducation et encore moins d'intelligence.

« Tes putes te foutent la trouille, Jackie, lui déclara un type porcin qui se faisait appeler Havana Slim à cause des cigares qu'il fumait, même si ce n'étaient que des produits dominicains bon marché. Tu te fais vieux, mec. La rue, c'est plus pour toi. »

Jacky ignora la vanne. Il était au Point depuis longtemps quand Havana était arrivé, il y resterait longtemps encore après que Havana n'y serait plus. Finalement, Jacky trouva G-Mack, mais G-Mack l'envoya tout de suite aux pelotes. Jacky remarqua cependant que le jeune mac avait l'air secoué et il n'eut aucun mal à remplir lui-même les blancs.

Le lendemain soir, Jacky aperçut la camionnette noire pour la première fois. Il s'était glissé dans une ruelle pour pisser quand il vit quelque chose luire faiblement derrière une grande poubelle. Pendant qu'il refermait sa braguette, les lignes de la voiture lui apparurent peu à peu. La plaque arrière n'était plus cabossée ni sale et Jacky comprit aussitôt que les types la changeaient régulièrement. Les pneus étaient neufs et, si les panneaux latéraux étaient endommagés, on avait l'impression que c'était une sorte de maquillage, une tentative pour détourner l'attention du véhicule et de ses occupants en le faisant paraître plus vieux et moins bien entretenu qu'il ne l'était.

Jackie O tendit la main vers la portière du conducteur. Les fenêtres étaient en verre fumé, mais il crut distinguer à l'intérieur une, peut-être deux silhouettes. Il toqua à la vitre. Pas de réponse.

« Hé ! appela-t-il. Ouvrez. Je peux peut-être vous aider. Vous cherchez une fille ? »

Il y eut un silence pour toute réaction.

Jacky fit alors une chose idiote. Il essaya d'ouvrir la portière.

Rétrospectivement, il ne savait toujours pas pourquoi il avait fait ça. Au mieux, il mettrait sérieusement en rogne ceux qui étaient à l'intérieur ; au pis, il risquait de se retrouver avec un pétard sous le nez. Du moins, il pensait que ce serait le pire.

Il saisit la poignée et tira. La portière s'ouvrit. Une puanteur l'assaillit, comme si on avait percé la peau de la carcasse boursouflée d'un animal mort, libérant les gaz accumulés à l'intérieur. L'odeur dut lui donner la nausée, car sinon, comment expliquer ce qu'il crut avoir vu à l'intérieur du Transit avant que la portière ne se referme et qu'il démarre ? Même maintenant, dans le confort de son appartement, et avec l'avantage du recul, il ne se rappelait que des images parcellaires.

— C'était comme s'il était plein de viande, dit-il à Louis. Pas les morceaux nobles mais les tripes, rouges et violacées. Il y avait des lambeaux de chair sur les panneaux et sur le plancher, où du sang formait des flaques. Devant, sur la banquette, deux formes étaient assises, totalement noires à l'exception du visage. L'une était un type énorme, un tas de graisse. C'était le plus près et l'odeur venait surtout de lui. Ils devaient porter des masques parce que leurs visages étaient ravagés.

— Ravagés ? fit Louis.

— J'ai pas bien vu le passager. Bon Dieu, j'ai pas vu grand-chose, mais le gros, il avait comme une tête de mort. Sa peau était plissée et noire ; son nez avait l'air cassé, avec juste un morceau qui restait sous le front. Ses yeux étaient verts et noirs, sans blanc du tout. J'ai vu aussi ses dents, parce qu'il a dit quelque chose quand la portière s'est ouverte. Des dents pointues et jaunes. C'était forcément un masque, hein ?

Jacky se parlait quasiment à lui-même, poursuivant une discussion qui se déroulait dans sa tête depuis le soir où il avait ouvert la portière du Transit.

— Qu'est-ce que ça pouvait être d'autre ?

Je quittai Walter après notre déjeuner avec Mackey et Dunne, qui proposèrent de nous rencontrer de nouveau si nous avions encore besoin de leur aide.

— Sans témoins, dit Mackey, avec dans l'œil une lueur rusée qui ne me plut pas.

Je me foutais des histoires qu'ils avaient entendues, mais je ne laisserais pas un type comme lui me jeter mon passé à la figure.

— Si tu as quelque chose à dire, dis-le tout de suite, répliquai-je.

Dunne s'interposa entre nous.

— Pour que ce soit clair, fit-il d'un ton calme, tu traites G-Mack comme tu veux, mais il vaudrait mieux qu'il tienne encore sur ses jambes et qu'il respire quand tu en auras fini avec lui. Et s'il meurt après, arrange-toi pour avoir un bon alibi. Sinon, on sera obligés de venir te chercher. On se comprend ?

Pendant tout son discours, il garda les yeux fixés sur moi et ce n'est qu'en se tournant pour s'éloigner qu'il s'adressa directement à Walter.

— Toi aussi, tu as intérêt à faire gaffe.

Walter ne répondit pas et je ne réagis pas. Après tout, Dunne n'avait pas tort.

— Tu n'es pas obligé de venir ce soir, suggérai-je une fois que les deux flics eurent disparu.

— Dis pas de conneries, je suis là. Mais tu as entendu Dunne : ils te tomberont dessus s'il arrive quelque chose à ce G-Mack.

— Je ne le toucherai pas. S'il a quoi que ce soit à voir avec la disparition d'Alice, on le lui fera cracher, et ensuite je m'arrangerai pour qu'il soit arrêté et qu'il raconte aux flics ce qu'il sait. Mais je ne peux parler que pour moi. Pas pour les autres.

J'aperçus un taxi à l'horizon. Je lui fis signe et le regardai avec satisfaction se faufiler à travers deux files de circulation pour arriver jusqu'à moi.

— Tes copains finiront par te faire plonger avec eux un jour, déclara Walter sans sourire.

— C'est peut-être moi qui les fais plonger, répondis-je. Merci de ton aide, Walter. Je te tiens au courant.

Je le laissai et montai dans le taxi.

Loin de là, l'Ange Noir s'agita.

— Vous avez commis une erreur, dit-il. Vous étiez censé vérifier d'où venait cette fille. Vous m'aviez assuré que personne ne poserait de questions.

— Ce n'était qu'une prostituée ordinaire, dit Brightwell.

Il était revenu de l'Arizona avec la perte de Bleu pesant lourdement sur lui. Ils le retrouveraient, mais le temps pressait et ils avaient besoin de tous les corps qu'ils pouvaient se procurer. Maintenant, après la mort des filles, on le critiquait pour sa négligence et il n'aimait pas cela. Il était resté seul si longtemps, sans avoir de comptes à rendre à personne, qu'être en butte à une autorité quelconque l'irritait. Il trouvait aussi l'atmosphère de la pièce oppressante. Il y avait ce grand bureau surchargé de sculptures, au plateau couvert de cuir vert, les lampes anciennes fort chères projetant sur les murs une faible lumière, le parquet et le tapis élimé, mais également trop d'espaces vides attendant d'être remplis. D'une certaine façon, c'était une métaphore de l'existence de celui devant lequel il se tenait à présent.

— Non, repartit l'Ange Noir. C'était une prostituée peu ordinaire. On pose des questions sur elle, elle a fait l'objet d'un rapport.

Deux grosses veines bleues palpitaient aux tempes de Brightwell, chacune d'elles étendant sa portée de part et d'autre de son crâne, clairement visibles sous la couronne de cheveux bruns. Il ne supportait pas la réprimande et son agacement croissait.

— Si ceux que vous avez envoyés supprimer Winston avaient agi discrètement, nous n'aurions pas cette conversation, rétorqua-t-il. Vous auriez dû me consulter.

— Impossible de vous trouver. Je ne sais pas où vous allez quand vous disparaissez dans l'obscurité.

— Cela ne vous regarde pas.

L'Ange Noir se leva, les mains sur le bureau.

— Vous vous oubliez, monsieur Brightwell.

Les yeux de l'obèse étincelèrent de colère.

— Non. Je ne me suis jamais oublié. Je suis resté fidèle. J'ai cherché et j'ai trouvé. C'est moi qui vous ai tous découverts et qui vous ai rappelé ce que vous étiez jadis. Vous l'aviez oublié. Moi, je me souvenais. Je me souvenais de tout.

Brightwell avait raison. L'Ange Noir se remémora leur première rencontre, la répulsion qu'il avait éprouvée, puis la lente compréhension et enfin l'acceptation. Esquivant l'affrontement, il se tourna vers la fenêtre. Sous son regard, des gens profitaient du soleil et la circulation progressait lentement dans les rues embou-teillées.

— Tuez le maquereau, ordonna-t-il. Découvrez tout ce que vous pouvez sur ceux qui posent des questions.

— Et puis ?

L'Ange Noir jeta à Brightwell un os à ronger :

— Faites usage de votre jugement.

Il était inutile de lui rappeler la nécessité de ne plus attirer l'attention sur eux. Ils approchaient de leur objectif et, de plus, il se rendait compte que Brightwell devenait incontrôlable.

Si tant est qu'il l'eût jamais contrôlé.

Après le départ de l'obèse, l'Ange Noir demeura perdu dans ses souvenirs. Étrange, les formes que nous prenons, songeait-il. Il alla au miroir doré accroché au mur. Doucement, il porta la main droite à son visage, suivit les contours du crâne sous la peau puis ôta le verre de contact de son œil droit. Il avait dû garder ses lentilles pendant des heures aujourd'hui parce qu'il avait des rendez-vous, des papiers à signer, et son œil le brûlait. La marque supportait mal d'être cachée.

L'Ange Noir se pencha davantage, tira la peau sous son œil. Une tache blanche couvrait le bleu de l'iris, telle la voile déchirée d'un bateau, ou un visage briè-vement aperçu entre des nuages s'écartant.

Cette nuit-là, G-Mack descendit dans la rue avec un automatique sous la ceinture de son jean. C'était un Hi-Point 9 mm en alliage, chargé de balles capables d'assurer une puissance d'arrêt maximale. Ce pistolet ne lui avait pas coûté grand-chose – même neuf, le Hi-Point se revendait dix pour cent environ du prix d'un Walther P5 – et si les flics se pointaient et qu'il devait le balancer, il n'en serait pas trop de sa poche. Il ne l'avait essayé que deux fois, dans les bois du New

Jersey, et il savait que le Hi-Point ne marchait pas très bien avec des balles de ce type. Cela affectait la précision et donnait un méchant recul, mais G-Mack savait que s'il devait en venir à tirer, ce serait de près, et celui qui en prendrait une à cette distance resterait allongé.

Il laissa la Cutlass Supreme au garage et se rendit au Point avec la Dodge qu'il gardait en réserve. Il se foutait que les frangins le voient conduire une voiture de vieille dame. Ceux qui comptaient savaient qu'il avait une Cutlass, qu'il pouvait la sortir quand ça lui chantait. La Dodge attirait moins l'attention et elle en avait assez sous le capot pour le tirer rapidement d'affaire au besoin. Il se gara dans une ruelle – celle où Jacky O avait jugé bon d'essayer de confronter les occupants de la camionnette noire – et descendit de voiture. La tête baissée, il fit le tour de ses gagneuses en restant dans l'ombre puis retourna à la Dodge. Il avait demandé à Ellen, la gamine, de servir d'intermédiaire et de lui rapporter l'argent des autres pour qu'il ne soit pas obligé de retourner dans la rue.

Il avait peur, et il avait honte de le reconnaître. Il passa une main sous son siège, en exhuma un Glock 23. Le Hi-Point logé sous son bras ferait l'affaire s'il avait des problèmes dans la rue, mais le 23 était son préféré. Il l'avait eu par un mec qui s'était fait virer de la police de l'État de Caroline du Sud pour corruption et prospérait maintenant dans le trafic d'armes à feu pour connaisseurs. Les keufs de la CS avaient adopté le 23 les yeux fermés et n'avaient jamais eu à s'en plaindre. Chargé de balles S&W calibre 40, c'était une méchante machine à tuer. G-Mack tira le Hi-Point de son étui et soupesa les deux armes. Comparé au Glock, le Hi-Point était vraiment une merde, mais G-Mack ne s'en faisait pas trop. Il n'allait pas à un défilé de mode.

C'était une question de vie ou de mort, et deux flingues valent toujours mieux qu'un.

J'arrivai à Hunts Point peu avant minuit.

Au XIXe siècle, c'était un quartier de riches propriétaires terriens auxquels s'ajoutèrent des habitants de la ville enviant le style de vie luxueux dont disposaient les résidents du Point. Après la Première Guerre mondiale, une ligne de métro fut construite le long de Southern Boulevard et les hôtels particuliers firent place aux appartements. Des entreprises du centre déménagèrent, attirées par l'espace offert au développement et l'accès facile à la région de Tri-State. Les pauvres et les ouvriers, près de soixante mille personnes, les deux tiers de sa population dans les années 1970, furent contraints de partir quand la réputation de Hunts Point grandit dans les milieux commerciaux, ce qui conduisit à l'ouverture du marché aux fruits et légumes en 1967 et au marché à la viande en 1974. Il y avait des usines de recyclage, des entrepôts, des décharges industrielles, des magasins de vitres pour voitures, des ferrailleurs et, bien entendu, les immenses halles où arrivaient et d'où repartaient les camions, fournissant parfois une clientèle supplémentaire aux prostituées. Près de dix mille personnes vivaient encore dans le quartier. À leur honneur, ils avaient fait campagne pour obtenir des feux rouges, des itinéraires modifiés pour les camions, de nouveaux arbres et un parc le long de l'eau, améliorant cette partie du South Bronx pour eux-mêmes et pour les générations à venir, mais ils continuaient à vivre dans une zone servant de carrefour à toutes les ordures que la ville de New York pouvait produire. Dans ce seul îlot, il y avait une vingtaine de stations de transfert de déchets, dont la moitié en ordures putrescibles, et la plupart des vidanges d'égout y aboutissaient. En été, tout le quartier puait et l'asthme faisait des ravages. Les détritus s'accrochaient aux grillages, bouchaient les caniveaux, et le passage de deux millions de camions par an créait une bande sonore de grincements de freins, de mugissements de Klaxon et de bip-bip signalant une marche arrière. Hunts Point était une ville industrielle en miniature et la plus visible de ses industries était la prostitution.

Les rues étaient bondées de voitures à mon arrivée et les filles, ne portant guère plus que des dessous pour la plupart, se faufilaient entre les pare-chocs en titubant sur des talons absurdement hauts. Il y en avait de toutes les formes, de tous les âges, de toutes les couleurs. À sa façon, le Point était le plus égalitaire des lieux. Des femmes avançaient en traînant les pieds comme si elles en étaient au stade final de la maladie de Parkinson, sautillaient d'un pied sur l'autre en s'efforçant de garder le dos droit, ce qu'on appelait dans le quartier la « danse du crack », leur pipe fourrée dans leur soutien-gorge ou sous la ceinture de leur jupe. Dans Lafayette, deux filles mangeaient les sandwichs fournis par le programme d'assistance Nightworks, qui s'efforçait de prodiguer aux prostituées des soins médicaux, des préservatifs, des seringues propres, voire de la nourriture au besoin. Les femmes bougeaient constamment la tête, guettant les macs, les clients, la police. Les flics descendaient à l'occasion, garaient leur fourgon au coin d'une rue et embarquaient toutes les putes à leur portée, ou leur dressaient des procès-verbaux pour conduite portant atteinte à l'ordre public, ou entrave à la circulation, ou même délit d'intention, n'importe quoi pour casser le boulot. Une amende de deux cent cinquante dollars était beaucoup pour ces femmes si elles n'avaient pas un mac pour les aider, et un grand nombre d'entre elles passaient souvent un ou deux mois au trou plutôt que de verser au tribunal une somme qu'elles ne pouvaient pas se permettre de perdre, à supposer que les plus pauvres d'entre elles aient deux cent cinquante dollars pour commencer.

J'entrai au Green Mill pour attendre les autres. C'était un restaurant légendaire qui existait depuis des dizaines d'années et servait maintenant de havre aux proxos gelés et aux filles fourbues. La salle était relativement tranquille à cette heure puisque les affaires marchaient fort dans la rue. Deux macs vêtus de tee-shirts des Philadelphia Phillies feuilletaient un numéro de *Rides*, assis près d'une fenêtre, en discutant des mérites comparés de divers engins au moteur gonflé. Je m'installai près de la porte et attendis. Dans l'un des box, une fille très jeune, brune, portait une robe noire courte la couvrant à peine plus qu'une combinaison. Je vis trois femmes plus âgées entrer successivement, lui remettre de l'argent et ressortir. Après le départ de la troisième, la fille referma le petit sac contenant les billets et quitta le resto. Elle revint cinq minutes plus tard environ et l'opération recommença.

Angel me rejoignit peu après le retour de la fille. Pour l'occasion, il s'était sapé plus mal encore que d'habitude, si une telle chose était possible. On aurait dit qu'il avait récupéré son blouson en toile de jean sur le cadavre d'un motard particulièrement peu porté sur l'hygiène.

— On l'a logé, m'annonça-t-il.

— Où ça ?

— Une ruelle, deux rues plus bas. Dans une Dodge. Il écoute la radio.

— Seul ?

— On dirait. La jeunette là-bas à la fenêtre lui apporte sa maille toutes les demi-heures, mais c'est la seule qui se soit approchée de lui depuis vingt-deux heures.

— Tu penses qu'il est armé ?

— Je le serais, à sa place.

— Il ne sait pas qu'on vient.

— Il sait que quelqu'un viendra. Louis a parlé à Jacky O.

— Le vieux ?

— Ouais. Il nous a filé le tuyau. Il pense que G-Mack a fait une grosse connerie et qu'il le sait depuis que Martha est venue le trouver. Il est à cran.

— Alors, ça m'étonne qu'il continue à traîner dans le coin.

— D'après Jacky, il se serait tiré s'il avait pu. Mais il manque de fonds, vu qu'il a claqué tout son fric pour une voiture de luxe et qu'il a pas d'amis.

— Ça me fend le cœur.

— Je savais que tu compatirais. Paie à la caisse. Si tu laisses l'argent sur la table, quelqu'un le piquera.

Je réglai mon café et suivis Angel dehors.

Nous interceptâmes la fille au moment où elle s'engageait dans la ruelle. La Dodge du mac était garée dans un coin de parking, derrière un grand bâtiment de grès brun, avec une sortie devant donnant sur la rue et une derrière communiquant avec la ruelle. Pour le moment, il ne pouvait pas nous voir.

— Salut, dis-je.

— Je bosse pas ce soir, répondit-elle.

Elle essaya de me contourner, je lui saisis le bras. Ma main en fit complètement le tour et il était si mince que je dus serrer le poing pour la retenir. Elle ouvrit la bouche pour crier et la paume de Louis se plaqua dessus tandis que nous reculions dans l'ombre.

— Détends-toi, dis-je. On ne te fera aucun mal.

Je lui montrai ma licence, sans lui laisser le temps d'enregistrer les détails.

— Je suis détective privé, poursuivis-je. Compris ? J'ai juste besoin d'échanger quelques mots avec toi.

De la tête, je fis signe à Louis, qui écarta sa main de la bouche de la fille. Elle n'essaya pas de crier de nouveau, mais il garda la main près de son visage, au cas où.

— Comment tu t'appelles ?

— Ellen.

— Tu es une des filles de G-Mack.

— Et alors ?

— D'où tu viens ?

— D'Aberdeen.

— Comme un million d'autres fans de Kurt Cobain. Sérieusement, d'où tu viens ?

— De Detroit, répondit-elle, laissant ses épaules s'affaisser.

Elle mentait probablement encore.

— Quel âge tu as ?

— J'ai pas à répondre à vos questions.

— Je le sais. Je demande, c'est tout. Si tu ne veux pas me le dire, ça te regarde.

— J'ai dix-neuf ans.

— Tu parles, fit Louis. C'est l'âge que t'auras en 2007.

— Va chier.

— Bon, écoute-moi, Ellen. G-Mack est dans la merde. Après ce soir, il ne sera plus mac. Je veux que tu prennes pour toi l'argent qu'il y a dans ce sac et que tu files. Retourne au Green Mill d'abord. Notre copain restera avec toi pour être sûr que tu ne parles à personne.

Elle semblait partagée. Je la vis se raidir et Louis approcha de nouveau sa main de sa bouche. J'insistai :

— Fais ce que je te dis, Ellen.

Walter Cole apparut près de nous.

— Il a raison, petite, dit-il. Viens, je t'accompagne, je te paie un café ou ce que tu voudras.

Elle n'avait pas le choix. Il lui passa un bras autour des épaules. Le geste semblait presque protecteur, mais Walter la tenait solidement au cas où elle tenterait de s'enfuir. Elle se tourna vers nous.

— Lui faites pas de mal. J'ai personne d'autre.

Walter lui fit traverser la rue. Elle s'installa dans le même box que précédemment et il s'assit derrière pour pouvoir entendre ce qu'elle dirait aux autres filles et l'arrêter si elle se précipitait vers la porte.

— Ce n'est qu'une gosse, dis-je à Louis.

— Ouais, grommela-t-il. Tu la sauveras plus tard.

G-Mack avait promis à Ellen de lui laisser dix pour cent de ce que les autres filles gagneraient si elle lui servait d'intermédiaire cette nuit-là, un arrangement qu'Ellen avait été heureuse d'accepter puisqu'il lui permettrait de passer quelques heures à boire du café et à lire des magazines au lieu de se geler les miches en sous-vêtements pour tenter d'attirer de gros dégueulasses dans un terrain vague. Mais ça n'allait pas au Mack de rester trop longtemps loin de ses femmes. Ces garces l'entubaient déjà. Sans sa présence physique pour les tenir, il aurait de la chance s'il lui restait des broutilles à l'heure de la fermeture. Il savait qu'Ellen prélèverait aussi un petit quelque chose avant de lui remettre la thune, alors, tout bien considéré, la nuit ne serait pas très profitable pour lui. Il se demandait combien de temps il devrait se planquer pour éviter une confrontation qui arriverait fatalement, à moins qu'il ne trouve assez de fric pour se tirer. Il avait envisagé de vendre la Cutlass, mais pendant cinq secondes seulement. Il l'aimait, cette caisse. L'acheter avait été son rêve et s'en séparer serait revenu à admettre qu'il était un raté.

Une silhouette bougea dans son rétroviseur. Le Hi-Point était retourné sous la ceinture de son jean, mais le Glock était au chaud dans sa main droite, à côté de sa cuisse. Il resserra sa prise sur la crosse, que la sueur de sa paume rendait glissante. Un homme titubait près du mur. G-Mack voyait bien que c'était une racaille, avec son blouson loqueteux, ses baskets anonymes achetées chez un fripier. L'homme glissa une main dans sa braguette, appuya le front contre la brique et attendit que ça vienne. G-Mack relâcha son étreinte sur le Glock.

La vitre côté conducteur explosa, projetant sur lui une pluie d'éclats de verre. Il commençait à lever son flingue quand l'autre vitre se désintégra aussi. G-Mack reçut sur le côté de la tête un coup qui l'étourdit. Une main puissante saisit son bras droit et le canon d'une arme beaucoup plus grosse que la sienne lui pressa douloureusement la tempe. Il entrevit un visage noir, des cheveux grisonnants coupés court et un bouc vaguement satanique. L'homme ne semblait pas ravi de le voir. La main gauche de G-Mack commença à dériver nonchalamment vers le Hi-Point caché sous son blouson, mais la portière côté passager s'ouvrit et une voix lui conseilla :

— À ta place, je ferais pas ça.

G-Mack arrêta son geste et le Hi-Point lui fut subtilisé.

— Lâche le Glock, ordonna Louis.

Le proxo laissa tomber l'arme sur le plancher de la voiture.

Lentement, Louis écarta son flingue de la tempe du souteneur et ouvrit la portière.

— Descends, dit-il. Les mains levées.

G-Mack jeta un coup d'œil vers la droite, où j'étais agenouillé, devant la portière côté passager. Dans ma main gauche, le Hi-Point semblait minuscule à côté de mon Colt. C'était la Nuit des Gros Flingues, mais personne n'avait prévenu G-Mack. Il sortit de la voiture avec précaution, fit tomber des morceaux de verre qui tintèrent sur le sol. Louis le poussa contre la Dodge, lui écarta les jambes. G-Mack sentit des mains le palper, vit le petit mec en blouson de jean qu'il avait pris pour un ivrogne venu pisser dans la ruelle. Il n'arrivait pas à croire qu'il s'était fait avoir si facilement.

Louis le frappa avec le canon de son H&K.

— Tu vois comme t'es con ? Maintenant, donne-toi une chance de montrer au contraire que t'es malin. Retourne-toi, lentement.

Le mac obéit. Il faisait désormais face à Louis et à Angel, qui tenait le Glock du souteneur. G-Mack ne le récupérerait pas. En fait, il ne le savait probablement pas, mais il n'avait jamais été aussi près de se faire tuer.

— Qu'est-ce que vous voulez ? demanda-t-il.

— Des informations. Sur une nommée Alice. C'est l'une de tes filles.

— Elle s'est barrée. Je sais pas où elle est.

Louis balança son arme dans le visage du maquereau.

G-Mack porta les mains à son nez brisé, qui pissait le sang.

— Une femme est venue il y a deux, trois jours te poser la même question, reprit Louis. Tu te souviens de ce qu'il lui as fait ?

Après un temps d'hésitation, G-Mack acquiesça, la tête toujours baissée, et des gouttes de sang aspergèrent le sol entre ses pieds, tombèrent sur les brins d'herbe qui avaient poussé dans les fissures du ciment.

— J'ai même pas encore commencé à t'arranger pour ça, alors, si tu réponds pas à mes questions tout de suite, tu sortiras pas debout de cette ruelle, tu comprends ?

La voix de Louis avait baissé jusqu'à n'être plus qu'un murmure.

— Le pire, c'est que je te buterai pas. Je te laisserai à l'état de légume, avec des mains qui ne serreront plus, des oreilles qui n'entendront plus, des yeux qui ne verront plus. C'est clair ?

G-Mack hocha de nouveau la tête. Il ne doutait pas que cet homme exécuterait ses menaces à la lettre.

— Regarde-moi, dit Louis.

Le proxénète baissa les mains, releva la tête, la mâchoire inférieure pendante, les dents rouges.

— Qu'est-ce qui est arrivé à la fille ?

— Un mec est venu me voir, fit G-Mack, la voix déformée par les dégâts infligés à son nez. Il m'a promis du fric si je la retrouvais.

— Qu'est-ce qu'il lui voulait ?

— Elle était chez un micheton, un nommé Winston, quand des types ont débarqué. Winston s'est fait descendre, son chauffeur aussi. Alice était en haut avec une autre fille, Sereta. Elles se sont tirées, mais Sereta a piqué un truc dans la baraque avant de partir. Les mecs qui ont dessoudé Winston voulaient le récupérer.

G-Mack tenta de renifler le sang dont le flot s'était réduit à un filet sur ses lèvres et son menton. La douleur le fit grimacer.

— C'était une camée, *man*, plaida-t-il.

178

Mais sa voix demeurait monocorde, comme s'il ne croyait pas lui-même à ses arguments.

— Elle dégringolait la pente. Elle ramenait plus que cent jetons par nuit, et encore, les bons soirs. J'allais la virer, de toute façon. Le type a juré qu'il lui arriverait rien une fois qu'elle leur aurait dit ce qu'ils voulaient savoir.

— Et tu veux me faire avaler que tu l'as cru ?

G-Mack regarda Louis bien en face et répondit :

— Qu'est-ce que j'en avais à cirer ?

Pour la première fois depuis que je le connaissais, Louis parut sur le point de perdre son sang-froid. Je vis le H&K se lever, le doigt de Louis se raidir sur la détente. Je tendis le bras pour arrêter son geste avant que l'arme ne soit braquée sur G-Mack.

— Si tu le tues, on n'en saura pas plus.

Le flingue maintint sa pression contre mon bras une ou deux secondes puis retomba.

— Dis-moi son nom, exigea Louis.

— Il m'a pas donné de nom. Il était gros et moche, il puait. Je l'ai vu qu'une fois.

— Il t'a filé un numéro, un endroit où le joindre ?

— Pas lui, l'autre. Mince, tout en bleu. Il est revenu après que je leur ai dit où elle était. Il m'a apporté mon fric et il m'a dit de la fermer.

— Combien ? demanda Louis. Pour combien tu l'as vendue ?

G-Mack déglutit avant de répondre :

— Une plaque. Ils m'en ont promis une autre si je leur donnais Sereta.

Je m'éloignai d'eux. Si Louis voulait le tuer, qu'il le fasse.

— Elle était de mon sang, déclara-t-il.

— Je le savais pas. Je le savais pas ! Je croyais qu'elle avait plus personne.

Louis saisit G-Mack à la gorge, pressa le canon du H&K contre sa poitrine. Le visage de mon ami se tordit et une plainte monta, des profondeurs où survivaient son amour et sa loyauté, murés par tout le mal qu'il avait fait.

— Fais pas ça, gémit le proxo, qui pleurait maintenant. Fais pas ça, je t'en supplie. Je t'ai pas tout dit.

Le visage de Louis était si proche à présent que du sang projeté par la bouche de G-Mack l'éclaboussa.

— Je t'écoute.

— J'ai suivi le type, après qu'il m'a filé le blé. Je voulais savoir où je pourrais le trouver, au cas où.

— Tu veux dire au cas où les flics te tomberaient dessus et où tu devrais le balancer pour sauver ta peau.

— Comme tu veux, *man*, comme tu veux !

— Et alors ?

— Laisse-moi partir. Si je te le dis, tu me laisses partir.

— Tu te fous de ma gueule ?

— Écoute, j'ai déconné mais je lui ai rien fait, à cette fille. Tu dois t'adresser ailleurs, pour ce qui lui est arrivé. Je te dirai où les trouver, mais laisse-moi partir. Je quitterai la ville, tu me verras plus jamais, je le jure.

— Tu marchandes avec un homme qui presse un flingue sur ta poitrine ?

Ce fut Angel qui intervint :

— On n'est pas sûrs qu'elle soit morte. Il y a peut-être encore une chance de la retrouver en vie.

Louis se tourna vers moi. Si Angel jouait le bon flic et Louis le méchant, mon rôle devait se situer quelque part entre les deux. Mais si Louis tuait G-Mack, j'étais mal. J'aurais Mackey et Dunne sur le dos et pas d'alibi. Au minimum, ils poseraient des questions gênantes et rouvriraient peut-être de vieilles plaies qu'il valait mieux ne pas sonder.

— Je serais pour l'écouter, dis-je. On cherche ce type. Si on découvre que notre ami G-Mack a menti, tu pourras en faire ce que tu veux.

Louis mit un moment à se décider et, pendant tout ce temps, la vie de G-Mack pendit à un fil. Finalement, Louis recula d'un pas et baissa son arme.

— Où il est ?

— Je l'ai suivi jusqu'à une baraque derrière Bedford.

Louis hocha la tête.

— Tu viens de t'acheter quelques heures de plus à vivre.

Garcia observait les quatre hommes de sa cachette derrière la poubelle. Il croyait tout ce que Brightwell lui avait dit, il était sûr des récompenses promises. Il avait maintenant la marque sur le poignet pour que ses semblables puissent le reconnaître, mais, à la différence de Brightwell, il n'était qu'un simple soldat dans la grande guerre qu'ils livraient. Brightwell aussi portait une marque au poignet et, bien qu'elle fût beaucoup plus ancienne que celle de Garcia, elle n'avait pas complètement cicatrisé. En fait, quand Garcia se tenait près de lui, il détectait parfois une odeur de chair brûlée les jours où l'obèse puait moins.

Garcia ne savait pas s'il s'appelait vraiment Brightwell. À vrai dire, il s'en fichait. Il se fiait au jugement de Brightwell, il lui était reconnaissant de l'avoir trouvé, de l'avoir amené dans cette grande ville, de lui avoir donné un endroit où travailler et poursuivre ses obsessions. Il se demandait s'ils avaient bien fait de ne pas intervenir quand ils avaient vu les trois hommes s'approcher du maquereau, mais il n'était pas question de faire un geste si Brightwell ne réagissait pas le premier. Ils étaient arrivés un peu trop tard. Quelques minutes plus tôt et G-Mack aurait été mort quand ces inconnus l'auraient trouvé.

Sous les yeux de Garcia, deux des types prirent le mac par les bras et l'emmenèrent. Le troisième parut sur le point de les suivre puis se figea, inspecta la ruelle. Son regard s'arrêta un instant sur les ombres qui dissimulaient Garcia et repartit, passa sur les immeubles qui les entouraient, leurs fenêtres encrassées et leurs escaliers de secours déglingués. Au bout d'un moment, l'homme suivit ses compagnons, mais continua à leur tourner le dos et à scruter les fenêtres comme s'il sentait une présence hostile cachée derrière une vitre.

Brightwell avait décidé de les tuer. Il suivrait les autres hommes, les abattrait avec l'aide de Garcia et se débarrasserait de leurs corps. Il ne les craignait pas, pas même le Noir aux mouvements si prompts d'où semblait émaner un danger mortel. Si c'était fait rapidement et proprement, les conséquences seraient limitées.

Brightwell se tenait dans le couloir malpropre d'un immeuble, près de l'accès à l'escalier de secours où une fenêtre jaunie donnait sur la ruelle. Il avait pris la précaution de dévisser le starter du tube fluorescent suspendu derrière lui pour qu'on ne puisse pas le voir si quelqu'un allumait la lumière. Il s'apprêtait à s'éloigner de la fenêtre quand le Blanc en veste sombre, dont il n'avait vu que le dos pendant la confrontation avec G-Mack, se retourna et inspecta les fenêtres. Quand le regard de l'homme passa sur l'endroit où il se cachait, Brightwell sentit quelque chose se serrer dans sa gorge. Il fit un pas vers la fenêtre, sa main droite se leva et toucha instinctivement le carreau, le bout des doigts se posant sur la forme de l'homme, en bas. Des souvenirs firent irruption dans son cerveau, des souvenirs de chute, de flammes, de désespoir, de colère.

De trahison.

À présent, l'homme sortait de la ruelle à reculons, comme si lui aussi sentait quelque chose de menaçant, une présence à la fois inconnue et familière. Ses yeux continuaient à sonder l'obscurité, à y chercher un signe de mouvement, une indication sur la source de ce qu'il ressentait en lui. Puis il disparut enfin du champ de vision de Brightwell, mais l'obèse ne bougea toujours pas. Fermant les yeux, il eut une expiration tremblante, toute idée de meurtre bannie désormais de son esprit. Ce qui lui avait si longtemps échappé lui était maintenant révélé de manière inattendue et joyeuse.

Nous t'avons enfin trouvé, pensa-t-il.

Tu es découvert.

7

En sortant de la ruelle, je m'efforçai de mettre un nom sur ce que j'avais éprouvé quand j'observais la fenêtre. Dès l'instant où nous avions commencé à nous occuper de G-Mack, j'avais eu l'impression d'être épié, mais je n'avais détecté aucun signe qu'on nous surveillait. Nous étions entourés de *brownstones*[1] et d'entrepôts qui auraient tous pu cacher un observateur, peut-être simplement un voisin curieux, ou même une prostituée et son client en route pour une passe un peu plus chère dans un appartement délabré et s'arrêtant brièvement pour regarder les bonshommes dans la ruelle avant de repartir, conscients que le temps, c'est de l'argent et que les demandes de la chair sont pressantes.

Ce fut seulement quand Angel et Louis emmenèrent G-Mack et que j'eus un moment pour inspecter les fenêtres une dernière fois que je sentis un picotement sur la nuque. Quelque chose troublait la nuit, comme si une explosion silencieuse s'était produite quelque part au loin et que les ondes de choc approchaient maintenant de l'endroit où je me trouvais. Une force

---

1. Bâtiments de grès brun. *(N.d.T.)*

terrible se ruait vers moi et je m'attendais à demi à percevoir un tremblement dans l'air à mesure que le cercle s'élargissait, remuant les ordures, éparpillant les journaux abandonnés par terre. Mon attention se concentra sur une fenêtre du quatrième étage d'un *brownstone,* à côté d'une issue de secours donnant sur un escalier rouillé. La fenêtre était obscure, mais je crus un instant voir quelque chose bouger contre la vitre, du noir cédant brièvement la place à du gris, au centre. Des souvenirs enfouis, étranges et cependant familiers, tentaient d'émerger de mon inconscient. Je les sentais grouiller comme des vers sous une terre gelée ou comme des parasites sous la peau, cherchant désespérément à sortir et à s'exposer à la lumière. J'entendis un hurlement et ce fut comme si des voix s'élevaient de rage et de désespoir, comme si des êtres tombaient d'une grande hauteur, se tordaient dans l'air, leurs cris déformés s'estompant dans leur chute. J'étais parmi eux, bousculé par les membres que mes semblables agitaient furieusement. Des mains me frappaient, des ongles griffaient l'air dans une tentative désespérée pour arrêter la chute. Il y avait en moi de la peur, du regret, mais j'éprouvais surtout un effroyable sentiment de perte. Quelque chose d'indiciblement précieux m'avait été enlevé et ne me serait jamais rendu.

Et nous brûlions. Nous brûlions tous.

Puis ce passé à demi remémoré, à demi créé, ce fantasme de mon esprit se retrouva lié à une perte réelle, car la douleur me rappela la mort de ma femme et de ma fille, le vide que leur disparition avait laissé en moi. Toutefois, les tourments que j'avais endurés le soir où elles m'avaient été ravies me semblaient curieusement moins intenses que ce que je ressentais maintenant dans la ruelle, tandis que les pas de mes

185

amis s'éloignaient et que mouraient les protestations de l'homme condamné qu'ils encadraient. Il n'y avait que le hurlement, le vide, et la forme perdue derrière le carreau jauni qui tendait la main vers moi. Quelque chose de glacé toucha ma joue, comme la caresse non désirée d'un amour autrefois chéri et maintenant rejeté. Je l'esquivai et sentis que ma réaction provoquait une réaction en retour dans la forme cachée derrière la fenêtre. Sa surprise se changea en hostilité ouverte et je pensai que je n'avais jamais été à proximité d'une telle rage. Toute envie que j'avais pu avoir de grimper au quatrième étage de l'immeuble s'évanouit aussitôt. Je ne songeai qu'à fuir, à courir me cacher et me réinventer quelque part, loin, à m'envelopper d'une nouvelle identité et à demeurer tapi dans l'espoir qu'ils ne trouveraient pas ma piste.

Ils.

Il.

La chose.

Comment savais-je tout cela ?

Et tandis que je m'éloignais lentement, suivant Angel et Louis en direction des rues animées, une voix qui avait autrefois été comme la mienne prononçait des mots que je ne comprenais pas. Elle disait :

Tu es découvert.

Nous t'avons retrouvé.

Louis était assis derrière le volant de sa Lexus quand je les rejoignis. Angel était à l'arrière à côté de G-Mack qui, les épaules voûtées et l'air renfrogné, reniflait doucement par son nez cassé. Avant de m'installer à l'avant avec Louis, je tirai une paire de menottes de la poche de ma veste et dis à G-Mack d'attacher son poignet droit à l'accoudoir de la portière. Puis la voiture démarra et prit la direction de Brooklyn. Louis me jeta un coup d'œil.

— Tout se passe bien, derrière ?

Je regardai le proxénète par-dessus mon épaule ; il semblait perdu dans sa souffrance et sa détresse.

— Je crois qu'on nous surveillait, fis-je à voix basse. J'ai senti une présence dans l'un des étages.

— Si c'est vrai, il y avait quelqu'un aussi en bas. Tu crois qu'ils étaient venus pour le petit merdeux assis derrière ?

— Peut-être. Mais on l'a chopé avant eux.

— Ils savent qu'on les cherche, maintenant.

— Ils le savaient déjà. Sinon, pourquoi commencer à faire le ménage ?

Louis regarda dans le rétroviseur, mais avec la circulation c'était difficile de dire si nous étions suivis. Il valait mieux présumer que nous l'étions et voir venir.

— Tu as encore des choses à nous raconter, rappelai-je à G-Mack.

— Le mec en bleu est venu me payer et il m'a dit de pas poser de questions. C'est tout ce que je sais sur lui.

— Comment ils comptaient retrouver Alice ?

— Il a dit que ça me regardait pas.

— Tu fais appel à un prêteur de cautions nommé Eddie Tagger pour tes filles ?

— Sûrement pas. La plupart du temps, elles écopent juste d'un P-V, de toute façon. Si elles se mettaient vraiment dans la merde, je verrais avec elles comment les en tirer. Je suis pas une œuvre de charité, je balance pas mon fric aux prêteurs.

— Je parie que tu es aussi compréhensif sur la façon dont elles remboursent.

— C'est un métier. Personne a rien pour rien.

— Après l'arrestation, tu as fait quoi ?

Il garda le silence. Je le giflai, durement. Sur sa blessure.

— Réponds.

— J'ai appelé le numéro qu'ils m'avaient donné.

— Un portable ?

— Ouais.

— Tu l'as encore, ce numéro ?

— Je m'en souviens.

Du sang avait coulé sur ses lèvres. Il cracha sur le plancher de la voiture, récita le numéro par cœur. Je le tapai sur mon portable puis, pour plus de sûreté, le notai dans mon calepin. Je me doutais cependant que ça ne donnerait pas grand-chose. S'ils étaient intelligents, ils s'étaient débarrassés du portable dès qu'ils avaient mis la main sur la fille.

— Où est-ce qu'elle gardait ses affaires personnelles ?

— Je lui permettais de laisser des trucs chez moi, du maquillage, des choses comme ça, mais la plupart du temps, elle créchait chez Sereta. Sereta avait une piaule dans Westchester. Pas question que j'héberge une pute camée.

En prononçant le mot « pute », G-Mack regarda Louis. Au lieu de répondre aux provocations du proxo, Louis s'arrêta pour me déposer à ma voiture et je les suivis jusqu'à Brooklyn.

Williamsburg, comme le Point, avait accueilli quelques-uns des hommes les plus fortunés du pays. Les hôtels particuliers voisinaient avec les clubs privés, les Whitney côtoyaient les Vanderbilt. On construisit des bâtiments luxueux assez près des raffineries de sucre et des distilleries, des chantiers navals et des fonderies pour que leur odeur parvienne aux riches quand le vent soufflait dans la bonne direction.

Ce statut de terrain de jeux pour millionnaires changea au début du siècle dernier avec l'ouverture du pont de Williamsburg. Des immigrants européens – polonais, russes, lituaniens, italiens – fuirent les taudis bondés du Lower East Side pour occuper les immeubles anciens et les *brownstones*. Ils furent suivis dans les années 1930 et 1940 par des juifs qui s'établirent principalement dans le Southside, en particulier les hassidim de Satmar hongrois et roumains, encore regroupés dans la partie nord-est de l'arsenal de Brooklyn.

Le Northside était un peu différent. C'était à présent un quartier tendance et bohème, et comme Bedford Avenue était le premier arrêt de la ligne L depuis Manhattan et que le trajet quotidien était rapidement couvert, le prix du mètre carré commençait à grimper. Le coin avait quand même du chemin à parcourir avant d'être véritablement dans le collimateur des friqués et il n'abandonnerait pas son identité ancienne sans se battre. La pharmacie du Northside, située dans Bedford, se donnait encore le mal de s'appeler aussi *farmacia* et *apteka* ; l'épicerie Edwin vendait de la bière polonaise Zywiec, signalait une petite enseigne au néon dans la vitrine, et le marché à la viande demeurait le Polska-Masarna. Il y avait des traiteurs, des instituts de beauté, et la quincaillerie Northstar de Mike était toujours ouverte, mais il y avait aussi une petite cafétéria qui vendait des livres d'occasion et des magazines alternatifs, et les réverbères étaient couverts d'affichettes proposant des entrepôts aménagés en ateliers d'artiste.

Je tournai à droite dans la 10ᵉ devant le restaurant Raymund's, avec son enseigne de *Bierkeller* illustrée par une pinte et un rôti. Une rue plus bas, dans Berry, un entrepôt gardait des traces de son existence antérieure comme brasserie, puisque le Northside avait été le cœur de l'industrie de la bière de New York. Haut de quatre étages, le bâtiment était balafré de graffitis. Un escalier de secours courait au milieu de sa façade est et on avait déployé en travers du dernier étage une banderole proclamant : « Si vous viviez ici, vous seriez chez vous, maintenant ! » Quelqu'un avait barré « chez vous » et bombé à la place le mot « polonais ». Dessous, il y avait un numéro de téléphone. Aucune lumière ne brillait aux fenêtres. Je regardai Louis faire le tour du pâté de maisons puis se garer dans la 11e. Je m'arrêtai derrière lui et m'approchai de sa voiture. Penché par-dessus son siège, il demandait à G-Mack :

— T'es sûr que c'est là ?

— Ouais, je suis sûr.

— Si tu mens, tu vas encore déguster.

Le maquereau essaya de soutenir le regard de Louis, n'y parvint pas.

— Je le sais.

Louis tourna son attention sur Angel et moi.

— Descendez, surveillez le coin. Je vais déposer notre camarade.

Il n'y avait rien que je puisse dire. G-Mack paraissait inquiet, il avait de bonnes raisons de l'être.

— Hé, je vous ai dit tout ce que je sais ! protesta-t-il, la voix déraillant un peu.

Louis l'ignora.

— Je vais pas le tuer, m'informa-t-il.

J'opinai de la tête.

Angel sortit de la voiture et nous nous fondîmes dans l'obscurité tandis que Louis démarrait.

Le présent est fragile, le sol sous nos pieds mince et traître. Dessous s'étend le labyrinthe du passé, un réseau d'alvéoles créé par les couches de jours et d'ans où les souvenirs sont enterrés, attendant que la fine croûte du dessus se craquelle et que ce qui fut et ce qui est ne fassent de nouveau plus qu'un. Il y a de la vie dans le monde alvéolé et Brightwell l'avertissait en ce moment de sa découverte. Tout avait changé, il fallait dresser de nouveaux plans. Il appela le plus secret des numéros et vit, lorsque la voix ensommeillée lui répondit, la tache blanche trembloter dans l'obscurité.

— Ils ont été trop rapides pour nous, annonça-t-il. Ils ont mis la main sur lui et ils bougent. Mais il s'est produit quelque chose d'intéressant...

Louis gara la voiture sur l'aire de livraison d'un grossiste en produits alimentaires chinois, non loin du centre médical Woodhull de Broadway. Il lança à G-Mack la clef des menottes, le regarda en silence libérer son poignet puis se recula pour le laisser descendre.

— Allonge-toi sur le ventre.

— S'il te plaît...

— Allonge-toi.

G-Mack s'agenouilla, s'étendit sur le sol.

— Écarte les bras et les jambes.

— Je regrette, gémit le proxénète, le visage tordu par la peur. Faut que tu me croies.

Il avait la tête tournée de côté pour suivre Louis des yeux et il se mit à pleurer quand celui-ci vissa un silencieux au canon du petit 22 qu'il portait toujours sur lui en réserve.

— Je le crois, que tu regrettes. Je l'entends dans ta voix.

— Je t'en prie, fit G-Mack, du sang et de la morve mêlés sur les lèvres. Je t'en prie.

— C'est ta dernière chance. Tu nous as tout dit ?

— Oui ! Je sais rien d'autre. Je te le jure, *man*.

— T'es droitier ?

— Quoi ?

— Je te demande si t'es droitier.

— Ouais.

— Alors, t'as cogné cette femme avec ta main droite, je suppose ?

— J'ai pas...

Louis jeta un coup d'œil alentour pour s'assurer qu'il n'y avait personne à proximité, tira une balle dans la main droite de G-Mack, qui poussa un cri. Puis il fit deux pas en arrière et logea une deuxième balle dans la cheville droite du maquereau.

G-Mack serra les dents, pressa le front contre le sol, mais la douleur était trop forte. Il souleva sa main blessée et se redressa en s'appuyant sur l'autre pour regarder son pied.

— Maintenant, tu pourras pas aller très loin si j'ai besoin de te retrouver, dit Louis.

Il leva l'arme et la braqua sur le visage de G-Mack.

— T'as du pot, l'oublie pas. Mais tu peux prier pour que je retrouve Alice vivante.

Il laissa le 22 retomber et retourna à la voiture.

— L'hôpital est de l'autre côté de la rue, déclara-t-il en démarrant.

Excepté par l'escalier de secours, on ne pouvait apparemment entrer dans le bâtiment et en sortir que par la porte d'acier côté Berry. Il n'y avait pas de sonnettes, pas d'Interphone, pas de noms de locataires.

— Tu crois qu'il nous a menti ? demanda Angel.

Louis nous avait rejoints. Je ne lui avais pas posé de questions sur G-Mack.

— Non, répondit-il, il ne mentait pas. Ouvre.

Lui et moi prîmes position aux coins opposés de l'entrepôt pour surveiller les rues pendant qu'Angel crochetait la serrure. Il lui fallut cinq minutes, une éternité pour lui.

— Les vieilles serrures sont de bonnes serrures, énonça-t-il en guise d'explication.

Je me glissai à l'intérieur derrière eux et refermai la porte. Le rez-de-chaussée était un vaste espace dans lequel se trouvaient autrefois les cuves, avec de la place pour stocker les tonneaux et des portes coulissantes pour laisser passer les camions. Ces portes avaient disparu depuis longtemps et les entrées avaient été murées. À droite, à côté de ce qui avait été un petit bureau, un escalier menait au premier étage. Il n'y avait pas d'ascenseur. Les trois premiers étages étaient semblables au rez-de-chaussée : un grand espace découvert, sans trace d'habitation.

Le dernier était différent. Quelqu'un avait commencé à le diviser en appartements, mais on avait l'impression que les travaux avaient été entrepris des années plus tôt puis abandonnés. On avait élevé des murs, sans toutefois installer de portes dans les embrasures, de sorte qu'on pouvait voir l'intérieur de pièces vides. Le plan originel prévoyait cinq ou six appartements en tout, mais un seul semblait terminé. La porte d'entrée verte ne portait aucune indication et était fermée. Je me postai sur la gauche tandis que Louis et Angel prenaient position à droite. Je frappai deux fois, me reculai vivement. Pas de réponse. Je fis une nouvelle tentative, avec le même résultat. Nous avions deux solutions, dont aucune ne me séduisait. Ou nous défoncions la porte, ou Angel crochetait les deux serrures et risquait de se faire exploser la tête s'il y avait quelqu'un qui écoutait à l'intérieur.

Angel fit le choix pour nous. Appuyé sur un genou, il disposa ses outils par terre, en tendit un à Louis. Ensemble, ils se mirent à travailler les serrures en s'efforçant tous deux de garder la plus grande partie possible de leur corps contre le mur. Le temps me parut long, mais il s'écoula probablement moins d'une minute avant que les deux serrures tournent et qu'Angel pousse la porte.

Je découvris à gauche une cuisine du genre kitchenette, avec des restes de fast-food sur le comptoir. Dans le réfrigérateur, de la crème, consommable encore pendant trois jours, et un sac en papier de petits pains, apparemment frais. Outre quelques boîtes de saucisses aux haricots, des paquets de macaronis et du fromage râpé, c'était tout ce qu'il y avait à manger dans l'appartement. L'entrée conduisait à un salon meublé pour l'essentiel d'un canapé, d'un fauteuil, d'un téléviseur et d'un magnétoscope. À gauche encore, se trouvait la plus petite des deux chambres : un lit d'une personne fait sommairement, une paire de boots et deux ou trois vêtements sur une chaise près de la fenêtre. Angel me couvrit quand je jetai un coup d'œil dans le placard, mais il ne contenait que des pantalons et des chemises bon marché.

J'entendis un sifflement bas et, me guidant au bruit, rejoignis l'endroit où Louis se tenait, dans l'encadrement de la porte de la deuxième chambre, à droite, son corps nous barrant la vue. Il s'écarta et je vis ce qu'il y avait à l'intérieur.

C'était un sanctuaire, qui prenait son inspiration en un lieu éloigné, et en un passé bien plus étrange que tout ce que nous pouvions imaginer.

III

« Mais toi et moi
Il ne pourra jamais nous détruire.
Nous changer peut-être,
mais pas nous vaincre ;
Nous sommes d'essence éternelle
et nous devons
Lui faire la guerre s'Il nous la fait… »

Lord Byron, *Le Ciel et la Terre* (1821)

8

La petite ville de Sedlec se trouve à une cinquantaine de kilomètres de Prague. Rebuté par des faubourgs mornes, le voyageur sans curiosité ne daignera peut-être pas y faire halte et poussera plutôt jusqu'à la localité proche et mieux connue de Kutná Hora, qui a maintenant quasiment phagocyté Sedlec. Il n'en a pas toujours été ainsi, car cette partie de l'ancien royaume de Bohême abritait au Moyen Âge l'une des principales mines d'argent du monde. À la fin du XIIIe siècle, un tiers de tout l'argent extrait en Europe provenait de cette région, mais on y frappait déjà des pièces d'argent dès le Xe siècle. Le minerai attirait de nombreuses personnes et mettait en cause la suprématie économique et politique de Prague. Intrigants et aventuriers, marchands et artisans affluaient. Et là où se trouvait le pouvoir se trouvaient aussi les représentants du seul pouvoir se tenant au-dessus de tous les autres. Là où il y avait la richesse, il y avait l'Église.

Le premier monastère cistercien fut fondé à Sedlec par Miroslav de Cimburk en 1142. Ses moines venaient de l'abbaye de Waldsassen, dans le Haut-Palatinat, attirés par la promesse de minerai car Waldsassen était l'un des monastères de la lignée des Morimond associés aux mines. (Pour user d'une formule charitable, les cisterciens montrèrent, et c'est tout à leur honneur, une attitude pragmatique envers les richesses et leur accumulation.) À l'évidence, Dieu Lui-même vit leurs efforts d'un œil favorable, car on trouva des gisements de minerai d'argent sur les terres du monastère au XIIIe siècle et l'influence des cisterciens en fut accrue. Malheureusement, Dieu tourna rapidement ailleurs Son attention et, à la fin du XIIIe siècle, le monastère subit la première d'une série de destructions sous les assauts d'hommes hostiles, processus qui connut son point culminant avec l'attaque de 1421 qui ne laissa que des ruines fumantes et marqua la première apparition des Croyants.

Sedlec, Bohême
21 avril 1421

Le fracas de la bataille avait cessé. Il ne secouait plus les murs du monastère et les moines n'étaient plus importunés par la poussière grise qui tombait sur leur bure blanche et recouvrait leur tonsure, de sorte que les jeunes paraissaient vieux et les vieux plus vieux encore. Des flammes lointaines s'élevaient encore au sud et les cadavres s'amoncelaient dans le cimetière proche, chaque jour plus nombreux, mais les grandes armées étaient maintenant silencieuses et attentives. Les corps dégageaient une puanteur épouvantable, à laquelle cependant les moines étaient presque habitués après toutes ces années passées à s'occuper des morts, car les os étaient entassés comme des rondins autour de l'ossuaire, formant de hautes piles contre les murs quand on vidait les tombes de leurs occupants pour enfouir à leur place d'autres restes, dans le grand cycle de l'enterrement, du pourrissement et de l'exposition. Lorsque le vent soufflait de l'est, les fumées toxiques de la fonte du minerai s'ajoutaient à l'odeur et ceux qui étaient contraints de travailler dehors toussaient jusqu'à éclabousser de sang leur robe.

L'abbé de Sedlec se tenait à la grille de sa résidence, dans l'ombre de l'église conventuelle du monastère. Il était l'héritier du grand abbé Heidenreich, diplomate, conseiller de rois, mort au siècle précédent, qui avait fait de Sedlec un centre d'influence, de pouvoir et de richesse, grâce à la découverte d'importants gisements d'argent sous les terres de l'ordre, sans jamais oublier le devoir des moines envers les moins favorisés des enfants du Seigneur. Ainsi, on éleva une cathédrale à côté d'un hôpital, des chapelles de fortune furent construites dans les communautés de mineurs approuvées par Heidenreich et les moines enterrèrent un grand nombre de morts sans critiques ni plaintes. Quelle ironie, pensait l'abbé, que dans les succès de Heidenreich se trouvât le germe même qui avait crû pour apporter le malheur au monastère, car il avait joué le rôle d'un aimant pour les forces catholiques et leur chef, l'empereur Sigismond, prétendant à la couronne de Bohême. Ses armées campaient autour de Kutná Hora et les efforts de l'abbé pour maintenir quelque distance entre le monastère et les forces du Saint Empire romain s'étaient révélés vains. La richesse notoire de Sedlec était une tentation pour tous et l'abbé offrait déjà asile à des chartreux de Prague dont le monastère avait été rasé quelques années plus tôt, pendant les saccages qui avaient suivi la mort de Venceslas IV. Ceux qui pilleraient Sedlec n'avaient pas besoin d'autre mobile pour attaquer et cependant Sigismond, par sa présence, avait rendu la destruction de la ville inévitable.

L'exécution du réformateur Jan Hus était à l'origine de ces événements. L'abbé avait rencontré Hus à l'université de Prague où ce dernier était prêtre et doyen de la faculté de théologie – plus tard, recteur de cette même université – et il avait été impressionné par son zèle. Néanmoins, les tendances réformatrices de Hus étaient dangereuses. Trois papes différents se disputaient la papauté : Jean XXIII pour les Italiens, qui avait été contraint de fuir Rome et de se réfugier en Allemagne ; Grégoire XII, pour les Français, et Benoît XIII, pour les Espagnols. Ces deux derniers avaient déjà été déposés mais refusaient d'accepter leur sort. L'Église était en crise et, dans de telles circonstances, la demande de Hus d'une Bible en tchèque et son insistance pour célébrer la messe dans cette langue plutôt qu'en latin conduisirent inéluctablement à ce qu'il soit taxé d'hérésie, d'autant qu'il avait épousé les convictions de son prédécesseur en hérésie, Wycliffe, et qu'il traitait l'infâme Jean XXIII d'Antéchrist, une opinion sur laquelle l'abbé, tout au moins dans le secret de son âme, se refusait à prendre parti. L'excommunication de Hus ne fut donc pas une surprise.

Convoqué par Sigismond au concile de Constance en 1414 pour exposer ses griefs, Hus fut emprisonné et jugé pour hérésie. Il refusa de se rétracter et fut conduit en 1415 au « Lieu du Diable », prairie proche où l'on procédait aux exécutions. On le déshabilla, on l'attacha à un pieu avec des cordes mouillées et on lui enchaîna le cou à un poteau en bois. On lui versa de l'huile sur la tête, on entassa de la paille et du petit bois jusqu'à son menton. Le feu mit une demi-heure à prendre et Hus mourut finalement étouffé par une épaisse fumée noire. Son corps fut taillé en pièces, ses os brisés, son cœur rôti sur des flammes. Ses restes furent ensuite incinérés, on bourra avec ses cendres la carcasse d'un bœuf et on jeta le tout dans le Rhin.

Outragés par sa mort, les partisans de Hus en Bohême jurèrent de défendre ses enseignements jusqu'à leur dernière goutte de sang. L'Église décida de lancer une croisade contre eux et Sigismond envoya en Bohême une armée de vingt mille hommes pour étouffer le soulèvement, mais les hussites les anéantirent sous la conduite de Jan Žižka, un chevalier borgne qui transformait les charrettes en chars de guerre et appelait ses hommes les « guerriers de Dieu ». Sigismond léchait ses plaies et préparait son coup suivant. On se mit d'accord sur un traité de paix épargnant ceux qui adhéreraient aux quatre articles de foi hussites, notamment la renonciation du clergé à tout bien matériel et à toute autorité séculière, article que l'abbé de Sedlec était clairement incapable d'accepter. Plus tôt dans la journée, les habitants de Kutná Hora s'étaient rendus au monastère, autour duquel étaient rassemblées les troupes hussites, pour implorer grâce et pardon, car, de notoriété publique, des partisans de Hus résidant à Sedlec avaient été jetés vivants dans des puits de mine et les habitants craignaient des représailles s'ils ne pliaient pas le genou devant les assaillants. L'abbé écouta les deux camps chanter le *Te Deum* pour prendre acte de leur trêve et l'hypocrisie que cela supposait l'indigna. Les hussites ne mettraient pas Kutná Hora à sac car ses mines étaient trop précieuses, mais ils ne voulaient pas moins s'en emparer. Tout cela n'était que simulacre et l'abbé savait qu'avant longtemps les deux partis s'égorgeraient de nouveau pour les grandes richesses de la ville.

Maintenant les hussites s'étaient retirés à quelque distance du monastère, mais il pouvait encore voir leurs feux. Bientôt, ils viendraient et n'épargneraient aucun de ceux qu'ils trouveraient dans ses murs. Il était consumé de colère et de regret. Il aimait le monastère. Il avait contribué à construire ses parties les plus récentes et l'édification même de ses lieux de culte avait été en soi un acte de foi au même titre que les offices qui y étaient célébrés. Chacune de ses pierres était imprégnée de spiritualité et l'ascétisme austère de ses lignes prévenait contre toute distraction de la prière et de la contemplation. Son église, la plus grande de son espèce dans le pays, avait la forme d'une croix latine en harmonie avec la configuration naturelle de la vallée du fleuve de la région, puisque son axe central orientait le chœur vers l'aval du courant plutôt que vers l'est. Cet édifice conventuel était cependant aussi une variante complexe des plans originaux dessinés par le fondateur de l'ordre, Bernard de Clairvaux, et par là même imprégné de son amour de la musique, qui se manifestait à travers sa croyance dans le mysticisme des nombres reposant sur la théorie augustinienne de la musique et son application aux proportions des bâtiments. Pureté et équilibre des formes étaient des expressions de l'harmonie divine et l'église conventuelle de l'Assomption-de-Notre-Dame-et-de-Saint-Jean-Baptiste constituait un magnifique hymne silencieux à Dieu, chaque colonne étant comme une note, chaque arc parfait comme un *Te Deum*.

À présent, cette merveilleuse abbatiale était menacée de destruction totale, bien que, par sa simplicité et son absence d'ornementation inutile, elle symbolisât ces vertus mêmes que les réformateurs auraient dû apprécier le plus. Presque sans en avoir conscience, l'abbé tira des plis de son vêtement une pierre dans laquelle était enchâssée une petite créature. Différente de tout ce qu'il avait vu marcher, ramper ou nager, elle était devenue pierre elle-même, comme si le regard d'un basilic l'avait pétrifiée. Elle ressemblait à un escargot mais sa coquille était plus grosse, ses spirales plus resserrées. Un des carriers l'avait trouvée près du fleuve et en avait fait cadeau à l'abbé. On disait que cet endroit avait été jadis recouvert par une vaste mer, aujourd'hui disparue depuis longtemps, et l'abbé se demandait si ce petit animal avait autrefois traversé ses profondeurs avant de se retrouver prisonnier et lentement absorbé par la terre quand la mer s'était retirée. Peut-être était-ce un vestige du Déluge. En ce cas, son double devait encore exister quelque part sur terre, mais l'abbé espérait en secret que ce n'était pas vrai. Il en faisait grand cas parce qu'elle était unique, et la trouvait à la fois triste et belle par le caractère transitoire de sa nature. Son temps était passé, comme celui de l'abbé approchait maintenant de son terme.

Il craignait les hussites mais il savait aussi que d'autres menaçaient le caractère sacré du monastère, et la question était de savoir quel ennemi franchirait le premier ses portes. Des rumeurs étaient parvenues aux oreilles de l'abbé, des bruits destinés à lui seul : des histoires de mercenaires portant la marque d'une fourche à deux dents, menés par un capitaine à l'œil flétri par une tache, toujours suivi par un petit diable d'homme, laid, gras et affecté de tumeurs. On ne savait trop à quel camp les soldats du capitaine prêtaient allégeance, selon les sources de l'abbé, mais c'était sans importance. De tels hommes adoptaient n'importe quelle bannière pour dissimuler leurs véritables objectifs et leur loyauté brûlait d'un feu froid et rapide ne laissant que cendres dans son sillage. Malgré ce que croyaient des hommes ignorants, il restait peu de vraies richesses à Sedlec. Le trésor le plus célèbre du monastère, un ostensoir en vermeil, avait été confié aux augustiniens de Klosterneuburg six ans plus tôt.

Ceux qui pilleraient Sedlec trouveraient peu de richesses ecclésiastiques à se partager.

Mais le capitaine ne s'intéressait pas à ces babioles.

L'abbé se préparait donc à ce qui allait venir alors même que la menace de destruction se rapprochait. Parfois, les moines entendaient des ordres braillés au loin, parfois les plaintes des blessés et des mourants aux portes du monastère. Ils n'abandonnaient cependant pas leur tâche. On avait sellé des chevaux et un grand chariot couvert, l'un des deux spécialement construits pour l'abbé, attendait près de l'entrée dérobée du jardin. Ses roues s'enfonçaient profondément dans la boue sous le poids de son chargement. Les chevaux piquetés d'écume avaient un regard fou comme s'ils avaient conscience de la nature du fardeau qu'on leur faisait porter. Il était presque l'heure.

« Une grande sentence a été prononcée contre toi. Il t'enchaînera… »

L'hérésie, pensa l'abbé quand les mots lui traversèrent l'esprit sans y avoir été conviés. La simple possession du Livre d'Enoch, condamné comme apocryphe, suffirait à attirer cette accusation sur sa tête et il avait donc pris grand soin que cet ouvrage restât caché. Il y avait néanmoins trouvé des réponses à nombre des questions qui l'avaient tourmenté, notamment la nature de la terrible et splendide création confiée à ses soins, et le devoir de dissimulation qui lui incombait maintenant.

« Fais pleuvoir sur lui des pierres lourdes et pointues, enveloppe-le de ténèbres. Qu'ainsi il reste à jamais. Qu'on lui couvre la face d'un voile épais pour qu'il ne voie plus jamais la lumière. Et qu'au jour du Jugement dernier il soit précipité dans les flammes. »

La résidence de l'abbé était située au cœur des fortifications concentriques du monastère. Le premier cercle, dans lequel il était maintenant, abritait l'église conventuelle réservée aux membres de l'ordre, le couvent et la galerie du cloître. Du côté du transept opposé au fleuve se trouvait la porte des trépassés qui conduisait au cimetière de l'église. C'était le portail le plus important du monastère, avec des sculptures complexes offrant un contraste saisissant avec l'austérité de l'architecture qui l'entourait. C'était le passage entre la vie terrestre et la vie éternelle, entre ce monde et l'autre. L'abbé avait espéré y être porté un jour et enterré avec ses frères. Ceux qui avaient déjà fui sur son ordre avaient pour instructions de revenir quand ils ne risqueraient plus rien et de chercher sa dépouille. Si la porte était encore debout, ils devraient la lui faire franchir. Sinon, ils trouveraient quand même un endroit lui permettant de reposer près des ruines de la chapelle qu'il avait tant aimée.

Le deuxième cercle contenait le grenier et, devant l'entrée de l'église, une parcelle de terre sacrée où l'on faisait pousser le blé destiné à fabriquer les hosties. Dans le troisième cercle, il y avait la porte du monastère, une église pour les frères lais, les fidèles extérieurs et les pèlerins, les bâtiments d'habitation et les jardins, ainsi que le grand cimetière. L'abbé contemplait les murailles qui protégeaient le monastère, leurs lignes se dessinant nettement malgré l'obscurité dans la fausse aube des feux allumés sur les collines. Une vision de l'enfer, pensa-t-il. Il ne croyait pas que des chrétiens dussent se battre à propos de Dieu, mais, plus encore que ceux qui tuaient au nom d'un Dieu de pardon, il haïssait ceux qui invoquaient Son nom comme excuse pour étendre leur pouvoir. Il songeait quelquefois qu'il pouvait presque comprendre la colère des hussites, bien qu'il gardât cette opinion pour lui. Ceux qui ne le faisaient pas risquaient d'avoir les membres brisés sur une roue ou de brûler sur un bûcher pour leur témérité.

Il entendit des pas s'approcher et un jeune novice apparut près de lui. Il portait une épée au côté et avait sali sa bure dans ses efforts.

— Tout est prêt, dit-il. Les serviteurs demandent s'ils doivent emmitoufler les sabots des chevaux et entourer les brides de chiffons. Ils craignent que le bruit n'attire les soldats sur eux.

L'abbé ne répondit pas immédiatement. Le jeune homme eut l'impression que son supérieur se voyait offrir une dernière possibilité de s'enfuir et qu'il était tenté de l'accepter. Finalement, l'abbé soupira et, comme les bêtes attelées au chariot, il accepta son inéluctable fardeau.

— Non, dit-il. Qu'on n'enveloppe pas les brides, qu'on ne réduise pas les sabots au silence. Ils doivent se hâter et donc faire du bruit.

— Mais alors, ils seront découverts et on les tuera.

L'abbé se tourna vers le novice et posa doucement la main sur sa joue.

— Puisque c'est la volonté de Dieu, qu'il en soit ainsi. Maintenant, va, et emmène avec toi autant d'hommes que la sécurité le permet.

— Mais vous ?

— Je…

L'abbé fut interrompu par des aboiements dans les cercles extérieurs. Le monastère avait été abandonné par un grand nombre de ceux qui auraient pu prendre part à sa défense et seuls des animaux erraient maintenant derrière les deuxième et troisième murailles. Les chiens semblaient pris de panique, quasi hystériques. Leur peur était palpable, comme si un loup s'apprêtait à se jeter sur eux, comme s'ils savaient qu'ils mourraient en le combattant. Le novice dégaina son épée.

— Venez, dit-il d'un ton pressant. Les soldats arrivent.

L'abbé s'aperçut qu'il était incapable de bouger. Ses jambes ne répondaient plus aux injonctions de son cerveau, ses mains tremblaient. Aucun soldat n'aurait fait réagir les chiens de cette façon. C'était la raison pour laquelle il avait ordonné qu'on les lâche : les chiens les sentiraient et alerteraient les moines de leur approche.

À cet instant, la double porte du mur intérieur explosa, un battant, échappant à ses gonds, projeté dans un boqueteau, l'autre pendant de guingois comme un ivrogne à la fin de la nuit. Les chiens se ruèrent dans l'ouverture pour s'enfuir, les plus lents abattus par des flèches tirées de l'obscurité au-delà de la porte.

— Va, répéta l'abbé. Assure-toi que le chariot parvienne à la route.

Avec un dernier regard effrayé vers la porte et de la tristesse dans les yeux, le novice partit en courant. Deux serviteurs le remplacèrent auprès de l'abbé. Tous deux très âgés, ils étaient restés au monastère autant parce qu'ils étaient incapables de fuir que par loyauté envers leur maître.

Lentement, un groupe de cavaliers apparut de l'autre côté de la muraille et pénétra dans le cercle intérieur. La plupart portaient une cuirasse épousant les formes de leur torse, avec des mailles sous les aisselles et aux coudes. Trois d'entre eux avaient sur la tête des heaumes cylindriques appelés « salades à l'italienne » et on distinguait à peine leurs traits par l'ouverture en T du devant. Les autres avaient de longs cheveux qui tombaient autour de leur visage et le dissimulaient presque aussi bien. À leurs selles étaient accrochés des restes humains : scalps, mains, guirlandes d'oreilles. Les flancs de leurs montures étaient blancs d'écume et les bêtes semblaient au bord de la folie. Un seul homme était à pied. Il était pâle et gros, le cou gonflé par quelque horrible goitre violet. Sur la partie supérieure du corps, il portait une brigandine faite de petites plaques de métal rivetées à un tissu, car son corps était trop déformé pour les armures de ses compagnons. Des plaques semblables protégeaient ses cuisses et ses mollets, mais il allait tête nue. Il avait des traits presque féminins et de grands yeux verts. Il tenait à la main une tête de femme, ses doigts blêmes entortillés dans ses cheveux. L'abbé reconnut le visage de cette femme, bien qu'il fût déformé par les souffrances de la mort : une pauvre d'esprit qui mendiait à la porte du monastère, trop idiote pour abandonner son encoignure même en temps de guerre. Lorsque cet homme et ses compagnons se rapprochèrent, l'abbé distingua sur leurs selles un symbole grossièrement dessiné : une fourche rouge tracée avec le sang de leurs victimes.

Leur chef s'avança monté sur un cheval noir. Il était entièrement recouvert d'une armure noire : un armet à visière sur la tête, un pectoral, des épaulières hérissées de pointes, des gantelets couvrant les poignets et une tassette pour protéger l'endroit vulnérable en haut des cuisses, là où la cuirasse s'arrêtait. Il avait pour seule arme une longue épée restée dans son fourreau.

L'abbé se mit à prier.

— Qui sont-ils ? murmura l'un des serviteurs. Des hommes de Jan ?

L'abbé trouva assez de salive pour humecter sa bouche et lui permettre de parler.

— Non, ils ne sont pas à Jan. Et ce ne sont pas des hommes.

Il crut percevoir, à l'arrière du monastère, le bruit du chariot s'éloignant. Sur un rythme lent, les sabots frappèrent l'herbe puis la terre quand les chevaux parvinrent à la route. La cadence de leurs timbales s'accéléra tandis que les fuyards tentaient de mettre quelque distance entre eux et le monastère.

Le chef des cavaliers leva une main, six hommes quittèrent le groupe et firent au galop le tour de la chapelle pour barrer la route au chariot. Six autres mirent pied à terre mais restèrent avec leur chef, qui se dirigeait lentement vers l'abbé et ses serviteurs. Tous étaient armés d'arbalètes prêtes à tirer. Elles étaient plus petites et plus légères que toutes celles que l'ecclésiastique avait vues auparavant, avec, pour bander l'arc d'acier, une manivelle qu'ils portaient à la ceinture. Ils tirèrent leurs carreaux et les serviteurs de l'abbé s'effondrèrent.

Le capitaine enfonça ses éperons dans les flancs de son cheval. L'animal fit quelques pas en avant et l'ombre du cavalier tomba sur le vieux moine. Le capitaine ôta son armet, le tendit à l'un de ses hommes. Dessous, un capuchon noir cachait ses cheveux et son visage. Il gardait la tête baissée et légèrement détournée pour que l'abbé ne puisse voir ses traits.

— Où est-il ? fit-il, la voix rauque d'avoir crié dans la bataille.

— Nous n'avons rien de valeur ici, répondit l'abbé.

Un son s'éleva de derrière les plis du capuchon. Cela aurait pu être un rire si un serpent avait trouvé le moyen de mettre de l'humour dans son sifflement. L'homme libéra ses mains de leurs gantelets.

— Tes mines t'ont fait riche, dit-il. Tu n'as pas pu tout dépenser en babioles. Il se peut que tu possèdes encore quelque chose qui ait de la valeur pour certains mais pas pour moi. Je cherche une seule chose, et tu sais de quoi il s'agit.

L'abbé saisit de sa main droite la croix pendant à son cou.

— Cette chose n'est plus ici.

Au loin, il entendit des chevaux hennir follement, du métal claquer sur le métal : ses hommes se battaient pour protéger le chariot et son chargement. Ils auraient dû partir plus tôt, se dit-il. La manœuvre n'aurait pas été découverte aussi rapidement.

Le capitaine se pencha sur l'encolure de son cheval. Débarrassés des gantelets, ses doigts, à la clarté de la lune, se révélaient couverts de cicatrices blanches. Il leva la tête, écouta les plaintes des moines massacrés par ses hommes.

— Ils meurent pour rien, dit-il. Leur sang est sur tes mains.

L'abbé pressa si fort sa croix que les bords entaillèrent sa peau et que du sang coula entre ses doigts, comme pour donner substance aux paroles du capitaine.

— Retourne en enfer, lança l'ecclésiastique.

Le capitaine porta ses mains pâles à son capuchon et le rabattit. Des cheveux bruns encadraient son beau visage et sa peau semblait presque rayonner dans l'air de la nuit. Il tendit la main droite et le petit diable souriant qui l'accompagnait y mit une arbalète. L'abbé vit une tache blanche trembler dans le noir de l'œil droit du capitaine et, en son ultime moment, il lui fut donné de contempler la face de Dieu.

— Jamais, répliqua le capitaine.

L'abbé entendit le claquement sourd de l'arbalète à l'instant où le trait perçait sa poitrine. Il bascula en arrière, glissa lentement le long du mur. Sur un signe du capitaine, les hommes pénétrèrent dans les bâtiments du cercle intérieur, la pierre résonnant du bruit de leur course. Un petit groupe de serviteurs armés surgit de derrière l'église et se rua sur les intrus.

Plus de temps, pensa l'abbé. Il nous faut plus de temps.

Ses moines et ses serviteurs, le peu qu'il en restait, opposaient une farouche résistance aux soldats du capitaine pour les empêcher d'entrer dans l'église et les bâtiments intérieurs.

— Rien qu'un peu plus de temps, Seigneur, priait-il. Rien qu'un peu.

Le capitaine baissa les yeux vers l'abbé, l'écouta. L'ecclésiastique sentit son cœur ralentir au moment où les hommes du capitaine prirent les moines de flanc sur le perron et se précipitèrent dans la chapelle, grimpant aux murs, rampant tels des lézards sur les pierres. L'un d'eux traversa le plafond la tête en bas, se laissa tomber derrière les défenseurs et embrocha le dernier d'entre eux de son épée.

L'abbé pleurait pour eux quand la pointe froide d'un carreau toucha son front. Le compagnon du capitaine, boursouflé et venimeux, s'agenouilla près de lui, la bouche ouverte et la tête penchée, comme pour donner un dernier baiser à un amant.

— Je sais qui vous êtes, murmura l'abbé. Et vous ne trouverez jamais celui que vous cherchez.

Un doigt livide appuya sur la détente.

Cette fois, l'abbé n'entendit pas le claquement de la corde.

Ce ne fut pas avant le XVIIIe siècle que les cisterciens de Sedlec purent entamer leur reconstruction, y compris la restauration de l'église de l'Assomption, restée sans toit et sans voûte après les guerres hussites. Sept chapelles forment maintenant un anneau autour de son presbytère et son intérieur baroque est décoré avec art, mais il demeure inaccessible au public tant que la restauration se poursuit.

Cet édifice étonnant, peut-être le plus impressionnant de son genre en République tchèque, n'est pas l'aspect le plus intéressant de Sedlec. Au rond-point proche de l'église, un panneau indique « Kostnice » à droite. Ceux qui le suivent arriveront à un lieu de culte relativement modeste situé au centre d'un cimetière boueux. C'est la chapelle de Tous-les-Saints, construite en 1400, dotée de nouvelles voûtes au XVIIe siècle et reconstruite au XVIIIe par l'architecte Santini-Aichl, qui dirigea aussi les travaux de restauration de l'église de l'Assomption. On peut y accéder par une extension ajoutée par Santini-Aichl après qu'on eut découvert que la façade du bâtiment avait commencé à pencher. À droite, un escalier mène à la chapelle de Tous-les-Saints ; on allumait autrefois des cierges pour les morts dans les deux tourelles. Même dans la lumière du printemps, Tous-les-Saints n'a pas grand-chose qui puisse attirer plus qu'un regard détaché à travers la vitre d'un autocar climatisé. Car il faut encore voir les merveilles de Kutná Hora, avec ses venelles, ses bâtiments parfaitement conservés et la grande masse de la cathédrale Sainte-Barbe qui domine le tout.

Tous-les-Saints diffère cependant de ce qu'on en voit de l'extérieur, car elle se compose en fait de deux structures. La première, la chapelle, se trouve au-dessus du sol ; la seconde, connue sous le nom de Jésus-au-Mont-des-Oliviers, dessous. Au-dessus, un monument à la perspective d'une vie meilleure après celle-ci ; au-dessous, le témoignage que toutes les choses mortelles passent. C'est un lieu étrange, enfoui, et qui passe un moment parmi ses merveilles ne l'oublie jamais.

Selon la légende, Jindrich, abbé de Sedlec, rapporta de Terre sainte un sac de terre qu'il éparpilla sur le cimetière. On en vint à considérer ce dernier comme une sorte de poste avancé de la Terre sainte, et des gens de toute l'Europe y furent enterrés aux côtés des victimes de la peste et de ceux qui tombèrent pendant les combats livrés dans les champs avoisinants. Leurs ossements devinrent si nombreux qu'il fallut faire quelque chose et, en 1511, on confia ce soin à un moine à demi aveugle. Il disposa les crânes en pyramides, créant ainsi ce qui deviendrait l'ossuaire de Sedlec. À la suite des réformes de l'empereur Joseph II, le monastère fut acheté par la branche d'Orlik de la famille Schwarzenberg, mais l'ossuaire continua à se développer. On fit venir un graveur sur bois nommé František Rint, à qui l'on permit de lâcher la bride à son imagination. Avec les restes de quarante mille personnes, Rint créa un monument à la mort.

Un grand lustre de crânes pend au plafond de l'ossuaire. Des têtes de mort forment la base de ses bougeoirs, chacune reposant sur un os pelvien monté sur un humérus. Là où pendent normalement des cristaux délicats, des fémurs verticaux relient les crânes à un support central par un système de vertèbres. Des os encore, petits et grands, forment ce support et ornent les chaînes par lesquelles les crânes sont accrochés au plafond. Des alignements de têtes de mort, chacune serrant un os entre ses mâchoires, bordent les voûtes de l'ossuaire de chaque côté du lustre. Elles pendent aussi en guirlandes et forment quatre étroites pyramides au centre du sol, délimitant un carré sous le lustre, chaque crâne pouvant accueillir une bougie.

Il y a d'autres choses étonnantes encore : un ostensoir en os, avec en son centre un crâne pour contenir l'hostie, six fémurs disposés derrière en éventail, reliés par des os plus petits et des vertèbres. Des os masquent le support en bois autour duquel l'ostensoir a été fabriqué et sa base forme un U se terminant de chaque côté par un autre crâne. Il y a des couronnes, des vases et des gobelets, tous en os. Même les armoiries de la famille Schwarzenberg sont en os, avec une couronne de crânes et d'os pelviens à leur pointe. Les os qui n'ont pas trouvé d'usage sont empilés en gros tas sous des voûtes en pierre.

Ici, les morts dorment.

Ici sont des trésors, visibles et invisibles.

Ici est la tentation.

Ici est le mal.

9

La fenêtre de la pièce était couverte de plaques de métal rivées aux murs pour empêcher la lumière du jour d'entrer. Il y avait des os sur un établi : des côtes, un radius et des cubitus, des morceaux de crâne. Sous l'établi, quatre ou cinq caisses d'emballage en bois contenaient de la paille et du papier. Contre le mur du fond, à droite de la fenêtre condamnée, à chaque extrémité d'une console, des têtes de mort dépourvues de mâchoire inférieure tenaient sous leur mâchoire supérieure un os. Dans les trous creusés dans le haut de chaque crâne, on avait fiché des bougies qui éclairaient la forme se trouvant derrière elles.

Elle était noire, d'une soixantaine de centimètres de hauteur, et semblait faite d'une combinaison de restes humains et animaux. L'aile d'un gros oiseau avait été soigneusement débarrassée de sa peau et de ses plumes, et les os avaient été habilement disposés pour qu'elle soit déployée, comme si la créature à laquelle elle avait appartenu était sur le point de s'envoler. Cette aile était fixée à une portion d'épine dorsale de laquelle partaient des côtes formant une petite cage thoracique. D'enfant ou de singe, je n'aurais pas pu le dire. À gauche de la colonne vertébrale, au lieu d'une seconde aile, il y avait un bras dont tous les os étaient en place, jusqu'aux doigts. Ce bras était levé et ces doigts se terminaient par de petits ongles acérés. La jambe droite semblait être la patte arrière d'un chat ou d'un chien, à en juger par l'angle de l'articulation. La jambe gauche était nettement plus proche d'un membre humain mais inachevé, le support en fil de fer visible à partir de la cheville.

La fusion entre homme et bête était plus évidente encore dans la tête, légèrement disproportionnée par rapport au reste de la forme. Celui qui l'avait créée possédait un talent artistique en plus d'un esprit dérangé. Il avait utilisé une multiplicité de créatures pour son œuvre et il fallait l'observer attentivement pour déceler où l'une commençait et l'autre finissait : une mâchoire de primate était attachée à une mâchoire d'enfant et la partie supérieure de la zone faciale entre mâchoires et front avait été formée en utilisant des os blancs et des têtes d'oiseau. Enfin, des cornes émergeaient du dessus d'un crâne humain, l'une à peine visible, comme ces nodosités sur la tête d'un jeune cerf, l'autre semblable à celle d'un bélier, s'arrondissant autour de l'arrière du crâne et touchant presque la clavicule de la statue.

— S'il est en sous-location, le mec, il est pas dans la merde, dit Angel.

Louis examinait l'un des crânes de l'établi, le visage à quelques centimètres des orbites vides.

— Ils ont l'air vieux, dis-je, répondant à une question qui n'avait pas été posée.

Il hocha la tête et sortit de la pièce. Je l'entendis remuer des caisses, chercher des indices de ce qu'Alice était devenue.

Je suivis une odeur d'urine jusqu'à la salle de bains. La baignoire contenait d'autres os trempant dans un liquide jaune. Une puanteur d'ammoniaque me fit monter les larmes aux yeux. Un mouchoir pressé contre la bouche et le nez, je procédai à une brève fouille puis refermai la porte derrière moi. Angel contemplait encore la statue d'os, qui apparemment le fascinait. Je n'en étais pas surpris. Elle aurait été à sa place dans une galerie ou un musée. Elle était répugnante mais saisissante aussi par la fluidité avec laquelle les restes d'une créature se fondaient dans ceux d'une autre.

— J'arrive pas à comprendre ce que c'est censé représenter, dit-il. Un homme qui se change en oiseau ou un oiseau qui se change en homme.

— Tu as vu beaucoup d'oiseaux avec des cornes ? repartis-je.

Angel tendit le bras pour toucher les protubérances du crâne, se ravisa.

— Alors, c'est pas un oiseau.

— Non.

Je ramassai un morceau de papier journal par terre, m'en servis pour prendre un des crânes bougeoirs de la table et braquai ma minitorche à l'intérieur. Il y avait des chiffres gravés dans l'os, comme un numéro de série. J'examinai les autres, et tous présentaient les mêmes marques, sauf celui orné d'une fourche à deux dents et reposant sur un os pelvien. Je mis l'un des crânes numérotés dans une caisse, ajoutai celui à la fourche et la statue. Puis je portai la caisse dans la pièce voisine, où Louis était agenouillé devant une valise ouverte. Elle contenait des outils – limes, scies, scalpels – soigneusement rangés dans des poches en toile, ainsi que deux cassettes vidéo. Chacune portait une étiquette avec une longue ligne d'initiales et de dates.

— Il se préparait à partir, fit Louis.

— On dirait.

Il montra la caisse que je tenais dans mes mains.

— T'as trouvé quelque chose ?

— Peut-être. Il y a des marques sur ces os. J'aimerais les montrer à quelqu'un. La statue aussi.

Louis prit une des cassettes dans la valise, la glissa dans le magnétoscope et alluma le téléviseur. Pendant quelques secondes, il n'y eut que de la friture, puis l'écran s'éclaira. Il montrait une bande de sable et de pierres sur laquelle la caméra fit un panoramique saccadé avant de s'arrêter sur le corps en partie dévêtu d'une jeune femme. Elle était étendue sur le ventre et il y avait du sang sur son dos, ses jambes et le short auparavant blanc qu'elle portait. Ses cheveux bruns étaient répandus sur le sable comme des volutes d'encre dans une eau sale.

La jeune femme remua. Une voix d'homme parla dans une langue qui devait être de l'espagnol.

— Il dit qu'elle vit encore, je crois, fit Louis.

Une silhouette se plaça devant la caméra et le cadreur bougea légèrement. Une paire de bottes noires coûteuses entra dans le champ.

« Non », dit une autre voix, en anglais.

Quelqu'un écarta la caméra pour l'empêcher de filmer l'homme ou la fille. Elle enregistra un bruit semblable au craquement d'une noix de coco. Il y eut un rire. Le cadreur braqua de nouveau son appareil sur la fille. Du sang coulait sur le sable autour de sa tête.

« *Puta* », reprit la première voix.

La cassette s'interrompit un moment, puis des images réapparurent. Cette fois, la fille avait des mèches blondes dans sa chevelure brune, mais le cadre était semblable : du sable et des pierres. Un insecte trottinait sur une tache de sang près de la bouche, seule partie du visage visible sous les cheveux. Une main les releva pour que le cadreur puisse mieux voir la femme.

218

Cette partie de la cassette se termina et la suivante commença, avec une autre fille morte, nue sur un rocher.

Louis mit le magnétoscope en avance rapide et je perdis le compte du nombre de femmes. Quand il eut terminé, il inséra l'autre bande et fit la même chose. Une fois ou deux, une fille à la peau sombre apparut et il arrêta l'image, l'examina avant de relancer la cassette. Toutes les femmes étaient hispaniques.

— J'appelle les flics, décidai-je.

— Pas tout de suite. Ce mec a pas laissé ces saloperies ici pour qu'on les trouve. Il reviendra les prendre et vite. Je propose d'attendre.

Je réfléchis à ce que j'allais lui dire avant d'ouvrir la bouche. Si Rachel avait été présente, elle y aurait peut-être vu un progrès de ma part.

— Louis, on n'a pas le temps d'attendre. Les flics surveilleront cette planque mieux que nous. Ce type est un maillon qui peut nous permettre de remonter la chaîne. Plus nous restons ici, plus nos chances de retrouver Alice avant qu'il lui soit arrivé quelque chose diminuent.

J'ai vu des gens, même des flics pleins d'expérience, tomber dans le piège et parler au passé d'une personne disparue. Voilà pourquoi ça paie quelquefois de répéter dans votre tête ce que vous vous apprêtez à dire avant que les mots ne commencent à sortir de votre bouche.

Je soulevai doucement la caisse que je portais.

— Reste ici un moment encore, vois ce que tu peux trouver d'autre. Si je ne peux pas repasser ici, je t'appelle et je te donne le temps de filer avant de parler aux flics.

Assis dans sa voiture, Garcia avait vu les hommes entrer dans le bâtiment. Le maquereau devait être plus malin qu'il n'en avait l'air, parce que c'était forcément par lui qu'ils avaient découvert aussi rapidement sa planque. G-Mack avait suivi quelqu'un jusqu'à l'appartement, probablement pour se donner une marge de manœuvre au cas où sa trahison envers la fille lui retomberait dessus. Garcia était furieux. Un jour ou deux de plus et il aurait eu le temps de vider l'appartement et de décamper. Il y avait dans ces pièces beaucoup de choses précieuses pour lui. Il voulait les récupérer. Mais les instructions de Brightwell étaient claires : les suivre pour savoir où ils allaient, mais ne leur faire aucun mal et ne pas tenter de les affronter. S'ils se séparaient, il devait rester avec l'homme au blouson de cuir, celui qui s'était attardé dans la ruelle comme s'il devinait leur présence. Au moment où il avait quitté Garcia, l'obèse avait l'air distrait mais aussi étrangement excité. Garcia s'était bien gardé de lui demander pourquoi.

Ne leur faire aucun mal.

Mais c'était avant de savoir où ils allaient. Ils étaient maintenant dans l'appartement, proches de ce qu'ils cherchaient, et qu'ils ne reconnaîtraient peut-être pas s'ils le voyaient. S'ils prévenaient la police, Garcia deviendrait un homme marqué dans ce pays comme il l'avait été dans le sien, et le danger viendrait peut-être aussi pour lui de ceux qui le protégeaient en ce moment, si son arrestation risquait de leur attirer des ennuis. Garcia s'efforça de se rappeler s'il y avait un moyen de le relier à Brightwell par ce qui restait à l'appartement. Il ne le pensait pas, mais il avait vu quelques séries policières à la télévision et les flics semblaient parfois capables de faire des miracles rien qu'avec de la poussière ou de la boue.

Il songea ensuite au travail opiniâtre de ces derniers mois, à ce grand effort de création pour lequel il avait été amené dans cette ville. Cela aussi, la présence des visiteurs le menaçait. S'ils le découvraient, tout s'écroulerait. Garcia était fier de ce qu'il avait créé. Son œuvre aurait été à sa place à côté de l'église des Capucins à Rome, derrière le palais Farnèse, voire à Sedlec même.

Le Mexicain prit son portable. Il ne devait appeler Brightwell qu'en cas d'urgence, mais c'en était précisément un. Il composa le numéro, attendit.

— Ils sont chez moi, annonça-t-il quand le gros homme répondit.

— Qu'est-ce qu'il reste ?

— Des outils. Des matériaux.

— Rien dont je doive m'inquiéter ?

Garcia considéra ses options, prit une décision.

— Non, mentit-il.

— Alors, file.

— Je file, répondit Garcia, mentant de nouveau. Quand j'aurai fini.

Sarah Yeates était l'une de ces personnes dont on a besoin dans la vie. En plus d'être intelligente et drôle, c'était aussi une mine d'informations ésotériques, en partie grâce à son travail au muséum d'Histoire naturelle. Brune, elle faisait dix ans de moins que son âge et avait le genre de personnalité qui fait fuir les imbéciles et oblige les hommes intelligents à réfléchir rapidement. Je ne savais pas à quelle catégorie j'appartenais pour elle. J'espérais être dans la seconde, mais je soupçonnais parfois que je n'y étais admis que par défaut et que Sarah attendait seulement qu'il y ait de la place dans le premier groupe pour pouvoir m'y caser.

Je l'appelai chez elle. Le téléphone sonna plusieurs fois avant qu'elle réponde, d'une voix embrumée de sommeil :

— Hmm ?

— Le bonsoir à toi aussi.

— Qui c'est ?

— Charlie Parker. J'ai mal choisi le moment pour téléphoner ?

— Très mal si tu essaies d'être drôle. Tu sais quelle heure il est ?

— Il est tard.

— Ouais, et j'espère pour toi que tu as une bonne raison de m'appeler.

— C'est important. J'ai besoin de tes lumières.

Je l'entendis soupirer en retombant sur l'oreiller.

— Vas-y.

— J'ai quelques objets que j'ai trouvés dans un appartement. Ce sont des os humains, dont certains ont été transformés en bougeoirs. Il y a aussi une sorte de statue faite de restes humains et animaux mélangés. J'ai trouvé un bain d'urine dans lequel quelqu'un avait mis des os à tremper, probablement pour les faire paraître plus vieux. Je vais devoir prévenir les flics, je n'ai pas beaucoup de temps. Tu es la première personne que je tire du sommeil avec cette histoire, mais je compte en réveiller d'autres avant la fin de la nuit. Tu connais quelqu'un au muséum, ou ailleurs, qui pourrait me dire quelque chose d'utile ?

Elle garda le silence si longtemps que je crus qu'elle s'était rendormie.

— Sarah ?

— Bon sang, un peu de patience. Laisse-moi le temps de réfléchir.

Il y eut des bruits à l'autre bout du fil quand elle se leva, puis elle me demanda de ne pas quitter et elle posa le téléphone. J'attendis, j'entendis des tiroirs s'ouvrir et se refermer, puis Sarah revint en ligne.

— Je ne te donne pas le nom de quelqu'un du muséum, parce que je tiens curieusement à garder mon travail. Ça paie le loyer, tu vois, et les factures de téléphone, afin qu'un abruti qui ne m'envoie même pas de carte à Noël puisse m'appeler en pleine nuit pour me demander mon aide.

— Je ne savais pas que tu croyais au Père Noël.

— Là n'est pas la question. J'aime les petites attentions, c'est tout.

— Je me rattraperai cette année.

— T'as intérêt. Bon, si mon tuyau ne donne rien, je m'arrangerai pour que tu parles à d'autres personnes demain matin, mais c'est vraiment le type qu'il te faut. Tu as un stylo ? Il s'appelle Neddo, Charles Neddo. Il habite Cortlandt Alley. La plaque apposée à côté de sa porte dit qu'il est antiquaire, mais le devant de son magasin est un ramassis de daubes. Il n'en tirerait pas de quoi nourrir les mouches sans les à-côtés.

— À savoir ?

— Il fait dans ce que les collectionneurs appellent les *esoterica*. Des trucs occultes, surtout, mais il est aussi connu pour vendre des choses qu'on ne trouve généralement pas en dehors des caves des musées. Il garde cette marchandise dans une pièce fermée à clef, derrière un rideau, au fond de la boutique. J'y suis allée une ou deux fois, je sais de quoi je parle. Il me semble y avoir vu des objets rappelant ceux dont tu viens de me parler, à cette différence près que les siens sont anciens. C'est par lui qu'il faut commencer. Il vit au-dessus de son magasin. Va le réveiller et laisse-moi me rendormir.

— Il collaborera avec un inconnu ?

— Oui, si l'inconnu lui offre quelque chose en échange. N'oublie pas d'apporter tes trouvailles. Si elles l'intéressent, tu apprendras quelque chose.

— Merci, Sarah.

— Ouais, c'est ça. Il paraît que tu t'es dégoté une copine ? Comment tu as fait ?

— Un coup de chance.

— Pour toi, pas pour elle. N'oublie pas ma carte de Noël, dit-elle avant de raccrocher.

Louis déambula sur le sol de ciment, fractionné par des encadrements de portes et éclairé par la lune, jusqu'à ce qu'il arrive enfin à la fenêtre. Elle ne donnait pas sur la rue et lui révéla l'intérieur d'une pièce blanche, carrelée. Au centre, au-dessus d'une grille d'évacuation sertie dans le sol en pente, on avait fixé un fauteuil, avec des lanières de cuir aux accoudoirs et aux pieds.

Il ouvrit la porte, entra dans la pièce blanche. Une forme bougea à sa gauche et il faillit tirer avant de reconnaître son reflet dans le miroir sans tain. Il s'agenouilla. Le sol, la grille, tout était propre. Même le fauteuil avait été récuré pour effacer du grain du bois toute trace de ceux qui l'avaient occupé. Louis sentit une odeur de désinfectant et d'eau de Javel. Ses doigts gantés effleurèrent un bras du fauteuil puis le pressèrent fortement.

Pas ici, pensa-t-il. Faites que sa vie ne se soit pas terminée ici.

Cortlandt Alley était un puzzle d'escaliers de secours et de fils pendant n'importe comment. La devanture de la boutique de Neddo était obscure et seule une petite plaque en cuivre vissée dans la brique indiquait ses activités en lettres capitales : « ANTIQUITÉS

NEDDO ». Une grille en fer forgé noire protégeait la vitrine, mais l'intérieur était dissimulé par des tentures grises qu'on n'avait apparemment pas ouvertes depuis longtemps et toute la devanture semblait avoir été saupoudrée de poussière. J'avisai à gauche une porte d'acier munie d'un Interphone dans lequel était inséré l'objectif d'une caméra. À l'étage, toutes les fenêtres étaient obscures.

En quittant l'ancien entrepôt, je n'avais remarqué aucun signe qu'on nous surveillait. Angel m'avait couvert depuis la porte pendant que j'allais à ma voiture, et j'avais multiplié les détours pour me rendre à Manhattan. Une fois ou deux, j'avais cru voir une Toyota jaune déglinguée deux voitures derrière moi, mais elle avait disparu quand j'étais arrivé à Cortlandt Alley.

J'appuyai sur le bouton de l'Interphone. Quelques secondes plus tard, j'entendis en réponse la voix d'un homme qui ne semblait pas avoir été tiré de son sommeil.

— Je cherche Charles Neddo.

— Qui êtes-vous ?

— Mon nom est Parker. Je suis détective privé.

— Il est un peu tard pour une visite, non ?

— C'est important.

— Très important ?

La ruelle était déserte et je ne voyais personne non plus dans la rue. Je pris la statue dans la caisse et, la tenant soigneusement par son socle, la présentai devant la caméra.

— Aussi important que ça.

— Montrez-moi vos papiers.

Jonglant avec la statue, je tirai mon portefeuille de ma poche et l'ouvris.

Pendant un moment, il ne se passa rien, puis la voix dit :

— Attendez.

Neddo prit son temps. Un peu plus longtemps et il me serait poussé des racines. Finalement, j'entendis le tintement d'une clef dans une serrure, le claquement de pênes ramenés en arrière. La porte s'ouvrit, un homme se tint devant moi, sectionné par une série d'épaisses chaînes de sécurité. Il approchait de la fin de l'âge mûr et des touffes de poils gris dressées sur son crâne lui donnaient l'air d'un punk vieillissant. Il avait des yeux petits et ronds, une bouche charnue plissée en une moue renfrognée. Sa robe de chambre vert vif semblait avoir peine à s'étirer pour faire tout le tour de son corps. Dessous, je vis un pantalon noir et une chemise blanche, chiffonnés mais propres.

— Montrez-moi de nouveau vos papiers, sollicita-t-il. Je veux être sûr…

Je lui tendis ma licence.

— Le Maine, dit-il. Il y a quelques bonnes boutiques dans le Maine.

— Vous voulez dire L. L. Bean ?

La moue s'accentua.

— Je parle d'antiquaires. Bon, vous feriez mieux d'entrer. Je ne vais pas vous laisser planté là en pleine nuit.

Il repoussa la porte, défit les chaînes, s'écarta pour me laisser passer. À l'intérieur, une volée de marches usées conduisait à ce que je présumais être l'appartement, tandis qu'une porte, à droite, donnait accès à la boutique. Ce fut cette porte que Neddo franchit en me précédant. Il passa devant des vitrines bourrées d'argenterie, entre des rangées de chaises branlantes et de tables éraflées, jusqu'à une petite arrière-boutique meublée d'un énorme classeur gris qu'il semblait avoir hérité d'un apparatchik russe, d'un bureau éclairé par une lampe au bras articulé équipée d'une loupe à mi-hauteur. Au fond de la pièce, un rideau cachait presque totalement la porte qui se trouvait derrière.

Neddo s'assit à son bureau et tira une paire de lunettes de la poche de son peignoir.

— Donnez-la-moi, dit-il.

Je posai la statue sur le bureau, plaçai les crânes de chaque côté. Neddo accorda à peine un coup d'œil aux crânes et concentra son attention sur la sculpture en os. Sans la toucher, il fit tourner le socle en l'étudiant avec soin à travers une grosse loupe. Il ne prononça pas un mot pendant son examen, puis se redressa et ôta ses lunettes.

— Qu'est-ce qui vous fait penser que je pourrais être intéressé ? lâcha-t-il enfin.

Il s'efforçait de rester impassible, mais ses mains tremblaient.

— Vous n'auriez pas dû me demander ça avant de me faire entrer ? Le fait que je sois dans votre bureau répond en quelque sorte à votre question.

Neddo émit un grognement.

— Alors, laissez-moi la reformuler : qui vous a incité à croire que je pourrais être intéressé par un tel objet ?

— Sarah Yeates. Elle travaille au muséum d'Histoire naturelle.

— La bibliothécaire ? Une fille brillante. J'appréciais beaucoup ses visites occasionnelles.

Sa moue se relâcha un peu, ses petits yeux s'animèrent. Si j'en jugeais par l'emploi d'un temps passé, Sarah ne fréquentait plus la boutique, et à l'expression du visage de Neddo – concupiscence mêlée de regret –, je devinai pourquoi.

— Vous travaillez toujours aussi tard ? dit-il.

— Je pourrais vous renvoyer la question.

— Je ne dors pas beaucoup. Je souffre d'insomnie.

Il enfila des gants en caoutchouc et se pencha vers les crânes. Je remarquai qu'il les manipulait délicatement, presque avec respect, comme s'il craignait de profaner ces restes. Il était difficile d'imaginer pis que ce qu'ils avaient déjà subi, mais je n'étais pas expert en la matière. L'os pelvien sur lequel le crâne reposait saillait sous la mâchoire telle une langue ossifiée. Neddo le posa sur un morceau de velours noir et orienta la lampe pour le faire luire.

— Où les avez-vous trouvés ?

— Dans un appartement.

— Il y en avait d'autres semblables ?

Mon hésitation me trahit.

— Je suppose que oui, puisque vous rechignez à répondre, dit-il. Peu importe. Comment ces crânes étaient-ils placés exactement quand vous les avez trouvés ?

Je réfléchis.

— Il y avait quatre os d'un côté de la statue et entre les crânes, empilés l'un sur l'autre et incurvés. On aurait dit des morceaux de hanche. Derrière, il y avait des vertèbres, provenant probablement de la base d'une colonne vertébrale.

Neddo hocha la tête.

— Elle était incomplète.

— Vous avez déjà vu quelque chose de ce genre ?

Il souleva le crâne, plongea le regard dans les orbites vides.

— Oh oui ! fit-il à voix basse, levant les yeux vers moi. Ne leur trouvez-vous pas une certaine beauté, monsieur Parker ? Ne trouvez-vous pas édifiant qu'on puisse créer un œuvre d'art avec des os ?

— Non, déclarai-je avec trop de vigueur.

Il me scruta par-dessus les verres de ses lunettes.

— Et pourquoi ?

— J'ai connu des gens qui prétendaient faire de l'art à partir d'os et de sang. Ils ne me plaisaient pas trop.

Neddo balaya mon objection d'un revers de main.

— Sottises. J'ignore de quelle sorte d'hommes vous parlez, mais...

— Faulkner, répliquai-je.

Il s'interrompit. Ce n'était qu'une supposition, rien de plus, mais quelqu'un qui s'intéressait à de tels objets ne pouvait manquer de connaître le révérend Faulkner, et peut-être aussi d'autres individus que j'avais rencontrés. J'avais besoin de l'aide de Neddo, et s'il fallait pour l'obtenir agiter devant lui la promesse de révélations, je le ferais volontiers.

— Oui, dit-il au bout d'un moment en me considérant avec un surcroît d'intérêt. Oui, le révérend Faulkner appartenait à cette catégorie. Vous l'avez connu ? Attendez, attendez, c'est vous, n'est-ce pas ? Vous êtes le détective qui l'a retrouvé. Oui, je me souviens, maintenant. Faulkner a disparu.

— C'est ce qu'on dit.

Neddo était à présent raide d'excitation.

— Alors, vous l'avez vu ? Vous avez vu le livre ?

— Je l'ai vu. Il n'avait rien de beau. Il était en peau et en os. Des gens étaient morts pour qu'il puisse être créé.

Il secoua la tête.

— Je donnerais quand même gros pour pouvoir le contempler. Quoi que vous puissiez dire ou penser de Faulkner, il s'inscrivait dans une tradition. Ce livre n'est pas une œuvre isolée, il y en a eu d'autres semblables. Pas aussi ornementées, peut-être, ni aussi ambitieuses dans leur construction, mais les matériaux restent les mêmes et ces reliures anthropodermiques sont très recherchées par les collectionneurs d'un certain genre.

— Anthropodermiques ?

— Faites avec de la peau humaine, expliqua Neddo d'une voix neutre. La bibliothèque du Congrès possède un exemplaire du *Scrutinium Scripturarum* imprimé à Strasbourg un peu avant 1470. Il fut offert à la bibliothèque par un certain Dr Vollbehr, qui signala que ses panneaux de bois furent recouverts de peau humaine au XIXe siècle. On dit aussi que le second volume du *Practicarum Quaestionum Circa Leges Regias Hispaniae*, écrit par Juan Gutierrez au XVIIe et conservé à la bibliothèque de droit de Harvard, est relié avec la peau d'un nommé Jonas Wright, quoique l'identité du personnage demeure douteuse. Il y a aussi au Boston Athenaeum *The Highwayman*, de James Allen, ou George Walton, comme on appelait aussi ce gredin. Un objet très insolite. À la mort d'Allen, on préleva un morceau de son épiderme, on le tanna comme du daim et on l'utilisa pour relier un exemplaire de son propre livre, dont on fit ensuite cadeau à un certain John Fenno junior, qui avait échappé de peu à la mort pendant un hold-up commis par Allen. Celui-là, je l'ai vu, mais je ne peux rien garantir pour les autres. Je crois me rappeler qu'il avait une odeur tout à fait inhabituelle…

« Alors, quels que soient vos sentiments de dégoût ou d'animosité envers le révérend Faulker, il n'est pas unique. Antipathique, peut-être, et probablement animé de tendances meurtrières, mais un artiste quand même, à sa façon. Ce qui nous ramène à cet objet.

Il reposa le crâne sur le carré de velours.

— La personne qui l'a façonné appartient aussi à une tradition, poursuivit-il. Celle qui consiste à utiliser des restes humains comme ornementation, ou *memento mori*, si vous préférez. Savez-vous ce que *mem*…

Il s'interrompit, eut l'air presque embarrassé.

— Bien sûr que vous le savez. Désolé. Maintenant que vous avez mentionné Faulkner, je me souviens du reste, et de l'autre. Effroyable, absolument effroyable.

Sous le vernis de compassion, je voyais sa fascination bouillonner et je savais que, s'il l'avait pu, il m'aurait assailli de questions sur Faulkner, le livre, le Voyageur. L'occasion ne se présenterait peut-être plus jamais et sa frustration était presque palpable.

— Où en étais-je ? Oui, les os comme ornementation…

Et Neddo se mit à parler. Je l'écoutai et j'appris.

Aux temps médiévaux, le mot « église » ne désignait pas seulement un édifice mais la zone qui l'entourait, y compris le *chimiter* ou cimetière. Des messes étaient parfois célébrées dans la cour ou l'atrium de l'église et, inversement, on enterrait parfois des gens dans le bâtiment principal, le long de ses murs, sous les gouttières, *sub stillicidio*, disait-on, car on pensait que l'eau de pluie devenait sacrée en coulant des toits et des murs de l'église. Le mot « cimetière » représentait généralement la partie extérieure de l'église, l'atrium en latin, ou l'aître en français. Mais les Français avaient aussi un autre mot pour l'aître : le charnier. Il en vint à désigner une partie du cimetière, les galeries où se trouvaient les ossuaires.

Au Moyen Âge, m'expliqua Neddo, un cimetière avait quatre côtés, dont l'église elle-même, les trois autres étant agrémentés de portiques ou d'arcades où l'on déposait les corps des morts, un peu comme le cloître d'un monastère (qui lui-même servait de cimetière aux moines.) Au-dessus des portiques, on plaçait les crânes et les membres des morts une fois qu'ils étaient suffisamment desséchés, souvent disposés de manière à former une composition artistique. La plupart des os provenaient de la fosse commune réservée aux pauvres, au centre de l'atrium. Ce n'était guère plus qu'un trou de dix mètres de profondeur et de cinq ou six mètres de long dans lequel on jetait les morts cousus dans leur linceul, parfois plus de quinze cents dans une seule fosse couverte d'une mince couche de terre, proies faciles pour les loups et les pilleurs de tombes qui fournissaient les anatomistes. Le sol avait une telle capacité de putréfaction que les corps pourrissaient rapidement, et l'on disait que certaines fosses, comme celle des Innocents, à Paris, ou des Alyscamps, près d'Arles, pouvaient consumer un corps en neuf jours seulement, ce qui tenait du miracle. Lorsqu'une fosse était pleine, on en rouvrait une plus ancienne et on la vidait de ses os, qu'on utilisait ensuite dans les ossuaires. Même les restes des riches servaient, mais ils étaient d'abord enterrés dans l'église, sous ses dalles. Jusqu'au XVIIe siècle, les gens se souciaient peu de l'endroit où leurs os finiraient tant qu'ils restaient à proximité de l'église, et on voyait couramment des restes humains dans les galeries du charnier, ou sous le porche de l'église, ou même dans de petites chapelles édifiées à cette fin.

— Les églises et les cryptes ainsi décorées n'étaient pas rares, conclut Neddo, mais le modèle de cette ornementation est très particulier, je crois. Il s'agit de Sedlec, en République tchèque.

Ses doigts suivirent les contours du crâne puis se glissèrent dans le trou situé à sa base pour palper l'intérieur. Je vis son corps se raidir. Il me jeta un coup d'œil, mais je feignis de n'avoir rien remarqué. Je pris un scalpel à manche d'os et fis mine de l'examiner en observant dans la lame le reflet de Neddo qui retournait le crâne pour que la lampe en éclaire la cavité. Pendant que son attention était distraite, j'allai écarter le rideau au fond du bureau.

— Laissez-moi, maintenant, l'entendis-je dire.

Son ton avait changé, intérêt et curiosité remplacés par l'inquiétude.

Derrière le rideau, la porte était fermée mais pas à clef. Je l'ouvris. Neddo poussa un cri. Trop tard : j'étais déjà à l'intérieur.

La pièce était minuscule, à peine plus grande qu'un placard, et éclairée par une paire d'ampoules rouges fixées au mur. Quatre crânes étaient alignés près d'un évier d'où émanait une forte odeur de produits détergents. Sur des étagères faisant le tour des murs, je découvris d'autres os, rangés selon leurs dimensions et la partie du squelette d'où ils provenaient. Je vis des morceaux de chair en suspension dans des jarres de verre : des mains, des pieds, des poumons, un cœur. Sept récipients pleins d'un liquide jaunâtre étaient posés dans une petite vitrine apparemment spécialement conçue pour les accueillir. Ils contenaient des fœtus à divers stades de développement, le dernier montrant un enfant qui me sembla totalement formé.

Neddo gardait aussi dans ce débarras des cadres faits de fémurs, des flûtes de diverses tailles obtenues en évidant des os, et même une chaise fabriquée avec des restes humains. Le coussin de velours rouge qui y était posé faisait penser à une tranche de chair crue. Je vis des chandeliers et des croix, un crâne déformé rendu monstrueux par quelque terrible maladie du corps qui avait amené des excroissances en forme de chou-fleur à surgir du front.

— Vous devez partir, dit Neddo.

Il avait l'air paniqué, mais je ne savais pas si c'était parce que j'avais pénétré dans sa remise ou à cause de ce qu'il avait senti et vu à l'intérieur du crâne.

— Vous ne devriez pas être ici. Je ne peux rien vous dire de plus.

— Vous ne m'avez encore rien dit, répliquai-je.

— Portez tout ça au muséum demain matin. Ou à la police, si vous voulez. Moi, je ne peux pas vous aider davantage.

Je pris l'un des crânes posés près de l'évier.

— Laissez, m'enjoignit Neddo.

Je le fis tourner dans ma main. Il présentait un trou net en bas, près de l'endroit où les vertèbres y auraient été reliées. Je vis des trous semblables dans les autres crânes : la trace d'une exécution.

— Vous devez faire de bonnes affaires quand on reprend *Hamlet*, fis-je observer, le crâne sur la paume de ma main. Hélas, pauvre Yorick. Un garçon d'une verve infinie, pourvu qu'on comprenne un peu de chinois.

Je montrai le trou dans le crâne.

— Il vient de Chine, hein ? Il n'y a pas beaucoup d'autres endroits où on exécute les gens de façon aussi nette. Qui a payé pour la balle, d'après vous, monsieur Neddo ? C'est bien comme ça que ça se passe en Chine ? On vous amène en camion dans un stade, quelqu'un vous tire une balle dans la tête et envoie la facture à vos parents. Sauf que ces pauvres diables n'avaient probablement aucune famille pour les réclamer et des individus entreprenants se sont chargés de revendre leurs restes. Ils ont sans doute monnayé d'abord le foie, les reins et même le cœur, puis ils ont débarrassé les os de leur chair et vous les ont proposés, à vous ou à quelqu'un de votre espèce. Il doit y avoir une loi contre le trafic de restes de prisonniers exécutés, vous ne croyez pas ?

Neddo prit le crâne de mes mains et le remit à sa place à côté des autres.

— Je ne vois pas de quoi vous parlez, dit-il d'un ton qui sonnait creux.

— Parlez-moi de ce que j'ai apporté ou j'informe certaines personnes de ce que vous avez ici, menaçai-je. Vous aurez la vie dure, je vous le garantis.

Neddo s'éloigna de la porte du débarras et retourna à son bureau.

— Vous saviez qu'elle y était, n'est-ce pas ? me dit-il. La marque à l'intérieur du crâne ?

— Je l'ai sentie sous mes doigts, comme vous. Qu'est-ce que c'est ?

Il parut rapetisser sous mes yeux, se dégonfler dans son fauteuil. Même sa robe de chambre semblait soudain moins ajustée.

— Les chiffres du premier crâne indiquent que son origine a été enregistrée, répondit-il. Il peut s'agir d'un corps offert à la science ou d'un objet provenant d'un musée. En tout cas, il a été acquis légitimement, au départ. L'autre crâne ne porte pas de numéro, seulement la marque. D'autres pourraient vous en dire plus. Je sais seulement qu'il est extrêmement risqué de se mêler des affaires de ceux qui l'ont gravée. Ils se donnent le nom de Croyants.

— Pourquoi ont-ils fait cette marque ?

Il répondit par une autre question :

— Quel âge a ce crâne, d'après vous, monsieur Parker ?

Je m'approchai du bureau. Le crâne semblait jauni, en assez mauvais état.

— Je ne sais pas. Quelques dizaines d'années ?

Neddo secoua la tête.

— Des mois, voire des semaines. Il a été vieilli artificiellement, frotté dans la poussière et le sable puis trempé dans un bain d'urine. Vous pouvez sans doute en sentir l'odeur sur vos doigts.

Je préférai ne pas vérifier.

— D'où vient-il ?

Il haussa les épaules.

— Il provient d'un individu de race blanche, probablement de sexe masculin. Je ne décèle pas de traces de fracture, mais cela ne veut pas dire grand-chose. Il pourrait venir d'une morgue, ou d'un hôpital, sauf qu'il est difficile de se procurer des restes humains dans ce pays, comme vous semblez l'avoir déduit de ce que vous avez trouvé dans ma remise. Exception faite des corps donnés à la science, la plupart de ces restes sont achetés à l'étranger. L'Europe de l'Est a constitué une bonne source pendant un temps, mais il est maintenant plus difficile d'obtenir des cadavres non enregistrés par cette voie. La Chine, comme vous l'avez supposé, est moins regardante, mais les problèmes d'approvisionnement demeurent et la marchandise est chère. Il existe peu de solutions à part la plus évidente.

— À savoir s'approvisionner par soi-même.

— Oui.

— Tuer.

— Oui.

— C'est cela que la marque signifie ?

— Je crois.

Je lui demandai s'il avait un appareil photo et il sortit un Kodak à développement instantané poussiéreux d'un tiroir de son bureau. Je pris cinq ou six photos de l'extérieur du crâne, trois de l'intérieur en ajustant chaque fois la distance dans l'espoir que la marque apparaîtrait clairement au moins sur l'une d'elles. Finalement, j'en obtins deux bonnes une fois que le développement se fut effectué devant nous sur le bureau.

— Vous avez rencontré un de ces Croyants ?

Neddo s'agita sur son siège, l'air mal à l'aise.

— Je rencontre toutes sortes de gens dans mon travail. On pourrait aller jusqu'à dire que quelques-uns

d'entre eux sont sinistres, ou même franchement anti-
pathiques. Oui, j'ai rencontré des Croyants.

— Comment le savez-vous ?

Neddo montra la manche de son peignoir, deux centimètres au-dessus du poignet.

— Ils portent la marque de la fourche, là.

— Un tatouage ?

— Non. Ils la gravent dans leur chair au fer rouge.

— Vous connaissez des noms ?

— Non.

— Ils n'en ont pas ?

— Oh si, ils ont tous un nom. Les pires d'entre eux,
en tout cas.

Ces mots me parurent familiers et je m'efforçai de
me rappeler où je les avais entendus.

Ils ont tous un nom.

Mais Neddo poursuivait déjà :

— D'autres que vous m'ont interrogé à leur sujet
dans un passé relativement récent. J'ai reçu la visite
d'un agent du FBI il y a un an environ. Il voulait
savoir si j'avais reçu des commandes douteuses ou
inhabituelles d'*esoterica*, en particulier d'os, ou de
sculpture en os, ou de vélin enluminé. Je lui ai répondu
que ce genre de commande était rare et il m'a menacé
comme vous venez de le faire. Une descente d'agents
gouvernementaux dans ma boutique aurait été embarrassante pour moi, et potentiellement ruineuse si elle
débouchait sur des charges criminelles. Je lui ai dit la
même chose qu'à vous. Cela ne l'a pas satisfait, mais
ma boutique est restée ouverte.

— Vous vous souvenez de son nom ?

— Bosworth. Philip Bosworth. Franchement, s'il ne
m'avait pas montré son insigne, je l'aurais pris pour un
comptable ou un clerc de notaire. Il faisait un peu
maigrichon pour un agent du FBI. L'étendue de ses

connaissances était cependant impressionnante. Il est revenu clarifier quelques détails à une autre occasion et j'avoue avoir apprécié le processus de découverte mutuelle qui s'est ensuivi.

Cette fois encore, je sentis des sous-entendus dans ses mots, un plaisir quasi sexuel dans l'exploration de tels sujets. Un « processus de découverte mutuelle » ? J'espérais que Bosworth l'avait d'abord invité au restaurant et que sa rencontre avec Neddo lui avait procuré plus de satisfaction que la mienne. Neddo était glissant comme une anguille dans un seau de vaseline. Tout ce qu'il disait d'utile arrivait enveloppé de camouflage. À l'évidence, il en savait plus qu'il ne le prétendait, mais il ne répondait qu'à des questions directes et ne livrait jamais d'informations supplémentaires.

— Parlez-moi de la statue, dis-je.

Ses mains se remirent à trembler.

— Construction intéressante. J'aimerais avoir plus de temps pour l'examiner.

— Vous me demandez de vous la laisser ? N'y comptez pas.

Il haussa les épaules et soupira.

— Peu importe. Il s'agit d'une copie sans valeur d'un objet plus ancien.

— Continuez.

— C'est la copie d'une sculpture en os plus grande, qui ferait entre deux mètres cinquante et trois mètres de haut. L'original a disparu depuis très longtemps, il aurait été créé à Sedlec au XVe siècle, à partir de matériaux prélevés dans son ossuaire.

— Vous m'avez dit que les bougeoirs aussi sont des répliques d'originaux de Sedlec. Apparemment, quelqu'un fait une fixation sur cet endroit.

— Sedlec est un lieu insolite et la statue originale en os est étrange elle aussi, à supposer qu'elle existe et qu'elle ne soit pas simplement une légende. Comme personne ne l'a jamais vue, sa nature exacte est sujette à conjectures, mais la plupart des personnes intéressées s'accordent sur son aspect. La statue que vous avez apportée est probablement la reproduction la plus fidèle que j'aie jamais vue. Jusqu'ici, je n'avais examiné que des croquis et des illustrations, et cette statue a demandé beaucoup d'efforts. J'aimerais rencontrer celui qui l'a créée.

— Moi aussi, dis-je. Et l'original, dans quel but l'at-on fait ?

— Cela dépend de quel original on parle. Votre statue est une copie en miniature d'une statue également en os. Mais cette dernière n'est elle-même que la reproduction d'un modèle en argent, donc extrêmement précieux. Comme la vôtre, elle représente une métamorphose. On l'appelle l'Ange Noir.

— Une métamorphose de quelle sorte ?

— La transformation d'un homme en ange, ou en démon, pour être plus précis, ce qui nous amène au point où les opinions divergent. De toute évidence, l'Ange Noir serait une aubaine pour toute collection privée du fait même de sa valeur intrinsèque, mais ce n'est pas pour cette raison qu'on le cherche avec une telle passion. Certains croient que cet original en argent est en fait une sorte de prison, qu'il n'est pas la représentation d'un être qui se transforme mais cet être lui-même : un moine du nom d'Erdric aurait affronté Immaël, un ange déchu sous forme humaine, à Sedlec, et au cours de ce duel Immaël serait tombé dans une cuve d'argent en fusion au moment où sa forme véritable était en train de se révéler. On dit que l'argent est un fléau pour ces êtres et Immaël ne put pas se libérer une fois plongé dans le liquide. Erdric ordonna qu'on refroidisse lentement l'argent et qu'on vide la cuve. Ce qui restait, c'était l'Ange Noir : la forme d'Immaël prise dans le métal. Les moines la cachèrent : ils ne pouvaient détruire ce qui gisait à l'intérieur de la statue, mais ils craignaient qu'elle ne tombe dans les mains de ceux qui voudraient libérer l'être qu'elle abritait ou s'en servir pour attirer à eux des hommes mauvais. Elle a quitté Sedlec peu avant la destruction du monastère au XVe siècle et elle est restée cachée depuis. L'endroit de la cachette fut indiqué dans une série de références codées inscrites sur une carte. Cette carte fut ensuite découpée en plusieurs morceaux dispersés dans des monastères cisterciens de toute l'Europe.

— Ces Croyants, ils font partie de ceux qui la cherchent ?

— Oui, avec plus d'ardeur que les autres.

— Vous en savez, des choses.

— Et je ne me considère pas comme un expert.

— Qui fait figure d'expert ?

— Il y a à Boston une salle de ventes aux enchères, la maison Stern, dirigée par une nommée Claudia Stern. Elle est spécialisée dans les *esoterica* et connaît particulièrement bien l'Ange Noir et les mythes qui y sont associés.

— Pourquoi ?

— Parce qu'elle prétend être en possession d'un des morceaux de la carte, qui doit être mis en vente la semaine prochaine. L'objet est controversé. On pense qu'il a été découvert par un chercheur de trésors nommé Mordant, qui l'aurait trouvé sous une dalle à Sedlec il y a quelques semaines. Mordant est mort dans l'église, apparemment au moment où il tentait de s'enfuir avec le morceau de carte.

« Ou plus précisément, je suppose, alors qu'il tentait d'échapper à quelqu'un.

Et si...

Ces mots hantaient Mordant depuis très longtemps. Il était plus intelligent que la plupart de ses congénères, plus prudent, aussi. Mais il cherchait la gloire, la prise exceptionnelle, et ne prenait même pas la peine de courir après des récompenses de second ordre. Il se moquait des lois : les lois sont faites pour les vivants et Mordant s'occupait exclusivement des morts. Il avait passé des années à réfléchir au mystère de Sedlec, étudiant inlassablement les mythes sur les lieux sombres et ce qu'ils avaient jadis caché. Ou cachaient encore.

Et si...

Il était maintenant dans l'ossuaire même, dont il avait neutralisé le système d'alarme avec une paire de pinces et un fil de cuivre, et l'air devenait incroyablement froid tandis que Mordant descendait l'escalier menant au cœur de la construction. Il était entouré d'ossements, de restes partiels de milliers d'êtres humains, mais il n'en était pas troublé autant qu'une âme plus sensible aurait pu l'être. Mordant n'était pas superstitieux. Il devait cependant admettre qu'il éprouvait un sentiment tenace de transgression dans cet endroit. Curieusement, ce fut la vue de son haleine, rendue visible par le froid, qui le mit mal à l'aise, comme si une présence le vidait lentement de sa force vitale, expiration après expiration.

Et si...

Il marcha entre des pyramides de crânes, sous des dentelles de vertèbres et des guirlandes de péronés jusqu'à ce qu'il parvienne au petit autel. Il laissa choir un sac en toile noire qui tinta lourdement en touchant la pierre. Il y prit un marteau à tête pointue et s'attaqua aux bords d'une dalle sertie dans le sol. L'ombre du crucifix de l'autel, projetée par le clair de lune pénétrant par la fenêtre, tombait sur lui.

Et si…

Il brisa le ciment et vit que quelques coups de plus creuseraient un trou assez grand pour y glisser le pied-de-biche. Absorbé par sa tâche, il n'entendit pas celui qui s'approchait derrière lui, et ce ne fut que lorsqu'une faible odeur de moisi parvint à ses narines qu'il arrêta son geste et se retourna, toujours à genoux. Il leva les yeux : il n'était plus seul.

Et si…

Mordant se redressa avec une expression confuse, comme pour indiquer qu'il y avait une explication parfaitement valable à sa présence, et à la profanation qu'il était en train de commettre. Mais, dès qu'il fut sur ses pieds, il se jeta en avant et abattit son marteau. Il manqua sa cible, parvint cependant à dégager un espace par lequel il pourrait gagner l'escalier. Des mains le saisirent, mais il était malin et rapide, déterminé à s'échapper. Ses coups portaient, maintenant ; la voie était presque libre. Il atteignit l'escalier et monta, les yeux fixés sur la porte.

Mordant sentit la présence sur sa gauche une seconde trop tard. Elle émergea de l'obscurité et le frappa à la pomme d'Adam, le renvoyant au bord de l'escalier. Un instant, il vacilla sur la marche du haut, battant des bras pour recouvrer l'équilibre, avant de basculer en arrière et de tomber, cul par-dessus tête.

Et si…

Le cou de Mordant se rompit sur la dernière marche.

Il faisait toujours froid dans l'ossuaire de Sedlec et la vieille femme s'était chaudement emmitouflée. Un trousseau de clefs pendait à sa main droite tandis qu'elle suivait le chemin menant à la porte de Santini-Aichl. Sa famille s'occupait de cet endroit depuis des générations. L'argent nécessaire à son entretien provenait de la vente des livres et des cartes disposés sur une petite table, près de la porte, et du prix des billets d'entrée demandé aux visiteurs qui faisaient l'effort de venir. En approchant, elle remarqua que la porte était entrouverte et qu'il y avait une tache de sang sur la première des dalles, à l'intérieur. Elle porta une main à sa bouche, se figea. Une telle chose n'était jamais arrivée : l'ossuaire était un lieu sacré, personne n'y avait touché depuis des siècles.

Elle entra lentement, craignant ce qu'elle allait découvrir. Le corps d'un homme gisait devant l'autel, la tête inclinée selon un angle anormal. L'une des dalles, sous le crucifix, avait été totalement enlevée et quelque chose brillait faiblement dans la lumière du petit matin. Les éclats d'un des magnifiques chandeliers en os entouraient les pieds du mort. Curieusement, elle ne pensa pas d'abord à lui mais aux dommages causés à l'ossuaire. Comment quelqu'un avait-il pu faire une chose pareille ? Ne se rendait-il pas compte que ces restes avaient été autrefois des gens comme lui et qu'il y avait de la beauté dans ce qu'on avait créé avec leurs os ? Elle ramassa un des morceaux de crâne, le frotta doucement avant que son attention ne soit attirée par autre chose de nouveau dans l'ossuaire.

Elle prit le petit coffret en argent qui se trouvait près de la main du mort, en souleva le couvercle. Il contenait un parchemin roulé qu'elle toucha du bout des doigts. Il était doux, presque lisse. Elle le tira de la boîte, commença à le dérouler. Dans un coin, elle vit des armoiries : une hache d'arme sur un livre

ouvert. Elle vit des symboles, des plans architectu-
raux, puis des cornes, et une partie d'un visage inhu-
main tordu de souffrance. Le dessin, extrêmement
détaillé, s'arrêtait au cou, mais la vieille femme ne
voulait pas en voir davantage. C'était déjà trop horrible. Elle replaça le vélin dans la boîte et partit chercher de l'aide sans se rendre compte qu'il faisait
légèrement plus chaud que d'habitude dans l'ossuaire
et que cette chaleur provenait des dalles situées sous
ses pieds.

Dans l'obscurité, loin à l'ouest, deux yeux s'ouvrirent soudain dans une pièce opulente, deux feux
jumeaux allumés dans la nuit. Et au cœur d'une des
pupilles, une tache blanche tremblota au souvenir du
Divin.

Neddo avait presque terminé.

— À un moment, entre la découverte du corps et
l'arrivée de la police, le morceau de carte contenu dans
une boîte en argent a disparu, dit-il. Or, Claudia Stern
met en vente un fragment semblable. Impossible de
dire si c'est celui de Sedlec, mais l'ordre des cisterciens s'oppose clairement à ce qu'il soit vendu. Il semble néanmoins que la vente aura lieu. Elle suscitera un
grand intérêt, malgré son caractère très privé : les collectionneurs de ce genre d'articles ont un penchant
pour, disons, la discrétion et le secret. Leur passion
pourrait être mal interprétée.

Je regardai les objets rassemblés dans la remise douteuse de Neddo : des restes humains réduits au statut
d'ornements. Je sentis un besoin pressant de quitter cet
endroit.

— J'aurai peut-être d'autres questions à vous poser,
dis-je.

Je tirai une carte de mon portefeuille et la posai sur le bureau. Neddo y jeta un coup d'œil mais ne la prit pas.

— Je ne bouge jamais d'ici, répondit-il. Naturellement, je suis curieux de voir où votre enquête vous mènera. N'hésitez pas à me joindre, le jour ou la nuit.

Avec un mince sourire, il ajouta :

— La nuit, de préférence.

Garcia surveillait le bâtiment et devenait de plus en plus nerveux à mesure que le temps passait. Il avait essayé de filer l'homme qui intéressait tant Brightwell, mais, n'étant pas encore familiarisé avec les rues de cette ville immense, il l'avait perdu en quelques minutes. Il pensait qu'il finirait par rejoindre ses amis et c'étaient eux, surtout, qui inquiétaient maintenant Garcia, car ils étaient encore dans son appartement au bout de deux heures. Il s'était attendu à voir la police débarquer, mais elle n'était pas venue. Au début, cela lui avait redonné espoir ; à présent, il ne savait plus trop. Ces hommes avaient forcément vu ce qu'il y avait dans l'appartement, ils avaient peut-être même regardé une des cassettes de sa collection. Quel genre de type fallait-il être pour ne pas appeler la police dans une telle situation ?

Garcia voulait récupérer ses affaires, une en particulier. Elle était importante pour lui et c'était aussi la seule chose qui pouvait le relier – lui et les autres – à la fille. Sans cela, la piste serait presque impossible à trouver.

Une voiture s'arrêta, l'homme en descendit et pénétra dans le bâtiment. Garcia fut soulagé de voir qu'il rapportait la caisse. Il espérait seulement que ce qu'il avait pris dans l'appartement se trouvait encore dedans.

Quelques minutes plus tard, la porte s'ouvrit, le Noir et son petit compagnon sortirent. Il n'y avait plus qu'un seul homme dans l'appartement.

Garcia se détacha de l'ombre et se dirigea vers l'entrée.

Je procédai à une dernière inspection. Louis et Angel avaient fouillé une seconde fois l'appartement, mais je voulais m'assurer que rien ne leur avait échappé. Lorsque j'en eus terminé avec la partie occupée, j'allai dans la pièce carrelée que Louis avait découverte. Son usage était clair. Bien qu'on l'eût soigneusement nettoyée, je me demandai si l'on avait également songé à éliminer tout indice éventuel de la tuyauterie. Elle était probablement neuve puisque la pièce était une extension récente. Si quelqu'un avait perdu son sang au-dessus de la grille, il restait peut-être des traces dans les tuyaux.

Des boîtes de peinture et des pinceaux aux poils durcis étaient posés sur une table à tréteaux contre le mur du fond, près d'un tas de vieux draps tachés de peinture. Je tirai sur le tas, soulevai un petit nuage de poussière rouge. J'examinai le résidu puis fis tomber les draps de la table. Il y avait aussi de la poussière de brique sur le plateau et sur le sol, au-dessous. Je passai une main sur le mur et sentis des inégalités dans la brique. Regardant plus attentivement, je remarquai que la surface n'était pas tout à fait plane aux bords d'une portion de mur d'environ cinquante centimètres de haut. De mes doigts, je saisis le bord faisant saillie et lui imprimai un mouvement de gauche à droite, jusqu'à pouvoir le tirer en avant. Il tomba sur la table, toujours d'un seul bloc, découvrant un trou. Je discernai une forme à l'intérieur. Je m'agenouillai, braquai ma torche dessus.

C'était un crâne humain monté sur un pilier d'os autour duquel un chiffon de velours rouge était noué. Une écharpe semée de paillettes d'or recouvrait la tête, ne laissant à découvert que les orbites, la cavité nasale et la bouche. À la base du pilier, de petits os avaient été disposés pour former deux mains approximatives aux doigts ornés de bagues bon marché. À côté, on avait placé des offrandes : du chocolat et des cigarettes, un verre contenant un liquide ambré qui fleurait le whisky.

Un médaillon luisait dans le faisceau de la lampe, reflet d'argent sur le blanc de la colonne d'os. Je passai la main dans le trou et le pris, ouvris le fermoir. Le bijou contenait les photos de deux femmes. Je ne reconnus pas la première. L'autre était la femme appelée Martha qui était venue chez moi en quête d'espoir pour son enfant.

Soudain il y eut une explosion de lumière et de bruit. Du bois et de la pierre éclatèrent près de mon bras droit, me criblèrent le visage et aveuglèrent mon œil droit. Je lâchai la torche et me jetai par terre au moment où une silhouette trapue se profilait brièvement dans l'entrée sans porte avant de reculer hors de vue. J'entendis les terribles clics jumeaux signalant qu'une autre cartouche montait dans la chambre du fusil, et une voix d'homme répétant sans cesse les mêmes mots, comme une prière :

— *Santa Muerte, reza por mi. Santa Muerte, reza por mi...*

Faiblement, par-dessus les mots, je perçus un bruit de pas dans l'escalier quand Angel et Louis montèrent, refermant le piège. Le tueur avait dû les entendre lui aussi, car il pria plus fort.

— Ne le tue pas ! cria la voix de Louis.

Puis le tireur réapparut et le fusil gronda. J'étais déjà en mouvement quand la table se désintégra, l'un de ses tréteaux s'effondrant lorsque l'homme entra dans la pièce, braillant sa prière, armant, tirant, armant, tirant, le bruit et la poussière emplissant la pièce, envahissant mon nez, voilant mes yeux, créant un brouillard sale qui noyait les détails, ne laissant que des formes indistinctes. Malgré ma vision brouillée, j'aperçus une silhouette sombre, courtaude. Un nuage de lumière et de métal s'embrasa devant elle et je fis feu.

10

Le Mexicain gisait parmi les ruines de la table à tréteaux, les vieux draps emmêlés autour de ses pieds comme les restes d'un linceul. L'une des boîtes de peinture s'était ouverte, aspergeant de blanc la partie inférieure de son corps. Du sang giclait par saccades du trou dans sa poitrine et se mélangeait à la peinture à chaque pulsation de son cœur défaillant. Sa main droite agrippait le mur et rampait sur la brique comme une araignée pour tenter d'atteindre le crâne posé sur l'autel.

— *Muertecita, reza por mi*, répéta-t-il, cette fois en murmurant.

Louis et Angel apparurent sur le seuil de la porte.

— Merde, grogna Louis, je t'avais dit de pas le tuer.

De la poussière enveloppait encore la pièce, lui cachant le trou dans le mur. Il s'agenouilla. Sa main droite saisit le visage du mourant, le tourna vers lui.

— Dis-moi où elle est.

Les yeux du Mexicain demeuraient fixés sur un endroit lointain. Ses lèvres continuaient à remuer, récitant son mantra. Il sourit, comme s'il avait entrevu quelque chose qui nous était invisible, une déchirure dans le tissu de l'existence lui permettant de voir enfin la récompense ou le châtiment qui n'appartenait qu'à lui. Je crus déceler dans son regard de l'étonnement, de la peur aussi lorsque ses yeux commencèrent à perdre leur éclat et que ses paupières s'abaissèrent.

Louis le gifla durement sur la joue. Il tenait à la main droite une petite photographie d'Alice que je n'avais encore jamais vue. Je me demandai si sa tante la lui avait donnée récemment ou s'il l'avait en sa possession depuis longtemps, relique d'une vie laissée derrière lui mais pas oubliée.

— Où elle est ? dit-il.

Le Mexicain toussa, cracha du sang. Ses lèvres découvrirent des dents rougies quand il tenta de prononcer sa prière une dernière fois, puis il frissonna et sa main retomba dans la peinture. Il était mort.

Louis baissa la tête, se couvrit le visage de la main, la photo d'Alice pressée contre sa peau.

— Louis, fis-je.

Il leva les yeux et, un moment, je ne sus comment continuer.

— Je crois que je l'ai trouvée.

La brigade d'intervention d'urgence fut la première sur les lieux en réponse à l'appel « coups de feu dans Williamsburg » du central. Je me retrouvai face aux canons de pistolets-mitrailleurs Ruger Mini et H&K et tentai d'identifier des noms dans la confusion de lumières et de cris qui accompagna leur arrivée. Les flics de la BIU enregistrèrent le Mexicain mort, les os exposés dans l'appartement et, une fois qu'ils eurent compris que la fusillade était finie pour la soirée, ils laissèrent leurs collègues du 96e prendre le relais. Au début, je m'efforçai de répondre de mon mieux à leurs questions, puis je gardai le silence. C'était en partie pour nous protéger, mes amis et moi – je ne voulais pas révéler trop de choses avant d'avoir eu le temps de me ressaisir et de mettre au point mon histoire –, mais aussi à cause d'une image que je ne parvenais pas à chasser de mon esprit. Je revoyais sans cesse Louis devant la brèche du mur, fixant le visage squelettique d'une fille qu'il avait connue, les mains tendues pour toucher ce qu'il restait d'elle mais incapable de le faire. Je le voyais dériver vers un autre temps et un autre lieu : une maison pleine de femmes qu'il quitterait bientôt après que leur nombre se serait encore accru.

Je me souviens d'elle. Je me souviens d'elle bébé, quand je la surveillais pendant que les femmes faisaient la cuisine ou le ménage. J'étais le seul homme qui s'occupait d'elle, parce que son père, Deeber, était mort. Je l'avais tué. Il était le premier. Il m'avait pris ma mère, je l'avais effacé de ce monde en représailles. Je ne savais pas alors que la sœur de ma mère était enceinte de lui. Je savais seulement, même s'il n'y avait pas de preuves, qu'il avait cogné si fort sur ma mère qu'elle était morte et qu'il me frapperait moi aussi. Alors, je l'ai tué et sa fille a grandi sans père. C'était un homme vil avec de vils appétits qu'il aurait peut-être assouvis sur elle lorsqu'elle aurait grandi, mais elle n'eut jamais l'occasion de le voir ni de comprendre quel genre d'homme il était. Elle eut toujours des doutes et, lorsqu'elle commença à entrevoir la vérité, j'étais loin d'elle. J'avais disparu dans la forêt alors qu'elle n'était encore qu'une enfant. J'avais choisi ma route, m'éloignant d'elle et des autres, et je n'ai pas su ce qu'elle était devenue avant qu'il ne soit trop tard.

C'est ce que je me dis : je ne savais pas.

Puis nos chemins se sont croisés dans cette ville et j'ai tenté de réparer mes fautes, mais je n'ai pas pu.

Elles étaient trop graves. Maintenant, elle est morte et je me demande : est-ce à cause de moi ? Est-ce moi qui ai tout déclenché en décidant calmement de prendre la vie de son père avant qu'elle naisse ? En un sens, n'étions-nous pas tous deux pères de la femme qu'elle était devenue ? Ne suis-je pas responsable de sa vie et de sa mort ? Elle était de mon sang et elle est morte.

Je regrette. Je regrette profondément.

Je me détournai de lui quand il baissa la tête, parce que je ne supportais pas de le voir comme ça.

Je passai le reste de la nuit et une bonne partie de la matinée dans une salle d'interrogatoire du 96e district de la police de New York, dans Meserole Avenue. En ma qualité d'ex-flic, et malgré quelques questions sans réponses sur mon passé, j'avais un certain crédit. Je déclarai qu'on m'avait rencardé sur l'adresse du Mexicain et que j'avais trouvé la porte de l'ancien entrepôt ouverte. J'étais entré, j'avais vu ce qu'il y avait dans l'appartement et je m'apprêtais à appeler la police quand un type m'était tombé dessus. Je l'avais tué en me défendant.

Deux inspecteurs m'interrogeaient, une femme nommée Bayard et son coéquipier, un grand rouquin du nom d'Entwistle. Ils se montraient d'une politesse scrupuleuse, en grande partie à cause de la présence de Frances Neagley, assise à ma droite. Avant mon arrivée à New York, Louis s'était arrangé pour que le cabinet Early, Chaplin & Cohen, dont Frances était l'un des associés principaux, verse des honoraires sur mon compte. Officiellement, je travaillais pour eux et je pouvais invoquer ce statut pour garder le silence quand on me posait une question embarrassante. Frances était grande, impeccable malgré l'heure matinale de mon coup de téléphone, et le charme même en surface, mais elle fréquentait le genre de bars où du sang séchait sur le sol le week-end et avait une telle réputation d'opiniâtreté que le titane paraissait souple en comparaison. Elle avait déjà fait du bon boulot en fascinant et en effrayant simultanément la plupart des flics avec qui elle avait été en contact.

— Qui vous a rencardé sur Garcia ? demanda Entwistle.

— Il s'appelait comme ça ? dis-je.

— Il semblerait. Il n'est pas en état de le confirmer.

— Je préfère ne pas répondre à cette question.

Bayard consulta ses notes.

— Ce ne serait pas un proxo nommé Tyrone Baylee, alias G-Mack ?

Je ne répondis pas.

— La fille qu'on vous a chargé de retrouver faisait partie de son écurie. Je suppose que vous lui avez parlé. Ça paraît logique, non ?

— J'ai parlé à des tas de gens.

Frances intervint :

— Où voulez-vous en venir, inspecteur ?

— Je veux simplement savoir quand M. Parker a parlé à Tyrone Baylee pour la dernière fois.

— M. Parker n'a ni confirmé ni démenti avoir parlé à cet homme, votre question est hors de propos.

— Pas pour M. Baylee, dit Entwistle.

Il avait des doigts jaunis, une voix que le catarrhe rendait ronflante.

— Il a été admis à Woodhull tôt ce matin avec des blessures par balle à la main et au pied droits. Il a dû ramper pour y arriver. Il y a peu de chances qu'il lance un jour pour l'équipe des Yankees.

Je fermai les yeux. Louis n'avait pas jugé bon de mentionner qu'il avait exercé de légères représailles sur la personne de G-Mack.

— J'ai parlé à Baylee vers minuit, une heure, dis-je. Il m'a donné l'adresse de Williamsburg.

— Vous lui avez tiré dessus ?

— Il vous a raconté ça ?

— Il est encore dans les vapes. Nous attendons sa déclaration.

— Je ne lui ai pas tiré dessus.

— Vous ne sauriez pas qui l'a fait ?

— Non, je n'en sais rien.

Frances intervint de nouveau :

— Inspecteur, nous pourrions avancer ?

— Désolé, mais votre client, ou votre employé, comme vous voudrez, semble avoir une influence pernicieuse sur la santé des gens qu'il rencontre.

— Alors, collez-lui un avertissement pour infraction aux règles sanitaires et laissez-le partir, ou inculpez-le.

Je ne pouvais qu'admirer sa pugnacité, mais asticoter ces flics ne me paraissait pas être une idée géniale alors que le corps de Garcia était encore tiède, que G-Mack se remettait de blessures par balle et que l'ombre du centre de détention de Brooklyn planait sur mes nuits à venir.

— M. Parker a tué un homme, argua Entwistle.

— Un homme qui essayait de le tuer.

— Selon lui.

— Allons, inspecteur, nous tournons en rond. Soyons sérieux : vous avez une pièce dévastée par des coups de fusil, un appartement bourré d'ossements, dont certains pourraient appartenir à la femme que M. Parker a été chargé de retrouver, et deux cassettes vidéo contenant des images d'une femme assassinée et probablement d'autres. Mon client a indiqué qu'il coopérerait de son mieux à l'enquête et vous essayez de le désarçonner avec des questions sur un individu qui a été blessé après l'avoir rencontré. M. Parker sera disponible à tout moment pour d'autres questions ou pour répondre aux charges que vous porterez contre lui. Alors, que décidez-vous ?

Entwistle et Bayard échangèrent un regard, sortirent de la pièce. Ils restèrent un bon moment partis, et Frances et moi gardâmes le silence jusqu'à leur retour.

— Vous êtes libre, annonça Entwistle. Pour le moment. Si ce n'est pas trop vous demander, nous vous serions reconnaissants de bien vouloir nous informer si vous projetez de quitter l'État.

Frances commença à rassembler ses notes.

— Et essayez donc de ne tirer sur personne pendant un bout de temps, hein ? reprit-il. Vu comme vous aimez ça, ça pourrait devenir une habitude.

Frances me raccompagna à ma voiture. Elle ne me posa pas d'autres questions sur les événements de la nuit et je ne lui fournis aucune information. Apparemment, ça nous arrangeait tous les deux.

— Je pense que vous vous en tirerez, dit-elle en se garant.

Il y avait encore des flics devant l'ancien entrepôt et des curieux demeuraient sur les lieux avec les équipes de télévision et autres journalistes.

— L'homme que vous avez tué a tiré trois ou quatre fois, vous une seule, poursuivit-elle. S'il a quelque chose à voir avec les os retrouvés dans l'appartement, personne ne vous cherchera d'ennuis pour sa mort, surtout si les restes découverts dans le mur sont ceux d'Alice. Ils pourraient décider de retenir contre vous d'avoir fait usage d'une arme à feu, mais pour les détectives privés, c'est affaire de jugement. Nous verrons.

J'avais un permis de port d'arme à New York depuis que j'avais quitté la police et c'étaient probablement les cent soixante-dix dollars les mieux employés que j'avais dépensés depuis deux ans. Il était délivré à la discrétion du directeur de la police et en principe, il aurait pu s'opposer à son renouvellement, mais personne n'y avait jamais vu d'objection. Je suppose que c'était quand même beaucoup leur demander de me laisser aussi tirer avec ce flingue.

Je remerciai Frances et descendis de voiture.

— Dites à Louis que je suis désolée, fit-elle.

J'appelai Rachel dès mon retour à l'hôtel. Elle décrocha à la quatrième sonnerie.

— Tout va bien ? m'enquis-je.

— Très bien, répondit-elle d'une voix sans inflexions.

— Et Sam ?

— Ça va. Elle a dormi d'une traite jusqu'à sept heures. Je viens de lui donner à manger. Je vais la remettre au lit pour une heure ou deux.

La ligne resta silencieuse pendant cinq secondes.

— Toi, ça va ? me demanda Rachel.

— On a eu quelques problèmes. Un type est mort.

Nouveau silence.

— Je crois qu'on a retrouvé Alice. Ou une partie d'elle.

— Dis-moi, fit-elle d'un ton soudain las.

— Il y avait des restes humains dans une baignoire. Des os, surtout. J'en ai trouvé d'autres derrière un mur. Avec le médaillon d'Alice.

— L'homme qui est mort, c'est lui le responsable ?

— Je ne suis pas sûr. On dirait.

J'attendis la question suivante, sachant qu'elle allait venir.

— Tu l'as tué ?

— Oui.

Rachel soupira. J'entendis Sam se mettre à pleurer.

— Il faut que j'y aille, dit-elle.

— Je rentre bientôt.

— C'est fini, n'est-ce pas ? Vous savez ce qui est arrivé à Alice et l'homme qui l'a tuée est mort. Que voulez-vous de plus ? Rentre. Tu rentres, d'accord ?

— D'accord. Je t'aime, Rachel.

— Je le sais.

Je crus entendre sa voix se fêler quand elle répéta avant de raccrocher :

— Je le sais.

Je dormis jusqu'à midi passé et fus réveillé par la sonnerie du téléphone. C'était Walter Cole.

— On dirait que tu as eu une nuit chargée, attaqua-t-il.

— Tu sais quoi, au juste ?

— Pas grand-chose. Tu peux me briefer sur le reste. Il y a un Starbucks près de Daffy's. Je t'y retrouve dans trente minutes.

Il m'en fallut quarante-cinq pour m'y rendre, et encore, c'était juste. En traversant la ville, je pensai à ce que j'avais fait, à ce que Rachel avait dit au téléphone. En un sens, elle avait raison, c'était fini. J'étais certain que les dossiers dentaires et les tests d'ADN – en comparant au besoin avec celui de Martha – confirmeraient que les restes trouvés dans l'appartement de Garcia étaient ceux d'Alice. Garcia était donc impliqué, et peut-être directement responsable de sa mort. Mais cela n'expliquait pas pourquoi Alice avait disparu, pour commencer, ni pourquoi Eddie Tager avait payé sa caution. Il y avait aussi ce que Neddo l'antiquaire m'avait raconté sur les Croyants, et l'agent du FBI Philip Bosworth, qui semblait mener une enquête reflétant, au moins en partie, la mienne. Enfin, j'avais conscience de mon propre sentiment de malaise, de cette impression que quelque chose d'autre remuait sous la surface et se faufilait dans les cavernes cachées du passé.

Mes cheveux étaient encore humides d'une douche rapide lorsque je m'assis en face de Walter à une table dans un coin de la salle. Dunne, l'inspecteur de l'autre fois, était avec lui.

— Ton coéquipier sait que tu vois d'autres hommes ? lui demandai-je.

— On est un couple libre, répondit-il. Tant que ça lui revient pas aux oreilles, il s'en fout. Il croit que tu as plombé G-Mack, n'empêche.

— Les flics du 96ᵉ aussi. Pour ce que ça vaut, ce n'est pas moi qui lui ai tiré dessus.

— Hé, c'est pas comme si ça nous empêchait de dormir. Mackey veut juste que ça lui retombe pas dessus, au cas où quelqu'un apprendrait qu'on t'a tuyauté sur lui.

— Tu peux dire à ton collègue qu'il n'a rien à craindre. Deux ou trois personnes nous ont dirigés sur lui.

— Nous ?

Bon Dieu. J'étais fatigué.

— Walter et moi.

— Ouais. Bien sûr.

Je ne voulais pas discuter de ça avec Dunne. Je ne savais même pas pourquoi il était là.

— Bon, qu'est-ce qu'on est venus faire ? dis-je. Tester des muffins ?

Dunne se tourna vers Walter en quête d'un allié.

— Pas facile à aider, ce type.

— Il est très indépendant, répondit Walter. Il prend des poses d'homme fort, mais je crois que c'est dû à une sexualité à problème.

— Walter, excuse-moi, je suis vraiment pas d'humeur à ça.

Il leva une main apaisante.

— Cool. Comme disait Dunne, on cherche seulement à t'aider.

— Sereta, l'autre fille, on dirait qu'on l'a retrouvée aussi, annonça Dunne.

— Où ça ?

— Un motel à la sortie de Yuma.

— La tuerie de l'Œilleton ?

J'avais vu quelques reportages là-dessus à la télé.

— Ouais. Les collègues locaux l'ont identifiée comme étant la fille retrouvée dans le coffre de la voiture. En tout cas, c'est ce qu'ils pensent, puisque la voiture était enregistrée à son nom et que le feu a épargné un morceau de son permis de conduire, mais ils attendent confirmation. Apparemment, elle était encore en vie et consciente quand les flammes l'ont assaillie. Elle a réussi à rabattre la banquette arrière à coups de pied avant de mourir.

Je m'efforçai de me rappeler les détails de l'affaire.

— Il n'y avait pas un autre corps dans la voiture ?

— Un homme. Le parfait inconnu. Pas de papiers, pas de portefeuille. Les flics de Yuma essaient encore de l'identifier avec ce qu'ils ont, mais ils ne peuvent quand même pas afficher sa photo sur les cartons de lait comme pour les gosses disparus. Peut-être en été, sur les sacs de charbon de bois. Il a reçu une balle dans la poitrine, elle y est restée. Elle provenait du 38 du Mexicain retrouvé mort dans une des chambres du motel. Les collègues partent de l'hypothèse qu'il aurait été la cible d'un contrat salopé. Ce Mexicain avait de très mauvaises fréquentations et les *Federales* du Mexique auraient bien aimé lui parler. Maintenant, avec l'histoire d'Alice, il faut peut-être voir ça sous un autre angle.

Selon G-Mack, Alice et Sereta étaient présentes quand Winston et son chauffeur avaient été abattus, mais elles n'avaient rien vu. Elles avaient emporté quelque chose, cependant, un objet assez précieux pour que les individus impliqués soient prêts à tuer pour le récupérer. Ils avaient retrouvé Alice et peut-être appris par elle l'endroit où Sereta se cachait. Je n'aimais pas penser à la façon dont ils avaient obtenu cette information.

— Ton copain G-Mack sortira probablement de l'hosto demain, dit Dunne. D'après ce que j'ai entendu, il continue à prétendre qu'il ne sait rien de ce qui est arrivé à ses filles et qu'il n'a pas vu le mec qui lui a tiré dessus. Celui qui lui a logé une balle dans la jambe savait ce qu'il faisait. L'articulation de la cheville et le talon sont en morceaux. Il boitera sûrement le restant de sa vie.

Je songeai au crâne d'Alice dans l'appartement de Garcia. J'imaginai les dernières minutes de vie de Sereta, quand la chaleur grimpait, la rôtissait lentement avant que les flammes ne l'atteignent. En balançant Alice, G-Mack avait condamné les deux filles à mort.

— C'est dur, commentai-je.

Dunne haussa les épaules.

— Le monde est dur. À propos, Walter dit qu'il a essayé de parler à Ellen, la jeune pute.

Je me souvins de la gamine en robe noire.

— Ça a donné quelque chose ?

Walter secoua la tête.

— Dure dedans comme dehors. Je vais voir du côté de Safe Horizon[1], et j'ai un pote à la protection des mineurs. Je ne laisse pas tomber.

Dunne se leva et prit sa veste.

---

1. Association d'aide aux victimes de violences. *(N.d.T.)*

— Écoute, me dit-il, si je peux t'aider, je le ferai. J'ai une dette envers Walter et s'il veut t'en faire profiter, je suis d'accord. Mais j'aime mon boulot, je tiens à le garder. Je sais pas qui a plombé ce mac de merde, mais si tu tombes dessus, dis-lui de faire ça au New Jersey, la prochaine fois. C'est clair ?

— C'est clair.

— Oh, une dernière chose. Ils ont découvert un drôle de truc à l'Œilleton. Le gars de la réception avait le visage barbouillé de sang et on a trouvé de l'ADN de quelqu'un d'autre dans les prélèvements. Le plus bizarre, c'est qu'il était dégradé.

— Dégradé ?

— Vieux, abîmé. Ils pensent que les prélèvements ont peut-être été altérés, d'une manière ou d'une autre. Ils contenaient des toxines qu'on est encore en train d'essayer d'identifier. C'est comme si quelqu'un avait frotté un morceau de viande morte sur le visage de ce jeune.

Nous laissâmes cinq minutes d'avance à Dunne avant de partir à notre tour.

— Et maintenant ? demanda Walter tandis que nous évitions de nous faire écraser par un bus.

— Je dois interroger quelques personnes. Tu pourrais savoir à qui appartient l'ancien entrepôt de Williamsburg ?

— Ça ne devrait pas poser de problème. Le 96e est sûrement déjà dessus, mais je vais voir ce que je peux apprendre au service des impôts de la mairie.

— Les flics du 96e ont identifié le type que j'ai tué. Je ne m'attends pas à ce qu'ils partagent leurs informations avec moi, alors garde l'oreille collée au sol pour capter les bruits qui circulent.

— D'accord. Tu comptes passer encore une nuit au Meridien ?

Je songeai à Rachel.

— Peut-être. Après, il faudra que je rentre.

— Tu lui as parlé ?

— Ce matin.

— Tu lui as expliqué ce qui s'est passé ?

— En gros.

— Ce craquement que tu entends dans ta tête, c'est la glace mince qui cède. Il faut que tu retournes auprès de Rachel. Les hormones, ça chamboule tout, tu le sais. Même les petits ennuis, on dirait la fin du monde. Alors, les gros…

Je lui serrai la main.

— Merci.

— Du conseil ?

— Non, le conseil, il est merdique. Merci du coup de main.

— Hé, flic un jour… Ça me manque, quelquefois. Mais des coups comme celui-là, ça m'aide à me rappeler que j'ai bien fait de prendre ma retraite, finalement.

Ma visite suivante fut pour Louis. Je le retrouvai dans une cafétéria de Broadway, près du Gay Nineties. Il n'avait pas l'air d'avoir beaucoup dormi.

— La cousine de Martha arrive en avion aujourd'hui avec les dossiers dentaires et médicaux, tout ce qu'elle a pu trouver, m'annonça-t-il. Martha était dans un hôtel pourri de Harlem, je l'ai fait changer. Elles seront toutes les deux au Pierre.

— Comment elle va ?

— Elle espère encore, elle dit que ce n'est peut-être pas Alice. Que le type lui a peut-être seulement piqué le médaillon.

— Et toi ? Tu penses quoi ?

— C'est elle. Je l'ai su tout de suite, comme toi. Je l'ai senti dès que j'ai vu le médaillon.

— Les flics auront une identification formelle demain. On pourra récupérer le corps dans un jour ou deux une fois que le médecin légiste aura fait son rapport. Tu retourneras là-bas avec elles et Alice ?

— Je crois pas. Je serais pas le bienvenu. Y a de vieilles histoires qu'il vaut mieux pas remuer. J'ai autre chose à faire.

— Comme ?

— Comme trouver ceux qui lui ont fait ça.

Je bus une gorgée de mon café, qui avait déjà tiédi. Je levai ma tasse pour demander à la serveuse de la réchauffer, la regardai faire en silence.

— Tu aurais dû me prévenir pour G-Mack, dis-je quand elle se fut éloignée.

— J'avais d'autres choses en tête.

— À l'avenir, tu me tiens au courant, si ça ne te fait rien. Deux inspecteurs du 96ᵉ pensent que c'est moi qui l'ai estropié. Le fait que j'aie laissé un autre type mort dans leur secteur n'arrange pas mes affaires.

— Ils t'ont dit comment il va, ce connard ?

— Il était encore dans le brouillard quand ils m'ont interrogé au 96ᵉ, mais depuis il a refait surface. Il prétend qu'il n'a rien vu du tout.

— Il parlera pas. Il sait qu'il a pas intérêt.

— La question n'est pas là, repartis-je.

— Écoute, je te demande pas de te mêler de ça. Je t'ai rien demandé, pour commencer.

J'attendis qu'il continue. Il n'ajouta rien.

— Tu as fini ?

— Ouais, j'ai fini, répondit-il en levant une main pour s'excuser. Désolé.

— Il n'y a pas de quoi être désolé. Si tu tires sur quelqu'un, tu me préviens, c'est tout. Je veux être sûr de pouvoir dire que j'étais ailleurs. Surtout si c'est vrai, pour une fois.

— Les mecs qui ont tué Alice vont savoir que le mac a parlé. Il est mort.

— Ça, quand ils lui tomberont dessus, il ne pourra pas s'enfuir en gambadant.

— Et maintenant ?

Je l'informai de la mort de Sereta près de Yuma, du cadavre retrouvé dans la voiture avec elle.

— On ne lui avait pas tiré dessus dans la voiture, précisai-je. Mackey m'a dit qu'une traînée de sang menait de la chambre à la Buick. Ce type est allé jusqu'à la voiture, il s'est assis au volant et il a brûlé vif, la portière ouverte.

— Quelqu'un braquait peut-être un flingue sur lui.

— Il aurait fallu que ce soit un gros flingue. Et même, mourir d'une balle, c'est toujours beaucoup moins épouvantable que de griller derrière un volant. En plus, il n'était pas enregistré comme client de l'hôtel.

— Un micheton de Sereta ?

— Si c'est le cas, il n'a laissé aucune trace dans la chambre de la fille. À supposer que ce soit vrai, pourquoi on lui aurait tiré dessus dans le couloir à travers la porte ?

— Un des tueurs, alors ?

— Il semblerait. Il merde, il se fait blesser, mais, au lieu de l'emmener, ses copains le regardent monter dans la voiture et ils y mettent le feu.

— Et il se laisse faire.

— Il ne bouge même pas de son siège.

— Les types ont découvert où Sereta se planquait…

— Et ils l'ont tuée quand ils l'ont retrouvée, dis-je.

Louis tira la même conclusion que moi :

— C'est Alice qui les a rencardés.

— Peut-être. Si c'est vrai, ils l'ont forcée à parler.

Il réfléchit un moment à la question.

— Ça me fait mal de penser ça, mais à la place de Sereta, j'aurais juste dit à Alice le strict nécessaire. Peut-être un numéro où la joindre mais pas plus. Comme ça, si les mecs s'occupaient d'Alice, elle avait pas grand-chose à raconter.

— Alors, quelqu'un de là-bas a balancé Sereta, probablement sur la base de ce que les meurtriers d'Alice avaient tiré d'elle.

— Ce qui veut dire que quelqu'un de là-bas connaît quelqu'un d'ici.

— Garcia était peut-être le contact. Vu que l'Œilleton est tout près de la frontière, la filière mexicaine semble plausible. Ça vaudrait le coup de creuser un peu dans cette direction.

— Tu chercherais pas à m'éloigner pour pouvoir mener une enquête, plus… euh… diplomatique ?

— Pour ça, il faudrait que je sois plus intelligent que je ne le suis, arguai-je.

— Pas plus intelligent, plus roublard.

— Non, quelqu'un là-bas a peut-être des informations qui pourraient nous aider. Mais il ou elle ne les lâchera pas facilement. Comme je sais que tu cherches quelqu'un sur qui passer ta rage, je t'offre un exutoire.

Louis braqua sa cuillère vers moi, parvint presque à esquisser un sourire.

— T'as passé trop de temps à baiser des psy.

— Pas ces derniers temps, non.

Il avait raison, cependant : je voulais l'éloigner un ou deux jours pour ne pas avoir à lui cacher ce que je ferais. Je craignais, si je lui donnais trop d'informations, qu'il ne cherche à obtenir des réponses par la force. Je voulais être le premier à interroger le prêteur de cautions. Je voulais parler à la personne qui louait l'appartement de l'ancien entrepôt à Garcia. Et je voulais retrouver Bosworth, l'agent du FBI. Je pourrais toujours lancer Louis sur eux plus tard.

Je retournai à mon hôtel avec quelque chose en plus dans le coffre de ma voiture. J'avais confié la sculpture en os à Angel avant qu'il quitte l'entrepôt et Louis me l'avait rapportée. Si les flics découvraient que je leur avais caché ce truc, j'aurais de gros ennuis, mais il m'avait permis d'entrer chez Neddo et j'avais l'impression qu'il m'ouvrirait d'autres portes en cas de besoin. Une photo ou un dessin n'aurait pas le même effet.

Angel et Louis prendraient l'avion pour Tucson via Houston dans la soirée. De son côté, Walter m'avait rappelé pour me donner un nom : l'entrepôt faisait partie d'une succession bloquée par une interminable querelle juridique et le seul lien que les flics avaient pu établir, c'était avec un avocat du nom de David Sekula qui avait un cabinet dans Riverside Drive. Le numéro de téléphone de la banderole tendue en travers du bâtiment donnait accès à la messagerie d'une agence immobilière appelée Ambassade Realty, sauf qu'Ambassade Realty était une impasse. Son directeur était décédé et l'agence avait cessé ses activités. Je notai l'adresse et le numéro de Sekula dans l'intention de lui rendre visite le lendemain matin, quand je serais frais et dispos.

Je laissai trois messages à Tager, le prêteur, mais il ne rappela pas. Il avait un bureau dans le Bronx, près du Yankee Stadium. Lui aussi, je le verrais le lendemain. Quelqu'un lui avait demandé de faire libérer Alice. Si je retrouvais cette personne, je me rapprocherais de ceux qui étaient responsables de la mort de la jeune femme.

Au moment où Angel et Louis se rendaient au terminal Delta de JKF, un homme qui aurait pu répondre à quelques-unes des questions qu'ils se posaient passa le contrôle de l'immigration, récupéra ses bagages et pénétra dans le hall des arrivées.

C'était un prêtre venu de Londres par un vol de British Airways. Grand, la quarantaine, il avait la corpulence d'un homme qui aime manger. Sa barbe en broussaille, plus claire et plus rousse que ses cheveux, lui donnait un vague air de pirate, comme s'il avait cessé hier seulement d'y attacher des pétards pour effrayer ses ennemis. Il portait une petite valise noire d'une main, un exemplaire du *Guardian* du jour de l'autre.

Un autre homme un peu plus jeune l'attendait et s'avança quand les portes se refermèrent derrière lui dans un chuintement. Il serra la main du prêtre et lui proposa de porter sa valise, mais l'offre fut déclinée.

— Je vous ai apporté *The Guardian* et *Le Monde*, dit le prêtre en lui tendant le journal. Je sais que vous aimez lire la presse européenne et elle est chère, ici.

— Vous n'auriez pas pu me prendre plutôt *The Telegraph* ? fit l'autre homme avec un léger accent d'Europe de l'Est.

— Il est un peu trop conservateur à mon goût. Je ne veux pas encourager cette tendance.

L'autre prit *The Guardian* et parcourut la première page en marchant. Ce qu'il lut sembla le décevoir.

— Nous ne sommes pas tous aussi libéraux que vous, vous savez.

— Je ne sais pas ce qui vous est arrivé, Paul, soupira le prêtre. Vous étiez pourtant du côté des bons. Ils finiront par vous faire acheter des actions de Halliburton.

— Ce n'est plus un pays pour libéraux insouciants, Martin. Les choses ont changé depuis notre dernière visite.

— Je le vois bien. Au contrôle des passeports, c'est tout juste si le type ne m'a pas fait me pencher au-dessus d'une table pour me fourrer un doigt entre les fesses.

— Il aurait eu plus de courage que moi. Enfin, je suis content de vous revoir.

Ils prirent la direction du parking et ne parlèrent des problèmes qui les concernaient qu'après avoir quitté l'aéroport.

— Du nouveau ? s'enquit Martin.

— Des rumeurs, rien d'autre, mais la vente aux enchères aura lieu dans quelques jours.

— C'est un peu comme de verser du sang dans l'eau pour voir qui cela attire. Des fragments ne leur suffiront pas. Ils ont besoin du tout. S'ils sont aussi près que nous le pensons, ils mordront à l'appât.

— Vous nous avez impliqués dans une affaire risquée.

— Impliqués, nous l'étions de toute façon, que nous le voulions ou pas. La mort de Mordant nous a mis dans cette situation. S'il est remonté jusqu'à Sedlec, d'autres peuvent le faire aussi.

— C'était un coup heureux. Mordant a eu de la chance.

— Pas tellement, fit observer Martin. Il s'est brisé le cou. Du moins, ça ressemblait à un accident. Des rumeurs, disiez-vous ?

— Deux femmes ont disparu du Point. Elles auraient été chez Winston, le collectionneur, quand on l'a assassiné. D'après nos amis, elles ont, depuis, été retrouvées mortes toutes les deux. L'une à Brooklyn, l'autre dans l'Arizona. On peut raisonnablement supposer que ce qu'elles ont pris dans la collection de Winston a été récupéré.

Le prêtre ferma les yeux et remua les lèvres pour une prière silencieuse.

— Encore des morts, dit-il quand il eut terminé. C'est regrettable.

— Ce n'est pas le pire.

— Je vous écoute.

— Des témoins ont vu un obèse. Il se fait appeler Brightwell.

— S'il est sorti de sa cachette, c'est qu'ils pensent être tout près, maintenant. Seigneur, vous n'avez aucune bonne nouvelle à m'apprendre ?

Paul Bartek ne put retenir un sourire, mais s'inquiéta aussitôt du plaisir que l'information qu'il allait donner lui procurait. Il faudrait qu'il se confesse. N'empêche, pouvoir la communiquer à Martin valait bien quelques « Je vous salue Marie ».

— L'un des leurs s'est fait tuer. Un Mexicain. La police pense qu'il est responsable de la mort de l'une des deux prostituées. On aurait retrouvé les restes de cette fille dans son appartement.

— Tué ?

— Par balle.

— Quelqu'un a rendu service au monde, mais il va le payer. Ils n'apprécieront sûrement pas. Qui est-ce ?

— Il s'appelle Parker, il est détective privé. Apparemment, il s'est fait une habitude ce genre de choses.

Assis devant l'écran de l'ordinateur, Brightwell attendait que l'imprimante finisse de cracher les dernières pages. Quand elle eut terminé, il prit la liasse de feuilles et les classa dans l'ordre chronologique, en commençant par la plus ancienne des coupures de presse. Il relut les détails des deux premiers meurtres. L'article était illustré par les photos de la femme et de l'enfant quand elles étaient encore en vie, mais il leur jeta à peine un coup d'œil. Il ne s'attarda pas non plus sur la description du crime, car il devinait que leur relation comportait beaucoup de non-dits. Les blessures infligées à la femme et à la fille de cet homme étaient sans doute trop horribles pour être décrites, ou alors la police avait convaincu la presse de ne pas les révéler afin de ne pas encourager d'éventuels émules. Non, ce qui intéressait Brightwell, c'étaient les informations sur le mari, et il surligna en jaune les portions de phrase particulièrement dignes d'attention. Il fit de même pour chaque page, remontant la piste de Parker, recréant l'histoire des cinq dernières années, notant avec intérêt que passé et présent se croisaient dans cette vie, que de vieux fantômes étaient invoqués et d'autres renvoyés dans les limbes.

Parker. Une telle tristesse, une telle souffrance et tout cela en pénitence d'une faute contre Lui que tu ne te rappelles même pas avoir commise… Ta foi était mal placée. Il n'y a pas de rédemption, pas pour toi. Tu as été damné, il n'y a pas de salut.

Tu es longtemps resté perdu pour nous, mais nous t'avons retrouvé.

11

David Sekula occupait des bureaux modestes dans un joli *brownstone* de Riverside. Une plaque en cuivre vissée au mur annonçait sa qualité d'avocat. Je pressai le bouton de l'Interphone, qui émit une musiquette à deux notes rassurante, comme pour convaincre ceux qui seraient tentés de détaler que tout se passerait bien, finalement. Quelques secondes plus tard, le haut-parleur crachota et une voix féminine s'enquit de ce qu'elle pouvait faire pour moi. Je lui donnai mon nom, elle me demanda si j'avais rendez-vous. J'avouai que non. Elle m'informa que M. Sekula n'était pas disponible. Je répondis que je pouvais l'attendre sur le perron et m'ouvrir une bière pour passer le temps, mais que ça risquait de dégénérer si j'avais envie de pisser.

Elle me fit entrer. Un peu de charme, c'est toujours efficace.

La secrétaire de Sekula était d'une beauté extraordinaire quoique vaguement menaçante. Ses cheveux noirs et longs étaient retenus dans le dos par un ruban rouge noué lâchement. Elle avait des yeux bleus, une peau si pâle que les soupçons de rouge de ses joues ressemblaient à des couchers de soleil jumeaux, tandis que ses lèvres auraient pu faire l'objet d'un symposium freudien d'un mois. Elle portait un chemisier sombre qui, sans être tout à fait transparent, s'arrangeait pour suggérer ce qui devait être de la lingerie de dentelle blanche très coûteuse. Un moment, je me demandai si elle était balafrée, car je crus distinguer des formes irrégulières sur sa peau là où le tissu y adhérait. Sa jupe grise s'arrêtait juste au-dessus du genou et ses bas étaient épais et noirs. Elle semblait être le genre de femme à promettre à un homme une nuit d'extase comme il n'en avait jamais même imaginé, mais uniquement si elle pouvait le trucider lentement tout de suite après. Il se trouvait sans doute des hommes qui estimeraient le marché correct. À en juger par l'expression de son visage, elle n'était pas sur le point de me faire cette sorte de proposition, pas si elle avait la possibilité d'éviter la partie extase et de passer directement à la torture lente. Je me demandai si Sekula était marié. Si j'avais suggéré à Rachel qu'il me fallait une secrétaire comme cette femme, elle aurait donné son accord uniquement si j'avais accepté auparavant de signer un contrat de castration chimique temporaire, avec la menace d'une solution plus définitive toujours à l'horizon si jamais j'étais tenté de sortir du droit chemin.

La partie réception, moquettée de gris, occupait toute la pièce de devant, avec un canapé de cuir noir sous la baie vitrée et, devant, une table basse très moderne faite d'une simple plaque de verre noir. Des fauteuils assortis la flanquaient et les murs étaient décorés – si c'est le mot juste – d'œuvres d'art laissant penser qu'un type souffrant de dépression était longtemps resté planté devant une toile vierge, puis avait tracé un trait au hasard avec un pinceau noir avant de coller un prix astronomique sur le résultat et d'entamer une longue, longue thérapie. Tout bien considéré, le minimalisme paraissait être à l'ordre du jour. Même le bureau de la secrétaire n'était pas encombré par quoi que ce soit ressemblant à un dossier ou à une feuille de papier égarée. Sekula n'était peut-être pas très occupé ou bien il passait ses journées à contempler rêveusement sa secrétaire.

Je lui montrai ma licence, elle ne parut pas impressionnée.

— J'aimerais que M. Sekula m'accorde quelques minutes de son temps.

— Il n'est pas libre.

Je crus entendre le ronronnement bas d'une moitié de conversation téléphonique de l'autre côté de la double porte noire située à ma droite.

— J'espère qu'il est en train de virer son décorateur, dis-je en parcourant de nouveau des yeux la réception immaculée.

— De quoi s'agit-il ? me demanda la secrétaire sans daigner prononcer mon nom.

— M. Sekula s'occupe de la gestion d'un immeuble de Williamsburg dont je souhaiterais lui parler.

— M. Sekula s'occupe de beaucoup d'immeubles.

— Celui-là est un peu à part : il est plein de morts.

Elle ne battit même pas des cils devant cette allusion à ce qui s'était passé dans Williamsburg.

— M. Sekula en a déjà discuté avec la police.

— Alors, ça devrait être encore frais dans son esprit, répliquai-je. Je vais m'installer pour attendre qu'il ait fini.

Je m'assis dans l'un des fauteuils, qui se révéla inconfortable comme seuls peuvent l'être les meubles très chers. Au bout de deux minutes, le bas de mon dos me torturait. Au bout de cinq minutes, le reste de mon dos me torturait aussi et d'autres parties de mon corps protestaient en solidarité. J'envisageais de m'allonger par terre quand la porte noire s'ouvrit, et un homme en costume anthracite à fines rayures grises s'avança dans la réception. Ses cheveux châtain clair avaient une coupe si soignée qu'ils auraient pu gagner un prix d'art topiaire et pas une mèche n'était déplacée. Il avait la beauté fade d'un mannequin à temps partiel, des traits sans défaut ni trace de personnalité qui aurait pu lui donner du caractère ou de la distinction.

— Monsieur Parker, dit-il, je suis David Sekula. Désolé de vous avoir fait attendre.

Manifestement, il avait entendu ma passe d'armes avec la secrétaire. Elle pouvait avoir simplement laissé l'Interphone branché entre les deux pièces. En tout cas, j'aurais bien aimé savoir à qui il avait parlé au téléphone. C'était peut-être sans rapport avec ma présence et je devais affronter la possibilité que le monde ne tournât pas autour de moi. Je n'étais pas sûr d'être prêt à franchir ce pas.

Je serrai la main de Sekula, douce et sèche comme une éponge non utilisée.

— J'espère que vous vous êtes remis de votre épreuve, poursuivit-il en m'introduisant dans son bureau. Ce qui est arrivé là-bas est épouvantable.

Les flics lui avaient probablement expliqué mon rôle dans l'histoire lorsqu'ils l'avaient interrogé. À l'évidence, ils avaient oublié de mettre aussi la secrétaire dans le coup, ou alors ils avaient essayé mais elle n'avait pas compris tant ils bavaient devant elle.

Sekula fit halte devant le bureau de la jeune femme le temps de lui recommander :

— Pas de coups de téléphone, s'il vous plaît, Hope.

Hope[1] ? C'était dur à croire.

1. « Espoir » en anglais. *(N.d.T.)*

— Entendu, monsieur Sekula, répondit-elle.

— Joli prénom, lui dis-je. Il vous va bien.

Je lui souris. Nous étions tous copains-copains, maintenant. Ils m'inviteraient peut-être à partir avec eux en voyage. On boirait, on rirait, on se souviendrait de la gêne de cette première rencontre avant d'apprendre à nous connaître et à nous apprécier.

Hope ne me rendit pas mon sourire. Apparemment, le voyage était annulé.

Sekula referma la porte derrière nous et m'indiqua une chaise devant son bureau. Elle faisait face à la fenêtre, mais, comme les doubles rideaux étaient tirés, je ne pouvais pas voir ce qui se trouvait derrière. Comparé à la réception, le bureau de Sekula donnait l'impression d'avoir subi un attentat à la bombe, mais il était quand même mieux rangé que ceux de tous les avocats que j'avais vus auparavant. Il y avait de la paperasse en abondance, confinée toutefois dans des chemises propres et étiquetées, nettement empilées sur le bureau. La corbeille à papier était vide et les classeurs devaient être cachés par les boiseries de faux chêne qui couvraient deux murs, ou alors il n'y en avait pas. Les tableaux qui décoraient la pièce étaient aussi moins perturbants que ceux de la réception : une grande lithographie de Picasso représentant un faune jouant du luth – signée, pas moins – et une toile ressemblant à une peinture rupestre de chevaux, obtenue par application de couches successives, les bêtes littéralement sculptées dans la peinture : le passé recréé dans le présent. Elle était également signée par l'artiste, Alison Rieder. Sekula remarqua que je la regardais.

— Vous êtes collectionneur ? dit-il.

Je me demandai s'il essayait d'être drôle, mais il avait l'air sérieux. Il devait payer ses enquêteurs largement au-dessus du tarif habituel.

— Je ne m'y connais pas assez pour ça.

— Mais vous avez des tableaux sur vos murs ?

Je plissai le front. Je ne voyais pas où cela nous menait.

— Quelques-uns.

— Bravo. Un homme doit apprécier la beauté, sous toutes ses formes.

Il tendit le menton vers la porte derrière laquelle se trouvaient celles, de moins en moins attirantes, de sa secrétaire et eut un large sourire. J'étais à peu près sûr que s'il faisait ça devant la dame en question, elle lui couperait la tête et la piquerait sur une grille de Central Park.

Sekula me proposa un verre du bar occupant une portion du mur, ou un café, si je préférais. Je répondis que je ne voulais rien, merci. Il s'installa derrière son bureau, joignit l'extrémité de ses doigts et prit un air grave.

— Vous n'avez pas été blessé ? s'enquit-il. À part…

Il se toucha la joue droite. J'avais quelques entailles au visage provenant d'éclats de bois et du sang dans l'œil droit.

— Vous devriez voir l'autre type, marmonnai-je.

Sekula parut se demander si je plaisantais. Je ne lui dis pas que l'image de Garcia affalé contre le mur demeurait vive dans mon esprit, son sang imprégnant les draps poussiéreux, maculés de peinture, ses lèvres remuant en une prière à la déité qui permettait de tremper dans le meurtre de deux femmes et offrait quand même espoir et réconfort à ceux qui l'imploraient. Je ne lui parlai pas de l'odeur métallique du sang du mourant qui avait infesté le peu de nourriture que j'avais réussi à avaler dans la journée. Ni de la puanteur qui s'élevait de lui, ni de l'aspect vitreux que ses yeux avaient pris quand il avait rendu son dernier souffle.

Je ne mentionnai pas le bruit de ce dernier souffle, ni la façon dont il était sorti de lui : une expiration longue et lente, à la fois réticente et soulagée. Il m'avait toujours semblé juste d'utiliser des mots évoquant la liberté et l'évasion pour décrire le moment où le terne succède à l'éclatant, où la vie devient la mort. Être proche d'un autre à cet instant suffit à vous convaincre, fût-ce brièvement, que quelque chose situé au-delà du compréhensible quitte le corps avec ce dernier soupir, qu'une essence entame son voyage de ce monde à l'autre.

— Je n'arrive pas à imaginer ce que cela doit être de tuer un homme, déclara Sekula, comme si mes réflexions lui avaient été révélées par mes yeux.

— Pourquoi essayeriez-vous même de l'imaginer ?

Il accorda quelque considération à la question.

— Il y a bien dû y avoir des moments où j'ai eu envie de tuer quelqu'un, dit-il. Une envie passagère mais réelle. J'ai sûrement pensé que je n'en supporterais jamais les conséquences : pas seulement légales mais aussi morales et psychologiques. Mais bon, je ne me suis jamais trouvé dans une situation où je devais sérieusement envisager de supprimer une vie. Peut-être qu'en de telles circonstances, je serais capable de tuer.

— Avez-vous déjà défendu une personne accusée de meurtre ?

— Non, je m'occupe surtout de droit commercial, ce qui nous amène à notre affaire. Je ne peux que vous répéter ce que j'ai déclaré à la police. Le bâtiment servait autrefois d'entrepôt à la brasserie Rheingold. Elle a fermé en 1974 et le bâtiment a été vendu à un nommé August Welsh, qui est devenu par la suite un de mes clients. À sa mort, la succession a posé des problèmes juridiques. Suivez mon conseil, monsieur Parker : faites un testament. Même si vous devez l'écrire au dos d'une serviette en papier, faites-le. M. Welsh n'a pas été aussi prévoyant. Malgré mes recommandations répétées, il s'est refusé à mettre ses volontés par écrit. Je crois qu'il pensait que faire un testament reviendrait à reconnaître l'imminence de la fin de son existence. Les testaments, dans son esprit, étaient réservés aux personnes sur le point de mourir. J'ai tenté de lui expliquer que tout le monde meurt : lui, moi, même ses enfants et ses petits-enfants. Rien à faire. Il est mort intestat et ses enfants ont commencé à se chamailler, comme c'est souvent le cas dans de telles situations. Je me suis efforcé de gérer ses biens de mon mieux en attendant. J'ai veillé à ce que son portefeuille d'actions demeure solide, à ce que les dividendes soient réinvestis ou versés sur un compte indépendant. J'ai fait en sorte d'obtenir les meilleurs résultats possibles avec ses divers immeubles. Malheureusement, l'entrepôt Rheingold n'était pas l'un de ses meilleurs investissements. Le quartier prenait de la valeur, mais je n'ai trouvé personne disposé à injecter suffisamment de fonds pour aménager le bâtiment. J'ai laissé l'affaire à l'agence Ambassade Realty et elle m'était quasiment sortie de la tête jusqu'à cette semaine.

— Vous ne saviez pas qu'Ambassade avait fermé boutique ?

— J'en ai sûrement été avisé, mais reprendre la gestion du bâtiment n'a probablement pas dû me paraître une priorité à l'époque.

— Donc, ce Garcia n'a signé de bail ni avec Ambassade ni avec votre cabinet ?

— Pas à ma connaissance.

— Pourtant, on a fait des travaux au dernier étage de l'entrepôt. On a installé l'eau, l'électricité, et quelqu'un réglait les factures.

— Ambassade, je suppose.

— Et maintenant, il ne reste plus personne d'Ambassade à qui poser la question.

— J'ai bien peur que non. J'aimerais pouvoir être plus utile...

— Dans ce cas, nous sommes deux.

Sekula s'efforça de donner à ses traits une expression de regret. Ça ne marcha pas tout à fait. Comme la plupart des avocats et autres membres des professions libérales, il n'appréciait pas qu'un profane jette des doutes sur un aspect de sa profession. Il se leva pour me signifier que l'entretien était terminé.

— Si je repense à quoi que ce soit qui pourrait vous aider, je vous le ferai savoir, promit-il. Naturellement, je serai contraint d'en informer d'abord la police, mais, étant donné les circonstances, je ne verrai aucune objection à vous tenir au courant également, du moment que la police confirme que cela ne la gênera pas dans son enquête.

Je cherchai à décrypter ce qu'il venait de me dire et parvins à la conclusion que je ne tirerais plus rien de lui. Je le remerciai, lui laissai ma carte. Il me raccompagna, me serra de nouveau la main et referma la porte de son bureau derrière moi. Je fis une dernière tentative pour entamer le permafrost de sa secrétaire en lui exprimant ma gratitude pour tout ce qu'elle avait fait, mais elle était insensible au manque de sincérité. Si Sekula lui tenait compagnie la nuit, je ne l'enviais pas. Tout homme couchant avec cette femme avait besoin de s'emmitoufler contre le froid et peut-être même de porter un bonnet chaud.

Étape suivante, Sheridan Avenue, dans le Bronx, où Eddie Tager avait son bureau. Il y avait de la concurrence : les rues situées à l'est du Yankee Stadium et près du tribunal regorgeaient de prêteurs de cautions. La plupart faisaient leur publicité en deux langues et ceux qui pouvaient se permettre le néon s'assuraient généralement que le mot *« fianzas »* soit au moins aussi bien en vue que « cautions » dans leurs vitrines.

Il fut un temps où le secteur de la caution était le monopole d'individus franchement détestables. Il en restait encore, mais ils ne jouaient plus qu'un rôle mineur. La plupart des prêteurs importants étaient soutenus par les grandes compagnies d'assurances, y compris Hal Buncombe. D'après Louis, c'était le prêteur qu'Alice était censée joindre en cas d'ennuis. Qu'elle n'ait pas fait appel à lui indiquait qu'elle continuait à en vouloir à Louis, même dans les situations les plus désespérées. Je retrouvai Buncombe dans une petite pizzeria de la 161e où il attaquait la première des deux parts posées sur une assiette en carton. Il était sur le point de s'essuyer les doigts à une serviette pour me serrer la main quand je lui fis signe de ne pas s'embêter avec ça. Je commandai soda et une part de pizza, m'assis à sa table. Buncombe était un petit homme sec et nerveux d'une cinquantaine d'années. Il émanait de lui un mélange de calme intérieur et de confiance en soi absolue qui est l'apanage de ceux qui ont tout vu et appris suffisamment de leurs erreurs passées pour ne pas trop en commettre d'autres.

— Comment va le boulot ? demandai-je.

— Moyen, répondit-il. Ça pourrait aller mieux. On a déjà eu quelques types qui se sont défilés ce mois-ci, c'est pas terrible. J'ai calculé qu'on a laissé deux cent cinquante mille dollars à l'État l'année dernière, ce qui signifie qu'on a déjà du retard à rattraper dès le début.

Faut que j'arrête d'être gentil avec les gens. En fait, j'ai déjà arrêté.

Il leva la main droite pour me montrer des jointures bleuies et éraflées.

— J'ai retiré un gars de la circulation ce matin. J'avais un mauvais pressentiment à son sujet. S'il se présentait pas au tribunal, ça nous coûtait cinq plaques, j'étais pas prêt à prendre ce risque.

— Je suppose qu'il n'était pas d'accord.

— Il a balancé quelques swings, concéda Buncombe. On l'a emmené à Rikers, mais ils prennent plus personne et le juge qui a fixé la caution est quelque part sur la côte Ouest jusqu'à demain, alors j'ai bouclé le gars dans une pièce derrière le bureau. Il dit qu'il a une maison quelque part qu'il peut donner en garantie, une baraque dans un quartier de drogués à Chicago, mais on peut pas accepter en garantie des biens situés dans un autre État ou à l'étranger, alors faut qu'on le garde ici cette nuit pour le faire mettre en taule demain matin.

Il termina son premier quartier de pizza, entama l'autre.

— Pas facile de gagner sa vie comme ça, commentai-je.

— Pas vraiment, répondit-il avec un haussement d'épaules. On est bons dans notre partie, mes associés et moi. Comme dit Joe Namath[1], faut pas s'en vanter si on n'en est pas capable.

— Qu'est-ce que tu peux me dire sur Eddie Tager ? Il est bon, lui aussi ?

— Tager, c'est une catastrophe. Le vrai bas de gamme. Il a tellement besoin de fric qu'il fait surtout

1. Célèbre joueur de football américain. (N.d.T.)

le Queens, Manhattan, et ils sont durs, là-bas, vraiment durs. Le Bronx et Brooklyn, c'est des coins faciles en comparaison, mais quand on mendie, on n'a pas le choix. Tager s'occupe de petites affaires : pas seulement de cautions mais aussi d'amendes. Paraît que la plupart des putes n'aiment pas faire appel à lui quand elles ont un problème, parce qu'il leur demande toujours un extra en guise de remerciements, si tu vois ce que je veux dire. C'est pour ça que j'ai été étonné quand j'ai appris qu'il avait payé pour Alice. Elle devait être au courant.

Il s'arrêta de manger, comme s'il avait soudain perdu tout appétit, et laissa tomber le reste de sa part sur l'assiette avant de jeter le tout à la poubelle.

— Je m'en veux de ce qui s'est passé. J'étais ici en train de noircir de la paperasse et de régler des trucs par téléphone. Quelqu'un m'a dit en passant que les flics avaient gaulé Alice pendant une descente, mais j'ai pensé que j'avais deux ou trois heures devant moi et qu'elle pouvait rester au trou le temps que j'aie dégoté quelques cautions de plus pour que ça vaille le déplacement. C'est vraiment chiant de poireauter pour la libération d'un seul détenu. Il vaut mieux en avoir quatre ou cinq et attendre qu'ils soient tous libérés. Quand je suis arrivé à la prison, Alice était déjà partie. J'ai vu le registre, j'ai pensé qu'elle avait préféré régler ça avec Tager. Je savais qu'elle avait un problème avec notre « ami commun », je l'ai pas pris personnellement. Tu sais, elle était dans un drôle d'état, vers la fin. La dernière fois que je l'ai vue, elle avait une tête à faire peur, mais elle méritait pas ce qui lui est arrivé. Personne ne mérite ça.

— Tu as vu Tager, dernièrement ?

— Nos chemins se croisent plus tellement, mais j'ai posé des questions un peu partout. Apparemment, il se planque. Peut-être qu'il flippe. Peut-être qu'il lui est revenu que la fille avait des relations et que certaines personnes verraient d'un mauvais œil son implication dans sa disparition.

Buncombe me donna l'adresse du bureau de Tager. Il proposa même de m'accompagner, mais je déclinai. Je ne pensais pas avoir besoin d'aide pour faire parler Eddie Tager. En ce moment, les mots étaient sa seule monnaie d'échange pour sauver sa peau.

Eddie Tager était si bas de gamme qu'il vivait et travaillait dans la partie arrière d'une *bodega* endommagée par le feu qui avait fermé pour rénovation pendant le Watergate et n'avait jamais rouvert. Je trouvai l'endroit sans trop de problèmes mais n'obtins pas de réponse à mon coup de sonnette. Je fis le tour du bâtiment, martelai du poing la porte de derrière. Elle s'entrouvrit sous mes coups.

— Il y a quelqu'un ? appelai-je.

J'ouvris la porte un peu plus et entrai. J'étais dans la partie cuisine d'un petit appartement, séparée par un comptoir d'un living équipé d'une moquette marron, d'un canapé marron et d'un téléviseur marron. Même le papier mural était marron clair. Des journaux et des magazines jonchaient le sol. Le plus récent datait de deux jours. Devant moi, un couloir menait au bureau. À droite, il y avait une chambre et, à côté, une petite salle de bains avec un rideau de douche couvert de moisissures. J'inspectai chaque pièce avant de passer dans le bureau. Il n'était pas d'une propreté irréprochable, mais on avait au moins tenté d'y mettre de l'ordre. Je feuilletai les dossiers les plus récents, ne trouvai rien se rapportant à Alice. Je m'assis dans le fauteuil de Tager, fouillai les tiroirs de son bureau, mais n'y décelai rien qui parût important. Celui du haut contenait des cartes de visite dont aucun nom ne m'était familier.

Du courrier s'entassait derrière la porte, uniquement de la publicité et des factures, dont celle de la compagnie de téléphone de Tager. J'ouvris l'enveloppe, parcourus le relevé jusqu'à la date de l'arrestation d'Alice. Comme la plupart des prêteurs de cautions, Tager utilisait beaucoup son portable pour son travail. Ce seul jour, il avait donné trente ou quarante coups de fil, leur fréquence croissant à mesure que la nuit avançait. Je remis la facture dans son enveloppe et m'apprêtais à la glisser dans la poche de ma veste afin de l'examiner plus tard, quand je remarquai une tache sombre sur le papier. Je regardai mes doigts et vis du sang. Je les essuyai sur l'enveloppe puis cherchai la source en revenant sur mes pas jusqu'au fauteuil de Tager.

Le sang séchait sous le coin gauche du bureau. Il y en avait peu, mais quand je braquai ma torche dessus, je découvris des poils pris dedans et des taches sur la moquette. Le bureau était massif et, en inspectant la zone entourant les pieds, je repérai des marques là où il avait légèrement bougé. Si ce sang appartenait à Tager, quelqu'un lui avait cogné violemment la tête contre le coin du bureau, probablement alors qu'il gisait déjà par terre.

Je retournai à la cuisine et mouillai mon mouchoir sous le robinet, nettoyai toutes les surfaces que j'avais touchées. Lorsque j'eus terminé, il était maculé de rose. Je ressortis par où j'étais entré, après m'être assuré qu'il n'y avait personne dans le secteur. Je ne prévins pas la police pour le sang. Si je l'avais fait, j'aurais dû expliquer ce que je faisais chez Tager et j'aurais eu moi-même besoin des services d'un autre prêteur. Je ne croyais cependant pas que Tager reviendrait. Quelqu'un lui avait demandé de verser la caution d'Alice, ce qui le rendait complice de la série d'événements qui avaient conduit à la mort de la jeune femme. Garcia n'avait pas agi seul et ses acolytes s'occupaient à présent, semblait-il, des maillons faibles de la chaîne. Je tapotai la facture de téléphone : quelque part dans cette liste de numéros se trouvait, je l'espérais, un autre chaînon qu'ils avaient peut-être oublié.

Il était tard et il commençait à faire nuit. Je décidai que je ne pouvais rien faire d'autre avant le lendemain matin, quand je passerais en revue les numéros de la facture de Tager. Je retournai à mon hôtel, appelai Rachel. Joan répondit et me dit que sa fille était déjà au lit. Sam avait mal dormi la veille et avait passé une bonne partie de la journée à pleurer avant de trouver enfin le sommeil, épuisée. Rachel s'était endormie aussitôt après. Je dis à Joan de ne pas la réveiller mais de lui faire savoir que j'avais téléphoné.

— Elle s'inquiète pour vous, soupira-t-elle.

— Je vais bien. Dites-le-lui, surtout.

Je promis d'essayer d'être de retour dans le Maine le lendemain en fin de journée, raccrochai et descendis manger au restaurant thaï voisin de l'hôtel, uniquement pour faire autre chose que de rester dans ma chambre avec la peur que mon couple ne soit en train de se désagréger. Je m'en tins aux plats végétariens. Après ma visite au bureau de Tager, le goût de cuivre du sang répandu avait envahi ma bouche de plus belle.

Charles Neddo était assis devant son bureau couvert d'illustrations tirées de livres écrits avant 1870 et représentant pour la plupart des variations sur l'Ange Noir. Il n'avait jamais tout à fait compris pourquoi il n'y avait pas de représentations antérieures à cette date. Non, ce n'était pas vrai. Plus exactement, les dessins et les tableaux devenaient plus uniformes dans le dernier quart du XIXe siècle, moins spéculatifs et plus banals dans leurs lignes, en particulier pour les œuvres provenant de Bohême. Celles des siècles précédents étaient beaucoup plus diverses, au point que sans une indication sur leur source, imaginée ou autre, il aurait été impossible de dire qu'elles représentaient toutes le même sujet.

Neddo écoutait en fond sonore un des morceaux pour piano d'Erik Satie. Il aimait leur ton mélancolique. Otant ses lunettes, il se redressa et s'étira. Les manches fripées de sa chemise remontées sur ses bras grêles révélaient un petit tertre de tissu cicatriciel à son poignet gauche, comme si on y avait effacé une marque avec maladresse dans un passé relativement récent. Il picotait un peu et Neddo le toucha, suivit du bout des doigts les lignes de la fourche autrefois imprimées au fer rouge dans sa peau. On peut changer de route et se cacher parmi des vieilleries sans valeur, songea-t-il, mais les anciennes obsessions demeurent. Sinon, pourquoi se serait-il entouré d'ossements ?

Il revint à ses illustrations, conscient maintenant d'un sentiment d'attente et d'excitation. Sa rencontre avec le détective privé lui avait appris pas mal de choses et, plus tôt dans la soirée, il avait reçu une autre visite inattendue. Les deux moines étaient nerveux, impatients. Neddo voyait dans leur présence à New York un signe que les événements se précipitaient et qu'un dénouement approchait, sous une forme ou une autre. Il leur avait dit tout ce qu'il savait et le plus âgé des deux lui avait donné l'absolution pour ses péchés.

Le morceau de Satie se termina et la pièce devint silencieuse tandis que Neddo rangeait ses documents. Il pensait savoir ce que Garcia avait créé et pourquoi. Ils étaient proches, et aujourd'hui plus que jamais,

Neddo sentait le conflit qui faisait rage en lui. Il lui avait fallu de nombreuses années pour se libérer de leur influence, mais tel un alcoolique, il craignait de n'être jamais délivré de l'envie de tomber. Il porta sa main gauche à la croix pendant à son cou et sentit la cicatrice de son poignet se mettre à brûler.

Rachel dormait profondément quand sa mère la réveilla. Surprise, elle ouvrit la bouche, mais les doigts de Joan lui pressèrent les lèvres.

— Chut, fit la mère. Écoute.

Rachel demeura immobile et silencieuse. D'abord elle n'entendit rien, puis elle perçut un bruit étouffé provenant du toit de la maison.

— Il y a quelqu'un là-haut, murmura Joan.

Rachel hocha la tête, continua à écouter. Le bruit avait quelque chose d'étrange : ce n'étaient pas tout à fait des pas ; celui ou celle qui se trouvait sur le toit rampait sur les tuiles et rampait vite. L'image désagréable d'un lézard lui traversa l'esprit. Le bruit recommença, répercuté cette fois par une vibration contre le mur, derrière sa tête. La chambre occupait toute la largeur du premier étage et le lit s'adossait au mur extérieur. Une autre créature grimpait vers le toit et Rachel eut cette fois encore l'impression qu'elle avançait à quatre pattes.

Elle se leva, alla au placard, l'ouvrit, écarta deux boîtes à chaussures et fixa le petit coffre. Elle supportait mal sa présence et avait insisté pour qu'il soit équipé d'une serrure à combinaison à cinq chiffres pour empêcher Sam de l'ouvrir, même s'il se trouvait à deux mètres du sol, sur l'étagère du haut. Elle composa la combinaison, entendit les pênes glisser. À l'intérieur, il y avait deux revolvers. Elle prit le plus petit des deux, le 38. Rachel avait horreur des armes à feu, mais, après les récents événements, elle avait accepté à contrecœur d'apprendre à s'en servir. Elle mit en place un barillet préchargé puis retourna au lit et s'agenouilla près du boîtier blanc au bouton rouge serti dans le mur. Elle le pressa lorsqu'elle entendit la fenêtre de la pièce voisine trembler, comme si quelqu'un essayait de l'ouvrir.

— Sam ! hurla-t-elle.

Le système d'alarme se mit à ululer, déchirant le silence des marais tandis que Rachel se ruait vers la chambre de sa fille, suivie de près par Joan. L'enfant pleurait, terrifiée par la soudaine explosion de bruit. La porte qui faisait face à la fenêtre était ouverte. Sam s'agitait dans son berceau, battant l'air de ses petites mains, le visage presque violet sous la violence de ses sanglots. Un court instant, Rachel crut voir une forme pâle se mouvoir devant la fenêtre puis disparaître.

— Prends-la, dit-elle à sa mère en montrant Sam. Va dans la salle de bains et ferme la porte à clef.

Joan saisit le bébé et quitta la pièce en courant.

Lentement, Rachel s'approcha de la fenêtre. Le revolver tremblait un peu dans sa main, mais son doigt avait glissé de l'extérieur du pontet à la détente, qu'il effleurait. Plus près, maintenant : trois mètres, deux, un…

Le rampement recommença au-dessus de sa tête, s'éloignant maintenant de la chambre de Sam en direction du fond de la maison. Le bruit détourna l'attention de Rachel, qui leva la tête pour en suivre la progression, comme si, par son intensité, son regard pouvait traverser le plafond et les tuiles, lui montrer ce qu'il y avait sur le toit.

Lorsque Rachel reporta ses yeux sur la fenêtre, elle découvrit sur le fond de la nuit un visage pendant à l'envers au carreau du haut, des cheveux bruns qui tombaient à la verticale de traits blêmes.

C'était une femme.

Rachel fit feu, fracassant la fenêtre. Elle continua à tirer, même quand le bruit des créatures sur le toit et sur le mur se fit de nouveau entendre, s'estompant maintenant qu'elles s'enfuyaient. Elle vit une lumière bleue trouer l'obscurité et entendit Sam pleurer par-dessus la sonnerie du système d'alarme. Puis elle se mit à pleurer avec sa fille, à hurler de peur et de rage, le doigt pressant encore et encore la détente du revolver alors que le percuteur ne frappait plus que des douilles vides et que l'air de la nuit envahissait la chambre, apportant avec lui des odeurs d'eau salée, d'herbes des marais et de choses mortes de l'hiver.

12

Peu de gens auraient décrit Sandy et Larry Crane comme un couple heureux. Même les camarades de Larry à la VFW, sur qui le temps faisait inexorablement son œuvre et qui ne comptaient plus dans leurs rangs qu'un nombre décroissant rapidement de rescapés de la Seconde Guerre mondiale, tendaient, au mieux, à tolérer Larry et sa femme quand ils assistaient à une soirée organisée par l'association des anciens combattants. Mark Hall, le seul autre membre encore en vie de leur brigade, disait souvent à sa femme qu'après le débarquement, on se demandait tout bonnement qui tuerait Larry le premier : un Allemand ou un gars de son propre camp. Larry Crane était capable de peler une orange dans sa poche et d'ôter l'emballage d'une barre chocolatée en faisant si peu de bruit qu'on l'aurait cru plus à sa place dans une unité d'opérations spéciales, mais Larry était un couard-né et donc de peu d'utilité pour son propre peloton, sans parler de troupes d'élite aguerries contraintes d'opérer derrière les lignes ennemies dans des conditions désespérées. Bon Dieu, Mark Hall aurait juré l'avoir vu s'accroupir au combat derrière des hommes plus courageux dans l'espoir qu'ils prendraient une balle avant lui.

C'était bien sûr ce qui arrivait. Larry Crane était un salaud et un froussard, de surcroît, mais il avait de la chance. En plein carnage, le seul sang qu'il eût jamais sur lui fut celui d'autres soldats. Hall ne le confia jamais à personne et rechignait même à se l'avouer, mais, à mesure que la guerre avançait, il se retrouva collé aux basques de Larry Crane dans l'espoir qu'un peu de cette chance déteindrait sur lui. Il supposait que cela avait été le cas, puisqu'il avait survécu alors que d'autres étaient morts.

Il n'y avait pas eu que de la chance, toutefois. Hall avait payé un prix élevé en devenant la créature de Larry Crane, accroché à lui par le souvenir partagé de ce qu'ils avaient commis au monastère cistercien de Fontfroide. Mark Hall ne parlait pas de ça à sa femme, oh non. Il n'en parlait à personne sauf à son Dieu, et seulement dans le confessionnal secret de son esprit. Il n'avait pas remis les pieds dans une église depuis ce jour-là, s'était même débrouillé pour convaincre sa fille unique de célébrer son mariage à l'extérieur en lui offrant pour lieu de la cérémonie l'hôtel le plus cher de Savannah. Sa femme supposa que sa foi avait été ébranlée par ce qu'il avait subi pendant la guerre et il la laissait le croire, renforçant cette hypothèse par d'occasionnelles allusions sombres aux choses qu'il avait vues en Europe. Il pensait même qu'il y avait une petite noix de vérité sous la coquille du mensonge, parce qu'il avait effectivement vu des atrocités, et qu'il en avait commis aussi.

Seigneur, ils n'étaient que des gosses quand ils étaient partis se battre, jeunes et vierges, et des enfants vierges n'avaient pas vocation à manier des armes et à tirer sur d'autres enfants. Lorsqu'il regardait ses petits-fils, dorlotés et si naïfs malgré leur prétention à tout savoir, il n'arrivait pas à les voir comme il avait été autrefois. Il se rappelait le jour où, assis dans le car pour Camp Wolters, les joues encore humides des larmes de sa mère, il écoutait le chauffeur enjoindre aux Noirs de s'installer à l'arrière, parce que les places de devant étaient réservées aux Blancs, même si tout le monde partait faire la même guerre et que les balles ne faisaient pas de discrimination raciale. Les Noirs ne protestaient pas, bien qu'il perçût le ressentiment de deux ou trois d'entre eux et qu'il vît leurs poings se serrer tandis que d'autres recrues les rejoignaient et gagnaient leurs sièges. Ils se gardaient bien de réagir. Un mot et tout aurait explosé. C'était dur, au Texas, à l'époque. Si l'un de ces Noirs avait porté la main sur un Blanc, il n'aurait plus eu de soucis à se faire pour les Allemands ou les Japonais, parce que les gars de son propre camp se seraient occupés de lui avant que ses godillots n'aient eu le temps de se faire, et personne n'aurait jamais eu à répondre de ce qui lui serait arrivé.

Plus tard, il avait entendu dire que certains de ces Noirs, ceux qui savaient lire et écrire, avaient été incités à faire l'école des officiers, car l'armée constituait une division de soldats noirs, la 92ᵉ, qui porterait le nom de Buffalo Division, en souvenir des Noirs qui avaient combattu dans les guerres contre les Indiens. Hall était avec Larry Crane, dans une saleté de champ anglais noyé par la pluie, quand quelqu'un leur en avait parlé, et Crane s'était mis à râler contre les nègres qui profitaient des filons pendant que lui restait simple troufion. Le débarquement était imminent et bientôt plusieurs de ces soldats noirs se retrouvèrent eux aussi en Angleterre, ce qui fit râler Crane encore plus. Ça ne changeait rien pour lui que leurs officiers n'aient pas le droit d'entrer au quartier général par la porte de devant comme les Blancs, ni que les troupes noires aient traversé l'Atlantique sans escorte parce qu'on les estimait moins précieuses pour l'effort de guerre. Non, tout ce que Larry Crane voyait, c'étaient des nègres arrogants, même quand, après que la plage d'Omaha eut été conquise, les hommes de son unité avaient fumé une cigarette sur les murs d'un emplacement allemand neutralisé et avaient vu les soldats noirs marcher sur le sable avec des sacs et les remplir de morceaux de corps, réduits à l'état de ramasseurs de déchets humains. Non, même alors, Larry Crane jugeait justifié de se plaindre, de les traiter de couards qui n'étaient pas dignes de toucher les restes d'hommes meilleurs qu'eux, bien que ce fût l'armée qui avait décidé qu'ils n'étaient pas aptes à combattre, pas encore, pas avant que des officiers comme le général Davis aient prôné l'intégration de GI noirs dans les unités d'infanterie combattantes, en hiver 1944, et que la Buffalo Division ait remonté l'Italie en se battant. Hall avait quelques problèmes avec les soldats noirs. Il n'aurait jamais accepté de partager leur chambrée et n'aurait sûrement pas bu à la même bouteille qu'eux, mais il lui semblait qu'ils pouvaient encaisser une balle aussi bien que n'importe qui d'autre et, tant qu'ils gardaient leur fusil braqué dans la bonne direction, il était content de porter le même uniforme qu'eux. Comparé à Larry Crane, cela faisait de lui un bastion de libéralisme, mais Hall se connaissait assez bien pour avouer que, en se bornant à de maigres efforts pour contredire Crane ou lui dire de la fermer, il était lui aussi coupable. De nombreuses fois, il avait essayé de mettre de la distance entre Crane et lui, mais il avait fini par se rendre compte que Larry était doué pour survivre ; un lien embarrassant s'était noué entre les deux hommes jusqu'aux événements de

Fontfroide et ce lien était devenu quelque chose de plus profond et d'indicible.

Mark Hall maintenait donc une façade d'amitié avec Crane, buvait un verre avec lui quand il n'y avait pas moyen d'y couper et l'avait même invité à ce foutu mariage ruineux, bien que sa femme eût clairement précisé qu'elle ne voulait pas que Larry et sa souillon de femme gâchent, par leur présence, cette journée si importante pour sa fille. Elle avait fait la tête pendant une semaine quand il lui avait rappelé que c'était lui qui payait pour cette satanée journée et que, si elle avait un problème avec ses amis, elle n'avait qu'à régler elle-même les frais du mariage. Ouais, il lui avait balancé ça. Hall était un balaise, un type extra qui engueulait sa femme pour cacher sa propre honte et son sentiment de culpabilité.

Il estimait cependant que lui aussi tenait Larry Crane : après tout, ils avaient fait ça ensemble, ils étaient complices. Il avait laissé Larry fourguer une partie de ce qu'ils avaient trouvé, puis avait accepté sa part avec reconnaissance. L'argent avait permis à Hall de s'associer à un marchand de voitures d'occasion et, à partir de cet investissement initial, il était devenu le roi de l'automobile dans le nord-est de la Georgie. C'était ainsi qu'on l'appelait dans ses annonces publicitaires et ses spots télévisés : le King, le roi de l'auto, le numéro un des prix.

Il avait édifié un empire reposant sur une bonne gestion, des frais généraux réduits et un peu de sang. Rien qu'un peu. Dans le contexte de tout le sang versé pendant la guerre, ce n'était guère plus qu'une tache. Larry et lui ne parlaient jamais de ce qui était arrivé ce jour-là et Hall espérait qu'il n'aurait pas à en parler avant le jour de sa mort.

Curieusement, ce fut plus ou moins ce qui arriva, à la fin.

Assise sur un tabouret près de la fenêtre de la cuisine, Sandy Crane regardait son mari se débattre avec un tuyau d'arrosage comme Tarzan aux prises avec un serpent. Elle tira avec ennui une bouffée de sa cigarette mentholée et fit tomber la cendre dans l'évier. Larry avait horreur de ça. Il disait qu'à cause d'elle l'évier puait le vieux bonbon à la menthe. Sandy pensait que l'évier puait déjà de toute façon et que ce n'était pas un peu de cendre qui y changerait grand-chose. S'il n'avait pas l'odeur de ses cigarettes pour se plaindre, il trouverait autre chose. Au moins, elle avait le plaisir de fumer, ce qui l'aidait un peu à supporter la connerie de son mari, et ce n'étaient pas ces saloperies de cartouches bon marché que Larry achetait pour lui qui sentaient meilleur.

Accroupi, maintenant, il essayait de démêler le tuyau sans y parvenir. C'était sa faute. Elle lui avait suffisamment dit que, s'il l'enroulait proprement au lieu de le jeter n'importe comment dans le garage, il n'aurait pas de problèmes, mais Larry n'était pas du genre à écouter les conseils de qui que ce soit, encore moins de sa femme. D'une certaine façon, il passait sa vie à tenter de sortir son cul de merdiers dans lesquels il s'était mis lui-même et elle passait sa vie à lui dire qu'elle le lui avait bien dit.

À propos de cul, le sillon des fesses de Larry était maintenant nettement visible au-dessus de la ceinture de son pantalon. Elle ne supportait plus de le voir nu. Cela l'affligeait, la façon dont tout pendouillait chez lui : ses fesses, son ventre, son petit membre ratatiné, à présent quasiment sans poils, comme sa petite tête ratatinée. Non pas qu'elle fût elle-même un cadeau, mais elle était plus jeune que son mari, elle savait tirer le meilleur parti de ce qu'elle avait et cacher ses défauts. Bon nombre d'hommes avaient découvert, un peu trop tard, les défauts de Sandy Crane une fois que ses vêtements jonchaient le sol, mais ils l'avaient baisée quand même. Une femme ordinaire n'aurait pas su qui mépriser le plus : les hommes ou elle-même. Sandy Crane ne se torturait pas pour ça et, comme dans la plupart des autres domaines de sa vie, elle méprisait tout le monde à part elle.

Elle avait rencontré Larry quand il avait déjà la cinquantaine et elle était de vingt ans plus jeune que lui. Même à l'époque, il n'avait rien d'un prix de beauté, mais financièrement il était à l'aise. Il possédait un bar-restaurant à Atlanta qu'il s'était empressé de vendre quand les « pédés » avaient « envahi » le quartier. C'était tout lui : plus con qu'un car entier de débiles, bourré de préjugés qui le rendaient incapable de voir que les homos qui s'installaient dans le secteur étaient infiniment plus classe et plus riches que sa clientèle. Il avait cédé l'affaire pour un quart de ce qu'elle valait maintenant et s'en mordait les doigts depuis. Cela l'avait rendu encore plus sexiste et raciste qu'avant, ce qui n'était pas peu dire, car Larry Crane n'était qu'à deux trous dans une taie d'oreiller de planter des croix enflammées dans le jardin des autres.

Parfois, elle se demandait pourquoi elle restait avec lui, mais se rendait compte aussitôt après que de brèves étreintes dans des chambres de motel ou dans la maison d'une autre femme avaient peu de chances de se transformer en relations durables sur une base financière saine. Au moins, avec Larry, elle avait une maison, une voiture et un niveau de vie assez confortable. Les exigences de son mari étaient peu nombreuses et se réduisaient encore maintenant que ses pulsions sexuelles l'avaient déserté. De toute façon, il était tellement plein de rancune et de rage contre le monde entier qu'il ne tarderait pas à faire une crise cardiaque. Ce tuyau d'arrosage pouvait encore rendre service à Sandy si elle parvenait à la fermer assez longtemps.

Elle alluma une autre cigarette à la précédente, jeta le mégot à la poubelle. Le journal attendait sur la table le retour de Larry pour qu'il ait d'autres raisons de râler toute la journée. Elle le feuilleta, consciente que ce simple geste suffirait à le mettre en rogne. Il aimait être le premier à le lire. Il ne supportait pas l'odeur de parfum et de menthol laissée sur ses pages, ni la façon dont elle les froissait, mais si elle n'y jetait pas un coup d'œil maintenant, elles ne contiendraient plus que de vieilles nouvelles quand elle aurait le droit de les lire. De vieilles nouvelles avec l'odeur de la merde de Larry puisqu'il se concentrait apparemment mieux sur le trône, forçant son corps âgé à une autre défécation pénible.

Il n'y avait rien dans le journal. Il n'y avait jamais rien. Elle se demandait d'ailleurs ce qu'elle s'attendait à y trouver chaque fois qu'elle l'ouvrait. Elle était toujours déçue quand elle avait fini. Elle se rabattit sur le courrier avec l'intention d'ouvrir toutes les lettres, même celles adressées à son mari. Il piquait une crise chaque fois qu'elle faisait ça, mais la plupart du temps il finissait par les lui passer pour qu'elle s'en occupe. Il aimait faire semblant d'avoir encore son mot à dire, mais ce matin Sandy n'était pas d'humeur à supporter ses jérémiades. Elle tapa donc dans le tas en espérant y trouver de quoi se distraire. C'était pour l'essentiel de la publicité, mais elle mit quand même de côté les bons de réduction, au cas où. Il y avait aussi des factures, des offres de crédit bidon, des invitations à s'abonner à des magazines qui ne seraient jamais lus. Ainsi qu'une enveloppe de papier kraft d'aspect officiel. Elle l'ouvrit, lut la lettre qu'elle contenait, la relut pour être sûre d'avoir enregistré tous les détails. On avait joint à la lettre deux photocopies en couleur extraites du catalogue d'une salle des ventes de Boston.

— Merde, fit Sandy. Putain de merde.

De la cendre tomba sur la feuille, qu'elle brossa aussitôt de la main. Les lunettes de lecture de Larry se trouvaient sur l'étagère, près de ses vitamines et de son médicament pour le cœur. Elle les prit et les nettoya rapidement avec un torchon : Larry était incapable de lire sans elles.

Il luttait encore avec le tuyau quand l'ombre de Sandy tomba sur lui. Il leva les yeux vers elle.

— Te mets pas dans la lumière, bon Dieu, grommela-t-il avant de voir le journal que, dans son excitation, elle avait fourré sous son bras. Mais qu'est-ce que t'as fait avec le journal ! explosa-t-il. Maintenant, il est juste bon à servir de litière à une cage à oiseaux.

— Oublie le journal, rétorqua-t-elle. Lis ça.

Elle lui tendit la lettre. Il se redressa, souffla un peu, remonta son pantalon sur sa panse.

— Je peux pas sans mes lunettes.

Elle les lui tendit aussi et le regarda impatiemment examiner les verres, les essuyer au bord crasseux de son tee-shirt avant de les mettre.

— Qu'est-ce qu'y a de si important que tu transformes mon journal en torche-cul pour me l'apporter ?

Le doigt de Sandy indiqua l'objet en question.

— Putain de merde, lâcha-t-il.

Et pour la première fois depuis plus de dix ans, Larry et Sandy Crane connurent un moment de plaisir partagé.

Larry cachait des choses à sa femme, il l'avait toujours fait. Au début de leur mariage, il n'avait jamais mentionné, pour des raisons évidentes, les fois où il l'avait trompée, et avait par la suite appliqué à la plupart de ses rapports avec Sandy la maxime selon laquelle un peu de connaissance est une chose dangereuse. L'un des vices qu'il lui restait – les chevaux – lui avait récemment fait faire des bêtises et il devait de l'argent à des types qui n'envisageaient pas le long terme pour ce genre de chose. Ils l'avaient informé de leur position deux jours plus tôt, quand Larry avait fait un versement assez important pour lui permettre de garder la totalité de ses dix doigts pendant deux semaines de plus. Il en était maintenant au point où sa maison était le seul bien qu'il pouvait transformer rapidement en liquide, parce que vendre la voiture n'aurait pas couvert ce qu'il devait, mais il ne voyait pas Sandy renoncer à son foyer et accepter de vivre dans une cage à lapins pour régler ses dettes de jeu.

Il pouvait s'adresser à Mark Hall, bien sûr, mais c'était une source qui s'était définitivement tarie deux ans plus tôt, et seul le désespoir absolu le contraindrait à y retourner. De toute façon, Larry jouerait un jeu dangereux s'il utilisait contre le roi Hall la carte du chantage, parce que Hall pouvait parfaitement le mettre au pied du mur et Larry n'avait aucune envie de passer le restant de ses jours dans une cellule. Hall devait le savoir. Le vieux Hallie était beaucoup de choses mais pas stupide.

Pendant sa séance de catch avec le tuyau d'arrosage, Larry Crane s'était donc demandé s'il n'y avait pas moyen de rendre Sandy utile en l'étranglant avec ce foutu truc, en se débarrassant du corps et en touchant l'assurance, quand la dame en question avait projeté son ombre sur lui. Larry avait alors su qu'il avait autant de chances de réussir à tuer sa femme qu'il en avait eu de s'occuper du personnel du *Playboy Mansion* les jours où Hugh Hefner ne se sentait pas dans son assiette. Elle était grande et forte, mauvaise, en plus. S'il faisait simplement mine de lever la main sur elle, elle le briserait comme le bâtonnet mélangeur d'un de ses cocktails minables.

Mais, tandis qu'il lisait et relisait la lettre, il lui apparut bientôt qu'il n'aurait peut-être pas à recourir à des mesures aussi désespérées, finalement. Larry avait vu quelque chose ressemblant à l'objet montré sur les photocopies, mais il n'avait jamais pensé que cela avait de la valeur et on lui racontait maintenant que cela pouvait rapporter des dizaines de milliers de dollars, peut-être plus. Ce « pouvait » était cependant une restriction importante. Larry Crane n'était pas vraiment en possession de l'objet recherché. Il appartenait à un certain Marcus E. Hall, le roi de l'auto.

Si le visage du roi de l'auto demeurait celui de Mark Hall, le vieil homme n'était à présent guère plus qu'un prête-nom. Ses fils Craig et Mark junior avaient pris la direction de l'affaire familiale près de dix ans plus tôt. Jeanie, sa fille, détenait vingt pour cent des parts de la société, puisque c'étaient ses frères qui faisaient tout le travail alors qu'elle se contentait d'attendre que le chèque tombe. Elle ne voyait cependant pas les choses de cette façon et se plaignait depuis cinq ans. Le King subodorait l'influence de son gendre, Richard, qui était avocat, et s'il y avait une espèce de rongeur qui se faufilait au cœur d'une famille pour y grignoter tout ce qu'elle avait de bon, c'était bien l'avocat. Le King soupçonnait que, dès qu'il serait mort, Richard produirait des papiers au tribunal et exigerait une plus grande part de l'affaire en remontant à l'époque où la Vierge Marie elle-même était en deuil. Les propres conseillers juridiques de Hall avaient assuré que la succession était soigneusement ficelée et inattaquable, mais ils n'étaient que des avocats disant à leur client ce que, selon eux, il avait envie d'entendre. Il y aurait un procès interminable après sa mort, le King n'en doutait pas, et son cher garage, sa famille tout autant chérie seraient mis en pièces.

Il se tenait devant le bureau du principal garage de la route 17, sirotant un café dans une grande chope blasonnée d'une couronne dorée. Il aimait encore travailler quelques jours par mois et les autres vendeurs n'y voyaient pas d'objection, puisque l'argent qu'il gagnait en commissions était mis dans un pot commun. À la fin de chaque mois, on tirait le gagnant au sort en buvant des bières au Artie's Shack et tout l'argent allait à ce vendeur ou à cette vendeuse – car deux femmes travaillaient maintenant dans les garages du King et elles vendaient beaucoup de voitures aux clients dont un fil reliait directement la braguette au portefeuille. Le gagnant réglait l'addition et tout le monde était content.

Il était quatre heures de l'après-midi, une heure creuse, et comme c'était un jour de semaine en milieu de mois, le King ne s'attendait pas à faire grand-chose avant la fermeture. Ils auraient peut-être quelques « touches » quand les employés de bureau finiraient leur journée, mais la seule chose que la plupart d'entre eux auraient dans leurs poches, ce seraient leurs mains.

Tout au bout du garage, il vit un homme se pencher vers le pare-brise d'un break Volvo V70 Turbo de 2001, 2,4 L, intérieur cuir, radio AM/FM, lecteurs de cassettes et de CD, toit ouvrant, 72 000 km. Son propriétaire l'avait conduite comme si elle était en sucre et la carrosserie n'avait pas une éraflure. Les gars du King la proposaient à vingt mille dollars, avec une bonne marge de négociation. Comme le client portait une visière et des lunettes de soleil, Hall n'aurait pas pu dire grand-chose à son sujet à part qu'il semblait âgé et mal en point. La vue du King n'était plus si bonne ces temps-ci, mais, une fois qu'il avait cadré un client, il en savait plus sur lui en trente secondes que la plupart des psychothérapeutes ne pouvaient en apprendre en un an de séances.

Le King posa sa chope sur l'appui de fenêtre, resserra sa cravate, prit les clefs de la Volvo au tableau et sortit. Un des vendeurs provoqua des rires en lui demandant s'il avait besoin d'aide.

— Il est plus vieux que moi, répondit Hall. J'espère seulement qu'il me claquera pas dans les mains avant que je lui fasse signer les papiers.

Nouveaux rires. Hall vit que le client avait ouvert la portière de la Volvo et s'était glissé à l'intérieur. Bon signe. Les faire monter, c'était le plus dur. Une fois qu'ils essayaient la voiture, ils commençaient à se sentir coupables. Le vendeur, un type sympa, prenait un peu de son temps précieux pour faire un tour avec eux. Il semblait s'y connaître en sport lui aussi et aimer la même musique qu'eux, comme ils le découvraient en surfant sur les présélections de la radio. Après tout le mal qu'il s'était donné, on ne pouvait qu'accepter d'écouter ce qu'il avait à dire sur ce superbe modèle. Et il faisait drôlement chaud dehors, hein ? Autant discuter dans la fraîcheur du bureau, une cannette de soda à la main. Comment ça, en parler d'abord à votre femme ? Elle l'adorera, cette voiture : elle est sûre, elle est propre, elle se revendra bien. Si vous quittez le garage sans signer, elle ne sera plus là quand vous aurez eu avec la p'tite dame une conversation tout à fait inutile, pour commencer, parce qu'elle vous dira la même chose que moi : c'est une affaire. Vous ne ferez que lui donner de l'espoir et, quand vous reviendrez ici avec elle, la voiture ne sera plus là. En parler à la banque ? Nous avons un contrat global de crédit meilleur que ce que n'importe quelle banque peut vous offrir. Nan, c'est juste des chiffres, ça : vous rembourserez jamais autant, au final...

En arrivant à la Volvo, Hall regarda à travers la vitre du conducteur.

— Alors, comment vous...

Le boniment mourut sur ses lèvres. Larry Crane tournait vers lui un grand sourire : dents jaunes, cheveux sales, rides encrassées.

— Je vais bien, King, je vais bien.

— Tu cherches une voiture, Larry ?

— Je cherche, tu peux le dire, mais je suis pas encore prêt à acheter. Tu pourrais me rendre service quand même, vu qu'on a fait la guerre ensemble et tout.

— Je te ferai une fleur, c'est sûr.

— Ouais, dit Larry. Tu me fais une fleur et je t'en fais une à mon tour, aussi sec.

Il leva une fesse du siège et lâcha un pet sonore.

— Bon, t'es pas là pour acheter une voiture, fit Hall, abandonnant le ton faussement chaleureux qu'il avait quand même réussi à prendre. Qu'est-ce que tu veux ?

Larry Crane se pencha pour ouvrir la portière côté passager.

— Grimpe, King. Baisse les vitres si ça pue trop pour toi. J'ai une proposition à te faire.

Hall ne bougea pas.

— T'auras pas un sou de moi, Larry. Je te l'ai dit. On est clairs, là-dessus.

— Je te demande pas de fric. Assieds-toi. Ça te coûtera rien d'écouter.

Hall eut une expiration sifflante. Il regarda en direction du bureau et regretta d'en être sorti, puis monta dans la Volvo.

— T'as les clefs de cette merde ? dit Larry.

— Je les ai.

— Alors, on va faire une balade, toi et moi. Faut qu'on se parle.

France, 1944

Les cisterciens français avaient l'habitude de garder des secrets. De 1164 à 1166, le monastère de Pontigny, en Bourgogne, donna asile à Thomas Becket, le prélat anglais exilé pour s'être opposé à Henri II, jusqu'à ce qu'il décide de rentrer dans son diocèse, où il fut assassiné pour sa peine. L'abbaye de Loc-Dieu, à Martiel, dans l'Aveyron, offrit un refuge à *La Joconde* pendant la Seconde Guerre mondiale : ses hautes murailles de forteresse conjuguées à la grandeur d'un manoir de campagne en faisaient un lieu tout à fait approprié pour la retraite forcée d'une telle dame. Il est vrai que d'autres monastères plus lointains avaient aussi leurs trésors : les cisterciens du Dulce Cor, ou « Doux-Cœur », au bord du loch Kindar, en Écosse, furent chargés de conserver le cœur embaumé en 1269 de lord John Balliol auprès de son épouse, lady Devorgilla, qui le suivit dans la tombe vingt ans plus tard. Zlatá Koruna, en République tchèque, détient une épine qui proviendrait de la couronne placée sur la tête du Christ, achetée par Otakar II au roi Saint Louis lui-même. Il s'agit là cependant de reliques connues et au XXe siècle, on craignait peu que leur présence pût amener des malfaiteurs à prendre les monastères pour cibles.

Non, c'étaient les objets gardés en secret, cachés derrière les murs des caves ou à l'intérieur de grands autels, qui faisaient courir des risques aux monastères et à leurs occupants. Le secret était transmis d'abbé en abbé, de sorte que peu savaient ce qui se trouvait sous la bibliothèque de Salem, en Allemagne, ou sous les dalles de l'église de Byland, dans le North Yorkshire.

Ou à Fontfroide.

Il y eut des moines à Fontfroide dès 1093, bien que la première communauté officielle, probablement composée d'anciens ermites de l'ordre des bénédictins, ne soit établie qu'en 1118. L'abbaye de Fontfroide elle-même apparut en 1148 ou 1149 et monta rapidement en première ligne dans le combat contre l'hérésie. Lorsque le pape Innocent III s'en prit aux manichéens, il eut pour légats deux moines de Fontfroide, dont l'un, Pierre de Castelnau, fut par la suite assassiné. Un ancien abbé de Fontfroide mena la croisade sanglante contre les albigeois et l'abbaye s'opposa fermement aux forces cathares de Montségur et de Quéribus, tolérées par les libéraux d'Aragon. Il n'est peut-être pas étonnant que Fontfroide ait été finalement récompensée de sa ténacité quand son ancien abbé, Jacques Fournier, devint pape sous le nom de Benoît XII.

Fontfroide jouissait en outre d'une prospérité reposant sur les vingt-cinq fermes et les milliers de têtes de bétail qu'elle possédait, mais peu à peu le nombre de moines décrût et, pendant la Révolution, elle devint propriété des hospices de la ville de Narbonne. D'une certaine façon, ce fut son salut, car l'abbaye fut ainsi préservée alors que tant d'autres tombèrent en ruine, et une communauté cistercienne s'y épanouit de nouveau dc 1858 à 1901. En 1908, l'État la mit en vente. Elle fut achetée et sauvegardée par un couple amateur d'art languedocien.

Pendant tout ce temps, même au cours des périodes où son cloître n'accueillait plus aucun moine, Font-froide demeura sous l'étroite surveillance des cisterciens. Ils revinrent dans les environs quand les deux riches mécènes, Gustave Fayet et sa femme Madeleine d'Andoque, l'achetèrent pour empêcher qu'elle ne soit expédiée brique par brique aux États-Unis. À moins de deux kilomètres de Fontfroide, une petite église, offrande à Dieu beaucoup plus humble que sa prestigieuse voisine, permit aux cisterciens de continuer à veiller sur Fontfroide et ses secrets. Pendant près de cinq cents ans, ses trésors demeurèrent en sécurité, puis la Seconde Guerre mondiale entra dans sa phase finale et les soldats arrivèrent.

— Non, dit le King. Non, non. Moi aussi j'ai reçu une de ces lettres et je l'ai foutue à la poubelle.

Mark Hall savait que les temps avaient changé, si Larry Crane l'ignorait. Dans les mois qui avaient suivi la guerre, le monde était encore un chaos et un homme pouvait se tirer de pas mal d'affaires s'il faisait un peu attention. Ce n'était plus le cas maintenant. Il avait lu attentivement la presse, suivi avec intérêt et inquiétude l'affaire des Meador. Joe Tom Meador, soldat dans l'armée américaine pendant la Seconde Guerre mondiale, avait volé des manuscrits et des reliquaires de la cathédrale de Quedlinburg, en Allemagne, qui avaient été mis en lieu sûr pendant le conflit dans une grotte située à la sortie de la ville. Joe Tom avait envoyé les trésors à sa mère par la poste en mai 1945 et, de retour au pays, il s'était mis à les montrer à des femmes en échange de faveurs sexuelles. À sa mort, en 1980, son frère Jack et sa sœur Jane décidèrent de les vendre en tentant de dissimuler leur origine. Ils étaient estimés à deux cents millions de dollars, mais les Meador n'en obtinrent que trois, moins les frais, du gouvernement allemand. En outre, ils attirèrent ainsi l'attention d'un procureur du Texas, Carol Johnson, qui lança une enquête internationale en 1990. Six ans plus tard, un grand jury inculpa Jack, Jane et leur avocat, John Torigan, de recel et de vente de trésors volés, charges passibles de dix ans de prison et d'une amende pouvant aller jusqu'à deux cent cinquante mille dollars. Qu'ils s'en soient finalement tirés en versant cent trente-cinq mille dollars au fisc n'était pas l'essentiel pour Mark Hall. Il était clair dans son esprit que ce qu'il y avait de mieux à faire avec le reste du trésor trouvé à Fontfroide, c'était d'emporter le secret de son existence dans la tombe, mais voilà que ce cupide imbécile de Larry Crane s'apprêtait à les précipiter dans un monde potentiellement dangereux. Hall était déjà perturbé par les lettres, qui signifiaient que quelqu'un avait établi des connexions et tiré des conclusions. S'ils restaient tranquilles et refusaient de mordre à l'appât, Hall pourrait peut-être se faire enterrer sans avoir dilapidé l'héritage de ses enfants en frais juridiques.

Ils étaient garés devant la maison du King. Comme sa femme rendait visite à Jeanie, leur voiture était la seule dans l'allée. Larry posa une main tremblante sur le bras de Hall. Celui-ci tenta de se dégager, mais Larry réagit en transformant sa main en griffe et en serrant.

— On regarde, c'est tout ce que je demande, dit-il. On compare avec le dessin pour être sûrs qu'on parle bien de la même chose. Ces types offrent beaucoup d'argent.

— J'en ai, de l'argent.

307

Pour la première fois, Crane s'emporta :

— Ben moi, j'en ai pas ! cria-t-il. Et j'ai des ennuis.

— Dans quel genre d'ennuis un vieux bouc comme toi peut-il se fourrer ?

— J'ai toujours aimé le jeu, tu le sais.

— Bon Dieu ! Tu fais partie de ces imbéciles qui se croient plus malins que les autres, mais quand on joue aux courses, faut avoir les moyens de perdre. À ce que j'ai entendu dire ces temps-ci, c'est pas exactement ton cas.

Crane encaissa l'insulte. Il avait envie de rouer Hall de coups, de lui cogner la tête contre le tableau de bord de son tas de boue scandinave, mais ce n'était pas en faisant ça qu'il se rapprocherait de l'argent.

— Peut-être, répondit-il, laissant transparaître sa haine de soi, si longtemps enfouie dans la haine des autres. J'ai jamais eu ton intelligence, c'est sûr. J'ai fait un mauvais mariage, j'ai pris de mauvaises décisions en affaires. J'ai pas de gosses et c'est peut-être tant mieux. Je les aurais ratés, eux aussi. Finalement, j'ai que ce que je mérite.

Il relâcha sa pression sur le bras du King et continua :

— Mais les mecs à qui je dois du fric me tomberont dessus, Hall. Ils me prendront ma maison, s'ils le peuvent. C'est la seule chose qui me reste qui ait de la valeur. En plus, ils me passeront à tabac et je supporte pas la douleur. Je te demande juste de regarder ce truc pour voir si c'est ça. On pourrait s'arranger avec les gars qui le cherchent. Suffit d'un coup de fil. On fait ça discrètement, personne le saura jamais. Je t'en prie, King. Fais-le pour moi et tu me reverras plus. Je veux juste entendre ce que ces types ont à dire, mais je dois d'abord être sûr qu'on a ce qu'ils cherchent. J'ai gardé la mienne…

Il tira d'un sac en plastique de supermarché posé sur la banquette arrière une enveloppe marron graisseuse. Elle contenait une petite boîte en argent, vieille et cabossée.

— Je l'avais presque oubliée, dit-il.

Le seul fait de voir cette boîte dans l'allée de sa maison flanquait la trouille au King. Il ne savait pas pourquoi ils l'avaient emportée, pour commencer, sauf que, la première fois qu'il l'avait vue, une voix dans sa tête lui avait soufflé qu'elle était étrange, qu'elle avait peut-être de la valeur. Il aimait se dire qu'il l'aurait compris même si ces hommes n'étaient pas morts en tentant de s'en emparer.

C'était dans la fièvre des combats, quand son sang était encore chaud. Son sang et celui d'autres.

— Je sais pas, murmura-t-il.

— Va la chercher. On va les mettre ensemble, juste pour voir.

Hall garda le silence. Il fixait sa jolie maison, la pelouse bien entretenue, la fenêtre de la chambre qu'il partageait avec sa femme. Si je pouvais effacer un seul moment de ma vie, pensa-t-il, si je pouvais défaire un seul acte, ce serait celui-là. Tout ce qui a suivi, tout le bonheur et toute la joie, il l'a gâché. Malgré tout le plaisir que j'ai pris, malgré la fortune que j'ai amassée et le prestige que j'ai acquis, je n'ai pas connu un seul jour de paix.

Le King ouvrit la portière et se dirigea lentement vers sa maison.

Le première classe Larry Crane et le caporal Mark E. Hall avaient de gros ennuis.

Leur peloton patrouillait dans un secteur du Languedoc dans le cadre d'une offensive commune avec les Britanniques et les Canadiens pour contrôler le Sud-Ouest et neutraliser des troupes allemandes isolées – tandis que le gros des forces américaines poursuivait sa progression vers l'est – et était tombé dans une embuscade à la sortie de Narbonne : des Allemands en tenue de camouflage marron et vert, soutenus par un half-track équipé d'une mitrailleuse lourde. Ces tenues avaient abusé les Américains. Du fait d'un manque d'uniformes, certaines unités utilisaient encore une tenue de camouflage expérimentale, la M1942, qui ressemblait à celle que portaient généralement les *Waffen SS* en Normandie. Quelque temps plus tôt, Hall et Crane avaient été pris dans un incident lorsque leur unité avait ouvert le feu sur quatre fusiliers de la 2ᵉ division blindée du 41ᵉ qui avaient été coupés de leurs camarades pendant d'âpres combats contre la 2ᵉ division blindée SS près de Saint-Denis-le-Gast. Deux des fusiliers avaient été abattus avant d'avoir pu s'identifier et un troisième était mort de ses blessures. Le lieutenant Henry avait lui-même tiré le coup fatal et Mark Hall se demandait quelquefois si c'était pour cette raison qu'il avait accordé aux soldats surgissant de l'obscurité quelques instants de grâce cruciaux avant de donner l'ordre à ses hommes d'ouvrir le feu. Il était alors trop tard. Hall n'avait jamais vu des troupes se déplacer avec la vitesse et la précision de ces Allemands. En quelques secondes, ils s'étaient dispersés parmi les arbres bordant les deux côtés de la route, encerclant calmement et rapidement leurs ennemis avant de les anéantir. Hall et Larry se jetèrent dans un fossé tandis que la fusillade éclatait autour d'eux, arrachant aux arbres et aux buissons des échardes qui fendaient l'air comme des flèches, s'enfonçaient dans la peau et les vêtements.

— Des Chleuhs, dit Crane inutilement, le visage plaqué contre la terre. Il devrait plus en rester dans le coin. Qu'est-ce qu'ils font à Narbonne ?

Ils nous tuent, pensa Hall, voilà ce qu'ils font, mais Crane avait raison : les Allemands battaient en retraite dans toute la région alors que ceux-ci avançaient manifestement. Hall saignait de la joue et du cuir chevelu tandis que la fusillade se poursuivait. Ses camarades se faisaient tailler en pièces. Il n'en restait déjà plus qu'une poignée en vie et les soldats allemands se rapprochaient des survivants pour les finir, éclairés par des torches électriques à présent que la duplicité n'était plus nécessaire. Hall vit que le half-track était américain : un M15 dont ils s'étaient emparés, équipé d'une mitrailleuse 37 mm. Ce n'était pas une unité allemande ordinaire. Ces hommes avaient un objectif.

Il entendit Crane gémir. L'autre était si près qu'il sentait son haleine, Crane se pressant contre lui dans l'espoir que le corps de Hall le protégerait. Comprenant ce qu'il essayait de faire, Hall le repoussa.

— Me colle pas comme ça.

— Faut qu'on reste ensemble, plaida Crane.

Les coups de feu s'espacèrent et on n'entendit bientôt plus que de courtes rafales tirées par les mitraillettes des Allemands.

Hall savait qu'ils achevaient les blessés.

Il se mit à ramper dans les sous-bois. Quelques secondes après, Crane le suivit.

À des kilomètres et à des années de ce jour-là, Larry Crane, assis dans une Volvo climatisée, caressait de ses doigts la croix gravée dans le couvercle de la boîte. Il s'efforçait de se rappeler à quoi ressemblait ce qu'elle avait autrefois contenu. Il se souvint d'avoir jeté un coup d'œil à ce qui était écrit sur le parchemin, de ne pas avoir réussi à le lire. Il ne le savait pas, mais les mots étaient en latin et sans grande importance. Le vrai sens était ailleurs, dans des lettres minuscules soigneusement tracées dans le coin supérieur droit du vélin, et que ni le King ni lui n'avaient remarquées parce que leur attention était retenue par l'illustration. On aurait dit le dessin d'une statue, mais aucun des deux hommes n'avait jamais compris pourquoi quelqu'un aurait pu avoir envie de faire une statue en assemblant ce qui ressemblait à des morceaux d'os et des lambeaux de peau séchée prélevés sur des humains et des animaux.

Des hommes le voulaient cependant, ce parchemin, et si Larry Crane avait raison, ils étaient prêts à payer pour le plaisir de le posséder.

Les deux soldats erraient en tentant de trouver un abri contre le froid étrange et hors de saison qui s'installait, contre les Allemands qui ratissaient probablement le secteur en quête de survivants afin d'éviter que des forces supérieures ne soient informées de leur présence. Ce n'était pas une offensive de la dernière chance, une vaine tentative pour refouler la vague alliée. Les troupes SS avaient sans doute été parachutées et s'étaient emparées du half-track en chemin, et la conviction de Hall qu'elles poursuivaient, ce faisant, un sombre but avait été confirmée par ce qu'il avait vu lorsque Crane et lui avaient battu en retraite : des hommes en civil émergeant du sous-bois, suivant le half-track et dirigeant apparemment les soldats. Cela n'avait aucun sens pour Hall, absolument aucun. Il ne pouvait qu'espérer que le chemin qu'il prenait avec Crane les conduirait le plus loin possible de l'objectif des Allemands.

Ils se dirigèrent vers des hauteurs et se retrouvèrent dans une région vraisemblablement inhabitée des Corbières. Il n'y avait ni maisons ni bétail. Hall présuma que les nazis avaient tué pour les manger les bêtes qui y paissaient auparavant.

Il se mit à pleuvoir. Hall avait les pieds humides. Les gradés avaient décidé que les nouveaux brodequins de combat récemment distribués aux soldats suffiraient pour l'hiver une fois bien graissés, mais Hall avait maintenant la preuve indéniable, s'il en était besoin, que ces chaussures ne faisaient déjà plus l'affaire au début de l'automne. Elles laissaient passer l'eau, elles ne retenaient pas la chaleur et, tandis que les deux hommes avançaient lentement dans l'herbe froide et humide, Hall avait tellement mal aux orteils qu'il en avait les larmes aux yeux. De plus, à cause de problèmes d'intendance, Crane et lui ne portaient qu'un pantalon en laine et un blouson Ike. À eux deux, ils avaient quatre grenades à fragmentation, le M1 de Crane (avec un chargeur pour « utilisation immédiate » attaché à la bandoulière et demeuré intact puisque Larry n'avait pas tiré plus de deux ou trois balles pendant l'embuscade) et le fusil-mitrailleur Browning de Hall. Il lui restait neuf chargeurs de 13×20, y compris celui qui se trouvait dans l'arme, et Crane, son assistant désigné, en avait deux autres bandes, ce qui leur faisait vingt-cinq chargeurs en tout. Ce n'était pas mal, mais ce ne serait pas suffisant si ces Allemands trouvaient leur piste.

— T'as une idée de l'endroit où on est ? demanda Crane.

— Non, répondit Hall.

De tous les gars avec qui il aurait pu se retrouver après un foutu massacre, il avait fallu qu'il tombe sur Larry Crane. Ce type était increvable. Hall se sentait comme une pelote d'épingles avec les échardes qui le criblaient, alors que Crane n'avait pas une égratignure. C'était donc vrai, ce qu'on disait : quelqu'un veillait sur Crane et, en restant près de lui, Hall avait un peu bénéficié lui aussi de cette protection. Il y avait de quoi être reconnaissant, supposait-il. Au moins, il était en vie.

— Il fait froid, geignit Crane. Et humide.

— Tu crois que je l'ai pas remarqué ?

— Tu vas continuer à marcher comme ça jusqu'à ce que tu tombes de fatigue ?

— Je vais continuer à marcher jusqu'à ce que...

Hall s'interrompit. Ils se trouvaient au sommet d'une butte. À leur droite, des rochers blancs brillaient au clair de lune. Plus loin, un ensemble de bâtiments se profilait sur le ciel nocturne. Hall distingua deux clochers et de grandes fenêtres sombres.

— Qu'est-ce que c'est ?

— Une église, peut-être un monastère.

— Y a encore des moines, tu crois ?

— Pas s'ils ont quelque chose dans la cervelle.

Crane s'accroupit en s'appuyant sur son fusil pour garder l'équilibre.

— Qu'est-ce que t'en penses ? demanda-t-il.

— On descend, on jette un coup d'œil. Debout.

Il tira Crane par un bras et sentit une douleur dans la main quand une écharde s'enfonça plus profondément dans sa chair.

— Hé, tu me saignes dessus, protesta Crane.

— Je suis désolé, dit Hall. Vraiment désolé.

Sandy Crane causait avec sa sœur au téléphone. Elle aimait bien le mari de cette dernière, il était bel homme. Il savait s'habiller et sentait bon. Il avait aussi de l'argent et n'hésitait pas à le dépenser pour que sa femme fasse impression au club de golf ou aux dîners de bienfaisance auxquels ils assistaient, semblait-il, une semaine sur deux et dont sa sœur ne se lassait jamais de lui parler. Eh bien, Sandy aurait une ou deux choses à lui montrer quand Larry aurait mis la main sur cet argent. Huit heures seulement s'étaient écoulées depuis qu'elle avait ouvert la lettre, mais Sandy avait déjà dépensé dix fois ce qu'elle leur rapporterait.

— Larry va toucher de l'argent, dit-elle. Un de ses investissements a payé, nous attendons le chèque.

Elle marqua une pause pour écouter les félicitations hypocrites de sa sœur, puis reprit :

— Nous pourrions t'accompagner au club, un de ces soirs, et voir si on peut devenir membres, nous aussi.

Sandy imaginait mal sa sœur proposant leur adhésion à son club de frimeurs, elle aurait eu trop peur de se faire jeter dehors, mais c'était drôle de la taquiner un peu. Elle espérait que, pour une fois, Larry ne trouverait pas le moyen de tout bousiller.

Hall et Crane n'étaient plus qu'à un jet de pierre du mur extérieur lorsqu'ils aperçurent des ombres projetées par des lumières en mouvement.

— Planque-toi ! murmura Hall.

Les deux soldats se jetèrent à terre, entendirent des voix.

— Du français, dit Crane. Ils parlent en français.

Il risqua un œil par-dessus le mur puis rejoignit Hall.

— Trois types, fit-il. Sans armes, à ce que j'ai vu.

Les trois hommes avançaient sur la gauche. Hall et Crane les suivirent de l'autre côté du mur, finirent par se retrouver devant la chapelle principale, dont une porte était ouverte. Au-dessus, un tympan était orné de trois bas-reliefs, dont une splendide crucifixion au centre, mais ce qu'on remarquait surtout, c'était l'oculus et les deux vitraux, référence traditionnelle à la Trinité. Ils ne le savaient pas, mais la porte qu'ils regardaient restait presque toujours fermée. Par le passé, on l'avait ouverte uniquement pour recevoir les restes des vicomtes de Narbonne ou d'autres bienfaiteurs de l'abbaye enterrés à Fontfroide.

Hall et Crane entendirent du bruit à l'intérieur de la chapelle : le grincement de pierres qu'on bougeait et les grognements d'effort poussés par les trois hommes. Une forme passa dans l'obscurité à droite pour aller surveiller la route conduisant au monastère. L'homme tournait le dos aux soldats. Hall s'approcha de lui en silence, dégaina sa baïonnette. Quand il fut assez près, il plaqua sa main sur la bouche de l'homme et plaça la pointe de l'arme contre son cou.

— Pas un mot, pas un geste, dit-il. *Compris ?* ajouta-t-il en français.

L'homme hocha la tête. Hall vit une bure blanche sous le pardessus élimé.

— T'es moine ? murmura-t-il.

L'homme hocha de nouveau la tête.

— Combien ils sont à l'intérieur ? Montre avec tes doigts.

L'homme leva trois doigts.

— Des moines aussi ?

Il acquiesça.

— OK, on entre, tous les deux.

Crane les rejoignit.

— On prend pas de risques, lui dit Hall. Tu me couvres.

Il força le moine à descendre les quatre marches de pierre menant au portail de l'église. En se rapprochant, il vit des lumières trembloter dans le bâtiment, s'arrêta à l'entrée et jeta un coup d'œil à l'intérieur.

Il y avait de l'or sur le sol : des calices, des pièces, des épées, des dagues aux gardes et aux fourreaux étincelant de pierres précieuses. Comme le moine l'avait dit, trois hommes s'activaient dans le froid, leur haleine formant de grands panaches, leur corps fumant. Deux d'entre eux, torse nu, s'efforçaient de glisser des pieds-de-biche entre une dalle et le sol. Le troisième, plus âgé, se tenait derrière eux et les pressait de faire vite. Il portait des sandales presque cachées par le bas de sa robe blanche. Il appela et, ne recevant pas de réponse, se dirigea vers la porte.

Hall pénétra dans la chapelle, lâcha le premier moine et le poussa doucement devant lui.

— C'est bon, dit-il. On est américains.

L'expression du visage du vieux moine n'indiqua pas que cette précision le rassurait et Hall comprit que les Alliés l'inquiétaient tout autant que n'importe quelle autre menace potentielle.

— Vous n'avez rien à faire ici, déclara le vieillard. Partez !

Il parlait anglais avec un très léger accent. Derrière lui, les moines, qui avaient interrompu leurs efforts, se remirent au travail.

— On peut pas, on a un problème. Les Allemands. On a perdu beaucoup d'hommes.

— Des Allemands ? Où ça ?

— Près de Narbonne, répondit Hall. Des SS.

— Ils seront bientôt ici, alors.

Le vieux moine se tourna vers son guetteur et lui donna l'ordre de retourner à son poste. Crane parut sur le point de l'en empêcher, mais Hall le retint et le moine put passer.

— Qu'est-ce que vous faites ? demanda Hall.

— Il vaut mieux que vous n'en sachiez rien. Je vous en prie, laissez-nous.

Les moines aux pieds-de-biche poussèrent un cri de colère et de déception quand la dalle retomba. L'un d'eux se laissa choir à genoux de frustration.

— Vous essayez de cacher ces trucs ?

— Oui, répondit le vieil homme après une pause.

Hall devina qu'il ne disait pas toute la vérité. Il se demanda quel genre de moine il fallait être pour mentir dans une église et devina la réponse : un moine désespéré.

— Vous n'y arriverez pas avec deux hommes seulement, dit-il. On peut vous aider.

Il se tourna vers son compagnon, mais Crane fixait des yeux le trésor éparpillé sur le sol. Hall lui frappa sèchement le bras.

— Je viens de dire qu'on peut les aider. T'es d'accord ?

— Ouais, bien sûr.

Crane défit son blouson, posa son fusil et rejoignit avec Hall les hommes aux pieds-de-biche. Ceux-ci se tournèrent vers leur supérieur, attendirent qu'il réponde à l'offre des Américains.

— Bien, dit-il enfin. Vite.

Avec quatre hommes au lieu de deux, la dalle bougea plus facilement, mais elle demeurait très lourde. Deux fois elle retomba dans son logement, jusqu'à ce qu'un dernier effort la soulève suffisamment pour qu'on puisse la faire glisser sur le sol. Les mains sur les genoux, Hall plongea le regard dans le trou qu'ils venaient de créer.

Une boîte en argent hexagonale, de deux ou trois centimètres de côté et scellée par de la cire, reposait sur la terre. Elle était simple, sans autre ornement qu'une croix gravée sur son couvercle. Le vieux moine s'agenouilla et tendit le bras pour la prendre. Ses doigts venaient de se refermer sur ses arêtes d'argent quand le guetteur donna l'alarme.

— Merde, grommela Hall.

Déjà le vieil homme poussait les objets en or dans la trappe. Il demanda aux autres moines de replacer la dalle, mais ils étaient épuisés et n'y arrivaient pas.

— S'il vous plaît. Aidez-les, dit-il aux Américains.

Mais Hall et Crane couraient déjà vers la porte. Prudemment, ils rejoignirent la sentinelle en haut des marches.

Des soldats, une dizaine environ, avançaient sur la route, le casque brillant au clair de lune. Ils étaient suivis par le half-track, avec d'autres hommes derrière. Les deux Américains échangèrent un regard et se fondirent dans l'obscurité.

Le King s'arrêta sur le dernier barreau de l'échelle et tira sur la cordelette. La lumière se fit dans le grenier, pas assez puissante cependant pour éclairer les coins les plus éloignés. Sa femme lui avait dit cent fois qu'il fallait percer une lucarne dans le toit ou au moins installer une ampoule plus forte, mais Hall ne s'en était jamais occupé. Ils ne montaient pas là-haut très souvent, de toute façon, et il ne savait plus exactement ce que contenaient ces caisses ct ccs vieilles valises. Débarrasser le grenier était une corvée dont il était maintenant trop âgé pour s'acquitter et il s'était résigné, sans trop de difficultés, à l'idée qu'il reviendrait à ses enfants de trier ces vieilleries quand Jan et lui seraient morts.

Il y avait cependant une boîte qu'il savait où trouver. Elle était sur une étagère avec des souvenirs de guerre à présent recouverts de poussière mais qu'il avait un moment envisagé de placer dans une vitrine. Non, ce n'était pas tout à fait vrai. Comme la plupart des soldats, il avait pris des souvenirs à l'ennemi : rien de macabre, rien de comparable aux oreilles que quelques pauvres fous avaient collectionnées au Vietnam, mais des casquettes, un Luger, une dague de cérémonie qu'il avait trouvée dans un bunker incendié d'Omaha Beach. Il s'en était emparé sans une seconde d'hésitation : s'il ne les prenait pas, quelqu'un d'autre le ferait et ils n'étaient maintenant plus d'aucune utilité pour leurs anciens propriétaires. En pénétrant dans le bunker, il avait senti l'odeur de l'officier à qui cette dague avait appartenu, car son corps calciné fumait encore dans un coin. Pas une belle façon de mourir, enfermé dans un bunker de béton inondé d'un feu liquide par l'une de ses meurtrières. Lorsque Hall était rentré chez lui, son désir de se rappeler son service en temps de guerre avait beaucoup diminué et toute idée d'en faire étalage avait été reléguée, comme les trophées eux-mêmes, dans un endroit sombre.

Hall s'avança dans le grenier en gardant la tête légèrement baissée pour ne pas heurter le toit, se faufila jusqu'à l'étagère entre les caisses et les tapis roulés. L'épée était toujours là, enveloppée de papier marron et de plastique transparent, mais il la laissa à sa place. Derrière, il y avait une boîte. Il la gardait fermée à clef en partie parce qu'elle contenait le Luger et qu'il avait craint que ses enfants, lorsqu'ils étaient plus jeunes, ne découvrent l'arme et ne s'amusent avec comme si c'était un jouet. La clef se trouvait dans un bocal de clous rouillés, précaution supplémentaire pour décourager une main baladeuse. Il fit tomber les clous sur le plancher jusqu'à ce qu'elle devienne visible et l'attrapa. Il y avait à proximité une malle remplie de vieux bouquins et il s'assit dessus, posa la boîte sur ses genoux. Elle lui parut plus lourde que dans son souvenir, mais cela faisait très longtemps qu'il ne l'avait pas ouverte et il avait vieilli. Il se demanda distraitement si les mauvais souvenirs et les vieux péchés devenaient plus lourds avec les années. Ce coffret contenait de mauvais souvenirs objectivés, des péchés dotés de poids et de formes. Il eut l'impression que la boîte tirait sa tête vers le bas, comme si elle était suspendue à une chaîne autour de son cou.

Il l'ouvrit et entreprit d'en placer lentement le contenu sur le sol à ses pieds : d'abord le Luger puis la dague. Elle était argent et noir, blasonnée de l'emblème à tête de mort. La lame, une fois tirée de son fourreau, se révéla en parfait état hormis quelques piqûres de rouille sous la garde. Hall l'avait graissée avant de la ranger et ces précautions avaient été utiles. Le plastique qui la recouvrait se défit facilement et, sous la faible lumière, la pellicule de graisse donnait à l'acier un aspect organique, comme s'il venait d'arracher de la peau, découvrant l'intérieur luisant d'une chose vivante.

Hall posa la dague près du Luger et sortit le troisième objet.

Beaucoup de soldats étaient revenus de la guerre avec des croix de fer prises à l'ennemi, la plupart de type courant, mais celle que Hall tenait dans sa main était ornée d'un bouquet de feuilles de chêne. L'officier à qui il l'avait prise devait avoir accompli un haut fait. Il devait jouir de la confiance de ses supérieurs pour qu'ils l'envoient à Narbonne, face aux Alliés en marche, afin de fouiller le monastère de Fontfroide et de retrouver ce qui y était caché.

Il restait à présent deux choses dans la boîte. La première était une croix en or longue d'une dizaine de centimètres, incrustée de rubis et de saphirs. Hall l'avait gardée malgré les risques que cela présentait, parce qu'elle était magnifique et peut-être aussi parce qu'elle symbolisait sa propre foi perdue. Maintenant que l'heure de sa mort approchait, il se rendait compte qu'il subsistait encore quelque chose de cette foi. La croix était toujours là, enfermée avec des vestiges, relégués au grenier, de sa vie, de celle de sa femme et de ses enfants. Certains étaient inutiles et il valait mieux les oublier, mais il y avait aussi des choses de valeur dont on n'aurait pas dû se défaire aussi facilement.

Il effleura d'un doigt l'ornement central, un rubis gros comme la partie charnue de son pouce. J'ai gardé cette croix parce qu'elle était précieuse, se dit-il. Parce qu'elle était belle et parce que, quelque part au fond de mon cœur et de mon âme, je croyais encore. Je croyais en sa force, en sa pureté, en sa bonté. Je croyais en ce qu'elle représentait. C'est toujours l'avant-dernier objet dans la boîte, toujours, parce que, ainsi, elle repose sur le morceau de vélin placé au fond, le maintient en place et, d'une certaine façon, le rend moins horrible. Larry Crane n'a jamais compris. Larry Crane n'a jamais cru en rien. Moi, si. J'ai été élevé dans la foi, je mourrai dans la foi. Ce que j'ai fait à Fontfroide est terrible et j'en serai châtié à ma mort. Pourtant, dès que j'ai touché ce parchemin, j'ai su qu'il était le lien avec quelque chose de plus abominable encore. Ces Allemands n'ont pas risqué leur vie pour de l'or et des pierres précieuses. Non, ils sont venus pour ce morceau de vélin, et si tant est qu'il soit résulté quelque chose de bon de cette nuit-là, c'est le fait qu'ils n'aient pas pu s'en emparer. Cela ne me sauvera cependant pas de la damnation. Non, nous brûlerons ensemble, Crane et moi, pour ce que nous avons fait.

Les SS descendirent les marches comme un flot d'eau boueuse et se regroupèrent dans la petite cour s'étendant devant le portail de l'église, formèrent une sorte de haie d'honneur pour les quatre civils sortis du half-track pour les rejoindre. De l'obscurité où il était tapi, Hall vit le vieux moine tenter de leur barrer la route, mais il fut rejeté contre le mur. Hall l'entendit parler à l'officier supérieur accompagnant les civils, celui qui portait la dague à sa ceinture et la médaille à son cou. Le moine tendit vers lui une croix en or ornée de gemmes. Hall ne comprenait pas l'allemand, mais de toute évidence le vieillard essayait de convaincre l'officier qu'il y avait d'autres objets précieux et qu'il pouvait les prendre s'il le voulait. L'officier lui répondit sèchement, pénétra dans l'église avec les civils. Il y eut des cris, des détonations, quelques mots dont Hall comprit cette fois le sens : cessez le feu. Pour le moment, pensa-t-il. Une fois que les Allemands auraient mis la main sur ce qu'ils cherchaient, ils ne laisseraient personne en vie.

Hall recula dans les bois jusqu'au half-track. La portière côté passager était ouverte et, derrière le volant, un soldat observait ce qui se passait dans la cour. Hall dégaina sa baïonnette, rampa jusqu'au bord de la route. Lorsqu'il fut sûr que les autres Allemands ne pouvaient plus le voir, il se releva, s'approcha lentement du véhicule en gardant la tête baissée, se glissa à l'intérieur. Le chauffeur sentit sa présence au dernier moment, tourna la tête et voulut donner l'alarme, mais la main gauche de Hall se plaqua sous son menton et lui ferma la bouche avec un claquement tandis que la lame pénétrait dans son sternum et lui perçait le cœur. Le soldat trembla contre la baïonnette puis devint immobile. Hall se servit de l'arme pour le clouer sur son siège, sortit de la cabine et passa à l'arrière du half-track. De là, il voyait la majeure partie de la cour et les Allemands postés à droite des marches, mais il en restait au moins trois autres cachés par le mur, à gauche. Hall se tourna dans cette direction et vit Crane qui le regardait d'un buisson. Pour une fois, pour une fois seulement, fais ce qu'il faut, Larry, pensa-t-il. De la main, il lui fit signe de passer derrière le véhicule et entre les arbres pour s'occuper des Allemands que lui ne pouvait pas voir.

Quelques secondes s'écoulèrent avant que Crane hoche la tête et se mette en mouvement.

Larry Crane voulait allumer sa cigarette, mais on avait enlevé l'allume-cigare de la Volvo pour ne pas encourager les fumeurs à gâcher l'effet de la fausse odeur de neuf vaporisée dans la voiture. Il fouilla de nouveau ses poches, ne trouva pas son briquet. Il l'avait probablement laissé chez lui dans sa hâte à venir confronter son vieux copain le roi de l'auto, avec la perspective d'une richesse facile. La cigarette non allumée fichée entre ses lèvres avait un léger goût de moisi, ce qui l'amena à soupçonner qu'il avait aussi oublié ses cigarettes à la maison et que ce qu'il avait à la bouche était le reste d'un vieux paquet. Il avait enfilé en partant la première veste qu'il avait trouvée et qui n'était pas celle qu'il portait habituellement. Elle avait des renforts de cuir aux coudes, ce qui lui donnait l'air d'un professeur juif new-yorkais, et les manches étaient trop longues. Dedans, il se sentait plus vieux et plus petit qu'il n'était. Il n'avait pas besoin de ça. Ce dont il avait besoin, c'était d'une dose de nicotine, et il aurait parié que le King n'avait pas fermé à clef la porte de sa maison après y être entré. Larry supposait qu'il y avait des allumettes dans la cuisine. Au pire, il se servirait de la cuisinière. Ce ne serait pas la première fois. Un jour qu'il avait un verre dans le nez, il s'était presque cramé les sourcils en allumant sa cigarette à un brûleur. Depuis, le droit avait gardé un air bouffé aux mites.

Ce putain de roi de l'auto dans sa belle maison, avec sa grosse bonne femme, ses fils classieux et sa fille pleurnicharde, qui ferait bien de prendre quelques kilos et de se faire tringler par un homme, un vrai. Hall n'avait pas besoin de plus d'argent qu'il n'en avait déjà et il laissait son vieux pote de l'armée gigoter sur l'hameçon pendant qu'il se demandait s'il devait mordre ou non à l'appât. Ben, il y mordrait, que ça lui plaise ou non. Larry Crane ne se ferait pas péter les doigts juste parce que le roi de l'auto avait des scrupules après coup. Bon Dieu, ce vieux salaud n'aurait même pas eu tous ces garages, sans lui. Ils seraient repartis du monastère aussi pauvres qu'il y étaient entrés, et Hall aurait passé ses jours à quémander, à découper des bons de réduction, au lieu d'être un pilier respecté du monde des affaires de Georgie, vivant dans une foutue grande maison d'un beau quartier. Tu crois qu'on te respecterait encore si on apprenait comment tu t'es procuré l'argent pour acheter ton premier garage, hein ? Sûrement pas. On te foutrait à la porte de partout, toi, ta garce de femme et tes pitoyables rejetons.

Larry était complètement remonté, maintenant. Cela faisait un moment qu'il n'avait pas lâché la bride à son tempérament et c'était bon. Il n'allait pas se laisser marcher sur les pieds par le roi de l'auto, pas cette fois, plus jamais.

La cigarette humide de salive venimeuse, Larry entra dans la maison du King pour chercher du feu.

L'officier sortit de l'abbatiale flanqué par les hommes en civil. L'un d'eux tenait dans ses mains la boîte en argent, les autres emportaient dans deux sacs l'or qu'ils avaient pillé. Derrière, venait l'un des moines que Hall et Crane avaient aidés à soulever la dalle. Les deux SS qui lui maintenaient les bras dans le dos l'envoyèrent rejoindre l'abbé et la sentinelle, contre le mur. Trois moines : cela signifiait que le quatrième était déjà mort et que ses frères allaient le suivre. L'abbé entama une dernière supplique, mais l'officier lui tourna le dos et ordonna à trois de ses hommes de former un peloton d'exécution improvisé.

Hall se glissa derrière la 37 mm et vit que Crane était enfin en position. Il compta douze Allemands dans son viseur. Il n'en resterait qu'une poignée dont Crane devrait se charger, à supposer que tout se passe bien. Hall prit une profonde inspiration, posa les mains sur la grosse mitrailleuse et appuya sur la détente.

Le vacarme fut assourdissant dans le silence de la nuit et la puissance de l'arme secoua tout son corps. Les balles arrachèrent des éclats aux pierres centenaires, grêlèrent la façade de l'église et brisèrent une partie du linteau, au-dessus du portail, bien qu'avant de toucher le mur elles aient transpercé une demi-douzaine de soldats allemands, trouant leur corps comme du papier. Hall aperçut la flamme projetée par le canon de l'arme de Crane mais n'entendit pas la détonation. Ses oreilles tintaient et, devant ses yeux, des marionnettes sombres en uniforme dansaient au rythme de la musique qu'il jouait. L'officier eut la moitié de la tête emportée ; l'un des civils s'effondra contre le mur, mort mais tressautant encore à chacune des balles qu'il recevait. Hall balaya la cour et les marches jusqu'à ce qu'il eût la certitude que tous les Allemands étaient morts, puis cessa de tirer. Les jambes flageolantes, il était trempé de sueur et de pluie.

Il descendit du half-track au moment où Crane sortait des broussailles, et les deux hommes contemplèrent leur œuvre. La cour et les marches étaient rouges de sang, des fragments de chair et d'os semblaient sortir des fissures de la pierre, comme des fleurs poussées dans la nuit. L'un des moines était mort lui aussi, peut-être tué par une balle qui avait ricoché, pensa Hall, ou tirée par un SS agonisant. Les sacs avaient roulé sur le sol, répandant une partie de leur contenu. À côté se trouvait la boîte en argent. L'abbé tendit la main pour la prendre. Hall remarqua que son visage saignait, entaillé par des éclats de pierre. L'autre moine, le guetteur, s'employait déjà à remettre l'or et les joyaux dans les sacs. Aucun d'eux n'adressa un mot aux Américains.

— Hé ! fit Crane.

Hall se tourna vers lui.

— C'est notre or, dit Larry.

— Comment ça, notre or ?

Crane indiqua les sacs du canon de son arme.

— On leur a sauvé la vie, non ? Ça mérite une récompense.

Il braqua son fusil sur le moine et ordonna :

— Touche pas à ça.

Le moine ne releva même pas la tête.

— *Arrêt !* cria Crane. *Arrêt ! Français, oui ? Arrêt !*

Le moine avait fini de remplir les sacs et s'apprêtait à les emporter. Crane tira une rafale devant lui. L'homme s'arrêta, resta immobile une seconde ou deux puis se remit à marcher.

Les balles suivantes l'atteignirent dans le dos. Il tituba, lâcha les sacs, se retint au mur de l'église, y resta un instant appuyé, puis ses genoux fléchirent et il s'écroula près de la porte.

— Mais t'es dingue ! s'écria Hall. Tu l'as tué ! T'as tué un moine !

— C'est à nous, cet or. C'est notre avenir. J'ai pas survécu aussi longtemps pour rentrer pauvre, et je crois pas que t'aies envie de recommencer à trimer dans une ferme.

Le vieux moine regardait fixement le corps étendu en travers de la porte.

— Tu sais ce que tu dois faire, dit Crane.

— On peut partir, tout simplement, plaida Hall.

— Non. Tu crois qu'il dira à personne ce qu'on a fait ? Il se souviendra de nous. On sera fusillés comme pillards, comme assassins.

Toi, tu seras fusillé, pensa Hall. Moi, je suis un héros. J'ai tué des SS, j'ai sauvé un trésor. J'aurai droit à… À quoi ? Une citation ? Une médaille ? Peut-être même pas. Y avait rien d'héroïque dans ce que j'ai fait. J'ai braqué une mitrailleuse sur une bande de nazis, ils ont même pas pu riposter. Hall regarda Larry Crane dans les yeux et sut que ce n'était pas un Allemand qui avait tué le premier moine. Déjà à ce moment-là, Larry avait son plan.

— Tue-le, dit Crane.

— Sinon ?

Le canon de son fusil restait levé, entre Hall et le moine. Le message était clair.

— On est dans le coup ensemble ou pas du tout, reprit Crane.

Plus tard, Hall tenterait de se convaincre qu'il serait mort s'il n'était pas devenu le complice de Crane, mais au fond de lui, il savait que ce n'était pas vrai. Il aurait pu résister, même à ce moment-là. Il aurait pu essayer de discuter et attendre une occasion d'agir, or il ne l'avait pas fait. C'était en partie parce que l'expérience lui avait appris qu'on ne pouvait pas discuter avec Crane, mais il y avait autre chose dans sa décision. Hall voulait plus qu'une citation ou une médaille. Il voulait un nouveau départ dans la vie. Crane avait raison : il n'avait aucune envie de rentrer aussi fauché qu'il était parti. Ils ne pouvaient plus reculer, maintenant, pas après que Crane avait tué un ou probablement deux hommes désarmés. Le moment était venu de choisir et, à cet instant, Hall se rendit compte que Larry et lui étaient peut-être faits pour se rencontrer et qu'ils n'étaient pas si différents l'un de l'autre, après tout. Du coin de l'œil, il vit le dernier des moines faire un pas vers le portail de l'église, et il braqua son fusil-mitrailleur sur lui. Hall arrêta de compter après la cinquième balle. Quand l'arme cessa de cracher son feu et que les taches eurent disparu de devant ses yeux, il vit la croix sur le sol, à quelques centimètres des doigts tendus du vieillard, des gouttes de sang éparpillées autour, comme des joyaux.

Ils emportèrent les sacs et la boîte, les enterrèrent dans les bois près de Narbonne, derrière les ruines d'une ferme. Deux heures plus tard, un convoi de camions verts entra dans la ville ; Hall et Crane retrouvèrent leurs camarades et recommencèrent à se battre, avec plus ou moins de courage, jusqu'au jour du rapatriement. Tous les deux choisirent de rester un moment en France et retournèrent à Narbonne dans une Jeep des surplus de l'armée, ou plus exactement qui devint un surplus une fois qu'ils eurent versé un pot-de-vin adéquat. Hall prit contact avec des antiquaires qui servaient d'intermédiaires à quelques-uns des collectionneurs les moins scrupuleux fouinant déjà dans les décombres de l'Europe d'après-guerre. Aucun d'eux ne semblait très intéressé par la boîte en argent ou son contenu. Le morceau de vélin était déplaisant à voir et, s'il valait quelque chose, il serait difficile à vendre à qui que ce soit en dehors d'un amateur très spécialisé. Crane et Hall se partagèrent donc l'objet, le premier prenant la boîte et le second le document. Crane avait essayé une ou deux fois de fourguer le coffret, mais on ne lui en avait presque rien offert et il avait décidé de le garder comme souvenir. Après tout, il aimait assez les moments qu'il lui rappelait.

Larry Crane trouva de longues allumettes dans un tiroir et alluma sa cigarette. Il regardait la mangeoire à oiseaux du jardin de derrière quand il entendit des pas dans l'escalier.

— Par ici ! appela-t-il.

Hall entra dans la cuisine et lui lança :

— Je me souviens pas de t'avoir invité.

— J'avais pas de feu pour ma clope. T'as le pape-lard ?

— Non.

— Écoute… commença Crane, qui s'interrompit quand Hall fit un pas vers lui.

Les deux hommes étaient maintenant face à face, Crane le dos contre l'évier.

— Non, dit Hall, c'est toi qui vas m'écouter. J'en ai marre de toi. T'es comme une sale dette que je traîne depuis des années et que je pourrai jamais rembourser. C'est fini, maintenant.

Crane souffla un nuage de fumée dans le visage de Hall.

— T'oublies une chose, mon gars. Je sais ce que t'as fait devant cette église. Je t'ai vu. Si je tombe, tu tombes avec moi, je te le dis.

Il se pencha vers Hall, qui sentit l'odeur fétide de son haleine quand il ajouta :

— Alors, c'est fini quand je dis que c'est fini.

Les yeux de Crane saillirent soudain dans leurs orbites, sa bouche s'ouvrit en un large ovale de stupeur. Ce qu'il restait de la fumée de sa cigarette fusa du trou, accompagné par un jet de salive qui atteignit Hall à la joue. Dans un geste familier, la main gauche du King s'abattit sur la bouche de Crane et la ferma, pendant que la droite enfonçait la dague SS sous le sternum.

Hall savait ce qu'il faisait. Après tout, ce n'était pas la première fois. Le corps de Larry s'affaissa contre lui et il sentit l'odeur des entrailles du vieil homme quand celui-ci perdit le contrôle de son sphincter.

— Dis-le, Larry, murmura Hall. Dis que c'est fini, maintenant.

Il y avait du sang, mais moins que ce à quoi Hall s'attendait, et il ne lui fallut pas longtemps pour nettoyer. Il conduisit la Volvo à l'arrière de la maison, enveloppa le corps de Crane dans une feuille de plastique trouvée dans le garage, reste de la dernière rénovation. Après avoir soigneusement emballé le cadavre, il le plaça, non sans quelque difficulté, dans le coffre de la voiture et partit faire un tour dans les marais.

13

L'aéroport de Tucson étant en travaux, un tunnel provisoire reliait la zone de récupération des bagages aux agences de location de voitures. On donna aux deux hommes une Camry, ce qui amena le plus petit des deux à se plaindre amèrement tandis qu'ils se dirigeaient vers le parking.

— Peut-être que si tu maigrissais un peu des fesses, tu te sentirais moins serré dedans, déclara Louis. Je fais une tête de plus que toi et j'arrive à me loger dans une Camry, moi.

Angel s'arrêta.

— Tu penses que je suis gros ?

— Ça en prend le chemin.

— Jamais tu m'avais dit ça.

— Comment ça, je te l'ai jamais dit ? Je te répète depuis que je te connais que ton problème, c'est que t'es une gueule sucrée. Tu devrais faire le machin d'Atkins.

— Je mourrais de faim.

— Tu confonds, là. En Afrique, on meurt de faim. Si tu suivais un régime, tu serais comme un écureuil. T'as juste besoin de laisser ton corps brûler ce qu'il a en trop.

Angel palpa discrètement le bourrelet de sa taille.

— Combien je peux perdre en restant en bonne santé ?

— Deux, trois centimètres, ils disent à la télé.

— En largeur ou en hauteur ?

— Si tu te poses la question, t'es mal barré, soupira Louis.

Pour la première fois depuis longtemps, Angel se permit un sourire, quoique hésitant et bref. Depuis la visite de Martha dans le Maine, Louis dormait et mangeait à peine. La nuit, Angel se réveillait pour trouver la place de son compagnon déserte dans le lit qu'ils partageaient, l'oreiller et les draps déjà froids. Le premier soir, après qu'ils eurent ramené Martha à New York et l'eurent installée dans un autre hôtel, Angel était allé en silence jusqu'à la porte de la chambre et avait vu Louis assis devant une fenêtre, regardant la ville, scrutant les visages qui passaient dans l'espoir de découvrir parmi eux celui d'Alice. Angel savait tout d'elle. Il avait accompagné Louis dans ses recherches, initialement dans la Huitième Avenue, quand ils avaient appris son arrivée à New York, et plus tard au Point, lorsque les réformes de Giuliani avaient commencé à faire effet et que la brigade des mœurs s'était mise à ratisser les rues de Manhattan de façon régulière, les « appâts » du NYPD mêlés à la foule au-delà de la 44e Rue et les équipes de surveillance prêtes à surgir de camionnettes banalisées. Le Point avait été moins touché au début : loin des yeux, loin du cœur, c'était la rengaine de Giuliani. Tant que les touristes et les congressistes de Manhattan ne tombaient pas sur un trop grand nombre de tapineuses mineures s'ils s'éloignaient par hasard – ou délibérément – de Times Square, tout allait mieux qu'avant. À Hunts Point, le 90e district avait seulement les effectifs nécessaires pour une opération spéciale de dix policiers une fois par mois, généralement dirigée contre les clients des prostituées et comprenant une seule inspectrice infiltrée. Certes, il y avait de temps en temps des descentes, mais elles demeurèrent relativement rares jusqu'à ce que le mot d'ordre « tolérance zéro » soit réellement appliqué, les flics déversant une avalanche de P-V qui débouchait inévitablement sur des arrestations, puisque les SDF et toxicomanes qui formaient le gros des prostituées des rues de la ville n'avaient pas les moyens de payer leurs amendes, et cela leur valait un séjour de trois mois à Rikers. Ce harcèlement contraignit les filles à espacer leurs horaires pour éviter d'être vues deux nuits de suite au même endroit. Cela les conduisit aussi à fréquenter des lieux de plus en plus isolés où elles risquaient de se faire violer ou assassiner.

C'était dans ce bourbier de violence et de désespoir qu'Alice sombrait et leurs interventions n'y changeaient rien. Angel se rendait compte que la jeune femme prenait en fait un étrange plaisir à narguer Louis en plongeant dans cette vie, même si cela la menait inexorablement à l'avilissement et, finalement, à la mort. Vers la fin, tout ce que Louis pouvait faire, c'était veiller à ce que le mac qui exploitait Alice connaisse les conséquences s'il lui arrivait quoi que ce soit et règle ses amendes pour lui éviter la taule. Louis finit par ne plus avoir la force d'assister à la déchéance d'Alice et il n'était peut-être pas surprenant qu'elle soit passée entre les mailles du filet à la mort de Free Billy pour se retrouver sous la coupe de G-Mack.

Angel l'avait regardé en silence ce premier soir avant de murmurer :

« Tu as essayé.

— Pas assez.

— Elle est peut-être encore là, quelque part. »

Louis avait eu un hochement de tête à peine perceptible.

« Non. Elle est morte, je le sens. Comme si on
m'avait pris une partie de moi.

— Écoute…

— Retourne te coucher. »

Angel était retourné se coucher, parce qu'il n'y avait
rien à ajouter. Il était inutile d'essayer de lui dire que
ce n'était pas sa faute, que les gens font leurs propres
choix, qu'on ne peut pas sauver quelqu'un qui ne veut
pas l'être, quels que soient les efforts qu'on déploie.
Louis n'aurait pas voulu ou n'aurait pas pu y croire. Il
se sentait coupable et Alice n'avait pas tout à fait
choisi son chemin. Elle y avait été conduite par les
actes d'autres personnes, dont il faisait partie.

Or il y avait des choses qu'Angel ne pouvait pas
deviner, de petits moments d'intimité entre Louis et
Alice que peut-être seule Martha aurait pu comprendre, parce qu'ils trouvaient un écho dans les coups de
téléphone et les cartes qu'elle-même recevait de temps
à autre. Louis se souvenait d'Alice enfant, de la façon
dont elle jouait à ses pieds ou s'endormait en chien de
fusil près de lui, dans la lueur de leur premier poste de
télé. Elle pleura lorsqu'il quitta la maison, bien qu'elle
fût à peine en âge de saisir ce qui se passait, et dans les
années qui suivirent, alors que les visites de Louis se
faisaient de plus en plus rares, elle était toujours la
première à venir l'accueillir. Lentement, elle remarqua
les changements qui s'opéraient en lui, à mesure que le
garçon qui avait tué son père, parce qu'il le croyait
coupable du meurtre de sa propre mère, devenait un
homme capable de prendre la vie d'autrui sans se
poser de questions sur l'innocence et la culpabilité.
Alice n'aurait pas su mettre un nom sur ces changements, ni expliquer la nature exacte de la métamorphose

de Louis, mais la froideur qui émanait de lui éveillait quelque chose en elle, et des craintes, des soupçons à demi formulés concernant la mort de son père prenaient corps. Comprenant ce qui se passait, Louis résolut de s'éloigner de sa famille, décision motivée par la nature de ses activités et par sa répugnance à exposer ceux qu'il aimait à d'éventuelles représailles. Ces tensions atteignirent leur point culminant le jour où Louis quitta la maison de son enfance pour la dernière fois, quand Alice s'approcha de lui, assis sous un peuplier, tandis que le soleil se couchait derrière lui et que son ombre s'étalait comme du sang noir sur l'herbe rase. Elle venait d'entrer dans l'adolescence mais paraissait plus âgée et son corps s'épanouissait plus vite que celui des filles de son âge.

« M'man dit que tu pars aujourd'hui.

— C'est vrai, répondit-il.

— À la façon dont elle l'a dit, tu reviendras jamais.

— Les choses changent. Les gens changent. Y a plus de place ici pour moi, maintenant. »

Les lèvres pincées, elle porta une main à son front pour protéger ses yeux de l'éclat rouge du soleil.

« J'ai vu comment les gens te regardent.

— Comment ?

— Comme s'ils avaient peur de toi. Même maman, elle a cet air, des fois.

— Elle a aucune raison d'avoir peur de moi. Toi non plus.

— Pourquoi les autres ont peur, alors ?

— Je sais pas.

— J'ai entendu des histoires. »

Louis se leva, tenta de passer devant Alice, mais elle l'en empêcha, les mains à plat contre son estomac.

« Non, dis-moi, exigea-t-elle. Dis-moi que ces histoires, c'est pas vrai.

— J'ai pas le temps pour des histoires. »

Il la saisit par les poignets, la poussa sur le côté, puis se dirigea vers la maison.

« On raconte que mon père était un salaud ! cria-t-elle. Qu'il a eu ce qu'il méritait. »

Il l'entendit courir derrière lui mais ne se retourna pas.

« On raconte que tu sais ce qui lui est arrivé. Dis-le-moi. Dis-le-moi ! »

Elle le frappa par-derrière avec une telle force qu'il tomba sur les genoux. Il tenta de se relever, elle le gifla. Elle pleurait.

« Dis-le-moi, répéta-t-elle, d'une voix basse, cette fois, presque dans un murmure. Dis-moi que c'est pas vrai. »

Louis ne pouvait pas lui faire cette réponse et il partit, il les laissa toutes. Une seule fois, pendant ses années de déchéance, Alice aborda de nouveau le sujet de son père. C'était quatorze mois avant sa disparition, quand Louis croyait encore pouvoir la sauver. Elle lui téléphona d'une clinique privée de Phoenicia, au cœur des Catskills, et il alla la voir dans l'après-midi. Il l'avait emmenée là-bas après que Jackie O l'avait prévenu qu'Alice était avec lui, qu'un micheton l'avait blessée gravement et qu'elle avait failli faire une over-dose en se shootant pour atténuer la douleur. Elle était couverte d'hématomes et d'écorchures, les yeux réduits à des fentes blanches sous des paupières tuméfiées, la bouche béante. Louis l'avait conduite à Phoenicia le lendemain matin, lorsqu'elle avait été suffisamment consciente pour comprendre ce qui lui arrivait. Les coups l'avaient bouleversée et elle avait paru plus dispo-sée que jamais à accepter une cure. Elle avait passé six semaines totalement isolée à Phoenicia, puis elle l'avait appelé.

Il la trouva dans le jardin, assise sur un banc de pierre. Elle avait perdu un peu de poids et semblait fatiguée, mais il y avait une lumière nouvelle dans ses yeux, une étincelle qu'il n'y avait pas vue depuis longtemps. Le moindre vent pouvait l'éteindre, mais elle était là, pour le moment. Ils se promenèrent, l'air frais de la montagne la faisant frissonner malgré la veste matelassée qu'elle portait. Il lui proposa son manteau et elle l'accepta, l'enroulant autour d'elle comme une couverture.

« Je t'ai fait un dessin, dit-elle après qu'ils eurent fait le tour du parc en parlant de la clinique et des autres malades qu'ils croisaient.

— Je savais pas que tu aimais dessiner, répondit Louis.

— J'ai jamais eu l'occasion avant. Ils disent que ça pourrait m'aider. Une femme vient tous les jours pendant une heure, plus si elle pense que tu fais des progrès et qu'elle a le temps. Elle dit que j'ai du talent, mais moi je crois pas. »

Alice tira de la poche de sa veste une feuille de papier blanc pliée en quatre. Louis la prit.

« C'est notre maison, précisa-t-elle, comme si elle craignait que son dessin ne soit trop médiocre pour qu'il reconnaisse le sujet.

— C'est magnifique », déclara-t-il.

Et c'était vrai. Elle avait représenté la maison dans la brume, utilisant des craies pour atténuer les lignes. Une lumière chaude passait par les fenêtres et la porte était entrouverte. Les digitales et les commélines du jardin faisaient des taches roses et bleues, les trilliums, de minuscules étoiles de vert et de rouge. À l'arrière-plan, la forêt était un lavis de hauts troncs bruns, comme des mâts de navires descendant dans une mer de fougères.

338

« J'ai appelé maman, reprit-elle. Ils disent que je peux téléphoner, maintenant que je suis ici depuis un moment. Je lui ai raconté que j'allais bien, mais c'est pas vrai. C'est dur, tu sais.

— Je sais. »

Les lèvres légèrement pincées, elle l'examina et il se rappela soudain l'adolescente qui l'avait affronté sous le peuplier.

« Je suis désolée, murmura-t-elle.

— Moi aussi. »

Alice sourit et, pour la première fois depuis qu'elle était jeune fille, elle l'embrassa sur la joue.

« Au revoir. »

Elle commença à défaire le manteau, mais il l'arrêta.

« Garde-le. Il fait froid, par ici. »

Enveloppée dans le vêtement, elle se dirigea vers le bâtiment. À l'entrée, un garçon de salle fouilla le manteau puis le lui rendit. Alice se retourna, fit signe à Louis et disparut à l'intérieur.

Il ignorait ce qui était arrivé ensuite. Il entendit parler d'une dispute avec un autre malade et d'une séance pénible avec l'un des thérapeutes. Le coup de téléphone suivant qu'il reçut de Phoenicia, c'était pour l'informer qu'Alice était partie. Il la chercha dans les rues, mais quand elle réapparut trois semaines plus tard, sortant du trou sombre où elle était tapie, la petite lueur s'était éteinte pour toujours et il ne restait plus à Louis que le dessin d'une maison qui semblait s'estomper sous ses yeux, et le souvenir du dernier baiser d'un être qui, à sa façon, lui était plus étroitement lié que n'importe qui d'autre dans ce monde.

À présent, pour la première fois depuis l'apparition de Martha et la découverte des restes dans l'appartement de Williamsburg, Louis semblait avoir retrouvé son énergie. Angel savait ce que cela signifiait. Quelqu'un allait payer pour ce qu'on avait fait à Alice, et Angel s'en fichait tant que cela apportait un peu de soulagement à son compagnon.

Ils arrivèrent à leur voiture de location : une Camry couleur or.

— Je déteste ces caisses, fit Angel.

— Tu l'as déjà dit.

— Rien que le fait que cette bonne femme puisse penser qu'on est du genre à conduire une Camry, ça me vexe.

Ils posèrent leurs sacs et regardèrent un homme portant l'uniforme de l'agence s'approcher. Il tenait à la main une petite valise en titane.

— Vous oubliez l'un de vos bagages, dit-il.

— Merci, répondit Louis.

— Pas de quoi. La voiture, ça va ?

— Mon ami ici présent ne l'aime pas.

L'homme s'agenouilla, tira un canif de sa poche et enfonça soigneusement la lame dans la roue avant droite. Il la tourna un peu avant de la ressortir et, d'un air satisfait, regarda le pneu se dégonfler.

— Allez en choisir une autre.

Puis il sortit du parking et grimpa dans un 4 × 4 qui l'attendait et qui démarra aussitôt.

— Je suppose qu'il ne travaille pas vraiment pour l'agence de location, dit Angel.

— Tu ferais un bon détective.

— Ça paie pas assez. Je vais nous chercher une voiture digne de ce nom.

Angel revint quelques minutes plus tard avec la clef d'une Mercury rouge. Louis prit les bagages et se dirigea vers le véhicule, ouvrit le coffre. Il regarda autour de lui avant d'ouvrir la valise en titane. Deux Glock 9 mm apparurent, flanqués de huit chargeurs attachés deux par deux au moyen d'élastiques. Ils n'auraient pas besoin de tout ça, à moins de déclarer la guerre au Mexique. Louis glissa les pistolets dans les poches de sa veste, ajouta les chargeurs et referma le coffre. Il monta dans la voiture et tomba sur une station de rock indé qui passait « Shiver ». Louis aimait Howe Gelb. C'est bien de soutenir les gloires locales. Louis remit à Angel l'un des Glock et deux chargeurs. Les deux hommes vérifièrent les armes et, une fois satisfaits, les firent disparaître.

— Tu connais la route ? demanda Angel.

— Ouais, je crois.

— Tant mieux. J'ai horreur de lire une carte.

Il tendit le bras vers la radio.

— Touche pas, le prévint Louis.

— C'est chiant, ce truc.

— Laisse-le.

Angel poussa un soupir. Ils sortirent de la pénombre du parking pour l'obscurité plus profonde du dehors. Le ciel était saupoudré d'étoiles et un petit vent du désert rafraîchissait les deux hommes.

— C'est beau, dit Angel.

— Ouais, fit Louis.

Angel admira le paysage quelques secondes de plus et demanda :

— On peut s'arrêter pour acheter des beignets ?

Il était tard et, de retour à Cortlandt Alley, j'avais encore le goût de la cuisine thaïe dans la bouche. J'entendis des rires dans Lafayette, où des gens fumaient et flirtaient devant l'un des bars du quartier. La vitrine d'Ancient & Classic Inc. était éclairée et, à l'intérieur du magasin, des hommes mettaient en place avec précaution un nouvel arrivage de meubles. Je passai à un endroit où le trottoir sonnait creux et je crus

341

entendre le bruit de mes pas se répercuter dans les profondeurs, sous mes pieds.

Je m'approchai de la porte de Neddo. Cette fois, il ne perdit pas de temps avec la chaîne de sûreté quand je me fus annoncé. Il me conduisit dans la même arrière-boutique et me proposa du thé.

— Je l'ai par les gens qui tiennent le magasin du coin. Il est bon.

Je le regardai remplir deux tasses en porcelaine si petites qu'elles semblaient provenir d'une maison de poupée. En en prenant une, je constatai qu'elle était ancienne, l'intérieur étoilé de minces craquelures brunes. Le thé était parfumé et fort.

— J'ai lu toute l'affaire dans les journaux, dit Neddo. Votre nom n'est pas cité, cependant.

— Ils s'inquiètent pour ma sécurité, peut-être.

— Plus que vous, de toute évidence. On pourrait soupçonner chez vous un désir de mort, monsieur Parker.

— Je suis heureux de vous annoncer qu'il n'est pas exaucé.

— Jusqu'à maintenant. J'espère que vous n'avez pas été suivi en venant ici. Je ne tiens pas à lier mon espérance de vie à la vôtre.

J'avais été prudent, je le lui dis.

— Parlez-moi de Santa Muerte, monsieur Neddo.

Il eut l'air intrigué puis son visage s'éclaira.

— Le Mexicain retrouvé mort. Il s'agit de lui, n'est-ce pas ?

— Parlez d'abord, je verrai ce que je peux vous donner en échange.

L'antiquaire exprima son accord d'un hochement de tête.

— C'est une idole mexicaine, dit-il. Sainte Mort, l'ange des parias, des gens sans foi ni loi. Même les criminels ont besoin de saints. On l'adore le premier de chaque mois, parfois en public, le plus souvent en secret. De vieilles femmes prient pour sauver leurs fils ou leurs neveux du crime tandis que ces mêmes fils et neveux prient pour faire un bon butin ou réussir à tuer leurs ennemis. La Mort est la dernière grande puissance, monsieur Parker. Selon la façon dont sa faux tombe, elle apporte protection ou destruction. Elle peut être complice ou adversaire. À travers Santa Muerte, la mort prend forme. C'est une création des hommes, pas de Dieu.

Neddo se leva et disparut dans le capharnaüm de sa boutique. Il revint avec un crâne monté sur un bloc de bois grossier et enveloppé d'un voile bleu décoré d'images du soleil. On l'avait peint en noir, excepté les dents, qui étaient en or. Des boucles d'oreilles bon marché étaient vissées dans l'os et une couronne de fil de fer peint reposait dessus.

— Voilà Santa Muerte, dit-il. On la représente traditionnellement par un squelette ou un crâne décoré, souvent entouré d'offrandes et de bougies. Elle aime le sexe, mais, comme elle n'a pas de chair, elle se contente d'approuver les désirs des autres et vit à travers eux, par procuration. Elle porte des vêtements criards et des bagues aux doigts. Elle apprécie le whisky pur, les cigarettes et le chocolat. Au lieu de lui chanter des cantiques, on lui joue des airs de mariachis. Elle est la sainte secrète. La Vierge de Guadalupe est la sainte patronne du pays, mais le Mexique est un endroit où les gens sont pauvres et luttent, se tournent vers le crime par nécessité ou inclination. Ils demeurent très croyants, bien qu'ils doivent enfreindre les lois de l'Église et de l'État pour survivre, un État qu'ils jugent d'ailleurs profondément corrompu. Santa Muerte leur permet de concilier leurs besoins et leur foi. On en trouve des sanctuaires à Tepito, Tijuana, Sonora, Ciudad Juárez : partout où se regroupent les pauvres.

— On dirait une secte.

— C'en est une. L'Église catholique l'a condamnée comme culte du diable et, si je n'ai aucun penchant pour cette institution, il n'est pas difficile de voir que, dans le cas présent, sa position est quelque peu justifiée. La plupart de ceux qui prient Santa Muerte cherchent simplement à se protéger du mal dans leur propre vie. D'autres lui demandent d'approuver le mal qu'ils infligent. Ce culte s'est développé parmi les individus les plus vils : trafiquants de drogue, passeurs d'immigrés, pourvoyeurs de prostitués enfants. Au début de cette année, une série de meurtres dans le Sinaloa a fait plus de cinquante victimes. La plupart des corps portaient l'image de Santa Muerte tatouée ou gravée sur une bague, une amulette.

Neddo tendit le bras pour épousseter d'un doigt les orbites vides de l'idole.

— Et ils sont loin d'être les pires, conclut-il. Encore un peu de thé ?

Il remplit de nouveau ma tasse.

— L'homme qui est mort cachait une statue semblable derrière un mur de l'appartement et il a invoqué Santa Muerte pendant la fusillade, dis-je. Je crois que lui et d'autres, peut-être, ont utilisé cet endroit pour torturer et tuer. Je crois que le crâne de la statue provenait de la femme que je cherchais.

Neddo coula un regard au crâne posé sur son bureau.

— Je suis désolé. Si je l'avais su, j'aurais hésité à vous montrer cette idole. Je peux l'enlever, si vous préférez.

— Vous pouvez la laisser. Au moins, je sais maintenant ce qu'elle était censée représenter.

— L'homme que vous avez abattu, reprit Neddo, on l'a identifié ?

— Il s'appelait Homero Garcia. Il avait un casier remontant à sa jeunesse au Mexique.

Je ne précisai pas que les *Federales* s'intéressaient de près à Garcia. La nouvelle de sa mort avait déclenché une série de coups de téléphone mexicains au 96ᵉ, notamment une demande officielle de l'ambassadeur invitant le NYPD à collaborer avec la police mexicaine en lui communiquant toutes les informations relatives à l'affaire. Les anciens délinquants juvéniles ne suscitaient généralement pas autant d'intérêt dans les milieux diplomatiques.

— Il venait d'où ?

Je rechignais à en dire plus. Je savais encore peu de choses sur Neddo, et sa fascination pour l'étalage de restes humains me mettait mal à l'aise. Il perçut ma méfiance.

— Monsieur Parker, vous pouvez approuver ou non mes centres d'intérêt et la façon dont je gagne ma vie, mais écoutez-moi bien : j'en connais plus que quiconque à New York dans ce domaine. Je peux vous aider, mais uniquement si vous me confiez ce que vous avez appris.

Il me sembla que je n'avais pas vraiment le choix.

— Les Mexicains s'intéressent plus à Garcia qu'ils ne le devraient, étant donné son casier, répondis-je. Ils ont fourni quelques informations à la police, mais ils en ont gardé pour eux, c'est clair. Garcia est né à Tapito, un quartier de Mexico que ses parents ont quitté alors qu'il était encore bébé. Il a appris le métier d'orfèvre. Apparemment, c'était une tradition dans la famille. Il faisait fondre des objets volés, ce qui a conduit à son arrestation. Il a fait trois ans de prison et, à sa libération, il a repris son métier. Officiellement, il n'a plus jamais eu d'ennuis après.

Neddo se pencha en avant et demanda, avec quelque chose de pressant dans la voix :

— Où l'exerçait-il, ce métier, monsieur Parker ? Où était-il installé ?

— À Ciudad Juárez. Il était installé à Ciudad Juárez.

L'antiquaire poussa un long soupir.

— Les femmes, dit-il. La fille que vous cherchiez n'était pas la première. Homera Garcia était un tueur professionnel de femmes.

Le Bon Repos était presque désert quand la Mercury, à présent couverte de poussière, se gara au parking. Il y avait encore quelques camions çà et là dans l'obscurité, mais personne ne mangeait dans le restaurant. Un routier solitaire cherchant un réconfort auprès des filles de la *cantina* aurait bénéficié d'un large choix s'il était arrivé plus tôt dans la soirée, bien que l'intérêt de la police après les meurtres à l'Œilleton eût quelque peu réduit le nombre de prostituées. Le bar était fermé pour la nuit et deux femmes seulement y demeuraient encore, avachies au comptoir, dans l'espoir de se faire emmener par l'homme qui leur tenait compagnie, fumant un joint et sirotant une dernière bière dans la pénombre.

Harry empilait des casiers de bière dans la cour de derrière quand Louis surgit de l'obscurité.

— C'est vous le patron ?

— Ouais. Vous cherchez quelque chose ?

— Quelqu'un, corrigea Louis. Qui s'occupe des filles, ici ?

— Ici, les filles s'occupent d'elles-mêmes, répondit Harry.

Il sourit de sa plaisanterie et fit un pas pour retourner dans le bar, mais un homme de petite taille, avec une barbe de trois jours et un mois de retard chez le coiffeur, lui barra le chemin. Le type semblait avoir aussi quelques kilos de trop. Harry ne lui en fit pas la remarque. Il ne dit rien du tout parce que l'homme planté devant la porte avait un pistolet à la main. L'arme n'était pas vraiment braquée sur lui, mais la situation était de nature à évoluer et il était impossible de savoir comment elle finirait.

— Un nom, reprit Louis. Je veux le nom de l'homme qui drivait Sereta.

— Je connais pas de Sereta.

— Parle d'elle au passé, elle est morte. Elle s'est fait tuer à l'Œilleton.

— Désolé d'entendre ça.

— Tu pourras lui dire toi-même si tu me donnes pas un nom.

— Je veux pas d'ennuis.

— C'est à toi, les cabanes, là-bas ? demanda Louis, indiquant les petites huttes qui jouxtaient le parking.

— Ouais. Quand un routier en a marre de dormir dans son camion, il peut s'offrir des draps propres pour une nuit.

— Ou pour une heure.

— Comme il veut.

— Si tu te décides pas à coopérer, je t'emmène dans une de ces cabanes et je te cogne dessus jusqu'à ce que tu me dises ce que j'ai besoin de savoir. Si tu me donnes le nom de ce mec et que tu me mens, je reviendrai te tuer. T'as une troisième solution.

— Octavio, lâcha Harry précipitamment. Il s'appelle Octavio, mais il est parti. Il s'est barré quand la pute s'est fait buter.

— Raconte.

347

— Elle travaillait ici depuis deux ou trois jours quand les types ont débarqué. Un gros, vraiment gros, et un mec tout en bleu. Ils savaient qu'il fallait demander Octavio. Ils lui ont parlé un moment et ils sont partis. Il m'a dit de les oublier. C'est cette nuit-là qu'il y a eu tous ces morts au motel.

— Octavio est où, maintenant ?

— Je sais pas. Franchement, il m'a rien dit. Il flippait dur.

— Qui surveille ses filles pendant qu'il est parti ?

— Son neveu.

— Décris-le-moi.

— Grand, pour un Mexicain. Fine moustache. Tee-shirt vert, jean bleu, chapeau blanc. Il est dans le bar en ce moment.

— C'est quoi, son nom ?

— Ernesto.

— Il a un flingue ?

— Ils en ont tous un.

— Appelle-le.

— Quoi ?

— Appelle-le. Dis-lui qu'il y a une fille qui veut le voir pour du boulot.

— Il saura que je l'ai balancé.

— En voyant nos flingues, il comprendra que t'avais tes raisons. Appelle-le.

Harry s'approcha de la porte.

— Ernesto ! cria-t-il. Y a une fille dehors qui cherche du taf.

— Envoie-la-moi, répondit une voix d'homme.

— Elle ose pas entrer. Elle a peur.

L'homme jura. On entendit des pas s'approcher et un jeune Mexicain sortit, l'air endormi, une odeur de marijuana flottant autour de lui.

— Ça te ruinera la santé, cette merde, dit Louis en se glissant derrière lui.

Il saisit le Colt argenté logé au creux des reins du Mexicain et pressa en même temps le canon de son propre pistolet contre sa nuque.

— Mais moins vite qu'une balle. Viens, on va se promener.

Se tournant vers Harry, Louis annonça :

— Il reviendra pas. Tu racontes à quelqu'un ce qui s'est passé et moi, je reviendrai te voir. Ça te fait un truc de plus à oublier.

Sur ce, Angel et Louis emmenèrent Ernesto. Ils roulèrent pendant quelques kilomètres avant de trouver un chemin de terre, s'enfoncèrent dans l'obscurité jusqu'à ce qu'ils ne puissent plus voir la circulation sur la route. Au bout d'un moment, Ernesto leur dit ce qu'ils voulaient savoir.

Ils repartirent, finirent par arriver à une caravane miteuse installée derrière une maison non terminée sur un terrain non clos. L'homme appelé Octavio les entendit venir et tenta de s'enfuir, mais Louis lui logea une balle dans la jambe. Octavio tomba, roula le long d'une pente sablonneuse, s'arrêta dans un point d'eau à sec. Ils lui laissèrent le choix : ou il jetait son flingue, ou il mourait là où il était.

Octavio lâcha son arme et regarda les deux silhouettes descendre vers lui.

— Les pires, ils sont à Ciudad Juárez, affirma Neddo.

Le thé avait refroidi. L'idole de Santa Muerte demeurait entre nous, écoutant sans entendre, nous fixant de ses orbites aveugles.

Ciudad Juárez : je comprenais, maintenant.

Un million et demi de gens vivaient dans cette ville, pour la plupart dans une pauvreté indescriptible, plus difficile encore à supporter dans l'ombre de l'opulence d'El Paso. Là étaient les trafiquants de drogue et d'êtres humains. Là étaient les prostituées à peine pubères et celles qui ne vivraient pas assez longtemps pour atteindre la puberté. Là étaient les *maquiladoras*, immenses usines d'assemblage fournissant des fours à micro-ondes et des sèche-cheveux aux pays riches, à des prix maintenus bas en payant les ouvriers dix dollars par jour, en leur refusant toute protection sociale. En dehors du périmètre de l'usine s'alignaient les rangées de cabanes, les *colonias populares* sans sanitaires, sans eau courante ni électricité ni rues goudronnées, foyers d'hommes et de femmes qui s'échinaient dans ces ateliers. Les mieux lotis étaient ramassés chaque matin par des bus rouge et vert assurant auparavant le transport d'écoliers américains ; les autres devaient faire chaque jour un périlleux parcours à pied en passant par Sitio Colosio Valle ou d'autres secteurs malodorants. Derrière leurs maisons, se trouvait la décharge municipale, où les chiffonniers gagnaient moins d'argent encore que les ouvriers. Là étaient les bordels de Mariscal, les piquouseries de la rue Ugarte où des jeunes gens s'injectaient de la merde mexicaine, un dérivé d'héroïne bon marché provenant du Sinaloa, et laissaient derrière eux un sillage de seringues ensanglantées. Là étaient les huit cents bandes qui écumaient les rues de la ville dans une relative impunité, leurs membres échappant à une police impuissante ou corrompue. Les *Federales* et le FBI n'informaient plus les policiers de Ciudad Juárez des opérations projetées sur leur territoire, car ils savaient que le faire reviendrait à prévenir leurs cibles.

Mais ce n'était pas le pire de Ciudad Juárez : au cours des dix dernières années, plus de trois cents jeunes femmes avaient été violées et assassinées.

Quelques *putas*, quelques femmes faciles, mais pour l'essentiel de simples jeunes filles pauvres travaillant dur. C'était généralement les chiffonniers qui retrouvaient leurs corps mutilés parmi les ordures. Les autorités de Chihuahua continuaient à ignorer ces meurtres alors même que le nombre de cadavres augmentait avec une régularité saisissante. Récemment, les *Federales* avaient ouvert une enquête, utilisant des allégations de trafic d'organes, crime fédéral, comme prétexte pour intervenir, mais le trafic d'organes était en grande partie un rideau de fumée. L'hypothèse qui prévalait, entretenue par la peur et la paranoïa, c'était qu'il s'agissait d'actes prédateurs d'hommes riches et de sectes religieuses, dont Santa Muerte.

Un seul homme avait été condamné : l'Égyptien Abdel Latif Sharif, prétendument mêlé aux meurtres de vingt femmes. Les enquêteurs assuraient que, même en prison, Sharif continuait à sévir, payant des membres de Los Rebeldes, l'une des bandes de la ville, pour tuer en son nom. Chacun d'eux recevait mille pesos par victime. Lorsque les Rebeldes furent emprisonnés, les policiers affirmèrent que Sharif avait recruté pour les remplacer quatre chauffeurs de bus qui abattirent vingt femmes de plus. Leur salaire : mille deux cents dollars par mois à se partager entre eux et un cinquième homme à condition qu'ils assassinent au moins quatre filles par mois. La plupart des charges contre Sharif furent abandonnées en 1999. C'était un homme seul et, même avec des complices, il ne pouvait porter la responsabilité de toutes les victimes. D'autres étaient à l'œuvre et ils continuèrent à tuer pendant que Sharif était en prison.

— Il y a un endroit appelé Anapra, dit Neddo. C'est un bidonville. Vingt-cinq mille personnes y vivent à l'ombre du mont Christo Rey. Vous savez ce qui se dresse au sommet ? Une statue de Jésus.

L'antiquaire eut un rire un peu forcé et poursuivit :

— Et on s'étonne que les gens se détournent de Dieu et lui préfèrent une déité squelettique ? C'est à Anapra que Sharif aurait enlevé un grand nombre de ses victimes, et d'autres s'en prennent maintenant aux femmes d'Anapra ou à celles de Mariscal. On trouve de plus en plus souvent l'image de Santa Muerte sur les corps. Certaines femmes ont été mutilées après leur mort, tronçonnées, décapitées. À en croire les rumeurs, ces criminels ont tiré la leçon des erreurs de leurs prédécesseurs. Ils sont prudents. Ils jouissent de protections. On dit qu'ils sont riches et qu'ils prennent plaisir à ces actes. C'est peut-être vrai. Peut-être pas.

— Il y avait des cassettes vidéo dans l'appartement de Garcia. Elles montraient des femmes mortes ou agonisantes.

Neddo eut la décence de paraître troublé.

— Pourtant, il vivait ici, à New York. Peut-être était-il devenu inutile et avait-il dû s'enfuir. Peut-être projetait-il d'utiliser ces cassettes pour exercer un chantage ou garantir sa sécurité. On peut aussi supposer qu'il prenait plaisir à revoir ses crimes. Quelle que soit la raison de sa venue ici, il constitue apparemment un lien entre Santa Muerte et les meurtres de Ciudad Juárez. Pas étonnant que les autorités mexicaines s'intéressent à lui, comme moi-même.

— À part le rapport avec Santa Muerte, pourquoi cette affaire vous intéresse-t-elle ? demandai-je.

— Ciudad Juárez possède un petit ossuaire, une chapelle décorée avec des restes humains. Il n'est pas particulièrement important et sa création n'a pas requis un talent considérable. Pendant des années, on l'a laissé à l'abandon, mais dernièrement quelqu'un a consacré beaucoup de temps et d'efforts pour le remettre en état. Je l'ai visité. Des objets ont été restaurés avec habileté et on en a même ajouté d'autres – des bougeoirs, des candélabres, un ostensoir –, tous d'une qualité bien supérieure aux premiers. L'homme qui s'en est chargé prétend n'avoir utilisé que les restes laissés dans l'ossuaire à cette fin, mais j'ai des doutes. Il n'a pas été possible d'examiner le travail réalisé – le prêtre responsable de l'entretien était à la fois peu loquace et effrayé –, mais je pense que certains os ont été vieillis artificiellement, comme le crâne que vous m'avez apporté l'autre soir. J'ai demandé à rencontrer le restaurateur, il avait déjà quitté Ciudad Juárez. J'ai appris plus tard que les *Federales* le recherchaient. On disait qu'ils avaient reçu l'ordre de le prendre vivant. C'était il y a un an.

« En face de l'ossuaire, ce même individu a édifié un sanctuaire à Santa Muerte, un sanctuaire très beau, très décoré. Si Homero Garcia venait bien de Ciudad Juárez et était un adepte de Santa Muerte, il est possible qu'il soit le restaurateur de l'ossuaire. Après tout, un homme capable d'un travail délicat sur l'or et l'argent peut exercer son art sur d'autres matériaux, y compris l'os.

Neddo se renversa dans son fauteuil. Sa fascination pour les détails était manifeste, comme elle l'avait été lorsqu'il avait parlé de Faulkner, le prédicateur, et de son livre de peau et d'os.

Garcia était peut-être venu à New York de son propre chef et sans l'aide de quiconque, mais j'en doutais. Quelqu'un avait découvert ses talents, avait loué pour lui l'entrepôt de Williamsburg et lui avait donné un lieu où travailler. On l'avait fait venir dans le Nord pour son habileté, hors de portée des *Federales*, et peut-être aussi de ceux pour qui il trouvait et exécutait des femmes. Je pensai de nouveau à la statue ailée faite de morceaux animaux et humains. Je me rappelai les caisses vides, les éclats d'os qui jonchaient l'établi comme les chutes du travail d'un artisan. Quelle que soit l'œuvre qu'on lui avait commandée, Garcia l'avait presque achevée quand il avait été tué.

Je regardai Neddo, mais il était perdu dans la contemplation de Santa Muerte.

Mon portable sonna au moment où j'approchais de l'hôtel. C'était Louis. Il me donna le numéro d'une cabine et me demanda de le rappeler sur une ligne terrestre. Ce que je fis en utilisant ma carte AT&T. J'entendis en bruit de fond un grondement de circulation et des gens chantant dans la rue.

— Quoi de neuf ? demandai-je.

— Le mac qui faisait bosser Sereta s'appelait Octavio. Il s'est planqué après la mort de la fille, mais on a déniché son neveu et, par lui, on a retrouvé Octavio. On l'a travaillé au corps. Sérieusement. Il nous a dit qu'il avait l'intention de retourner au Mexique, à Ciudad Juárez, d'où il venait… Hé, t'es toujours là ?

J'avais failli laisser tomber le téléphone. C'était la deuxième fois en moins d'une heure qu'on me parlait de Ciudad Juárez. J'entrepris de relier les points. Garcia avait peut-être connu Octavio là-bas. Sereta s'était enfuie de New York et était tombée sous la coupe d'Octavio. Quand on avait retrouvé Alice, elle avait probablement dit ce qu'elle savait de la cavale de Sereta. Garcia avait envoyé des ballons-sondes et Octavio l'avait rappelé. Puis deux hommes avaient été chargés de retrouver Sereta et de récupérer ce qu'elle avait en sa possession.

— Ouais, répondis-je. Je t'expliquerai à ton retour. Où est Octavio, maintenant ?

— Il est mort.

Je pris une profonde inspiration mais ne dis rien.

— Octavio avait un contact à New York, continua Louis. Il devait le prévenir si quelqu'un venait poser des questions sur Sereta. C'est un avocat. Il s'appelle Sekula.

À Scarborough, Rachel, assise au bord de notre lit, berçait Sam qui s'était enfin endormie. Une voiture de patrouille était garée devant la maison et les flics avaient cloué des planches sur la fenêtre fracassée. Joan, assise près de sa fille, avait les mains jointes entre ses cuisses.

— Appelle-le, Rachel.

Rachel secoua la tête, mais elle ne répondait pas à sa mère.

— Ça ne peut pas continuer comme ça, soupira Joan.

Rachel serra son bébé contre elle sans rien dire.

14

Je dormais encore quand Walter Cole me téléphona le lendemain matin. Je lui avais faxé la liste des numéros qu'Eddie Tager avait appelés de son portable et demandé de voir ce qu'il pouvait en tirer. S'il n'arrivait à rien, il y en avait d'autres à qui je pouvais m'adresser, cette fois en dehors de la légalité. Je pensais simplement que Walter obtiendrait plus vite un résultat.

— Tu sais que détourner le courrier est un crime fédéral ? dit-il.

— Je ne l'ai pas détourné. J'ai cru à tort qu'il m'était adressé.

— Ça me va, tout le monde peut se tromper. Je dois cependant te prévenir : le stock de services que je peux demander s'épuise. Je crois que c'est fini.

— Tu as fait plus que ta part, ne te bile pas.

— Tu veux que je t'envoie un fax ?

— Plus tard. Pour le moment, lis-moi juste les noms. Disons à partir d'une heure du matin, le jour que j'ai indiqué. C'est à peu près le moment où Alice s'est fait emballer dans la rue.

Quelqu'un avait dû charger Tager de la faire libérer sous caution et j'espérais qu'il avait rappelé cette personne pour l'informer que c'était fait.

Walter me lut la liste, mais je ne reconnus aucun nom. La plupart étaient des hommes. Deux étaient des femmes.

— Redis-moi les femmes.

— Gale Friedman et Hope Zahn.

— La deuxième, c'était un bureau ou un numéro personnel ?

— Un portable. Les factures sont adressées à une boîte postale de l'Upper West Side appartenant à une société privée, Robson Realty. Robson faisait partie du groupe Ambassade, qui s'occupait de la transformation en appartements de l'entrepôt de Williamsburg. Tager a appelé deux fois : à 4 h 04 et à 4 h 35. Il n'a ensuite plus utilisé son portable avant l'après-midi et le numéro n'apparaît plus.

Hope Zahn. Je me représentais Sekula dans l'antichambre immaculée, demandant à sa secrétaire d'une beauté glacée de ne pas le déranger – « Pas de coups de téléphone, s'il vous plaît, Hope » – tandis qu'il me jaugeait.

— Ça t'aide ? s'enquit Walter.

— Tu viens de me confirmer quelque chose. Tu peux me faxer l'info dans ma chambre ?

J'avais un fax sur le bureau de ma chambre d'hôtel et je lui donnai le numéro.

— Je me suis aussi occupé du numéro de portable que G-Mack nous a filé. C'est un fantôme. S'il a existé, il n'est plus répertorié.

— Je m'y attendais. Ça ne fait rien.

— Et maintenant ?

— Je dois rentrer. Après, tout dépendra.

— De quoi ?

— De la gentillesse de personnes inconnues, je suppose. Mais gentillesse n'est peut-être pas le mot…

Je descendis boire un café et appelai le cabinet de Sekula en chemin. Une femme répondit, mais ce n'était pas la secrétaire habituelle de l'avocat. Elle gazouillait tellement qu'elle aurait eu sa place dans une volière.

— Vous pouvez me passer Hope Zahn, s'il vous plaît ?

— Elle est absente pour quelques jours. Vous voulez laisser un message ?

— Et M. Sekula ?

— Il n'est pas là non plus, désolée.

— Ils rentrent quand ?

— Pardon, c'est de la part de qui ?

— Dites à Hope qu'Eddie Tager a téléphoné. Au sujet d'Alice Temple.

À tout le moins, si Zahn ou Sekula appelaient le bureau, cela leur donnerait matière à réflexion.

— Elle a votre numéro ?

— Elle aimerait bien, répliquai-je avant de remercier la fille et de raccrocher.

Sandy Crane s'inquiétait un peu pour son mari, ce qui faisait de cette semaine une vraie collection de premières : première promesse de pactole depuis longtemps ; premier plaisir partagé avec Larry depuis qu'il avait succombé à la sénescence ; et maintenant cette préoccupation pour lui, quoique entachée d'intérêt personnel. Il n'était toujours pas rentré de sa visite à son copain de guerre, mais il lui arrivait à l'occasion de découcher. Ces absences correspondaient cependant en général avec les courses de chevaux en Floride. Sandy savait que son mari aimait jouer. Cela la tracassait un peu ; toutefois, tant qu'il restait dans des limites raisonnables, elle ne lui faisait pas de scène. Si elle commençait à se plaindre des dépenses de Larry, il pourrait en représailles décider de réduire les siennes et il y avait déjà peu de luxes qu'elle pouvait se permettre.

Sandy le croyait bien capable d'essayer de l'évincer du coup, mais ses craintes étaient tempérées par la certitude qu'il avait besoin d'elle. Il était âgé et faible, il n'avait pas d'amis. Même si ce sale prétentieux de Mark Hall marchait dans la combine, Larry aurait besoin d'elle à ses côtés pour veiller à ce qu'il ne se fasse pas rouler. Elle était un peu étonnée qu'il ne l'ait pas appelée la veille pour lui dire comment ça se passait, mais il était comme ça. Il avait peut-être trouvé un bar où passer la nuit à râler et à gémir, ou, si Hall était d'accord, à fêter l'événement en prenant une légère muffée. En ce moment, il cuvait probablement dans un motel entre deux visites aux chiottes pour vider sa vessie. Larry finirait par rentrer, dans un cas comme dans l'autre.

Elle buvait une double vodka – encore une première, mais pour la journée, cette fois – en pensant à ce qu'elle pourrait acheter avec cet argent : des fringues, pour commencer, et une voiture qui ne sentirait pas le vieux. Elle songeait aussi à un petit jeune, avec un corps ferme et un moteur qui ronronnerait au lieu de tousser comme ceux, défaillants, des hommes qui assouvissaient à l'occasion ses besoins. Elle ne verrait aucune objection à le payer à l'heure : comme ça, il ne pourrait rien refuser de lui faire.

On sonna à la porte et, dans sa hâte pour se lever de son fauteuil, Sandy renversa un peu de sa vodka. Larry avait une clef, ça ne pouvait pas être lui. Mais s'il lui était arrivé quelque chose ? Ce salaud de Hall avait peut-être tout raconté aux flics. Dans ce cas, Sandy Crane s'arrangerait pour avoir l'air aussi idiote que les débiles qui passaient chaque matin devant chez elle dans ce minibus, les petits monstres qui lui faisaient signe de la main comme si elle pouvait s'intéresser à eux alors qu'ils lui faisaient encore plus horreur que les serpents et les araignées.

Un homme et une femme se tenaient sur le seuil de la porte, bien vêtus, lui en costume gris, elle en tailleur bleu. Même Sandy devait reconnaître que la fille était canon : longs cheveux bruns, traits pâles, corps ferme. L'homme portait une mallette à la main, la fille, une sacoche de cuir marron à l'épaule droite.

— Mme Crane ? fit-il. Je m'appelle David Sekula, je suis avocat à New York. Et voici mon assistante, Mlle Zahn. Votre mari a contacté notre cabinet hier. Il dit avoir en sa possession quelque chose qui pourrait nous intéresser.

Sandy ne savait pas si elle devait maudire Larry ou applaudir à sa prévoyance. Tout dépendait de la façon dont la situation avait tourné pour eux. Ce vieux crétin tenait tellement à conclure l'affaire qu'il avait appelé les gens qui lui avaient envoyé la lettre avant même d'avoir mis la main sur la boîte et le papier qu'elle contenait. Elle imaginait son sourire rusé tandis qu'il se persuadait qu'il manipulait ces gars de la ville comme des marionnettes, sauf qu'il n'était pas si malin que ça. Il leur en avait peut-être trop dit et ils étaient maintenant à sa porte. Sandy se demanda s'il leur avait parlé de Mark Hall, conclut aussitôt que non : s'ils avaient été au courant pour Hall, ils ne seraient pas en ce moment chez elle mais chez lui.

— Mon mari n'est pas là, il doit rentrer d'un moment à l'autre.

Le sourire de Sekula ne fléchit pas.

— Nous pourrions l'attendre, si vous n'y voyez pas d'objection. Nous voulons vraiment acquérir cet objet le plus rapidement possible, avec le maximum de discrétion.

Sandy se dandina, l'air gênée.

— Je sais pas trop, fit-elle. Je suis sûre que vous êtes des gens bien, mais je n'aime pas faire entrer des inconnus chez moi.

Le sourire qui semblait gravé sur le visage de l'homme commençait à lui flanquer autant la trouille que ceux des gosses handicapés. Il était vide. Même cet abruti de Mark Hall parvenait à injecter un peu d'humanité dans ses sourires de cabot quand il essayait de fourguer une de ses voitures pourries.

— Je comprends, répondit Sekula. Est-ce que cela pourrait vous convaincre de nos bonnes intentions ?

Il cala sa mallette contre le mur, appuya sur les fermoirs et souleva le couvercle pour que Sandy puisse voir ce qu'elle contenait : des liasses de présidents défunts alignées comme autant de petits monts Rushmore en vert.

— Simple gage de notre bonne volonté, dit-il.

Sandy se sentit devenir humide.

— Je crois que je peux faire une exception, dit-elle. Pour cette fois.

Le plus drôle, c'était que Sekula ne voulait faire aucun mal à cette femme. C'était grâce à cette ligne de conduite qu'ils étaient restés si longtemps invisibles alors que d'autres étaient pourchassés. Ils n'avaient fait de mal aux gens qu'en cas d'absolue nécessité, du moins jusqu'à ce que les investigations de Sekula aient ajouté un degré d'urgence à leur quête. Le recrutement ultérieur de l'odieux Garcia par Brightwell avait marqué le début d'une nouvelle phase et d'une escalade de la violence.

Sekula était un Croyant depuis longtemps. Il avait embrassé la cause peu de temps après avoir obtenu ses diplômes de droit. Le recrutement avait été subtil et progressif, faisant d'abord appel à ses capacités juridiques déjà prodigieuses pour retrouver la trace de ventes douteuses, confirmer un titre de propriété et vérifier des origines chaque fois que c'était nécessaire, passant peu à peu à une exploration plus profonde des vies secrètes que tant de gens cachaient à leur entourage. Sekula avait trouvé cela fascinant, même après avoir compris qu'on recourait à ses compétences afin d'exploiter ces personnes et non pour les assister dans un procès. Les informations qu'il recueillait étaient utilisées contre elles, et ses employeurs accumulaient en retour profits et influence, mais Sekula avait rapidement découvert que cette révélation ne le troublait pas. Après tout, il était avocat, et s'il avait opté pour le droit pénal, il aurait sûrement défendu ce que la plupart des gens ordinaires considéraient comme indéfendable. En comparaison, les activités dans lesquelles on l'avait impliqué n'étaient à l'origine que très légèrement douteuses, sur le plan moral. Il était devenu riche, plus riche que la plupart de ses confrères travaillant deux fois plus dur, et il avait obtenu par ailleurs d'autres récompenses, dont Hope Zahn faisait partie. On lui avait demandé de la prendre à son service, il l'avait fait volontiers. Depuis, elle s'était révélée inestimable pour lui, sur le plan personnel, professionnel et, il devait l'avouer, sexuel. Si Sekula avait une faiblesse, c'étaient les femmes, et Mlle Zahn rassasiait tous ses appétits sexuels, et quelques autres qu'il ignorait avoir jusqu'à ce qu'elle les découvre pour lui.

De sorte que lorsque, après un certain nombre d'années, Sekula fut informé de la véritable nature de leur quête, il ne trouva pas l'énergie de réagir et ne fut même que peu surpris. Il se demandait parfois si c'était un indice de l'habileté avec laquelle ils l'avaient corrompu, ou si cela avait toujours été dans sa nature et si ses employeurs l'avaient compris bien avant lui. En fait, c'était lui qui avait eu l'idée de suivre la piste des anciens combattants, après avoir découvert les détails d'une vente assurée par un intermédiaire suisse peu après la fin de la Seconde Guerre mondiale. Cette vente était passée inaperçue dans le flot de transactions d'après-guerre, quand des objets pillés changeaient de mains à une vitesse effarante, leurs anciens propriétaires étant réduits, dans de nombreux cas, à une pellicule de cendres sur les arbres d'Europe de l'Est. Ce fut seulement quand Sekula eut obtenu une copie des registres de l'hôtel des ventes, par un employé mécontent sachant que l'avocat était disposé à payer relativement bien pour de telles informations, que l'affaire lui fut révélée. Sekula avait été reconnaissant aux Suisses de ce souci scrupuleux de l'archivage qui les incitait à enregistrer aussi des transactions suspectes. À de nombreux égards, les Suisses avaient plus en commun avec les nazis, dans leur désir de garder trace de leurs méfaits, qu'ils ne voulaient bien l'admettre.

Le document, direct, mentionnait la vente d'un ostensoir incrusté de pierres précieuses du XIVe siècle à un collectionneur privé d'Helsinki. Suivait une description de l'objet assez détaillée pour apprendre à Sekula qu'il provenait du trésor volé à Fontfroide. Le vendeur était un marchand du nom de Jacques Gaud, opérant alors à Paris. Sekula remonta la piste et découvrit que ses descendants avaient depuis développé l'affaire du grand-père et jouissaient d'une excellente réputation dans le métier. En examinant les registres de l'hôtel des ventes suisse, Sekula découvrit une dizaine d'autres transactions avec Gaud qu'on pouvait charitablement qualifier de douteuses. Il compara les objets vendus à sa liste des trésors qui avaient été pillés ou avaient « disparu » pendant la guerre et rassembla assez d'éléments pour prouver que Gaud avait profité du malheur des autres, ternir la réputation de ses descendants et les exposer à des procès ruineux. Après des contacts discrets, au cours desquels Sekula donna l'assurance qu'il n'utiliserait pas contre elle les informations obtenues, la maison Gaud et Frères lui remit des copies de tous les papiers relatifs à la vente du trésor de Fontfroide.

Ce fut là que la piste s'arrêta, car la somme versée par Gaud aux véritables vendeurs (moins une commission qui, par son excès, frôlait l'extorsion) l'avait été en liquide. Les propriétaires actuels de l'affaire avaient pu fournir un seul indice quant à l'identité de ces hommes : c'étaient, selon Gaud, des soldats américains. Cela n'étonna pas Sekula, puisque les Alliés étaient tout aussi capables de piller que les nazis, mais il était au courant des tueries de Narbonne et de Fontfroide. Il se pouvait que des survivants de la première aient été ensuite impliqués dans la seconde, même si les Américains n'étaient pas nombreux dans la région pendant cette phase de la guerre. Sekula avait néanmoins établi un lien possible entre le massacre d'un peloton de GI par des SS et la mort de ces derniers à Fontfroide. Grâce à des contacts à la Veterans Administration et à la VFW, il découvrit l'identité des soldats survivants qui s'étaient battus dans la région à l'époque, ainsi que les adresses des familles de ceux qui étaient tombés. Il envoya plus de mille lettres demandant des renseignements d'ordre général sur des souvenirs de guerre pouvant intéresser un collectionneur, et une poignée contenant des détails plus précis relatifs au trésor disparu de Fontfroide. S'il se trompait, les lettres susciteraient peut-être quand même des informations utiles. S'il avait raison, elles lui serviraient à couvrir ses traces.

Les lettres plus spécifiques mettaient l'accent sur l'argent qu'on pouvait gagner en vendant des objets insolites liés à la Seconde Guerre mondiale, y compris ceux qui n'avaient pas un rapport direct avec le conflit, en particulier les manuscrits. Elles contenaient l'assurance réitérée que toutes les réponses seraient traitées avec la plus stricte confidentialité. Le véritable appât était la page du catalogue de ventes aux enchères de la maison Stern, avec la photo de la boîte en argent cabossée. Sekula ne pouvait qu'espérer que celui qui l'avait prise l'avait gardée, ainsi que son contenu.

Et puis, la veille, dans la matinée, un homme avait téléphoné et lui avait décrit ce qui ne pouvait être qu'un fragment de la carte et la boîte qui le contenait. L'homme était vieux, il avait tenté de préserver son anonymat, mais il s'était déjà trahi en utilisant son propre téléphone pour appeler New York. Maintenant, ils étaient chez lui, en compagnie d'une horrible bonne femme soûle en survêtement taché de vodka et ils la regardaient continuer à s'imbiber.

— Il va pas tarder, assurait-elle d'une voix pâteuse. Je sais vraiment pas où il est passé.

Sandy demanda aux visiteurs de lui montrer à nouveau l'argent et Sekula s'exécuta. Elle passa un doigt grassouillet sur les portraits des billets, émit un gloussement.

— Quand il verra ça... Il va en chier dans son froc, ce vieux râleur.

— En attendant, nous pourrions peut-être jeter un coup d'œil à l'objet, suggéra Sekula.

Elle se tapota le nez de l'index.

— Le moment venu, répondit-elle. Larry vous l'apportera, même s'il doit tabasser l'autre connard pour l'avoir.

Sekula sentit Mlle Zahn se raidir à côté de lui. Pour la première fois, la façade aimable qu'ils montraient à cette femme s'écaillait.

— Vous voulez dire que votre mari n'est pas vraiment en mesure de le vendre ? articula-t-il soigneusement.

Sandy Crane s'efforça de rattraper sa gaffe, mais c'était trop tard.

— Si, il peut le vendre, mais y a l'autre, voyez, il a son mot à dire aussi. Mais il sera d'accord. Larry saura le convaincre.

— Qui est-ce, madame Crane ? demanda Sekula.

Elle secoua la tête. Si elle le lui disait, il irait porter tout ce bel argent à Mark Hall. Elle en avait déjà trop dit. Il était temps de la fermer.

— Il tardera plus, maintenant, affirma-t-elle. Croyez-moi, tout est arrangé.

Sekula se leva. Ç'aurait dû être facile : il aurait donné l'argent, elle leur aurait remis le manuscrit et ils seraient partis. Si Brightwell décidait plus tard de liquider le vendeur, c'était son affaire. Non, il aurait dû se douter que ce ne serait pas aussi simple.

Il n'était pas doué pour cette partie du travail, c'était pour cette raison que Mlle Zahn l'accompagnait. Mlle Zahn était douée, elle, très douée. Déjà elle ôtait sa veste et déboutonnait son corsage sous le regard de Sandy Crane, qui l'observait, bouche bée, avec une vague expression d'incompréhension. Ce ne fut que lorsque Mlle Zahn défit le dernier bouton et dégagea son torse du chemisier que Sandy Crane comprit.

Sekula trouvait les tatouages de sa maîtresse fascinants, même s'il avait peine à imaginer la douleur que leur exécution avait dû lui causer. Exception faite de sa figure et de ses mains, la partie supérieure de son corps était entièrement recouverte de dessins, de monstrueux visages déformés se fondant l'un dans l'autre, de sorte qu'il était presque impossible d'en distinguer un en particulier. C'étaient cependant les yeux qui constituaient l'aspect le plus troublant, même pour Sekula. Il y en avait tant, petits et grands, de toutes les couleurs imaginables, faisant comme des plaies ovales sur son corps. Tandis qu'elle avançait vers Sandy Crane, ils semblaient changer de forme, tourner dans leurs orbites, explorer ce lieu nouveau en dilatant puis en contractant leurs pupilles, et la femme ivre tremblait maintenant devant eux.

Mais ce n'était probablement qu'un jeu de lumière.

Sekula sortit dans le couloir, referma la porte derrière lui. Il alla dans la salle à manger et s'assit dans un fauteuil d'où il avait une vue dégagée sur l'allée et la rue, au-delà. Il chercha quelque chose à lire, mais ne trouva que des exemplaires du *Reader's Digest* et quelques tabloïdes de supermarché. Il entendit Mme Crane dire quelque chose dans l'autre pièce, puis sa voix devint étouffée. Quelques secondes plus tard, Sekula fit la grimace lorsqu'elle se mit à crier sous le bâillon.

La division new-yorkaise du FBI a si souvent déménagé au cours de son histoire qu'on aurait dû y affecter des romanichels. Lorsqu'elle s'ouvrit, en 1910, elle était située dans la vieille poste, site occupé depuis par City Hall Park. Ensuite, elle était passée par divers endroits de Park Row, dans le bâtiment du sous-secrétariat aux Finances, à l'angle de Wall et de Nassau, dans la gare de Grand Central, au tribunal fédéral de Foley Square, dans Broadway et dans l'ancien entrepôt Lincoln de la 69e Rue Est, avant de s'installer dans le bâtiment fédéral Jacob Javits, à nouveau près de Foley Square.

J'appelai le FBI un peu avant onze heures et demandai à parler à l'agent spécial Philip Bosworth, l'homme qui avait rendu visite à Neddo pour l'interroger sur Sedlec et les Croyants. On me balada de poste en poste avant de me passer le bureau du directeur des services, ou ce qu'on appelait le secrétariat avant que tout le monde ne reçoive un titre ronflant. Le directeur des services et ses collaborateurs étaient responsables des questions extérieures aux investigations. Un type qui se présenta sous le nom de Grantley me demanda mon identité et la raison de mon appel. Je lui communiquai le numéro de ma licence et expliquai que j'essayais de prendre contact avec l'agent spécial Bosworth au sujet d'une enquête sur une personne disparue.

— L'agent Bosworth ne fait plus partie de cette division, répondit Grantley.

— Vous pouvez me dire où je peux le trouver ?

— Non.

— Je peux vous laisser mon numéro pour que vous le lui transmettiez ?

— Non.

— Vous ne pouvez pas du tout m'aider ?

— Je ne crois pas.

Je le remerciai sans trop savoir pourquoi. Simple question de politesse.

Edgar Ross faisait encore partie des agents spéciaux de la division de New York. À la différence des autres bureaux locaux, le patron des AS n'était pas l'autorité suprême à New York. Ross dépendait d'un directeur adjoint, un gars plutôt bon du nom de Wilmots, mais il avait encore sous ses ordres toute une petite famille d'agents spéciaux et était donc le type le plus influent du FBI que je connaissais. Nos chemins s'étaient croisés pendant la traque de l'homme qui avait assassiné Susan et Jennifer, et je crois que Ross estimait avoir une sorte de dette envers moi après ce qui s'était passé. Je le soupçonnais même de nourrir malgré lui à mon endroit une affection bougonne, mais c'était peut-être d'avoir trop regardé de séries policières où des lieutenants bourrus entretenaient dans leur for intérieur des fantasmes homosexuels secrets sur leurs subordonnés non-conformistes. Je ne pensais pas que les sentiments de Ross à mon égard allaient jusque-là, mais sait-on jamais.

J'appelai son bureau peu après en avoir terminé avec Grantley, laissai mon nom à la secrétaire et attendis. Quand elle revint en ligne, elle m'informa que Ross n'était pas disponible, mais qu'elle l'informerait de mon coup de téléphone. J'envisageai de retenir ma respiration en attendant que Ross se manifeste, puis estimai que je tomberais dans les pommes bien avant. Vu la rapidité avec laquelle la secrétaire m'avait répondu, il devait être dans le coin, mais il s'était apparemment caparaçonné depuis notre dernière conversation. Malgré mon impatience de retrouver Rachel et Sam, je tenais à rassembler toutes les informations possibles avant de quitter la ville. Je n'avais pas d'autre choix que de me payer le luxe d'un taxi pour Federal Plaza.

Le quartier était un curieux choc de cultures. Côté est de Broadway se dressaient les grands bâtiments fédéraux, entourés par des palissades de béton et agrémentés d'étranges sculptures modernes en train de rouiller. De l'autre côté, face à la puissance du FBI, des magasins proposaient des casquettes et des montres bon marché et se faisaient des à-côtés rondelets en aidant à remplir les formulaires des services de l'immigration. Des boutiques de vêtements dégriffés bradaient des costumes à 59,99 dollars. Je pris un café dans un Dunkin' Donuts, puis m'installai pour attendre

Ross. C'était un homme d'habitudes. Je savais qu'il mangeait presque tous les jours au Stark's Veranda, au coin de Broadway et de Thomas, un endroit fréquenté par les fonctionnaires fédéraux depuis la fin du XIXe siècle, et j'espérai qu'il ne s'était pas soudain mis à déjeuner dans son bureau. Lorsqu'il sortit enfin, j'attendais depuis deux heures et, quand il se dirigea vers la Veranda, j'éprouvai une bouffée d'autosatisfaction, aussitôt suivie de la douleur cuisante du rejet devant l'expression de son visage lorsque je lui emboîtai le pas.

— Non, me lança-t-il. Foutez le camp.

— Pas de lettres, pas de coups de fil, on se perd de vue, me plaignis-je. C'est plus comme avant, entre nous.

— Je ne veux pas avoir affaire à vous. Fichez-moi la paix.

— Vous m'invitez à manger ?

— Non. Non ! Qu'est-ce que vous ne comprenez pas dans « fichez-moi la paix » ?

Il commit l'erreur de s'arrêter au passage clouté. Il aurait dû tenter sa chance avec la circulation.

— J'essaie de retrouver un de vos agents, dis-je.

— Écoutez, je ne suis pas votre contact personnel au Bureau. Je suis très occupé. Les terroristes, les trafiquants de drogue, les maffieux prennent une bonne partie de mon temps. Le reste, je le garde pour les gens que j'aime : ma famille, mes amis. En gros, tout le monde sauf vous.

Il fixait d'un œil noir les voitures qui passaient, tenté peut-être de dégainer son arme et de l'agiter d'un air menaçant pour qu'on le laisse traverser.

— Allez, je sais que vous m'aimez bien, dans le fond, arguai-je. Vous avez sûrement écrit mon nom sur votre trousse. L'agent que je cherche s'appelle Philip Bosworth. À la direction des services, on m'a dit qu'il ne faisait plus partie de la division. Je veux simplement le joindre.

Je dois reconnaître qu'il essaya de me décramponner. Je le quittai des yeux une seconde et aussitôt il se faufila dans le flot des voitures tel un Frogger[1] bureaucrate. Je parvins cependant à le rattraper.

— J'espérais que vous vous feriez tuer, grommela-t-il.

Mais je savais qu'il était impressionné.

— Jouez pas au dur, vous êtes tout chaud et tout moelleux, à l'intérieur. Écoutez, j'ai juste besoin de poser quelques questions à Bosworth.

— Pourquoi ?

— Williamsburg, les restes humains dans l'ancien entrepôt. Il sait peut-être quelque chose sur les types mêlés à l'affaire.

— *Les* types ? Moi j'ai entendu dire qu'il n'y en avait qu'un et que vous l'avez descendu. Vous descendez trop de gens, vous devriez arrêter.

Nous étions devant la porte de la Veranda. Si j'essayais de suivre Ross à l'intérieur, le personnel me flanquerait dehors avant que vous ayez eu le temps de dire « pique-assiette ». Je voyais Ross hésiter entre la sagesse – entrer et me reléguer aux oubliettes – et la possibilité que je sache quelque chose d'utile. À laquelle s'ajoutait la forte probabilité que je sois encore dehors à l'attendre quand il aurait fini de manger, et que ça reparte pour un tour.

— Quelqu'un l'a installé dans l'entrepôt, lui a donné un endroit où vivre et travailler, dis-je. Il n'a pas fait ça tout seul.

---

1. Personnage d'un jeu vidéo dont l'objectif est de traverser une rue animée. *(N.d.T.)*

— D'après les flics, vous enquêtez sur une affaire de personne disparue.

— Comment vous le savez ?

— Nous recevons des bulletins d'information. J'ai demandé à quelqu'un d'appeler le 96ᵉ quand votre nom est apparu.

— Ah, je savais bien que vous vous intéressiez à moi.

— Intérêt tout relatif. Qui était la fille qu'on a retrouvée ?

— Alice Temple. Une amie d'un ami.

— Des amis, vous n'en avez pas beaucoup, et j'ai des doutes sur certains d'entre eux. Vous avez de mauvaises fréquentations.

— Je dois vraiment me taper le sermon avant que vous ne m'aidiez ?

— C'est pour ça que c'est toujours si difficile avec vous. Vous ne savez pas vous arrêter. Je n'ai jamais rencontré quelqu'un qui aime autant les embrouilles.

— Bosworth, rappelai-je. Philip Bosworth.

— Je vais voir ce que je peux faire. Quelqu'un vous rappellera. Peut-être. Ne me téléphonez pas, compris ? Ne me téléphonez pas.

La porte du restaurant s'ouvrit et nous nous écartâmes pour laisser sortir un troupeau cacardant de vieilles femmes. Quand la dernière fut passée, Ross entra et je restai planté dehors. Je comptai jusqu'à cinq et, juste avant qu'il ne disparaisse, lui criai :

— Je vous appelle, d'accord ?

Mark Hall ne pouvait s'arrêter de vomir. Depuis qu'il était rentré chez lui, son estomac avait bouillonné d'acide jusqu'au moment où il s'était rebellé et avait recraché son contenu. Hall avait à peine dormi la veille. Il avait maintenant la tête et le corps douloureux. Une chance que sa femme ne soit pas là, elle aurait fait plein d'histoires, elle aurait insisté pour appeler le médecin. En son absence, il pouvait s'allonger sur le carrelage de la salle de bains, la joue contre la fraîcheur de la cuvette, attendant le prochain spasme. Il ne savait pas depuis combien de temps il était là. Il savait seulement que chaque fois qu'il repensait à ce qu'il avait fait, il sentait de nouveau l'odeur de l'haleine de Larry, comme si son fantôme soufflait sur lui de l'au-delà, et il avait un autre accès de nausée.

C'était étrange. Il l'avait haï pendant si longtemps. Chaque fois qu'il le rencontrait, il avait l'impression de voir un diable lui souriant derrière une tombe, rappel du jugement auquel il devrait inéluctablement faire face pour ses péchés. Longtemps il avait espéré que Crane finirait par mourir, mais, comme pendant la guerre, il s'était révélé un survivant tenace.

Mark Hall avait tué sa part d'hommes pendant la guerre : quelques-uns de loin, silhouettes distantes tombant dans l'écho d'une détonation de fusil, d'autres de près, leur sang éclaboussant son visage et tachant son uniforme. Aucune de ces morts ne l'avait troublé après la première, car le jeune garçon naïf qui avait pris le car pour le camp d'entraînement s'était transformé en un homme capable de mettre fin à la vie d'un autre. C'était la guerre et, s'il ne les avait pas tués, ils l'auraient sûrement expédié dans l'autre monde. Mais il avait cru que le temps des tueries était derrière lui et jamais il ne s'était imaginé poignardant un vieillard désarmé, même aussi odieux que Larry Crane. La stupeur et le dégoût que son acte avait engendrés l'avaient vidé de son énergie et rien se serait plus jamais pareil.

Hall entendit la sonnette tinter, mais ne se leva pas pour aller ouvrir. Il en était incapable, trop faible pour se mettre debout, trop honteux pour affronter quiconque. Il demeura étendu, les yeux clos. Il dut s'assoupir, car lorsqu'il les rouvrit, la porte de la salle de bains s'écartait et il découvrit deux paires de jambes, celles d'un homme et celles d'une femme. Son regard monta le long des jambes féminines, passa au-dessus de la jupe, atteignit les mains. Il aurait juré y voir du sang et il se demanda si ses propres mains apparaissaient telles à cette femme.

— Qui vous êtes ? murmura-t-il.

Il pouvait à peine parler et sa voix évoquait le lent passage d'un balai sur un sol poussiéreux.

— Nous sommes venus vous parler de Larry Crane, répondit Sekula.

Hall tenta de lever la tête pour le regarder, mais le moindre mouvement lui faisait mal.

— Je l'ai pas vu.

Sekula s'accroupit près de lui. Avec son visage bien propre et ses bonnes dents, il ne plaisait pas du tout à Hall.

— Vous êtes de la police ? Si vous êtes flics, montrez-moi vos cartes.

— Pourquoi pensez-vous que nous sommes de la police, monsieur Hall ? Vous avez fait une bêtise ? Vous voulez nous en parler ?

Hall eut un nouveau haut-le-cœur quand le souvenir de l'odeur de la mort de Larry lui revint.

— Monsieur Hall, nous sommes pressés, reprit Sekula. Je crois que vous savez pourquoi nous sommes ici.

Ce crétin cupide de Larry. Même mort, il trouvait le moyen de bousiller Mark Hall.

— Je l'ai plus. Il l'a emporté.

— Où ça ?

— Je sais pas.

— Je ne vous crois pas.

— Allez vous faire voir. Sortez de chez moi.

Sekula se leva et fit signe à Mlle Zahn. Cette fois, il resta dans la pièce, uniquement pour s'assurer qu'elle comprenait l'urgence de la situation. Ce ne fut pas long. Le vieil homme se mit à parler dès que l'aiguille approcha de son œil, mais Mlle Zahn l'enfonça quand même. Sekula détourna la tête. La puanteur du vomi commençait à l'affecter.

Lorsque Mlle Zahn eut terminé, ils emmenèrent Hall, à présent borgne de l'œil gauche, le poussèrent dans la voiture et le conduisirent à l'endroit où il s'était débarrassé du cadavre de Larry Crane, dans une dépression boueuse proche d'un marécage. La boîte reposait sur la poitrine du mort, là où Hall l'avait placée : après tout, s'il y tenait tellement, à cette boîte, il pouvait bien l'emporter là où il irait.

Avec précaution, Sekula desserra les doigts du vieil homme crispés sur le couvercle d'argent et l'ouvrit. Le fragment de parchemin était à l'intérieur, intact. Bien conçue, la boîte avait protégé son contenu de l'eau, de la neige, de tout ce qui aurait pu altérer les informations qu'elle recélait.

— Plus qu'un, dit Sekula à sa compagne. Nous approchons, maintenant.

Mark Hall, le roi de l'auto, gisait sur le sol dans son pantalon démodé, la main gauche en coupe sur son œil crevé. Lorsque Mlle Zahn le prit par la main et le mena au bord de l'eau, il ne résista pas, pas même quand elle le força à s'agenouiller et qu'elle lui tint la tête sous la surface jusqu'à ce qu'il se noie. Lorsqu'il ne bougea plus, ils le traînèrent jusqu'à la dépression et l'étendirent à côté de son ancien camarade, unissant les deux hommes dans la mort comme ils avaient été unis, malgré eux, dans la vie.

15

Walter Cole m'appela alors que je quittais la ville en voiture.

— J'ai du nouveau, annonça-t-il. Le médecin légiste a confirmé l'identité des restes trouvés dans l'appartement de Garcia. Ce sont ceux d'Alice. L'analyse toxicologique a également révélé la présence de DMT, diméthyltryptamine, dans une parcelle de tissu adhérant encore à la base du crâne.

— Jamais entendu parler. Ça fait quoi ?

— Apparemment, c'est une substance hallucinogène aux symptômes très particuliers. Elle cause des sensations de paranoïa et provoque chez les utilisateurs des hallucinations, créatures extraterrestres ou monstres. Quelquefois, ils ont l'impression de remonter dans le temps ou d'accéder à d'autres niveaux d'existence. Tu veux une autre info intéressante ? On a trouvé aussi des traces de DMT dans le corps de Garcia. Le légiste pense que la drogue aurait pu être administrée par la nourriture retrouvée dans la cuisine, mais les analyses se poursuivent.

Les ravisseurs d'Alice l'avaient peut-être droguée pour la rendre plus coopérative et se présenter comme ses sauveurs une fois que les effets du DMT commençaient à se dissiper. Pour Garcia, ils cherchaient peut-être à le maintenir dans un état de frayeur quasi constante pour mieux le contrôler. Une faible dose aurait suffit : simplement de quoi le maintenir à cran afin de pouvoir manipuler sa paranoïa au besoin.

— J'ai encore quelque chose pour toi, dit Walter. Le bâtiment de Williamsburg a une cave, dont l'entrée était cachée derrière un faux mur. On sait maintenant ce que Garcia faisait avec les os…

C'étaient les gars de la section scientifique du NYPD qui avaient trouvé la cave. Ils avaient pris leur temps, fouillant l'ancien entrepôt étage par étage, comparant les plans du bâtiment avec ce qu'ils voyaient autour d'eux, notant ce qui était récent et ce qui était ancien. Les flics qui abattirent le mur découvrirent une trappe d'acier de près de quatre mètres carrés, fermée par de gros verrous. Il leur avait fallu une heure pour l'ouvrir, avec l'aide de la brigade d'intervention d'urgence envoyée sur les lieux le soir de la mort de Garcia. Une fois la trappe ouverte, les types de la BIU étaient descendus dans le noir par un escalier en bois provisoire.

La cave avait les mêmes dimensions que la trappe et quatre mètres de profondeur. Garcia y avait travaillé dur. Des guirlandes d'os taillés en pointe pendaient à chaque coin de la pièce au-dessus de tas de crânes. On avait bétonné les murs en y fichant à mi-hauteur des morceaux d'os noircis, fragments de mâchoire, de fémur et de côte placés de manière à donner l'impression qu'ils avaient été découverts au cours de fouilles archéologiques. Quatre hauts candélabres de marbre et d'os, avec des crânes bougeoirs semblables à ceux que j'avais trouvés dans l'appartement de Garcia, formaient un carré au centre de la cave. Ils étaient reliés par quatre chaînes d'os comme pour barrer l'accès à une extension encore inconnue de l'ossuaire. Il y avait aussi une petite niche de quatre-vingts ou quatre-vingt-dix centimètres de haut, vide mais attendant manifestement l'arrivée d'un autre objet à exposer, peut-être la sculpture en os enfermée dans le coffre de ma voiture.

Le service médico-légal aurait des difficultés à identifier les restes, mais je savais par où il pouvait commencer : par une liste de femmes assassinées dans la région de Ciudad Juárez, au Mexique, et de malheureuses filles qui avaient disparu des rues de New York depuis l'arrivée de Garcia.

Je pris la direction du nord. Une fois sorti de la banlieue, je roulai rapidement et atteignis Boston peu avant dix-sept heures. L'hôtel des ventes Stern était situé dans une rue latérale, presque dans l'ombre du Fleet Center. C'était un lieu inhabituel pour un établissement de ce genre, à portée d'oreille d'une succession de bars comprenant le poste avancé local des Hooters. Les vitrines en verre teinté portaient le nom de la maison inscrit en lettres d'or discrètes, en bas. À droite, une porte peinte en noir présentait un heurtoir doré en forme de gueule ouverte et une boîte aux lettres, dorée également, ornée de dragons courant après leur queue. Dans un quartier un peu moins peuplé d'adultes, cette porte aurait été un arrêt obligatoire pour des enfants quémandant des sucreries le soir de Halloween.

Je pressai la sonnette et attendis. Ce fut une jeune femme aux cheveux d'un roux éclatant et au vernis à ongles violet écaillé qui ouvrit.

— Nous sommes fermés, j'en ai peur, déclara-t-elle. La salle est ouverte au public de dix heures à seize heures, du lundi au vendredi.

— Je ne suis pas un client. Je m'appelle Charlie Parker, je suis détective privé. Je voudrais voir Claudia Stern.

— Elle vous attend ?

— Non, mais je pense qu'elle me recevra. Montrez-lui ça.

Je lui tendis la boîte que j'avais dans les mains. La jeune femme la regarda d'un air soupçonneux, écarta avec précaution les couches de papier journal pour voir ce qu'il y avait dedans. Elle découvrit une partie de la statue en os, la considéra un moment en silence, puis s'effaça pour me laisser passer. Elle m'indiqua un siège dans une petite réception et disparut par une porte verte à demi ouverte.

La pièce dans laquelle elle m'avait installé était relativement sobre et assez défraîchie : tapis élimé, papier mural balafré par le passage d'objets encombrants. À ma droite, deux bureaux couverts de paperasse supportaient une paire d'ordinateurs en veille. À ma gauche, quatre caisses d'emballage contenaient des copeaux de bois qui s'en échappaient comme une tignasse de clown indisciplinée. Derrière, des lithographies accrochées au mur représentaient des scènes de combat d'anges. Je m'approchai pour les examiner. Elles rappelaient l'œuvre de Gustave Doré, illustrateur de *La Divine Comédie*, mais les dessins semblaient inspirés par une autre source qui m'était inconnue.

— La lutte des anges et la chute de l'armée rebelle, fit une voix de femme dans mon dos. Début du XIXe siècle, commandées par le Dr Richard Laurence, professeur d'hébreu à Oxford, pour illustrer sa première traduction anglaise du Livre d'Enoch en 1821, puis rejetées et restées inutilisées à la suite d'un désaccord avec l'artiste. Elles font partie des rares copies encore existantes. Tout le reste a été détruit.

En me retournant, je me retrouvai face à une femme petite et séduisante d'une cinquantaine d'années, vêtue d'un pantalon noir et d'un pull blanc maculé çà et là de taches sombres. Sa chevelure était presque entièrement grise, avec de fines mèches dorées aux tempes. Le visage était lisse, la peau tendue, et le cou ne présentait que quelques traces de rides. Si j'avais correctement estimé son âge, elle portait bien ses années.

— Mme Stern ?

Elle me serra la main.

— Claudia. Ravie de faire votre connaissance, monsieur Parker.

Je reportai mon attention sur les lithos.

— Par curiosité, pourquoi les dessins restants ont-ils été détruits ?

— L'artiste était un catholique fervent nommé Knowles qui travaillait régulièrement pour des éditeurs de Londres et d'Oxford. Il était talentueux, quoique son style emprunte beaucoup à d'autres. Knowles ignorait la nature controversée d'Enoch quand il avait accepté la commande et ce n'est qu'après avoir discuté du sujet avec le prêtre de sa paroisse qu'il eut connaissance de l'histoire du manuscrit en question. Vous savez quelque chose des apocryphes bibliques, monsieur Parker ?

— Rien qui mérite d'être partagé.

Ce n'était pas tout à fait vrai. J'avais lu des choses sur le Livre d'Enoch même si je n'avais jamais vu le texte lui-même. Le Voyageur, l'homme qui avait assassiné ma femme et ma fille, s'y référait. C'était l'un des textes obscurs qui servaient à nourrir ses fantasmes.

Claudia Stern sourit, révélant des dents blanches qui ne jaunissaient qu'un peu aux extrémités et aux gencives.

— Alors, je peux vous éclairer et, en retour, vous m'éclairerez sur l'objet avec lequel vous vous êtes présenté à mon assistante. Le Livre d'Enoch a fait partie du canon biblique pendant cinq cents ans environ et on en a découvert des fragments parmi les manuscrits de la mer Morte. La traduction de Laurence reposait sur des sources datant du IIe siècle avant J.-C., mais le livre lui-même est peut-être plus ancien encore. L'essentiel de ce que nous savons, ou pensons savoir, sur la chute des anges vient d'Enoch et il est possible que Jésus lui-même ait connu l'œuvre, car il y a de clairs échos d'Enoch dans les derniers Évangiles. Enoch a ensuite perdu la faveur des théologiens, en grande partie à cause de ses théories sur la nature des anges.

— Par exemple, combien peuvent danser sur une tête d'épingle ?

— D'une certaine façon, oui. Si l'on acceptait en partie que la présence du mal sur la terre trouvât son origine dans la chute des anges, leur nature faisait l'objet de désaccords. Avaient-ils un corps et, si oui, des appétits corporels ? Selon Enoch, le péché des Anges Noirs n'était pas l'orgueil mais la luxure, leur désir de copuler avec des femmes, le plus bel aspect de la plus grande création de Dieu, l'humanité. Cela les conduisit à désobéir et à se rebeller contre Dieu, et leur châtiment fut d'être chassés du ciel. Ces spéculations trouvèrent peu de crédit auprès des autorités de l'Église, qui dénoncèrent Enoch et l'expurgèrent du canon, certains allant même jusqu'à le déclarer hérétique de nature. On oublia en grande partie son contenu jusqu'à ce qu'en 1773 un explorateur écossais, James Bruce, se rende en Éthiopie et découvre trois copies du livre préservées par l'Église de ce pays. Cinquante ans plus tard, Laurence en fit la traduction et Enoch fut ainsi révélé au monde anglophone.

— Mais sans les illustrations de Knowles.

— Il craignait, semble-t-il, la controverse que la publication aurait suscitée et le prêtre de sa paroisse l'aurait menacé de lui refuser les sacrements s'il participait à l'œuvre. Knowles signifia sa décision au Dr Laurence, qui se rendit à Londres pour lui en parler, et la discussion déclencha une vive altercation. Knowles jeta au feu ses illustrations, originaux et épreuves ; Laurence sauva ce dont il put s'emparer sur le bureau de l'artiste et s'enfuit. En toute franchise, les illustrations n'ont pas une grande valeur en elles-mêmes, mais j'aime leur histoire et j'ai décidé de les garder, bien qu'on m'ait plusieurs fois demandé de les mettre en vente. En un sens, elles symbolisent ce que cette maison a toujours cherché à faire : veiller à ce que l'ignorance et la peur ne contribuent pas à détruire l'art ésotérique et à ce que de telles œuvres parviennent à ceux qui les apprécieront le plus. Maintenant, si vous voulez bien me suivre, nous pouvons parler de votre statue.

Je franchis à sa suite la porte verte et descendis un couloir menant à un atelier. La secrétaire aux cheveux roux y vérifiait l'état de livres reliés cuir dans un coin, pendant que, dans un autre, un homme d'âge mûr au crâne dégarni travaillait sur un tableau éclairé par plusieurs lampes.

— Vous nous rendez visite à un moment intéressant, dit Claudia Stern. Nous préparons une vente aux enchères dont le lot principal est une œuvre liée à Sedlec, particularité qu'elle partage avec votre statue. Mais j'imagine que vous le savez déjà puisque vous êtes ici. Puis-je vous demander qui vous a conseillé de m'apporter cette sculpture ?

— Un nommé Charles Neddo, antiquaire à New York.

— Je le connais. C'est un amateur de talent. Il lui arrive de mettre la main sur des objets insolites, mais il n'a jamais appris à distinguer ce qui est précieux de ce qu'on doit écarter et oublier.

— Il vous tient en haute estime.

— Je n'en suis pas étonnée. Franchement, monsieur Parker, notre maison jouit d'une réputation qu'elle s'est bâtie avec opiniâtreté au fil des ans. Avant notre entrée en scène, les objets d'art mystérieux étaient le monopole de marchands de ruelles, d'hommes cupides exerçant dans des sous-sols obscurs. De temps à autre, une des grandes maisons vendait de la « marchandise sombre », comme on disait quelquefois, mais aucune d'elles ne se spécialisait vraiment dans ce domaine. Stern est unique et il est rare qu'un vendeur d'objets ésotériques ne nous consulte pas avant de les proposer aux enchères. De même, de nombreuses personnes prennent contact avec nous, de manière officielle ou non, pour nous poser des questions sur des collections, des manuscrits et même des restes humains.

Elle s'approcha d'une table sur laquelle se trouvait maintenant la statue, placée sur un plateau tournant. Du doigt, elle pressa le bouton d'une lampe de bureau qui projeta une lumière blanche sur les os.

— Ce qui nous amène à ce personnage. Je présume que M. Neddo vous a parlé de l'origine de cette statue ?

— Il pense qu'elle représente un démon emprisonné sous une couche d'argent au XVe siècle. Il l'appelle l'Ange Noir.

— Immaël, dit Mme Stern. L'une des figures les plus intéressantes de la démonologie. Il est rare de trouver une mention aussi récente.

— Une mention ?

— Selon Enoch, deux cents anges se révoltèrent et furent précipités sur une montagne appelée Armon, ou Hermon. *Herem*, en hébreu, signifie « malédiction ». Une partie d'entre eux continua naturellement à descendre et trouva l'enfer, mais d'autres restèrent sur terre. Enoch donne les noms de dix-neuf d'entre eux, je crois. Immaël n'en fait pas partie, quoique le nom de son jumeau, Ashmaël, apparaisse dans certaines versions. En fait, Immaël est mentionné pour la première fois dans des manuscrits écrits à Sedlec après 1421, date à laquelle l'Ange Noir aurait été créé.

Elle fit tourner le plateau lentement, examinant la sculpture sous tous les angles.

— Où l'avez-vous trouvée, m'avez-vous dit ?

— Je ne vous l'ai pas dit.

Elle baissa la tête et me regarda par-dessus les demi-verres de ses lunettes.

— Non, en effet. J'aimerais le savoir avant d'aller plus loin.

— Le propriétaire, qui était probablement aussi le créateur de l'œuvre, est mort. C'était un Mexicain nommé Garcia. Neddo pensait qu'il avait aussi restauré un ossuaire à Ciudad Juárez et créé un sanctuaire à une idole appelée Santa Muerte.

— Comment feu M. Garcia est-il mort ?

— Vous ne lisez pas les journaux ?

— Pas si je peux l'éviter.

— Blessure par balle.

— Très regrettable. Il avait un talent considérable, s'il est bien l'auteur de cette œuvre. Elle est magnifique. Je dirais que les ossements humains utilisés ne sont pas très vieux. Je vois peu de traces d'usure. La majorité provient d'enfants, probablement choisis pour des raisons d'échelle. Il y a aussi des os de chien et d'oiseau, et les ongles fixés à l'extrémité des membres semblent être des griffes de chat. Remarquable, vraiment, mais sans doute invendable. On poserait des questions sur la provenance des os d'enfant. Il est fort probable qu'ils soient liés à un crime. Quiconque essayant de vendre ou d'acheter cette statue sans avertir les autorités s'exposerait à une inculpation d'entrave à la justice, à tout le moins.

— Je n'essaie pas de la vendre. L'homme qui l'a faite était mêlé au meurtre d'au moins deux jeunes femmes aux États-Unis et peut-être de beaucoup d'autres au Mexique. Certaines personnes se sont arrangées pour le faire venir à New York. Je veux savoir qui.

— Quel rapport avec la statue et pourquoi me la montrer ?

— J'ai pensé qu'elle éveillerait votre intérêt et me permettrait de vous poser quelques questions.

— Ça a marché.

— J'en ai gardé une dernière : que pouvez-vous me dire des Croyants ?

Claudia Stern éteignit la lumière, geste qui lui laissa le temps de se ressaisir et de faire en partie disparaître l'expression inquiète qui s'était brièvement inscrite sur ses traits.

— Je ne suis pas certaine de comprendre.

— J'ai trouvé un symbole gravé à l'intérieur d'un crâne dans l'appartement de Garcia. Une fourche. Selon Neddo, elle serait utilisée par une sorte de secte pour identifier ses membres et marquer ses victimes. Les Croyants s'intéressent à l'histoire de Sedlec et veulent récupérer la statue originale de l'Ange Noir, à supposer qu'elle existe. Vous mettrez prochainement aux enchères un fragment d'une carte sur vélin qui contiendrait des indices sur l'emplacement de la statue.

J'imagine que cela suffit pour attirer l'attention de ces individus.

J'eus l'impression qu'elle allait cracher par terre tant son dégoût était manifeste.

— Les Croyants, comme ils se désignent eux-mêmes, sont des monstres. M. Neddo vous en a sans doute informé, nous avons parfois affaire à d'étranges personnes dans notre travail, mais la plupart sont inoffensives. Ce sont des collectionneurs à qui il faut pardonner leur passion, car ils ne feraient jamais de mal à un autre être humain. Les Croyants, c'est autre chose. S'il faut en croire les rumeurs – et ce ne sont que des rumeurs –, ils existent depuis des siècles et leur apparition fut la conséquence directe de l'affrontement d'Erdric et Immaël en Bohême. Ils sont peu nombreux, ils évitent de se faire remarquer. L'unique raison de leur existence est de réunir les Anges Noirs.

— *Les* Anges ? Neddo ne m'avait parlé que d'une seule statue.

— Pas une statue, corrigea Mme Stern. Une créature.

Elle me conduisit à l'endroit où l'homme à la calvitie restaurait un tableau. C'était une grande toile, environ trois mètres sur deux et demi, qui représentait un champ de bataille. Des feux brûlaient sur des collines lointaines et des cohortes d'hommes en armes avançaient parmi des maisons en ruine, des champs incendiés. Les détails étaient complexes, chaque personnage magnifiquement rendu, mais j'aurais eu peine à dire si j'avais sous les yeux la bataille même ou son épilogue. Il restait apparemment des poches d'hostilité dans certaines parties de l'œuvre, mais l'essentiel de son centre montrait des courtisans entourant une figure royale. À quelque distance, un borgne ralliait ses troupes à lui.

Le tableau avait été placé sur un chevalet et entouré de lampes, presque comme un patient dans un salle d'opération. Sur des étagères proches, je remarquai des microscopes, des scalpels, des loupes et des bocaux de produits chimiques. Pendant que je regardais, le restaurateur prit une mince tige de bois, l'entailla avec un canif puis l'enfonça dans la ouate et tourna pour obtenir un tampon de l'épaisseur souhaitée. Quand il fut satisfait, il le plongea dans un liquide et l'appliqua avec soin sur la surface de la toile.

— De l'acétone mélangée à du white-spirit, expliqua Mme Stern. On l'utilise pour enlever les couches de vernis, de fumée de tabac et de feu, supprimer les effets de la pollution et de l'oxydation. Il faut trouver le mélange adéquat pour chaque tableau, car chaque œuvre a des besoins particuliers. Le produit doit être assez fort pour faire disparaître la poussière, le vernis, et même la peinture ajoutée ultérieurement par d'autres artistes ou des restaurateurs, sans atteindre les couches originelles situées dessous. C'est une restauration particulièrement méticuleuse, car le peintre anonyme a eu recours à une panoplie inhabituelle de techniques.

Elle indiqua deux ou trois zones où la peinture semblait très épaisse.

— Ici, il a utilisé des peintures sans huile pour donner à ses couleurs une consistance exceptionnelle, comme vous le voyez. L'empâtement – les parties épaisses de peinture – a accumulé dans les rainures des couches de poussière que nous avons dû éliminer au scalpel ou avec de l'acétone.

Ses mains dansèrent devant le tableau sans jamais en toucher la surface.

— Il y a aussi beaucoup de craquelures là où les couleurs ont séché et se sont dégradées avec le temps. Laissez-moi vous montrer quelque chose.

Elle alla prendre un tableau plus petit représentant un homme solennel en cape d'hermine et chapeau noir. À l'autre bout de la pièce, son assistante interrompit son travail et vint nous rejoindre. Apparemment, les cours magistraux de Mme Sterne valaient la peine d'être écoutés.

— Au cas où vous vous poseriez la question, il s'agit de l'alchimiste Dee, reprit-elle. Nous proposerons cette toile aux enchères en même temps que le tableau sur lequel travaille James. Je règle la lumière…

Elle éteignit les grosses lampes entourant les œuvres en abaissant un interrupteur central. Un moment, nous fûmes plongés dans une semi-obscurité, puis notre coin de la pièce fut soudain éclairé par des rayons ultraviolets. Nos dents et nos yeux brillèrent d'un éclat violet, mais ce fut sur les deux tableaux que le changement fut le plus visible. Le plus petit, le portrait de l'alchimiste Dee, était maculé de points et de taches comme s'il avait subi les assauts d'un élève de Jackson Pollock pris de folie. La grande toile, en revanche, ne montrait aucune de ces taches, hormis dans une mince demi-lune sur laquelle le restaurateur travaillait encore.

— Ces points sur le portrait sont ce que nous appelons des repeints, ils montrent les endroits où des restaurateurs antérieurs ont retouché des parties endommagées, expliqua Claudia Stern. Si l'on procédait à la même expérience dans n'importe quel grand musée du monde, on constaterait le même effet sur la plupart des tableaux exposés. La préservation des œuvres d'art est un processus constant et il en a toujours été ainsi.

Elle ralluma les lampes principales.

— Savez-vous ce qu'est un « endormi », monsieur Parker ? Dans notre jargon, c'est un objet dont une salle des ventes n'a pas apprécié la valeur et qui passe donc dans les mains d'un acheteur qui a su la deviner. Ce tableau d'un champ de bataille entre dans cette catégorie : il a été découvert dans une salle des ventes de province, dans le Somerset, en Angleterre, et acquis pour l'équivalent de mille dollars. Manifestement, il n'avait jamais été restauré mais maintenu en bon état, mis à part les effets inévitables du vieillissement. Il y avait cependant dans le coin inférieur droit une partie masquée que les ultraviolets nous ont révélée. On avait grossièrement recouvert de peinture un détail de l'œuvre, que nous avons assez facilement rendu de nouveau visible. Ce que vous voyez actuellement est le second stade de la restauration. Reculez et regardez cette partie du tableau d'un œil neuf.

Le coin inférieur droit montrait les corps de moines, tous vêtus de blanc, accrochés à la muraille d'un monastère. Des os humains étaient entassés comme du petit bois sous leurs pieds et l'un des moines avait une flèche fichée au centre du front. Sur le devant de la bure de chaque moine, on avait tracé une fourche avec ce qui semblait être du sang. Un groupe de soldats à cheval s'éloignait, conduit par un homme en armure de haute taille à l'œil droit taché de blanc. Des têtes coupées pendaient à leurs selles et leurs chevaux avaient des pointes sur le front.

Si le personnage barbu était le chef, c'était l'un des soldats qui attirait immédiatement l'attention. Il n'était pas à cheval mais marchait à côté de son capitaine, une épée ensanglantée dans la main droite. C'était une sorte de gnome gras et difforme, affligé d'un goitre ou d'une tumeur au cou. Il portait une cuirasse qui ne parvenait pas à cacher l'énormité de son ventre et ses jambes semblaient presque ployer sous sa masse. Il avait du sang autour de la bouche, peut-être parce qu'il s'était repu des morts. De sa main gauche, il brandissait une bannière frappée de l'emblème de la fourche.

— Pourquoi cette partie était-elle cachée ? demandai-je.

— La scène se passe après le sac du monastère de Sedlec, répondit Mme Stern. Le massacre des moines pendant une trêve fut d'abord attribué à Jan Žižka et à ses hussites, mais ce tableau est peut-être plus proche de la vérité. Il suggère que la tuerie aurait été l'œuvre de mercenaires opérant dans la confusion qui a suivi le conflit et menés par ces deux hommes. Des documents ultérieurs, notamment les déclarations de témoins visuels, étayent la version du peintre.

Elle écarta l'index et le majeur de sa main droite pour désigner le cavalier barbu et la silhouette grotesque trottinant près de lui.

— Celui-ci n'a pas de nom, dit-elle en indiquant l'obèse. Le chef était simplement appelé le « capitaine », mais si l'on en croit les mythes qui entourent Sedlec, il s'agirait d'Ashmaël, l'Ange Noir originel. Selon de vieilles légendes, après qu'Ashmaël eut été banni du ciel, les autres anges déchus auraient fui sa compagnie parce qu'il portait dans les yeux la trace de sa dernière vision de Dieu. Ashmaël se serait divisé en deux pour ne plus être seul dans son errance et aurait donné à son jumeau le nom d'Immaël. Finalement épuisés, ils descendirent dans les profondeurs de la terre près de Sedlec, où ils dormirent jusqu'à ce qu'on creuse les mines. Réveillés, ils découvrirent un monde en guerre et entreprirent d'attiser les conflits, jouant un camp contre l'autre, jusqu'à ce qu'Immaël soit confronté à Erdric et plongé dans un bac d'argent en fusion. Ashmaël se mit aussitôt à sa recherche, mais quand il arriva au monastère, la statue avait déjà disparu. Il se vengea sur les moines et poursuivit sa quête, qui, selon le dogme des Croyants, dure encore aujourd'hui. Vous savez tout, maintenant, monsieur Parker. Les Croyants existent pour réunir les deux moitiés d'un ange déchu. C'est une merveilleuse histoire et j'ai l'intention de la vendre en échange de vingt pour cent du prix d'achat. Finalement, je suis la seule qui profitera de la légende des Anges Noirs.

Je rentrai chez moi avant minuit. La maison était silencieuse. Je montai au premier et trouvai Rachel endormie. Au lieu de la réveiller, je m'apprêtais à aller voir Sam quand la mère de Rachel apparut sur le seuil et, un doigt sur les lèvres, me fit signe de la suivre en bas.

— Vous voulez du café ? me proposa-t-elle dans la cuisine.

— Ça ne me ferait pas de mal.

Elle mit de l'eau à chauffer, prit le paquet de grains moulus dans le freezer. Je gardai le silence, sentant que ce n'était pas à moi d'entamer la conversation que nous allions avoir. Joan posa une tasse de café devant moi et entoura la sienne de ses mains.

— Nous avons eu un problème la nuit dernière, dit-elle sans me regarder.

— Quel genre de problème ?

— On a tenté de pénétrer dans la maison par la fenêtre de la chambre de Sam.

— Des cambrioleurs ?

— La police penche pour cette hypothèse, mais Rachel et moi avons des doutes.

— Pourquoi ?

— Ils n'ont pas déclenché les détecteurs de mouvement, qui pourtant fonctionnaient. Alors nous ne comprenons pas comment ils se sont approchés de la maison. Cela va vous paraîtrc insensé, je le sais, mais on dirait qu'ils sont montés en rampant à l'extérieur. Nous en avons entendu un sur le mur, derrière le lit de Rachel. Il y en avait un autre sur le toit, et quand Rachel est allée dans la chambre de Sam, elle a vu un visage de femme à la fenêtre, mais à l'envers, dit-elle. Elle a tiré...

— Elle a quoi ?

— J'avais sorti Sam de la pièce et Rachel avait déclenché le signal d'alarme. Elle avait un revolver, elle a brisé la fenêtre en tirant. Nous l'avons fait remplacer aujourd'hui.

J'enfouis mon visage dans mes mains sans répondre. Je sentis quelque chose effleurer mes doigts, puis Joan prit une de mes mains dans les siennes.

— Écoutez-moi, dit-elle. Je sais que vous avez quelquefois l'impression que Frank et moi sommes durs avec vous. Je sais que vous ne vous entendez pas très bien avec Frank, mais vous devez comprendre que nous aimons Rachel et Sam. Nous savons que vous les aimez aussi et que Rachel tient beaucoup à vous, qu'elle vous aime plus qu'elle n'a jamais aimé un autre homme dans sa vie. Mais ses sentiments pour vous lui coûtent beaucoup. Ils ont mis sa vie en danger par le passé et ils la font maintenant souffrir.

Ma gorge se noua quand je voulus parler. J'avalai une gorgée de café, mais cela n'alla pas mieux.

— Je sais que Rachel vous a parlé de Curtis, reprit Joan.

— Oui. C'était un type bien, apparemment.

Ma description fit sourire Joan.

— Il était plutôt agité à l'adolescence, et plus agité encore passé la vingtaine. Il avait une copine, Justine, il la rendait folle. Elle était beaucoup plus douce que lui et je crois qu'il l'effrayait un peu. Pendant un temps, elle l'a évité. Il ne comprenait pas pourquoi.

J'ai dû lui expliquer calmement qu'on a le droit de se lâcher un peu, que les jeunes gens font ce genre de choses, mais qu'à un certain moment, il faut commencer à se conduire en adulte. Cela ne signifie pas qu'on doit passer le reste de sa vie en costume-cravate, ne jamais élever la voix ni faire un écart, mais on doit reconnaître qu'une relation est une récompense qui a un prix. Il est beaucoup moins élevé que ce qu'on obtient en échange, mais c'est quand même un sacrifice. S'il n'était pas prêt à faire ce sacrifice en devenant adulte, Curtis devait renoncer à Justine et accepter qu'elle ne soit pas pour lui. Il a décidé qu'il voulait vivre avec elle. Cela a pris du temps, mais il a changé. Bien sûr, fondamentalement, il est resté le même et son côté dingue ne l'a jamais quitté, mais il le maîtrisait, comme on serre la bride à un cheval pour contenir sa puissance et canaliser son énergie. Finalement, il est entré dans la police et c'était un bon policier. Ceux qui l'ont tué ont appauvri le monde en le supprimant et ont causé beaucoup de chagrin.

« Je ne pensais pas avoir de nouveau cette conversation avec un homme et je suis consciente que la situation n'est pas la même. Je sais tout ce que vous avez traversé et j'imagine votre souffrance. Mais vous devez choisir entre la vie qu'on vous offre ici, avec une femme et un enfant, peut-être un second mariage et d'autres enfants, et cette autre vie que vous menez. S'il vous arrive quelque chose, Rachel aura perdu à cause de la violence deux hommes qu'elle aimait, mais s'il arrive quelque chose à Rachel ou à Sam à cause de vous, tous ceux qui les aiment seront déchirés, et vous plus que tout autre parce que je ne crois pas que vous pourriez survivre une seconde fois à une telle perte. Personne ne le pourrait.

« Vous êtes un type bien et je comprends que vous essayiez d'aider des gens incapables de s'en sortir seuls, de rendre justice à des gens à qui on a fait du mal ou qu'on a assassinés, même. Il y a quelque chose de noble dans cette attitude, mais je ne crois pas que la noblesse vous intéresse. C'est un sacrifice, en fait. Vous tentez de réparer ce qui ne peut pas l'être et vous vous le reprochez alors que vous n'y pouvez rien. À un certain moment, vous allez devoir cesser de vous mettre en accusation. Vous allez devoir cesser d'essayer de changer le passé. Tout cela est fini, si pénible que ce soit à accepter. Vous avez maintenant un nouvel espoir. Ne le laissez pas échapper. Ne laissez personne vous le prendre.

Joan se leva, jeta le reste de son café dans l'évier et mit la tasse dans le lave-vaisselle.

— Je crois que Rachel et Sam devraient venir passer quelques jours chez nous, dit-elle. Vous avez besoin de temps pour terminer ce que vous êtes en train de faire et réfléchir. Je n'essaie pas de m'immiscer entre vous. Je n'aurais pas cette conversation avec vous si c'était le cas. Ma fille est effrayée, malheureuse, et je ne parle pas des suites d'une naissance et des sentiments confus que cela provoque. Elle a besoin de passer quelque temps auprès d'autres personnes, de gens qui seront là pour elle vingt-quatre heures sur vingt-quatre.

— Je comprends.

Joan posa une main sur mon épaule, m'embrassa doucement sur le front.

— Ma fille vous aime et je me fie à son jugement plus qu'à celui de toute autre personne. Elle voit quelque chose en vous. Je le vois aussi. Souvenez-vous-en. Si vous l'oubliez, tout sera perdu.

L'Ange Noir marchait au clair de lune, parmi les touristes et les habitants, passait devant des boutiques et des galeries, humait dans l'air des odeurs de café et d'essence. Il scrutait les visages dans la foule, y cherchant toujours ceux qu'il pourrait reconnaître, guettant un regard qui s'attarderait une seconde de trop sur lui. Il avait laissé Brightwell au bureau et repassait leur conversation dans sa tête en souriant. Les amoureux souriaient eux aussi, persuadés d'avoir vu dans l'expression de cet inconnu qu'ils croisaient le souvenir d'un baiser récent et d'une étreinte en guise d'au revoir. C'était le secret de l'Ange : il savait parer les sentiments les plus vils de couleurs magnifiques, car sinon personne ne choisirait de le suivre.

Brightwell ne souriait pas, lui, quand ils s'étaient retrouvés, un peu plus tôt.

« C'est lui, avait déclaré Brightwell.

— Vous vous accrochez à des ombres », avez répondu l'Ange Noir.

Brightwell avait tiré des plis de son manteau une liasse de photocopies qu'il avait posées devant l'Ange. Il l'avait regardé les feuilleter rapidement, parcourir les titres et les articles. À chaque page, son intérêt avait crû et finalement l'Ange s'était penché par-dessus le bureau, son ombre tombant sur les mots et les photos, ses doigts passant sur des noms appartenant à des affaires résolues, ou enterrées : Charon, Pudd, Charleston, Faulkner, Eagle Lake, Kittim.

Kittim.

« Il s'agit peut-être de coïncidences, avait murmuré l'Ange sans conviction.

— Aussi nombreuses ? avait répliqué Brightwell. Je ne crois pas. Il suit nos pas.

— Impossible. Il ne peut pas connaître sa véritable nature.

— Nous la connaissons, nous. »

L'Ange avait fixé Brightwell dans les yeux, y avait décelé de la colère, de la curiosité et un désir de vengeance.

Et de la peur ? Oui, peut-être un peu.

« C'était une erreur d'aller chez lui, avait estimé l'Ange.

— Je pensais pouvoir utiliser l'enfant pour l'attirer à nous. »

L'Ange Noir avait scruté de nouveau le visage de Brightwell. Non, avait-il pensé, tu voulais l'enfant pour autre chose. Ton besoin de faire souffrir a toujours été ta perte.

« Vous n'écoutez pas, lui avait-il dit. Je vous ai mis en garde contre le risque d'attirer l'attention sur nous, surtout dans une situation aussi délicate. »

Brightwell avait paru sur le point de protester, mais l'Ange s'était levé et avait pris son manteau accroché à une patère ancienne près du bureau.

« Je sors un moment. Restez ici, reposez-vous. Je n'en ai pas pour longtemps. »

Et l'Ange glissait maintenant dans les rues, telle une nappe de pétrole sur un flot humain, son sourire éclairant de temps à autre son visage, sans jamais y demeurer plus d'une ou deux secondes, sans jamais parvenir à ses yeux. Au bout d'une heure, il retourna à son bureau où Brightwell attendait patiemment dans un coin, loin de la lumière.

— Affrontez-le, si cela peut confirmer ou infirmer ce que vous pensez.

— Je lui fais mal ? demanda Brightwell.

— Si besoin est.

Il était inutile de poser l'ultime question, celle qui demeurait tacite. Il n'y aurait pas de meurtre, car le

tuer, ce serait le libérer et on ne le retrouverait peut-
être plus jamais.

Éveillée dans son lit, Sam ne me regarda pas quand
je m'approchai. Ses yeux fixaient avec ravissement
quelque chose au-dessus et au-delà des barreaux. Elle
souriait et ses petites mains s'agitaient. Je l'avais déjà
vue faire ça, quand Rachel ou moi nous tenions au-
dessus d'elle, lui parlant ou lui tendant un jouet. En
m'approchant encore, je sentis du froid dans l'air
autour d'elle. Elle ne me regardait toujours pas et émit
un petit gloussement amusé.

Je tendis les bras vers le lit. Pendant un bref instant,
j'eus l'impression que quelque chose caressait mes
doigts, du tulle ou de la soie. Puis la sensation disparut, et le froid aussi. Immédiatement, Sam se mit à
pleurer. Je la pris dans mes bras, la tins contre moi,
mais elle n'arrêtait pas. Il y eut un mouvement derrière
moi, Rachel apparut.

— Donne-la-moi, fit-elle avec de l'irritation dans la
voix.

— Pas de problème, je peux la tenir.

— Donne-la-moi, je te dis.

C'était plus que de l'agacement, à présent.

Quand j'étais flic, j'avais assisté à des scènes de
ménage, j'avais vu des mères s'accrocher à leurs enfants
de la même façon pour les protéger de toute menace de
violence, même si le père ou le concubin tentait de réparer ce qu'il avait fait, ou menacé de faire, maintenant que
la police était là. J'avais vu l'expression de ces femmes.
C'était la même que je voyais maintenant dans les yeux
de Rachel. Je lui tendis le bébé sans dire un mot.

— Pourquoi tu l'as réveillée ? marmonna Rachel en
tapotant doucement le dos de Sam. J'ai mis des heures
à l'endormir.

Je retrouvai ma voix :

— Elle était réveillée. Je me suis juste penché pour la regarder et…

— Peu importe. C'est fait, maintenant, dit Rachel en me tournant le dos.

Je les laissai toutes les deux pour aller prendre une longue douche. Puis je descendis, trouvai un pantalon de survêtement et un tee-shirt, passai dans mon bureau et expulsai Walter du canapé qui me servirait de lit pour la nuit. Sam avait cessé de pleurer et il n'y eut aucun bruit en haut jusqu'à ce que j'entende les pieds nus de Rachel sur les marches de l'escalier. Elle avait enfilé un peignoir sur sa chemise de nuit. Elle s'adossa à la porte, m'observa. D'abord, je fus incapable de dire quoi que ce soit. Quand je tentai de parler, ma gorge se noua de nouveau. J'avais envie de crier, j'avais envie de la prendre dans mes bras. J'avais envie de lui dire que j'étais désolé, que tout irait bien. J'avais envie qu'elle me dise la même chose, même si aucun de nous ne disait toute la vérité.

— J'étais fatiguée, commença-t-elle, j'ai été surprise de te revoir…

Malgré les mises en garde de Joan, je ne voulus pas me contenter de cela.

— Tu as réagi comme si tu pensais que j'allais la lâcher, ou lui faire mal, dis-je. Ce n'est pas la première fois, d'ailleurs.

— Non, ce n'est pas ça, répondit-elle en s'approchant de moi. Je sais que tu ne lui ferais jamais le moindre mal.

Elle tendit la main pour toucher mes cheveux et, à ma grande honte, je me dérobai. Elle se mit à pleurer et la vue de ses larmes me consterna.

— Je ne sais pas ce qui ne va pas, dit-elle. C'est… Quelqu'un est venu, tu n'étais pas là. Quelque chose est venu, j'ai eu peur. Tu comprends ? J'ai peur et j'ai horreur d'avoir peur. Je vaux mieux que ça, mais je me sens dans cet état à cause de toi.

C'était sorti. Rachel avait élevé la voix tandis que son visage se tordait en une expression de douleur, de rage et de peine.

— J'ai peur pour Sam, pour moi, pour toi. Tu t'en vas alors que nous avons besoin de toi ici. Tu te mets en danger pour… pour quoi ? Pour des inconnus, des gens que tu n'as jamais rencontrés. Moi, je suis ici. Sam est ici. Ta vie est ici, maintenant. Tu es un père. Tu es mon compagnon. Je t'aime, je t'aime tellement, mais tu ne peux pas continuer à me faire ça, à nous faire ça. Tu dois choisir, parce que je ne pourrai pas revivre une autre année comme ça. Tu sais ce que j'ai fait ? Tu sais ce que ton travail m'a amenée à faire ? J'ai du sang sur les mains. Je sens son odeur sur mes doigts. Si je regarde par la fenêtre, je vois l'endroit où je l'ai fait couler. Tous les jours, je jette un coup d'œil à ces arbres et je me souviens de ce qui s'est passé là-bas. Tout me revient. J'ai tué un homme pour protéger notre fille et la nuit dernière, j'aurais refait la même chose. J'ai supprimé une vie, là-bas, dans les marais, et j'ai été contente. J'ai frappé cet homme encore et encore, je ne voulais plus m'arrêter. Je voulais le mettre en morceaux, je voulais qu'il le sente, qu'il sente à chaque seconde chaque parcelle de souffrance. J'ai vu le sang monter dans l'eau, j'ai regardé cet homme se noyer et j'ai été heureuse quand il est mort. Je savais ce qu'il voulait nous faire, à moi et à mon bébé, pas question de le laisser faire, bordel de merde ! Je le haïssais et je te haïssais pour ce que tu me faisais faire. Je te haïssais.

Lentement, elle se laissa glisser par terre, la bouche grande ouverte, la lèvre inférieure retroussée. Ses larmes coulaient, coulaient. Une douleur sans fin.

— Je te haïssais, répéta-t-elle. Tu comprends ? Et je ne peux pas. Je ne peux pas te haïr.

Le flot de paroles mourut et il n'y eut plus que des bruits dépourvus de sens. J'entendis Sam pleurer, mais j'étais incapable d'aller la prendre. Tout ce que je pouvais faire, c'était serrer Rachel contre moi, murmurer et l'embrasser pour tenter d'apaiser sa souffrance, jusqu'à ce que finalement nous soyons tous deux allongés sur le sol, ses doigts sur ma nuque, sa bouche contre mon cou, tandis que nous tentions, en nous pressant l'un contre l'autre, de nous agripper à ce que nous étions en train de perdre.

Nous dormîmes ensemble cette nuit-là. Au matin, Rachel mit quelques affaires dans un sac, installa Sam dans le siège pour bébé de la voiture de Joan.

— Nous en parlerons plus tard, dis-je quand elle fut prête à partir.

— Oui.

Je l'embrassai sur la bouche. Elle passa ses bras autour de moi, ses doigts caressèrent ma nuque. Ils s'y attardèrent un moment puis s'envolèrent, mais l'odeur de Rachel resta, même après que la voiture eut disparu, même après qu'il se mit à pleuvoir, même après que le jour s'estompa et que l'obscurité vint, que les étoiles constellèrent la nuit comme des paillettes tombées de la robe d'une femme en partie remémorée, en partie imaginée.

Dans le vide de la maison, un froid s'insinua et, au moment où je sombrais dans le sommeil, une voix chuchota :

Je t'avais dit qu'elle partirait. Nous seules restons.

Je sentis comme la caresse d'un voile sur ma peau et le parfum de Rachel se perdit dans la puanteur de la terre et du sang.

À New York, la jeune prostituée nommée Ellen se réveilla dans le lit à côté de G-Mack et sentit une main sur sa bouche. Elle se débattit jusqu'à ce qu'elle sente le métal froid d'un pistolet contre sa joue.

— Ferme les yeux, lui enjoignit une voix d'homme qu'elle crut reconnaître. Ferme les yeux et reste tranquille.

Elle obéit. La main resta sur sa bouche, mais le pistolet s'écarta. Près d'elle, Ellen entendit G-Mack sortir de son sommeil. Les analgésiques l'engourdissaient, mais leur effet cessait généralement pendant la nuit, ce qui le réveillait et le contraignait à en reprendre.

— Hmm ? grogna-t-il.

Ellen entendit prononcer cinq mots, puis il y eut un claquement, comme un livre qu'on aurait laissé tomber par terre. Quelque chose de chaud aspergea son visage. La main quitta sa bouche.

— Garde les yeux fermés, fit la voix.

Elle les garda fermés jusqu'à ce qu'elle soit certaine que l'homme était parti. En les rouvrant, elle vit qu'il y avait un trou dans le crâne de G-Mack et que les oreillers étaient rouges de son sang.

16

Sans Rachel et Sam près de moi, je sombrai dans un trou obscur. Je ne me rappelle pas grand-chose des vingt-quatre heures qui suivirent leur départ. Je dormis, je mangeai peu, je ne répondis pas au téléphone. Je songeai à me soûler, mais je me dégoûtais déjà tellement que j'étais incapable de m'avilir encore. On me laissa des messages mais aucun d'eux n'était important et, au bout d'un moment, je cessai de les écouter. J'essayai de regarder la télévision, je feuilletai même le journal. Rien ne retenait mon attention. Je chassai de mon esprit toute pensée d'Alice, de Louis, de Martha. Je ne voulais plus entendre parler d'eux.

Et tandis que les heures s'écoulaient lentement, une douleur croissait en moi, tel un ulcère saignant dans mon corps. Je gisais en position fœtale sur le canapé, les genoux contre la poitrine, secoué de spasmes tandis que la douleur croissait et refluait. Je crus entendre des bruits en haut, les pas d'une mère et d'un enfant, mais quand je montai voir, il n'y avait personne. Une serviette était tombée du placard de séchage, dont la porte était ouverte, et je ne parvenais pas à me rappeler si c'était moi qui l'avait laissée ainsi. Je pensais constamment à appeler Rachel, mais je ne décrochai pas le téléphone. Je savais qu'il ne sortirait rien de notre conversation. Qu'aurais-je pu lui dire ? Quelles promesses pouvais-je faire sans douter, au moment même où je prononçais les mots, que je serais capable de les tenir ?

Les paroles de Joan revenaient sans arrêt dans ma tête. J'avais tout perdu déjà une fois, une autre perte aussi grande serait insupportable. Dans le silence, nouveau et importun, de la maison, je sentis le temps déraper une fois encore. Le passé et le présent se confondaient, les digues que j'avais eu tant de mal à édifier entre ce qui avait été et ce qui pouvait encore arriver se lézardaient, laissant se déverser dans ma nouvelle vie des souvenirs douloureux, anéantissant l'espoir d'enterrer un jour les vieux fantômes.

C'était le silence qui les attirait, le sentiment d'existences suspendues. Rachel avait laissé des vêtements à elle dans les placards, des produits de beauté sur sa coiffeuse. Son après-shampooing était encore dans la cabine de douche et un de ses longs cheveux roux dessinait un point d'interrogation sur le carrelage, sous le lavabo. Je sentais son odeur sur l'oreiller et la forme de sa tête creusait les coussins du canapé près de la fenêtre de notre chambre, où elle aimait s'étendre pour lire. Je trouvai un ruban blanc sous notre lit, une boucle d'oreille qui avait glissé sous le radiateur. Une tasse à café non lavée portait la trace de son rouge à lèvres et, dans le réfrigérateur, il y avait une barre de friandise à demi mangée.

Le petit lit de Sam était toujours dans sa chambre, car Joan avait gardé celui de ses propres enfants et c'était plus simple de le descendre du grenier que de démonter celui de Sam et de le transporter dans le Vermont. Je crois aussi que Rachel n'avait pas voulu emmener le lit, sachant quel mal me ferait l'implication inévitable d'une séparation définitive. Des jouets et des vêtements de Sam jonchaient le sol. Je les ramassai, mis les bavoirs sales dans le panier à linge. Je les laverai plus tard. Je touchai l'endroit où elle dormait, sentis son odeur de bébé sur mes doigts. Jennifer avait la même.

Et je me souvins. De toutes ces choses que j'avais faites après que le sang eut séché dans les fissures du sol de la cuisine. Il y avait un vêtement resté sur un lit, une poupée dans une chaise haute. Sur une table, une tasse à moitié remplie de café, un verre portant des traces de lait. Des pots de maquillage, des brosses, des cheveux, du rouge à lèvres, des vies qui avaient pris fin au milieu d'une tâche. Un instant, il m'avait semblé qu'elles s'étaient seulement absentées un moment et qu'elles reviendraient pour finir leur tasse ou leur verre, pour mettre la poupée à sa place, sur l'étagère, pour recommencer à vivre et me permettre de partager cette maison avec elles, de les aimer et de mourir avec elles, de ne pas rester seul à les pleurer, les pleurer si longtemps que quelque chose avait fini par revenir, des fantasmes que ma souffrance faisait apparaître, deux entités qui étaient presque ma femme et mon enfant.

Presque.

J'étais maintenant dans une autre maison, entouré d'autres traces d'existences, de tâches laissées inachevées et de mots non prononcés, à cette différence près que ces vies continuaient ailleurs. Il n'y avait pas de sang sur le sol, pas encore. Il n'y avait rien de définitif, simplement une pause pour reprendre haleine, réfléchir. Elles se poursuivraient, ces vies, peut-être pas dans cette maison, mais ailleurs, loin, dans un endroit sûr.

Le jour déclinait, la pluie tombait, la nuit descendait sur la terre comme de la suie. Voix à demi entendues, effleurements dans l'obscurité. Odeur de sang dans mes narines et terre dans mes cheveux.

Nous restons.

Toujours, nous restons.

La sonnerie du téléphone me réveilla et j'attendis que le répondeur prenne le message : une voix d'homme, vaguement familière, mais que je ne parvins pas à identifier.

Plus tard, après m'être douché et rasé, j'emmenai Walter à Ferry Beach et le laissai jouer dans les vagues. Devant la caserne des pompiers de Scarborough, des hommes nettoyaient les camions au jet d'eau. Un soleil d'automne perçait de temps en temps les nuages et faisait étinceler les gouttelettes comme des joyaux avant qu'elles ne se désintègrent par terre. Autrefois, on utilisait des roues de locomotive en acier pour appeler les bénévoles et il y en avait encore une devant la caserne 3 à Pleasant Hill. Puis, à la fin des années 1940, Elizabeth Libby et sa fille Shirley s'en étaient chargées depuis la boutique de Black Point Road où elles vivaient et travaillaient. Lorsqu'elles recevaient un appel, elles déclenchaient leur système d'alarme Gamewell, qui déclenchait à son tour les sirènes des casernes. Les deux femmes étaient de service vingt-quatre heures sur vingt-quatre, sept jours sur sept et, pendant les onze premières années, elles ne s'absentèrent que deux fois.

L'un de mes premiers souvenirs de Scarborough, c'est d'avoir vu le vieux Clayton Urquhart remettre une plaque à Elizabeth Libby en 1971. Mon grand-père, pompier bénévole, aidait à combattre le feu quand le besoin s'en faisait sentir ; ma grand-mère faisait partie des femmes s'occupant de la cantine roulante qui fournissait à manger et à boire aux pompiers quand ils s'attaquaient à de grands brasiers ou à des incendies de longue durée, et ils avaient assisté tous les deux à la cérémonie. Elizabeth, qui me donnait des bonbons quand nous lui rendions visite, portait des lunettes en ailes de papillon et une fleur blanche épinglée à sa robe. Elle se tamponnait les yeux avec un mouchoir de dentelle blanche tandis que des gens qu'elle avait toujours connus disaient du bien d'elle en public.

J'attachai Walter à la grille du cimetière et je marchai jusqu'à l'endroit où mon grand-père et ma grand-mère étaient enterrés. Elle était morte longtemps avant lui et je n'avais que peu de souvenirs d'elle hormis ce jour où Elizabeth Libby avait reçu sa plaque. J'avais enterré mon grand-père moi-même, prenant une pelle après le départ de tout le monde et recouvrant lentement le cercueil en pin dans lequel il reposait. Il faisait chaud ce jour-là et j'avais posé ma veste sur une pierre tombale. Je crois que je lui avais parlé en pelletant, mais je ne me rappelle plus ce que je lui avais dit. Probablement ce que je lui avais toujours dit, car les hommes restent à jamais des petits garçons pour leur grand-père. Il avait été adjoint du shérif, mais une sale affaire l'avait tourmenté, ne lui laissant pas un instant de repos. Finalement, il me reviendrait de boucler la boucle et d'anéantir le démon qui l'avait harcelé. Je me demandais s'il avait laissé ses souffrances derrière lui en mourant ou si elles l'avaient suivi dans l'autre monde. Avait-il trouvé la paix avec son dernier souffle, réduisant enfin au silence les voix qui l'avaient hanté si longtemps, ou cette paix était-elle venue plus tard, quand un enfant qu'il avait autrefois fait sauter sur ses genoux était tombé dans la neige et avait vu une horreur ancienne se vider de son sang et disparaître ?

J'arrachai une mauvaise herbe près de sa tombe. Elle vint facilement, comme toutes les mauvaises herbes. Mon grand-père m'avait appris à faire la différence entre les mauvaises herbes et les bonnes plantes : les fleurs avaient des racines profondes, les mauvaises herbes poussaient sur de minces couches de terre. Lorsqu'il m'apprenait des choses, je ne les oubliais pas. Je les enregistrais, en partie parce que je savais qu'il m'interrogerait peut-être un jour à ce sujet et que je voulais être capable de lui répondre correctement.

« Quand on a des yeux de vieux, il faut un savoir de vieux pour aller avec », avait-il coutume de me dire.

Mais il s'était lentement affaibli et sa mémoire avait commencé à lui faire défaut, la maladie d'Alzheimer le dépouillant peu à peu, lui volant implacablement tout ce qui était précieux pour lui. Il m'appartint de lui rappeler ce qu'il m'avait appris et je devins le professeur de mon grand-père.

Les fleurs ont des racines profondes, les mauvaises herbes poussent sur de minces couches de terre.

Peu avant sa mort, la maladie lui accorda une rémission et des souvenirs qui semblaient perdus à jamais lui revinrent. Il se rappela sa femme, leur mariage, la fille qu'ils avaient eue ensemble. Il se souvint des mariages et des divorces, des baptêmes et des funérailles, des noms de collègues disparus avant lui dans la dernière longue nuit qu'éclaire faiblement la promesse de l'aube. Des mots et des images surgirent en un torrent et il revécut sa vie en quelques heures. Puis tout s'enfuit de nouveau et il ne resta pas un seul moment de son passé, comme si le flot avait emporté ces dernières traces, laissant une maison vide aux fenêtres opaques, ne révélant rien car il ne restait rien à révéler.

Mais, pendant ces ultimes minutes de lucidité, il me prit la main et ses yeux brillaient avec plus d'intensité que jamais. Nous étions seuls. Sa vie touchait à sa fin, le soleil se couchait sur lui.

« Ton père… dit-il. Tu n'es pas comme lui. Toutes les familles ont leur croix à porter, leur âme tourmentée. Ma mère, c'était une femme triste, mon père n'a jamais pu la rendre heureuse. Ce n'était ni sa faute à lui, ni sa faute à elle. Elle était comme elle était, les gens ne le comprenaient pas, à l'époque. C'était une maladie, et elle a fini par l'emporter, comme le cancer a emporté ta mère. Ton père, il avait aussi en lui un peu de cette maladie, de cette tristesse. Je crois que c'est en partie ce qui attirait ta mère en lui : ça parlait à quelque chose qu'elle avait en elle, même si elle ne voulait pas toujours entendre ce que ça disait. »

Je tentai de me rappeler mon père, mais, à mesure que les années passaient après sa mort, j'avais de plus en plus de mal à me le représenter. Quand j'essayais, il y avait toujours une ombre sur son visage ou ses traits étaient déformés, flous. Il était policier, il s'est tué avec son arme de service. Parce qu'il ne pouvait plus vivre avec lui-même, disait-on. On m'a raconté qu'il avait abattu une fille et un garçon après que le garçon eut braqué une arme sur lui. On ne pouvait pas expliquer pourquoi la fille était morte elle aussi. Je pense qu'il n'y avait pas d'explication, ou pas d'explication suffisante.

« Je n'ai jamais eu l'occasion de lui demander pourquoi il avait tiré, mais je pense que j'aurais compris, dit mon grand-père. Tu vois, j'ai un peu de cette tristesse en moi, et toi aussi. Je l'ai combattue toute ma vie. Pas question de la laisser m'emporter comme elle l'avait fait avec ta mère, et pas question que tu la laisses faire non plus. »

Il pressa ma main plus fort. L'air perdu, il s'interrompit et plissa les yeux, cherchant désespérément à se rappeler ce qu'il voulait dire.

« La tristesse, lui soufflai-je. Tu parlais de la tristesse. »

Son visage se détendit. Je vis une larme se détacher de son œil droit et glisser le long de sa joue.

« Elle est différente, chez toi, reprit-il. Plus dure, et provenant en partie de l'extérieur. Ce n'est pas nous qui te l'avons transmise. Tu l'as apportée avec toi. Elle fait partie de toi, de ta nature. Elle est ancienne et... »

Il serra les dents et son corps trembla tandis qu'il luttait pour ces quelques dernières minutes de clarté.

« Ils ont des noms. »

Les mots avaient jailli de lui, crachés par son corps, éjectés comme des tumeurs.

« Ils ont des noms », répéta-t-il.

Sa voix était différente, maintenant, chargée d'une haine désespérée. Un instant, il ne fut plus mon grand-père mais un autre être, qui avait pris possession de son esprit malade, faiblissant, et lui avait brièvement insufflé une nouvelle énergie pour communiquer avec un monde qu'il n'aurait pu atteindre autrement.

« Ils ont des noms, tous, et ils sont ici. Ils y ont toujours été. Ils aiment la souffrance et le malheur. Et ils cherchent, toujours.

« Et ils te trouveront, parce que c'est en toi aussi. Tu dois le combattre. Tu ne peux pas être comme eux, parce qu'ils te veulent. Ils t'ont toujours voulu. »

Il avait plus ou moins réussi à se redresser, mais il retomba sur son oreiller, épuisé. Il lâcha ma main, laissant l'empreinte de ses doigts sur ma peau.

« Ils ont des noms, murmura-t-il, la maladie s'insinuant de nouveau en lui, telle de l'encre assombrissant de l'eau claire, et revendiquant tous ses souvenirs. Ils ont tous des noms… »

Après avoir ramené Walter à la maison, j'écoutai mes messages. La marche m'avait éclairci l'esprit et le temps passé à nettoyer la tombe m'avait apporté un peu de paix, tout en me rappelant pourquoi les propos de Neddo sur les Croyants m'avaient paru familiers. C'était peut-être également dû au fait que j'étais parvenu à une décision et qu'il ne servait à rien de continuer à souffrir.

Aucun des messages n'était de Rachel. Deux contenaient des offres de travail : je les effaçai. Le troisième provenait de la secrétaire de Ross à New York. Je l'appelai, elle m'informa qu'il n'était pas au bureau, mais promit de le joindre pour l'avertir que j'avais téléphoné. Ross me rappela avant que j'aie eu le temps de me préparer un sandwich. Il devait être dans un bar ou un restaurant, car j'entendais un bruit de vaisselle derrière lui, des tintements de cristal et de porcelaine, des gens bavardant et riant.

— Ce n'était pas si urgent, votre besoin de voir Bosworth, s'il vous a fallu une demi-journée pour rappeler, m'asséna-t-il.

— Désolé, j'ai eu des ennuis.

— Je vous demanderais bien si vous les avez réglés, mais je ne veux pas que vous vous imaginiez que ça me préoccupe.

— Pas de problème. Je verrais ça comme un simple moment de faiblesse.

— Vous vous intéressez toujours à cette affaire ?

Je mis un moment avant de répondre :

— Oui. Toujours.

— Bosworth ne relevait pas de ma responsabilité. Comme il n'était pas agent de terrain, il dépendait d'un de mes collègues.

— Lequel ?

— M. Ça-Vous-Regarde-Pas. C'est sans importance, d'ailleurs. Étant donné les circonstances, j'aurais agi envers Bosworth exactement comme lui. Ils lui ont fait subir le traitement.

C'était le nom que les Fédéraux donnaient à la méthode officieuse pour s'occuper d'agents qui étaient sortis du rang. Dans les cas graves – des révélations, par exemple –, on s'efforçait d'abord de discréditer le fautif. On autorisait certains de ses collègues à consulter son dossier personnel, on en interrogeait d'autres sur ses habitudes. Si l'agent avait rendu des choses publiques, on communiquait à la presse des informations potentiellement dangereuses à son sujet. Le FBI avait pour politique de ne pas virer l'auteur de révélations, car le Bureau risquait ainsi de donner du crédit aux accusations qu'il portait. Harceler un agent récalcitrant, salir sa réputation, c'était bien plus efficace.

— Qu'est-ce qu'il a fait ? demandai-je.

— Bosworth était informaticien, spécialisé dans les codes et la cryptographie. Je ne peux pas vous en dire davantage, en partie parce que je serais obligé de vous tuer, mais surtout parce que je n'y comprends pas grand-chose. Apparemment, il menait un petit travail personnel en douce, quelque chose qui avait rapport aux cartes et aux manuscrits. Ça lui a valu une réprimande du SRP – le service des responsabilités professionnelles étant chargé d'enquêter sur les allégations de faute professionnelle au sein du FBI –, mais cela n'est pas allé jusqu'au conseil de discipline. L'affaire remonte à un an. Bosworth a pris ensuite un congé et, la première fois qu'on a eu de ses nouvelles, il était dans une prison française. Arrêté pour avoir profané une église.

— Une église ?

— Plus exactement un monastère : l'abbaye de Sept-Fons. On l'a surpris creusant dans le sol d'une cave en pleine nuit. L'ambassade américaine à Paris est intervenue et a réussi à cacher à la presse son appartenance au FBI. À son retour, Bosworth a été suspendu sans solde et a reçu l'ordre de suivre une thérapie, mais personne n'a vérifié. Il a repris le travail la semaine où l'interview d'un « agent du FBI tenant à rester anonyme » paraissait dans un magazine à sensation prétendant que le Bureau empêchait une véritable enquête sur les activités des sectes aux États-Unis. Manifestement, c'était de nouveau Bosworth, qui débitait des inepties sur des cryptes et des cartes codées. Le FBI a décidé de le pousser à partir et on lui a fait subir le traitement. Ses facilités d'accès aux fichiers ont été réduites puis quasiment supprimées, à part le droit d'allumer un ordinateur et de s'amuser avec Google. On lui a confié des tâches inférieures à ses capacités, on l'a relégué dans un bureau au sous-sol, près des toilettes, pratiquement privé de tout contact avec ses collègues. Mais il ne craquait toujours pas.

— Et puis ?

— Finalement, on lui a proposé de subir l'examen d'aptitude au service au centre de Pearl Heights, dans le Colorado.

L'examen d'aptitude au service était le baiser de la mort pour la carrière d'un agent. S'il refusait de s'y soumettre, il était automatiquement renvoyé. S'il y consentait, cela débouchait fréquemment sur un diagnostic d'instabilité mentale, établi avant même son arrivée au centre. On procédait aux évaluations, généralement pendant trois ou quatre jours, dans des établissements médicaux chargés par contrats spéciaux d'examiner le personnel fédéral. Les sujets étaient totalement isolés et devaient répondre par oui ou par non à six cents questions. Le traitement était destiné à les rendre cinglés s'ils ne l'étaient pas déjà à leur arrivée.

— Il a subi les tests ?

— Il s'est rendu dans le Colorado, mais il ne s'est jamais présenté au centre. Il a été automatiquement radié.

— Où est-il, maintenant ?

— Officiellement, je n'en ai aucune idée. Officieusement, il est à New York. Ses parents ont de l'argent, ils possèdent un appartement dans le quartier de la Première Avenue et de la 70e Rue, au Woodrow. C'est là qu'il vit, autant qu'on sache, mais il est sans doute complètement dingue. Nous n'avons pas réussi à le joindre depuis son renvoi. Maintenant, vous savez.

— Je sais que je ne dois pas entrer au FBI et me mettre à profaner des églises.

— Je ne vous laisserais même pas approcher de nos bureaux, sans parler de vous recruter. Bon, le tuyau n'est pas gratuit. Si Bosworth est mêlé à cette histoire de Williamsburg, je veux être prévenu.

— Ça me paraît correct.

— Correct ? Vous ne savez pas ce que ce mot signifie. Souvenez-vous simplement que je veux être informé si Bosworth est mouillé dans cette affaire.

Je promis de le rappeler si je découvrais quoi que ce soit qu'il dût savoir. Cela parut le satisfaire. Il ne me dit pas au revoir avant de raccrocher, mais il ne me balança rien de blessant non plus.

Le message le plus récent provenait d'un nommé Matheson, un ancien client. L'année précédente, je m'étais occupé d'une affaire concernant la maison dans laquelle sa fille était morte. Je ne pouvais pas dire que ça s'était bien terminé, mais il avait été content du résultat.

Il me prévenait dans son message que quelqu'un enquêtait sur moi et avait pris contact avec lui pour connaître son opinion à mon sujet. Le visiteur, un certain Alexis Murnos, prétendait agir au nom d'un client qui préférait garder l'anonymat pour le moment. Hautement méfiant, Matheson avait livré à Murnos le moins d'informations possible. Tout ce qu'il avait tiré de Murnos, qui avait refusé de lui laisser un numéro où le joindre, c'était que ce client était riche et appréciait la discrétion. Matheson me demandait de le rappeler.

— Je ne savais pas que vous aviez ajouté la discrétion à la liste de vos qualités, dit-il une fois que sa secrétaire me l'eut passé. C'est ce qui a éveillé mes soupçons.

— Et il ne vous a rien donné ?

— Zéro. Je lui ai suggéré de vous joindre en personne, s'il avait des doutes. Il m'a dit qu'il n'y manquerait pas, mais qu'il me serait infiniment reconnaissant si je gardais sa visite pour moi. Bien sûr, je vous ai appelé tout de suite après son départ.

Je remerciai Matheson de m'avoir averti, il me répondit de lui téléphoner s'il pouvait encore faire quelque chose pour moi. Dès qu'il eut raccroché, j'appelai le siège du *Portland Press Herald* et laissai un message pour Phil Isaacson, le critique d'art du journal, après qu'on m'eut confirmé qu'il passerait plus tard dans la journée. C'était un coup de dé, mais les connaissances de Phil allaient de l'architecture au droit, et au-delà, et je voulais lui parler de la maison Stern, de la vente aux enchères qui devait s'y dérouler. Cela me rappela que je n'avais toujours pas eu de nouvelles d'Angel et de Louis. C'était une situation qui ne risquait pas de s'éterniser.

Je décidai de me rendre en voiture à Portland pour tuer le temps en attendant que Phil Isaacson me contacte. Le lendemain, je confierais Walter aux voisins et je retournerais à New York dans l'espoir que Ross aurait quelque chose à me donner sur l'ancien agent spécial Bosworth. Je branchai le système d'alarme, laissai Walter à demi endormi dans son panier. Je savais que, dès que j'aurais franchi la porte, il filerait s'installer sur le canapé de mon bureau, mais je m'en fichais. J'étais content de l'avoir près de moi et ses poils sur les meubles étaient peu de chose en échange de sa compagnie.

« Ils ont tous des noms. »

Les mots de mon grand-père me revinrent dans la voiture, faisant écho non seulement à Neddo mais aussi à Claudia Stern.

« Deux cents anges se révoltèrent... Enoch donne les noms de dix-neuf d'entre eux. »

Les noms. Il y avait dans South Portland une librairie chrétienne dont j'étais à peu près sûr qu'elle aurait un rayon « Apocryphes ». Il était temps de jeter un coup d'œil à Enoch.

La voiture, une BMW rouge, me prit en filature sur la Route 1 et resta derrière moi quand je la quittai pour Maine Mall Road. Je me garai au parking de Panera Bread et attendit. La BMW, dans laquelle il y avait deux hommes, passa sans s'arrêter. Je leur accordai cinq minutes, sortis du parking et gardai un œil sur le rétroviseur en conduisant. Je vis la BMW garée devant le Dunkin' Donuts, mais cette fois, elle n'essaya pas de me suivre. Après avoir tourné un moment dans le secteur, je repérai sa remplaçante. Une BMW bleue, ce coup-ci, avec un seul type dedans, mais je faisais manifestement l'objet de son attention. J'étais presque vexé : deux BMW. Des gars payés à l'heure et mal payés, sûrement. Une partie de moi avait envie de les confronter, mais je n'étais pas sûr de garder mon calme et il y avait de bonnes chances pour que ça se termine mal. Je préférai donner un coup de fil. Jackie Garner répondit à la première sonnerie.

— Salut, Jackie. Partant pour un peu de baston ?

J'attendis dans ma voiture devant chez Tim Horton, le marchand de beignets. La BMW rouge était au parking du Maine Mall, en face, la bleue dans celui du Sheraton. Une de chaque côté de la rue. Ça restait amateur mais ça promettait.

Mon portable sonna.

— Tu es où, Jackie ?

— Au Best Buy.

Je levai les yeux, vis la camionnette de Garner rouler lentement sur la voie réservée aux pompiers.

— C'est une BMW bleue, immatriculée dans le Massachusetts, à trois rangées de la sortie. Elle bougera quand je bougerai.

— Et l'autre caisse ?

— Devant le Sheraton. Une BMW rouge. Ils sont deux dedans.

— La même marque ? s'étonna Jackie.

— Et le même modèle. Il n'y a que la couleur qui change.

— C'est débile.

— Tu peux le dire.

— Qu'est-ce que tu vas faire ?

— Je vais les laisser me suivre, je pense, puis on s'occupera d'eux. Pourquoi ?

J'eus l'impression que Jackie avait une solution de rechange.

— Ben, j'ai amené des potes, dit-il. Tu veux que ce soit fait discrètement ?

— Jackie, si j'avais voulu que ce soit fait discrètement, je t'aurais appelé ?

— C'est bien ce que je pensais.

— Tu as amené qui ?

Il tenta d'éluder la question, mais j'insistai :

— Réponds, Jackie : tu as amené qui ?

— Les Fulci, finit-il par lâcher sur un vague ton d'excuse.

Seigneur Dieu, les frères Fulci ! Des cogneurs qui louaient leurs services, deux tonneaux de muscles et de graisse qui avaient infligé d'innombrables dérouillées. « Louer » n'était d'ailleurs pas le terme approprié, car si la situation offrait des perspectives de castagne suffisamment prometteuses, les Fulci prodiguaient leurs services gratuitement. Tony, l'aîné, détenait le record du prisonnier le plus onéreux jamais bouclé au pénitencier de Washington, compte tenu de la durée de sa détention. Il y avait passé un moment à la fin des années 1990, quand un grand nombre de prisons faisaient travailler leurs pensionnaires dans le télémarketing. Tony fut chargé de téléphoner aux gens pour un nouveau fournisseur d'accès à Internet, FastWire, et de demander aux clients de ses concurrents d'envisager de larguer leur fournisseur actuel pour passer chez le petit nouveau. L'unique conversation de Fulci avec un client se déroula à peu près de la façon suivante :

Tony (lisant lentement le texte imprimé sur un carton) : Je vous appelle au nom de FastWire Comm...

Le client : Ça ne m'intéresse pas.

Tony : Hé, laissez-moi finir.

Le client : Ça ne m'intéresse pas, je vous dis.

Tony : Vous êtes idiot ou quoi ? C'est une affaire, ce truc.

Le client : Je n'en veux pas.

Tony : Raccrochez pas, hein ? Si vous raccrochez, vous êtes mort.

Le client : Vous n'avez pas le droit de me parler comme ça.

Tony : Je t'emmerde ! Je connais ton nom, je sais où t'habites. Quand je sortirai, dans cinq mois et trois jours, je viendrai te voir et je t'exploserai la tête si tu joues au con. Bon, tu le veux, ce truc de merde, ou pas ?

FastWire renonça rapidement à son projet de développer l'emploi de détenus pour sa prospection, pas assez rapidement cependant pour éviter des poursuites. Tony coûta au système pénitentiaire de l'État de Washington sept millions de dollars de contrats perdus une fois que l'affaire FastWire se fut ébruitée, soit 1,16 million pour chacun de ses mois de prison. Et Tony était le plus calme de la famille. Comparées aux Fulci, les hordes mongoles semblaient un modèle de modération.

— Tu n'aurais pas pu trouver plus psychotiques ? dis-je.

— Peut-être, mais ils auraient coûté plus cher.

Il n'y avait pas moyen d'y couper. J'expliquai à Jackie que je prendrais la direction de Deering Avenue pour attirer la BMW bleue et qu'il suivrait. Les Fulci intercepteraient les deux autres types quand ils voudraient.

— Donne-moi deux minutes, que je les prévienne, sollicita Jackie. Putain, ils sont remontés. Tu sais pas ce que ça représente pour eux de faire un vrai boulot de détective. Tony regrette juste que tu l'aies pas averti plus tôt, il aurait arrêté ses médocs.

Les Fulci n'eurent pas à aller loin pour s'occuper de la BMW rouge. Ils la bloquèrent simplement sur le parking du Sheraton en garant leur voiture derrière. Ils roulaient dans un 4×4 Dodge customisé inspiré des véhicules monstrueux des DVD qu'ils regardaient lorsqu'ils ne rendaient pas la vie d'autres personnes plus intéressantes, à la manière chinoise.

Les portières de la BMW s'ouvrirent. Le chauffeur, un quadragénaire rasé de près, portait un costume gris bon marché qui lui donnait l'air d'un cadre ayant des fins de mois difficiles. Il devait peser dans les soixante-dix kilos, soit en gros un demi-Fulci. Son coéquipier, plus lourd et plus basané, portait peut-être leurs poids conjugués à un Fulci et quart, un Fulci et demi, si Tony abusait de ses pilules amaigrissantes. Le Dodge ayant des vitres teintées, on pourrait presque pardonner au type en costume ce qu'il dit ensuite :

— Hé, dégagez avec votre tas de ferraille. On est pressés, nous.

Il ne se passa rien pendant la quinzaine de secondes qu'il fallut aux cerveaux primitifs et sous médicaments des Fulci pour comprendre que les mots qu'ils venaient d'entendre s'appliquaient à leur cher 4×4. Finalement, la portière du conducteur s'ouvrit, un Tony Fulci très balaise et très courroucé sauta avec maladresse du véhicule. Il portait une chemise de golf en synthétique, un pantalon à ceinture élastique acheté dans un magasin de grandes tailles, et des chaussures de chantier à bouts métalliques. Son ventre saillait sous sa chemise, dont les manches s'arrêtaient au-dessus de ses énormes biceps, le tissu n'ayant pas assez de Lycra dans sa composition pour fournir l'élasticité exigée par ses bras d'adepte de la gonflette. Des arcs de muscles jumeaux partaient de ses épaules pour se terminer juste sous ses oreilles, leur symétrie nullement perturbée par l'intrusion d'un cou qui lui donnait l'aspect d'un homme récemment contraint à avaler un cintre extralarge.

Son frère Paulie le rejoignit. À côté de lui, Tony faisait un peu efféminé.

— Seigneur Dieu ! fit le chauffeur de la BMW.

— Pourquoi ? grogna Tony. Il conduit un tas de ferraille, lui aussi ?

Puis les Fulci se mirent au travail.

Le chauffeur de la BMW bleue me fila jusqu'à Deering Avenue en demeurant deux ou trois voitures derrière, tout en me gardant toujours en vue. Jackie Garner lui collait au train. J'avais emprunté cet itinéraire parce qu'il déroutait à coup sûr toute personne qui n'était pas du coin, et parce que, en restant dans les limites de la ville de Portland au lieu de le mener en rase campagne, il y avait moins de risques que le type qui me suivait se sente repéré et à deux doigts d'une confrontation. J'atteignis l'endroit où Deering devient une voie à sens unique, juste avant le croisement avec Forest, obligeant tous les automobilistes quittant la ville à tourner à droite. J'entraînai le type à ma suite en tournant, puis pris à gauche dans Forest, encore à gauche pour revenir dans Deering, et effectuai un virage serré à droite dans Revere. Il n'avait pas d'autre choix que de me suivre en permanence pour ne pas se faire semer, aussi, lorsque je freinai brusquement, il dut en faire autant. Ce n'est que quand Jackie surgit derrière lui qu'il comprit la manœuvre. Le type de la BMW ne pouvait qu'entrer dans le parking de la boulangerie pour essayer de se donner un peu de temps et d'espace. Il s'arrêta, Jackie et moi convergeâmes vers lui en formant un V, le bloquant contre le mur.

Je gardai mon arme collée contre ma cuisse en approchant pour ne pas affoler un éventuel passant. Le chauffeur de la BMW gardait les poignets sur le volant, les doigts légèrement levés. Il portait un costume bleu informe avec une cravate assortie, le fil de l'oreillette de son portable agrafé au revers de la veste. Il avait probablement du mal à joindre ses potes.

J'adressai un signe de tête à Jackie, qui tenait un petit Browning à canon court dans la main droite. Il le braqua sur le type en ouvrant la portière.

— Descendez, ordonnai-je. Lentement.

Le chauffeur s'exécuta. Il était grand, le crâne dégarni, des cheveux bruns un rien trop longs pour faire bonne impression.

— Je ne suis pas armé, déclara-t-il.

Jackie le poussa contre ma voiture, le fouilla quand même, dénicha un portefeuille et un 38 tiré d'un étui de cheville.

— C'est quoi, ça ? fit Jackie. Une savonnette ?

— Vous ne devriez pas mentir, le sermonnai-je. Votre langue va devenir toute noire.

Jackie me lança le portefeuille, dans lequel je trouvai un permis de conduire identifiant l'homme qui se tenait devant nous comme Alexis Murnos. Il y avait aussi des cartes à son nom pour une firme appelée Dresden Enterprises, qui avait son siège au Prudential, à Boston. Murnos y exerçait les fonctions de chef de la sécurité.

— Il paraît que vous posez des questions à mon sujet, monsieur Murnos. Ç'aurait été beaucoup plus simple de me contacter directement.

Il ne répondit pas.

— Vois un peu ce que deviennent ses petits copains, dis-je à Jackie.

Il recula d'un pas pour appeler avec son portable. La conversation qui suivit consista essentiellement en une série de « ouais » et de « hmm-hmm », exception faite pour une inquiétante exclamation : « Putain, ça casse si facilement ? Il doit avoir les os fragiles. »

— Les Fulci les gardent au chaud à l'arrière de leur 4 × 4, me dit-il après avoir raccroché. C'est des vigiles d'une agence de gardiennage de Saugus. Tony pense qu'ils arrêteront bientôt de saigner.

Si la nouvelle perturba Murnos, il n'en montra rien. J'avais l'impression qu'il connaissait mieux son boulot que les deux autres guignols, mais quelqu'un lui avait demandé d'en faire trop trop vite, avec des ressources limitées. Le moment me sembla venu de titiller son orgueil professionnel.

— Vous n'avez pas l'air d'être un aigle, monsieur Murnos. La sécurité de Dresden Enterprises doit laisser à désirer.

— On sait même pas ce qu'ils font dans cette boîte, argua Jackie. Il garde peut-être des poulets.

Murnos rougit légèrement et aspira de l'air entre ses dents.

— Bon, dis-je, vous m'expliquez de quoi il retourne, pourquoi pas en buvant un café, ou vous voulez qu'on vous emmène retrouver vos amis ? Apparemment, ils vont avoir besoin qu'on les ramène chez eux et qu'on les soigne. Je devrai vous laisser avec les messieurs qui s'occupent d'eux en ce moment, mais un jour ou deux seulement, le temps que j'en apprenne davantage sur la compagnie qui vous emploie. Cela impliquera une visite à Dresden Enterprises, peut-être avec une ou deux personnes, ce qui pourrait être très embarrassant pour vous, sur le plan professionnel.

Murnos passa ses choix en revue. Ils étaient plutôt limités.

— Un café, d'accord, répondit-il finalement.

— Tu vois, dis-je à Jackie, c'était facile.

— Tu sais t'y prendre avec les gens, admit-il. On n'a même pas eu besoin de le taper, ajouta-t-il, l'air un peu déçu.

Il s'avéra que Murnos était en fait autorisé à me communiquer un certain nombre d'informations et à traiter directement avec moi. Il avait simplement préféré fouiner un peu auparavant pour être sûr de me connaître sous tous les angles. Il avait amassé une quantité considérable de renseignements sur ma personne sans même quitter son bureau et avait plus ou moins deviné que Matheson me préviendrait. Si ça tournait mal – c'était le cas –, il aurait l'occasion de voir comment je réagissais quand on m'ébouriffait les plumes.

— Mes collègues ne sont pas vraiment en train de saigner à l'arrière d'un 4 × 4, quand même ? demanda-t-il.

Nous étions assis à une table de la Big Sky. Ça sentait bon. Derrière le comptoir, les jeunes employés qui faisaient cuire le pain nettoyaient les plaques de four et remplissaient les tasses de café. J'échangeai un regard coupable avec Jackie, qui mangeait un scone aux pommes, son deuxième.

— Je suis à peu près certain que si, répondis-je.

— Les mecs qui se sont occupés d'eux, ils s'embêtent pas trop avec des détails comme ça. En plus, l'un de vos copains a eu des mots indélicats pour leur caisse, fit valoir Jackie.

Je lui étais reconnaissant de tout ce qu'il avait fait, mais il était temps qu'il nous laisse. Je lui demandai de trouver les Fulci et de veiller à ce qu'ils arrêtent les dégâts. Il leur acheta des scones avant de partir.

— Vous avez des amis intéressants, dit Murnos après son départ.

— Croyez-moi, vous n'avez pas rencontré les plus drôles. Bon, si vous avez quelque chose à me dire, c'est le moment.

Il but une gorgée de café.

— Je travaille pour Joachim Stuckler, le P-DG de Dresden Enterprises. M. Stuckler est un spécialiste de la prise de risques dans le secteur logiciels et multimédias.

— Il est riche, alors ?

— Je crois que le mot convient.

— S'il est riche, pourquoi il embauche de la main-d'œuvre au rabais ?

— C'est ma faute. J'avais besoin d'aide et j'avais déjà fait appel à ces deux-là. Je ne pensais pas qu'ils se feraient taper dessus. Je ne pensais pas non plus finir coincé sur un parking et me faire subtiliser mon arme par un type qui m'offrirait ensuite un café et un scone.

— Il y a des jours comme ça.

— Ouais. M. Stuckler est aussi un collectionneur renommé, assez riche pour satisfaire sa passion.

— Qu'est-ce qu'il collectionne ?

— Les œuvres d'art, les antiquités. Les objets ésotériques.

Je voyais où cela nous menait.

— Comme les petits coffrets en argent du XVᵉ siècle ?

Murnos haussa les épaules.

— Il sait que c'est vous qui avez découvert les restes humains dans l'appartement. Il pense que votre affaire pourrait être liée à quelque chose qui l'intéresse et il aimerait en discuter avec vous. Naturellement, il vous dédommagera.

— Naturellement, sauf que je ne suis pas vraiment d'humeur à aller à Boston.

Nouveau haussement d'épaules.

— Vous cherchiez une femme. M. Stuckler pourrait vous fournir des informations sur ceux qui sont responsables de sa disparition.

Je regardais les jeunes gens s'affairant derrière le comptoir. J'avais envie de frapper Murnos, de lui cogner dessus jusqu'à ce qu'il crache tout ce qu'il savait. Il dut le lire sur mon visage.

— Croyez-moi, monsieur Parker, je ne connais pas grand-chose sur cette affaire, mais je sais que M. Stuckler n'a rien à voir avec ce qui est arrivé à cette femme. Il a simplement appris que vous êtes l'homme qui a tué Homero Garcia et trouvé des ossements dans l'appartement. Il est également au courant pour la cave. J'ai enquêté pour lui, j'ai découvert que vous vous intéressiez à cette femme. M. Stuckler est tout disposé à partager avec vous les informations qu'il possède.

— Et en échange ?

— Vous pourriez peut-être combler quelques lacunes. Si ce n'est pas le cas, il souhaite quand même vous parler et vous confier ce qui serait susceptible de vous aider. Vous n'avez rien à perdre, monsieur Parker.

Murnos se rendait compte que je n'avais pas le choix, mais il avait la décence de ne pas triompher. J'acceptai de rencontrer son patron dans les deux jours à venir. Il confirma le rendez-vous sur son portable avec l'une des secrétaires de Stuckler, puis me demanda si je voyais un inconvénient à ce qu'il parte, maintenant. Je trouvai la formule fort aimable jusqu'à ce que je comprenne qu'il voulait seulement récupérer son 38. Je l'accompagnai dehors, fis tomber les balles dans une bouche d'égout et lui rendis l'arme.

— Vous devriez vous en acheter un autre, lui conseillai-je. Ça ne vous sert pas à grand-chose, ce petit truc à la cheville.

La main droite de Murnos bougea et je me retrouvai soudain devant le canon d'un Smith & Wesson Sigma 380 long de dix centimètres.

— J'en ai déjà un autre, dit-il. Apparemment, je ne suis pas le seul à embaucher de la main-d'œuvre au rabais.

Il garda l'arme braquée sur moi une seconde de plus avant de la faire disparaître dans les plis de sa veste, me sourit, monta dans sa voiture et démarra.

Murnos avait raison. Jackie Garner était un crétin, mais pas autant que le type qui l'employait.

En retournant à Scarborough, je m'arrêtai à la librairie religieuse. La femme qui officiait derrière le comptoir fut heureuse de m'aider et ne sembla qu'un tantinet déçue en ne me voyant pas ajouter d'angelots en argent ni d'autocollant « Mon ange gardien me dit que vous roulez trop près » pour ma vitre arrière aux deux livres sur les apocryphes que j'achetai.

— Nous en vendons beaucoup, commenta-t-elle. Des tas de gens pensent que l'Église catholique cache quelque chose depuis des années.

— Qu'est-ce qu'elle pourrait bien cacher ? demandai-je malgré moi.

— Je ne sais pas, répondit-elle en articulant lentement comme si elle s'adressait à un enfant débile. Justement parce que c'est caché.

Je la laissai à ses réflexions. Assis dans ma voiture, je feuilletai le premier des deux bouquins, mais il ne contenait pas grand-chose d'utile pour moi. Le deuxième se révéla plus intéressant car il comportait une transcription intégrale du Livre d'Enoch. Les noms des anges déchus figuraient au septième chapitre et, comme Claudia Stern l'avait indiqué, Ashmaël en faisait partie. Je parcourus rapidement le reste du texte, qui me parut d'une nature assez allégorique, mis à part les descriptions du bannissement des anges et de leur chute. Selon Enoch, ils ne devinrent pas mortels, même après leur chute, et la faute qu'ils avaient commise ne leur serait jamais pardonnée. Les anges déchus apprirent aux hommes à fabriquer des épées et des boucliers, ils leur enseignèrent l'astronomie et les mouvements des étoiles, « de sorte que le monde s'en trouva changé... Et les hommes sur le point de périr élevèrent leurs voix ». Il y avait aussi un passage sur Origène, le théologien grec qui reçut l'anathème pour avoir suggéré que les anges tombés du ciel étaient ceux « en qui l'amour divin s'était refroidi », qu'ils étaient « cachés sous des corps grossiers comme le nôtre et appelés hommes. »

Je revis le tableau de l'atelier de Claudia Stern : le personnage du capitaine, la fourche sanglante sur la bure des moines morts, la créature énorme, difforme, marchant à côté de son chef, couverte de sang, souriant de la joie de tuer.

J'avalai un sandwich chez Amato's sur la Route 1 et fis le plein avant de prendre la direction de l'est pour rentrer. Devant la pompe, près de moi, deux hommes, l'un barbu et enveloppé, l'autre plus jeune et plus svelte, étudiaient une carte dans leur Peugeot noire poussiéreuse. L'homme à la barbe portait un pull gris tricoté à la main dont le haut laissait voir un col ecclésiastique. Ils ne me prêtèrent pas attention et je ne leur proposai pas mon aide.

En approchant de la maison, je découvris une voiture garée devant l'allée. Elle ne me barrait pas tout à fait le passage, mais il me serait difficile de la contourner sans ralentir. Un homme était appuyé au capot et le poids de son corps faisait tellement pencher l'avant que le pare-chocs touchait presque le sol. Il mesurait une quinzaine de centimètres de plus que moi et ressemblait à un gros œuf, avec un ventre énorme qui pendait sur son entrejambe et recouvrait le haut de ses cuisses. Il avait des jambes très courtes, si courtes que ses bras paraissaient plus longs. Ses mains, loin d'être épaisses et grasses, étaient minces, presque délicates, bien que prolongeant des poignets lourds et gonflés. Les diverses parties de son corps semblaient avoir été maladroitement assemblées, comme si on avait laissé un jeune baron Frankenstein jouer avec les restes d'un massacre dans une réunion Weight Watchers. Il portait des chaussures noires toutes simples sur de petits pieds, un pantalon beige qu'on avait raccourci en repliant le bas à l'intérieur de la jambe et en l'agrafant. On pouvait juger de l'ampleur de la retouche aux pointillés qui marquaient le tissu à mi-hauteur du mollet. Le pantalon montait en un V pour rejoindre le renflement du ventre, mais l'étrange matelas de graisse était trop gros pour être recouvert et la ceinture du vêtement courait dessous, le laissant pendre librement sous la chemise blanche bouffante. Cette chemise était boutonnée jusqu'au cou qu'elle serrait si fort que le bourrelet de graisse dissimulant le col était d'un rouge violacé, comme les extrémités d'un cadavre où le sang s'est accumulé. Je ne vis pas trace d'une veste sous son pardessus marron en poil de chameau. Des boutons manquaient devant, peut-être après une tentative vouée à l'échec pour le fermer. Sa tête, posée délicatement en équilibre sur les couches de son cou, allait en s'amincissant d'un crâne rond à un menton en galoche, comme un œuf de moineau sur l'œuf d'autruche qu'était son corps. Ses traits auraient dû se perdre dans les bajoues et la graisse, mais gardaient une précision étonnante, atténuée seulement près du cou. Les yeux étaient plus gris que verts, et aucune ride n'en partait. Il avait de longs cils, un nez fin qui se retroussait légèrement à son extrémité, révélant les narines. Sa bouche était petite, féminine, avec quelque chose de sensuel, presque, dans la courbure des lèvres. Les oreilles, petites également, avaient des lobes bien dessinés. Son crâne était rasé, mais on distinguait, au-dessus du front, la trace en V de cheveux très bruns. Sa ressemblance avec la créature hideuse du tableau de la salle des ventes de Claudia Stern était saisissante. L'homme était plus gras, peut-être, avec des traits plus fatigués, mais on avait quand même l'impression que le personnage à la bouche ensanglantée s'était détaché de la toile pour entamer une nouvelle existence dans ce monde.

J'arrêtai ma Mustang à quelques mètres de lui, préférant ne pas trop m'approcher. Il ne bougea pas quand je descendis de ma voiture. Ses mains restèrent croisées sous sa poitrine, sur l'amorce de sa panse.

— Je peux vous aider ? dis-je.

Il réfléchit à la question avant de répondre :

— Peut-être.

Il m'observait de ses yeux délavés sans sourciller. J'eus une nouvelle impression de déjà-vu, plus personnelle, cette fois, comme lorsqu'on entend à la radio une chanson qui remonte à la petite enfance et dont on ne se souvient que vaguement.

— En général, je ne traite aucune affaire chez moi, arguai-je.

— Vous n'avez pas de bureau. Vous n'êtes pas facile à joindre, pour un détective privé. On pourrait presque vous soupçonner de ne pas vouloir qu'on vous trouve.

Il s'écarta de sa voiture avec une grâce étrange, comme s'il glissait sur le sol. Ses mains restèrent sur son ventre jusqu'à ce qu'il soit à un mètre de moi et il tendit le bras.

— Permettez-moi de me présenter. Je m'appelle Brightwell. Je crois que nous avons des choses à nous dire.

Dans le mouvement qu'il fit, la manche de son manteau remonta et j'entrevis une marque sur son bras, comme deux pointes de flèche jumelles récemment imprimées dans la chair. Je reculai aussitôt et ma main fila vers l'arme cachée sous ma veste, mais il fut plus rapide que moi, si rapide que je le vis à peine bouger. L'espace qui nous séparait avait soudain disparu et il se pressait contre moi, sa main gauche agrippant mon avant-bras, ses ongles perçant le tissu et s'enfonçant dans ma peau, me faisant saigner. Son visage toucha le mien, son nez effleura ma joue, ses lèvres s'approchèrent de ma bouche. De la sueur coula de son front, tomba sur mes lèvres avant de glisser lentement sur ma langue. Je voulus la recracher, mais elle se figea dans ma bouche, recouvrant mes dents, adhérant à mon palais comme du chewing-gum, si forte que mes mâchoires se refermèrent en claquant et que je me mordis le bout de la langue. Ses lèvres s'écartèrent et je vis qu'il avait des dents émoussées, comme s'il avait rongé des os trop longtemps.

— Trouvé, haleta-t-il.

Je sentis l'odeur de son haleine, vin doux et pain fraîchement rompu.

J'eus l'impression de tomber, de tournoyer dans le vide, submergé de honte et de chagrin, accablé par un sentiment de perte sans fin, de privation, pour l'éternité, de tout ce que j'avais aimé. J'étais en flammes, je hurlais, je battais le feu de mes poings sans parvenir à l'éteindre. Tout mon être se consumait. La chaleur galopait dans mes veines, animait mes muscles. Elle donnait une forme à mon langage, de la lumière à mes yeux. Me tordant dans l'air, j'aperçus, loin en bas, les eaux d'un vaste océan. Je vis, reflétées en elles, ma propre forme embrasée et celles d'autres qui m'entouraient. Le monde était obscur, mais nous lui apporterions la lumière.

Trouvé.

Nous tombions comme des astéroïdes et, au moment de l'impact, j'enveloppai mon corps des restes en lambeaux d'ailes noires, brûlées, et le feu s'éteignit enfin.

On me traînait quelque part par le col de ma veste. Je ne voulais pas y aller. Comme j'avais du mal à garder les yeux ouverts, le monde oscillait entre obscurité et demi-jour. Je m'entendis parler, répéter sans cesse les mêmes mots :

« Pardonnez-moi. Pardonnez-moi. Pardonnez-moi. »

J'étais presque à la voiture de Brightwell, une grosse Mercedes bleue dont il avait enlevé la banquette arrière pour pouvoir reculer son siège et donner plus d'aisance à sa masse. L'intérieur puait la viande. Je tentais de lui résister mais j'étais faible, désorienté. J'avais l'impression d'être ivre et je sentais le goût du vin doux sur ma langue. Il ouvrit le coffre, qui était rempli de chair calcinée. Mes yeux se fermèrent pour la dernière fois.

Et une voix appela mon nom :

— Charlie ! Comment ça va ? J'espère que nous ne te dérangeons pas.

J'ouvris les yeux.

Je me tenais toujours près de la portière ouverte de ma Mustang. Brightwell s'était éloigné de quelques pas de sa voiture, mais il ne m'avait pas encore rejoint. À ma droite, le barbu au col ecclésiastique venait de descendre de la Peugeot noire et me serrait la main avec effusion.

— Ça fait une paie, hein ? Nous avons eu du mal à trouver le coin, je peux te le dire. Je n'aurais jamais cru qu'un citadin comme toi finirait à la cambrousse. Tu te souviens de Paul ?

L'homme plus jeune fit le tour de l'avant de la Peugeot en prenant soin de ne pas tourner le dos à l'énorme type qui nous observait à quelques mètres de distance. Brightwell parut hésiter un moment sur la conduite à adopter, puis fit volte-face, monta dans sa voiture et partit en direction de Black Point. Je tentai de lire sa plaque d'immatriculation, mais mon cerveau fut incapable d'enregistrer les numéros.

— Qui êtes-vous ?

— Des amis, répondit le prêtre barbu.

Je baissai les yeux vers ma main droite, où du sang coulait entre mes doigts. Retroussant ma manche, je vis cinq points rouges sur mon bras.

Je scrutai la route, mais la Mercedes avait disparu.

Le prêtre me tendit un mouchoir pour arrêter le sang.

— Lui, en revanche, ce n'est pas du tout un ami, déclara-t-il.

IV

« Je leur dis qu'il n'y a pas de pardon,
et cependant on peut toujours pardonner. »

Michael Collins (1890-1922)

17

Nous étions assis autour de la table de la cuisine tandis que les marécages se préparaient à l'inondation, attendant les marées qui leur apporteraient la mort et la régénération. Déjà l'air semblait différent. La nature était immobile, aux aguets, comme si toutes les créatures dont la vie dépendait des marécages se réglaient sur leur rythme et savaient d'instinct ce qui allait se passer.

Je nettoyai les entailles de mon bras, sans pouvoir remonter la suite d'événements qui les avait causées. J'avais encore des vertiges qui me faisaient chanceler lorsque j'étais debout et je n'arrivais pas à chasser le goût de vin doux de ma bouche.

Je proposai un café à mes visiteurs, mais ils exprimèrent leur préférence pour le thé. Rachel avait laissé derrière le café soluble une tisane dont l'odeur évoquait un rosier sur lequel quelqu'un aurait pissé. Le barbu, qui se présenta comme Martin Reid, grimaça un peu quand il la goûta, mais il persévéra. À l'évidence, les années passées à suivre sa vocation l'avaient doté d'une certaine force intérieure.

— Comment m'avez-vous trouvé ? lui demandai-je.

— Ce n'était pas difficile de vous lier aux événements de Brooklyn. Vous faites impression partout où vous passez. Nous en avons appris un peu plus à votre sujet par M. Neddo.

Les relations de l'antiquaire avec ces hommes me surprirent. Je devais avouer qu'il me faisait froid dans le dos. Je ne pouvais lui nier de vastes connaissances en certains domaines, mais le plaisir qu'il en tirait était troublant. Être avec lui, c'était comme tenir compagnie à un drogué à demi amendé dont le désir de rester clean n'était pas aussi fort que son amour pour la dope.

— Je crois M. Neddo d'une moralité douteuse. Vous risquez de vous salir en le fréquentant.

— Nous avons tous nos défauts, plaida Reid.

— Peut-être, mais moi, je n'ai pas un placard plein de crânes de Chinois exécutés d'une balle.

Il reconnut le bien-fondé de mon argument.

— Je m'efforce de ne pas trop m'intéresser à ses acquisitions, je l'admets. Il est néanmoins pour nous une source utile de renseignements et vous devriez lui être reconnaissant de nous avoir informés de votre visite chez lui et de la direction que prend votre enquête. Le gentleman à la Mercedes ne semblait pas ravi de notre intrusion dans ses affaires. Si nous n'étions pas arrivés, les choses auraient pu tourné au vilain. Au plus vilain, en ce qui le concerne.

— Certes, ce n'est pas une beauté, reconnus-je.

Reid renonça à boire sa tisane.

— Seigneur, quel goût horrible ! Je crois que je l'aurai encore dans la bouche le jour de ma mort.

Je m'excusai de nouveau.

— Le type de la route s'est présenté à moi sous le nom de Brightwell, dis-je. Je pense que vous en savez un peu plus que ça sur lui.

Le plus jeune des deux, qui s'était présenté comme Paul Bartek, regarda son compagnon. C'étaient des moines cisterciens venus d'abbayes européennes et logeant pendant leur séjour dans un monastère de Spencer. Reid avait un accent écossais, mais celui de Bartek était plus difficile à identifier : une trace de français, avec quelque chose de plus exotique.

— Dites-moi ce qui est arrivé, me demanda Reid. Qu'avez-vous ressenti ?

Je m'efforçai de me rappeler ce que j'avais éprouvé. Cette remémoration accentua ma nausée mais je persistai.

— Il s'appuyait à sa voiture, et tout à coup son visage était à deux centimètres du mien. J'ai senti son haleine, elle avait une odeur de vin. Il m'a empoigné et, en me tirant vers sa voiture, il m'a fait des entailles au bras. Le coffre s'est ouvert, comme une plaie. Il était fait de chair et de sang, il puait.

Reid et Bartek échangèrent un regard.

— Quoi ? fis-je.

— Nous pouvions vous voir tous les deux en approchant, dit Bartek. Il n'a pas bougé d'un pouce. Il ne vous a pas touché.

Je relevai ma manche.

— J'ai des entailles, pourtant.

— En effet, convint Reid. On ne peut le nier. Que vous a-t-il dit ?

— Que j'étais difficile à trouver et que nous devions discuter.

— Rien d'autre ?

Je me rappelai mon impression de tomber, de brûler. Je ne voulais pas la partager avec ces hommes, parce qu'elle avait été accompagnée d'un sentiment de honte et de regret, mais quelque chose me disait qu'ils étaient dignes de confiance, disposés à fournir des réponses à certaines des questions que je me posais.

— Une sorte de vertige, l'impression de tomber d'une grande hauteur. Je brûlais, et d'autres brûlaient autour de moi. J'ai entendu Brightwell parler pendant qu'il m'entraînait vers la voiture, ou que je croyais qu'il m'entraînait.

— Qu'est-ce qu'il a dit ?

— Trouvé. Il a dit qu'il m'avait trouvé.

Si Reid fut surpris par ma réponse, il le dissimula parfaitement. Bartek, lui, n'avait pas l'impassibilité de son ami et parut stupéfait.

— Cet homme est un Croyant ? demandai-je.

— Pourquoi dites-vous ça ? repartit Reid.

— Il avait une marque sur le bras, une sorte de fourche. Neddo m'a parlé de cette marque.

— Mais vous savez ce que c'est qu'un Croyant ? me renvoya le moine d'un ton sceptique et presque condescendant qui ne me plut pas.

Je dus faire un effort pour garder une voix calme quand je répliquai :

— Je n'aime pas qu'on présume de mon ignorance et qu'on agite sous mon nez la promesse de m'éclairer. Ne franchissez pas les bornes. Je sais ce que cherchent ces types, je sais ce dont ils sont capables pour l'obtenir.

Je me levai pour aller prendre le livre que j'avais acheté à South Portland, le lançai à Reid, qui le rattrapa maladroitement des deux mains. Je lui crachai une volée de mots tandis qu'il en examinait les pages.

— Sedlec. Enoch. Des Anges Noirs sous forme humaine. Un appartement où des ossements jaunissent dans un bain de pisse. Une cave décorée d'os humains attendant l'arrivée d'une statue d'argent dans laquelle un démon est emprisonné. Un homme qui reste placidement dans une voiture en feu jusqu'à ce que son corps se transforme en cendres. Le crâne d'une jeune

438

femme orné d'or et placé dans une niche après qu'elle a été assassinée dans une pièce carrelée à cette fin. C'est plus clair, maintenant, mon père, ou mon frère ?

Reid eut la décence de prendre un air d'excuse, mais je regrettais déjà mon éclat devant ces inconnus, non seulement parce que j'avais honte d'avoir perdu mon sang-froid, mais aussi parce que je ne voulais rien révéler dans un accès de colère.

— Je suis désolé, dit Reid. Je n'ai pas souvent affaire à des détectives privés. J'ai toujours tendance à présumer que tout le monde ignore tout et, pour être franc, je suis rarement surpris.

Je me rassis à la table, attendis qu'il poursuive.

— Les Croyants, ou ceux qui les dirigent, sont persuadés que des anges déchus chassés du ciel renaissent indéfiniment sous la forme d'hommes et qu'ils ne peuvent être détruits. S'ils sont tués, ils errent sous une forme non matérielle jusqu'à ce qu'ils trouvent un autre hôte adéquat. Cela peut prendre des années, voire des décennies, puis le processus reprend. S'ils ne se font pas tuer, ils vieillissent infiniment plus lentement que les êtres humains. En définitive, ils sont immortels. Voilà ce qu'ils croient.

— Et qu'est-ce que vous croyez, vous ?

— Je ne crois pas que ce soient des anges, déchus ou autres, si c'est le sens de votre question. J'ai travaillé dans des hôpitaux psychiatriques, où il est fréquent que des malades se prennent pour Napoléon, monsieur Parker. Je suis sûr qu'il y a une bonne raison pour qu'ils choisissent Napoléon, ou Hitler, ou le général Patton, mais je n'ai jamais vraiment cherché à comprendre pourquoi. Il me suffisait de savoir qu'un Pakistanais de quarante ans pesant quatre-vingt-dix kilos les pieds nus ne pouvait pas être, selon toute probabilité, Napoléon Bonaparte, mais que je le croie ou non ne changeait rien pour lui. De même, peu importe que nous partagions ou non la conviction des Croyants. Ils croient, et ils persuadent d'autres âmes faibles d'adopter leur croyance. Ils semblent particulièrement doués pour la suggestion, pour semer de faux souvenirs en terrain fertile, mais le fait que leur croyance est une illusion ne les rend pas moins dangereux, eux et ceux dont ils s'entourent.

Il y avait autre chose, j'en étais sûr. Les circonstances de la mort d'Alice prouvaient clairement que ces individus étaient beaucoup plus nuisibles et puissants que Reid n'était prêt à le reconnaître, du moins devant moi. Je songeai au DMT, la drogue retrouvée dans les restes d'Alice et dans le corps de Garcia. Ce n'était pas seulement par leur pouvoir de suggestion qu'ils attiraient les gens à eux.

— Qu'est-ce qu'il a voulu me dire avec ce mot, « trouvé » ?

— Je l'ignore.

— Je ne vous crois pas.

— C'est votre droit.

Je n'insistai pas.

— Que savez-vous d'une compagnie appelée Dresden Enterprises ?

Ce fut au tour de Reid de paraître surpris.

— Je sais deux ou trois choses. Elle appartient à un nommé Joachim Stuckler. Il est collectionneur.

— Je suis censé le rencontrer à Boston.

— Il a pris contact avec vous ?

— Il m'a envoyé un de ses garçons de courses. Trois, en fait, mais il y en a deux qui ne seront pas en état de courir avant un moment. Eux aussi, ils ont essayé de faire les malins.

La menace voilée parut mettre Reid mal à l'aise.

440

— Ce n'est pas parce que nous sommes des moines que nous ne savons pas nous défendre, riposta-t-il.

— Ceux qui ont flanqué une peignée aux messagers de Stuckler s'appellent Tony et Paulie Fulci. Je ne crois pas que ce soient de bons catholiques, malgré leurs origines. En fait, je ne crois pas qu'ils soient bons en quoi que ce soit, mais ils mettent une certaine fierté dans leur travail. Ils sont comme ça, les psychotiques. Je n'aurais aucun scrupule à lâcher les Fulci sur vous, à supposer que je ne décide pas de vous rendre la vie difficile moi-même, ou d'en charger quelqu'un à côté de qui les Fulci font figure de dames patronnesses.

« Je ne sais pas ce que vous vous imaginez mais laissez-moi vous l'expliquer : la jeune femme assassinée s'appelait Alice Temple, elle était la cousine d'un de mes amis les plus proches. Le mot "cousine" ne rend pas compte des obligations qu'il a envers elle, tout comme le mot "ami" n'exprime pas la profondeur de ma dette envers lui. Nous cherchons les responsables et nous les trouverons. Mes menaces ne vous impressionnent peut-être pas. Vous n'êtes peut-être pas troublés par la perspective de recevoir sur le râble près de trois cents kilos d'orgueil italien mal placé. Mais je peux vous dire une chose : mon ami Louis est infiniment moins tolérant que moi. Ceux qui se mettent en travers de sa route ou qui lui cachent des choses jouent avec le feu et se brûleront gravement.

« Vous semblez croire qu'il ne s'agit que d'un petit jeu intellectuel où l'on donne des informations en gage, mais des vies sont en jeu et je n'ai pas le temps de marchander avec vous. Ou vous m'aidez maintenant, ou vous partez et vous acceptez les conséquences de votre décision.

Bartck fixa lc sol.

— Je sais tout de vous, monsieur Parker, dit Reid, d'un ton hésitant au départ. Je sais ce qui est arrivé à votre femme et à votre fille. J'ai lu des articles sur les hommes et les femmes que vous avez traqués. Je soupçonne aussi qu'à votre insu, vous avez déjà croisé le chemin des Croyants, car vous avez supprimé plusieurs personnes qui partageaient leurs illusions. Vous ne pouviez faire le rapport et, pour une raison quelconque, eux non plus, jusqu'à ces derniers jours. Peut-être cela tient-il à la différence entre le bien et le mal : le bien est altruiste alors que le mal est toujours intéressé. Le bien attire les gens bien à lui et ils s'unissent pour un objectif commun. Le mal, de même, attire des hommes mauvais, mais ils n'agissent jamais dans l'union. Ils sont toujours méfiants, jaloux. Au bout du compte, ils veulent le pouvoir pour eux seuls et c'est pour cette raison qu'ils finissent toujours par échouer.

Avec un sourire penaud, il ajouta :

— Excusez-moi, j'ai tendance à faire de la philosophie. C'est le risque, quand on s'occupe de tels sujets. Bref, je sais aussi que vous avez maintenant une compagne et un bébé. Je n'en vois pas trace dans cette maison. Je remarque qu'il y a de la vaisselle sale dans votre évier et, si j'en crois vos yeux, vous êtes perturbé par des problèmes qui n'ont rien à voir avec cette affaire.

— Ça ne vous regarde pas.

— Oh, mais si ! Vous êtes vulnérable, monsieur Parker, et en colère. Ils sauront en profiter. Ils s'en serviront contre vous. Je ne doute pas que vous ne soyez prêt à frapper les gens qui vous contrarient ou qui vous barrent la route. Je ne pense même pas qu'en ce moment vous auriez besoin d'une excuse pour le faire, mais croyez-moi quand je dis que la prudence dont nous faisons preuve dans nos réponses est fondée.

Vous avez peut-être raison quand même : le moment d'être francs l'un envers l'autre est peut-être venu. Permettez-moi de commencer.

« Stuckler a deux visages, et deux collections. L'une qu'il montre, l'autre qui demeure privée. La collection publique se compose de tableaux, de sculptures et d'antiquités d'une provenance irréprochable. L'autre révèle les origines du personnage. Le père de Stuckler était commandant dans le régiment *Der Führer* de la 2e division blindée SS. Il avait combattu sur le front russe et fit ensuite partie de ceux qui laissèrent derrière eux une trace sanglante en France en 1944. Il était à Tulle quand les Allemands pendirent quatre-vingt-dix-neuf civils à des réverbères en représailles aux attaques du maquis ; il avait de l'essence sur les mains après le massacre de plus de six cents personnes brûlées vives à Oradour-sur-Glane. Mathias Stuckler exécutait les ordres sans se poser de questions, comme on pouvait l'attendre d'un membre de l'élite de l'armée.

« Il avait pour autre tâche de rechercher des objets de valeur pour les nazis. Stuckler connaissait l'histoire de l'art. C'était un homme cultivé, mais, comme souvent chez les hommes cultivés, son goût pour les belles choses coexistait avec une nature barbare. Il participa au pillage du trésor de la famille royale des Habsbourg à Vienne en 1938, notamment de ce qu'un imbécile prit pour la lance de Longin. Il était aussi l'un des favoris de Himmler, qui se passionnait pour les sciences occultes : c'est lui qui envoya des expéditions au Tibet pour chercher les origines de la race aryenne et qui fit appel à de la main-d'œuvre forcée pour rénover le château de Wewelsburg afin qu'il ressemble à Camelot, Table ronde comprise. Personnellement, je ne pense pas que Stuckler ait cru un mot de ces balivernes, mais cela lui donna un prétexte pour piller et s'emparer de trésors qu'il mit soigneusement de côté lorsque l'occasion se présenta.

« Après la guerre, ces trésors passèrent à son fils et constituent selon nous l'essentiel de sa collection privée. Si les rumeurs sont fondées, plusieurs œuvres de la collection de Goering ont également trouvé depuis le chemin des caves de Joachim Stuckler. Vers la fin de la guerre, Goering avait envoyé, de son pavillon de chasse en Bavière, un train chargé d'objets d'art pillés, mais ce train fut abandonné et les objets disparurent. Un tableau de François Boucher, volé dans un musée parisien en 1943, et connu pour avoir fait partie de la collection de Goering, fut discrètement rapatrié l'année dernière, et Stuckler serait à l'origine de cette restitution. Apparemment, il avait pris des contacts pour le vendre et sa provenance aurait été découverte. Pour éviter une situation embarrassante, il rendit la toile aux Français en prétendant qu'il l'avait lui-même achetée quelques années plus tôt à la suite d'une méprise. Stuckler a toujours nié l'existence d'un trésor caché. Selon lui, si son père a rassemblé des objets pillés – et il s'est publiquement déclaré convaincu du contraire –, leur provenance est morte avec lui.

— Qu'est-il arrivé à son père ?

— Mathias Stuckler a été tué en 1944 pendant un accrochage au monastère cistercien de Fontfroide, en France, dans les Corbières. Les circonstances n'ont jamais été tout à fait éclaircies, mais il semble qu'un groupe de soldats SS, quelques civils de l'université de Nuremberg et quatre moines cisterciens aient été abattus dans la cour du monastère. Stuckler exécutait les ordres de son maître, mais un événement inattendu l'a empêché de mettre la main sur le trésor de l'abbaye.

— Quel trésor ?

— Apparemment, un crucifix en or du XIVe siècle, des pièces d'or et des pierres précieuses, deux calices et un ostensoir.

— Ça ne paraît pas suffisant pour attirer des SS dans un secteur où l'ennemi progressait.

— L'or n'était qu'un leurre, le vrai trésor se trouvait dans un banal coffret en argent. C'était une partie d'une carte codée, l'un des six fragments placés au XVe siècle dans des boîtes similaires avant d'être dispersés. Nous avons depuis perdu les informations qu'ils contenaient, ce qui aurait été pour le mieux si les coffrets avaient été perdus eux aussi.

— Pas très sérieux de votre part d'avoir égaré votre statue, fis-je observer.

— L'ordre ne tenait pas à la montrer, répondit Reid. Dès le début, certains étaient partisans de la détruire.

— Pourquoi ne l'ont-ils pas fait ?

— Parce que, si l'on en croit le mythe de sa création, ils craignaient de libérer ce qu'elle contenait en tentant de la détruire. C'étaient des temps plus crédules, je m'empresse de le préciser. On la cacha donc et on confia l'emplacement de la cachette à quelques abbés sûrs, sous forme de fragments de vélin. Chacun d'eux contient quantité d'informations secondaires – illustrations, dimensions de pièces, témoignages partiels sur la création de la statue que vous avez mentionnée – et une référence numérique suivant une lettre, D ou S, pour « dextre » ou « senestre », droite ou gauche. Il y a des mesures, toutes prises à partir d'un même point. Conjuguées, elles devraient donner l'emplacement précis d'une cave. Au moment de sa mort, Stuckler cherchait à rassembler les morceaux de la carte, comme beaucoup d'autres l'avaient fait avant lui. Le fragment de Fontfroide a disparu après la bataille et n'a pas reparu depuis.

445

« Vous savez que selon les rumeurs la statue serait enterrée dans la cave. C'est elle que Stuckler s'efforçait de retrouver ; c'est elle que les Croyants veulent aussi localiser. Des événements récents ont relancé leurs recherches : un fragment a été découvert cette année à Sedlec, en République tchèque, mais il a de nouveau disparu avant qu'on puisse l'examiner. Nous pensons qu'un autre a été subtilisé dans une maison de Brooklyn il y a quelques semaines.

— Chez Winston.

— C'est à ce point que vous intervenez, puisque nous savons maintenant que deux femmes se trouvaient dans la maison au moment des meurtres et qu'elles ont ensuite été pourchassées parce qu'on les croyait en possession du fragment.

— Cela en fait deux, sans compter Fontfroide.

— Trois autres – un de Bohême, un d'Italie, un d'Angleterre – sont portés manquants depuis des siècles. Le contenu du fragment italien est connu depuis longtemps, mais le reste est probablement tombé en de mauvaises mains. Hier, nous avons appris qu'un fragment, peut-être celui de Fontfroide, aurait été acquis en Georgie. Deux anciens combattants de la Seconde Guerre mondiale ont été retrouvés morts dans un marais. On ne sait pas trop comment ils ont péri, mais ils avaient tous les deux survécu à une attaque de SS près de Fontfroide, ces mêmes SS qui se sont fait tuer ultérieurement au monastère.

— Stuckler est responsable de la mort des deux anciens combattants ?

— C'est possible, quoique cela ne lui ressemble pas. Nous pensons qu'il détient au moins un fragment. Il est assurément déterminé dans sa recherche.

Je voyais mal Murnos se rendre complice de la mort de deux vieillards. Ce n'était pas son genre.

— Stuckler est un Croyant ?

— Rien ne nous permet de l'affirmer, mais ils savent se dissimuler. Il est tout à fait possible que Stuckler fasse partie du groupe, ou même qu'il soit un renégat, un membre qui a choisi de jouer sa chance contre ses compagnons.

— Il leur disputerait la possession de la carte ?

— Un fragment doit être mis aux enchères cette semaine dans une obscure salle des ventes dirigée par une certaine Claudia Stern. Nous pensons qu'il s'agit du fragment de Sedlec, bien que nous ne puissions pas le prouver. Nous avions envisagé d'entamer des poursuites afin d'empêcher la vente avant que la provenance du fragment ne soit établie, mais on nous a fait valoir qu'une telle action échouerait. Nous n'avons aucune preuve que le coffret ait été volé à Sedlec ni que l'ordre cistercien puisse en revendiquer la propriété. Bientôt les six fragments pourront être examinés et les Croyants se mettront à chercher la statue.

Je regardai partir mes visiteurs au moment où le soir tombait. Je n'avais pas appris autant de choses que je l'espérais mais eux non plus. Nous avions tourné l'un autour de l'autre en veillant à ne pas révéler trop d'informations. Je n'avais pas parlé de Sekula, mais Angel et Louis se chargeraient de fouiller son cabinet une fois qu'ils seraient de retour à New York. S'ils trouvaient du nouveau, ils me préviendraient.

Je refermai la porte et téléphonai à Rachel sur son portable. Mon appel finit droit dans sa messagerie. Je songeai à essayer le numéro de ses parents, mais je n'avais aucune envie de tomber sur Frank ou sur Joan. Finalement, je sortis Walter et le fis courir le long des marais. Quand nous arrivâmes à un boqueteau, à l'extrême limite du bois, il refusa d'aller plus loin et se montra de plus en plus agité jusqu'à ce que nous rentrions. La lune, déjà visible dans le ciel, se reflétait dans l'eau de la mare telle la figure d'un noyé suspendu dans ses profondeurs.

Reid et Bartek n'échangèrent pas un mot avant d'être parvenus à l'autoroute.

— Pourquoi vous ne lui avez pas dit ? demanda enfin Bartek.

— Je lui en ai dit suffisamment. Trop, peut-être.

— Vous lui avez menti en prétendant que vous ne saviez pas ce que signifie « trouvé ».

— Ces gens sont la proie d'une illusion.

— Brightwell n'est pas comme les autres, il est différent. Sinon, comment pourrait-il réapparaître ainsi sans changer ?

— Qu'ils croient ce qu'ils veulent, Brightwell compris. Il ne sert à rien d'inquiéter Parker davantage, il a l'air déjà accablé par ses propres soucis. Pourquoi en ajouter d'autres ?

Bartek regarda par la fenêtre. De grands monts de terre avaient été éventrés pour élargir le péage. Des arbres tombés à terre attendaient d'être tronçonnés et transportés. Des pelleteuses se détachaient sur le ciel de plus en plus sombre telles des bêtes figées au milieu d'un combat.

Non, pensa-t-il. Il ne s'agit pas d'une simple illusion. Il n'y a pas que cette statue qu'ils cherchent.

Il devait s'exprimer avec précaution. Reid avait un caractère ombrageux, il ne tenait pas à ce qu'il boude à côté de lui pendant le reste du voyage.

— Il faut le prévenir, indépendamment des autres problèmes qu'il peut avoir, insista Bartek. Ils reviendront, à cause de ce qu'ils croient qu'il est. Et ils lui feront du mal.

Devant eux, la sortie de Kennebunk approchait. Bartek distinguait le parking de l'aire de repos et les lumières des fast-foods. Ils roulaient sur la voie rapide, un semi-remorque à leur droite.

— Merde, fit Reid, je savais que je n'aurais pas dû vous emmener.

Il écrasa l'accélérateur, fit une queue de poisson au camion et fonça vers la sortie. Quelques secondes plus tard, ils retournaient d'où ils venaient.

Walter aboyait déjà quand leur voiture s'arrêta. Il avait appris à réagir aux bruits avertisseurs du détecteur de mouvement de la grille. Maintenant que Rachel était partie, j'avais ouvert le coffre aux armes, placé un pistolet dans le portemanteau de l'entrée, un autre dans la cuisine. Le troisième, le gros Smith 10, je tâchais de le garder à portée de main partout où j'allais. Je regardai le plus corpulent des deux moines se diriger vers la porte. Le plus jeune resta dans la voiture.

— Vous vous êtes perdu ? dis-je en ouvrant la porte.

— Perdu, je le suis depuis longtemps, répliqua Reid. Il y a un restaurant quelque part ? Je meurs de faim.

Je les emmenai au Great Lost Bear. J'aimais bien le Bear. Ce n'était pas cher, sans prétention, et je ne voulais pas me faire extorquer un repas hors de prix par deux moines. Nous commandâmes des ailes de poulet grillées, des hamburgers et des frites. Reid parut impressionné par le choix de bières et se décida pour une anglaise qui semblait avoir été mise en bouteille du temps de Shakespeare.

— Alors comme ça, vous avez été pris de remords devant votre malhonnêteté ? insinuai-je.

Reid lança à Bartek un regard venimeux et grommela :

— La voix de ma foutue conscience a commencé à se manifester quelque part près d'un Burger King.

— Ce n'était pas la route de Damas, mais vous n'êtes pas saint Paul, commenta Bartek. Même si vous avez le même sale caractère.

— Comme vous semblez vous en être rendu compte, je n'ai pas été tout à fait franc sur certaines questions. Mon jeune collègue ici présent pense que nous devrions vous expliquer clairement les risques que vous courez et ce que Brightwell voulait dire par « trouvé ». Je maintiens ce que j'ai déclaré : ils se trompent et veulent que d'autres partagent leur erreur. Ils peuvent croire ce qu'ils veulent, on n'est pas obligé d'en faire autant, mais je reconnais maintenant que cela peut constituer une menace pour vous.

« Ça remonte aux apocryphes et à la chute des anges. Dieu bannit les rebelles du ciel et ils brûlent en tombant. Ils sont exilés en enfer, mais certains d'entre eux préfèrent errer sur la terre naissante, consumés de haine pour Dieu et, finalement, pour les hordes croissantes d'êtres humains qu'ils voient autour d'eux. Ils repèrent ce qu'ils pensent être le défaut dans la cuirasse de la Création : Dieu a donné aux hommes le libre arbitre, ils sont ouverts au mal comme au bien. La guerre contre Dieu se poursuit donc sur terre par hommes interposés. Je suppose qu'on pourrait parler de guérilla, en un sens.

« Mais tous les anges n'ont pas tourné le dos au Seigneur. Selon Enoch, l'un d'eux s'est repenti et croit qu'il peut encore être pardonné. Les autres l'ont pourchassé et il s'est caché parmi les hommes. Le salut qu'il cherchait n'est jamais venu, mais il a continué à croire possible qu'il lui soit offert s'il réparait tout ce qu'il avait fait. Il n'avait pas perdu la foi : son offense était grande, le châtiment devait être à la mesure de la faute. Il était prêt à subir tout ce qui lui serait infligé dans l'espoir d'être finalement sauvé. Nos amis les Croyants pensent donc que ce dernier ange est toujours là, quelque part, et ils le haïssent presque autant qu'ils haïssent Dieu lui-même.

Trouvé.

— Ils veulent le tuer ?

— Selon leur dogme, il ne peut pas être tué. S'ils le tuent, ils le perdent de nouveau. Il se remet à errer, trouve une autre forme et il faut recommencer la traque.

— Qu'est-ce qu'ils peuvent faire, alors ?

— Le corrompre, le faire désespérer pour qu'il rejoigne de nouveau leurs rangs. Ou l'emprisonner à jamais, l'enfermer dans un lieu où il dépérira, sans jamais connaître toutefois la libération de la mort. Il subira une éternité de lent délabrement. Une perspective atterrante, à tout le moins.

— Dieu est miséricordieux, voyez-vous, dit Bartek. C'est ce que je crois, c'est ce que Martin croit et c'est, selon Enoch, ce que croyait aussi l'ange solitaire. Dieu aurait même pardonné à Judas Iscariote s'il avait imploré Son pardon. Judas n'a pas été damné pour avoir trahi le Christ mais pour avoir désespéré, pour ne pas avoir cru à la possibilité du pardon.

— J'ai toujours pensé que Judas n'avait pas été gâté, reprit Reid. Le Christ est mort pour racheter nos péchés et beaucoup d'autres que Judas ont contribué à ce qu'Il en arrive là. On pourrait faire valoir que le rôle de Judas était prédestiné et qu'après coup, personne n'aurait pu porter sans désespérer le fléau d'avoir tué Dieu. On aurait pu croire que Dieu aurait laissé une petite marge de manœuvre à Judas.

Je bus une gorgée de bière sans alcool. Elle n'avait pas beaucoup de goût, mais je ne pouvais pas le lui reprocher.

— Vous êtes en train de me dire que je suis peut-être cet ange qu'ils recherchent ?

— Oui, répondit Reid. Le Livre d'Enoch est très allégorique, comme vous avez pu le constater, et par endroits l'allégorie s'insinue dans les aspects plus directs. L'auteur du texte a voulu que l'ange repenti symbolise l'espoir de pardon que nous devrions tous garder en nous, même si nous avons commis de graves péchés. Les Croyants ont choisi d'interpréter le texte littéralement et pensent avoir trouvé en vous leur pénitent perdu. Ils n'en sont pas sûrs, cependant. C'est pourquoi Brightwell a essayé de s'approcher de vous.

— Je ne vous l'ai pas dit tout à l'heure, mais je crois avoir déjà vu quelqu'un qui lui ressemblait beaucoup, avouai-je.

— Où ?

— Dans un tableau du XVe siècle. Il était dans l'atelier de Claudia Stern. Il sera mis aux enchères cette semaine avec le coffret de Sedlec.

Je m'attendais à ce que Reid se gausse de ma réponse. Il n'en fit rien :

— Il y a beaucoup de choses intéressantes chez M. Brightwell. Notamment le fait qu'il apparaisse çà et là depuis très, très longtemps… lui ou des ancêtres qui lui ressemblent de manière frappante.

Il adressa un signe de tête à son compagnon, qui entreprit d'étaler sur la table des dessins et des photos tirés d'un dossier posé à ses pieds. Nous étions dans le fond de la salle du Bear et nous avions dit à la serveuse que nous n'avions besoin de rien pour le moment, nous ne serions pas dérangés. Du doigt, je fis glisser vers moi la photo en noir et blanc d'un groupe d'hommes portant pour la plupart l'uniforme nazi. Quelques civils s'étaient intercalés. Ils étaient douze au total, assis dehors à une longue table en bois jonchée de restes de nourriture et de bouteilles vides.

— L'homme au bout à gauche est Mathias Stuckler, dit Bartek. Les autres types en uniforme appartiennent à l'unité spéciale SS. Les civils sont membres de l'*Ahnenerbe*, la Société de recherche et d'enseignement sur le patrimoine ancestral, incorporée dans la SS en 1940. En fait, c'était l'institut de recherche de Himmler et ses méthodes étaient loin d'être bénignes. Berger, son spécialiste de la race, a compris, dès 1943, le potentiel d'expérimentation offert par les camps de concentration. Cette année-là, il a passé huit jours à Auschwitz, sélectionné une centaine de prisonniers qu'il a fait mesurer et examiner. Ils ont ensuite tous été gazés et envoyés au département d'anatomie de la faculté de médecine de Strasbourg.

« Tout le personnel de l'*Ahnenerbe* appartenait à la SS. Voilà les hommes qui sont morts à Fontfroide. Cette photo a été prise quelques jours seulement avant qu'ils soient tués. Beaucoup de camarades de Stuckler du régiment *Der Führer* étaient déjà tombés en tentant d'enrayer la progression alliée après le jour J. Les soldats qui l'entourent sur cette photo sont tout ce qu'il reste de ses compagnons les plus fidèles. Les rescapés ont fini en Hongrie et en Autriche, où ils ont combattu avec les débris du Troisième Reich jusqu'au dernier jour de la guerre. C'étaient des hommes dévoués, même si la cause était mauvaise.

Rien ne distinguait vraiment l'une de l'autre les silhouettes du groupe, bien que Stuckler fût plus grand et plus corpulent que les autres, un peu plus jeune aussi. Ses traits étaient durs, cependant, et l'éclat de son regard éteint depuis longtemps. J'allais pousser la photo sur le côté quand Bartek m'arrêta.

— Regardez ceux qui se trouvent derrière.

J'examinai l'arrière-plan. Il y avait des soldats à plusieurs autres tables, parfois en compagnie de femmes mais le plus souvent entourés d'autres militaires. Dans un coin, un homme buvait seul, un verre de vin à moitié vide devant lui. Il observait discrètement le groupe SS et son visage était en partie visible.

C'était Brightwell. Un peu moins gros, un peu moins chauve, mais son cou difforme et le côté légèrement féminin de ses traits ne laissaient aucun doute sur son identité.

— Cette photo aurait été prise il y a près de soixante ans, dis-je. C'est forcément un montage.

Reid eut l'air sceptique.

— C'est toujours possible, mais nous pensons qu'elle est authentique. Et même si elle ne l'est pas, il y en a d'autres sur lesquelles on ne peut avoir de doutes.

Je tirai à moi le reste des photos. La plupart étaient en noir et blanc, quelques-unes couleur sépia. Beaucoup portaient une date, la plus ancienne remontant à 1871. Elles montraient des églises et des monastères, souvent avec des groupes de pèlerins devant. Sur chaque photo, rôdait le spectre d'un homme, une étrange silhouette obèse aux lèvres pleines, à la peau pâle, presque lumineuse.

Outre les photos, le dossier contenait la reproduction d'un tableau comparable à celui que Claudia Stern m'avait montré, peut-être même du même artiste. Là encore, il représentait un groupe d'hommes à cheval entourés des violences de la guerre. Des brasiers rougissaient l'horizon et partout des hommes se battaient et mouraient dans des souffrances décrites avec une précision photographique. Les cavaliers se distinguaient d'eux par la marque imprimée sur leurs selles : une fourche rouge. Ils étaient menés par un homme aux longs cheveux bruns, vêtu d'une cape sous laquelle apparaissait son armure. L'artiste lui avait donné des yeux démesurés, trop grands pour sa tête. L'un d'eux avait une tache blanche, comme si on avait gratté la peinture pour révéler la blancheur de la toile, dessous. Près de lui, la silhouette de Brightwell brandissait dans sa main droite une bannière frappée elle aussi de la fourche rouge. De la main gauche, il tenait par les cheveux la tête tranchée d'une femme.

— Cela ressemble au tableau que j'ai vu, dis-je. Celui-ci est plus petit et les cavaliers en occupent le centre, mais il est similaire.

— Il représente une bataille à Sedlec, expliqua Bartek. Sedlec fait maintenant partie de la République tchèque et nous savons que c'est le lieu où Immaël et le moine Erdric se sont affrontés. Après des années de discussion, les cisterciens décidèrent qu'il était trop dangereux de garder la statue à Sedlec et qu'il fallait la cacher. Des fragments de carte furent dispersés, chacun étant confié à l'abbé d'un monastère, qui ne devait partager son secret qu'avec un seul autre moine de sa communauté. L'abbé de Sedlec était l'unique membre de l'ordre à savoir où chaque coffret avait été expédié. Une fois qu'ils furent à l'abri, il se prépara à envoyer la statue dans sa nouvelle cachette.

« Malheureusement, alors que la statue quittait Sedlec, le monastère fut attaqué par les hommes figurant sur le tableau. L'abbé avait réussi à cacher l'Ange Noir, mais la connaissance du lieu en fut perdue avec lui, car lui seul connaissait les six monastères où les morceaux de carte avaient été mis en sûreté et leurs abbés avaient juré le secret sous peine d'excommunication et de damnation éternelle.

— La statue est donc perdue, si tant est qu'elle ait jamais existé ? dis-je.

— Les coffrets existent, me répondit Reid. Nous savons que chacun d'eux contient un fragment d'une carte. Certes, il pourrait s'agir d'une ruse, d'une farce complexe manigancée par l'abbé de Sedlec. Mais si c'est une farce, elle lui a coûté la vie et de nombreux autres sont morts depuis à cause d'elle.

— Pourquoi ne pas laisser les Croyants s'emparer de cette statue ? suggérai-je. Si elle existe, ils peuvent l'avoir. Sinon, ils auront perdu leur temps.

— Elle existe, affirma Reid. Ça, au moins, j'y crois, finalement. C'est sa nature que je conteste, pas son existence. Elle attire le mal mais ne fait que le refléter. Elle ne le contient pas. Tout cela…

Il indiqua de la main les documents disposés sur la table.

— Tout cela est accessoire. Je ne suis pas capable d'expliquer comment Brightwell, ou quelqu'un qui lui ressemble de façon extraordinaire, peut figurer sur ces photos et ces toiles. Il fait peut-être partie d'une lignée et tous ces hommes sont ses ancêtres. Quoi qu'il en soit, les Croyants tuent depuis des siècles et il est temps de les arrêter. Pour la première fois, ils pensent être sur le point de réunir tous les fragments. Si nous les surveillons, nous pourrons les identifier et prendre des mesures contre eux.

— Quel genre de mesures ?

— Si nous trouvons des preuves les reliant aux crimes, nous les transmettrons aux autorités, qui les passeront en jugement.

— Et si vous n'en trouvez pas ?

— Nous disposerons quand même de suffisamment d'éléments pour établir leur identité et d'autres se chargeront de ce que nous ne pouvons pas faire.

— Les tuer ?

Reid haussa les épaules.

— Les emprisonner, ou pis. Il ne m'appartient pas d'en décider.

— Mais on ne peut pas les tuer, m'avez-vous dit.

— J'ai dit qu'ils sont convaincus qu'on ne peut pas les tuer. Ce n'est pas la même chose.

Je fermai les yeux : c'était de la folie.

— Maintenant, vous en savez autant que nous, conclut-il. Nous ne pouvons qu'espérer que vous partagerez avec nous toute information susceptible de nous aider à lutter contre ces individus. Si vous rencontrez Stuckler, j'aimerais apprendre de vous ce qu'il avait à vous dire. De même, nous vous serions reconnaissants de nous prévenir si vous parvenez à retrouver Bosworth, l'agent du FBI. Son rôle dans toute cette affaire demeure une inconnue.

Je leur avais parlé de Bosworth pendant que nous roulions vers Portland et apparemment ils le connaissaient déjà. Après tout, il avait vandalisé un de leurs monastères. En revanche, ils ignoraient où il se trouvait et je n'avais pas l'intention de leur révéler qu'il était à New York.

— Enfin, monsieur Parker, soyez prudent, je vous en conjure. Il y a une intelligence à l'œuvre… et ce n'est pas celle de Brightwell.

Reid tapota du doigt la reproduction du tableau, droit sur la tête du capitaine en armure à l'œil taché de blanc.

— Il y a quelque part un homme qui se prend pour la réincarnation du capitaine, ce qui signifie qu'il est plus abusé encore que les autres. Dans son esprit, il est Ashmaël, résolu à chercher son jumeau. Pour le moment, vous piquez la curiosité de Brightwell, mais sa priorité est de retrouver la statue. Cela fait, il reportera son attention sur vous et je ne vois là rien de positif.

Reid se pencha au-dessus de la table pour me presser l'épaule de la main droite. La gauche se glissa sous sa chemise, détacha la croix noir et argent accrochée à son cou.

— Souvenez-vous : quoi qu'il arrive, la réponse à tous les problèmes est là, déclara-t-il en me la tendant.

Après un instant d'hésitation, je la pris.

Je rentrai seul à la maison. Reid et Bartek avaient proposé de me raccompagner et même de rester avec moi. J'avais décliné l'offre poliment. C'était peut-être de l'orgueil mal placé, mais l'idée que je puisse avoir besoin de deux moines pour surveiller mes arrières me mettait mal à l'aise. Pente glissante : d'ici peu, j'aurais deux nonnes pour m'escorter à la salle de gym et des prêtres de Saint-Maximilien pour faire couler mon bain.

Il y avait une voiture garée dans mon allée et la porte d'entrée était ouverte. Allongé sur le paillasson de la véranda, Walter rongeait joyeusement un os à moelle. Angel apparut derrière lui. Walter leva la tête, agita la queue puis retourna à son dîner.

— Je ne me souviens pas d'avoir laissé la porte ouverte, dis-je.

— On s'est dit que pour nous elle est toujours ouverte, et sinon, on se débrouille avec un rossignol. En plus, on connaît le code de ton système d'alarme. Mais on t'a laissé un message sur ton portable pour te prévenir, quand même.

Je vérifiai : je ne l'avais pas entendu sonner, mais il y avait deux messages.

— J'étais occupé, dis-je.

— Par quoi ?

— Longue histoire.

J'écoutai mes messages en marchant. Le premier était d'Angel, le deuxième d'Ellis Chambers, le type à qui j'avais conseillé de s'adresser ailleurs quand il m'avait demandé d'aider son fils. Il avait fondu en sanglots avant d'avoir fini de me dire tout ce qu'il avait sur le cœur, mais j'en avais entendu suffisamment.

On avait retrouvé le corps de son fils Neil dans un fossé près d'Olathe, dans le Kansas. Les types à qui il devait de l'argent avaient finalement perdu patience.

18

Peu de gens se rappellent encore le nom de Sam Lichtman. Lichtman est ce chauffeur de taxi new-yorkais qui, le 18 mars 1941, roulait dans la Septième Avenue près de Times Square quand il renversa un homme surgi devant lui à un carrefour. Selon son passeport, ce dernier était don Julio López Lido, un Espagnol. Dans la confusion, personne ne remarqua que don Julio parlait à un autre homme au carrefour avant d'entamer sa tentative fatale pour traverser et que, tandis que des curieux s'attroupaient après l'accident, cet individu ramassa une serviette en cuir marron tombée près du corps et disparut.

La police arriva, découvrit que don Julio logeait dans un hôtel de Manhattan. Dans sa chambre, les flics trouvèrent des cartes, des notes et quantité de documents relatifs à l'aviation militaire. Alerté, le FBI enquêta sur le mystère de l'Espagnol mort et s'aperçut qu'il s'agissait en fait d'un certain Ulrich von der Osten, capitaine des services de renseignement nazis, cerveau du principal réseau d'espionnage allemand aux États-Unis. L'homme qui avait fui le lieu de l'accident était Kurt Frederick Ludwig, l'assistant de von der Osten. Ensemble, les deux hommes avaient réussi à recruter huit complices qui transmettaient à Berlin des informations sur la puissance militaire et la production industrielle américaines, ainsi que les heures de départ et d'arrivée des bateaux dans le port de New York, et le nombre de forteresses volantes envoyées en Angleterre. Écrits à l'encre sympathique, les rapports étaient expédiés à des destinataires fictifs à l'étranger. Les lettres adressées à « Manuel Alonzo », par exemple, étaient en fait destinées à Heinrich Himmler lui-même. Ludwig fut arrêté, lui et ses complices furent jugés par un tribunal fédéral de Manhattan qui les condamna à des peines d'emprisonnement allant jusqu'à vingt ans. D'un coup d'accélérateur, Sam Lichtman avait réussi à démanteler tout le réseau d'espionnage nazi aux États-Unis.

Mon père m'avait raconté cette histoire quand j'étais enfant et je ne l'avais jamais oubliée. Lichtman était un nom juif, supposai-je, et il me semblait approprié, d'une certaine façon, que ce soit un juif qui ait renversé un nazi dans la Septième Avenue en 1941 alors que tant de ses coreligionnaires se trouvaient déjà dans des wagons à bestiaux roulant vers l'est.

Louis ne connaissait pas l'histoire de Sam Lichtman et ne parut pas très impressionné quand je la lui racontai. Il écouta sans faire de commentaires tandis que je passais en revue les événements des deux derniers jours, terminant par la visite des deux moines et la rencontre de Brightwell, devant la maison. Lorsque je mentionnai l'obèse, et l'interprétation de Reid sur ce qu'il m'avait dit, quelque chose changea dans le comportement de Louis. Il sembla presque me fuir, se retirer plus encore en lui-même.

— Tu crois que ce pourrait être le mec qui nous observait quand on a emmené G-Mack ? demanda Angel.

Conscient de la tension entre Louis et moi, il me fit savoir par un léger mouvement des yeux en direction de son compagnon que nous en parlerions en privé plus tard.

— Les sentiments qu'il a éveillés étaient les mêmes, répondis-je. Je n'ai pas d'autre explication.

— Il a tout l'air d'être aussi un des deux types qui cherchaient Sereta. Octavio connaissait pas son nom, mais il peut pas y avoir des quantités de bonshommes comme lui qui se trimballent dans les rues.

Je pensai au tableau de l'atelier de Claudia Stern, aux photos que Reid et Bartek m'avaient montrées au Great Lost Bear. Je les rangeai dans mon esprit par ordre d'ancienneté, de la peinture au sépia, puis à l'homme assis derrière le groupe de Stuckler, avant d'y ajouter l'image de Brightwell lui-même, s'approchant de moi sans bouger, m'enfonçant ses ongles dans le bras sans poser la main sur moi. Chaque fois, il était un peu plus vieux, sa chair semblait un peu plus corrompue, cette terrible tumeur au cou plus grosse et plus voyante. Non, il ne pouvait y avoir beaucoup d'hommes comme lui sur terre.

— Et maintenant ? dit Angel. Sekula s'est volatilisé et c'était notre meilleure piste.

Angel et Louis s'étaient rendus dans l'immeuble de Sekula, avaient fouillé son appartement et son cabinet. Ils n'avaient quasiment rien trouvé dans le bureau : des dossiers sans intérêt sur quelques propriétés de la région de Tri-State, des documents de société parfaitement clairs, un classeur au nom d'Ambassade Realty qui ne contenait qu'une lettre, vieille de deux ans, stipulant qu'Ambassade se chargeait désormais de l'entretien et de la location de trois entrepôts, dont celui de Williamsburg. L'appartement situé au-dessus n'avait pas été beaucoup plus révélateur. Il y avait des vêtements et des articles de toilette, pour homme et pour femme, ce qui confirmait que Sekula et sa secrétaire au prénom improbable de Hope couchaient ensemble ; des livres et des magazines quelconques suggérant que le couple achetait dans les aéroports tout ce qu'il lisait ; une cuisine pleine d'aliments effroyablement sains, un réfrigérateur vide de toute nourriture à l'exception de lait longue conservation. Selon Angel, on avait l'impression que quelqu'un avait ramassé tout ce qui pouvait présenter un intérêt, même lointain, dans la vie privée et professionnelle de Sekula afin de le faire passer pour le plus insipide des individus ayant jamais obtenu un diplôme d'avocat.

Louis y était retourné le lendemain et avait interrogé la secrétaire qui avait si joyeusement gazouillé à mon oreille, au téléphone. Si elle l'avait pris pour un flic, c'était clairement dû à une méprise et absolument pas à la façon vague dont Louis s'était présenté. Envoyée par une agence d'intérim, elle n'avait rien d'autre à faire que répondre au téléphone et se limer les ongles. Elle n'avait vu ni Sekula ni sa secrétaire depuis le jour où elle avait été embauchée et ne communiquait avec lui que par une messagerie. Elle précisa que d'autres policiers étaient venus au cabinet après la découverte de la cave à l'entrepôt de Williamsburg, mais qu'elle n'avait pas pu leur en dire plus qu'à Louis. Elle avait cependant l'impression que quelqu'un s'était introduit dans le cabinet quand elle n'y était pas, car on avait déplacé des objets sur le bureau de la secrétaire et sur les étagères derrière lui. C'était aussi son dernier jour, puisque l'agence avait appelé pour lui annoncer qu'elle lui confiait un autre remplacement et qu'elle devait simplement mettre le répondeur en marche ce soir-là avant de partir.

— Il nous reste Stuckler et Bosworth, remarquai-je. Plus la vente aux enchères qui aura lieu cette semaine : si Reid et Neddo ont raison, ce morceau de carte fera sortir quelques personnes à découvert.

Louis se leva brusquement et quitta la pièce. Je me tournai vers Angel pour avoir une explication.

— Ça fait beaucoup de choses en même temps, dit-il. Il a peu dormi, il a rien mangé. Hier, Martha a récupéré les restes d'Alice et elle les a emportés pour les enterrer. Il lui a dit qu'il continuerait à chercher les types qui l'ont tuée, elle a répondu que c'était trop tard. Que s'il croyait faire tout ça pour Alice, il se mentait à lui-même. Qu'elle ne lui donnerait pas l'autorisation de faire du mal à quelqu'un uniquement pour qu'il se sente mieux. Il se reproche ce qui est arrivé.

— Il me le reproche aussi ?

Angel haussa les épaules.

— C'est pas si simple. Ce mec, Brightwell, il sait quelque chose sur toi. D'une façon ou d'une autre, tu es lié au type qui est derrière la mort d'Alice et Louis veut pas en entendre parler, pas maintenant. Il a besoin de temps pour démêler tout ça à sa manière, c'est tout.

Angel prit une bière dans le réfrigérateur, m'en proposa une. Je déclinai.

— C'est calme, ici, dit-il. T'as parlé à Rachel ?

— Brièvement.

— Comment elles vont ?

— Elles vont bien.

— Elles rentrent quand ?

— Quand ce sera fini, peut-être.

— Peut-être ?

— Tu as bien entendu.

Il cessa de boire, vida le reste de sa bière dans l'évier.

— Ouais, dit-il, j'ai entendu.

Et il me laissa seul dans la cuisine.

Joachim Stuckler vivait dans une maison blanche à un étage sur un demi-hectare de terrain au bord de l'eau à la sortie de Nahant, dans le comté d'Essex. La propriété était entourée d'une haute enceinte et protégée par une grille à ouverture électronique. Dans le jardin bien entretenu, des arbustes parvenus à maturité dissimulaient les murs de l'intérieur. Vue de devant, la maison avait l'air d'un bâtiment haut de gamme, mais décoré par des Grecs bourrés et nostalgiques de leur pays natal, car la façade comptait plus de piliers que l'Acropole. Lorsque je franchis la grille et descendis l'allée, j'entrevis l'arrière et constatai qu'on l'avait considérablement agrandi. De larges baies miroitaient au soleil et un yacht blanc profilé mouillait au bout d'une jetée en bois. Mis à part le manque de goût dans la décoration, Stuckler semblait financièrement très à l'aise.

La porte d'entrée était déjà ouverte quand je me garai devant la maison et Murnos m'attendait. Je devinai à son expression qu'il n'approuvait pas à cent pour cent la décision de son patron de m'inviter, mais je recevais souvent ce genre d'accueil. J'avais appris à ne pas le prendre personnellement.

— Vous êtes armé, monsieur Parker ?

Je m'efforçai de prendre un air penaud.

— Un petit peu.

— Nous garderons votre arme pour vous.

Après que je lui eus remis le Smith 10, Murnos prit dans un tiroir une sorte de tube et le promena autour de moi. Il émit quelques bips en passant devant ma montre et ma ceinture : Murnos vérifiait que je ne dissimulais sur moi rien de potentiellement mortel. Il me conduisit ensuite dans un salon où un homme râblé, en

465

costume bleu marine à fines rayures mis en valeur par une cravate d'un rose atroce, prenait la pose près d'une console surchargée d'ornements, quelques dizaines d'années trop tard pour que les photographes de célébrités de *Life* l'immortalisent en noir et blanc. Il avait des cheveux gris foncé, coiffés en arrière, une peau légèrement hâlée et des dents très blanches. La montre entourant son poignet aurait payé les traites pour ma maison pendant un an. Les meubles et les tableaux accrochés aux murs auraient probablement couvert les traites de toutes les autres maisons de Scarborough pendant un an. Enfin, peut-être pas celles de Prouts Neck, mais la plupart des résidents de Prouts Neck n'avaient pas vraiment besoin qu'on les aide à régler leurs factures.

Il se leva et me tendit la main. Une main impeccable. Cela m'embêtait de la serrer, au cas où il aurait eu ce geste uniquement par politesse tout en espérant en secret que je ne le souillerais pas par mon contact.

— Joachim Stuckler, dit-il. Ravi de faire votre connaissance. Alexis m'a tout dit à votre sujet. Son petit voyage dans le Maine s'est révélé fort onéreux. Je vais devoir indemniser les hommes qui ont été blessés.

— Vous auriez pu simplement m'appeler.

— Je dois être…

Il s'interrompit, tel un homme cherchant dans un verger une pomme particulièrement mûre, puis cueillit le mot dans l'air d'un geste délicat.

— … prudent, reprit-il. Comme vous le savez sûrement maintenant, des hommes dangereux sont à l'œuvre.

Je me demandai si Stuckler, malgré ses poses et sa vague féminité, n'en faisait pas partie. Il m'invita à m'asseoir, me proposa du thé.

— Du café, si vous préférez. J'ai l'habitude de prendre un thé en milieu de matinée.

— Du thé, ça me va.

Murnos décrocha un vieux téléphone noir et composa un numéro. Quelques secondes plus tard, un larbin entra avec un plateau : une grande théière en porcelaine, deux tasses assorties et un sucrier, du lait, une petite assiette de rondelles de citron. Une autre assiette proposait un choix de pâtisseries qui semblaient desséchées et friables. Stuckler versa un peu de thé dans l'une des tasses, continua à la remplir une fois satisfait de la couleur du breuvage. Puis il me demanda comment je prenais mon thé.

— Noir, répondis-je.

Il eut une petite grimace, mais à part ça, il dissimula vaillamment son mécontentement.

Nous bûmes notre thé à petites gorgées. Tout était fort plaisant. Il ne manquait plus que l'entrée d'un crétin prénommé Algy, chaussé de tennis et portant une raquette, pour que nous soyons tout à fait dans une comédie bourgeoise, à ceci près que Stuckler était infiniment plus intéressant qu'il ne le paraissait. Un autre coup de fil à Ross – auquel il avait répondu cette fois plus rapidement – m'avait fourni des informations sur le petit homme propret et souriant qui se tenait devant moi. Selon le contact de Ross au GTI – groupe de travail interagences créé en 1998 pour fouiller, entre autres, dans les dossiers relatifs aux crimes de guerre nazis et japonais en vue d'évaluer la collaboration entre des organismes américains et des individus douteux ayant appartenu aux anciens régimes –, la mère de Stuckler, Maria, était partie pour les États-Unis avec son fils unique peu après la fin de la guerre. Les services de contrôle de l'immigration avaient essayé de faire expulser un grand nombre de ces personnes, mais à la CIA, et plus particulièrement au FBI de Hoover, on préférait les garder aux États-Unis afin qu'ils livrent des informations sur les sympathisants communistes au sein de leurs communautés. Le gouvernement américain ne se montrait pas à l'époque très regardant sur ceux qu'il accueillait : cinq complices d'Adolf Eichmann ayant tous joué un rôle dans la solution finale travaillaient pour la CIA et l'Agence s'efforça de recruter au moins une vingtaine d'autres criminels de guerre et collaborateurs.

Maria Stuckler avait marchandé son acceptation aux États-Unis en promettant de fournir des documents sur les communistes allemands que son mari s'était procurés au cours de ses rapports avec Himmler. Intelligente, elle livra assez d'informations pour maintenir l'intérêt des Américains et se rapprocha à chaque livraison de son objectif ultime : la citoyenneté américaine pour elle-même et pour son fils. La demande de naturalisation fut approuvée par Hoover en personne après qu'elle eut remis sa dernière série de documents, qui concernait divers juifs de gauche ayant fui l'Allemagne avant la guerre et ayant obtenu depuis des emplois bien rémunérés aux États-Unis. Le GTI conclut que certaines révélations de Maria Stuckler avaient joué un rôle essentiel dans les premières audiences de la commission McCarthy, ce qui faisait d'elle une sorte d'héroïne aux yeux de Hoover. Son statut de « personne favorisée » lui permit d'ouvrir l'affaire d'antiquités dont son fils hérita plus tard et d'importer d'Europe des objets intéressants sans que la douane américaine s'en mêle trop. Elle vivait dans une maison de retraite de Rhode Island et jouissait encore de toutes ses facultés, à l'âge de quatre-vingt-cinq ans.

Et je prenais le thé avec son fils dans une pièce dont les meubles avaient été payés grâce à un butin de guerre (si Reid avait correctement évalué la collection privée de Stuckler) et à la lente trahison, pendant plus de dix ans, d'une femme ambitieuse. Je me demandai si cela ennuyait Stuckler. D'après le contact de Ross, il faisait des dons généreux à de nombreuses bonnes causes, y compris à des œuvres de charité juives, même si plusieurs d'entre elles avaient décliné son offre une fois son identité établie. C'étaient peut-être de sincères remords qui avaient motivé ces dons, mais il pouvait aussi s'agir de relations publiques bien pensées, d'un moyen de détourner l'attention de ses affaires et de ses collections.

Je me rendis compte que je m'étais pris d'une antipathie soudaine et profonde pour Stuckler, sans même le connaître.

— Je vous suis reconnaissant d'avoir pris le temps de venir ici, dit-il.

Il n'avait aucun accent, ni allemand ni autre. Ses intonations, totalement neutres, contribuaient à renforcer une image soigneusement cultivée pour en révéler le moins possible sur les origines et la véritable nature de l'homme qui se cachait derrière.

— Avec tout le respect que je vous dois, je suis venu parce que votre employé a mentionné que vous pourriez détenir des informations. Du thé, j'en ai chez moi.

Malgré l'insulte calculée, Stuckler continuait à respirer la bonne volonté, comme s'il prenait un vif plaisir à soupçonner tous ses visiteurs de le détester en secret, comme si leurs railleries étaient du miel sur son pain.

— Bien sûr, bien sûr. Je crois que je peux vous aider. Avant de commencer, cependant, j'aimerais en savoir davantage sur la mort de M. Garcia, à laquelle vous avez pris une part active, m'a-t-on dit. Qu'avez-vous vu dans son appartement ?

J'ignorais où cela nous mènerait, mais je devinais que Stuckler avait l'habitude de marchander. Il avait probablement hérité cette qualité de sa mère et l'appliquait quotidiennement dans ses affaires. Je ne tirerais rien de lui si je ne lui donnais pas quelque chose d'égale valeur en échange.

— Des sculptures en os, répondis-je. Des chandeliers faits avec des restes humains, d'autres objets à demi terminés et la représentation d'une déité mexicaine, Santa Muerte, à partir d'un crâne de femme.

Stuckler ne parut pas intéressé par Santa Muerte et m'interrogea plutôt sur de petits détails de construction. Il fit ensuite signe à Murnos, qui prit un livre sur une table basse et le lui apporta. C'était un volume noir, avec au dos, en rouge, les mots *Memento mori*. Sur la couverture, une photo montrait un objet qui aurait pu provenir de l'appartement de Garcia : un crâne reposant sur un os incurvé qui faisait légèrement saillie, telle une langue blanche sous une mâchoire endommagée à laquelle il manquait cinq ou six dents de devant. Sous le crâne montait une colonne de cinq ou six os semblables.

Me voyant l'examiner, Stuckler m'éclaira :

— Ce sont des sacrums humains. On le voit aux cinq vertèbres soudées.

Il feuilleta une cinquantaine de pages d'un texte rédigé en plusieurs langues, dont l'allemand et l'anglais, jusqu'à parvenir à une série de photos et me tendit le livre.

— Regardez-les et dites-moi si quelque chose vous paraît familier, je vous prie.

J'examinai les photos. Elles étaient toutes en noir et blanc, avec une légère nuance sépia. La première représentait une église avec trois clochers disposés en triangle. Elle était entourée d'arbres dénudés et d'un vieux mur de pierre interrompu à intervalles réguliers par des colonnes surmontées de crânes gravés. Les autres montraient des arrangements de crânes et d'os sous des plafonds voûtés : pyramides et croix, guirlandes et chaînes, bougeoirs, candélabres. La série se terminait par une autre vue de l'église, photographiée cette fois par-derrière et en plein jour. Le mur d'enceinte était couvert de lierre auquel la texture monochrome de la photo donnait l'aspect d'un essaim d'insectes, comme si le mur grouillait d'abeilles.

— Où est-ce ? demandai-je.

Là encore, il y avait quelque chose d'obscène dans ces photos, dans ces êtres humains réduits à servir d'ornements à une église.

— Vous devez d'abord répondre à ma question, me rappela Stuckler en agitant un doigt en signe de reproche.

J'eus envie de le casser. Je regardai Murnos : il n'avait pas besoin d'être télépathe pour savoir ce que je pensais. À l'expression de son visage, je présumai que beaucoup de gens, lui compris, peut-être, avaient envisagé de faire mal à Joachim Stuckler.

Ignorant le doigt, je désignai une petite photo d'un arrangement d'os en forme d'ancre placé dans une niche près d'un mur crevassé. Plusieurs humérus formaient une étoile dont le centre était occupé par un crâne, lui-même soutenu par ce qui avait été des parties de sternum ou d'omoplate, puis par une colonne verticale d'autres humérus qui rejoignait enfin un demi-cercle de vertèbres s'incurvant vers le haut de chaque côté et se terminant par une paire de crânes.

— Il y avait quelque chose comme ça dans l'appartement de Garcia, dis-je.

— Est-ce ce que vous avez montré à M. Neddo ?

Je ne répondis pas. Stuckler eut un grognement impatient.

— Allons, allons, monsieur Parker. Comme je vous l'ai dit, je sais beaucoup de choses sur vous et vos activités. Je sais que vous avez consulté Neddo, c'était normal de le faire : Neddo est un expert reconnu dans son domaine. Il est aussi un Croyant, ajouterai-je. Enfin, « était » serait plus approprié. Il leur a depuis tourné le dos, bien que je le soupçonne de continuer à partager quelques-unes de leurs croyances les plus obscures.

C'était nouveau pour moi. À supposer que Stuckler dise la vérité, Neddo avait soigneusement tenu secrètes ses relations avec les Croyants. Cela posait d'autres questions sur sa loyauté. Il avait parlé aux deux moines et je ne pouvais que présumer qu'ils connaissaient son passé, mais je me demandais si Neddo avait aussi parlé de moi à Brightwell.

— Que savez-vous d'eux ?

— Qu'ils sont secrets et organisés, répondit Stuckler. Qu'ils croient à l'existence d'êtres angéliques ou démoniaques. Et qu'ils cherchent la même chose que moi.

— L'Ange Noir.

Pour la première fois, il parut véritablement impressionné. Si j'avais été un peu moins sûr de moi, son approbation m'aurait peut-être fait rougir de plaisir.

— Oui, l'Ange Noir, mais mon désir pour cet objet est différent du leur. Mon père est mort en le cherchant. Vous êtes au courant de mes origines ? Oui, je subodore que vous l'êtes. Vous êtes du genre à vous munir d'informations avant de rencontrer un inconnu. Mon père faisait partie des SS et de l'*Ahnenerbe*, la société qui explorait, pour le *Reichsführer* Himmler, les sciences occultes. C'était pour l'essentiel un ramassis d'absurdités, naturellement, mais l'Ange Noir faisait exception : il était vrai, ou du moins on pouvait affirmer avec quelque certitude qu'il existait une statue en argent représentant une créature passant de l'humain au démoniaque. Un tel objet ferait honneur à toute collection, indépendamment de sa valeur. Mais Himmler était persuadé, comme les Croyants, que c'était plus qu'une statue. Il connaissait l'histoire de sa création, qui exerçait sur lui un puissant attrait. Il se mit à chercher les morceaux de la carte indiquant l'emplacement de la statue, et mon père et ses hommes furent envoyés au monastère de Fontfroide après que Himmler eut découvert que l'un des coffrets y était caché. L'*Ahnenerbe* comptait dans ses rangs des chercheurs prodigieux, capables d'exhumer les références les plus obscures. C'était une mission dangereuse, entreprise sous le nez des forces alliées, et elle conduisit à la mort de mon père. La boîte disparut et, jusqu'ici, je n'étais pas parvenu à retrouver sa trace.

Il tendit l'index vers le livre, poursuivit :

— Pour répondre à votre question, c'est Sedlec, l'endroit où l'Ange Noir a vu le jour. Voilà pourquoi Garcia travaillait sur ses sculptures en os : il avait été chargé de créer une réplique de l'ossuaire de Sedlec, un cadre digne d'accueillir l'Ange Noir jusqu'à ce que ses secrets soient percés. Vous trouvez la chose étrange ?

Une lueur nouvelle brillait dans son regard. Stuckler était un fanatique, exactement comme Brightwell et les Croyants. Son vernis de négociateur distingué s'écaillait, à mon profit. Sur le sujet qui l'obsédait, Stuckler était incapable de se maîtriser.

— Pourquoi êtes-vous aussi sûr qu'il existe ?

— Parce que j'en ai vu une copie, répondit-il. Vous aussi, d'une certaine façon.

Il se leva brusquement en disant :

— Venez, je vous prie.

Murnos commença à soulever une objection, mais Stuckler le réduisit au silence d'un geste.

— Ne vous inquiétez pas, Alexis. Cette affaire s'achemine vers sa conclusion naturelle.

Je suivis Stuckler jusqu'à une porte située sous l'escalier principal de la maison. Murnos resta toujours derrière moi, même quand son patron ouvrit la porte et que nous descendîmes dans une vaste cave en pierre. L'endroit servait essentiellement à conserver un bon millier de bouteilles de vin à une température réglée par un thermostat serti dans un mur. Nous passâmes entre les rangées de bouteilles pour arriver à une autre porte, métallique celle-là, et commandée par un Digicode et un scanner rétinien. Murnos l'ouvrit, s'écarta pour nous laisser entrer.

Nous étions dans une pièce carrée. Dans les murs en pierre, des alcôves vitrées contenaient ce qui devait être les objets les plus précieux de la collection de Stuckler : trois icônes à la pellicule d'or encore intacte, aux couleurs riches et éclatantes ; des calices et des croix en or ; des tableaux et de petites statues d'hommes, romains ou grecs.

Mais ce qui dominait le lieu, c'était une statue noire de deux mètres cinquante de haut environ, entièrement faite d'os humains. J'en avais vu une semblable, à une échelle plus petite, dans l'appartement de Garcia.

C'était l'Ange Noir. Une grande aile squelettique déployée montrait les lignes légèrement incurvées d'un radius et d'un cubitus. Les bras étaient faits de fémurs et de péronés pour maintenir les proportions et la longue jambe était un arrangement complexe d'os soigneusement aboutés, les jointures à peine visibles. La tête était composée de morceaux de nombreux crânes découpés avec soin et soudés. Des côtes et des vertèbres constituaient la corne qui partait de la tête et se rabattait vers la clavicule. La statue était posée sur un piédestal de granit, ses pieds griffus dépassant légèrement du bord et agrippant la pierre. J'éprouvais en sa présence un terrible sentiment de peur et de dégoût. Les photos d'ornements en os de Sedlec m'avaient ébranlé, mais ils semblaient au moins répondre à un objectif, à faire saisir que toutes les choses mortelles passent. Ce que j'avais sous les yeux était dépourvu de tout mérite : des êtres humains réduits à des éléments constitutifs de la représentation d'un mal profond.

— Extraordinaire, vous ne pensez pas ? dit Stuckler.

Je ne pouvais savoir combien de fois il avait contemplé cette statue, mais, à en juger par le ton de sa voix, son plaisir de la posséder n'avait aucunement faibli.

— C'est le mot, répondis-je. D'où vient-elle ?

— Mon père l'a découverte dans le monastère de Morimondo, en Lombardie, alors qu'il cherchait des indices sur le fragment de Fontfroide. C'était le premier signe qu'il se rapprochait de la carte. Elle est un peu endommagée, comme vous le voyez.

Il indiqua des os ébréchés, une fissure grossièrement comblée dans la colonne vertébrale, l'absence de plusieurs phalanges.

— Mon père pensait qu'elle avait quitté Sedlec quelque temps après la dispersion initiale des fragments de la carte et qu'elle avait finalement atterri en Italie. Un double bluff, peut-être, pour détourner l'attention de l'original. Il ordonna de la cacher. Il disposait d'un certain nombre de lieux pour cela et personne n'osait discuter ses instructions en la matière. La statue devait être offerte au *Reichsführer*, mais mon père fut tué avant de pouvoir organiser le transport. Après la guerre, elle revint à ma mère, ainsi que plusieurs autres objets réunis par mon père.

— N'importe qui aurait pu la faire, objectai-je.

— Non, déclara Stuckler avec une conviction absolue. Seul un artiste ayant examiné l'original a pu la créer. Les détails sont parfaits.

— Comment le savez-vous, si vous n'avez jamais vu ce qui a servi de modèle ?

Il se dirigea à grands pas vers l'une des alcôves, ouvrit sa porte en verre. Je le suivis. Il alluma une lampe qui éclaira deux coffrets en argent, avec une croix gravée sur chaque couvercle. À côté, de minces plaques de verre protégeaient deux morceaux de vélin de 30 × 30 centimètres environ. Je distinguai le dessin d'un mur et d'une fenêtre, une série de symboles sur les bords : un Sacré-Cœur entouré d'épines, une ruche, un pélican. Il y avait aussi des points, représentant probablement des chiffres, et des parties d'écus ou d'armoiries. Presque aussitôt, je vis la combinaison de chiffres romains et d'une lettre que Reid avait décrite.

L'essentiel de l'un des fragments était occupé par le dessin d'une longue jambe incurvée vers l'arrière et terminée par des pieds griffus. Elle était presque identique à celle de la statue qui se trouvait derrière nous. Je remarquai des traces de lettres dissimulées dans la jambe mais ne parvins pas à les déchiffrer. Le second fragment montrait une moitié de crâne, là encore identique à celui de la statue en os de Stuckler.

— Vous voyez ? me dit-il. Ces fragments sont restés séparés pendant des siècles, depuis l'établissement de la carte. Seul un homme ayant vu le dessin aurait pu construire une représentation de l'Ange Noir, mais seul un homme ayant vu l'original aurait pu le faire de manière aussi détaillée. Le dessin est relativement sommaire, le modèle beaucoup moins. Vous m'avez demandé pourquoi je crois qu'il existe : voilà pourquoi.

Je tournai le dos à Stuckler et à sa statue. Murnos m'observait d'un air impassible.

— Vous avez donc deux des fragments, résumai-je. Et vous essaierez d'en acquérir un troisième à la vente aux enchères de Stern.

— En effet. Une fois la vente terminée, je prendrai contact avec les autres enchérisseurs pour savoir qui, parmi eux, est également en possession de morceaux de la carte. Je suis un homme riche, monsieur Parker. Des marchés seront conclus et j'en saurai assez pour déterminer avec précision l'endroit où repose l'Ange Noir.

— Et les Croyants ? Vous pensez pouvoir les faire renoncer avec votre argent ?

— Ne soyez pas abusé par la facilité avec laquelle vous vous êtes débarrassé des hommes engagés pour vous suivre dans le Maine, monsieur Parker. Nous ne vous considérions pas comme un véritable danger. Nous pouvons nous occuper des Croyants si c'est nécessaire, mais je préférerais parvenir à un accord convenant aux deux parties.

Je doutais fort qu'il y parvienne. D'après ce que j'avais appris jusqu'ici, ses raisons de rechercher l'Ange Noir étaient très différentes de celles de Brightwell et consorts. Pour Stuckler, ce n'était qu'un trésor de plus à ranger dans sa cave, même si l'objet avait des liens avec son père. L'Ange Noir serait placé à côté de la sculpture en os, l'un reflétant sombrement l'autre, et il les adorerait tous deux à sa manière obsessionnelle. Mais Brightwell et l'individu à qui il rendait des comptes croyaient, eux, qu'il y avait quelque chose de caché sous la couche d'argent, une créature vivante. Stuckler souhaitait que la statue reste intacte et qu'on ne l'examine pas. Brightwell voulait en explorer l'intérieur.

— Il est temps que je m'en aille, dis-je.

Mais Stuckler ne m'écoutait plus. Ce fut Murnos qui me raccompagna, laissant son employeur perdu dans la contemplation de morceaux de corps d'êtres humains, assemblés à présent en un sinistre hommage à un mal éternel.

19

Je retrouvai Phil Isaacson pour dîner dans le vieux port peu après être rentré de ma visite chez Stuckler. Il devenait de plus en plus clair que la vente aux enchères du lendemain serait un tournant : elle attirerait ceux qui voulaient s'emparer du coffret de Sedlec, Croyants compris, et mettrait Stuckler en conflit avec eux s'il réussissait à l'acquérir. J'avais envie d'assister à la vente, mais quand je téléphonai à Claudia Stern, elle n'était pas disponible. Son assistante me précisa que l'admission à la vente se faisait strictement sur invitation et qu'il était maintenant trop tard pour m'ajouter à la liste des invités. Je laissai à Claudia un message lui demandant de me rappeler, mais je ne m'attendais pas à ce qu'elle le fasse. Je ne pensais pas que ses clients seraient ravis si elle admettait en leur sein un enquêteur privé, enquêteur qui, en outre, s'intéressait à la destination finale de l'une des pièces les plus insolites proposées sur le marché ces dernières années. Mais si quelqu'un était capable de trouver un moyen d'accéder à la maison Stern et en savait assez sur les enchérisseurs pour pouvoir m'aider, c'était Phil Isaacson.

Le restaurant Natasha's se trouvait auparavant dans Cumberland Avenue, près du Bintliff's, et son déménagement dans le vieux port constituait l'un des récents changements dans la vie de la ville que j'approuvais totalement. Son nouveau cadre était plus confortable et la cuisine s'était encore améliorée, un exploit compte tenu de son excellence antérieure. Quand j'arrivai, Phil était déjà assis à une table près de la banquette qui courait sur toute la longueur de la grande salle. Comme à son habitude, il était l'incarnation même de l'expression « tiré à quatre épingles ». C'était un petit homme à barbe blanche, vêtu d'une veste en tweed et d'un pantalon beige, avec un nœud papillon rouge noué avec soin sur sa chemise blanche. Il était avocat de son état et demeurait associé principal dans un cabinet de Cumberland, mais il exerçait aussi la fonction de critique d'art du *Portland Press Herald*. Si je n'avais rien contre ce journal, je m'étonnais quand même de trouver un critique de la qualité de Phil Isaacson caché parmi ses pages. Il aimait prétendre que la direction avait simplement oublié qu'il écrivait pour elle et, parfois, on imaginait aisément que quelqu'un, dans le bureau du rédacteur en chef, prenait le journal, lisait la rubrique de Phil et s'exclamait : « Attends un peu, on a un critique d'art ? »

J'avais fait la connaissance de Phil à la galerie June Fitzpatrick de Park Street, où June exposait le travail d'une artiste de Cumberland nommée Sara Crisp. Elle utilisait des matériaux glanés çà et là – des feuilles, des os d'animaux, de la peau de serpent – pour créer des œuvres d'une beauté stupéfiante, disposant des fragments de flore et de faune sur des formes géométriques complexes. Selon moi, elles avaient quelque chose à voir avec l'ordre de la nature et Phil semblait d'accord avec moi sur ce point. Du moins, je pensais qu'il était d'accord : son vocabulaire était considérablement plus étendu que le mien en ce qui concernait le monde de l'art. J'avais fini par acheter une des œuvres : une croix faite de coquilles d'œuf fixées par de la cire sur un fond rouge de cercles emboîtés.

— Je commençais à croire que tu avais trouvé quelqu'un de plus intéressant avec qui passer ta soirée, me dit Phil quand j'approchai de la table.

— Crois-moi, j'ai essayé. Apparemment, tous les gens intéressants avaient mieux à faire ce soir.

Une serveuse posa un verre de vin californien sur la table. Je lui demandai d'apporter la bouteille et commandai un choix d'amuse-gueules orientaux pour aller avec. J'échangeai quelques ragots locaux avec Phil en attendant que nous soyons servis et il me donna des tuyaux sur quelques artistes que je pourrais avoir envie de suivre si je gagnais à la loterie. La salle commençait à se remplir autour de nous et j'attendis que les gens des tables voisines soient absorbés par leur conversation pour aborder le sujet principal de la soirée.

— Bon, qu'est-ce que tu peux me dire sur Claudia Stern et ses clients ? demandai-je tandis que Phil finissait la dernière crevette du plateau.

Il poussa la tête de l'animal sur le côté de son assiette, se tamponna délicatement les lèvres avec sa serviette.

— Je ne parle généralement pas de ses ventes dans ma rubrique. Pour commencer, je ne voudrais pas couper l'appétit de mes lecteurs au petit déjeuner en leur détaillant le genre d'objets qu'elle met parfois aux enchères ; deuxièmement, je ne suis pas convaincu de l'intérêt d'écrire sur des ventes organisées uniquement sur invitation. D'ailleurs, pourquoi t'intéresses-tu aux œuvres qu'elle propose ? C'est pour une affaire ?

— Plus ou moins. On peut dire qu'il y a aussi un élément personnel.

Phil se renversa dans son fauteuil, se caressa la barbe.

— Voyons. Ce n'est pas une maison ancienne. Elle a été fondée il y a dix ans seulement et se spécialise dans ce qu'on pourrait appeler les objets ésotériques. Claudia a obtenu un diplôme d'anthropologie à Harvard, mais elle fait appel à toute une série d'experts quand elle a besoin d'authentifier un objet. Son domaine est à la fois vaste et spécialisé. Il s'agit aussi bien de manuscrits, de restes humains transformés en œuvres d'art approximatives que de diverses choses liées aux apocryphes bibliques.

— Elle a mentionné les restes humains pendant notre entretien, mais elle n'a pas développé.

— C'est un sujet dont la plupart d'entre nous n'aimeraient pas discuter avec un inconnu. Jusqu'à ces derniers temps – disons, cinq ou dix ans –, la maison Stern faisait commerce de certains objets aborigènes, essentiellement des crânes mais aussi des pièces plus décorées. Aujourd'hui, c'est mal vu et les gouvernements ou les tribus s'empressent d'essayer de récupérer tous les restes humains mis en vente. Il y avait moins de difficultés avec les sculptures en os européennes, à condition qu'elles soient suffisamment anciennes et que la maison ait établi les papiers quelques années plus tôt, au moment où elle achetait les objets à des ossuaires polonais ou hongrois. On avait notamment utilisé les os pour faire une paire de candélabres assortis, si je me souviens bien.

— Qui les avait achetés ? Aucune idée ?

Phil secoua la tête.

— La maison Stern est d'une discrétion qui confine au secret. Elle fournit un type particulier de collectionneurs dont aucun, à ma connaissance, ne s'est jamais plaint de la façon dont Claudia mène ses affaires. Tous les objets sont scrupuleusement vérifiés pour établir leur authenticité.

— Elle n'a jamais vendu à personne un balai qui ne pouvait pas voler ?

— Apparemment.

La serveuse débarrassa le reste des amuse-gueules, apporta nos plats quelques minutes plus tard : homard pour Phil et steak pour moi.

— Je vois que tu ne manges toujours aucun produit de la mer, fit-il observer.

— Je pense que certaines créatures ont été créées assez laides pour décourager quiconque de les manger.

— Ou de sortir avec elles, ajouta Phil.

— Ça aussi, convins-je.

Il entreprit de briser la carapace de son homard et je m'efforçai de ne pas regarder.

— Tu peux me dire pourquoi Claudia Stern a retenu ton attention ? demanda-t-il. Strictement entre nous, je précise.

— Elle organise une vente aux enchères demain.

— Le trésor de Sedlec. J'en ai entendu parler.

— Tu sais quelque chose ?

— Je sais que le morceau de parchemin qui sera le clou de la vente porte des dessins et qu'en soi il est d'une valeur relativement peu élevée, mis à part une valeur de curiosité. Je sais que Claudia Stern n'a présenté aux experts qu'une toute petite partie de la pièce pour permettre de l'authentifier, que le reste demeurera sous clef jusqu'à ce qu'un acheteur soit trouvé. Je sais aussi que le secret qui entoure cette vente paraît excessif pour un objet aussi mineur.

— Je peux t'en dire un peu plus.

Ce que je fis. Lorsque j'eus terminé, le homard de Phil était abandonné dans son assiette, à demi mangé, et j'avais à peine touché à mon steak. La serveuse eut l'air navrée lorsqu'elle s'approcha de notre table et s'enquit :

— Quelque chose ne va pas ?

Le visage de Phil s'éclaira d'un sourire si parfait que seul un expert aurait pu déceler qu'il était faux.

— Tout était divin, mais je n'ai plus autant d'appétit qu'avant, expliqua-t-il.

Je la laissai prendre aussi mon assiette et le sourire de Phil s'estompa lentement.

— Tu crois vraiment que cette statue est réelle ? fit-il.

— Je crois que quelque chose a été caché il y a fort longtemps. Trop de gens s'y intéressent pour que ce soit un mythe absolu. Quant à sa nature exacte, je ne peux rien dire, mais il semblerait qu'elle ait assez de valeur pour qu'on tue pour elle. Tu connais les gens qui collectionnent ce genre d'objets ?

— J'en connais certains de nom, d'autres de réputation. Les marchands me confient des ragots à l'occasion.

— Tu pourrais obtenir deux invitations pour la vente ?

— Je pense que oui, mais tu ne viens pas de me dire que Claudia Stern préférerait sans doute que tu n'y assistes pas ?

— J'espère qu'elle sera suffisamment prise par tout ce qui se passera pour que je parvienne à glisser un pied dans l'entrebâillement de la porte, avec ton aide. Je fais le pari que si nous réussissons à entrer, il sera plus sage pour elle de nous permettre de rester plutôt que de risquer de torpiller la vente en nous jetant dehors. De toute façon, je fais des tas de choses que les gens préféreraient que je ne fasse pas. Je serais au chômage, sinon.

Phil but le reste de son vin avant de soupirer :

— Je subodorais que cette invitation à dîner me coûterait cher, finalement.

— Allez, je sais que cette histoire t'intéresse. Et si quelqu'un te trucide, pense à la nécro que tu auras dans le *Press Herald*. Tu seras immortalisé.

— Ce n'est pas rassurant. Moi, j'espérais devenir immortel en ne mourant pas.

— Tu as encore tes chances d'être le premier.

— Et toi, tes chances ?

— Minces. De plus en plus minces.

Brightwell avait faim. Il avait réfréné ses pulsions pendant longtemps, mais ces derniers temps elles devenaient trop fortes pour lui. Il se rappela la mort de cette femme, Alice Temple, dans l'ancien entrepôt, le bruit de ses pieds nus sur le carrelage quand il s'était approché d'elle. Temple : un nom approprié à la lumière de la profanation qu'il avait infligée à son corps. C'était étrange, cette capacité qu'il avait de se tenir hors de lui-même et de regarder ce qui se passait, comme si sa forme mortelle se livrait à certaines activités tandis que l'esprit qui le guidait était occupé à autre chose.

Brightwell ouvrit la bouche, aspira une goulée d'air huileux. Ses poings se fermaient et s'ouvraient, les jointures blanchissant sous la peau. Il frissonna en se remémorant la rage avec laquelle il avait mis cette femme en morceaux. C'était là que s'était opérée la séparation entre moi et non-moi, une partie de lui ne cherchant qu'à lacérer et déchirer tandis que l'autre observait, calme mais attentive, attendant le moment, l'ultime moment. C'était le don de Brightwell, sa raison d'être : même les yeux clos, ou dans une obscurité totale, il sentait venir le dernier soupir...

La fréquence des spasmes augmentait à présent. Il avait la bouche desséchée. Temple, Alice Temple. Il aimait ce nom, il avait aimé le goût de cette femme quand sa bouche avait trouvé la sienne, du sang, de la salive et de la sueur se mêlant sur les lèvres d'Alice qui perdait conscience, dont les forces déclinaient. Il était de nouveau près d'elle, ses doigts ensanglantés pressaient sa tête, ses lèvres se soudaient à ses lèvres, à tout ce rouge : rouge dedans, rouge dehors. Elle agonisait et tous, du médecin au simple quidam, n'auraient vu qu'un corps s'effondrant, la vie le quittant enfin tandis qu'elle se recroquevillait, nue, sur la chaise branlante.

Mais il y avait autre chose qui quittait ce corps à cet instant et Brightwell l'attendait. Il le sentit comme de l'eau coulant dans sa bouche, comme une brise légère soufflant dans un tunnel écarlate, comme la douceur d'un automne annonçant un hiver glacial, comme le crépuscule et la nuit, la présence et l'absence, la lumière et l'obscurité. Puis, ce fut en lui, enfermé, pris entre deux mondes dans cette vieille prison sombre qu'était Brightwell.

Brightwell, l'ange solitaire, le gardien des souvenirs. Brightwell, celui qui cherchait et identifiait.

Sa respiration s'accéléra. Il les sentait en lui, agités, tourmentés.

Brightwell, capable de plier la volonté des autres à la sienne, de convaincre les êtres perdus, oubliés, que la vérité de leur nature était dans sa parole.

Il lui en fallait un autre. Le goût était revenu dans sa bouche. Au fond de lui montait un chœur de voix implorant leur libération.

Il ne regrettait rien de ce qui avait suivi la mort d'Alice Temple. Certes, cela avait attiré sur eux une attention malvenue. Elle n'était pas seule au monde, finalement. Il y avait des gens qui tenaient à elle, qui ne laisseraient pas sa mort passer inaperçue, mais ce n'était pas une coïncidence si son chemin avait croisé celui de Brightwell. Il était très vieux, et avec l'âge vient la patience. Il avait gardé sa foi, la certitude que chaque vie prise le rapprochait de celui qui l'avait trahi, qui les avait tous trahis dans l'espoir d'une rédemption qui lui serait toujours refusée. Brightwell était resté bien caché, dissimulant la vérité de son être, l'enfouissant sous une prétendue normalité alors même que trois mondes – celui-ci, celui d'en haut, et le vaste monde alvéolé, dessous – faisaient tout ce qu'ils pouvaient pour lui démontrer que la normalité n'avait pas place dans son existence.

Brightwell avait des projets pour cet être, oh oui ! Il trouverait un endroit froid et sombre, avec des chaînes aux murs, et il l'y attacherait, et par une fente entre les briques il le regarderait dépérir, heure après heure, jour après jour, année après année, siècle après siècle, titubant au bord de la mort sans jamais finalement verser dans l'abîme.

Et si Brightwell se trompait sur sa nature – il se trompait rarement, même pour les plus petites choses –, ce serait une longue, longue agonie pour celui qui avait menacé de les empêcher de faire la révélation qu'ils recherchaient et de retrouver celui qui avait été perdu pour eux pendant si longtemps.

Tout était prêt. Demain, ils apprendraient ce qu'ils avaient besoin de savoir. Il ne restait rien d'autre à faire, Brightwell pouvait s'offrir un petit plaisir. Plus tard cette nuit-là, il croisa un jeune homme dans l'obscurité du parc et l'attira à lui en lui promettant de l'argent et d'étranges délices. Puis il fut sur lui, ses mains profondément enfoncées dans son corps, ses ongles découpant des organes, arrachant des veines, son esprit prenant le contrôle de cette machine complexe qu'était la forme humaine, amenant lentement le jeune homme au paroxysme que Brightwell cherchait, jusqu'à ce qu'enfin ils soient rivés l'un à l'autre, lèvre à lèvre, et que la douceur s'échappant du jeune homme coule en Brightwell, pendant qu'une autre voix s'ajoutait au chœur des âmes en lui.

20

Martin Reid me téléphona à la première heure le lendemain, ce qui amena Angel à demander si ce type n'était pas de mèche avec ceux-là mêmes qu'il était censé combattre, parce qu'il fallait vraiment avoir le diable au corps pour appeler à six heures et demie du matin.

— Vous assisterez à la vente ? dit Reid.

— Je l'espère. Et vous ?

— Je suis un peu trop connu pour passer inaperçu dans une telle compagnie, grogna-t-il. De toute façon, j'ai eu hier avec Mlle Stern une conversation téléphonique tendue pendant laquelle je lui ai exprimé de nouveau mon mécontentement devant son obstination à maintenir la vente malgré les doutes planant sur la provenance du coffret. Nous aurons quelqu'un sur place pour observer ce qui se passera, mais ce ne sera pas moi.

Une fois de plus, l'idée me traversa que quelque chose n'allait pas dans le comportement de Reid à l'égard de la vente du fragment de Sedlec. L'Église catholique ne manquait pas d'avocats, en particulier dans l'État du Massachusetts, comme tous ceux qui avaient été en rapport avec l'archidiocèse pendant le récent scandale des abus sexuels pouvaient en attester. Si l'Église avait été résolue à empêcher la vente, Claudia Stern aurait été submergée d'hommes et de femmes onctueux en costume et tailleur coûteux.

— À propos, poursuivit-il, j'ai appris que vous posez des questions sur nous.

J'avais fait mon enquête sur Reid et Bartek après notre rencontre. Il m'avait fallu un bout de temps pour trouver quelqu'un disposé à reconnaître qu'il lui était arrivé de mettre les pieds dans un monastère, sans parler d'entrer dans les ordres, mais finalement leur identité m'avait été confirmée par l'abbaye Saint-Joseph de Spencer, dans le Massachusetts, où logeaient les deux hommes. Reid était officiellement rattaché à San Bernardo alle Terme, à Rome, et apparemment chargé d'éclairer les prêtres et sœurs en visite sur saint Bernard, le saint le plus étroitement lié à la propagation de l'ordre, en leur faisant découvrir les lieux où il avait passé des moment cruciaux de sa vie : Norica, Subiaco et Monte Cassino. Bartek travaillait au nouveau monastère de Notre-Dame de Novy Dvur, en République tchèque, le premier à être construit dans ce pays depuis la chute du communisme. Il avait auparavant vécu dans la communauté de l'abbaye de Sept-Fons, en France, avec d'autres jeunes Tchèques qui avaient fui les persécutions religieuses, mais il avait aussi travaillé aux États-Unis, principalement à l'abbaye Genesee de l'État de New York. Sept-Fons, je m'en souvenais, était le monastère que Bosworth, l'agent du FBI en cavale, avait profané.

L'histoire de Bartek semblait plausible, alors que Reid ne me paraissait pas du tout le genre de type à se contenter de débiter des platitudes dans le micro d'un car de tourisme. Détail intéressant, le moine qui m'avait expliqué tout cela – après avoir obtenu le feu

vert du patron de l'ordre aux États-Unis et, probablement, de Reid et Bartek eux-mêmes – avait précisé
que les deux hommes représentaient en fait des ordres
différents : Bartek appartenait aux trappistes, un ordre
tenant son nom de l'abbaye de Notre-Dame-de-la-
Trappe, en France, et formé après une scission entre
ceux qui souscrivaient à la stricte observance de la
règle du silence, de l'austérité et de la simplicité de la
mise, et ceux qui, tel Reid, préféraient un peu plus de
souplesse dans leurs obligations et leur mode de vie.
Ce dernier groupe était connu sous le nom d'ordre
sacré de Cîteaux, ou cisterciens de commune observance. J'avais noté un certain respect, frôlant même
l'admiration, dans la manière dont le moine de Spencer m'avait parlé des deux hommes.

— Simple curiosité, répondis-je à Reid. Et je
n'avais que votre parole pour me prouver que vous
étiez bien moine.

— Qu'est-ce que vous avez appris ? me demanda-
t-il, amusé.

— Rien que vous n'ayez autorisé vos frères à me
révéler. Apparemment, vous êtes guide touristique.

— C'est ce qu'ils vous ont dit ? Bien, bien. Il sert
aussi celui qui attend les retardataires devant la portière de l'autocar. Cette histoire ne doit pas être
oubliée. C'est pour cela que je vous ai donné cette
croix. J'espère que vous la portez. Elle est très
ancienne.

En fait, je l'avais accrochée à mon trousseau de
clefs. Sur moi, je portais déjà une simple croix de pèle-
rin byzantine, vieille de plus de mille ans, dont mon
grand-père m'avait fait cadeau quand j'avais obtenu
mon diplôme de fin d'études secondaires. Je ne ressentais pas la nécessité d'en porter une autre.

— Je l'ai à portée de main, assurai-je.

— Bravo. S'il m'arrive quelque chose, vous n'aurez qu'à la frotter et je serai en contact avec vous depuis l'autre monde.

— Je ne trouve pas ça très rassurant, repartis-je. Comme pas mal d'autres choses qui vous concernent.

— Par exemple ?

Je réfléchis à ce que j'allais dire.

— Je pense que vous voulez en fait que cette vente ait lieu. Je ne crois pas que vous et votre ordre ayez fait plus que des efforts de pure forme afin de l'empêcher. Pour une raison quelconque, vous avez intérêt à ce que le contenu de ce dernier fragment soit révélé.

Il y eut un silence à l'autre bout de la ligne et j'aurais pu croire que Reid avait reposé le téléphone si je n'avais entendu le faible bruit de sa respiration.

— Quelle raison, d'après vous ? finit-il par dire.

Il n'y avait plus trace d'amusement dans sa voix. Il semblait sur ses gardes, au contraire. Non, pas exactement sur ses gardes : il voulait que je trouve la réponse, il ne me la donnerait pas. Malgré mes menaces de lâcher sur lui Louis ou les Fulci, Reid jouerait le jeu à sa manière, jusqu'au bout.

— Vous avez peut-être envie de voir l'Ange Noir, vous aussi, répondis-je. Votre ordre l'a perdu, vous souhaitez le récupérer.

— Pas loin, fit-il, le sourire revenant dans sa voix. Mais encore raté, monsieur Parker. N'oubliez pas la croix, et mon bon souvenir à Claudia Stern.

Il raccrocha et je ne devais plus jamais lui parler.

Je retrouvai Phil Isaacson au Fanueil Hall et de là nous allâmes à pied à la salle. De toute évidence, Claudia Stern avait pris certaines dispositions pour la vente du fragment de carte : une pancarte prévenait que la maison était fermée en raison d'une vente privée et que toutes les demandes devaient se faire par téléphone. Je sonnai, un grand costaud en costume sombre vint nous ouvrir.

— C'est une vente privée, messieurs, annonça-t-il. Sur invitation seulement.

Phil tira les cartons de sa poche. J'ignorais comment il se les était procurés. Les invitations étaient imprimées sur bristol avec, en lettres d'or en relief, le nom Stern, la date et l'heure de la vente. L'homme les regarda puis nous examina de près pour s'assurer que nous n'allions pas brandir des croix et asperger les lieux d'eau bénite. Une fois satisfait, il s'écarta pour nous laisser entrer.

— Pas vraiment Fort Knox, murmurai-je.

— Quand même plus de mesures de sécurité que pour une vente habituelle, dit Phil. Je dois avouer que je suis impatient de voir ce qui va se passer.

Il se fit enregistrer à la réception, où on lui remit une palette à enchères. Une jeune femme en noir nous présenta des rafraîchissements sur un plateau. En fait, la plupart des personnes présentes étaient en noir, on se serait cru au lancement d'un nouvel album de Cure, ou à un mariage gothique. Nous optâmes pour un jus d'orange avant de monter l'escalier. Comme je l'espérais, il y avait encore beaucoup de gens allant et venant devant l'entrée de la salle et nous étions perdus dans la foule. Je fus surpris par le nombre d'invités, plus encore par le fait que la plupart d'entre eux paraissaient à peu près normaux, exception faite de leur penchant vestimentaire monochromatique. J'en repérai cependant quelques-uns qui donnaient l'impression d'avoir passé trop de temps seuls dans le noir à se livrer à des activités perverses, notamment un spécimen particulièrement horrible avec des ongles en pointe et une queue-de-cheval noire. C'était tout juste

s'il n'arborait pas un tee-shirt proclamant qu'il avait
tété le sein de Satan.

— Jimmy Page est peut-être là, chuchotai-je. J'aurais
dû apporter mon exemplaire de *Led Zep IV*.

— Jimmy qui ? fit Isaacson.

Je n'aurais pu dire s'il plaisantait.

— Led Zeppelin. Un petit groupe très populaire,
Votre Honneur.

Nous nous installâmes au fond de la salle. Je gardai
la tête baissée vers le catalogue qu'on avait remis à
Phil. La plupart des lots mis en vente étaient des livres,
pour certains très anciens. Je notai une des premières
éditions de l'*Ars moriendi*, sorte de guide à l'usage de
ceux qui espéraient éviter la damnation après la mort,
imprimée par l'Anglais Caxton peu après 1490. Il
s'agissait de onze gravures sur bois représentant les
tentations d'un agonisant sur son lit de mort. Claudia
Stern avait l'art de réunir des objets en une vente
impressionnante et éclairante. Les deux paragraphes
décrivant le lot me révélèrent ce que signifiaient
« mourir absous » et « rédimer », et m'apprirent
qu'une « bonne mort » n'excluait pas nécessairement
une fin violente. J'appris aussi par un livre des saints
que Denis, apôtre de la Gaule et saint patron de la
France, avait été décapité par ses bourreaux, qu'il avait
ramassé sa tête et marché, ce qui en disait long sur sa
capacité à se montrer beau joueur et à offrir du spectacle à la foule.

Quelques lots semblaient apparentés. Ainsi, le 12
était un exemplaire du *Malleus maleficarum*, le « Marteau des sorcières », qui datait du début du xvie siècle
et aurait appartenu à un certain Johannes Geiler von
Kaysersberg, prédicateur tout feu tout flamme de la
cathédrale de Strasbourg, cependant qu'un recueil
de ses sermons constituait le lot 13. Ce volume était

illustré par une estampe de sorcière de Hans Baldung, élève de Dürer, et le lot 14 était une série de gravures érotiques de ce même Baldung, représentant un vieillard – la Mort – caressant une jeune femme, thème sur lequel l'artiste était plusieurs fois revenu au cours de sa carrière.

Il y avait aussi des statues, des icônes, des tableaux – dont la toile que j'avais vue en cours de restauration à l'atelier et inscrite simplement en ces termes : « Kutná Hora, XVe siècle. Anonyme » – et un bon nombre de sculptures en os. La plupart étaient exposées et ne présentaient aucune ressemblance avec celles que j'avais vues dans le livre de Stuckler ou dans l'appartement de Garcia. Elles étaient plus grossières, moins finement réalisées : je devenais un connaisseur dans le travail de l'os.

Les gens commencèrent à s'asseoir quand treize heures approchèrent. Je ne voyais toujours pas trace de Stuckler ni de Murnos, mais huit femmes avaient pris place à une table près du pupitre du commissaire-priseur, chacune pressant un téléphone contre son oreille.

— Il est peu probable que des enchères sérieuses viennent de la salle pour les objets les plus ésotériques, prédit Phil. Les acheteurs ne tiennent pas à ce que leur identité soit connue, en partie à cause de la valeur de certaines pièces mais surtout parce que leur intérêt pour de telles œuvres risque encore d'être mal interprété.

— Tu veux dire que les gens les prendront pour des dingues ?

— Oui.

— Mais ce sont des dingues.

— Oui.

— Tant qu'on est d'accord là-dessus…

Je soupçonnais cependant Stuckler d'avoir envoyé quelqu'un observer les enchérisseurs pour ne pas être totalement coupé de ce qui se passait. D'autres avaient dû faire de même. Quelque part dans la foule se cachaient sans doute ceux qui se donnaient le nom de Croyants. J'avais prévenu Phil, même si je pensais qu'il ne courait aucun danger.

Claudia Stern apparut par une porte latérale en compagnie d'un homme âgé au costume saupoudré de pellicules. Elle s'installa au pupitre et l'homme s'assit près d'elle à une haute table, derrière un gros registre servant à noter le détail des enchères et l'identité des acquéreurs. D'un coup de maillet, elle réclama le silence, puis souhaita la bienvenue aux personnes présentes. Après un préambule sur le mode de paiement, la vente commença. Le premier lot était un objet que je connaissais de réputation : un exemplaire de la traduction de Richard Laurence du Livre d'Enoch, publié en 1821, couplé avec une édition ancienne du drame en vers de Byron, *Le Ciel et la Terre*, datant de la même année. Après des enchères relativement peu animées, le lot alla à un acheteur anonyme enchérissant par téléphone. L'exemplaire de Geiler du *Malleus maleficarum* fut adjugé à une toute petite vieille en tailleur rose qui semblait résolument satisfaite de son achat.

— Les autres sorcières seront ravies, dit Phil.

— « Connais ton ennemi. »

— Exactement.

Après cinq ou six autres pièces qui ne suscitèrent aucune agitation, le frère jumeau du gorille de l'entrée sortit du bureau. Il portait des gants blancs et tenait un coffret d'argent orné d'une croix. La boîte était presque identique à celles que j'avais vues dans la collection de Stuckler, mais parut en meilleur état lorsque son image fut projetée sur un écran. Elle présentait moins de bosses visibles et le métal était à peine éraflé.

— Nous en venons maintenant à ce qui sera, je pense, pour beaucoup d'entre vous, le clou de cette vente. Lot 20, un coffret du XVe en argent de Bohême, avec croix incrustée, contenant un fragment de parchemin. Ceux qui s'intéressent particulièrement à ce lot ont eu la possibilité d'examiner à loisir une petite partie du vélin et de faire procéder à une vérification indépendante de son authenticité. Il n'y aura plus ni questions ni objections et la vente sera définitive.

Un visiteur qui serait entré par hasard se serait demandé pourquoi, après cette introduction relativement sombre, la tension avait nettement monté dans la salle, parcourue par une vague de murmures. Je vis les femmes aux téléphones prêtes à entrer en action, stylo en main.

— J'ouvre les enchères à cinq mille dollars, annonça Mme Stern.

Personne ne se manifesta et elle eut un sourire indulgent.

— Je sais qu'il y a dans cette salle des gens intéressés et disposant des fonds nécessaires. Je vous accorde cependant un départ plus lent, si vous préférez. Qui est preneur à deux mille dollars ?

Le sataniste aux ongles longs leva sa palette : c'était parti. Les enchères montèrent rapidement par coups de cinq cents dollars, dépassant le point de départ originel de cinq mille dollars, grimpant à dix puis à quinze mille. À vingt mille dollars, on cessa d'enchérir dans la salle et Mme Stern tourna son attention vers les femmes aux téléphones qui, par une série de hochements de tête, portèrent les enchères à cinquante, à soixante-quinze, à cent mille dollars. Elles continuèrent à grimper, franchirent la barre des deux cent mille et marquèrent une pause à deux cent trente-cinq mille dollars.

— Plus personne ? demanda Mme Stern.

Pas de réaction.

— Nous en restons à deux cent trente-cinq mille dollars ?

Elle attendit, puis abattit sèchement son marteau.

— Adjugé à deux cent trente-cinq mille dollars.

Le silence de la salle fut brisé, les conversations reprirent. Des gens commençaient à se diriger vers la porte maintenant que le moment le plus important de l'après-midi était passé. Probablement de cet avis, Claudia Stern remit le maillet à l'une de ses assistantes et la vente reprit, avec une tension considérablement réduite. Mme Stern échangea quelques mots avec la jeune femme qui avait pris la dernière enchère par téléphone et se dirigea d'un pas rapide vers son bureau. Elle baissa les yeux au moment où Phil et moi nous levions pour partir et une expression intriguée plissa brièvement son visage, comme si elle se demandait où elle m'avait déjà vu. Elle adressa un signe de tête à Phil, qui lui sourit en retour.

— Tu lui plais, dis-je.

— J'ai ce charme des barbes blanches qui désarme les femmes.

— Peut-être qu'elles ne te trouvent pas menaçant.

— Ce qui me rend d'autant plus dangereux.

— Tu dois avoir une vie intérieure très riche, Phil. C'est une façon polie de dire les choses.

Nous étions sur le premier palier quand Mme Stern apparut en bas dans l'embrasure d'une porte, attendant que nous descendions vers elle.

— Phil, contente de vous revoir.

Elle offrit une joue pâle à son baiser puis me tendit la main.

— Monsieur Parker… J'ignorais que vous figuriez sur la liste. Je craignais que votre présence ne mette les acheteurs mal à l'aise s'ils venaient à apprendre la nature de votre profession.

— Je suis juste venu surveiller Phil, au cas où, emporté par l'excitation, il aurait enchéri sur un crâne.

Elle nous invita à prendre un verre et nous franchîmes à sa suite une porte marquée « Privé » menant à une pièce confortablement meublée de canapés rembourrés et de fauteuils en cuir. Des catalogues de ventes passées et à venir étaient empilés nettement sur deux consoles et déployés en éventail sur une table basse. Mme Stern ouvrit une cave à vins somptueusement garnie, nous incita à faire notre choix. Je pris une bière sans alcool, par politesse. Phil opta pour un verre de vin rouge.

— Je m'étonne que vous n'ayez pas participé vous-même aux enchères, monsieur Parker, reprit-elle. C'est vous qui êtes venu me voir avec cette intéressante sculpture en os.

— Je ne suis pas collectionneur, madame Stern.

— Non, je suppose que non. En fait, vous êtes plutôt dur avec les collectionneurs, comme en témoigne la fin de feu M. Garcia. Avez-vous du nouveau à son sujet ?

— Oui, quelques petites choses.

— Que vous pourriez nous confier ?

Elle affectait un ton vaguement supérieur, assorti d'un sourire ironique : tout ce que je pourrais lui dire sur Garcia, elle le savait déjà.

— Il collectionnait les cassettes de femmes mortes ou agonisantes. Et je crois qu'il avait pris une part active à leur réalisation.

Une ombre passa sur le visage de Claudia Stern, dont le sourire perdit un peu de son éclat.

— Vous croyez aussi que sa présence à New York est liée au coffret de Sedlec mis en vente aujourd'hui, dit-elle. Sinon, pour quelle raison seriez-vous ici ?

— J'aimerais savoir qui l'a acheté.

— Beaucoup de gens aimeraient le savoir.

Elle modifia sa ligne de tir et dirigea son charme sur Phil. J'eus cependant l'impression qu'elle était mécontente de sa présence et du fait qu'il n'était pas venu seul.

— Tout cela strictement entre nous, bien sûr, précisa-t-elle.

— Je ne suis pas ici en qualité de journaliste, déclara-t-il.

— Vous êtes toujours le bienvenu, en quelque qualité que ce soit, assura-t-elle tandis que son ton sonnait faux. Simplement, en l'occurrence, la discrétion était et reste de mise.

Quand elle but une gorgée de vin, un mince filet coula sur son menton. Elle ne parut pas s'en apercevoir.

— C'était une vente très délicate, monsieur Parker. La valeur du lot était directement proportionnelle au secret qui l'entourait. Si nous avions révélé avant la vente le contenu du coffret, si nous avions, par exemple, autorisé des acheteurs éventuels à examiner le parchemin dans son entier, au lieu de ne leur en présenter qu'une toute petite partie, il n'aurait pas atteint une telle somme. La majorité des enchérisseurs présents dans la salle étaient de simples amateurs de curiosités espérant vaguement établir un lien avec un mythe obscur. L'argent, le vrai, était ailleurs. Six personnes en tout ont pris la peine de faire un dépôt pour avoir le droit d'examiner une partie du vélin et aucune n'était présente aujourd'hui. Personne n'a pu voir ne serait-ce qu'un des symboles ou des dessins du parchemin.

— Excepté vous.

— Je l'ai regardé, ainsi que deux de mes collaborateurs, mais franchement il n'avait aucun sens pour moi. Même si j'avais été capable de l'interpréter, j'aurais eu besoin des autres fragments pour le replacer dans son contexte. Notre crainte était que quelqu'un ayant déjà en sa possession d'autres fragments ne puisse voir le nôtre.

— Connaissez-vous son origine ? dis-je. Je crois savoir qu'elle est controversée.

— Vous faites référence à l'hypothèse selon laquelle le coffret aurait été volé à Sedlec ? Rien ne prouve qu'il s'agisse du même objet. Il nous est parvenu par une source européenne tout à fait sûre. Nous l'avons estimé authentique et ceux qui ont enchéri aujourd'hui ont été du même avis.

— Vous garderez le secret sur la dernière enchère ?

— Autant que nous pourrons. Ce genre de chose a tendance à finir par s'ébruiter, mais nous ne tenons pas à ce que l'acheteur soit la cible d'individus sans scrupules. Notre réputation repose sur notre capacité à préserver l'anonymat de nos clients, en particulier du fait de la nature de certains des objets qui passent par cette maison.

— Vous pensez donc que l'acheteur court un risque ?

— Il se pourrait que ce soit lui qui fasse courir un risque à d'autres, répliqua-t-elle.

Elle m'observait attentivement.

— L'acheteur est un Croyant ? C'est ce que vous êtes en train de me dire ?

Elle eut un rire qui dénuda ses dents légèrement jaunies.

— Je ne vous dis rien du tout, monsieur Parker, je souligne simplement qu'on peut tirer plus d'une conclusion. Tout ce que je peux dire, c'est que je me sentirai beaucoup mieux quand le coffret ne sera plus en ma possession. Heureusement, il est assez petit pour être remis à l'acheteur sans attirer l'attention. Ce sera fait avant la fermeture.

— Et vous, madame Stern ? Pensez-vous que vous courez un risque ? Vous avez vu le parchemin.

Elle but une autre gorgée et se leva. Nous fîmes de même : l'entretien était terminé.

— Je suis dans ce métier depuis longtemps, dit-elle. J'ai vu quelques objets très étranges et j'ai rencontré des personnages qui l'étaient tout autant. Aucun d'eux ne m'a jamais menacée, aucun ne le fera jamais. Je suis bien protégée.

Je n'en doutais pas. Tout dans la maison Stern me mettait mal à l'aise. C'était comme un comptoir commercial à la jonction de deux mondes.

— Vous êtes une Croyante, madame Stern ?

Elle posa son verre, remonta lentement et l'une après l'autre les manches de sa blouse. Ses bras ne portaient aucune marque.

Toute trace d'amabilité l'avait quittée pendant l'opération.

— Je crois à beaucoup de choses, monsieur Parker, notamment aux bonnes manières, dont vous semblez totalement dépourvu. Philip, je vous serais reconnaissante de bien vouloir me consulter à l'avenir avant d'amener des invités à mes ventes. J'espère que votre discernement en matière de compagnon est la seule qualité que vous ayez apparemment perdue depuis notre dernière rencontre, sinon votre journal devra chercher ailleurs pour ses critiques d'art.

Elle nous ouvrit la porte et attendit que nous sortions. Phil semblait embarrassé. Quand il lui dit au revoir, elle ne répondit pas, mais, au moment où nous quittions la pièce, elle me lança :

— Vous auriez dû rester dans le Maine, monsieur Parker. Garder la tête baissée et mener une vie tranquille. Vous n'auriez attiré l'attention de personne.

— Pardonnez-moi si je ne tremble pas. J'ai déjà rencontré des gens comme les Croyants.

— Non, sûrement pas, répliqua-t-elle.

Et elle me ferma la porte au nez.

J'accompagnai Phil à sa voiture.

— Désolé si je t'ai rendu la vie difficile, m'excusai-je.

Il claqua sa portière et descendit la vitre.

— De toute façon, elle ne m'a jamais plu, bougonna-t-il. Et son vin était bouchonné. Une chose, cependant : les gens réagissent toujours aussi mal, avec toi ?

Je ruminai la question.

— En général, c'est pire, répondis-je.

Angel et Louis m'attendaient à proximité en mangeant des rouleaux de printemps énormes et en buvant de l'eau minérale dans la Lexus de Louis. Je remarquai qu'Angel avait disposé la moitié de la production mondiale de serviettes en papier sur ses jambes, sur ses pieds, sur les parties de son siège que son corps ne recouvrait pas, et sur le plancher même de la voiture. C'était un cas manifeste d'exagération, même si quelques germes de soja égarés et deux ou trois gouttes de sauce tachaient déjà les serviettes. Ça paie de prendre des précautions.

— Il doit vraiment t'aimer pour te laisser manger dans sa voiture, commentai-je en montant à l'arrière pour leur parler.

Louis me salua d'un signe de tête mais il y avait toujours un non-dit entre nous. Je n'abordai pas le sujet. Il le ferait lui-même quand il jugerait le moment venu.

Ouais, ça lui a pris que dix berges, quelque chose comme ça, répondit Angel. Les cinq premières années, j'avais même pas le droit de poser mes fesses sur le siège. On a fait du chemin.

Louis s'essuyait soigneusement les doigts.

— Tu as de la sauce sur ta cravate, lui fis-je remarquer.

Il se figea puis leva vers lui la bande de soie.

— Put... commença-t-il avant de se tourner vers Angel. C'est ta faute. T'as voulu bâfrer, tu m'as donné faim. Bon Dieu.

— Tu devrais le flinguer, suggérai-je avec obligeance.

— Il me reste des serviettes, si tu veux, proposa Angel.

Louis en rafla quelques-unes sur le giron de son compagnon, les aspergea d'eau minérale et entreprit de frotter la tache, le tout sans cesser de jurer.

— Si ses ennemis trouvent son point faible, on pourrait avoir de gros ennuis, dis-je à Angel.

— Ouais, ils auraient même pas besoin de pétards, de la sauce de soja, ça suffirait. Ou de la sauce satay, s'ils la jouent vraiment vacharde.

Louis continua à nous injurier, la tache et nous, dans un même élan. C'était impressionnant. C'était bon aussi de retrouver un peu du Louis d'avant.

— Il est vendu, annonçai-je en revenant aux choses sérieuses. Deux cent trente-cinq mille dollars.

— La maison prend combien là-dessus ? voulut savoir Angel.

— Quinze pour cent du prix d'achat, d'après Phil.

— Pas mal. Stern t'a dit qui est l'acheteur ?

— Elle n'a même pas voulu me donner l'identité du vendeur. Reid pense que la boîte a été volée à Sedlec quelques heures seulement avant qu'on découvre les dégâts faits à l'église et qu'elle a fini chez Stern après être passée par une série d'intermédiaires. Il est possible que la maison elle-même soit le dernier acheteur, auquel cas Mme Stern s'est fait des miches en or, aujourd'hui. Quant à l'acheteur, Stuckler la voulait salement, cette boîte. Elle l'obsède et il a l'argent nécessaire pour satisfaire son obsession. Étant donné les circonstances, il a dû penser que ce n'était pas cher, deux cent trente-cinq mille.

— Et il se passe quoi, maintenant ?

— Stuckler se fait livrer son morceau de parchemin et essaie de le combiner avec le matériau qu'il a déjà pour localiser l'Ange. Je ne crois pas qu'il fasse partie des Croyants, ils vont donc s'occuper de lui. Soit ils proposent de lui acheter ses informations, soit ils tentent de les lui prendre d'une manière plus directe. La maison de Stuckler est bien protégée, cependant, et il a des hommes avec lui. Murnos connaît probablement son boulot, mais je pense quand même que son patron et lui sous-estiment les types à qui ils ont affaire.

— À mon avis, il faut attendre et voir comment ça tourne, dit Louis.

— Probablement mal pour Stuckler.

— Je parlais de ma cravate, fit-il, l'air peiné.

Assis dans un fauteuil, les yeux clos, Brightwell serrait et desserrait les poings comme au rythme du sang projeté dans son corps. Il dormait rarement et trouvait que ces moments de calme l'aidaient à renouveler son énergie. Il rêvait quand même, d'une certaine façon, revivant des moments de sa longue vie, histoires anciennes, vieilles inimitiés. Dernièrement, il s'était souvenu de Sedlec et de la mort du capitaine. Une bande de hussites à la traîne les avaient interceptés alors qu'ils se frayaient un chemin vers Prague et une flèche perdue avait trouvé sa cible en lui. Tandis que les autres massacraient les attaquants, Brightwell, lui-même blessé, avait rampé sur le sol, dont l'herbe était déjà humide du sang du capitaine. Il avait relevé les cheveux tombés dans les yeux de son chef, découvrant la tache blanche qui semblait changer constamment de forme à sa périphérie alors que son noyau demeurait le même, de sorte que la regarder, c'était comme jeter un coup d'œil au soleil à travers une vitre. Il y en avait qui détestaient la voir, cette tache qui rappelait tout ce qu'ils avaient perdu, mais Brightwell n'hésitait pas à la contempler quand l'occasion se présentait. Elle nourrissait son ressentiment et lui donnait un élan nouveau pour combattre le Divin.

Le capitaine avait du mal à respirer. Quand il tenta de parler, du sang monta de sa gorge en bouillonnant. Déjà Brightwell sentait la séparation commencer, l'esprit se dégageant de son hôte et s'apprêtant à errer dans l'obscurité entre deux mondes.

« Je me rappellerai, murmura Brightwell. Je ne cesserai jamais de chercher. Je me maintiendrai en vie. Quand le moment de nos retrouvailles sera venu, je vous transmettrai d'une pression du doigt tout ce que j'aurais appris, je rappellerai à chacun de vous ce que vous aurez oublié et ce que vous êtes. »

Le capitaine frissonna. Brightwell lui saisit la main droite et abaissa son visage vers la bouche aimée. Dans la puanteur du sang et de la bile, il sentit le corps abandonner la lutte. Il se redressa, lâcha la main du capitaine. La statue avait disparu, mais il avait appris l'existence de la carte de l'abbé par un jeune moine nommé Karel Brabe avant qu'il meure. Quelque part, on cachait déjà les coffrets dans des endroits secrets, et l'âme de Karel Brabe habitait à présent la prison de la forme humaine de Brightwell.

Or, avant de mourir, le jeune moine lui avait révélé autre chose dans l'espoir de faire cesser la douleur que Brightwell lui infligeait.

« Tu fais un piètre martyr », lui avait assené l'obèse.

Brabe n'était qu'un adolescent et Brightwell avait un savoir étendu sur les capacités du corps. Ses doigts avaient creusé des plaies profondes dans le novice et ses ongles déchiraient des endroits intimes et rouges. Tandis qu'ils arrachaient des veines et perçaient des organes, du sang et des mots jaillissaient du jeune garçon en flots jumeaux : la nature trompeuse des fragments, la statue en os, jumelle de la relique obscène qu'ils cherchaient et renfermant elle-même un secret.

La quête avait duré longtemps, si longtemps...

Brightwell ouvrit les yeux. L'Ange Noir se tenait devant lui.

— C'est presque fini, dit l'Ange.

— Nous ne sommes pas certains que ce soit lui qui l'ait.

— Il s'est trahi.

— Et Parker ?

— Une fois que nous aurons trouvé mon jumeau.

Brightwell baissa les yeux.

— C'est lui, dit-il.

— Je suis enclin à partager cet avis, déclara l'Ange Noir.

— S'il est tué, je le perdrai de nouveau.

— Et tu le trouveras encore une fois. Tu m'as bien trouvé, moi.

Brightwell eut l'impression qu'un peu de son énergie le quittait. Ses épaules s'affaissèrent et, un moment, il parut vieux et usé.

— Ce corps m'abandonne, soupira-t-il. Je n'ai plus la force d'entreprendre une nouvelle recherche.

L'Ange Noir toucha le visage de Brightwell avec la tendresse d'un amant. Il caressa la peau grêlée, la chair gonflée du cou, les lèvres douces, sèches.

— Si tu dois quitter ce monde, ce sera mon devoir de te chercher à mon tour, dit-il. Et souviens-toi, je ne serai pas seul. Cette fois, nous serons deux à te chercher.

21

Ce soir-là, je parlai à Rachel pour la première fois depuis son départ. Frank et Joan assistaient à un dîner de bienfaisance local, Rachel et Sam étaient seules dans la maison. J'entendais en fond sonore « Overcome by Happiness » par les Pernice Brothers, les rois de la chanson au titre trompeur.

Rachel semblait pleine d'un allant fébrile, à la manière frénétique de ceux qui sont sous l'effet de médicaments puissants ou qui s'efforcent désespérément de tenir le coup face à un effondrement imminent. Elle ne me posa aucune question sur l'affaire et me raconta plutôt ce que Sam avait fait dans la journée, la façon dont Frank et Joan la gâtaient. Elle demanda des nouvelles du chien, puis tint le téléphone contre l'oreille de Sam et je crus entendre le bébé réagir à ma voix. Je lui dis que je l'aimais, qu'elle me manquait. Je lui dis que je voulais qu'elle soit à jamais en sécurité et heureuse, que j'étais désolé de ce que j'avais pu faire pour qu'il en soit autrement. Je lui dis que même si je n'étais pas auprès d'elle, même si nous ne pouvions pas être ensemble, je pensais à elle et que je n'oublierais jamais, jamais combien elle comptait pour moi.

Je savais que Rachel écoutait aussi et qu'ainsi je lui déclarais toutes les choses que je ne pouvais pas lui dire.

Le chien me réveilla. Il n'aboyait pas, il gémissait doucement, gardant la queue basse et l'agitant nerveusement, comme lorsqu'il essayait de se faire pardonner une bêtise. Il inclina la tête sur le côté en captant un bruit inaudible pour moi et jeta un coup d'œil vers la fenêtre, ses babines formant des sons étranges.

La pièce était baignée d'une lueur tremblotante. Cette fois, j'entendis un craquement au loin. Je sentis de la fumée, je vis l'éclat de flammes à travers les rideaux de la fenêtre. Je me levai du lit pour les ouvrir.

Les marais étaient en feu. Déjà les camions des pompiers de Scarborough convergeaient vers l'incendie. J'aperçus l'un de mes voisins sur le pont enjambant le terrain boueux, en contrebas de ma maison, essayant peut-être de trouver la source du brasier, craignant que quelqu'un ne soit blessé. Les flammes suivaient des chemins déterminés par les canaux et se reflétaient à la surface sombre de l'eau, de sorte qu'elles semblaient à la fois s'élever dans l'air et dévorer les profondeurs. Des oiseaux s'abattaient devant ce fond rouge, affolés et perdus dans la nuit. Les branches fines d'un arbre dénudé avaient pris feu, mais les camions étaient maintenant presque arrivés et bientôt une lance serait braquée sur l'arbre, qu'on pouvait peut-être encore sauver. L'humidité de l'hiver permettrait probablement de contenir l'incendie, mais l'herbe brûlée resterait visible pendant des mois, rappel calciné de la vulnérabilité de cet endroit.

L'homme du pont se tourna vers ma maison. Les flammes éclairèrent son visage et je vis que c'était Brightwell. Il se tint immobile, la silhouette dessinée par le feu, le regard fixé sur ma fenêtre. Les phares des camions de pompiers durent le prendre brièvement dans leurs faisceaux, car il fut soudain illuminé, pâle, la peau piquetée et maladive, quand il se détourna des véhicules approchant et descendit dans le brasier.

Je téléphonai le lendemain de bonne heure tandis que Louis et Angel prenaient le petit déjeuner en lançant des morceaux de pain à Walter pour qu'il les attrape. Eux aussi avaient vu la silhouette sur le pont et cette apparition avait accru le sentiment de malaise qui colorait tous mes rapports avec Louis. Angel jouait le rôle de tampon entre nous, et quand il était présent, un observateur peu attentif aurait pu croire que tout était normal entre nous, ou du moins aussi normal que d'habitude, c'est-à-dire pas franchement normal.

Les pompiers de Scarborough avaient eux aussi assisté à la descente de Brightwell dans le marais en feu et avaient vainement cherché à le retrouver. On supposait qu'il avait fait demi-tour sous le pont et s'était enfui, car on le rendait responsable de l'incendie. Cela au moins était vrai : Brightwell avait mis le feu, pour me faire savoir qu'il ne m'avait pas oublié.

Une odeur de fumée et d'herbe brûlée flottait lourdement dans l'air tandis que j'écoutais le téléphone sonner à l'autre bout de la ligne. Une jeune femme décrocha.

— Je voudrais parler au rabbin Epstein.

— De la part de qui ?

— Dites-lui que c'est Parker.

J'entendis la jeune femme poser le téléphone. Des enfants criaient à l'arrière-plan, accompagnés par le bruit de timbales heurtant des bols. Puis le vacarme fut étouffé quand une porte se referma et un vieil homme vint en ligne.

— Cela fait longtemps, dit Epstein. Je pensais que vous m'aviez oublié. Je l'espérais, plutôt.

Le fils du rabbin avait été assassiné par Faulkner et sa progéniture, et j'avais aidé Epstein à se venger du vieux prédicateur. Il avait une dette envers moi, il le savait.

— J'ai besoin de parler à votre pensionnaire, dis-je.

— Je ne crois pas que ce soit une bonne idée.

— Pourquoi ?

— Cela risque d'attirer l'attention. Moi-même je ne lui rends visite qu'en cas d'absolue nécessité.

— Comment va-t-il ?

— Aussi bien qu'on peut s'y attendre, étant donné les circonstances. Il ne parle pas beaucoup.

— J'ai besoin de le voir quand même.

— Je peux vous demander pourquoi ?

— Je crois avoir rencontré un vieil ami à lui. Un très vieil ami.

Je pris l'avion pour New York avec Louis en début d'après-midi et nous n'échangeâmes quasiment pas un mot pendant le voyage. Angel avait préféré rester à la maison pour garder Walter. À Portland comme à New York, je ne vis pas trace de Brightwell ni de personne d'autre qui aurait pu nous suivre. Nous prîmes un taxi pour le Lower East Side sous une pluie battante. La circulation se traînait, les rues étaient pleines de gens ruisselants, las du long hiver, mais la pluie commença à faiblir lorsque nous traversâmes Houston et, quand nous fûmes presque arrivés à destination, le soleil se déversait par des trouées dans les nuages, créant de grandes diagonales de lumière qui se désintégraient sur les toits et les murs des bâtiments.

Epstein m'attendait au centre Orensanz, la vieille synagogue du Lower East Side où je l'avais rencontré pour la première fois après la mort de son fils. Comme d'habitude, il était escorté par deux jeunes hommes qu'il n'avait manifestement pas emmenés pour leur art de la conversation.

— Nous voilà de nouveau ici, dit-il.

Il n'avait pas changé : petit, la barbe grise, l'air un peu triste, comme si, malgré sa volonté d'optimisme, le monde avait déjà trouvé le moyen de le décevoir aujourd'hui.

— Apparemment, vous aimez donner rendez-vous dans cet endroit, répondis-je.

— C'est public et cependant privé, au besoin. Et plus sûr qu'il n'y paraît. Vous semblez fatigué.

— J'ai une semaine difficile.

— Vous avez une vie difficile. Si j'étais bouddhiste, je me demanderais quels péchés vous avez commis dans vos incarnations antérieures pour justifier les problèmes que vous rencontrez dans celle-ci.

La pièce où nous nous trouvions baignait dans une douce lumière orange. Le soleil qui tombait par la grande fenêtre dominant la synagogue déserte semblait avoir plus de poids et de substance à cause d'un élément caché qui s'y était ajouté lorsqu'il avait traversé le verre. Le bruit de la circulation était assourdi et même nos pas sur le sol poussiéreux semblaient lointains et étouffés tandis que nous nous dirigions vers la lumière. Louis demeura près de la porte, flanqué des gardes du corps d'Epstein.

— Alors, fit-il, qu'est-ce qui vous amène ?

Je songeai à tout ce que Reid et Brightwell m'avaient dit. Je me rappelai Brightwell, l'impression de ses mains sur moi quand il avait essayé de m'attirer à lui, l'expression de son visage avant qu'il ne se livre aux flammes. La sensation de vertige revint et ma peau

fut parcourue de frissons au souvenir d'anciennes brûlures.

Je me rappelai Faulkner, le prédicateur, enfermé
dans sa cellule, après la mort de ses enfants et la fin de
sa croisade haineuse. De nouveau, je vis ses bras se
tendant vers moi à travers les barreaux, je sentis la
chaleur émanant de son corps âgé, sec et nerveux, et
j'entendis les mots qu'il m'adressa avant de cracher
son poison dans ma bouche.

« Ce que tu as subi jusqu'ici n'est rien comparé à ce
qui approche… Ce qui s'abattra sur toi n'est même pas
humain. »

Je n'aurais pas su expliquer comment, mais Faulkner avait une connaissance des choses cachées. Reid
avait suggéré que Faulkner, le Voyageur, la tueuse
d'enfants Adelaide Modine, le sadique Pudd au corps
arachnéen et peut-être même Caleb Kyle, le père
Fouettard qui avait hanté la vie de ma grand-mère,
étaient tous liés, même si plusieurs d'entre eux
n'avaient pas conscience de ce qui les unissait. Le mal
qu'ils incarnaient était humain, c'était le produit de
leur nature. Des gènes défectueux ou des violences
subies dans leur enfance avaient peut-être joué un rôle
dans ce qu'ils étaient devenus. De minuscules vais-
seaux endommagés dans leur cerveau, des neurones
mal connectés expliquaient peut-être leur nature avilie.
Mais le libre arbitre avait aussi sa part, car je ne doutais pas qu'à un moment la plupart de ces hommes et
de ces femmes, penchés au-dessus d'un autre être
humain et tenant une vie entre leurs mains, cette chose
fragile à la lueur hésitante, jetant furieusement ses
revendications au monde, avaient décidé de la souffler,
d'ignorer les cris et les gémissements, la décroissance
du rythme respiratoire jusqu'à ce qu'enfin le sang
cesse de jaillir et coule lentement des blessures, forme

autour d'eux une flaque et réfléchisse leur visage dans sa rougeur épaisse et gluante. C'était là que gisait le vrai mal, dans cet instant entre pensée et acte, entre intention et perpétration, quand, pendant quelques secondes, il était encore possible de faire marche arrière et de refuser de satisfaire le sombre désir béant. Peut-être était-ce à ce moment-là que la médiocrité humaine rencontrait quelque chose de pire, de plus profond, de plus ancien, à la fois familier par l'écho qu'il trouvait dans nos âmes, et étranger par sa nature et son ancienneté, un mal prenant pour proie notre propre engeance et l'écrasant de son ampleur. Il y a autant de formes de mal dans le monde que d'hommes pour les commettre et leurs gradations sont presque infinies, mais il se peut qu'à la vérité elles proviennent toutes du même puits profond et que des êtres s'y abreuvent depuis bien plus longtemps que nous ne l'imaginons.

— Une femme m'a parlé d'un livre, un des apocryphes bibliques, dis-je. Je l'ai lu. Il traite de la corporéité des anges, de la possibilité qu'ils aient revêtu une forme humaine et qu'ils l'habitent, cachés et invisibles.

Epstein demeura si silencieux et immobile que je ne l'entendais plus respirer ; sa poitrine semblait avoir cessé de monter et de retomber.

—Le Livre d'Enoch, lâcha-t-il au bout d'un moment. Vous savez, le grand rabbin Siméon ben Jochai, dans les années qui suivirent la crucifixion de Jésus, maudit ceux qui croyaient à ce livre. On a estimé que c'était une mauvaise interprétation de la Genèse à cause des correspondances entre les deux textes, bien que certains érudits suggèrent qu'Enoch est en fait antérieur et fournit donc un compte rendu plus sûr. Mais il faut dire que la nature des œuvres apocryphes – tant les livres deutérocanoniques comme Judith, Tobit et

Baruch qui suivent l'Ancien Testament que les Évangiles tardifs supprimés comme ceux de Thomas et Bartholomé – est un champ de mines pour les chercheurs. Enoch est sans doute plus ardu que la plupart. C'est un texte véritablement troublant, avec de profondes implications sur la nature du mal dans le monde. Il n'est guère étonnant que les chrétiens comme les juifs aient trouvé plus facile de l'escamoter que d'en examiner le contenu à la lumière de ce qu'ils croyaient déjà et de tenter par là de concilier les deux points de vue. Aurait-il été si difficile pour eux de voir que la rébellion des anges était liée à la création de l'homme, que l'orgueil des premiers avait été blessé quand ils avaient été contraints de reconnaître la merveille de ce nouvel être, qu'ils avaient peut-être aussi envié sa matérialité et le plaisir qu'il pouvait prendre à assouvir ses appétits, avant tout la joie qu'il éprouvait en s'unissant au corps d'une autre ? Les anges connurent le désir, se rebellèrent et churent. Certains tombèrent dans l'abîme, d'autres trouvèrent une place ici et prirent enfin la forme qu'ils avaient si longtemps désirée. Intéressante spéculation, vous ne croyez pas ?

— Et s'il y avait des types pour y croire, pour imaginer qu'ils sont les dernières de ces créatures ?

— Et s'ils l'étaient vraiment ? repartit Epstein. N'est-ce pas pour cette raison que vous voulez revoir Kittim ?

— Je crois que je suis devenu une sorte de phare pour des êtres malfaisants et que les pires d'entre eux sont maintenant plus proches qu'ils ne l'ont jamais été. Ma vie est en miettes. Autrefois, j'aurais pu me détourner et ils seraient passés sans me remarquer, mais c'est trop tard, maintenant. Je veux voir celui que vous détenez pour avoir la confirmation que je ne suis pas fou et que de tels êtres existent.

— Ils existent peut-être et Kittim en est peut-être la preuve, mais nous nous sommes heurtés à une forte résistance de sa part. Très vite, il s'est accoutumé aux drogues. Même le penthotal ne fait plus vraiment effet. Sous son influence, il délire simplement ; nous lui avons administré une forte dose en prévision de votre visite et cela pourrait vous permettre d'obtenir de lui quelques minutes de lucidité.

— On met longtemps pour y aller ? demandai-je.

— Pour y aller ? fit Epstein. Aller où ?

Je mis un moment à comprendre.

— Il est ici ?

C'était à peine une cellule, à laquelle on avait accès par un local électrique au sous-sol, sorte de cube aux parois d'acier dont le mur du fond faisait aussi office de porte. Celle-ci s'ouvrait, au moyen d'une clef et d'un code, vers l'intérieur pour révéler un espace insonorisé divisé en deux par un grillage métallique. Des caméras surveillaient en permanence la partie située derrière la séparation, qui était meublée d'un lit, d'un canapé, d'une petite table et d'une chaise. Pas de livres. Un téléviseur était fixé dans un coin, de l'autre côté du grillage, le plus loin possible de la cellule. Un boîtier de télécommande était posé par terre près du canapé.

Une forme était allongée sur le lit, nue à l'exception d'un short gris. Chacun des muscles de ses membres semblables à des branches sans feuilles était nettement visible sous la peau. Il était émacié, plus maigre que tous les hommes que j'avais rencontrés. Le visage tourné vers le mur, il avait ramené ses genoux contre sa poitrine. Il était presque chauve, mis à part quelques mèches encore accrochées à son crâne violacé. La texture de sa peau me rappelait celle de Brightwell. Tous deux subissaient un lent dépérissement.

— Mon Dieu, murmurai-je. Que lui est-il arrivé ?

— Il refuse de manger, dit Epstein. Nous avons essayé de le nourrir de force, mais c'était trop difficile. Finalement, nous en sommes venus à la conclusion qu'il voulait se suicider et, bon, nous étions prêts à le voir mourir. Sauf qu'il n'est pas mort : il s'affaiblit simplement de semaine en semaine. Parfois, il avale un peu d'eau, rien d'autre. La plupart du temps, il dort.

— Ça dure depuis combien de temps ?

— Des mois.

L'homme étendu sur le lit s'agita, se retourna. La peau de son visage s'était rétrécie, rendant visibles les creux de ses os. Il me fit penser à un prisonnier de camp de concentration, à ceci près que ses yeux de chat ne montraient aucun signe de faiblesse ni de décomposition intérieure. Ils luisaient au contraire, tels des bijoux bon marché.

Kittim.

Il était apparu en Caroline du Sud, gros bras d'un raciste nommé Roger Bowen et lien entre le prédicateur Faulkner et les hommes qui l'auraient libéré s'ils avaient pu, mais Bowen avait sous-estimé son gorille et n'avait pas évalué le véritable rapport de forces entre eux. Bowen n'était que la marionnette de Kittim, un être plus vieux et plus corrompu qu'il ne pouvait l'imaginer. Son nom était un indice de sa nature, car les kittim étaient, disait-on, les anges sombres d'une armée qui faisait la guerre aux hommes et à Dieu. Ce qui habitait Kittim était ancien, hostile et œuvrait à ses propres fins.

Kittim tendit le bras vers un gobelet en plastique, but de l'eau. Le liquide coula sur l'oreiller et les draps. Il se redressa jusqu'à être assis au bord du lit, resta un moment dans cette position, comme s'il rassemblait les forces nécessaires, et se leva. Il chancela, parut sur le point de tomber, mais s'approcha du grillage en traînant les pieds. Ses doigts osseux saisirent les mailles et il y pressa son visage, comme pour essayer de passer entre elles. Son regard se posa d'abord sur Louis puis sur moi.

— Venus jubiler ? fit-il.

Sa voix était très basse mais ne trahissait rien du lent dépérissement de son corps.

— T'es pas beau à voir, répondit Louis. Mais faut dire que tu l'as jamais été.

— Je vois que vous emmenez encore votre singe partout où vous allez, monsieur Parker. Vous devriez le dresser à marcher derrière vous en tenant une ombrelle.

— Toujours le mot pour rire, dis-je. Tu ne te feras jamais d'amis comme ça, tu sais. C'est pour ça qu'on te garde ici, loin des autres enfants.

— Je suis surpris de voir que vous êtes encore vivant. Surpris mais content.

— Content ? Pourquoi ?

— Vous êtes peut-être venu pour me tuer.

— Pourquoi ? répliquai-je. Pour que tu puisses... errer ?

Il inclina légèrement la tête sur le côté et me regarda avec un intérêt nouveau. Près de moi, Epstein nous observait attentivement.

— Peut-être, dit Kittim. Qu'est-ce que vous savez au juste ?

— Deux ou trois choses. Tu pourrais m'aider à en apprendre davantage.

— Je crois pas, non.

Je haussai les épaules et repris :

— Alors, nous n'avons plus rien à nous dire. Je pensais qu'un peu de stimulation te plairait. Ça doit être ennuyeux, ici. Enfin, tu as quand même la télé. C'est bientôt l'heure de Gros Nounours.

Il s'éloigna du grillage et s'assit de nouveau sur son lit.

— Je veux sortir d'ici, réclama-t-il.

— Ça ne risque pas.

— Je veux mourir.

— Pourquoi tu n'essaies pas de te tuer ?

— Ils me surveillent.

— Ce n'est pas la bonne réponse.

Kittim écarta les bras et tourna ses paumes vers le haut, fixa longuement ses poignets comme s'il envisageait les entailles qu'il pourrait y faire si on lui en laissait la possibilité.

— Tu ne peux pas te suicider, dis-je. Tu n'as pas le choix. Tu ne peux pas mettre fin à ton existence, même temporairement. Ce n'est pas ce que tu crois ?

Il ne répondit pas. J'insistai :

— Je pourrais te révéler des choses.

— Quelles choses ?

— Je pourrais te parler d'une statue d'argent cachée dans une cave. Je pourrais te parler d'anges jumeaux, l'un perdu, l'autre à sa recherche. Ça ne t'intéresse pas ?

Sans lever la tête, il murmura :

— Si. Je vous écoute.

— On fait un échange, proposai-je. D'abord, dis-moi qui est Brightwell ?

Kittim réfléchit un moment.

— Brightwell... n'est pas comme moi. Il est plus vieux, plus prudent, plus patient. Il veut...

— Qu'est-ce qu'il veut ?

— Se venger.

— De qui ?

— De tout le monde.

— Il est seul ?

— Non. Il sert une puissance supérieure. Elle est incomplète et cherche son autre moitié. Vous le savez, ça.

— Où est-elle ?

— Cachée. Elle avait oublié qui elle était, mais Brightwell l'a retrouvée et a réveillé ce qui était à l'intérieur. Maintenant, comme nous tous, elle se cache et elle cherche.

— Que se passera-t-il quand elle aura trouvé son autre moitié ?

— Elle chassera, elle tuera.

— Et qu'est-ce que Brightwell reçoit en échange de son aide ?

— Du pouvoir. Des victimes.

Kittim détacha enfin son regard du sol pour me regarder sans ciller.

— Et vous.

— Comment le sais-tu ?

— Je le connais. Il pense que vous êtes comme nous mais que vous vous êtes écarté de nous en tombant. Un seul n'a pas suivi. Brightwell pense que c'est vous.

— Et tu le crois ?

— Je m'en fiche. Moi, je voulais seulement vous explorer.

Il tendit les doigts de sa main droite, les agita dans l'air comme si c'était de la chair que ses ongles déchiraient lentement.

— Maintenant, à vous de me dire ce que vous savez d'eux.

— Ils se donnent le nom de Croyants. Quelques-uns ne sont que des hommes ambitieux, d'autres sont convaincus d'être plus que ça. Ils cherchent la statue, ils sont sur le point de la localiser. Ils assemblent les morceaux d'une carte et bientôt ils disposeront de tous les éléments dont ils ont besoin. Ils ont même construit un sanctuaire ici à New York pour la recevoir.

Kittim but encore un peu d'eau et confirma :

— Oui, bientôt.

Cette perspective ne semblait pas le transporter de joie. Tandis que je l'observais, la vérité des propos de Reid m'apparut plus clairement : le mal est égoïste, et finalement sans unité. Quoi qu'il pût être par ailleurs, Kittim n'avait aucun désir de partager ses plaisirs avec les autres. C'était un renégat.

— J'ai encore une question, dis-je.

— Une seule.

— Qu'est-ce que Brightwell fait aux agonisants ?

— Il presse sa bouche contre leurs lèvres.

— Pourquoi ?

Je crus déceler une pointe d'envie dans la voix de Kittim quand il répondit :

— Pour leur âme. Brightwell est un collecteur d'âmes.

Il s'étendit de nouveau sur son lit, ferma les yeux et se tourna vers le mur.

Le Woodrow était un immeuble banal. Il n'y avait pas de portier en livrée verte et gants blancs pour préserver la vie privée de ses résidents et l'entrée était meublée de ces chaises dures couvertes de vinyle vert qu'affectionnent les dentistes impécunieux dans le monde entier. Les portes extérieures n'étaient pas protégées, mais les portes intérieures étaient verrouillées. À droite, sous un Interphone, s'étiraient trois rangées de sonnettes, chacune flanquée d'un espace pour inscrire un nom. Celui de Philip Bosworth n'y figurait pas, mais plusieurs espaces étaient vides.

— Ross t'a peut-être refilé un tuyau crevé, dit Louis.

— Il est au FBI, pas à la CIA, répondis-je. Quoi qu'on puisse dire de lui, il ne plaisante pas en matière d'informations. Bosworth est ici, quelque part.

Je pressai tour à tour les sonnettes anonymes. Avec la première, j'obtins une femme qui semblait très vieille, très mal lunée et très, très sourde. Au deuxième essai, j'entendis quelqu'un qui aurait pu être son frère plus âgé, plus sourd et plus grincheux encore. Au troisième, je tombai chez une jeune femme qui pouvait être tapineuse, à en juger par le quiproquo au sujet d'un « rendez-vous » qui s'ensuivit.

— D'après Ross, l'appartement appartient aux parents de Bosworth. Ils ont peut-être pas le même nom, suggéra Louis.

— Peut-être…

Je suivis les rangées du doigt, m'arrêtai au milieu de la troisième.

— … mais peut-être pas.

La sonnette était au nom de Rint, comme l'architecte qui avait dirigé la reconstruction de l'ossuaire de Sedlec au XIXᵉ siècle. C'était le genre de plaisanterie qui ne pouvait provenir que d'un homme qui avait un jour creusé le sol d'un monastère français.

J'appuyai sur le bouton. Quelques secondes plus tard, une voix lasse s'éleva du haut-parleur.

— Oui ?

— Je m'appelle Charlie Parker, je suis détective privé. Je cherche Philip Bosworth.

— Il n'y a personne de ce nom-là ici.

— C'est Ross qui m'a dit comment vous trouver. Si vous vous méfiez, appelez-le.

J'entendis un ricanement puis la communication fut coupée.

— Mortel, soupira Louis.

— Au moins, on sait où il est.

Nous restâmes devant les portes fermées. Personne n'entra, personne ne sortit. Au bout de dix minutes, j'essayai de nouveau la sonnette Rint et la même voix répondit.

— Toujours là, dis-je.

— Qu'est-ce que vous voulez ?

— Parler de Sedlec. Parler des Croyants.

J'attendis. La porte bourdonna et s'ouvrit.

— Montez.

Dans le hall, un tube fluorescent semi-circulaire fixé au plafond cachait des caméras de surveillance. Nous nous retrouvâmes devant deux ascenseurs aux portes gris acier, mais la fente ménagée dans le mur pour recevoir une carte indiquait que seuls les résidents pouvaient les utiliser. Comme nous approchions, celui de gauche s'ouvrit. La partie supérieure de la cabine était couverte d'un miroir à bordure dorée, la partie inférieure, d'un velours rouge vieillot mais bien entretenu. Nous entrâmes, les portes se refermèrent et la cabine monta sans que l'un de nous eût appuyé sur un bouton. Apparemment, le Woodrow était une résidence plus sophistiquée qu'il ne le semblait de l'extérieur.

L'ascenseur s'arrêta au dernier étage, les portes s'ouvrirent sur un petit espace moquetté sans fenêtre. Devant nous, une porte en bois à deux battants conduisait à l'appartement en terrasse. Un autre système de surveillance était fixé au plafond.

L'homme qui vint nous ouvrir était plus âgé que je ne m'y attendait. Il portait un pantalon bleu et une chemise Ralph Lauren d'un bleu plus clair, des mocassins à glands. La chemise était mal boutonnée et le pantalon, parfaitement repassé et sans un pli, indiquait qu'il venait de s'habiller à la hâte dans son dressing.

— M. Bosworth ?

Il acquiesça d'un signe de tête. Je lui donnais une quarantaine d'années mais il avait des cheveux grisonnants, des traits marqués par la souffrance, et l'un de ses yeux bleus était plus pâle que l'autre. Quand il s'écarta pour nous laisser entrer, il boitilla, comme s'il avait une aiguille enfoncée dans l'un de ses pieds. Il tint la porte de la main gauche, la droite demeurant dans la poche du pantalon. Sans nous offrir une poignée de main, il ferma simplement la porte derrière nous et se dirigea lentement vers un fauteuil, s'appuya de la main gauche à l'un des accoudoirs pour s'asseoir. La droite n'avait toujours pas quitté sa poche.

La pièce dans laquelle nous nous trouvions était résolument moderne, avec une rangée de cinq fenêtres offrant une jolie vue sur le fleuve. La moquette était blanche, les sièges de cuir noir. Une console, contre un mur, supportait un téléviseur grand écran et un lecteur de DVD. Des étagères noires s'étiraient du sol au plafond, vides pour la plupart, excepté quelques poteries et statuettes anciennes qui semblaient perdues dans ce cadre minimaliste. À ma gauche, une grande table en verre fumé entourée de dix chaises donnait l'impression de n'avoir jamais été utilisée. Au-delà, j'avisai une cuisine immaculée aux surfaces étincelantes. À gauche, un couloir menait sans doute aux chambres et à la salle de bains, plus loin. On aurait dit un appartement témoin, ou un lieu que son propriétaire actuel s'apprêtait à quitter.

Bosworth attendait que l'un de nous prenne la parole. Il était visiblement très malade. Depuis notre arrivée, sa jambe droite avait eu deux spasmes qui l'avaient plongé dans le désarroi et un tremblement agitait son bras gauche.

— Merci de nous recevoir, dis-je. Voici mon collègue, Louis.

Le regard de Bosworth fit la navette entre nous. Il se passa la langue sur les lèvres, tendit le bras vers le gobelet en plastique rempli d'eau posé sur une petite table en verre, à côté de lui, s'assura qu'il le tenait bien avant de le porter à sa bouche. Il but maladroitement à l'aide d'une paille, reposa le gobelet.

— J'ai parlé à la secrétaire de Ross, annonça-t-il. Elle a confirmé votre histoire. Sinon, vous ne seriez pas ici mais sous la surveillance des vigiles de l'immeuble en attendant l'arrivée de la police.

— Je ne vous reproche pas d'être prudent.

— C'est très magnanime de votre part, répliqua-t-il.

Il émit un autre ricanement, destiné moins à moi qu'à lui-même et à son état de faiblesse, une sorte de double bluff qui ne convainquit personne dans la pièce.

— Asseyez-vous, dit-il en nous indiquant le canapé en cuir situé de l'autre côté de la table basse. Cela fait un moment que je n'ai pas eu le plaisir d'avoir de la compagnie, mis à part celle de médecins et d'infirmières, ou de membres inquiets de ma famille.

— Je peux vous demander de quoi vous souffrez ?

J'en avais déjà une idée : les tremblements, la paralysie, les spasmes étaient tous des symptômes de la SEP.

— De sclérose en plaques, répondit-il. Stade avancé. On l'a diagnostiquée l'année dernière et elle a progressé régulièrement depuis. En fait, les médecins trouvent mon rythme de dégénérescence alarmant. La vision de mon œil droit a été le premier symptôme. Depuis, j'ai perdu toute sensibilité posturale dans le bras droit, j'ai des faiblesses dans les deux jambes, des vertiges, des tremblements ; je souffre de rétention anale et d'impuissance. Joli cocktail, vous ne trouvez pas ? J'ai donc décidé de quitter mon appartement et de m'abandonner en permanence aux soins d'autres personnes.

— Je suis désolé.

— C'est intéressant, poursuivit-il en m'ignorant totalement. Ce matin encore, je considérais la source de mon état : déséquilibre métabolique, réaction allergique de mon système nerveux, infection due à un agent extérieur ? Je pense qu'il s'agit d'une maladie maligne que je me représente parfois comme une créature blanchâtre étendant ses tentacules en moi, implantée dans mon corps pour me paralyser et finalement me tuer. Je me demande si je ne me suis pas exposé sans le savoir à un agent extérieur et s'il n'a pas réagi en colonisant mon système. Mais c'est exactement ce que fait la folie, non ? Ross serait heureux d'entendre ça, je crois. Il pourrait en aviser ses supérieurs et les rassurer : ils ont eu raison de mettre fin à ma carrière comme ils l'ont fait.

— Ils disent que vous avez profané une église.

— Creusé, pas profané. J'avais besoin de confirmer des soupçons.

— Quel a été le résultat ?

— J'avais raison.

— Et que soupçonniez-vous ?

L'ancien agent leva sa main gauche et la fit aller d'un côté à l'autre en un mouvement lent, peut-être pour distinguer son geste des tremblements qui continuaient à agiter son membre.

— Vous d'abord. Après tout, c'est vous qui êtes venu me trouver.

Une fois de plus, je fus entraîné dans le jeu consistant à livrer des informations sans révéler une trop grande partie de ce que je savais ou supposais vrai. Je n'avais pas oublié la mise en garde de Reid, l'autre soir au Great Lost Bear : il y avait quelque part

527

quelqu'un pour croire qu'un Ange Noir l'habitait, et je ne mentionnai ni l'implication de Reid et de Bartek, ni le contact que Stuckler avait établi avec moi. Je lui parlai plutôt d'Alice, de Garcia et des découvertes faites dans le bâtiment de Williamsburg. Je lui confiai presque tout ce que je savais sur les fragments de carte et Sedlec, ainsi que sur les Croyants. Je parlai de la vente aux enchères, du tableau de l'atelier de Claudia Stern, du Livre d'Enoch.

Et de Brightwell.

— Très intéressant, commenta-t-il lorsque j'eus terminé. Vous avez beaucoup appris en peu de temps.

Il se leva péniblement pour aller à un tiroir situé en bas de ses étagères. Il l'ouvrit, y prit quelque chose qu'il posa sur la table entre nous.

C'était une partie d'une carte tracée à l'encre rouge et noire sur un papier jauni monté sur un carton protecteur. Dans le coin supérieur droit, un pied écartait des orteils noirs munis de serres. Les marges étaient couvertes de lettres minuscules et d'une série de symboles. Cela ressemblait beaucoup aux fragments que j'avais vus dans la collection de Stuckler.

— C'est une copie, pas un original, précisa Bosworth.

— D'où vient-elle ?

— De San Galgano, en Italie, répondit-il en se rasseyant. San Galgano est l'un des monastères où l'abbé de Sedlec avait envoyé un fragment. Ce n'est plus aujourd'hui qu'une ruine magnifique, mais autrefois sa façade était réputée pour la pureté de ses lignes et on dit que ses moines furent consultés pendant la construction de la cathédrale de Sienne. Il subit les assauts répétés de mercenaires florentins et ses propres abbés pillèrent ses sources de revenus. En outre, la Renaissance conduisit à une baisse du nombre de ceux désirant suivre une vocation monastique. En 1550, San Galgano ne comptait plus que cinq moines. En 1600, il n'en restait plus qu'un, qui vivait en ermite. À sa mort, on trouva le fragment dans ses affaires. On n'en comprit pas la provenance et on le garda comme une relique d'un saint homme. Inévitablement, des rumeurs se répandirent sur l'existence de ce fragment et l'ordre vint de Rome de le confier immédiatement au Vatican, mais une copie en avait déjà été faite. On en fit d'autres par la suite, de sorte qu'il y a aujourd'hui un nombre indéterminé d'individus qui ont en leur possession le fragment de San Galgano. L'original fut perdu pendant qu'on l'apportait à Rome : les moines furent attaqués et on raconte qu'ils le brûlèrent dans un accès de panique pour qu'il ne soit pas volé en même temps que leur argent. Il ne reste que des copies semblables à celle-ci. C'est donc la seule partie de la carte de Sedlec à laquelle un grand nombre de personnes ont eu accès, et ce fut pendant de longues années le seul indice sur la nature des informations relatives à l'emplacement de la statue.

« L'auteur de la carte trouva un moyen simple mais parfait de s'assurer qu'on ne puisse pas connaître cet emplacement sans détenir toutes les parties du document. La plupart des lettres et des symboles qu'il porte sont purement décoratifs et le dessin de l'église ne fait que refléter la conception de saint Bernard sur l'aspect que ces lieux de culte devaient avoir. C'est une église idéalisée, rien de plus. Comme vous vous en doutez, l'essentiel est là.

Bosworth indiqua la combinaison de chiffres romains et de la la lettre D, dans un coin.

— C'est simple : comme toute carte au trésor qui se respecte, elle repose sur l'indication de distances à partir d'un point déterminé. Si on ne connaît pas chacune de ces distances, elle ne vaut rien, et même si on les a toutes en main, il faut encore connaître le point de référence central. Toutes les boîtes, tous les fragments ne servent à rien, en définitive, sans la connaissance du lieu lui-même. En ce sens, on peut considérer la carte comme une sorte d'habile tour de passe-passe : pendant que les gens perdent leur temps à chercher ce qu'ils prennent pour des indices capitaux, ils ont moins de chances de trouver la chose elle-même. Chaque fragment recèle néanmoins une information utile. Regardez de nouveau la copie, en particulier le diable, au centre.

Je posai les yeux sur le petit personnage démoniaque que Bosworth désignait. Maintenant que je l'examinais plus attentivement, je remarquai à la forme de son crâne que c'était une version très sommaire de la statue en os que Stuckler m'avait montrée, guère plus qu'un assemblage de bâtonnets. Des lettres formaient un cercle autour de la créature.

— *Quantum in me est*, lut Bosworth. Autant gît en moi.

— Je ne comprends pas. C'est un simple dessin de l'Ange Noir.

— Non, pas du tout, repartit Bosworth, quasiment exaspéré par mon incapacité à établir les mêmes connexions que lui. Regardez ici et ici.

L'index tremblant de sa main gauche effleura le papier.

— Ce sont des os humains.

Il avait raison. Ce n'étaient pas des bâtonnets mais des os. On avait accordé au dessin plus de soin qu'il n'y semblait à première vue.

— Toute cette illustration est faite de restes humains : des os de l'ossuaire de Sedlec. Elle représente la reproduction de l'Ange Noir. C'est la statue en os qui recèle l'emplacement de la cave, mais la plupart de ceux qui ont cherché l'Ange, abusés par leur obsession des fragments, et négligeant celui-ci parce qu'on le trouvait partout, ont été incapables de reconnaître cette possibilité. Ceux qui ont correctement interprété le message l'ont gardé pour eux et ont élargi leurs recherches pour inclure la réplique. Moi, j'ai établi le rapport, et si ce Brightwell est intelligent, il l'a fait lui aussi. La statue est portée disparue depuis le siècle dernier même si, selon des rumeurs, elle aurait été en Italie avant qu'éclate la Seconde Guerre mondiale. Depuis, plus aucune trace. Les Croyants ne cherchent pas seulement les fragments mais aussi ceux qui les détiennent, dans l'espoir qu'ils aient également la sculpture d'os en leur possession. Voilà pourquoi Garcia l'a recréée dans son appartement : ce n'est pas simplement un symbole. C'est la clef même du problème.

Je m'efforçais d'assimiler tout ce qu'il venait de me révéler.

— Pourquoi vous nous dites tout ça ? demanda Louis.

C'était la première fois qu'il parlait depuis que nous étions entrés chez Bosworth.

— Parce que je veux qu'on la trouve. Je veux savoir qu'elle est dans ce monde, mais je ne peux plus la trouver moi-même. J'ai de l'argent. Si vous réussissez, apportez-la-moi, je vous paierai généreusement pour votre peine.

— Vous n'avez pas expliqué pourquoi vous avez creusé le sol du monastère de Sept-Fons, fis-je observer.

— Parce qu'il aurait dû y avoir un fragment là-bas, répondit Bosworth. J'ai remonté sa piste. J'ai passé cinq ans à chasser des rumeurs et des demi-vérités, mais j'ai réussi. Comme beaucoup d'autres trésors, il avait été mis en lieu sûr pendant la Seconde Guerre mondiale. Il est resté un moment en Suisse, il est revenu en France dès qu'il n'y a plus eu de danger. Il aurait dû être sous le sol mais il n'y était pas. Quelqu'un l'avait de nouveau emporté et je sais où il est allé.

J'attendis.

— En République tchèque, au monastère récemment construit de Novy Dvur. Peut-être comme cadeau, comme marque de respect pour le combat des moines tchèques afin de conserver la foi durant le régime communiste. Cela a toujours été le grand défaut dans la façon dont les cisterciens se sont occupés des fragments pendant six cents ans : leur propension à se les confier l'un à l'autre, à les exposer brièvement à la lumière. Voilà pourquoi les fragments sont lentement tombés dans les mains d'autres personnes. Le fragment de Sedlec mis aux enchères hier est, je crois, celui que les cisterciens ont transporté de Sept-Fons en République tchèque. Il n'appartient pas à Sedlec. Sedlec n'a pas existé en tant que communauté cistercienne pendant près de deux siècles.

— Donc quelqu'un l'a mis là.

Bosworth hocha la tête avec énergie.

— Quelqu'un voulait qu'on le trouve. Quelqu'un voulait attirer l'attention sur Sedlec.

— Pourquoi ?

— Parce que Sedlec n'est pas seulement un ossuaire. Sedlec est un piège.

Bosworth abattit alors sa dernière carte. Il alla prendre un autre dossier et l'ouvrit, révélant des reproductions de dessins qui représentaient l'Ange Noir sous différents angles.

— Vous avez entendu parler de Rint ?

— Vous avez utilisé son nom comme pseudonyme. C'est l'homme qui a restauré l'ossuaire au XIXe siècle.

— J'ai acheté ces dessins à Prague. Ils faisaient partie d'une valise de documents appartenant à un descendant de Rint vivant quasiment dans la misère. Je les ai payés bien plus qu'ils ne valaient dans l'espoir qu'ils me fourniraient la preuve indéniable que je cherchais. Rint a fait ces dessins de l'Ange Noir, et selon le vendeur, il y en avait autrefois beaucoup plus, mais ils ont été perdus ou détruits. L'Ange obsédait Rint, c'était un homme hanté. Plus tard, d'autres les copièrent et ils sont devenus très prisés des collectionneurs spécialisés qui s'intéressent au mythe, mais les originaux sont de Rint. La question est la suivante : comment Rint a-t-il pu faire des dessins aussi détaillés ? Étaient-ils simplement le fruit de son imagination ou avait-il vu, pendant les travaux de restauration, quelque chose qui avait servi de base à ses illustrations ? Je penche pour la seconde hypothèse, car Rint était clairement dérangé pendant le reste de sa vie et la sculpture en os se trouve peut-être encore à Sedlec. Ma maladie m'empêche de poursuivre mes recherches, voilà pourquoi je partage avec vous ce que je sais.

Bosworth dut voir mon expression changer. Comment ne l'aurait-il pas remarqué ? Tout était clair, maintenant. Rint n'avait pas vu la sculpture en os, parce qu'elle était perdue depuis longtemps. Selon Stuckler, elle était restée cachée en Italie pendant deux siècles, jusqu'à ce que son père la découvre. Non, Rint avait vu l'original, l'Ange Noir d'argent. Il l'avait vu à Sedlec alors qu'il restaurait l'ossuaire. Bosworth avait raison : la carte était une ruse, l'Ange Noir n'avait jamais quitté Sedlec. Pendant des siècles, il y était resté caché. À présent Stuckler et les Croyants détenaient, ensemble, toutes les informations nécessaires pour le récupérer.

Je savais aussi pourquoi Martin Reid m'avait remis la petite croix d'argent. Du pouce, je suivis ses contours dans ma poche, où elle se trouvait avec mes clefs, et je sentis les lettres gravées derrière :

S

L E C

D

— Quoi ? Qu'est-ce qu'il y a ? fit Bosworth.

— Nous devons partir.

Il se leva pour tenter de me retenir, mais, avec ses jambes flageolantes et son bras paralysé, il n'était pas de taille à m'arrêter.

— Vous savez ! s'exclama-t-il. Vous savez où il est ! Dites-le-moi !

Nous nous dirigions déjà vers la porte.

— Dites-le-moi ! cria-t-il.

Je le vis avancer vers moi en chancelant, le visage tordu, mais les portes de l'ascenseur se refermaient. La cabine descendit. Nous sortîmes dans le hall au moment où deux vigiles en uniforme surgissaient d'un bureau situé à droite des ascenseurs. Par la porte ouverte, je vis des moniteurs de surveillance, des téléphones. Les deux hommes se figèrent dès qu'ils découvrirent Louis. Plus exactement, dès qu'ils découvrirent le flingue de Louis.

— À terre, ordonna-t-il.

Ils se jetèrent à plat ventre.

Je passai devant lui et ouvris la porte. Il me suivit à reculons et nous nous mîmes à courir dans la rue, nous perdant dans la foule, pendant que les Croyants entamaient le massacre de leurs ennemis.

22

Ce ne furent d'abord que des ombres sur le mur, dérivant avec les nuages dans le ciel de nuit, suivant le clair de lune. Puis l'ombre devint forme : des hommes vêtus de noir, les traits cachés par les lunettes de vision nocturne qu'ils portaient. Tous étaient armés et, tandis qu'ils escaladaient la muraille, leurs fusils accrochés dans le dos, leurs yeux protubérants et les minces canons sombres de leurs armes, semblables à des piquants, évoquaient davantage des insectes que des hommes.

Un bateau mouillait au large, immobile et silencieux, attendant un signal pour approcher en cas de besoin. Une Mercedes bleue était garée sous un bosquet et son seul occupant, pâle et gros, ne dissimulait pas ses yeux verts derrière des lunettes. Brightwell n'en avait pas besoin : ses yeux étaient depuis longtemps accoutumés à l'obscurité.

Les membres du commando descendirent dans le jardin et se séparèrent. Deux d'entre eux se dirigèrent vers la maison, les autres vers la grille. À un signal convenu, tous s'arrêtèrent et surveillèrent la maison. Les secondes s'écoulèrent, ils ne bougeaient pas. Ils étaient quatre sentinelles noires, semblables aux restes calcinés d'arbres morts assistant avec envie au lent retour du printemps.

À l'intérieur de la maison, Murnos, assis devant une rangée d'écrans de télévision, lisait un livre, et les formes cernant le bâtiment auraient sans doute été amusées d'apprendre qu'il parlait d'Enoch. Le contenu de cet ouvrage alimentait les croyances de ceux qui menaçaient son patron, et Murnos se sentait tenu d'en savoir plus sur eux afin de comprendre l'ennemi.

« Ils seront appelés sur terre de mauvais esprits et leur demeure sera sur terre. »

L'obsession de Stuckler inquiétait de plus en plus Murnos et les récents événements n'avaient rien fait pour apaiser ses craintes. L'achat du dernier fragment lors de la vente aux enchères avait été une erreur : il attirerait l'attention sur ce que Stuckler avait déjà en sa possession et Murnos ne partageait pas la conviction de son employeur qu'on pouvait parvenir à un accord avec ceux qui cherchaient aussi la statue d'argent.

« Ils seront de mauvais esprits sur la terre et on les appellera esprits du mal. »

Près de lui, un autre homme observait les moniteurs, faisait passer son regard de l'un à l'autre. La pièce n'avait qu'une seule fenêtre, qui donnait sur le jardin. Murnos avait mis Stuckler en garde : cette pièce ne convenait pas à son objectif. Murnos pensait qu'un centre de sécurité devait être quasiment imprenable et pouvoir servir d'ultime refuge au besoin, mais Stuckler était un homme plein de contradictions. Il s'entourait de gardes du corps pour avoir l'impression d'être en sécurité, or il ne se croyait pas vraiment en danger. Il était à tous égards la créature de sa mère : elle avait instillé en lui, dès son plus jeune âge, une vive admiration pour la force de son père et la grandeur de son sacrifice, de sorte qu'il aurait été quasiment sacrilège pour lui de s'abandonner à la peur, au doute, ou même à la sollicitude. Murnos ne supportait pas les visites occasionnelles de la vieille femme. Stuckler envoyait une limousine la chercher et elle arrivait avec son infirmière personnelle, enveloppée dans une couverture même au cœur de l'été, les yeux protégés toute l'année par des lunettes de soleil, vieille bique en fauteuil roulant qui s'obstinait à vivre sans prendre aucun plaisir au monde qui l'entourait, pas même à la compagnie de son fils, car Murnos voyait bien le mépris qu'elle nourrissait pour Stuckler, il l'entendait dans le moindre mot qu'elle prononçait quand elle regardait ce petit homme maniaque, amolli par le manque de rigueur. Ses faiblesses n'étaient rachetées que par son désir de plaire à sa mère, et par le culte d'un père disparu si fervent que, parfois, la haine et l'envie qui le sous-tendaient jaillissaient au-dehors, le tordant de rage, le transformant totalement.

« Ils ne boiront ni ne mangeront, invisibles à tous les regards, ils s'insurgeront contre les fils des hommes… »

Murnos se tourna vers Burke, son collègue. Ce dernier était un type compétent. Au début, Stuckler avait rechigné à lui verser le salaire qu'il demandait, mais Murnos avait fait valoir qu'il le méritait largement. Les autres avaient tous été également approuvés par Murnos, même s'ils n'étaient pas tout à fait aussi bons que Burke.

Murnos continuait cependant à croire que cela ne suffisait pas.

Un voyant se mit à clignoter sur un panneau, accompagné de bips insistants.

— La grille ! dit Burke. Quelqu'un ouvre la grille.

C'était impossible. On ne pouvait l'ouvrir que de l'intérieur, ou avec l'un des trois systèmes de télécommande installés sur les voitures, or tous les véhicules étaient dans la propriété. Murnos se tourna vers les moniteurs, crut voir une forme près de la grille, une autre sortant d'un bosquet.

« ... parce qu'ils ont reçu la vie dans les jours de destruction et de carnage. »

Soudain les écrans s'éteignirent.

Murnos était déjà debout quand la fenêtre explosa. Burke essuya le gros de la fusillade et servit de bouclier à Murnos pendant de précieuses secondes qui lui permirent de parvenir à la porte. Il réussit à la franchir tandis que des balles ricochaient sur du métal, criblaient le plâtre des murs. Stuckler était en haut, dans sa chambre, mais les détonations l'avaient tiré de son sommeil. Murnos l'entendait déjà crier quand il s'avança dans le couloir. Quelque part dans la maison, une autre fenêtre se fracassa. Un petit homme armé d'un pistolet sortit de la cuisine, à peine plus qu'une ombre dans l'obscurité. Murnos fit feu, le forçant à reculer, continua à tirer en gagnant l'escalier. Derrière la fenêtre de style gothique du palier, il vit une forme passer, escaladant le mur en direction du premier étage. Il voulut crier pour prévenir Stuckler, mais il y eut d'autres coups de feu et il tomba sur les marches, son avertissement se perdant dans un moment de stupeur. Lorsqu'il agrippa la rampe pour se relever, ses mains glissèrent : il avait du sang sur les doigts. Il baissa les yeux vers sa poitrine, vit la tache qui s'élargissait sur sa chemise, et avec elle vint la douleur. Il leva son arme, chercha une cible, sentit un second impact dans sa cuisse. Son dos s'arqua, sa tête heurta l'escalier, ses yeux se fermèrent un instant tandis qu'il tentait de surmonter sa souffrance. Quand il les rouvrit, une femme le toisait, ses formes se dessinant nettement sous les vêtements noirs. Elle avait des yeux verts, haineux, un pistolet à la main.

Instinctivement, Murnos baissa de nouveau les paupières lorsque la mort vint.

Brightwell amena la voiture devant la maison, pénétra à l'intérieur. Il suivit Mlle Zahn à la cave, passa entre les rangées de bouteilles pour parvenir au trésor qui s'offrait à présent à sa vue. La grande statue noire en os se dressait au-dessus de lui. Stuckler, en pyjama de soie bleue, était agenouillé devant. Il avait du sang dans les cheveux mais semblait par ailleurs indemne.

Les membres du commando remirent à Brightwell trois morceaux de vélin qu'ils avaient pris dans la vitrine brisée. Il les tendit à Mlle Zahn sans quitter la statue du regard. Sa tête arrivait presque au niveau de la cage thoracique, avec ses omoplates reliées au sternum, devant, et attachées l'une à l'autre derrière, comme les plaques d'une armure. Il ramena le bras en arrière et frappa violemment le sternum, qui se fendilla sous l'impact.

— Non ! protesta Stuckler. Qu'est-ce que vous faites ?

Brightwell cogna de nouveau. Stuckler voulut se relever, mais Mlle Zahn le contraignit à rester agenouillé.

— Vous allez la détruire ! cria Stuckler. Arrêtez ! Elle est magnifique.

Le sternum éclata sous la force des coups de l'obèse. L'os tranchant avait entaillé la peau de ses jointures et du dos de sa main, mais il ne semblait pas s'en apercevoir. Il glissa les doigts dans la fente qu'il avait créée et l'explora, le bras enfoncé dans la statue jusqu'au coude, le visage crispé par l'effort, jusqu'à ce que tout à coup ses traits se détendent et qu'il retire sa main. Il tenait dans son poing une petite boîte en argent, sans aucun ornement, celle-là. Il la montra à Stuckler, en ouvrit le couvercle avec précaution. Elle contenait un morceau de parchemin, parfaitement conservé, qu'il remit à Mlle Zahn.

— Les chiffres, les fragments de carte, c'était accessoire, en un sens, dit-il à Stuckler. Ce qui comptait, c'était la statue en os, et ce qu'elle renfermait.

Stuckler pleurait. Il ramassa un éclat d'os noir et le tint dans sa main.

— Vous ne connaissiez même pas vos propres acquisitions, *Herr* Stuckler, poursuivit Brightwell. *Quantum in me est*. Les détails sont dans les fragments, mais la vérité est ici.

Il jeta le coffret vide à Stuckler qui, incrédule, passa ses doigts à l'intérieur.

— Pendant tout ce temps, fit-il. La clef était à portée de ma main pendant tout ce temps.

Brightwell reprit le dernier fragment à Mlle Zahn, examina le dessin et les lettres qui y étaient tracés. De caractère architectural, le dessin représentait une église et, dessous, ce qui semblait être un réseau de galeries. Il plissa le front puis éclata de rire.

— Il n'a jamais bougé, dit-il, presque étonné.

— Expliquez-moi, geignit Stuckler. Accordez-moi au moins cela.

Le gros homme s'accroupit et lui montra le dessin, puis se remit debout et adressa un signe de tête à Mlle Zahn. Stuckler ne leva pas les yeux, pas même quand le canon du pistolet toucha sa nuque, en une caresse presque tendre.

— Tout ce temps, tout ce temps, répétait-il.

Puis le temps s'arrêta et un nouveau monde naquit pour lui.

Deux heures plus tard, Reid et Bartek regagnaient leur voiture. Ils avaient mangé un morceau dans un bar à la sortie de Hartford, leur dernier repas ensemble avant de quitter le pays, et Reid s'était laissé aller à la gourmandise comme il le faisait parfois. Il se pressait maintenant le ventre en se plaignant que les nachos au chili lui donnaient tout le temps des gaz.

— Personne ne vous a forcé à en prendre, lui répondit son compagnon.

— Je ne peux pas résister. C'est tellement exotique.

La Chevrolet de Bartek était garée sur le bas-côté de la route, sous une longue file d'arbres dénudés qui décoraient d'ombres les véhicules. Ces arbres marquaient la fin d'un bois qui bordait des champs et une cité lointaine de nouveaux immeubles en copropriété.

— Parce que enfin, poursuivit Reid, aucune société décente ne…

Une forme bougea devant l'un des arbres et, dans la fraction de seconde séparant la prise de conscience et la réaction, Reid aurait juré l'avoir vue descendre du tronc la tête la première, comme un lézard accroché à l'écorce.

— Courez ! dit-il.

Il poussa Bartek vers le bois, se retourna pour faire face à l'ennemi approchant. Il entendit Bartek l'appeler par son nom et lui cria en réponse :

— Cours, je te dis. Cours, abruti !

Un homme se tenait devant lui, un petit personnage au visage rond en blouson noir et jean délavé. Reid se rappela l'avoir vu dans le bar et se demanda depuis combien de temps leurs ennemis les surveillaient. L'homme n'avait apparemment pas d'arme.

— Approche, lui lança Reid.

Il se mit en garde et glissa sur le côté, au cas où le type essaierait de le contourner pour suivre Bartek, mais se figea en prenant conscience d'une odeur de putréfaction toute proche.

— Moine… appela la voix douce.

Reid sentit son énergie le quitter. Il se retourna : Brightwell était à quelques centimètres de son visage. Le cistercien ouvrit la bouche pour parler, mais la lame pénétra en lui si rapidement qu'il ne sortit de sa gorge qu'un grognement de douleur. Il entendit le petit homme s'élancer à la poursuite de Bartek, suivi d'une autre silhouette, une femme aux longs cheveux noirs.

— Tu as échoué, dit Brightwell.

Il pressa Reid contre lui, l'étreignit de son bras gauche tandis que la lame du couteau continuait à se frayer un passage vers le haut. Ses lèvres touchèrent celles du moine, qui essaya de le mordre, mais Brightwell ne desserra pas son étreinte et embrassa sa bouche. Reid eut un frisson et mourut contre lui.

Le corps du moine était déjà caché dans les broussailles quand Mlle Zahn et le petit homme revinrent, au bout d'une demi-heure.

— Nous l'avons perdu, dit-elle.

— Peu importe, répondit Brightwell. Nous avons d'autres chats à fouetter.

Il fixait cependant l'obscurité comme s'il espérait, malgré ce qu'il venait d'affirmer, qu'ils avaient encore une chance d'attraper le jeune moine. Puis il retourna à la voiture avec ses compagnons et ils prirent la direction du sud. Ils avaient encore une visite à faire.

Au bout d'un moment, une mince silhouette émergea des arbres. Bartek suivit la lisière du bois jusqu'à ce qu'il trouve le corps gisant parmi les pierres et les branches pourries. Il s'agenouilla et récita les prières des morts pour son ami disparu.

Neddo était assis dans la petite pièce prolongeant son magasin. C'était presque l'aube et le vent faisait claquer les escaliers de secours. Penché au-dessus de son bureau, il utilisait un pinceau pour nettoyer avec soin une broche en os. La porte du magasin s'ouvrit, mais il ne l'entendit pas à cause du sifflement du vent et il était tellement absorbé par son travail délicat qu'il n'entendit pas non plus les bruits de pas. Ce fut seulement quand le rideau bougea et qu'une ombre tomba sur lui qu'il leva la tête.

Brightwell se tenait devant lui, accompagné d'une femme aux cheveux noirs dont le chemisier était ouvert jusqu'à la naissance des seins. Sa peau était couverte d'yeux tatoués.

— Vous avez raconté des choses, monsieur Neddo, dit Brightwell. Nous vous avons supporté trop longtemps.

Son goitre ondula quand il secoua la tête d'un air affligé.

Neddo reposa le pinceau. Il avait ajouté à ses lunettes une seconde paire de verres maintenus par une monture métallique afin de grossir l'objet sur lequel il travaillait. Ils déformaient le visage de Brightwell, faisaient paraître ses yeux plus grands, ses lèvres plus pleines, et la masse de chair rouge et violette de son cou plus gonflée encore, comme si elle allait exploser, prélude à une éruption de pus et de sang venus du tréfonds de l'obèse, brûlants comme de l'acide.

— J'ai fait ce qu'il fallait faire, déclara Neddo. Pour la première fois.

— Qu'est-ce que tu espérais ? L'absolution ?

— Peut-être.

— « Sur la terre, ils n'obtiendront jamais ni paix ni rémission de leurs péchés, récita l'obèse. Jamais ils ne se réjouiront dans leurs rejetons ; ils verront leurs bien-aimés exterminés ; ils pleureront leurs fils exterminés ;

ils me prieront pour eux mais jamais ils n'obtiendront paix ni miséricorde. »

— Je connais Enoch aussi bien que vous, mais je ne suis pas comme vous. Je crois à la communion des saints, au pardon des péchés…

Brightwell s'écarta pour laisser entrer la femme. Neddo avait entendu parler d'elle mais il ne l'avait jamais vue. S'il n'avait pas su qui elle était, elle lui aurait peut-être semblé belle. Confronté enfin à elle, il n'éprouvait que de la peur et une terrible lassitude qui l'empêchait de tenter de s'enfuir.

— … en la résurrection des corps, poursuivit-il en accélérant son débit, et en la vie éternelle. Amen.

— Tu aurais dû rester fidèle, dit Brightwell.

— À qui ? Je sais qui vous êtes. Je me suis tourné vers vous par colère et par chagrin. Je me suis trompé. Oh, mon Dieu, je me repens sincèrement de mes péchés parce qu'ils Vous ont offensé…

La femme examinait les instruments de Neddo : les scalpels, les petites lames. Il les entendit cliqueter quand elle les toucha, mais ne la regarda pas et continua à se concentrer sur son acte de contrition jusqu'à ce que Brightwell l'interrompe en annonçant :

— Nous l'avons trouvé.

Neddo cessa de prier. Même si près de la mort, alors que ces protestations de repentir venaient de tomber de ses lèvres, il ne put s'empêcher de demander d'un ton étonné :

— Vraiment ?

— Vraiment.

— Où était-il ? J'aimerais le savoir.

— À Sedlec, répondit Brightwell. Il n'avait jamais quitté l'ossuaire.

Neddo ôta ses lunettes. Il souriait.

— Toutes ces recherches et il était là…

Son sourire se fit triste.

— J'aurais aimé le voir, dit-il. Le contempler après tout ce que j'ai lu et entendu…

La femme trouva un chiffon, le trempa dans l'eau d'une carafe, puis passa derrière Neddo et le lui enfonça dans la bouche. Il se débattit mais elle était trop forte. Brightwell la rejoignit, maintint les bras de Neddo sur les accoudoirs du fauteuil. Le froid du scalpel toucha le front de Neddo et la femme commença à couper.

23

Nous prîmes un avion pour Prague via Londres qui atterrit en fin d'après-midi. Stuckler était mort. Nous avions loué une voiture à New York pour nous rendre chez lui après notre rencontre avec Bosworth, mais à notre arrivée la police était déjà là. Quelques coups de fil confirmèrent que le collectionneur et ses gardes du corps avaient tous été tués, que sa grande statue en os avait maintenant un trou dans la poitrine. Angel nous rejoignit peu après à Boston et nous partîmes pour l'Europe le soir même.

Nous étions tentés de nous rendre immédiatement à Sedlec, qui se trouve à une soixantaine de kilomètres à l'est de Prague, mais nous avions des préparatifs à faire. De plus, nous étions fatigués et nous avions faim. Nous descendîmes dans un petit hôtel confortable de la Malá Strana, qu'on pouvait traduire par le « petit côté » selon la jeune femme de la réception. Non loin de là, un funiculaire montait la colline de Petrin depuis la rue Ujezd, où bringuebalaient de vieux trams dont les perches jetaient à l'occasion des étincelles au contact de la ligne électrique, laissant dans l'air une âcre odeur de brûlé. Les rues étaient pavées, certains murs couverts de graffitis. Il restait des traces de neige dans les endroits abrités et la Vltava charriait des glaçons.

Pendant que Louis donnait quelques coups de fil, j'appelai Rachel pour lui dire où j'étais. Elle se montra surtout préoccupée pour le chien, que j'avais confié à un voisin. Sam allait bien et toute la famille projetait de rendre visite le lendemain à l'autre fille de Joan et Frank. Rachel semblait plus calme que la fois précédente, plus elle-même.

— J'ai toujours voulu voir Prague, dit-elle au bout d'un moment.

— Je sais. Une autre fois, peut-être.

— Peut-être. Tu restes là-bas combien de temps ?

— Deux jours.

— Angel et Louis sont avec toi ?

— Oui.

— C'est drôle, non, que tu sois à Prague avec eux et pas avec moi ?

D'après le son de sa voix, elle ne trouvait pas ça drôle du tout.

— On a des chambres séparées, précisai-je.

— Tu me rassures. À ton retour, tu pourras peut-être venir ici et nous parlerons.

Je remarquai qu'elle n'avait pas dit quand elle rentrerait à la maison, ni même si elle rentrerait, et je ne lui posai pas la question. J'irais dans le Vermont, nous parlerions, et je rentrerais peut-être seul à Scarborough.

— C'est une bonne idée, fis-je.

— Mais tu n'as pas dit que tu aimerais le faire.

— Jamais il ne m'est arrivé que quelqu'un me propose de parler et que je me sente mieux après.

— Ça ne se passe pas forcément comme ça.

— Je l'espère. Il faut que j'y aille. Je te verrai à mon retour.

— Très bien.

— Au revoir, Rachel.

— Au revoir.

L'hôtel nous réserva une table au restaurant U Modré Kachnicky – le Caneton Bleu – situé dans une rue discrète derrière Ujezd. L'endroit était lourdement décoré de tentures et de carpettes, de vieilles gravures ; des miroirs donnaient une impression d'espace au niveau inférieur de la salle, plus petit. Comme le menu proposait un grand choix de gibier, la spécialité de la maison, nous commandâmes des aiguillettes de canard et de la venaison, les viandes reposant dans des sauces préparées avec des airelles, des baies de genièvre et du rhum de Madère. Nous partageâmes une bouteille de vin rouge et nous mangeâmes dans un silence relatif.

Alors que nous en étions encore au plat principal, un homme entra dans le restaurant et l'hôtesse le dirigea vers notre table. Il avait tout d'un vendeur de téléphones portables dans Broadway : blouson de cuir, jean, tee-shirt aux couleurs agressives, barbe figée quelque part entre « Oublié de me raser » et « Zonard ». Je m'abstins cependant de lui en faire la remarque. Son blouson aurait aisément contenu deux types comme moi, à condition bien sûr que quelqu'un parvienne à en libérer l'occupant actuel sans le déchirer, car le cuir semblait un peu serré pour lui. Je me demandai s'il n'était pas apparenté aux Fulci par de vieux liens familiaux, remontant peut-être à l'époque où l'homme découvrait le feu.

Il s'appelait Most, d'après Louis qui avait apparemment été en contact avec lui. Most était le *papka*, le père, d'une des bandes de Prague, parent par alliance du *Vor v Zakone*, le « Voleur selon la loi » responsable de tout le crime organisé local. Les organisations criminelles de la République tchèque étaient essentiellement structurées autour de ces bandes, dont le pays comptait une dizaine. Elles pratiquaient le racket, la traite de prostituées venant de pays de l'ancien bloc de l'Est, le proxénétisme, le vol de voitures, le trafic de drogue et d'armes, mais les lignes de démarcation entre bandes devenaient de moins en moins nettes à mesure que le nombre d'immigrés augmentait. Des Ukrainiens, des Russes et des Tchétchènes figuraient maintenant parmi les principaux protagonistes du crime organisé dans le pays. Aucun d'eux n'hésitait à faire usage de la violence sur leurs victimes et, inévitablement, entre eux. Chaque groupe avait son domaine spécialisé. Les Russes faisaient plutôt dans le délit financier, tandis que les Ukrainiens, plus agressifs, préféraient les braquages de banque et les vols en série. Les Bulgares, qui se concentraient auparavant sur les boîtes pornos, s'étaient reconvertis dans le vol de voitures, le trafic de drogue et la livraison de prostituées bulgares aux bordels. Les Italiens, moins nombreux, travaillaient dans l'immobilier ; les Chinois avaient une prédilection pour les casinos et les bordels clandestins, ainsi que pour le trafic d'immigrés et le kidnapping, tout en limitant ces activités à leur groupe ethnique ; enfin, les Albanais touchaient un peu à tout, de la dope au remboursement de dettes en passant par le trafic d'or et de cuir. Les gars du coin étaient à présent obligés de défendre leur territoire contre une nouvelle espèce de criminel immigré qui ne jouait pas selon les vieilles règles. Comparé aux nouveaux venus, Most était un spécialiste à l'ancienne. Il aimait les armes et les femmes, peut-être les deux ensemble.

— Salut, dit-il. Bon ?

Il indiqua les médaillons de biche aux airelles entourés de nouilles aux épinards qu'avait choisis Angel.

— Ouais, répondit Angel. C'est vraiment bon.

Un doigt et un pouce énormes piquèrent l'un des derniers médaillons restant dans l'assiette d'Angel et le lâchèrent dans une bouche large comme le Holland Tunnel.

— Hé, mec, protesta Angel, j'avais pas…

Most lui jeta un regard. Pas un regard menaçant, non. Ni même légèrement menaçant. C'était le regard qu'une araignée aurait pu lancer à une mouche prise dans sa toile si celle-ci avait soudain invoqué ses droits pour se plaindre des atteintes faites à sa liberté.

— … envie de finir, de toute façon, acheva Angel d'un ton peu convaincant.

Le colosse essuya ses doigts à une serviette, tendit la main à Louis.

— Most, dit-il.

— Louis, fit celui-ci avant de nous présenter, Angel et moi.

— Most, ça ne veut pas dire « pont » ? demandai-je.

J'avais vu dans les rues des panneaux dirigeant les touristes vers Karluv Most, le pont Charles.

Most écarta les bras avec cet air ravi commun à tous les autochtones découvrant que leurs visiteurs font un effort. Non seulement nous lui achetions des armes, mais nous apprenions la langue.

— Pont, oui, vrai, confirma-t-il avec un geste amenant ses mains au même niveau. Je suis pont : pont entre ceux qui ont et ceux qui veulent.

— Pont entre ces putains d'Europe et d'Asie s'il se casse la gueule, marmonna Angel à voix basse.

— Excuse ? fit Most.

Angel leva son couteau et sa fourchette, sourit en mâchant un morceau de biche.

— Bonne viande, dit-il. Mmm.

Most ne parut pas convaincu mais laissa tomber.

— Nous devoir aller, décréta-t-il. Coup de feu, pour moi.

Après avoir réglé l'addition, nous suivîmes le Tchèque dehors, où une Mercedes noire était garée au coin de Nebovidska et de Harantova.

— Ouah ! fit Angel. Une caisse de gangster. Très discret.

— Tu ne peux vraiment pas le blairer, hein ? fis-je observer.

— J'aime pas les costauds qui roulent des mécaniques.

Je devais admettre qu'il avait probablement raison. Most était un connard, mais nous avions besoin de ce qu'il avait à offrir.

— Essaie d'être aimable, plaidai-je. On te demande pas de l'adopter.

Dans la voiture, Louis et Angel prirent place à l'arrière tandis que je m'asseyais à côté de Most. Louis ne semblait pas mal à l'aise, bien qu'il ne fût pas armé. Pour lui, il s'agissait d'une simple transaction commerciale. De son côté, Most en savait probablement assez sur lui pour ne pas le chercher.

La Mercedes traversa la Vltava, passa devant les restaurants à touristes et les bars, laissa finalement derrière elle une vaste gare de chemin de fer avant de prendre la direction d'un énorme pylône de télévision dominant le ciel nocturne. Elle se faufila dans quelques rues latérales, puis s'arrêta devant une porte surmontée d'une enseigne fluorescente représentant un angelot tirant une flèche dans un cœur. La boîte s'appelait Désir de Cupidon[1], ce qui semblait logique.

---

1. *Cupid*, en anglais. À aussi le sens familier d'« entremetteur ». *(N.d.T.)*

L'entrée était gardée par un videur qui avait l'air de s'ennuyer. Most remit les clefs de la voiture à son employé et descendit devant nous une volée de marches conduisant à un bar crasseux. Des filles d'Europe de l'Est, brunes ou blondes, toutes épuisées, sirotaient des sodas dans la pénombre. Sur un fond sonore de musique rock, une grande rousse aux bras tatoués servait au comptoir. Il n'y avait pas un homme en vue. Quand elle avisa Most, elle décapsula une bière pour lui et lui parla en tchèque.

— Vous voulez boire quelque chose ? traduisit-il.

— Non, ça ira, répondit Louis.

Angel parcourut du regard ce qui n'était en fait qu'un vulgaire bordel.

— Le coup de feu, grommela-t-il. Qu'est-ce que ça doit être quand c'est calme ?

Nous suivîmes Most dans le cœur de l'immeuble en passant devant des portes numérotées ouvertes sur de grands lits couverts uniquement d'un drap et d'oreillers, sur des murs ornés de posters encadrés de nus vaguement artistiques, jusqu'à parvenir à un bureau. Un homme assis sur une chaise capitonnée observait trois ou quatre moniteurs montrant l'entrée de la boîte, ce qui devait être la ruelle de derrière, deux vues de la rue et la caisse enregistreuse derrière le comptoir. Most passa devant lui et se dirigea vers une porte d'acier située au fond de la pièce. Il l'ouvrit avec une paire de clefs, l'une qu'il tira de son portefeuille, l'autre qu'il prit dans une niche, près du sol. Je vis à l'intérieur des caisses de bouteilles d'alcool et des cartouches de cigarettes, mais elles n'occupaient qu'une partie de l'espace. Derrière, il y avait un petit arsenal.

— Alors, vous voulez quoi ? demanda Most.

Louis avait prédit que nous n'aurions aucun mal à acheter des armes à Prague et il ne s'était pas trompé.

La Tchécoslovaquie avait été un leader mondial dans la fabrication et l'exportation d'armements, mais la mort du communisme avait conduit au déclin de cette industrie après 1989. Toutefois, le pays comptait encore une trentaine de fabriques d'armes et les Tchèques n'étaient pas aussi regardants qu'ils auraient dû l'être sur les pays qu'ils avaient comme clients. Le Zimbabwe leur était reconnaissant d'avoir enfreint l'embargo sur les exportations d'armes, ainsi que le Sri Lanka et même le Yémen, cet ami des intérêts américains à l'étranger. Il y avait eu aussi des tentatives pour vendre des armes à l'Érythrée et à la République démocratique du Congo au moyen de licences d'exportation concernant des pays qui n'étaient pas sous embargo et qu'on utilisait pour réexpédier les cargaisons aux véritables destinataires. Une partie des armes était achetée légalement, une autre consistait en surplus vendus à des trafiquants, le reste provenait de sources plus obscures et je soupçonnais Most de se procurer par cette dernière voie l'essentiel de sa marchandise. En 1995, on avait découvert que l'URNA, unité d'élite antiterroriste de la police nationale tchèque, vendait ses armes, ses munitions et même du Semtex, un puissant explosif, à des éléments du crime organisé. Miroslav Kvasnak, patron de l'URNA, avait été viré, ce qui ne l'avait pas empêché de devenir plus tard directeur adjoint des services de renseignements de l'armée puis attaché militaire en Inde. Si les flics étaient prêts à vendre des flingues aux types mêmes qu'ils étaient censés traquer, le marché libre n'avait aucune raison de ne pas exploser. Les Tchèques, grisés par les joies nouvelles du capitalisme, avaient rapidement assimilé l'esprit d'entreprise.

La marchandise était rangée sur des étagères fixées au mur du fond, essentiellement des armes semi-automatiques, avec quelques fusils, dont une paire de FN tactiques de la police qui sortaient manifestement de leur caisse. Je remarquai des fusils d'assaut CZ 2000 et cinq mitrailleuses légères 5.56 N montées sur leur bipied et alignées sur une table sous leurs petites sœurs. À côté, des chargeurs M-16 et des bandes M-249 étaient nettement empilés. Il y avait aussi des AK-47 et des étagères entières de Vz.58, un modèle similaire, ainsi que diverses autres armes automatiques et semi-automatiques. Deux tables à tréteaux recouvertes de toile cirée proposaient un choix de pistolets. Presque tous les articles exposés étaient neufs et un grand nombre semblait de provenance militaire. On aurait dit que la moitié des meilleures armes de l'armée tchèque était entreposée dans le sous-sol de Most. Si le pays était envahi, les forces armées devraient se débrouiller avec des sarbacanes et des injures jusqu'à ce que quelqu'un rassemble assez d'argent pour racheter les armes.

Angel et moi regardâmes Louis choisir les armes qu'il préférait, actionnant la glissière, faisant monter une balle dans la chambre, insérant et éjectant un chargeur. Il opta finalement pour un trio de Heckler & Koch calibre 45, avec silencieux Knight pour réduire la flamme et le bruit. Les pistolets portaient l'inscription « USSOCOM » sur le canon, ce qui signifiait qu'ils avaient été fabriqués à l'origine pour le Commandement des opérations spéciales des États-Unis. Le canon et la glissière étaient légèrement plus longs que sur le modèle ordinaire et présentaient un filetage permettant de visser un silencieux ainsi qu'un projecteur de spot monté devant le pontet. Il prit aussi quelques poignards de combat Gerber Patriot et, pour lui-même, un pistolet-mitrailleur Steyr avec un chargeur de 30 balles et un silencieux, celui-là plus long que l'arme elle-même.

— Tu nous donnes deux cents balles pour les 45 et trois chargeurs pour le Steyr, dit Louis quand il eut fini son choix. Les couteaux, ce sera en prime.

Most accepta un prix pour les flingues, bien que le plaisir de la vente fût entamé par l'habileté de Louis à marchander. Nous partîmes avec le matériel. Le Tchèque nous fit même cadeau de holsters, à vrai dire plutôt usés. La Mercedes était toujours garée dehors, mais le chauffeur avait changé.

— Mon cousin, expliqua Most. Sûr tu veux pas rester, t'amuser un peu ? demanda-t-il en me tapotant le bras.

Les mots « s'amuser » et « Désir de Cupidon » ne s'associaient pas naturellement dans mon esprit.

— J'ai une copine, répondis-je.

— Tu peux avoir une autre.

— Je crois pas. Ça ne va déjà pas fort avec celle que j'ai.

Most ne proposa pas de filles à Angel et Louis, ce dont je fis la remarque pendant le retour à l'hôtel.

— T'es peut-être le seul de nous trois qui a l'air d'un pervers, suggéra Angel.

— Ouais, sûrement. Vous qui menez une vie saine et tout...

— On devrait être là-bas, dit Louis.

Il parlait de Sedlec.

— Ils ne sont pas idiots, arguai-je. Ils voudront inspecter l'endroit avant de passer à l'action. Il leur faudra du matériel, un moyen de transport, des hommes, et ils n'essaieront pas de récupérer la statue avant la nuit. On sera là à les attendre quand ils arriveront.

555

Nous nous rendîmes à Sedlec le lendemain en prenant la nationale en direction de la frontière polonaise, parce que c'était plus rapide que la route directe passant par les villes et les villages. La voiture longea des champs de maïs et de betteraves à peine remis des moissons, traversa d'épaisses forêts aux lisières parsemées de petites huttes de chasseur. Selon le guide que j'avais lu dans l'avion, il y avait des ours et des loups plus au sud, dans les forêts de Bohême, mais dans la région, on chassait surtout les petits mammifères et le gibier à plumes. On voyait au loin des villages aux toits rouges dont les clochers s'élevaient au-dessus des maisons. Après avoir quitté la nationale, nous passâmes par la ville industrielle de Kolin, carrefour des voies ferrées vers Moscou, à l'est, et vers l'Autriche, au sud. Certaines maisons étaient en ruine, d'autres en cours de restauration. Des panneaux publicitaires de marques de bière étaient accrochés dans les vitrines et les portes ouvertes laissaient voir les menus écrits à la craie.

Sedlec était presque devenu la banlieue de Kutná Hora, une ville plus grande. Une haute colline s'élevait devant nous : Kank, d'après la carte, la première mine importante ouverte dans la ville après la découverte de minerai d'argent sur le domaine de l'Église catholique. J'avais vu dans le guide des tableaux représentant les mines, ils me rappelaient les descriptions de l'enfer par Bosch, avec des hommes descendant sous terre vêtus de tuniques blanches pour être visibles à la faible lumière de leur lampe, avec un tablier en cuir dans le dos pour se laisser glisser rapidement dans les puits sans se blesser. Ils emportaient du pain pour six jours, car il fallait cinq heures pour remonter à la surface et les mineurs passaient presque toute la semaine au fond, ne ressortant que le septième jour pour assister à la messe, passer quelque temps avec leur famille et se ravitailler avant de redescendre. La plupart portaient sur eux une médaille de sainte Barbe, la patronne des mineurs, parce que ceux qui mouraient dans la mine étaient privés des derniers sacrements et leurs corps demeuraient probablement sous terre même si on les retrouvait après un éboulement. Ils croyaient qu'avec sainte Barbe près d'eux ils trouveraient quand même le chemin du ciel.

La ville de Kutná Hora reposait donc encore sur ce qu'il restait des mines. Sous ses bâtiments et ses rues s'étiraient des kilomètres de galeries, et la terre gardait les ossements de ceux qui avaient travaillé et étaient morts pour apporter l'argent à la surface. C'était un lieu idéal pour enterrer l'Ange Noir, pensai-je : un petit coin d'enfer caché en Europe de l'Est, un petit coin du monde alvéolé.

24

Nous tournâmes à droite devant un hypermarché Kaufland et parvînmes au croisement des rues Cechova et Starosedlecka. L'ossuaire se trouvait dans cette dernière, droit devant nous, entouré de hauts murs et d'un cimetière. En face, il y avait un restaurant-magasin appelé U Balanu et au coin à droite, un hôtel. Je demandai à voir les chambres et finis par en trouver deux qui offraient une bonne vue sur l'ossuaire, puis nous allâmes faire la visite.

Sedlec n'avait jamais manqué de corps pour remplir ses tombes : ce que les mines, la peste ou la guerre ne pouvaient fournir, l'attrait de la « Terre sainte » l'apportait. *La Chronique de Zbraslav*, écrite au XIVe siècle, rapporte qu'en une seule année, trente mille personnes furent enterrées dans le cimetière, la plupart amenées spécialement sur les lieux pour jouir du privilège d'être inhumées dans un sol provenant de Terre sainte, car on croyait que le cimetière avait des propriétés miraculeuses, qu'un corps s'y décomposait en un seul jour, ne laissant que des os blancs en parfait état. Inévitablement, ces os s'accumulèrent et les gardiens du cimetière construisirent une morgue à un étage contenant un ossuaire où les restes pourraient être exposés. Si cet ossuaire remplissait une fonction pratique en permettant de vider les tombes pour faire de la place à ceux qui avaient davantage besoin d'un lieu sombre où se défaire de leur fardeau mortel, il servait tout aussi bien un objectif spirituel : les os devinrent le symbole du caractère transitoire de l'existence humaine et de toute chose sur terre. À Sedlec, la frontière entre ce monde et l'autre fut tracée avec des os.

Bien qu'étranger, l'endroit éveillait des échos de mon passé. Je me souvins d'une chambre d'hôtel à La Nouvelle-Orléans, de l'air immobile et chargé d'humidité, dehors. Nous resserrions l'étau autour de l'homme qui m'avait pris ma femme et mon enfant, nous commencions enfin à comprendre en partie la nature de son « art ». Lui aussi croyait à la nature éphémère de toute chose humaine et laissait derrière lui ses propres *memento mori* en parcourant le pays, arrachant la peau à la chair et la chair à l'os pour nous montrer que la vie n'était qu'un moment bref et sans importance qu'un incapable comme lui pouvait détruire à sa guise.

Sauf qu'il se trompait, car tout ce que nous essayions d'accomplir n'était pas sans valeur, et tous les aspects de nos vies n'étaient pas indignes d'être célébrés ou remémorés. Avec chaque vie qu'il prenait, le monde devenait plus pauvre, son champ de possibilités était réduit à jamais, privé du potentiel d'art, de science, de passion, d'ingéniosité, d'espoir et de regret que la descendance d'une existence non vécue aurait apporté.

Mais que dire des vies que j'avais supprimées, moi ? N'étais-je pas tout aussi coupable et n'était-ce pas la raison pour laquelle il y avait tant de noms, d'hommes bons et mauvais, inscrits sur ce palimpseste que je portais, et pour lesquels on pouvait à bon droit me demander des comptes ? Je pouvais arguer qu'en commettant un moindre mal, j'avais empêché un mal plus grand d'arriver, mais je n'en porterai pas moins sur moi la marque de ce péché et serai peut-être damné pour cela. Pourtant, je ne pouvais rester sans rien faire. Il y avait des péchés que j'avais commis sous l'empire de la colère, et pour lesquels, je n'en doutais pas, je serai accusé et jugé coupable. Mais les autres ? J'avais choisi d'agir comme je l'avais fait, convaincu que le pire aurait été de ne pas intervenir. J'avais tenté de réparer, à ma manière.

Le problème, c'est qu'un peu de corruption de l'âme gagne tout le reste, comme un cancer.

Le problème, c'est qu'il n'y a pas de moindre mal.

Après avoir franchi les grilles du cimetière, nous longeâmes les tombes. Les pierres les plus récentes portaient souvent une photo du défunt incrustée dans le marbre ou le granit sous le mot *rodina*, suivi du nom de famille. Une ou deux avaient même des niches protégées par une plaque de verre derrière laquelle on avait disposé des portraits encadrés de tous ceux qui étaient enterrés dessous, comme on l'aurait fait sur un buffet ou une étagère lorsqu'ils étaient encore en vie. Trois marches descendaient vers l'entrée de l'ossuaire : une porte en bois ordinaire à deux battants surmontée d'une imposte. À droite, un escalier plus raide conduisait à la chapelle, car celle-ci se trouvait au-dessus de l'ossuaire, dont on pouvait voir l'intérieur par une fenêtre. Juste après la porte, une jeune femme était assise derrière un comptoir en verre contenant des cartes postales et des souvenirs. Nous payâmes trente couronnes tchèques chacun pour entrer, soit moins de quatre dollars pour nous trois. Nous étions les seuls visiteurs et notre haleine prenait des formes étranges dans l'air froid tandis que nous découvrions en bas les merveilles de Sedlec.

— Seigneur, fit Angel, c'est quoi, cet endroit ?

De chaque côté de l'escalier descendant devant nous, des os longs formaient les lettres IHS, pour *Iesus, Hominum Salvator*, « Jésus, sauveur des hommes », entourées de quatre séries de trois os représentant les bras d'une croix. Chacun de ces bras se terminait par un crâne. En bas des marches, deux alignements de colonnes parallèles se faisaient écho. Elles étaient composées de têtes de mort entre lesquelles s'intercalaient des fémurs fichés dans chaque mâchoire supérieure. Elles suivaient les bords de deux alcôves dans lesquelles se trouvaient deux urnes énormes – ou peut-être des fonts baptismaux – également constituées de restes humains, avec pour couvercle un cercle de crânes.

Je m'avançai dans la partie principale de l'ossuaire. À droite et à gauche, des ostensoirs contenaient des pyramides de crânes et d'os, trop nombreux pour être comptés, surmontés d'une couronne de bois doré. Selon la brochure qu'on nous avait remise à l'entrée, ces restes représentaient les multitudes affrontant le jugement de Dieu tandis que les couronnes symbolisaient le royaume des cieux et la promesse de la résurrection des morts. Sur l'un des murs, près d'un ostensoir, je lus cette inscription, elle aussi en os :

FRANTIŠEK RINT Z ČESKÉ SKALICE – 1870

À l'instar de la plupart des artistes, Rint avait signé son œuvre. Mais si Bosworth ne se trompait pas, l'architecte avait vu quelque chose alors qu'il achevait la reconstruction de l'ossuaire et cette chose l'avait hanté au point qu'il avait passé des années à recréer son image, comme si, ce faisant, il l'exorcisait lentement et parvenait enfin à la paix.

L'autre ostensoir, à ma gauche, portait les armoiries de la famille Schwarzenberg, qui avait financé la restauration de Rint. Elles aussi étaient entièrement en os. Rint avait même construit un oiseau, corbeau ou freux, en utilisant un os pelvien pour faire le corps et un morceau de côte pour l'aile. L'animal enfonçait son bec dans l'orbite vide d'un crâne censé être turc, détail ajouté aux armoiries par l'empereur Rodolphe II après qu'Adolf von Schwarzenberg eut limité la puissance turque en s'emparant des fortifications de Raab en 1598.

Mais tout cela n'était qu'accessoire comparé à la pièce maîtresse de l'ossuaire. Au plafond voûté pendait un lustre fait de tous les éléments que peut offrir le squelette humain. Ses parties horizontales étaient constituées d'os du bras, terminés par un plateau d'os pelviens sur lequel reposait un crâne. Un chandelier était fiché dans chaque crâne et des guirlandes d'os formaient les chaînes de suspension qui les maintenaient. Il était impossible de regarder ce lustre sans que le sentiment de dégoût qu'on éprouvait fît place à de l'admiration pour l'imagination capable d'avoir conçu un tel objet. Il était à la fois beau et troublant, fruit merveilleux d'un esprit dérangé.

Sous le lustre, une plaque rectangulaire de béton était sertie dans le sol. C'était l'entrée de la crypte, qui abritait les restes d'un grand nombre de riches. À chaque coin, un candélabre baroque en forme de tour gothique présentait trois alignements de sept crânes, avec un os du bras sous chacune des mâchoires, et des anges soufflant dans une trompette par-dessus.

Au total, l'ossuaire renfermait les restes de quarante mille personnes.

Je regardai autour de moi. Angel et Louis examinaient deux vitrines contenant les crânes de quelques combattants morts pendant les guerres hussites. Deux ou trois montraient des trous faits par des balles de mousquet, d'autres des fentes profondes causées par des coups violents. Une lame acérée avait presque totalement détaché la partie arrière d'un crâne.

Quelque chose tomba sur ma chemise, fit une tache sur le tissu. Je levai les yeux, vis de l'humidité au plafond. Le toit fuit peut-être, pensai-je, mais je sentis alors un filet de sueur couler sur mon visage et s'étaler sur mes lèvres. Je me rendis compte que mon haleine n'était plus visible dans l'air et que je transpirais abondamment. Ni Angel ni Louis ne semblaient avoir le même problème. En fait, Angel avait remonté jusqu'au cou la fermeture Éclair de son blouson et il tapait légèrement des pieds pour les réchauffer, les mains enfoncées dans ses poches.

Des gouttes de sueur glissaient dans mes yeux, troublaient ma vision. Je tentai de l'éclaircir en passant la manche de ma veste sur mon front, mais cela ne fit qu'empirer et je me sentis pris de vertiges. Je ne m'appuyai à aucun des murs ou des objets, de peur de déclencher un des systèmes d'alarme contre lesquels on nous avait mis en garde à l'entrée. M'accroupissant, je respirai plusieurs fois à fond. Déséquilibré, je dus poser les doigts sur le sol pour me soutenir et je sentis aussitôt une onde de douleur me percer la peau. Je me noyais dans une chaleur liquide, le corps embrasé. Quand je voulus ouvrir la bouche pour dire quelque chose, la chaleur se rua dans cette nouvelle béance, anéantissant tout bruit provenant de l'intérieur de moi-même. J'étais aveugle, muet, contraint d'endurer mes tourments en silence. Je voulais mourir et je ne le pouvais pas. J'étais enfermé, pris au piège dans un endroit dur et sombre. Constamment sur le point de suffoquer, j'étais incapable de respirer et aucune libération ne venait. Le temps cessa d'avoir un sens. Il n'y avait plus qu'un présent éternel, insupportable.

Pourtant, je le supportais.

Une main se posa sur mon épaule et Angel me parla. Ses doigts me parurent incroyablement froids, son haleine était comme de la glace sur ma peau. Je pris conscience d'une autre voix sous celle d'Angel et cette voix répétait des mots dans une langue que je ne comprenais pas, une litanie récitée en boucle, toujours avec les mêmes intonations, les mêmes pauses, les mêmes accentuations. C'était une sorte d'invocation imprégnée de démence qui me fit penser à ces animaux de zoo qui, rendus fous par leur captivité et l'immuabilité de leur environnement, vont et viennent sans fin dans leur cage, toujours à la même vitesse, toujours avec les mêmes mouvements, comme si la seule façon qu'ils avaient de survivre, c'était de ne plus faire qu'un avec leur prison, de copier son absence implacable de changement.

Soudain la voix se mit à trébucher sur les mots. Elle s'efforça de les répéter une fois de plus mais se perdit et finit par s'arrêter totalement. Je sentis que quelque chose sondait l'ossuaire, comme un aveugle cesse de tapoter le sol de sa canne et écoute un inconnu approcher.

Puis elle hurla, montant en ton et en volume jusqu'à ne plus être qu'un seul cri aigu de rage et de désespoir. Elle me déchira les oreilles, me tordit les nerfs en m'appelant encore et encore.

Il sait, pensai-je.

Il est vivant.

Angel et Louis me ramenèrent à l'hôtel, faible, la peau brûlante. J'essayai de m'allonger, mais la nausée ne me quittait pas. Au bout d'un moment, je les rejoignis dans leur chambre. Assis près des fenêtres, nous observions le cimetière et ses bâtiments.

— Qu'est-ce qui s'est passé là-bas ? demanda enfin Louis.

— Je ne sais pas.

Il était furieux et ne cherchait pas à le cacher.

— Ben, vaudrait mieux que tu l'expliques, même si ça paraît bizarre. On n'a pas de temps à perdre avec ça.

— Pas la peine de me le dire, répliquai-je.

Il me regarda dans les yeux.

— Alors, c'était quoi ?

J'étais bien obligé de lui répondre.

— Un moment, j'ai cru sentir quelque chose en bas, sous l'ossuaire, et cette chose savait que j'avais conscience de sa présence. J'avais l'impression d'être pris au piège, de suffoquer, d'étouffer de chaleur. Voilà, je ne peux pas t'en dire plus.

J'ignorais comment Louis allait réagir. Nous y sommes, pensai-je. Ce qui s'est glissé entre nous monte en se tortillant à la surface.

— Tu seras capable d'y retourner ? voulut-il savoir.

— Je m'habillerai moins chaudement, répondis-je.

Il tapota des doigts le bras de son fauteuil sur le rythme d'un air que lui seul pouvait entendre.

— Fallait que je te pose la question, dit-il enfin.

— Je comprends.

— Je commence à en avoir assez, je voudrais que ça finisse. Ça me plaît pas quand c'est personnel.

Il pivota dans son fauteuil pour me regarder.

— Ils vont venir, hein ?

— Oui, répondis-je. Et tu pourras faire d'eux ce que tu veux. Je t'ai promis qu'on les trouverait, on les a trouvés. Ce n'est pas ce que tu espérais de moi ?

Il n'était toujours pas satisfait. Ses doigts tambourinaient sur l'appui de fenêtre et son regard revenait sans cesse sur les clochers jumeaux de la chapelle.

Angel, assis dans un coin sombre, demeurait immobile et silencieux, attendait que ce qui nous opposait, Louis et moi, soit nommé. Un changement avait affecté notre amitié et je ne savais pas s'il signifierait sa fin ou un nouveau départ.

— Dis-le, fis-je.

— Je t'ai rendu responsable, commença-t-il à voix basse sans me regarder. Je t'ai rendu responsable de ce qui était arrivé à Alice. Pas au début, parce que je connaissais la vie qu'elle menait. Je l'ai cherchée, je l'ai fait chercher par d'autres, mais finalement elle a choisi sa route, comme on fait tous. Quand elle a disparu, j'ai été content. Soulagé. Ça n'a pas duré longtemps, mais c'était là et j'en ai eu honte.

« Ensuite on a trouvé Garcia, et ce mec, Brightwell, est sorti du bois, et tout d'un coup il s'agissait plus d'Alice, il s'agissait de toi, parce que t'étais mêlé à cette histoire, d'une certaine façon. Et j'ai pensé que c'était peut-être pas la faute d'Alice, que c'était peut-être la tienne. Tu sais combien de filles gagnent leur vie dans les rues de New York ? De toutes les tapineuses qu'ils auraient pu choisir, de toutes les femmes qui auraient pu faire une passe avec ce type, Winston, il a fallu que ce soit elle. C'était comme si tu jetais une ombre sur la vie des autres, et cette ombre grandissait, elle a touché Alice sans que tu la connaisses, sans même que tu saches qu'elle existait. Pendant un moment, je ne pouvais plus te regarder. C'était pas de la haine que j'avais pour toi, parce que t'avais rien fait intentionnellement, mais je ne voulais plus te voir. Et puis elle s'est mise à appeler.

Avec le soir qui tombait, Louis était à présent reflété par la vitre. Son visage flottait dans l'air. C'était peut-être à cause d'un défaut du verre, ou peut-être y avait-il autre chose, mais une seconde présence semblait suspendue derrière lui. Je ne parvenais pas à distinguer ses traits et les étoiles brillaient dans ses yeux.

— Je l'entends, la nuit, poursuivit-il. Au début, j'ai cru que c'était quelqu'un dans l'immeuble, mais quand je suis sorti pour vérifier, je n'ai plus rien entendu. C'était seulement à l'intérieur. Je l'entends seulement quand il n'y a personne autour de moi. C'est sa voix, mais elle n'est pas la seule. Il y a d'autres voix aussi, des tas de voix, qui appellent des noms différents. Elle, elle crie le mien. Elle est dure à comprendre parce que quelqu'un cherche à l'empêcher d'appeler. D'abord, il s'en foutait, il croyait que personne s'occupait d'elle, mais maintenant il sait. Il veut qu'elle se taise. Elle est morte mais elle continue à appeler, comme si elle arrivait pas à trouver la paix. Elle pleure tout le temps. Elle a peur. Elles ont toutes peur.

« Alors j'ai su que ce n'était peut-être pas une coïncidence si tu nous avais trouvés, Angel et moi, ou l'inverse. Je comprends pas tout ce qui se passe avec toi, mais je sais une chose : ce qui est arrivé devait arriver, on est tous concernés. Ça nous attendait dans l'ombre depuis toujours, aucun de nous peut y échapper. T'as rien à te reprocher, je le sais, maintenant. D'accord, ils auraient pu choisir d'autres filles, et après ? Elles auraient disparu, ce serait leurs voix qui appelleraient, mais il n'y aurait personne pour les entendre, tout le monde s'en foutrait. Comme ça, on les a entendues et on est venus.

Louis se tourna finalement vers moi et le visage de la femme s'estompa dans la nuit.

— Je veux qu'elle arrête de pleurer, dit-il.

Je vis clairement les rides de son visage, la fatigue de ses yeux.

— Je veux qu'elles arrêtent toutes de pleurer.

Walter m'appela sur mon portable ce soir-là. Je lui avais téléphoné avant notre départ et je lui avais résumé ce que je savais.

— Tu as l'air d'être à des millions de kilomètres d'ici, dit-il, et si j'étais toi, je m'arrangerais pour y rester. Quasiment tous ceux à qui tu as parlé de cette histoire sont morts, on ne va pas tarder à te chercher pour te poser des questions. J'ai des nouvelles qui ne te plairont sans doute pas. Neddo est mort. Quelqu'un l'a salement charcuté. Peut-être pour le torturer et lui arracher des informations, mais on lui avait fourré un chiffon dans la bouche, alors, même s'il avait eu quelque chose à révéler, il n'aurait pas pu parler. Ce n'est pas le pire. Reid, le moine qui t'a contacté, a été poignardé à mort devant un bar de Hartford. Son copain a téléphoné pour prévenir et il a disparu. La police veut l'interroger, mais soit les membres de son ordre le protègent, soit ils savent vraiment pas où il est.

— Les flics pensent que c'est lui ? Ils se trompent.

— Ils veulent juste lui parler. Il y avait du sang sur la bouche de Reid et ce n'était pas le sien. À moins qu'on ne découvre que c'est celui de Bartek, il n'a rien à craindre. On dirait que Reid a mordu son meurtrier. La police a envoyé l'échantillon de sang à un labo privé, elle aura les résultats dans un jour ou deux.

Je savais déjà ce qu'on trouverait : un ADN vieilli, dégradé. Je me demandai si la voix de Reid avait rejoint celle d'Alice dans cet endroit sombre d'où les victimes de Brightwell imploraient leur libération. Je remerciai Walter, raccrochai et repris ma surveillance de l'ossuaire.

Sekula arriva le matin du deuxième jour. Il ne vint pas seul. Un chauffeur attendit au volant de l'Audi grise tandis que l'avocat entrait dans l'ossuaire en compagnie d'un petit homme en jean et caban. Trente minutes plus tard, ils ressortirent et montèrent les marches de la chapelle. Ils n'y restèrent pas longtemps.

— Ils sont venus voir le système d'alarme, dit Angel tandis que nous les observions de l'hôtel. Le petit mec est probablement le spécialiste.

— Il vaut quelque chose, ce système ? demandai-je.

— J'y ai jeté un coup d'œil hier. Il suffira pas pour les empêcher d'entrer. J'ai pas l'impression qu'on a renforcé la sécurité depuis la dernière effraction.

Les deux hommes sortirent de la chapelle, firent le tour du bâtiment, retournèrent à l'Audi et démarrèrent.

— On aurait pu les suivre, remarqua Louis.

— On aurait pu, convins-je, mais quel intérêt ? Ils reviendront forcément.

Angel tirait sur sa lèvre inférieure.

— Dans combien de temps, d'après toi ? dis-je.

— Moi, si l'alarme posait pas de problème, je ferais ça le plus tôt possible. Cette nuit, peut-être.

Cela semblait juste. Ils viendraient, et nous saurions tout.

En face de l'ossuaire, une petite cour jouxtant U Balanu servait de terrasse au restaurant en été. Il était facile d'y pénétrer et Louis y prit position peu après la tombée de la nuit. De ma chambre d'hôtel, j'aurais une excellente vue sur tout ce qui se passerait. Louis et moi avions décidé qu'aucun de nous n'agirait seul. Angel était dans le cimetière. Il y avait à gauche de l'ossuaire une petite remise au toit de tuiles rouges. Ses fenêtres aux carreaux brisés étaient protégées par des grilles d'acier noir. Elle avait peut-être servi de maison au fossoyeur, autrefois, mais elle n'abritait plus maintenant que des briques, des planches et un New-Yorkais transi.

Mon portable était sur vibreur. Tout était silencieux, mis à part le grondement lointain des voitures qui passaient. Nous attendîmes.

L'Audi grise revint peu après vingt et une heures, fit le tour du pâté de maisons et se gara dans Starosedlecka. Elle fut suivie quelques minutes plus tard par une deuxième Audi, noire, et une camionnette verte aux roues boueuses dont les lettres dorées inscrites sur les flancs étaient passées et indéchiffrables. Sekula descendit de la première voiture accompagné du petit expert en système d'alarme et d'une autre silhouette en pantalon noir et long manteau à capuche. La capuche était relevée, la température ayant chuté dans la journée. Même Sekula n'était identifiable qu'à sa taille, car une écharpe lui couvrait la bouche et il portait un bonnet de laine noire sur la tête.

Trois personnes sortirent de l'autre véhicule, dont la charmante Mlle Zahn, qui ne semblait pas gênée par le froid. Son manteau était ouvert et elle avait la tête nue. Vu la température de ce qui coulait dans ses veines, la nuit devait lui sembler douce. Le deuxième à descendre fut un type aux cheveux blancs que je ne connaissais pas. Il avait un pistolet à la main. Le troisième était Brightwell, vêtu d'un costume beige. Comme Mlle Zahn, il ne paraissait pas souffrir outre mesure de la fraîcheur. Il alla à la camionnette et parla aux deux hommes qui se trouvaient à l'intérieur. Apparemment, ils avaient l'intention d'emporter la statue s'ils la trouvaient.

Les deux hommes descendirent de la cabine, suivirent Brightwell à l'arrière de la camionnette. Quand les portières furent ouvertes, deux autres sortirent, emmaillotés d'épaisses couches de vêtements pour tenir le coup à l'arrière non chauffé. Après une brève discussion, Brightwell conduisit Mlle Zahn, Sekula, l'inconnu en manteau à capuche, le spécialiste en système d'alarme et l'homme aux cheveux blancs à la grille du cimetière. L'un des hommes de la camionnette les suivit. Angel avait refermé au cadenas derrière lui en allant se planquer dans la remise, mais Brightwell coupa simplement la chaîne et le groupe entra.

Je fis rapidement le compte : dehors, on avait le chauffeur de l'Audi et les trois types de la camionnette. À l'intérieur, sept de plus. J'appelai Louis.

— Tu vois quoi ?

— Un mec à la porte de l'ossuaire, maintenant, répondit-il à voix basse. Le chauffeur, près de la portière passager, il me tourne le dos.

Je l'entendis changer de position.

— Deux amateurs de la camionnette à chaque coin, pour surveiller la rue principale. Un autre à la grille.

Je réfléchis.

— Donne-moi cinq minutes. Je contourne la camionnette et je m'occupe des gars postés aux coins. Toi, tu prends le chauffeur et le type de la grille. Dis à Angel de s'occuper de la porte. Je te rappelle quand je suis prêt.

Je sortis de l'hôtel et fis le tour aussi vite que je pus. Je dus finalement escalader un mur et traverser un pré où était installée une aire de jeux pour enfants, à droite du cimetière. J'appelai Angel en pénétrant dans le pré.

— Je suis derrière toi. Ne me tire pas dessus.

— Je ferai une exception pour cette fois.

J'entendis un bruit sourd dans le cimetière quand il sortit de la remise, puis tout redevint silencieux.

Je trouvai une grille au bout du pré, l'ouvris aussi discrètement que possible. À gauche, je distinguai l'arrière de la camionnette. Je longeai le mur jusqu'à ce qu'il s'incurve vers l'entrée principale. La silhouette de l'homme posté à la grille était clairement visible. Si je tentais de traverser la rue, il me repérerait sûrement.

Je rappelai Louis.

— Changement de plan, dit-il. Angel prend la porte et la grille.

À l'intérieur du cimetière, le type qui gardait la porte de l'ossuaire alluma une cigarette. Il s'appelait Gary Toolan et n'était guère plus qu'un malfrat américain louant ses services en Europe. Il aimait baiser, picoler et faire du mal aux gens, mais ceux pour qui il bossait maintenant lui donnaient la chair de poule. Ils étaient… différents. Le gars aux cheveux blancs, la fille canon à la peau étrange et surtout le gros au cou gonflé le mettaient mal à l'aise. Il ne savait pas ce qu'ils fabriquaient ici, mais au moins il avait été payé d'avance. S'ils tentaient quelque chose, il avait son fric, il avait un autre flingue planqué sur lui et les hommes qu'il avait fournis à ces affreux seraient avec lui en cas d'embrouille. Toolan tira une longue bouffée de sa cigarette. Au moment où il lâchait l'allumette, les ombres bougèrent autour de lui et il lui fallut une seconde pour comprendre que le mouvement dans l'obscurité n'avait rien à voir avec la flamme qui tombait.

Angel lui logea une balle dans la tempe et se dirigea vers la grille.

Le téléphone collé à l'oreille, Louis regarda sa montre. J'attendis.

— Trois, deux, un, compta-t-il. Maintenant.

Il y eut un léger *pop* et l'homme de la grille s'effondra, abattu par Angel.

Je m'élançai.

Le chauffeur de l'Audi tendit aussitôt la main vers son arme, mais Louis se dirigeait déjà vers lui. L'homme parut le sentir au dernier moment, car il commençait à se retourner lorsque la balle de Louis s'enfonça dans l'arrière de son crâne. L'un des types postés aux coins poussa un cri. Il courut vers la cabine et parvint presque à ouvrir la portière avant de glisser le long du flanc de la camionnette et de porter la main au creux de ses reins, là où ma première balle l'avait atteint. Je lui en collai une deuxième dans le corps puis éliminai le dernier homme au moment où il faisait feu. Le projectile arracha un morceau de maçonnerie au mur derrière moi, mais le type qui avait tiré était mort.

Louis traînait déjà le cadavre du chauffeur vers la cour du restaurant. Il se figea en entendant la détonation. Personne ne sortit des maisons voisines pour voir ce qui se passait. Ou les gens avaient cru à une pétarade de pot d'échappement, ou ils ne tenaient pas à savoir. Je poussai les corps des deux hommes sous leur camionnette, puis je courus avec Louis vers l'ossuaire. Angel, accroupi à la porte, jetait de brefs coups d'œil à l'intérieur.

— J'en ai descendu un autre, annonça-t-il. Il a entendu la détonation, il a déboulé. On dirait qu'ils ont soulevé la dalle de la crypte et qu'il y a une lampe allumée près du trou. Je crois pas qu'il reste quelqu'un à ce niveau, ils doivent tous être en bas.

La chaleur était intense dans l'ossuaire. Je crus d'abord à un retour des nausées de la veille, confirmant les pires craintes de Louis à mon sujet, mais quand je me tournai vers lui et Angel, je vis qu'ils transpiraient à profusion. Tout autour de nous, des gouttes d'eau tombaient du plafond et des murs, coulaient sur les ossements exposés, telles des larmes sur les joues blanches des morts. Le corps du spécialiste en système d'alarme gisait juste derrière la porte, déjà piqueté de taches d'humidité.

La dalle de la crypte, sortie de son logement, reposait à côté de l'entrée, où brillait une lampe à piles. Nous contournâmes le trou en nous efforçant de ne pas nous montrer à quelqu'un qui guetterait en bas. Je crus détecter des voix faibles, un crissement de pierre sur de la pierre. Une volée de marches grossières descendait dans l'obscurité, atténuée par la lueur d'une source de lumière invisible, dans la crypte même.

Angel me regarda, je le regardai. Louis nous regarda tous les deux.

— Super, chuchota Angel. On devrait s'accrocher des cibles sur la poitrine.

— Tu restes ici, lui dis-je. Dans l'ombre, près de la porte. Pas la peine d'en avoir d'autres qui débarquent et nous coincent là en bas.

Il ne protesta pas. À sa place, je n'aurais pas protesté non plus. Louis et moi nous tenions juste assez loin des marches pour ne pas être vus. L'un de nous devrait passer le premier. Je posai la question :

— Honneur à l'âge ou à la beauté ?

Louis s'avança et plaça un pied sur la première marche.

— Aux deux, grogna-t-il.

Je demeurai à deux marches de lui tandis qu'il descendait. Le sol de l'ossuaire, qui jouait aussi le rôle de plafond de la crypte, avait soixante centimètres d'épaisseur, de sorte que nous dûmes descendre presque la moitié de l'escalier avant de voir quoi que ce soit, et même alors une grande partie du caveau restait dans l'obscurité. À notre gauche, s'étendait une série de niches occupées par des cercueils en pierre ornés d'armoiries ou de représentations de la Résurrection. À droite, la disposition des tombes était similaire, excepté que l'un des cercueils avait été retourné et les restes de l'occupant s'étaient répandus sur les dalles du sol. Les os avaient perdu depuis longtemps leurs articulations, mais je crus distinguer d'infimes vestiges du linceul dans lequel le corps avait été enveloppé. La niche, à présent vide, montrait une ouverture rectangulaire d'un mètre de haut et d'autant de large. Je voyais de la lumière passer par le trou, derrière. Les voix étaient maintenant plus fortes et la température avait encore monté. J'avais l'impression de me tenir devant la gueule d'un haut-fourneau et d'attendre d'être consumé par les flammes.

Sentant un courant d'air légèrement plus frais sur mon cou, je me jetai sur la droite, poussai Louis de toutes mes forces sur le côté avant de heurter le sol.

Quelque chose fendit l'air et frappa l'un des piliers soutenant la voûte. Je captai un soupçon de parfum tandis que Mlle Zahn grognait sous l'effet de l'impact du pied-de-biche sur la pierre. J'expédiai une violente ruade et mon talon la toucha au genou. Sa jambe se plia et je l'entendis crier, mais elle abattit instinctivement le pied-de-biche dans ma direction quand je tentai de me relever. Elle m'atteignit au coude droit, envoyant dans mon bras une onde de choc qui le paralysa immédiatement. Je lâchai mon arme, rampai en arrière jusqu'à ce que je sente le mur dans mon dos, me redressai en m'appuyant sur ma main gauche. J'entendis un coup de feu qui, bien qu'étouffé par un silencieux, résonna dans l'espace clos. Je ne sus pas où se trouvait Louis avant de m'être relevé tant bien que mal et de le voir acculé contre l'un des cercueils, engagé dans un combat rapproché avec Sekula. Le pistolet de l'avocat était tombé par terre, mais de sa main gauche il écartait de lui celui de Louis tandis que la droite griffait le visage de mon ami, cherchant des endroits vulnérables. Je ne pouvais pas intervenir. Malgré la douleur, Mlle Zahn tournait autour de moi en boitant, attendant une nouvelle occasion de frapper. Elle avait ôté sa veste et, dans ses tentatives pour me défoncer le crâne, les boutons de son chemisier noir avaient sauté. Un rai de lumière l'éclaira et je vis les tatouages sur sa peau. Ils semblaient bouger à la lueur de la lampe, les visages se déformant et se tordant, les yeux dilatant leur pupille. Une bouche s'ouvrit, révélant de petites dents de chat. Une tête tourna, son nez épaté s'aplatit plus encore, comme si un autre être vivant en elle se pressait contre son épiderme par-dessous et tentait de faire irruption dans le monde extérieur. Tout son corps était une galerie grouillante de grotesques dont je n'arrivais pas à détacher mon regard. Leur effet était quasi hypnotique et je me demandai si c'était ainsi qu'elle soumettait ses victimes avant de les exécuter, qu'elle les subjuguait en s'approchant pour les tuer.

Mon bras droit me faisait terriblement mal et j'avais l'impression que la chaleur avait aspiré toute l'humidité de mon corps. Je ne comprenais pas pourquoi Mlle Zahn n'avait pas simplement tiré sur moi. Je reculai en titubant quand elle feignit une attaque, perdis l'équilibre. Le pied-de-biche décrivait un arc de cercle au-dessus de ma tête quand une voix appela : « Hé, sale garce ! » Un pied botté cueillit Mlle Zahn à la mâchoire, la lui brisant avec un craquement sec. Sonnée, elle cligna des yeux et, dans la lumière indistincte, je crus voir que les visages dessinés sur son corps réagissaient à leur tour, les yeux se fermant brièvement, les bouches s'ouvrant sur des rugissements de souffrance silencieux. Elle se tourna vers les marches, où était allongé Angel, de côté, juste sous le plafond, la jambe droite encore tendue et le 45 à la main.

Elle laissa tomber le pied-de-biche et leva la main gauche. Angel tira, la balle traversa la paume. Mlle Zahn glissa le long du mur en laissant derrière elle une traînée de matière sombre. L'un de ses yeux demeurait ouvert, l'autre était un trou noir et rouge. Elle battit des cils et tous les yeux tatoués sur sa peau parurent faire de même, puis son œil se ferma, les paupières peintes sur son corps s'abaissèrent lentement à leur tour et tout mouvement cessa enfin.

Au moment où elle mourut, Sekula sembla perdre son énergie. Il chancela, offrant à Louis l'ouverture qu'il cherchait. Celui-ci parvint à enfoncer le canon de son arme dans la chair molle située sous le menton de l'avocat et pressa la détente. La détonation se répercuta autour de nous, le bruit se matérialisant en une fontaine sombre qui aspergea le plafond voûté. Louis lâcha Sekula pour le laisser s'écrouler.

— Il s'est arrêté, fit-il, l'air étonné, en regardant le corps. Il allait tirer et il s'est arrêté.

— Il m'avait dit qu'il ne se croyait pas capable de tuer, répondis-je. Je pense qu'il avait raison.

Je m'affalai contre le mur humide de la crypte. Mon bras me faisait mal, mais je ne pensais pas avoir de fracture. D'un signe de tête, je remerciai Angel, qui retourna se poster dans l'ossuaire.

— Après toi, ce coup-ci, dit Louis en montrant l'ouverture dans le mur.

Je regardai les cadavres de Sekula et de sa secrétaire.

— Au moins, je pourrai voir le prochain qui nous tombera dessus.

Louis tendit le bras vers le pistolet glissé sous la ceinture de Mlle Zahn.

— Elle avait un flingue, elle aurait pu te buter.

— Elle me voulait vivant.

— Pourquoi ? À cause de ton charme ?

Je secouai la tête.

— Elle croyait que j'étais comme elle, et comme Brightwell.

Je me courbai pour passer dans le trou, Louis à ma suite. Nous étions dans une longue galerie dont la voûte, haute d'à peine un mètre quatre-vingts, empêchait Louis de se tenir droit. Le tunnel s'étirait dans l'obscurité, s'incurvait légèrement sur la droite. De chaque côté, des sortes d'alcôves ou de cellules semblaient ne contenir rien d'autre que des lits de pierre, bien que çà et là un bol ébréché ou une vieille bouteille vide indiquât qu'elles avaient été occupées. Chacune était équipée d'une herse qu'on pouvait manœuvrer par un système de poulies et de chaînes installé à l'extérieur. La plupart n'étaient pas fermées, mais nous finîmes par en découvrir une, sur la droite, dont la grille était abaissée. Le faisceau de ma torche éclaira à l'intérieur des restes humains couverts de vêtements. Le crâne avait gardé quelques cheveux et les habits étaient à peu près intacts, mais il s'en dégageait une odeur infecte.

— C'est quoi, ici ? s'interrogea Louis.

— Un genre de prison.

— On dirait qu'ils ont oublié qu'ils avaient un invité.

Quelque chose bruissa dans la cellule close. Un rat, pensai-je. Ce n'est qu'un rat, ça ne peut pas être autre chose. Celui qui était allongé dans cette cellule était mort depuis longtemps. Il n'était plus que peau racornie et os saillants.

L'homme bougea alors sur son lit de pierre. Ses ongles crissèrent sur le mur ; sa jambe droite s'étendit presque imperceptiblement et sa tête se tourna sur le côté. L'effort que cela lui coûta était gigantesque. Je pus voir les muscles atrophiés de ses bras desséchés se contracter, les tendons de son visage saillir quand il essaya de parler. Ses traits étaient profondément enfoncés, comme s'ils avaient été lentement aspirés de l'intérieur. Les yeux étaient comme des fruits pourris dans les trous des orbites, à peine visibles derrière la main émaciée avec laquelle il se protégeait de la lumière tout en tentant de voir ce qu'il y avait de l'autre côté.

Louis recula d'un pas.

— Comment il peut encore être vivant ? murmura-t-il sans parvenir à cacher le choc qu'il éprouvait.

Jamais je ne l'avais entendu parler de cette façon.

N'était-ce pas ce que Reid avait dit ? Une lente agonie, dont la fin inévitable était retardée au-delà de tout ce qu'on pouvait imaginer. Tel Kittim, cet inconnu apportait peut-être la preuve de cette croyance.

— Peu importe, dis-je. Laissons-le.

Je vis Louis lever son pistolet et cela me surprit. Il n'était pas du genre à avoir des gestes de pitié. Je posai une main sur le canon de l'arme, l'abaissai doucement.

— Non, dis-je.

L'être étendu sur la plaque de pierre essaya à nouveau de parler. Je décelai du désespoir dans ses yeux et je ressentis presque pour lui un peu de la pitié de Louis. Je recommençai à avancer et entendis Louis me suivre.

Nous étions maintenant descendus profondément sous terre et loin du cimetière. D'après la direction que nous prenions, j'estimai que nous devions nous trouver quelque part entre l'ossuaire et le site de l'ancien monastère. Nous longions d'autres cellules, la plupart à la herse baissée, mais je ne jetai un coup d'œil que dans une ou deux d'entre elles au passage. Manifestement, ceux qui y avaient été incarcérés étaient morts, leurs os détachés les uns des autres depuis longtemps. Leurs juges avaient probablement commis une erreur. C'était comme dans les anciens procès en sorcellerie : si les suspects mouraient, ils étaient innocents ; s'ils survivaient, ils étaient coupables.

La chaleur croissait encore. Les murs étaient brûlants et nos vêtements devinrent si gênants que nous dûmes abandonner en route pardessus et veste. J'entendais dans ma tête un grondement dans lequel je croyais discerner des mots, sauf qu'ils ne composaient plus une incantation proférée dans la folie. Ils avaient un sens, un objectif. Ils lançaient un appel.

Il y avait de la lumière devant nous. Je découvris une salle circulaire bordée de cellules avec en son centre un trio de lanternes. Derrière se tenait la forme massive de Brightwell. Il tentait de dégager une pierre de la paroi avec un pied-de-biche, à hauteur de sa tête. Près de lui, la silhouette au manteau à capuche gardait la tête baissée. L'obèse fut le premier à sentir notre présence et se retourna brusquement, le pied-de-biche encore à la main. Je m'attendais qu'il saisisse un pistolet mais il n'en fit rien. Il avait l'air au contraire presque content. Sa lèvre inférieure était couturée d'agrafes là où Reid l'avait mordu pendant son dernier combat.

— Je le savais, dit-il. Je savais que tu viendrais.

La silhouette qui se tenait à sa droite baissa sa capuche. Je vis de longs cheveux gris encadrant un visage de femme. À la lumière des lanternes, les traits fins de Claudia Stern avaient pris un aspect émacié, avide. Sa peau était pâle et sèche, et quand elle ouvrit la bouche pour parler, ses dents me parurent plus longues qu'avant, comme si ses gencives avaient reculé. Elle avait dans l'œil droit une tache blanche qu'elle dissimulait sans doute en général derrière une lentille.

Brightwell lui tendit le pied-de-biche, mais ne s'avança pas vers nous, ne nous menaça d'aucune façon.

— Presque fini, dit-il. C'est bien que tu sois là pour voir ça.

Claudia Stern glissa le pied-de-biche dans la fente que l'obèse avait ménagée et poussa. La pierre bougea. Claudia replaça le pied-de-biche, poussa plus fort. Le bloc pivota jusqu'à être perpendiculaire au mur. Par le trou révélé, je crus voir quelque chose briller. Dans un dernier effort, elle délogea la pierre, qui tomba par terre. Claudia Stern s'attaqua aux autres, qu'elle détacha plus facilement, maintenant qu'une brèche était pratiquée. Je ne fis rien pour l'en empêcher et me rendis compte que moi aussi, je voulais savoir ce qu'il y avait derrière le mur. Je voulais voir l'Ange Noir. Un grand carré d'argent était maintenant visible par le trou. Je discernai la forme d'une côte, le bord de ce qui était peut-être un bras. La forme était grossière et inachevée, couverte de gouttelettes d'argent semblables à des larmes gelées.

Soudain, comme sous l'effet d'une impulsion inattendue, Claudia Stern lâcha le pied-de-biche et plongea la main dans l'ouverture.

Il me fallut un moment pour remarquer que la température avait de nouveau monté, tant il faisait déjà chaud dans la salle, mais je sentis ma peau commencer à piquer et à brûler, comme si je me tenais sans protection sous un soleil intense. Je baissai les yeux vers mes mains, que je m'attendais presque à voir rougir. La voix dans ma tête était plus forte, à présent, torrent de murmures rappelant le grondement d'une chute d'eau, mots inintelligibles mais au sens parfaitement clair. Près de l'endroit où se tenait Stern, un liquide se mit à couler par les fentes de la maçonnerie, glissa lentement sur le mur comme des gouttes de mercure.

Je les voyais fumer, je sentais la poussière brûler. Ce qui se trouvait derrière le mur était en train de fondre, révélant ce qui était caché sous l'argent. Stern tourna vers Brightwell un visage à l'expression étonnée. Elle ne s'attendait certainement pas à ça. Tous les préparatifs qu'ils avaient faits indiquaient qu'ils prévoyaient d'emporter la statue à New York, pas de la voir fondre à leurs pieds. J'entendis un bruit derrière le mur, comme un battement d'aile, et cela me ramena là où j'étais, à ce que je devais faire.

Je braquai mon arme sur Brightwell.

— Arrête-la.

Il ne bougea pas.

— Tu ne tireras pas, dit-il. Nous reviendrions.

Près de moi, Louis agita la tête. Son visage se tordit, comme sous l'effet d'une souffrance, et il porta la main gauche à son oreille. Puis j'entendis moi aussi ce chœur de voix, cette cacophonie de supplications qui montaient toutes des profondeurs de Brightwell.

Les gouttes d'argent s'étaient transformées en rigoles qui suintaient des fentes du mur. Je crus déceler un mouvement derrière les pierres, mais il y avait tant de bruit dans ma tête que je ne pouvais en être sûr.

— Tu es un malade qui croit à des chimères, dis-je.

— Tu sais que c'est vrai, répliqua-t-il. Tu le sens en toi.

Je secouai la tête.

— Non, tu te trompes.

— Il n'y a pas de salut pour toi, ni pour aucun d'entre nous. Dieu t'a pris ta femme, ton enfant. Il s'apprête à t'enlever une autre femme, un autre enfant. Il s'en fiche. Tu crois qu'Il aurait permis qu'elles souffrent autant si elles avaient vraiment compté pour Lui, si qui que ce soit avait vraiment compté pour Lui ?

Pourquoi, alors, croirais-tu en Lui plutôt qu'en nous ?
Pourquoi continues-tu à placer tes espoirs en Lui ?

Je dus faire un effort pour retrouver ma voix. J'avais l'impression que mes cordes vocales brûlaient.

— Parce qu'avec toi il n'y a aucun espoir, rétorquai-je en visant avec soin.

— Tu ne me tueras pas, répéta Brightwell, une trace de doute s'étant pourtant insinuée dans son ton.

Soudain, il se mit en mouvement. Il était partout et nulle part. J'entendais sa voix à mon oreille, je sentais ses mains sur ma peau. Ses lèvres s'écartèrent, révélant ses dents de chat. Elles me mordirent et mon sang coula dans sa bouche tandis qu'elles s'enfonçaient en moi.

Je tirai trois fois et le tourbillon cessa. Brightwell avait la cheville gauche fracassée, une autre blessure sous le genou. Je pensai que la troisième balle s'était perdue, puis je vis la tache qui s'étalait sur son ventre. Un pistolet apparut dans sa main. Il tenta de le lever, mais Louis était déjà sur lui et écartait l'arme.

Je passai devant eux pour m'approcher de Claudia Stern, dont toute l'attention était concentrée sur le mur ; elle regardait, fascinée, ce qui se déroulait devant elle. Le métal se refroidissait déjà à ses pieds et on ne voyait plus d'argent par le trou. Je découvris à la place une paire de côtes noires enchâssées dans une mince couche de peau, la partie dénudée croissant autour de l'endroit où la main de Stern demeurait plaquée. Je saisis la femme par l'épaule et l'écartai du mur, brisant le contact avec ce qui était caché de l'autre côté. Elle poussa un cri de rage qui fut repris derrière les pierres. Ses doigts me griffèrent le visage, ses pieds me frappèrent les tibias. Je perçus un éclat métallique dans sa main gauche juste avant que la lame entaille ma poitrine, ouvrant une longue blessure de mon flanc gauche à la clavicule. Je cognai durement Stern au visage de la base de ma main et, tandis qu'elle chancelait, je frappai de nouveau, la forçant à reculer jusqu'à l'entrée d'une des cellules. Elle tenta encore de me taillader, mais cette fois je lui fis un croc-en-jambe et elle tomba sur les dalles. Je la suivis à l'intérieur, posai un pied sur son poignet pour l'empêcher de me porter un autre coup de couteau. Elle essaya de se dégager en reculant, j'expédiai la pointe de mon pied dans son nez déjà cassé. Elle lâcha un grognement animal et cessa de bouger.

Je sortis de la cellule. L'argent avait cessé de couler du mur et la chaleur se dissipait un peu. Sur le sol et le mur, les rigoles durcissaient déjà et je n'entendais plus aucun bruit, réel ou imaginaire, derrière les pierres. Je m'approchai de l'endroit où gisait Brightwell. Louis avait déchiré le devant de la chemise de l'obèse, dénudant la panse marbrée. La blessure saignait abondamment, mais il vivait encore.

— Il peut s'en tirer si on le conduit à l'hôpital, diagnostiqua Louis.

— À toi de choisir, répondis-je. Alice était de ta famille.

Il fit un pas en arrière, abaissa son arme.

— Non, dit-il. Je comprends pas tout ça. Toi, si.

Le visage grimaçant de souffrance mais la voix calme, Brightwell me déclara :

— Si tu me tues, je te retrouverai. Je t'ai trouvé une fois, je te trouverai encore, quel que soit le temps que cela prendra. Je serai Dieu pour toi. Je détruirai tous ceux que tu aimes, je t'obligerai à regarder pendant que je les mettrai en pièces. Puis toi et moi descendrons dans un endroit sombre et je resterai avec toi. Il n'y aura pas de salut pour toi, ni repentir ni espoir.

Il eut une longue inspiration rauque. J'entendais encore l'étrange cacophonie de voix, mais leur ton avait changé. Il s'y mêlait de l'attente, une joie naissante.

— Pas de pardon, murmura-t-il. Avant tout, pas de pardon.

Son sang se répandait sur le sol, suivait les fentes des dalles, dessinait des formes géométriques en direction de la cellule où Claudia Stern était étendue, consciente à présent mais faible et hébétée. Elle tendit la main vers Brightwell ; il perçut le mouvement et la regarda. Je levai le 45.

— Je te chercherai, dit Brightwell.

— Oui, répondit-elle. Je le sais.

Il eut une quinte de toux, pressa la blessure de son ventre.

— Je les chercherai tous, dit-il.

Je lui tirai une balle au centre du front et il cessa d'être. Un dernier râle s'échappa de son corps. Je sentis une fraîcheur sur mon visage, une odeur de sel et d'air frais tandis que le chœur des voix se taisait enfin.

Claudia Stern rampait sur le sol, tentait de reprendre contact avec la forme toujours emprisonnée de l'autre côté du mur. Je m'avançais pour l'en empêcher quand j'entendis des pas dans la galerie derrière nous. Je me retournai pour faire face à ceux qui approchaient.

Bartek émergea du tunnel, accompagné d'un Angel à l'expression un peu incertaine. Cinq ou six autres suivirent, des hommes et des femmes, et je compris enfin pourquoi personne n'avait réagi au coup de feu tiré dans la rue, pourquoi le système d'alarme n'avait pas été remplacé et comment un dernier fragment capital de la carte était passé de la France à Sedlec.

— Vous le saviez depuis le début, dis-je. Vous les avez attirés ici et vous avez attendu qu'ils viennent.

Quatre de ceux qui escortaient Bartek cernèrent Claudia Stern et la ramenèrent dans la cellule ouverte.

— Martin m'avait révélé ses secrets, expliqua le moine. Il avait prédit que vous seriez là à la fin. Il avait foi en vous.

— Je suis désolé, j'ai appris ce qui lui est arrivé.

— Il me manquera. Je crois que je vivais ses plaisirs par procuration.

J'entendis un bruit de chaînes. Claudia Stern se mit à hurler, mais je ne me retournai pas.

— Qu'est-ce que vous allez faire d'elle ?

— Au Moyen Âge, on appelait cela un « emmurement ». Une terrible façon de mourir, une façon plus terrible encore de ne pas mourir, à supposer qu'elle soit ce qu'elle croit être.

— Il n'y a qu'un moyen de le savoir.

— Malheureusement oui.

— Mais vous ne la garderez pas ici ?

— Tout sera déplacé en temps utile et caché de nouveau. Sedlec a rempli son objectif.

— C'était un piège.

— Oui, mais il fallait que l'appât soit réel. Ils l'auraient senti si la statue n'avait pas été là. Nous avons dû faire semblant de l'avoir perdue.

Les cris de Stern crûrent en intensité puis cessèrent brusquement.

— Venez, dit Bartek. Il est temps de partir.

Nous étions dans le cimetière. Le moine s'agenouilla, balaya de la main la neige d'une pierre tombale, révélant la photo en noir et blanc d'un homme d'âge mûr vêtu d'un costume.

— Il y a des cadavres, rappelai-je.

Il sourit.

— C'est un ossuaire, dans un cimetière. Nous n'aurons aucun mal à les dissimuler. Il est quand même regrettable que Brightwell n'ait pas survécu.

— J'ai fait un choix.

— Martin avait peur de lui, vous savez. Il avait raison. Est-ce que Brightwell a dit quelque chose avant de mourir ?

— Il a promis de me retrouver.

Bartek posa une main sur mon bras droit, le pressa doucement.

— Laissez-les croire ce qu'ils veulent. Martin m'avait confié quelque chose à votre sujet avant sa mort. Il a dit que si un homme a réparé ses torts, si grands qu'ils aient pu être, c'est bien vous. Méritée ou non, votre punition a assez duré. Ne la prolongez pas en vous punissant vous-même. Il y aura toujours dans ce monde un Brightwell ou des créatures similaires. Mais il y aura toujours aussi des hommes et des femmes prêts à affronter ces êtres et tout ce qu'ils représentent. Le moment venu, vous ne ferez plus partie de ces hommes et de ces femmes. Vous reposerez, avec une pierre comme celle-ci au-dessus de votre tête, vous aurez retrouvé ceux que vous avez aimés et qui vous ont aimé en retour.

« Mais rappelez-vous : pour être pardonné, il faut croire à la possibilité du pardon. Il faut le demander pour qu'il soit accordé. Vous comprenez ?

J'acquiesçai. J'avais les yeux brûlants. Du fond de mon enfance, de sombres confessionnaux habités par des prêtres invisibles et un Dieu terrible dans Sa pitié, je fis remonter les mots :

— Bénissez-moi, mon père, parce que j'ai péché.

Ils sortirent de moi comme un cancer ayant pris forme, flot de péchés et de regrets expurgés de mon corps. J'entendis deux mots en réponse et le visage de Bartek était près du mien quand il les murmura à mon oreille.

— *Te absolvo*, dit-il. Vous m'entendez ? Je vous donne l'absolution.

Je l'entendais mais je n'arrivais pas à y croire.

V

« Pendant toutes ces années, j'ai vu des jours
que je ne regretterai pas,
Mais Dieu sait que je suis monté aussi haut
que le soleil.
Pendant tout ce temps, tu m'as tenu chaud
en me tenant la main,
Mais maintenant, tu connais la solitude. »

Pinetop Seven, *Tennessee Pride*

Épilogue

Les jours tombent comme des feuilles. Tout est silencieux, à présent.

L'herbe du marais est noircie et, quand le vent souffle du sud-est, il porte une odeur de fumée. Quelqu'un a repêché le corps calciné d'un cygne flottant sur l'eau ; des restes de musaraignes et de lièvres ont été retrouvés dans les sous-bois brûlés. Le chien n'aime plus s'aventurer là où le feu a fait ses ravages et les frontières jumelles de son monde sont représentées par des événements d'un passé récent : des flammes s'élevant là où il n'aurait pas dû y avoir de flammes, et un homme difforme se noyant lentement dans une eau ensanglantée.

Je remontai la piste de la jeune prostituée nommée Ellen jusqu'à la Dixième Avenue, à deux rues seulement de Times Square. J'avais entendu dire qu'après la mort de G-Mack un autre proxénète l'avait prise sous son aile, un violeur en série de femmes et d'enfants qui se faisait appeler Poppa Bobby et qui aimait que ses filles l'appellent « Poppa » ou « Daddy ». C'était après minuit et j'observais des hommes seuls qui rôdaient autour des tapineuses tels des faucons tournant autour de proies blessées. Des gens du coin passaient, immunisés contre un tel spectacle, tandis que les touristes noctambules coulaient aux filles des regards embarrassés, ceux des hommes s'attardant peut-être un peu avant de revenir sur la rue, droit devant, ou sur le visage de leur compagne.

Ellen était différente, maintenant. Auparavant, elle affichait un vernis de dureté et se comportait avec une confiance en soi qui, si elle ne l'éprouvait pas vraiment, constituait une imitation suffisamment forte de l'original pour la rendre capable de mener la vie qu'on lui imposait. Or, tandis que je la regardais se tenir au coin de la rue, une cigarette à la main droite, elle semblait perdue et fragile. Quelque chose s'était brisé en elle et elle avait l'air encore plus jeune qu'elle ne l'était. J'imaginais que le changement convenait parfaitement à Poppa Bobby, puisqu'il lui permettait de la vendre à des hommes portés sur les gamines de quatorze ou quinze ans et qu'ils lui infligeraient leur vice avec plus de férocité encore.

Je pouvais voir Poppa Bobby à une cinquantaine de mètres plus bas, appuyé à la vitrine d'une épicerie, feignant de lire un journal. Comme la plupart des maquereaux, il gardait ses distances avec les femmes qu'il drivait. Quand un micheton accostait l'une des filles de son « équipe », comme il disait, elle se dirigeait généralement vers Bobby, en partie pour ne pas attirer l'attention d'éventuels flics curieux en entamant la conversation avec un inconnu à un coin de rue, mais aussi pour permettre au mac de la suivre et d'entendre peut-être les négociations afin de s'assurer que sa gagneuse n'essayait pas de l'entuber. Autant que possible, Bobby préférait n'avoir aucun contact avec les clients. Ça les rendait nerveux, il le savait, d'avoir affaire à un homme, cela ruinait les illusions qu'ils pouvaient encore avoir sur la transaction dans laquelle ils s'engageaient. De plus, si le micheton se révélait être un flic, il n'y aurait rien pour relier Bobby à la fille.

Je repérai un type qui lorgnait Ellen depuis l'entrée de la station de métro. Petit et pâlot, il portait une casquette des Dodgers enfoncée sur la tête, mais au lieu de cacher ses yeux elle rendait plus brillant dans l'ombre de la visière le désir qu'ils abritaient. Sa main droite tripotait sans fin une petite croix d'argent qui pendait à la lanière en cuir entourant son poignet gauche, cadeau mal inspiré d'un prêtre ou d'un psychothérapeute, peut-être, afin que, chaque fois qu'il sentirait ce désir le tenailler, il puisse toucher la croix et en tirer la force de résister à ses appétits. Sauf que la toucher était au contraire devenu un élément de sa préparation, et la croix elle-même une extension de sa sexualité, chaque caresse du métal élevant son excitation d'un cran, de sorte que sexe et religion étaient devenus inextricablement liés dans un seul acte de transgression.

Finalement, il se décida à l'aborder, mais je me glissai devant lui et le devançai. Il parut sur le point de protester ; je levai un doigt pour le mettre en garde et il recula d'un pas réticent, se fondant dans la foule pour y chercher un autre exutoire à ses pulsions.

Il ne vit pas une silhouette sombre se détacher d'un mur et le suivre.

Il fallut un moment à Ellen pour me reconnaître. Quand la mémoire lui revint, elle essaya de me contourner et d'attirer l'attention de son mac. Malheureusement, Poppa Bobby était occupé ailleurs, pris en sandwich entre deux énormes Italo-Américains, dont l'un pressait un flingue contre le flanc de Bobby. Tony Fulci riait. Il entourait d'un bras les épaules du proxo et venait sans doute de l'inviter à rigoler avec lui, car la bouche de Bobby se fendit à regret comme une orange tombée par terre. Paulie, le frère de Tony, se tenait derrière les deux hommes, la main droite dans la poche de son blouson de cuir, la gauche serrée contre sa cuisse, formant un poing gros comme la partie contondante d'une masse de chaudronnier. Les Fulci entraînèrent Bobby vers une camionnette blanche poussiéreuse dont le moteur tournait. Jackie Garner, assis au volant, m'adressa un signe de tête à peine perceptible avant que le mac soit poussé à l'arrière et que la camionnette démarre.

— Où ils l'emmènent ? voulut savoir Ellen.

— C'est sans importance.

— Il reviendra ?

— Non.

Elle eut l'air désemparée.

— Qu'est-ce que je vais devenir ? J'ai pas de thune, j'ai nulle part où aller.

Ses dents mordillèrent sa lèvre inférieure et je crus qu'elle allait se mettre à pleurer.

— Tu t'appelles Jennifer Fleming, dis-je, tu viens de Spokane et tu as dix-sept ans. Ta mère a signalé ta disparition il y a six mois. Depuis, son mec a été inculpé de voies de fait, de possession de drogue contrôlée avec intention de vendre, et d'abus sexuels sur mineure prouvés par les photos retrouvées dans l'appartement qu'il partageait avec ta mère. Ces photos étaient datées. Tu avais quinze ans quand elles ont été prises. Ta mère prétend qu'elle ignorait tout de ce qui se passait. C'est vrai ?

Jennifer pleurait maintenant. Elle acquiesça d'un signe de tête.

— Tu n'es pas obligée de rentrer chez toi tout de suite, si tu ne veux pas. Je connais une femme qui dirige un foyer dans le nord de l'État. Le coin est joli et ça te laissera le temps de réfléchir. Tu auras ta chambre, tu pourras te balader dans les prés et dans les bois. Si tu es d'accord, ta mère pourra venir te voir et vous parlerez, mais seulement quand tu te sentiras prête.

Je ne savais pas comment elle allait réagir. Elle aurait pu me laisser planté là, chercher refuge auprès de filles plus âgées. Après tout, elle n'avait aucune raison de me faire confiance. Des hommes comme G-Mack et Poppa Bobby lui avaient aussi offert leur protection et lui en avaient fait chèrement payer le prix.

Jennifer ne partit pas. Elle sécha ses larmes du dos de la main et la femme qu'on l'avait forcée à devenir disparut, l'enfant qu'elle était encore prit sa place.

— On peut y aller maintenant ? dit-elle.

— On peut.

Ses yeux obliquèrent, regardèrent derrière moi. Je me retournai, vis deux hommes approcher : l'un était noir et maigrichon, avec des chaînes en or au cou et au poignet ; l'autre, un gros Blanc, portait un blouson matelassé rouge et des baskets ravagées.

— Qu'est-ce tu fous ? aboya le Blanc. Où il est, Bobby ?

— Regarde derrière toi, répondis-je.

— Quoi ?

— Regarde derrière toi, je te dis.

Il le fit, en un mouvement vif de chien essayant d'attraper une mouche. Devant la station de métro, à trois mètres de nous, Angel nous observait. Louis le rejoignit, laissant tomber quelque chose au passage dans une poubelle. On aurait dit une casquette des Dodgers.

Angel nous adressa un signe de la main. Le rondelet tapota l'épaule de son copain noir, qui se retourna pour voir quel était le problème.

— Merde, lâcha-t-il.

— Si vous ne vous éclipsez pas tout de suite, ces hommes vous tueront.

Ils échangèrent un regard.

— Bobby, je l'ai jamais vraiment kiffé, de toute façon, dit le Blanc.

— Qui c'est, Bobby ? dit le Noir.

Ils s'éloignèrent et je partis avec Jennifer, Angel et Louis nous escortant jusqu'à ce que j'aie récupéré ma voiture au parking. Je pris la direction du nord-ouest sous un ciel sans étoiles. Jennifer dormit pendant une partie du trajet puis trouva une station qui lui plaisait sur le poste de radio. Emmylou Harris chantait « Here, There and Everywhere » de Lennon et McCartney, une de ces reprises que la plupart des gens n'ont jamais entendues, à tort.

— Ça vous va ? s'enquit-elle.

— Tout à fait.

— J'aime les Beatles. Leur version est meilleure, mais celle-là est bonne aussi. Elle est plus triste.

— C'est bien, triste, quelquefois.

— Vous êtes marié ? me demanda-t-elle tout à trac.

— Non.

— Vous avez une copine ?

Je marquai une pause avant de répondre :

— J'en avais une. J'ai une petite fille, par contre. J'en ai eu une autre autrefois mais elle est morte. Elle s'appelait Jennifer elle aussi.

— C'est pour ça que vous êtes revenu me chercher ? Parce qu'on a le même prénom ?

— Si c'est pour ça, c'est une raison suffisante ?

— Oui, je suppose. Qu'est-ce qui va lui arriver, à Poppa Bobby ?

Je ne répondis pas.

— Oh, fit-elle.

Elle garda le silence un moment puis reprit :

— J'étais là, vous savez, le soir où G-Mack s'est fait tuer. C'était pas son vrai nom, il s'appelait Tyrone.

Nous roulions sur la nationale à présent, loin de l'Interstate, et les voitures étaient moins nombreuses. Devant nous, des lumières rouges montaient dans l'air comme des lucioles quand une voiture lointaine gravissait une colline sombre, invisible.

— J'ai pas vu le type qui l'a tué, poursuivit-elle. Je me suis cassée avant l'arrivée de la police, je ne voulais pas d'ennuis. Les flics m'ont retrouvée, ils m'ont interrogée, mais je leur ai dit que j'étais pas avec lui quand il est mort.

Elle regarda par la fenêtre. Son visage se reflétait dans la vitre.

— Je sais garder un secret, c'est ce que je veux dire. J'ai pas vu l'homme qui a descendu Tyrone, mais j'ai entendu ce qu'il a dit avant de tirer.

Jennifer gardait le visage tourné vers la vitre.

— J'en parlerai à personne. Vous pouvez en être sûr, j'en parlerai jamais à personne.

— Qu'est-ce qu'il a dit ? demandai-je.

— Il a dit : « Elle était de mon sang… »

Il y a encore des caisses dans l'entrée, des vêtements sur les chaises. Certains sont à Rachel, d'autres à Sam. Aujourd'hui, on a enterré le fils d'Ellis Chambers, Neil, mais je n'ai pas assisté aux funérailles. On ne sauve que ceux qu'on peut sauver.

La maison est si calme.

Plus tôt dans la journée, je suis descendu à la plage. Le vent soufflait de l'est, mais j'ai senti une brise tiède sur mon visage quand je me suis tourné vers l'intérieur des terres, et j'ai entendu des voix me murmurer quelque chose en passant tandis que la mer les appelait, les accueillait dans ses profondeurs. J'ai fermé les yeux et je les ai laissées glisser sur moi, en une caresse douce comme de la soie, leur grâce résonnant brièvement en moi avant de se dissiper et de disparaître. J'ai levé les yeux mais il n'y avait ni étoiles, ni lune, ni lumière.

Dans l'obscurité, au-delà de la nuit, Brightwell attend.

Je m'étais endormi assis dans un fauteuil en rotin, sur la terrasse, enveloppé dans une couverture. Malgré le froid, je ne voulais pas être à l'intérieur, allongé dans le lit où, récemment encore, elle aussi était étendue, et contempler les souvenirs vides de notre vie ensemble. Quelque chose m'a réveillé. La maison n'est plus silencieuse. Une chaise grince dans la cuisine. Une porte se ferme. J'entends ce qui est peut-être un bruit de pas, et le rire d'une enfant.

Nous te l'avions dit, qu'elle partirait.

C'est moi qui ai pris la décision. Je n'ajouterai plus de noms au palimpseste de mon cœur. Je ferai amende honorable et je serai pardonné de mes péchés.

Le carillon éolien de l'entrée jette sa mélodie dans la nuit calme, sombre, et je sens une présence approcher.

Mais nous, nous ne partirons jamais.

Tout est bien, tout est bien.

Remerciements

L'arrière-plan historique de ce roman est fondé pour l'essentiel sur des faits, et les monastères mentionnés existent bel et bien. En particulier, l'ossuaire de Sedlec est très proche de celui que je décris dans le livre, même s'il est beaucoup plus impressionnant. Les lecteurs intéressés peuvent en faire une visite virtuelle en consultant mon site web (*www.johnconnolly.co.uk*). Cela étant, si vous avez la chance de vous trouver en République tchèque, Sedlec mérite vraiment la visite.

Je souhaite transmettre mes remerciements au personnel de l'ossuaire, à Vladímira Saiverová, à la société Philip Morris (désormais propriétaire du monastère de Sedlec), ainsi qu'à ma guide tchèque Marcela Kršková, pour leur gentillesse et leur aide dans mes recherches pour les chapitres de ce livre où il est question de Sedlec. Je suis également redevable au merveilleux Luis Urrea, auteur du livre *The Devil's Highway* (*La Route du diable*), pour son aide en matière de traduction. Comme toujours, si ce livre contient des erreurs, elles sont de mon fait, non du leur.

Je voudrais enfin remercier mes éditrices : Sue Fletcher, chez Hodder & Stoughton, et Emily Bestler, chez Atria. Toutes deux m'ont fait bénéficier de leur gentillesse, de leurs conseils et de leur soutien. Merci également à Swati Gamble, Kerry Hood, Lucy Hale, Sarah Branham, Judith Curr, Louise Burke et à toute l'équipe de ces deux maisons d'édition qui ont tant fait pour mes livres ; à Chuck Anthony ; à Darley Anderson et à son équipe, qui se sont occupés de moi ; à Heidi Mack, mon petit génie du Web ; à ma mère et à Brian ; enfin à Jennie, Cameron et Alistair pour… enfin, eux savent pour quoi.

LE LIVRE DANS LA PRESSE :

« Un thriller qui n'a décidément rien à envier aux maîtres anglo-saxons. Il possède tous les (bons) ingrédients pour nous faire trembler et nous tenir en haleine. »

Questions de Femmes

" D'UNE EFFICACITÉ REDOUTABLE. "

OUEST FRANCE

" *L'Évangile selon Satan* ne se lit pas, il se vit. "

LE POINT

Composé par Nord Compo
à Villeneuve-d'Ascq

Impression réalisée sur Presse Offset par

CPI
Brodard & Taupin

48610 – La Flèche (Sarthe), le 27-08-2008
Dépôt légal : septembre 2008

POCKET – 12, avenue d'Italie - 75627 Paris cedex 13

Imprimé en France